让我们 甲骨文 一起追寻

LIFE AND DEATH IN THE ANDES:

On the Trail of Bandits, Heroes, and Revolutionaries

By Kim MacQuarrie

LIFE AND DEATH IN THE ANDES

On the Trail of Bandits, Heroes, and Revolutionaries

安第斯山脉的生与死

——追寻土匪、英雄和革命者的足迹

〔美〕金·麦夸里（Kim MacQuarrie） 著
冯 璇 译

社会科学文献出版社
SOCIAL SCIENCES ACADEMIC PRESS (CHINA)

本书获誉

这是一段生动鲜活、身临其境一般的空间与时间的混合游历，这片大陆的过去和现在是交织在一起不可分割的。金·麦夸里证明了自己是一起穿越南美洲的最佳旅伴。

——马克·亚当斯，著有《从马丘比丘右转：一步一步重新发现失落的城市》（Mark Adams，*Turn Right at Machu Picchu*：*Rediscovering the Lost City One Step at a Time*）

没有几个作者比金·麦夸里更了解南美洲的山脉，更没有几个作者能像他一样写出如此内容丰富、充满活力和竞争力的作品。无论是关于达尔文在冰冻的巴塔哥尼亚地区的非凡航行，还是切·格瓦拉在玻利维亚殒命，麦夸里都展示出了他一贯的叙事功力和过人的知识储备。《安第斯山脉的生与死》是一本创意精妙的作品，它将这片拥有世界上最壮观和最神秘景色的地区鲜活地呈现在了我们的面前。

——斯科特·华莱士，著有《不被征服的人：追寻最后一个与世隔绝的亚马孙部落》（Scott Wallace，*The Unconquered*：*In Search of the Amazon's Last Uncontacted Tribes*）

将穿越安第斯山脉的旅行和这里最引人关注的人物故事交织在一起是一个让人眼前一亮的点子。这里有大毒枭巴勃罗·埃斯科瓦尔，有银行劫匪布奇·卡西迪，有满身杀气的理想主义者切·格瓦拉和光辉道路运动的创立者，还有查尔斯·达尔文和巴塔哥尼亚地区的原住民。金·麦夸里找到了这些人的后裔或追随者，无论是他们的故事还是他自己的旅行都让读者深深着迷。

——约翰·亨明，著有《征服印加人》（John Hemming, *The Conquest of the Incas*）

在《安第斯山脉的生与死》中，金·麦夸里综合了自己作为一名出色的作家和研究者的技巧，创造出了一本注定会成为当代经典的作品。一本让人不忍释卷的作品，对于想要更好地了解这个在国际社会中重要性日益上升的地区的读者来说，这本书必读不可。

——约翰·C. 汤普森，美国退休少将［Major General John C. Thompson，USA（Ret.）］，泛美防务学院前院长（Inter-American Defense College），泛美防务委员会主席（Inter-American Defense Board）

麦夸里的书中充满了细致的描写和深厚的情感……是一本分析透彻的旅行记和历史书。

——科克斯书评（*Kirkus Reviews*）

［麦夸里］的写作风格明快、动人，流露出对于丰富多彩的南美洲生活和景致的平民主义的热情。

——汤姆·佐尔纳，《纽约时报书评》（Tom Zoellner,

The New York Times Book Review)

精彩绝伦……一份对于塑造了安第斯地区个性的古今碰撞的深刻概述。

——马修·普莱斯，《波士顿环球报》(Matthew Price, *The Boston Globe*)

从巴勃罗·埃斯科瓦尔到海勒姆·宾厄姆，从切·格瓦拉到布奇·卡西迪，影响了南美洲发展的人类历史通过这些最具符号性的安第斯人物被重新演绎出来。

——唐·乔治，《国家地理旅行者》(Don George, *National Geographic Traveler*)

麦夸里是一位讲故事的大师，读他的书就像看一场精彩的电影。

——爱德华·莫里斯，《书评月刊》(Edward Morris, *BookPage*)

麦夸里对安第斯的描述引人入胜。这是一部文笔优美、内容精彩的作品，一定会让历史爱好者，特别是喜爱拉丁美洲的读者大呼过瘾。

——《图书馆杂志》(*Library Journal*)

独树一帜、生动鲜活……既是一段历史，又是一本旅行日记……麦夸里是一位充满热情的向导，时而风趣幽默，时而发人深省。

——布里奇特·弗雷斯，《明尼阿波利斯星坛报》（Brigitte Frase, *Minneapolis Star - Tribune*）

《安第斯山脉的生与死》让那里的人民，以及那片美丽壮阔、令人敬畏的地区都无比鲜活。

——《读书通讯员》（*Book Reporter*）

献给西娅拉

所有人都会做梦，但不是所有人都做一样的梦。有的梦只在夜深人静时浮现于思维隐秘之处，梦醒后，那不过是一枕黄粱；而那些在白日里清醒时分还敢于做梦的人才是最危险的，因为他们有胆量依照自己的梦想行事，并让梦想变为现实。[1]

——T. E. 劳伦斯，《智慧七柱》

（T. E. Lawrence，*Seven Pillars of Wisdom*）

目　录

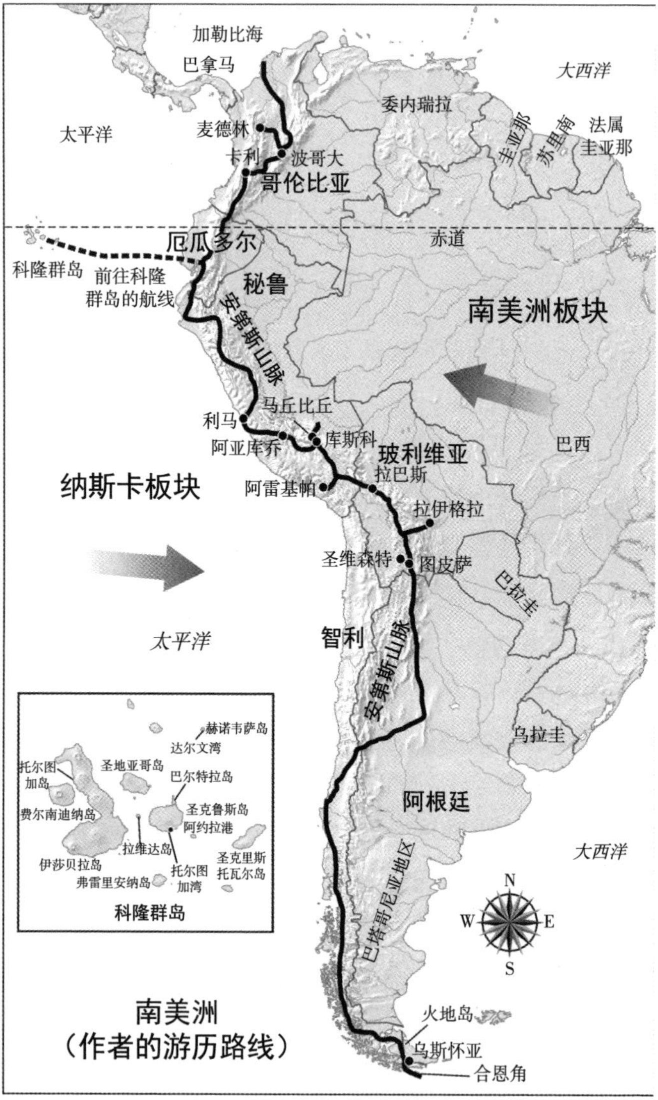
加勒比海
巴拿马
大西洋
委内瑞拉
太平洋
麦德林
圭亚那
苏里南
法属
圭亚那
卡利
波哥大
哥伦比亚
厄瓜多尔
赤道
科隆群岛
前往科隆
群岛的航线
秘鲁
南美洲板块
安第斯山脉
马丘比丘
利马
库斯科
巴西
阿亚库乔
玻利维亚
拉巴斯
纳斯卡板块
阿雷基帕
拉伊格拉
圣维森特
图皮萨
巴拉圭
太平洋
智利
安第斯山脉
赫诺韦萨岛
达尔文湾
乌拉圭
托尔图
加岛
圣地亚哥岛
巴尔特拉岛
圣克鲁斯岛
费尔南迪纳岛
阿约拉港
阿根廷
拉维达岛
圣克里斯
伊莎贝拉岛
托尔图
托瓦尔岛
大西洋
加湾
弗雷里安纳岛
科隆群岛
巴塔哥尼亚地区
N
W
E
S
火地岛
乌斯怀亚
合恩角
南美洲
（作者的游历路线）

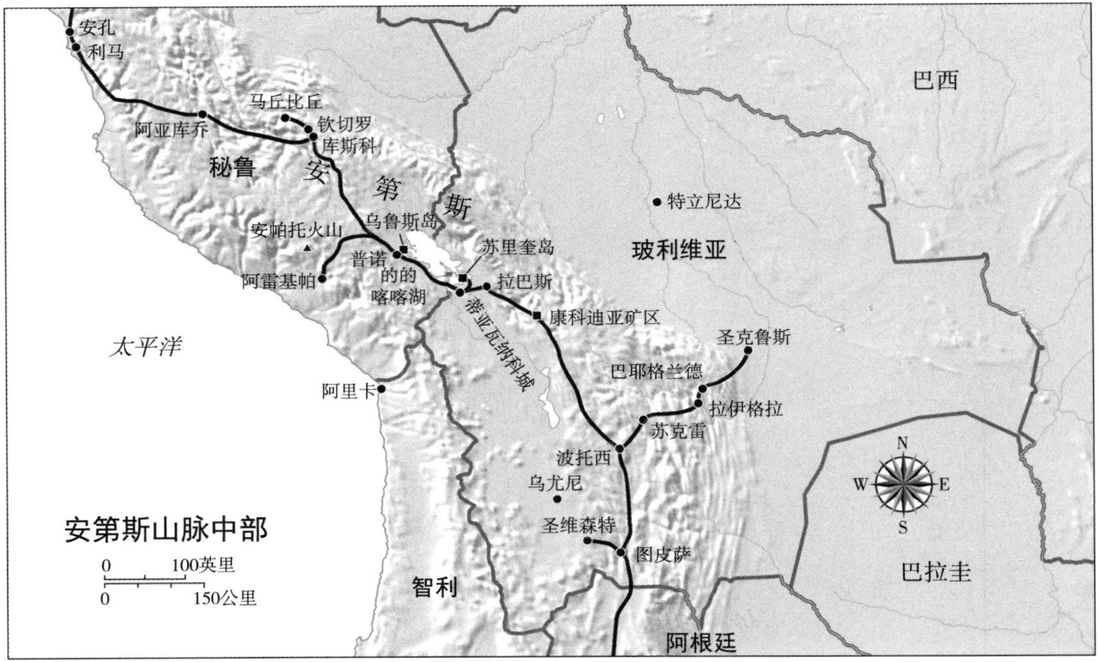
安第斯山脉中部
0
100英里
0
150公里
巴西
巴拉圭
玻利维亚
秘鲁
智利
阿根廷
太平洋
安
第
斯
安孔
利马
阿亚库乔
马丘比丘
钦切罗
库斯科
乌鲁斯岛
安帕托火山
普诺
阿雷基帕
的的
喀喀湖
苏里奎岛
拉巴斯
蒂亚瓦纳科城
康科迪亚矿区
特立尼达
阿里卡
圣克鲁斯
巴耶格兰德
拉伊格拉
苏克雷
波托西
乌尤尼
圣维森特
图皮萨
N
W
E
S

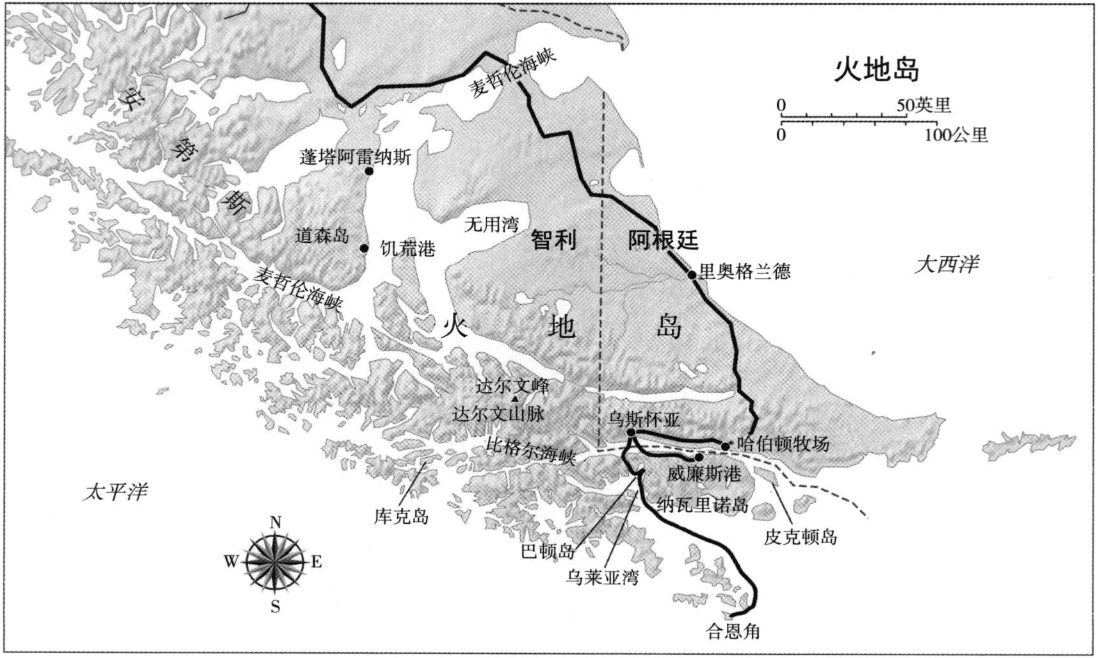
火地岛
0
50英里
0
100公里
麦哲伦海峡
安
第
斯
蓬塔阿雷纳斯
道森岛
饥荒港
无用湾
智利
阿根廷
里奥格兰德
大西洋
麦哲伦海峡
火
地
岛
达尔文峰
达尔文山脉
乌斯怀亚
哈伯顿牧场
比格尔海峡
威廉斯港
纳瓦里诺岛
太平洋
库克岛
皮克顿岛
巴顿岛
乌莱亚湾
合恩角
N
W
E
S

前　言 xiii

我小时候生活在内华达州，那里的夏天炎热漫长，而我则靠读书来消磨时间。有太阳暴晒的日子里，室外的温度总能达到 100 多华氏度。穿过柏油马路时你会觉得赤裸的双脚像是被放在烤架上炙烤的蔬菜一样火辣辣地疼。每当这时我总是待在屋里，仰面躺在有花朵图案的沙发上，打开一本书开始读起来——瞬间我就会发现自己仿佛跳进了冰凉的海水或是穿越到了另一个世界。在我的成长过程中，我最喜爱的作家就是威廉·威利斯（William Willis）。威利斯是德裔美国人，他当过水手，后来创作了一些以自己的各种真实冒险经历为题材的作品。威利斯从十几岁起就乘坐横帆帆船出海了，后来他到了南美洲西海岸的秘鲁，又从那里启程，仅凭借一条用轻质巴尔沙木缠绑起来的木筏就横渡了太平洋——单纯为了冒险而已。威利斯描写的一个情景至今仍深深刻在我的脑海里，那是深夜他一个人躺在筏子上，凝视着半透明的暗色海水中散发着冷光的海洋生物从海水深处游上来。也是在那段时间，八九岁的我偶然发现了埃德加·赖斯·巴勒

xiv 斯（Edgar Rice Burroughs）的“地心王国系列”。这套书讲的是主人公借助机器打通地壳去探索地球内部，并发现了一个充满异域风情的地下世界的故事。原来在地球的内部还存在一个被称作“佩鲁赛达”的世界，这里生活着各种几乎半裸的部落人，有强壮的野兽（主要是恐龙）、繁茂的植物和美丽的女人，当然还有各种冒险经历。我记得那一整个夏天我都沉浸在这个与内华达的沙漠迥异的世界中，就好像一个是地球一个是火星一样。

很多年后，我自己也成为一名作家和纪录片制作人。最近我正为一部记录亚马孙地区一个特殊部落的纪录片电影做巡回宣传，当一个记者问我是什么原因让我对南美洲情有独钟时，我想都没想就说出了埃德加·赖斯·巴勒斯的名字。后来我才知道，这名记者和巴勒斯的孙子是校友。一个月之后，我收到了一个包裹，里面装的是1914年出版的《地心之旅》（*At the Earth's Core*）的第一版，这是“地心王国系列”中的第一本。巴勒斯的孙子还在书上写下了留言，说他的祖父要是知道自己的作品激发了我探索亚马孙深处的兴趣一定会感到非常骄傲。指尖轻轻摩挲着书页的那一刻我突然意识到一个真理：我们小时候在书中读到的世界会深深地留存在我们的思维深处，就算隐藏得再深，它们也能够潜意识地指引我们去追寻那些记忆，就好像被领养的孩子想要找寻自己的亲生父母，或是成年人想要找寻自己失散已久的儿时玩伴一样。

虽然真正的动因仍然是个谜，但是我还是要感谢巴勒斯为我描绘出的景象，正是这些景象把我引向了南美洲，这片大陆上拥有巴勒斯最好的作品中描述到的一切：巍峨绵延的山脉纵贯南北；永不停息地运动着的大陆板块相互碰撞，能向上推挤出火山，也能把整片的湖泊抬高到12000英尺的高度；还有云雾缭绕的雨林，几乎覆盖了大半个南美大陆，林中不但有数不清的树懒、巨蟒等五花八门的动物，还有那些与世隔绝的部落，甚至会让你感到自己远离了现代社会，误入了一个和佩鲁赛达一样原始的世界。

我在20世纪80年代去了秘鲁，这是我第一次亲身前往 xv
南美大陆。当时正是反政府游击队组织“光辉道路”活动的最高潮，来到利马这座饱受宵禁之苦的城市几个月后，我开始以记者的身份进入戒备森严的高警戒监狱采访光辉道路的成员。之后我又沿安第斯山脉穿越了一些光辉道路统治的所谓“解放区”，那里的土路边都插着画有斧头和镰刀图案的红旗。这些道路上的桥都被游击队员破坏了，而且他们依惯例会拦在路边，随意将任何为政府工作的人拉下车，然后当头就是一枪。我还在秘鲁天主教大学（Universidad Católica）人类学系读研究生的时候，有一天，我正在做功课，突然看到报纸上有一条关于乌鲁号（*Uru*）芦苇筏船即将启程穿越太平洋的告示。脑海中满是有关威廉·威利斯记忆的我立即跑到码头，得知他们正好还缺一名船员后，就主动提出加入他们的团队。可惜这是一只西班牙的探险队，所以队长希望要一支全部由西班牙人组成的队伍。乌鲁号从卡亚俄港口起航的那天，我在那里遇到了因康提基号（*Kon-Tiki*）海上探险而闻名的挪威探险家托尔·海尔达尔，后来他到秘鲁北部挖掘古老的莫切金字塔时邀请我共同前往。

后来我确实去拜访了海尔达尔，在这本书中我对此也有所记述，那之后我又在秘鲁境内的亚马孙河上游地区与一个不久前新发现的部落一起生活了半年。这个部落被称作尤拉（Yora）部落。我和这个部落生活在一起的时候参加了他们的死藤水（ayahuasca）仪式，还聆听了关于他们如何认识外面世界的引人入胜的故事，他们之中有些人认为外面的世界是亡灵存在的地方。尤拉部落的人还给我讲了他们与外来者之间发生冲突的经历。他们曾经向闯入这里的石油工人射箭，用的都是足有6英尺长的箭。有一次他们向一个倒霉的闯入者射了好多箭，以至于他的尸体看起来就像一株尤康戈（Huicungo）——那是一种会让人联想到豪猪的密布着棘刺的棕榈树。后来，在雨林中距离尤拉部落生活的地点不远的地方，印加帝国曾经建造的帝国首都终于被人们发现了，西班牙人征服帝国之后，印加人又继续坚持抗争了40年，这些故事令我深深着迷，我所著的《印加帝国的末日》（*The Last Days of the Incas*）讲的就是关于新旧大陆之间冲突的故事。

我在秘鲁生活的四年时间里，脑海深处一直埋藏着一个
xvi 愿望，那就是从北到南穿越全长4300英里的整个安第斯山脉。还有什么能比这个冒险更有意思？到我终于出发的那天，我决定我的旅程不应当是单纯地从甲地走到乙地，而是要去探寻那些存在于南美大陆上的最有意思的故事。于是，我像那些挎着篮子沿着安第斯山脉采摘成熟的异域果实的人一样，一路收集着安第斯的故事。我想要去探寻那些一直让我着迷的故事和人物，我更想去寻找那些能够帮助我们解释

南美洲的现在和过去的历史事件。南美洲最早的原住民来自哪里？是地峡北面还是海洋的彼岸？这片大陆上最早的文明又是来自何方？是自己独立发展而来，还是如托尔·海尔达尔相信的那样，是由神的使者一般的白人从其他大陆引入的？安第斯山脉又为何以及如何能像冰山一样在地壳表面漂移？印加人又为什么在山顶上将自己的孩子作为祭品献上？西班牙征服者疯狂寻找的传说中拥有无尽黄金的埃尔多拉多国王和冷酷无情的麦德林贩毒集团首领巴勃罗·埃斯科瓦尔之间又有什么样的联系？这些疑问就是南美洲最核心的问题，也是我要去探寻的问题。很快我就发现，这些故事其实都是相互交织在一起的，就像一块面积巨大、纹路复杂的织锦一样覆盖在这一整片大陆上。

举个例子来说，我在哥伦比亚调查可卡因贸易的时候，找到了一位曾经拒绝了巴勃罗·埃斯科瓦尔600万美元贿赂的警察上校。这名上校不仅拒绝了埃斯科瓦尔的贿赂，后来还追踪到了埃斯科瓦尔的藏匿地点。我想要弄明白会在几乎必死无疑和成为百万富翁这两个选项中选择前者的人究竟是什么样的。为此我穿越了整个哥伦比亚，一路从波哥大到瓜达维达湖，又到麦德林。

离开厄瓜多尔的海岸后我去了科隆群岛，在那里我探寻了查尔斯·达尔文具体是在何时何地得出了进化论的想法。是在科隆群岛上的时候，还是在更早些去巴塔哥尼亚地区的时候，又或者是回到英格兰之后？有种说法是达尔文在科隆 xvii
群岛上收集的鸟类标本其实是失败的，以至于他在撰写进化论的时候根本不能使用这些案例作为论据，这到底是不是真的？

我沿安第斯山脉继续向南前往秘鲁。我来这里是为了探寻一个我曾听说的关于“光辉道路”游击队运动的故事。据说他们的领导人最终并不是被军方抓住的，而是被一个警察上校抓获。这个上校的身份和他使用的手法十几年来一直是国家机密。不过这个故事究竟是不是真的？据报道协助光辉道路领导人藏匿的来自上层社会的芭蕾舞女演员又是谁？她为什么要去保护一个致力于推翻她得以受益于其中的阶级体系的革命者？

在秘鲁和玻利维亚的边界，在安第斯山脉中部的高海拔地区还有一系列让我着迷的考古发现。我去探寻了近来才在海拔 20700 英尺的火山顶上发现的印加女孩的故事。她的遗体已经至少被冰冻了 500 年，却至今还完好无损。这个女孩是什么人？她为什么会被当成祭品？她和其他一些孩子又是怎么来到安第斯这些最高的山峰之巅，并且被如此完好无损地保存至今？

继续向南，我的下一个目标是去寻找的的喀喀湖上独特的漂浮岛屿，这些岛屿所处的高度在安第斯山脉上约 12500 英尺的地方。我很好奇曾经驾着康提基号筏船穿越太平洋的托尔·海尔达尔后来为什么要用飞机把三个艾马拉人造船匠从的的喀喀湖接到有古老金字塔的埃及。海尔达尔为什么能相信这三个人？他为什么甘愿把自己的生命安危寄托于他们打造的筏船？登上的的喀喀湖岸边后，在传奇的蒂亚瓦纳科城废墟附近，我找到了那三个人中的一员，他给我讲述了一个令人惊讶的故事。

在玻利维亚东部，我想知道人们的世界观是如何与现实发生冲突的，于是我去了阿根廷革命家切·格瓦拉被捕的地方。他建立共产主义乌托邦的梦想是如何在安第斯山脉中一片与世隔绝的地方失败的？在一个叫巴耶格兰德的小镇上，我找到了曾经为受伤的革命家提供了最后一餐并和他进行了多次谈话的学校老师。这位老师此时已经63 xviii
岁了，她给我讲述了切·格瓦拉牺牲前最后一天里发生的真实而动人心魄的故事，以及这些故事如何改变了她的人生。

类似的，在玻利维亚南部，我又探寻了传奇人物布奇·卡西迪和圣丹斯小子是如何走向终结的。这对搭档是真的如好莱坞电影《虎豹小霸王》中描绘的那样葬身于枪林弹雨之中，还是传闻所说的杀死对方再自杀更接近真相？我来到安第斯山脉9000英尺高的一个矿业小镇圣维森特，并见到了一个当年枪战发生时住在这里的人的孙子，这才找到了以上问题的答案。

最后，在南美洲的最南端，我找到了最后一位会讲雅马纳语的女士，她现在居住在巴塔哥尼亚地区一个常年受海风侵袭的岛屿上。这位女士的祖先里有三个人曾经和达尔文同乘一条船，他们还去过伦敦，觐见过英国国王和皇后。后来他们又作为某种大型社会实验的一部分而被送回了巴塔哥尼亚。但是他们后来变成了什么样子？那个实验怎么样了？又是谁最先想出了这么个疯狂的主意呢？

这本书里讲到的故事——或者说是调查更准确些——是我从沿南美洲安第斯山脊一路曲折漫长的探索之旅中得出的成果。这些故事是按照地理上从南到北的顺序连接到一起的，就像巍峨的安第斯山脉上，如一串散发着微光的珍珠一般串联在一起的白雪皑皑的山峰一样。

最终将这些故事串联起来的其实是故事中的人物们，他们至少在人生中的某一段时期里生活在南美洲大陆上，而且他们所有人都在努力地控制、适应或探索这片存在于大陆最西侧边沿的崎岖不平的山地。此外，他们之中的很多人就是 T. E. 劳伦斯（亦称“阿拉伯的劳伦斯”）描述的那种“敢于在白日里做梦的人”；也是他认为最危险的一类人，因为这些人总是会把梦想付诸行动。切·格瓦拉、托尔·海尔达尔、阿维马埃尔·古斯曼、海勒姆·宾厄姆、尼尔达·卡拉纳帕、克丽丝和埃德·弗兰克蒙特夫妇、布奇·卡西迪和圣
xix 丹斯小子、查尔斯·达尔文、托马斯·布里奇斯，甚至是巴勃罗·埃斯科瓦尔——这些人都是敢于将梦想转化成现实的人。无论他们的梦想最终实现与否，他们都透过自己所属的文化和时代形成的棱镜审视了南美洲。在某些情况下审视的结论可能是致命的，如作家 J. 所罗门（J. Solomon）发现的那样：“世界观就像是眼镜或隐形眼镜……无论是哪种，度数不合适都是相当危险的。”

以切·格瓦拉和阿维马埃尔·古斯曼这样的革命家为例，他们对于自己祖国的社会现状极度不满，并接受了马克思主义关于建设政治乌托邦的理论。他们试图通过武力改变社会制度，但是这样做的结果只是挑起了最终连他们自己也无法控制的力量。

查尔斯·达尔文来到南美洲时也抱着自己既定的文化感知，这样的感知甚至在某些层面限制了他接纳一些现在看来

显而易见的事实的能力。然而在他漫长的旅途中，达尔文逐渐改变了他对这个世界的看法，开始用一种全新的、与众不同的视角看待世界。这样的转变让他最终得出了进化论。

与此恰恰相反的是印加人，他们无法从现代科学的角度理解安第斯，而是将其视为神明统治的神圣地域，所以当发生火山喷发、严重地震或是无法预测的干旱时，他们选择向神明献祭，甚至把自己的孩子作为祭品。他们盼望以这种方式让世界恢复平静。

大约500年前，一位西班牙编年史记录者，也是一名雇佣兵的佩德罗·谢萨·德·莱昂（Pedro Cieza de León）花了11年的时间游历南美洲，一路向南穿过了刚刚被征服的印加帝国（包括现在的哥伦比亚和智利中部）。随后他在自己献给西班牙国王的著作的前言中这样写道：

> 最尊贵伟大的国王陛下……只有［罗马的］蒂托·李维（Titus Livius）、瓦勒留斯·马克西穆斯（Valerius Maximus）或其他世上最伟大的作家……才能描绘出这个神奇国度中的美好事物。即便是他们也会发现这是一个不那么容易完成的任务，毕竟，有谁能数尽……这片我们刚刚发现和征服的领地中拥有的神奇事物呢？这里 xx
> 有多少高耸入云的山峰、神秘幽深的峡谷、不知深浅长短的河流？有多少省份，每个省份里有多少各不相同的事物？还有多少有着奇异风俗、仪式和典礼的部落，更不用说多少飞禽、猛兽、树木、鱼类是我们从没见过的？……我在这里记述了很多我亲眼见到的景象，我走

访了许多国家，只为更好地了解这些事物。至于那些我无缘见到的，我只能遗憾地从那些值得信任的人那里获得相关的信息，他们当中既有基督徒也有印第安人。我向万能的上帝祈祷……您的统治延续万年，您的疆域不断扩大。[2]

佩德罗·谢萨·德莱昂在走遍南美洲之前就去世了。但是在游历了与他相似的路线和地区之后，我可以证明很多他当初描写到的奇观至今仍然存在。我儿时梦想的，如今有幸亲身体验的南美大陆的美好与惊奇也一直不曾改变。

第一章　追捕巴勃罗·埃斯科瓦尔和寻找埃尔多拉多国王（哥伦比亚） 1

他说［哥伦比亚］遍地都是宝石和黄金……他还讲到有一个国王，赤身裸体地乘着筏子在池塘里供奉祭品……他［遍身］涂满了……大量的金粉……整个人闪着光，像太阳一样耀眼……于是［西班牙］士兵们给［这个国王］取名为埃尔多拉多国王［即黄金之人］。[1]

——胡安·德·卡斯特利亚诺斯

（Juan de Castellanos），1589 年

有时我就是神；如果我说一个人应该死，那么他就活不过当天……世上只能有一个国王［这个国王就是我］。[2]

——巴勃罗·埃斯科瓦尔，麦德林贩毒集团首领，

连续七年登上《福布斯》杂志

亿万富翁榜单（1987～1993 年）

> 将来可能有一天我会找你帮忙，也可能这一天永远不会到来。不过直到那之前，让我为你主持公道吧……就当作在我女儿大喜的日子里送你的礼物。[3]
>
> ——唐·柯里昂，《教父》（*The Godfather*），1972 年

2 砰，砰，砰！

星期三上午 11 点 30 分，有人敲响了乌戈·马丁内斯（Hugo Martínez）上校位于波哥大卡斯特拉娜区（La Castellana）的公寓房门，这预示着他可能即将面临死亡。此时正值麦德林毒品战争的顶峰时期，而且马丁内斯心里清楚，自己居住的高档公寓门禁森严，任何人想要来到位于五层的他家，必须先通过楼下门卫的审查，然后门卫会通过内部对讲机确认业主是否在家，询问访客姓名并通报其到达。只有在业主许可的前提下访客才能进入公寓楼，因为这里住的大多是高级别的哥伦比亚警务官员。但是在这一天的上午，对讲机并没有响过。马丁内斯上校起初猜测也许是邻居在敲门，可是转念一想，谁会知道他现在正好在家里？上校的工作是专门追捕麦德林贩毒集团的各个头目，充满了各种危险，于是他小心翼翼地移动到门边，他四周的地上散落着一些玻璃碎片，这是因为一周前外面的爆炸震碎了玻璃和电视机。

砰，砰，砰！

上校今年 49 岁，很瘦，身高 6 英尺，留着棕色的短发，眼睛是咖啡色的，双眼间距略近。他本来正在打包一些家里

的财物，但是突如其来的敲门声让他愣了一下。这间公寓已经被空置了一周，墙上的时钟还在安静地走着，地上散落着一些衣物，他孩子的房间里还堆着各种玩具，一切都还是他妻子带着两个孩子逃离时的原样。不应该有任何人知道他此时会独自一人出现在波哥大的这间寓所里，那么究竟是什么人在敲门呢？

一周前，贩毒集团的人在公寓楼下面的街道上引爆了一颗威力巨大的炸弹，碎裂的弹片四处弹射，还伴随着滚滚升起的浓烟。不少人受了伤，但幸好无人遇难。当时马丁内斯正在 200 多英里以外的麦德林，他听到这个消息后焦急地给妻子打了电话，然后立刻飞回波哥大给她和两个孩子安排藏身之所。马丁内斯意识到贩毒集团本可以杀掉他所有的家 3
人，但是他们选择用这个炸弹来传达一个消息，他们相信上校一定能够明白个中含义：

> 我们麦德林贩毒集团的人知道你的家人住在这儿。只要我们想，随时都可以致他们于死地。如果你继续追捕我们，他们的死期就要来临了。这是对你的警告。

在过去三年的大部分时间里，马丁内斯上校在麦德林过着和尚一般的生活。他亲自挑选了一批特警并由他带领驻扎在那里的一个警察局中——这支队伍被称作“搜查团”（*el Bloque de Búsqueda*）。哥伦比亚政府在 1989 年的时候任命马丁内斯负责领导抓捕哥伦比亚最有权势、最让人畏惧的大毒枭巴勃罗·埃斯科瓦尔（Pablo Escobar）并捣毁他的贩毒组织的行动。无论是马丁内斯还是他的同事们都确信接受这个任务就等同于自杀。

马丁内斯并不想接受这个任务。事实上，他大部分的同事都认定他在几周，或者最长不过几个月内就必死无疑。不过马丁内斯相信，接到了任务就要执行。毕竟从成为警校学员那天起，他的一生都献给了警务工作。

职责就是职责。如果他不接受，那么就会有别的什么人不得不接受任命。多年来他的工作就是发出命令、接受命令。这一次，他也没有拒不接受的打算。与此同时，上校也意识到可能这正是为什么会由他来承担这个任务，因为马丁内斯的上级知道，别人可能会选择辞职或将任务转嫁给其他人，但马丁内斯是少有的几个绝对不会这样做的人之一。事实上，他一直以工作有效率而闻名。另外他的记录也很清白，不仅有上校军衔，而且是法学院毕业的高才生，在学校时成绩就名列前茅。马丁内斯人过中年，已婚，还有三个孩子，完全有可能进一步晋升为上将，当然前提是他不会在这次任务中丧生。

接到这个新命令时，马丁内斯和家人都生活在波哥大，但是工作需要他马上前往麦德林。也就是说，他要在一个几乎所有地方警力都已经被贩毒集团买通的城市里执行自己的
4 任务。在哥伦比亚，警务工作者的薪酬很低，而毒品贸易却可以带来数十亿美元的收入。自然而然地，腐败现象在这里屡见不鲜，麦德林的法官、警察和政客都收受了贩毒集团的好处。事实上，巴勃罗·埃斯科瓦尔一直坚信在他的家乡，谁也不能把他怎么样。

贩毒集团花这笔钱当然是为了保护他们的主业——出口可卡因，所以贿赂是他们不得不付出的成本。如果某个人被认定是会添麻烦而且无法被收买的，又或者某个人欺骗或是背叛了贩毒集团，那么埃斯科瓦尔和他的贩毒集团还雇用了成千上万的职业杀手，这些人组成的组织叫“刺客团”（*sicarios*）[①]，是一个名副其实的杀手军团，他们负责保障贩毒集团的意志得以实现。到 20 世纪 80 年代，麦德林的街道上已经有大约 2000 名“刺客”，其中大部分都是十几岁的青少年。他们经常骑着双座的摩托车出现，前座上的人负责驾驶摩托车，后座上的人负责开枪射击。有些人说埃斯科瓦尔本人十几岁的时候就是一名“刺客”，他还给这些年轻杀手们传授过他偏爱的暗杀手法：朝着暗杀目标前额眼睛上方的位置连开两枪。按照埃斯科瓦尔的说法，万一有人中了一枪之后还能侥幸不死，那么第二枪也可以保证将他送上西天。

在麦德林，为贩毒集团提供暗杀服务是一种特别赚钱的差事，它甚至还激活了一整条作坊式的产业链。随着暗杀目标的增多，提供顺畅、迅速并且无可追查的暗杀服务成了一项特别有市场的技能。到 1989 年，也就是上校和他带领的 400 名“搜查团”成员来到麦德林挑战埃斯科瓦尔的时候，这里已经被公认为是当时世界上最危险的城市了。没有哪个

---

① “*sicario* 这个词来源于拉丁文中的“*sicarius*”，是“使用匕首之人”的意思，起初指的是公元前 1 世纪一个小型犹太人游击队团体，他们专门用隐藏在身上的匕首刺杀罗马人，目的是将占领他们家园的入侵者赶出去。

大城市会像这里一样每天出这么多命案，甚至连接近这个数字的都没有。

“搜查团”的成员都面临着极大的危险，也正是出于这个原因，无论是上校还是他的部下们都没有带家属前来，否则他们挚爱的人会马上成为贩毒集团的刺杀对象。实际上，“搜查团”成员的家属生活在各个城市的各个地方，而且出于安全目的还要经常转移。就在最近，由于哥伦比亚政府加大了对贩毒集团的打击力度，暴力事件也随之愈加频繁地上演，马丁内斯上校和妻子也不得不立即让自己的孩子停学，因为就算是有警察护送也不能保证万无一失。在这次爆炸袭击发生之后，上校意识到连波哥大也已经充满危险了，从这个层面上说，哥伦比亚几乎再没有一个角落是安全的了。对马丁内斯来说，贩毒集团就像一只有无数触角的巨型章鱼，有些触角已经很粗，有些还很细小，还有更多的触角在不停地向外生长。没有什么人是贩毒集团接触不到的，哪怕这些人是在哥伦比亚境外。任何人出于任何原因想要阻碍贩毒集团的发展壮大，都会使自己自动成为被暗杀的目标。

砰，砰，砰！

敲门的声音越来越大，门外之人显然没有放弃的意思。

“谁在敲门?”马丁内斯问道。

没有人回答，但是马丁内斯可以听到一些含混不清的声音。

“谁在敲门?”马丁内斯又问了一遍。

这次，他听到外面的人报上了一个名字。一个他认识的名字，不过已经好几年没听人提起过了。

马丁内斯开了门。站在他面前的是一个年纪在45岁左右的男人，他穿着西装打着领带，皮肤是棕色的，满脸痛苦的表情。马丁内斯认出了这个人——他曾经也是一名警察，但自己已经四年多没见过他了。当他们都还在另一座城市工作时，这个人曾经是马丁内斯的邻居。后来因为他存在一些违规行为，马丁内斯要求他提交了辞呈。

此时这个男人站在这里，脸上带着一副羞愧和恐惧混合在一起的复杂表情。他甚至不敢直视上校的眼睛。

“我是来给你传口信的，上校，”最后他终于开口了，“我不得不来。”

马丁内斯看着他，皱起了眉头。这个人于是抬起了头。

“这个口信是巴勃罗·埃斯科瓦尔给你的”，他说。

“如果我不来，他们会杀了我，或是杀了我的家人。他们就是这么威胁我的。”

马丁内斯看着自己以前的同事，脑子里依然在想他怎么 6
能这么轻易地进入公寓楼来到自己门前。

“什么口信？”最后上校问道。

“巴勃罗·埃斯科瓦尔让我来给你开价600万美元。”

男人仔细观察着马丁内斯的神情，评判着他的反应，然后才继续说下去。

“你可以继续做你的工作，继续担任你的职务，继续开展你的行动，但是，他唯一的条件是，”来人深深地凝视着上校，最后补充道，“展开对他的抓捕行动之前，你必须先打个电话，让我们知道你要行动了。如果你同意，这笔钱就可以存到任何你指定的账户里。”

“600 万美元”，男人又重复了一遍。

马丁内斯上校看着他的前同事，显然对方很不自在，尽管室温很低，但他在不断冒汗。上校脑海中现在出现了两个想法。第一个是确定这就是埃斯科瓦尔想要以贩毒集团标准的手段收买他，这种手段也被称作“银或铅”（*plata o plomo*），就是“拿钱或没命”的意思。一周前的炸弹袭击是“铅”的部分，就是威胁马丁内斯就范，否则一定会没命。而现在，自己的前任同事则送来了“银”，也就是 600 万美元的贿赂。要接受哪一种，全凭马丁内斯自己决定。

第二个想法是埃斯科瓦尔之所以会派人来贿赂他，肯定是因为他已经感受到了压力。看着眼前贩毒集团的信使如坐针毡的样子，马丁内斯完全有理由得出这样的结论。本来上校和他的部下们就已经抓捕或击毙了几个埃斯科瓦尔最主要的副手，其中还包括他的亲戚埃纳奥（Henao），埃纳奥是他左膀右臂一样的人物。上校意识到埃斯科瓦尔肯定开始担心了。他的贿赂显示出的是软弱而不是强大。

“跟他说你没找到我”，马丁内斯低声说道。

“但是上校，我不能那么做呀”，男人乞求着。

“这次对话从来没发生过”，上校坚定地回答。

尽管男人还在苦苦哀求，但是上校已经关上了房门。

埃斯科瓦尔七岁的时候，他的大哥罗伯托（Roberto）也才只有十岁。有一天，一伙武装暴徒（*Chusmeros*）来到
7 他们一家所在的名叫提提里布（Titiribu）的村庄，打算把
整个村子的人都杀光。那一年是 1959 年，埃斯科瓦尔的哥

哥罗伯托后来这样描述道：

> 暴徒们深更半夜来到我们镇上，把老百姓从各自的家中拽到外面杀死。当他们来到我家外面时，也是一边用砍刀砸门一边大喊着要杀死我们。[4]

埃斯科瓦尔所在的村庄中的大部分人都是哥伦比亚自由党的成员，而这伙武装匪徒则大多是保守党的成员。11 年前的 1948 年，哥伦比亚国内的党派斗争达到了最高潮，自由党的政治候选人豪尔赫·盖坦（Jorge Gaitaán）被暗杀，而他本来是很有可能当选总统的。盖坦的死成了哥伦比亚一种集体性精神崩溃的触发点，激起了一种内发性的暴力大释放，其凶残程度不亚于 40 多年之后在卢旺达发生的大屠杀。如普鲁士将军卡尔·冯·克劳塞维茨（Carl von Clausewitz）所说："战争是政治的另一种延续形式。"盖坦的死让哥伦比亚人不再只通过投票来表达自己的政治观点，他们转而到乡村去宣扬自己的理念，而他们将自己的意识形态强加于人的工具就是砍刀、匕首和枪支。在一个只有 1100 万人口的国家里，接连发生的暴力事件很快就导致了 30 万人丧生，另有 60 万～80 万人受伤。让情况更加恶化的是，在哥伦比亚的政治论战转化为公开内战的过程中，还有一个特别野蛮残暴的特点：人们的目标不再是简单地杀死自己的对手，更重要的是杀人的方式越惨绝人寰越好。

在这场后来被世人称为大暴乱（*La Violencia*）的大规模动荡期间，杀人的方式变得越来越恐怖，以至于为此还出现了新的词语。人们不得不创造新的语言形式来描述这些从未出现过，或是从未发展到这样极端的程度或规模的新行为。这类口语名词迅速传播开来。举个例子来说，“*picar para tamal*”的意思是“像切玉米粽子一样”，在这里指的
8 是用刀慢慢地劈砍人的身体，直到他或她断气为止。另一种杀人方法叫“*bocachiquiar*”，这个词来源于一种叫“褐菖鲉”（*bocachico*）的鱼，因为它的鳞特别多，渔民清理它的时候得先在鱼身上划很多刀才能最终把鳞都去掉。把这个办法用在人身上就是指在被害人身上划出无数的伤口，直到他或她因失血过多而丧命。在乡村里发生的暴乱中，还有割掉人的耳朵、剥下活人的头皮，或者用刺刀刺死孩子和婴儿的事发生。对于成年人而言，还有一种死法叫“*corte de corbata*”，字面意思是“领带切”，即割开受害人的喉咙，然后从敞开的伤口中把他或她的舌头揪出来。

就是出于这些原因，在盖坦被暗杀的 11 年后，当暴徒们在深夜里举着灯和火把，叫嚣着来到埃斯科瓦尔家门口的时候，全家人都知道迎接他们的将会是怎样的命运。根据巴勃罗的哥哥罗伯托所说，当拳头和砍刀砸门的声音以及邻居们的惨叫划破夜晚的宁静之时：

> 我母亲向着阿托查的婴儿耶稣雕像（Baby Jesus of Atocha）一边祈祷一边哭泣。她把一个床垫铺到了床下，让我们躺在上面不要发出声音，然后又用毯子把我们盖严。我听到父亲说：“他们一定会杀了我们，但是我们可以让孩子们幸免于难。”我紧紧地抓着巴勃罗和

> 我的妹妹格洛丽亚（Gloria），告诉他们不要哭，我们一定会没事的……我家的大门很结实，暴徒们没能破门而入，于是他们就在门前洒满汽油，然后把房子点着了。[5]

几乎是在埃斯科瓦尔一家就要葬身火海的时候，哥伦比亚的军队及时赶到，驱散了疯狂的暴徒。不久之后，士兵敲着埃斯科瓦尔家的大门告诉他们外面已经安全了。埃斯科瓦尔一家起初还不肯相信他们，直到最终实在忍受不了屋里的高温，才跌跌撞撞地跨出了家门，映入他们眼帘的是被劫掠破坏后的乡村。士兵们把埃斯科瓦尔一家和其他幸存者一起安置到了当地的学校里。罗伯托回忆道：

> 道路被两边燃烧着的房屋照亮了。在这种特殊的光线下，我看到了那些被丢在水沟里或是挂在路灯柱子上的尸体。暴徒们在尸体上也撒了汽油并点火焚烧，我永
> 远都不会忘记尸体燃烧的气味。我抱着［7岁的］巴勃 9
> 罗。巴勃罗紧紧地搂着我，好像再也不肯松开手一样。[6]

突然爆发的野蛮暴力让全世界都意识到，不管是出于什么原因，此时的哥伦比亚就像是一个绷紧的弹簧，弹簧的一头还拴着手榴弹。实际上，盖坦被刺杀一事在这个国家本来平静的外表上磕出了一道裂缝，于是内部的紧张状态找到了爆发的突破口，就像安第斯山脉上不时从山体裂缝中喷发而出的岩浆一样。然而这已经不是哥伦比亚第一次爆发这样的动乱

了。早在50年前，也就是1899～1902年，这里就经历过一次同样野蛮的内战，80万人在战争中遭到屠杀，这个数字相当于哥伦比亚人口的20%。

“我们的历史中出现的这些不可估量的暴力和伤痛不是3000里格之外的［共产主义］团体策划的阴谋，”哥伦比亚小说家加夫列尔·加西亚·马尔克斯（Gabriel García Márquez）1982年发表诺贝尔奖获奖感言时这样说道，“而是源于人们长久以来遭受的不公和无法述说的苦难。”[7]

历史学家无疑会赞同这样的说法。他们大多认为哥伦比亚当代暴力事件背后的原因可以追溯到最初的西班牙征服活动。1537年，一支由不到200名西班牙征服者组成的队伍，在31岁的贡萨洛·希门尼斯·德·克萨达（Gonzalo Jiménez de Quesada）的带领下，来到了一片遍布印第安人村落的高原。西班牙人当时想找的是一位名叫波哥大（Bogotá）的印第安人首领，因为有传言说他拥有大量的黄金。这些西班牙人很快就误打误撞地发现了穆伊斯卡文化（Muisca culture）。穆伊斯卡是一个由一些美洲原住民部落松散联合而成的印第安人联盟。穆伊斯卡人住在圆锥形的棚屋里，在广阔富饶的田地上耕作。他们穿的服装是棉质的束腰长袍，也会挖掘或通过交易来换取宝石、红铜和黄金。每一个穆伊斯卡部落都有一个首领（*cacique*）。穆伊斯卡这样的联盟已经是安第斯山脉上出现过的最复杂的社会群体了，这个联盟在山区占有的领地面积相当于今天瑞士的大小。

穆伊斯卡人讲的语言是奇布查语（Chibcha），属于一种广泛使用于中南美洲的语系的一支。如其他一些南美洲原住

民一样，穆伊斯卡人没有私人财产。无论土地、水源，还 10
是狩猎来的动物，都归全体成员共有。相反，西班牙人则来自刚刚兴起了资本主义的欧洲。他们看到的不是人们的公共财产，而是一片等着他们掠夺的土地——这个国家正适合引入私有制制度。因为这里的田地、平原和森林都可以被占有并瓜分，然后所有者就可以马上开采这里的资源，并将其销往海外换取利益。一位16世纪的编年史作者这样写道：

> 从西班牙人登陆［哥伦比亚］的那一刻起，他们就认定自己已经到达了梦寐以求的目的地，接下来要做的就是征服这里。[8]

另一位编年史作者也写道：

> 一路行军的过程中，希门尼斯［·德·克萨达］……发起了征服这个新王国的战斗……［他们］进入了这片土地上最有威望的首领的领地，人们称其为波哥大……有传闻说这个首领极其富有，因为当地人都说波哥大有一屋子的黄金，还有无数极为珍贵的宝石。[9]

黄金、宝石和迅速攫取大量财富的念头让西班牙征服者们兴奋无比，历史学家约翰·亨明（John Hemming）评论说：

> 这些冒险前来的征服者们并不是雇佣兵，探险活动

> 的领导者并不向他们支付任何酬劳。这些人其实就是抱着大捞一笔的梦想前往美洲碰运气的投机者。在征服南美洲的最初一段时间里，这些亡命之徒要想得到任何回报，都得从印第安人身上榨取。他们就是期盼着能轻松掠夺财富的抢劫犯。他们吃的食物和享受的个人服务都是由作为他们掠夺对象的印第安人提供的……这些西班牙冒险家们就像一群猎狗，在这个国家里四处搜寻黄金的气味。他们满怀着豪情壮志漂洋过海来到这里，在沿
> 11 海的小聚居区里安营扎寨，就是打算像寄生虫一样通过对当地人民的巧取豪夺来实现自己的发家美梦。[10]

后来的哥伦比亚首都波哥大就建立在这片土地肥沃的高原之上。希门尼斯·德·克萨达带领他的手下继续在这里寻找印第安人首领波哥大的下落。两年前探险活动开始时的参与人数有 900 人之多，到此时，已经只剩 166 个人还活着。据一位编年史作者记述：

> 第二天一早，这群人又走了大约 2 里格的路，然后发现了一片新的聚居区，这是最近刚由一个伟大的首领……波哥大建立的。这个镇子修建得气势非凡，房子不是很多，但都面积可观，房顶是用精挑细选的稻草铺就的。房子四周也很好地防护了起来，有用甘蔗茎拼成的密实篱笆墙……整个镇子外面还有两层围墙做保护，之间还有一个大广场……西班牙人给镇子的首领传信……让他出来和基督徒们结为朋友。如果他不照办，

> 基督徒们就要向反抗他们的人发起进攻，把整个镇子夷为平地。[11]

首领波哥大拒绝照办。在今天看来他这样决定的原因是显而易见的，但对于当时的西班牙人来说这是完全不能接受的。于是西班牙人一如既往地立即开始杀戮和奴役当地的居民，霸占了他们的宝石矿场，俘虏了他们部落里的首领们，有的直接杀了，有的用来作为人质索要赎金。然后西班牙人还将所有他们拿得动的资源和财物都据为己有。最终，他们杀害了首领波哥大，然后又抓到了穆伊斯卡联盟最后一位尚在人世的首领，逼他交出他们怀疑被首领波哥大隐藏起来的黄金。一位编年史作者写道：

> ［被俘的首领］萨希帕（Sagipa）回答他们说自己心甘情愿交出所有的黄金，但是他需要一点合理的时间来筹备。萨希帕承诺只要给他几天时间，他就会用波哥
大的黄金填满一间小屋……但是当期限截止之时，萨希 12
帕并没有依约履行承诺，而是只交出了三四千比索（pesos）的普通黄金和低质黄金。见此情形，基督徒们要求希门尼斯［·德·克萨达］对萨希帕施以烙铁等酷刑……基督徒们确实这么做了，他们的目的就是逼迫萨希帕交出波哥大隐藏的黄金或是说出隐藏的地点。最终萨希帕也被杀死了。[12]

萨希帕当然不是简简单单地“被杀死”了，他完全是被酷刑折磨致死的。那之后又过了几天，西班牙人在这个地方建立了名为“圣菲波哥大”（*Santa Fé de Bogotá*）的聚居区。讽刺的是这个名字的字面意思是“波哥大的神圣信仰”，正是以刚刚被他们杀害的当地首领命名的。至此，在被践踏破坏的穆伊斯卡高地上，哥伦比亚正式进入了有书面历史记载的时代，然而，这篇用鲜血、黄金、宝石和死亡书写的第一章只是为接下来更多残酷的事件揭开了序幕。

*

那不勒斯庄园（*Hacienda Nápoles*）是巴勃罗·埃斯科瓦尔在乡下的豪华庄园。那里距麦德林有大约三个小时的车程，是他的藏身地点之一。有一天，当他正在庄园里的肾型游泳池边款待客人时，他的一个雇员被押送到了他的面前。远处的庄园领地上，有长颈鹿、鸵鸟和瞪羚在跳跃嬉戏。更远一些的地方有一条河流，凶猛的非洲河马就站在河中，一边用鼻子喷水一边摇晃着耳朵。河马是非洲最危险的大型猛兽之一，埃斯科瓦尔从非洲进口了四头养在自己的庄园里，而且这一数量还在继续增加。事发这一天，埃斯科瓦尔穿着他标志性的蓝色牛仔裤、白色网球鞋和一件T恤衫。那个雇员被绑着双手站在他面前，别人告诉埃斯科瓦尔这个雇员是个小偷，是在庄园的一个房间里行窃时被当场抓住的。

“幸好你老实坦白了，”埃斯科瓦尔用他一贯的低沉嗓音平静地对他的阶下囚说，“你这样做算是保住了你的家
13 人。”客人们还都悠闲地躺在池边的躺椅上，随意地啜饮着他们的饮料。埃斯科瓦尔站了起来，开始有条不紊地对这个雇员进行拳打脚踢，直到他倒在地上。然后这个全世界最富

有、最有权势的大毒枭——他在哥伦比亚已经拥有超过 400 处房产，在迈阿密有 19 栋大宅，每一栋都自带停机坪——又开始狠狠地踹倒在地上的人，直到他落入旁边的游泳池中为止。遭到毒打的男人慢慢地沉到了池底，而埃斯科瓦尔则转过身微笑着问自己的宾客："好了，我们刚才说到哪儿了？"[13]

*

我在波哥大的北奇科区（*Chico Norte*）一栋高级公寓楼里见到了已经退休的乌戈·马丁内斯上将——那个宁可拒绝巴勃罗·埃斯科瓦尔 600 万美元的贿赂也不肯出卖自己灵魂的人。这间公寓是属于上将的一个朋友的。

"上将不喜欢在自己家里接待访客。"上将的朋友玛丽亚（Maria）这样告诉我。玛丽亚也是一名记者，曾经在马丁内斯和他的搜查团与麦德林贩毒集团战斗高潮期报道过他们的事迹。

"和不认识的人打交道时，上将更喜欢约在自己家以外的地方见面。"

我想这无疑是多年来被贩毒集团追杀而形成的习惯。

上将此时已经 69 岁了，但还保持着瘦高的身材。深色的头发很短，有些也已经转为灰白。他嘴唇很薄，双眼的间距略近，外貌看起来更像西班牙人或欧洲人，和我握手的时候也很轻柔。1989 年接到追捕埃斯科瓦尔和他的贩毒集团的命令时，乌戈·马丁内斯还是一名上校。现在，已经退休的上将着装很休闲，他穿着一件平整的蓝色窄条纹衬衫和一件灰色的运动衣，给人的感觉很和蔼也很放松。虽然与贩毒集团的激战已经过去20年了，但关于那段时期的记忆依然深深地印在上将的脑海中。其实这段记忆也同样深深地烙印在哥伦比亚大众的脑海中。尤其是最近刚刚在全国范围内播放的一部长篇电视剧无疑又重新唤起了这些记忆。电视剧的名字就叫《恶魔之主：巴勃罗·埃斯科瓦尔》（*Pablo Escobar*：*El Patrón del Mal*）。这部电视剧是哥伦比亚历史上耗资最大也是最成功的电视剧，每天晚上都有数以百
14 万计的观众收看这部电视剧。然而，它其实也不过是哥伦比亚本就十分过剩的贩毒题材电视剧中的又一部新作而已。这类电视剧大都喜欢将各个毒枭的生活描绘得“丰富多彩”，而抓捕他们的警察和政治人物则会被塑造成贪污腐败的反面形象。

“哥伦比亚人对这些故事特别着迷，”玛丽亚告诉我，“但是他们并不了解事情的真相，年轻一代更是完全不知道那段历史有多么血腥。”

被选定执行抓捕埃斯科瓦尔的任务的这个人出生在波哥大西北大约80英里以外的一个叫莫尼基拉（Moniquira）的小镇上。莫尼基拉镇是一个老派的小镇，人们出门还都骑马，也还喜欢穿哥伦比亚传统的毛纺庞乔斗篷（*ruanas*）。事实上，埃斯科瓦尔和马丁内斯都出身哥伦比亚中产阶级中偏下层的家庭，而且都是在家族成员众多的大家庭里长大的。埃斯科瓦尔有六个兄弟姐妹，马丁内斯则有八个。埃斯科瓦尔的父亲是个小农场主，马丁内斯的父亲则开了一家卖行李箱和皮革制品的店铺。

不过，埃斯科瓦尔的外祖父是个人尽皆知的私酒走私

犯，曾经把本地酿造的私酒装瓶，藏在棺材里走私出去。相反，马丁内斯的家族却一直有从军的传统，他有一个叔叔曾经是海军上将，另一个亲戚曾经是陆军上将，所以马丁内斯很小就加入男童子军也就没什么可惊奇的了。

“我至今还保留着一些我和其他童子军在一起时拍摄的照片，”马丁内斯告诉我，想起这些往事让他忍不住笑出了声，“照片里的孩子们都随意地待着，只有我穿着制服，神情严肃，一动不动站得笔直。那时候我才八岁。”上将一边说还一边摇头。

因为马丁内斯所在的镇子里只有一所小学，所以家里人把他送到了临近的镇子里上中学。马丁内斯只能寄宿在那个镇子上的一户人家中。有一次赶上复活节假期，其他同学大都回到自己家里去了，只有马丁内斯还留在他寄宿的这户人家里。当时有两个比他年纪大一点的朋友要带着他们的一个朋友来看望马丁内斯。这三个访客都是另一个镇子上的警察学校的学员。那个新朋友的身材和马丁内斯差不多，于是马
丁内斯问他能否让自己试穿一下他的学员制服。那个人同意 15
了，并且换上了便装。“我脱下自己的衣服，穿上了他的制服，”马丁内斯回忆道，仿佛自己正站在镜子前面一样挺直了背，向后展开了肩，“我走到镜子前面，戴好帽子，然后就跑到了街上。整个下午我都在到处溜达，炫耀我的制服。我甚至还去打了一会儿台球。最后，那个学员找遍了各个地方才终于发现了我。他对我说：‘你在搞什么？你差点害我被学校开除！’”[14]

作为一个寄宿学生，马丁内斯有时会觉得受到孤立，所

以他把业余时间都花在了读书上，他看的大部分是关于旧时西部的枪战，尤其是关于犯罪题材的廉价小说。“我喜欢那些破案的故事，还有关于土匪的，”马丁内斯告诉我，“不过可笑的是在我真正成为警察之后，我才发现现实跟小说一点也不一样！”[15]此外他还发现：连穿着制服和使用枪支这些事也与他原本的想象大相径庭。在他也成为一名警校学员之后，他不得不无数次地清洗和熨烫他的制服，以至于他再也没有穿着制服炫耀的心情了。马丁内斯很快也对枪支有了类似的清醒认识：

> 当你刚刚成为一名警察学校的学员时，你会发现其他人都带着步枪和佩剑。但是你并没有这些，你有的只是一根棍子，你要把他当成步枪。这样的练习要持续八个月，这八个月里你根本不被允许佩枪，但是你要学习如何清洁、擦亮和组装枪支。到八个月的训练结束时，你已经不再憧憬佩枪或是穿制服了！[16]

一个女仆为我们送上了曲奇、蛋糕和浓缩咖啡，并把这些都放在了我们面前齐膝高的茶几上。马丁内斯没有碰甜点，但是端起了一杯咖啡。他是一个爽朗直率、容易沟通的人。像很多哥伦比亚人一样，他有时会拍拍别人的手臂以示对自己所说内容的强调。他待人的态度也很轻松随和，没有因为自己是一个上将而表现得高高在上。马丁内斯啜饮了几口苦中带甜的咖啡就继续讲了起来。

他说自己虽然对枪支和制服感到了厌烦，但是非常喜欢

犯罪学的那些课程。他还喜欢学习社会学。到他毕业的时候，他已经是一位年轻的少尉了。他的上级安排他到波哥大 16
实习一年，这也是他第一次去波哥大。一年之后他实习的警察局为他办了一个欢送会，因为他即将被安排到另一个地方工作。在这次欢送会上，他认识了一位叫马格达莱娜（Magdalena）的姑娘，“她是我见过的最美丽的姑娘”。当时马丁内斯23岁，马格达莱娜17岁。他向她索要了电话号码，而她也没有拒绝。他们第一次约会是去看电影。一年之后，当马丁内斯的上级告诉他他即将被调派到另一个城市工作时，他知道自己必须做出决定了。“她那么漂亮，我知道如果我不娶她，她马上就会被别人抢走”，马丁内斯告诉我，然后喝光了杯中的咖啡，并把杯子放回茶几上。当时马丁内斯向自己的父亲寻求建议，他父亲给出的回答就是：“如果你爱她，就娶她！如果你不爱她，就离开她！”[17]

于是马丁内斯和马格达莱娜举行了婚礼，组建了家庭，而他的事业也蒸蒸日上。最初是少尉，接着是中尉，然后是少校。为了多一些保障，马丁内斯决定利用晚上的时间继续深造以获得一个法学学位，而且他认为这对他的本职工作也是有帮助的。五年后，马丁内斯以全班第一名的成绩毕业。作为表彰，他还获得了为期一年的前往西班牙学习犯罪学的机会。

乌戈·马丁内斯四十几岁就成为国家警察队伍的上校，拥有法学学位，还在国外学习过先进的犯罪学。当时他的职务是波哥大警察学校的校长，也负责监督分析哥伦比亚各地犯罪数据的情报人员的工作。至此时，马丁内斯和他的妻子已经有了三个孩子，其中年纪最大的小乌戈·马丁内斯（Hugo Martínez Jr.）刚刚进入警察学校学习，似乎注定要追随他父亲的脚步。

他们的生活本来很顺遂，直到1989年8月18日这一天传来了总统候选人路易斯·加兰（Luis Galán）遭刺杀的消息，凶手很可能就是麦德林贩毒集团派遣的。加兰是当时总统候选人中的领先者，他宣称支持现行的引渡法。根据该法，哥伦比亚的犯罪分子可以被引渡到美国等其他国家。加兰被暗杀几天之后，马丁内斯得知政府决定组建一支由抽调自各个精英部门的400名警官组成的特遣队，并将他们全部
17 派往麦德林。这只新队伍被命名为“搜查团”。他们的任务就是追查麦德林贩毒集团——抓捕或击毙巴勃罗·埃斯科瓦尔及贩毒集团的其他领导。

事实证明，加兰被暗杀一事彻底激怒了哥伦比亚的精英阶层：政府由此正式向贩毒集团宣战。马丁内斯在得知要组建特遣队的当天就接到了警察总长打来的电话。警察总长通知马丁内斯：他被选为特遣队的指挥官，要马上收拾行装前往麦德林。

*

1551年，31岁的佩德罗·谢萨·德·莱昂出版了记述他在南美洲游历过程的编年史著作三部曲中的第一部，内容主要是他在哥伦比亚和秘鲁的生活。西班牙人对自己在这里看到的一切都充满好奇，他描述了这里的植物、动物和人，这些都是欧洲人从未见识过的。他还写到了安第斯山脉地区的印第安人是如何广泛使用从一种叫“古柯”（*coca*）的植

物上摘下来的小叶子的事：

> 在我到过的所有西印度群岛地区里，我都发现印第安人喜欢在嘴里含一些草叶或草根……他们还把混合的草叶和草根放在一种类似石灰一样的泥土做成的葫芦里随身携带……我问这些印第安人为什么要把这些他们并不食用的草叶含在嘴里……他们回答说这些草叶能给他们带来饱腹感，还能让他们充满活力和能量……他们……进入安第斯山脉的森林里时会含一些古柯……印第安人很精心地照料古柯树，这种树不高，树上长出的叶子也被称为“古柯”。印第安人把叶子放在太阳下晒干，然后存放在细长的小袋子里……这些古柯的价值很高……有些西班牙人就靠生产和交易古柯发了财，他们曾经在印第安人的市场上销售或是倒卖古柯。[18]

在佩德罗·谢萨·德·莱昂的著作出版之后的几个世纪里， 18
为什么古柯树对安第斯山脉地区的印第安人有这么大的控制力一直是个谜。直到500多年之后，这个答案才终于揭晓。

*

“你知道哥伦比亚的第一‘运动’是什么吗？”亚历山大（Alexander）这样问我。他今年28岁，是一名来自波哥大的教师。他开车送我和他的两个朋友到瓜达维达湖（Lake Guatavita）去，那里就是埃尔多拉多国王传说的发源地。

“是足球吗？”我坐在前座上，透过挡风玻璃望着外面猜道。

“不是。”他摇头否定了我的回答。

亚历山大转头看着我，我于是也摇头表示猜不出。

“是谋杀。”他耸耸肩，十分认真地说道。亚历山大突然打了打方向盘，给高速路边紧密聚集在一起的一群骑自行车的人让出一些地方。这些骑行者都戴着头盔，头埋得很低，黑色和黄色相间的骑行服在阳光的照耀下闪闪发光。骑自行车和自行车赛在哥伦比亚特别受欢迎。每到星期天，好像波哥大的一半市民都换上紧身短裤和上衣，戴着头盔到街上骑车去了。这些骑行者让我想起巴勃罗·埃斯科瓦尔的哥哥罗伯托，他在加入巴勃罗日益扩大的贩毒生意之前就曾经获得过自行车赛的冠军。

“哥伦比亚到底为什么会发生这么多暴力事件呢?”我问亚历山大。

“基因吧。”他几乎是想也不想地答道。

他看着我，我又摇了摇头，表示不解。

“我们曾经被谋杀者征服，”他说，“我们的祖先都是窃贼和土匪。暴力深植于我们的基因里。”

坐在后座的人是赫尔曼·范迪彭（Herman Van Diepen）和玛丽亚（Maria）。赫尔曼今年58岁，瘦高个，祖籍荷兰，他来自加利福尼亚的莫德斯托（Modesto），五年前移居到这里，在波哥大以教英语为业。赫尔曼有一双蓝眼睛，皮肤永
19 远像被晒伤了一样泛红。他到波哥大一年之后，娶了一位哥伦比亚的花商，也就是玛丽亚。（原来哥伦比亚不仅垄断了可卡因的市场，同时也是世界第二大鲜切插花出口国。）玛

丽亚和赫尔曼一样离过婚。她有两个儿子，都是由她出钱在哥伦比亚最好的大学完成了学业。玛丽亚非常能干，她用自己规模不大的鲜花销售生意赚的钱买下了两套砖结构公寓。今天他们两人就坐在亚历山大的丰田车后座上和我们同行。

我转头看向穿着牛仔裤和运动衣的玛丽亚，问了她一个和我刚才问亚历山大的同样的问题：

“过去这些年里，为什么哥伦比亚有这么多暴力事件发生呢？”

“不平等（*Desigualdad*）。”她同样回答得毫不犹豫。

“少数人拥有一切，而大多数人则一无所有。这就是问题的根源。”她一边说一边点头，黑色的长发中隐藏着几缕银丝。

“然而，”赫尔曼补充道，“尽管有暴力事件，但哥伦比亚人还是世界上最快乐的人群之一，也是我见过的最友善的人之一。”

“但是我们有一种自卑情结”，亚历山大接着说道。车子已经开进了乡村地区，外面的风景看起来有点像瑞士或德国南部，有绵延的群山和墨绿的森林，中间还穿插着一些耕地。左手边的小山上则种满了一排排的草莓。

亚历山大说最近哥伦比亚和厄瓜多尔踢了一场足球比赛。哥伦比亚的球队几乎整场都压制着来自南边小国的对手，偏偏在临近结束的几分钟内，让厄瓜多尔连续两次破门！不是一次，而是两次！所以最终的结果是哥伦比亚以两球告负。

“这就是为什么我们这里有一句俗语，”亚历山大说，

“我们比既往做得都好，但是我们一如既往地成了输家。”

玛丽亚听后笑了起来。

亚历山大同样也在赫尔曼执教的大学里教英语。他就是从那里的语言学专业毕业的。他已经结婚了，有两个年幼的儿子，现在还住在一间小公寓里。他摇了摇头，继续说道：

20 “我热爱哥伦比亚，不过这个国家仍然问题重重。”

天空中乌云密布，我们下了高速，把车开进了一个叫塞斯基莱（Sesquilé）的小镇。这里有一座殖民时期的教堂，就建在绿树覆盖的青山脚下。我们到一家小咖啡店里吃早餐，点了排骨汤、羊角面包和刚煮好的小杯热巧克力。从咖啡店的木质阳台上能看到下面的广场。

“远山的风景真好啊”，我欣赏着教堂背后高低错落的群山感慨道。教堂主体是用橘色的砖块砌成的，两座塔楼上则铺着绿色的瓦片。

“是啊，山上风景好，”亚历山大用手拍掉沾在熨烫平整的毛衣和休闲裤上的面包渣，不无讽刺地说道，“可是游击队也不少。”

开车又出了小镇不远，亚历山大停车向一位戴着草帽、穿着庞乔斗篷的老汉询问去瓜达维达湖的路。

“你们走错啦”，老汉回答说。他的皮肤粗糙，有一双深棕色的眼睛。“不过往那边走肯定能找到。”他一边说，一边含混地指了指山的方向。

一个半小时之后，我们找到了瓜达维达酋长保护区（*Reserva del Cacique Guatavita*）的入口。很快我们就跟随着一名穆伊斯卡向导穿过了一片长满了凤梨科植物的潮湿的小山。这里是眼镜熊和一种叫“马特哈”（*martejas*）的夜猴生活的家园。一些小树的树干上长满了苔藓和地衣，还有一种荧光绿的蜂鸟飞来飞去，它们艳丽的羽毛在阳光的照射下反射出炫目的色彩。

我们的向导就属于生活在这片地区中的五个原住民群体之一。他的名字叫奥斯卡·乔塔（Oscar Chauta），今年28岁，留着黑色的长直发，说话的声音很柔和，笑声也很好听。奥斯卡说他的祖先是讲奇布查语的，也就是西班牙征服者们来到这里时这里的人们原本使用的语言，但是现在没有人会讲奇布查语了。奥斯卡解释说连他的祖父母也仅仅知道几个奇布查语中的词语而已。他还说他的姓氏“乔塔”这个词有“人、存在、散播种子”的意思。西班牙国王卡洛斯三世（King Carlos Ⅲ of Spain）在1770年规定讲奇布查语为非法行为，奥斯卡说这样做就是为了去除哥伦比亚原住民文化遗产的影响力。这项法律被执行了超过两个世纪之久， 21
直到1991年才被废止。不过到那个时候，奇布查语早已灭绝了。也是在这一年，哥伦比亚议会还废除了引渡制度，这样就保证了毒贩们无法在国外被起诉。

亚历山大、玛丽亚、赫尔曼、其他六个哥伦比亚游客和我呼哧呼哧地沿着小道爬上了海拔接近10000英尺高的地方。路两边长着茂密的植物，有些地方甚至形成了天然的绿色隧道，还有许多茂盛的蕨类植物的枝叶探到了布满碎石的小路上。我们经过了成片的松树林，密集的松针一簇一簇的，像缩了水的人头一样挂在树枝上，一直垂到接近地面的高度。

途中我们停下来休息，放眼望去都是连绵的群山和一片片茂密的树林。我问向导，过去山里的穆伊斯卡人村庄是不是很多，这片土地上是否曾经遍布着村庄和农田？

“没有，”他回答我，“这整片地方都是很神圣的。这片地区是一个‘神圣的生态系统’（*un ecosistema sagrado*）。这里没有任何村庄，只有神圣的森林和湖泊。”

终于爬上了山顶之后，我们发现自己正站在一个巨大的坑口边缘，坑口下面几百英尺深的地方有一个绿宝石颜色的湖泊。这就是瓜达维达湖，也是穆伊斯卡人心中的圣湖之一。微风偶尔吹过湖面，拂起层层涟漪，而其他时候，湖面则平静得像一块玻璃。

我们的向导叫我们集中到坑口边缘，然后开始给我们讲起了穆伊斯卡人以前如何选择首领的故事。奥斯卡说，那时的人们会选出一些男孩作为候选人，训练内容的一个重要部分就是这些男孩要在与世隔绝的山洞里生活十二年，其间都不许离开山洞。前六年，这些男孩由母亲照顾，后六年则跟随他们的父亲一起生活。直到这些男孩进入青春期，并且从他们的长辈那里接受了长期的教导之后，每个男孩都要接受“考验”，以确认他的心灵是否“纯洁”：人们会给他们送来许多貌美的处女，如果受试者没能经受住诱惑，就说明他的心灵不纯，那么他就要被杀掉。绿色覆盖的远山映衬出奥斯卡的黑发，他继续给我们讲述故事。如果受试者通过考验，那么人们就会择良辰吉日为他举行盛大的就任仪式。仪式当
22 天，侍从们会在男孩的身上涂满松脂，然后再用芦苇管向他身上吹洒一层金粉。在这之后，人们还要给这个十几岁的男

孩穿上金质的胸甲、戴上金质的头冠，还有闪闪发光的鼻饰和耳饰。仪式当天一早，侍从们要划着芦苇筏船把未来的首领送到湖中央，奥斯卡边说边指了指下面的湖泊。而在坑口周围的山顶上，也就是我们现在所站的地方，会有1000名甚至更多的围观者聚集在这里等待着太阳升起。最终，在恰当的时刻，会有印第安人吹响海螺壳，而被选定的君主会向着初升的太阳举起手臂，然后将金质的饰物扔进湖中作为献给湖中女神和太阳的贡品。西班牙人后来把这些首领称为埃尔多拉多国王，也就是“黄金之人”的意思。

“你们相信他真的把黄金扔进湖里了吗?”奥斯卡故弄玄虚地以问题作为故事的结尾，然后仔细地观察着我们这一小拨人。我们都神情肃穆地点头。有风吹过树林的声音传来，我能看到下方湖面上被风吹起的涟漪。

奥斯卡指着坑口北部边缘的一处大裂缝让我们看，裂缝是楔形的，深深地砍在坑口边缘，一直劈到了接近湖面的深度。奥斯卡说：“西班牙人就相信了。他们一次又一次地想要抽干湖水，不过从来没有成功。他们并没有真正看到湖底。”

实际上，奥斯卡说得并不完全正确。16世纪，无数西班牙人和哥伦比亚人都曾尝试要把湖水抽干，开始是用水桶传递的方式，到1580年升级为在坑口边缘开凿了一个巨大的楔形裂缝，这个办法使湖泊的水面降低了60英尺。后来裂缝的地方坍塌了，还造成了本地工人的伤亡，继续开凿裂缝的工作也就被搁置了。在这一过程中，湖岸逐渐显露出来，西班牙人在那里发现了许多玉石和金质饰物，这也激发了他们将这一行动继续下去的决心。到 1801 年，一位德国科学家亚历山大·冯·洪堡（Alexander von Humboldt）在游历南美洲途中来到瓜达维达湖。洪堡仔细测量了瓜达维达湖的周长后，估计可能有价值约 1 亿美元的黄金沉在湖底。

又过了一个世纪，一位名叫哈特利·诺尔斯（Hartley
23 Knowles）的英国工程师接管了一家哥伦比亚的开采公司，并使用现代蒸汽机动力技术在坑口一侧钻孔。哈特利花了 12 年的功夫把湖水抽得越来越少，同时雇用当地的工人在不断暴露出来的新湖床上寻找金子。到 1912 年，诺尔斯已经找到了许多古代穆伊斯卡人扔到湖中的贡品，他还在伦敦先后拍卖了 62 批他找到的金饰和珠宝，净赚超过 2 万美元。同一年，英国人诺尔斯在向几位专家展示他的一些小型藏品时，还在纽约接受了一名《纽约时报》记者的采访。该记者称，诺尔斯往他张开的双手中倾倒了大量金饰。

“埃尔多拉多国王，”英国人低声说，“埃尔多拉多国王已经过去了几个世纪。这是黄金之人留下的礼物，是圣湖里隐藏的宝藏。”[19]

后来刊登出的文章旁边还配了一张照片来说明诺尔斯的工作成果：照片上瓜达维达湖的巨大坑洞不似此时这样被湖水注满，而是几乎被抽干了，只剩湖底还有几个小水坑和湿乎乎的泥巴。照片中还有两个人站在泥泞的湖底。

“我［现在］就是想要把湖抽成这样，”诺尔斯告诉记者，“如果完全抽干，湖底的泥巴就会凝固住，我们可不希望出现那样的情况。我们现在要做的是挖出 456 年前的那层湖底。这片湖底显然是又经过后面这几百年沉积之后形成的。我们花了四年的时间把水抽干，现在我们要开始挖掘了。”[20]

对诺尔斯来说，十分不幸的是他的工人们最后还是把水彻底抽干了，湖底很快凝固起来，挖掘工作无法继续进行，最终他的公司也破产了。雨季一如既往地到来，于是坑洞里又重新蓄满了水。

到 1965 年，哥伦比亚政府购买了瓜达维达湖及其周边地区，并将这里划为自然保护区，这才终结了延续四个世纪的湖底寻金的尝试。

“对于欧洲人来说，黄金是钱，”奥斯卡告诉我们，“而对于穆伊斯卡人则不然。黄金是神圣的，是有意义的。它是一种永不褪色的元素，一种永不变质的元素。”

下午的阳光照在奥斯卡的脸上，他环视着我们所有人， 24
我们也都点头表示认同。我又转头看向湖边留存至今的巨大伤痕，不禁想到了那些芦苇筏船，想到了延续了几个世纪的黄金之人，以及那些站在坑洞边缘我们现在所站的地方，等待着辉煌壮丽的太阳冉冉升起的敬拜者们；我还想到了后来来到这里的无数寻宝者，他们梦想着找到能让他们致富的东西，梦想着找到能让他们变得强大的元素，梦想着找到能彻底改变自己生活的宝藏。这些人之中离我们年代最近，也最声名狼藉的一位就是大毒枭巴勃罗·埃斯科瓦尔。唯一的区别在于埃斯科瓦尔追寻的既不是神秘的传说，也不是埋藏在地下的宝藏。他所有的注意力都投注在一种从植物中提取的物质上，而这种物质的价值亦如黄金一样珍贵。

巴勃罗·埃斯科瓦尔·加维里亚（Pablo Escobar Gaviria）是他家七个孩子中的老三，小时候生活在麦德林郊区的恩维加多（Envigado）。埃斯科瓦尔一家是在大暴乱之后从乡下搬来恩维加多的。埃斯科瓦尔的父亲是个农场主，母亲是学校老师，可是他自己从十几岁就开始和一些“狐朋狗友”混在一起，不但辍学，还走上了犯罪的道路。他最开始是偷车，后来去抢银行，在最终开始走私违禁品之前，他还实施过绑架勒索，甚至谋杀。

到1975年埃斯科瓦尔24岁的时候，他其实已经是一个有十来年犯罪经验的老手了。埃斯科瓦尔身高5英尺6英寸，有一头卷曲的棕发，尤其擅长偷车和走私违禁品。命运的事谁也说不清，埃斯科瓦尔开始在本地走私违禁品的时候，几千英里之外的地方恰好也在发生着某些重大的变化。从20世纪70年代初开始，之前一直非法吸食大麻多年的美国人刚刚尝试改吸可卡因。20世纪60年代末就已经有少量的白色粉末从南美洲流入美国境内。到70年代初，可卡因输入美国的数量有了突飞猛进的增长。哥伦比亚自然而然地成为安第斯山脉地区国家向美国非法走私毒品的中转站，因为这里西临太平洋，北临加勒比海，还有通往北方的地峡。
25 更何况，走私毒品绝对是稳赚不赔的。在1975年的时候，1千克未经提炼的古柯膏（*pasta básica*）在秘鲁或玻利维亚的售价是大约60美元。一旦这些原料被提炼为纯可卡因走私到迈阿密或纽约，就可以卖出每千克4万美元的高价。那些居住在地方城市麦德林的小打小闹的犯罪分子里，没有谁比巴勃罗·埃斯科瓦尔更迫切地关注着这样的暴利了。

埃斯科瓦尔从24岁起就做起了走私可卡因的行当。那时他只是一个最底层的毒品走私者。1975年，年轻的走私犯准备了三辆法国雷诺轿车，每辆车底盘下都有一个暗格。他从秘鲁买1千克古柯膏，然后开着第一辆秘鲁牌照的汽车到秘鲁和厄瓜多尔边境，换成第二辆厄瓜多尔牌照的车开到哥伦比亚边境，再换成第三辆哥伦比亚牌照的雷诺汽车。只要过了边境，埃斯科瓦尔就可以一路畅通地开回麦德林，在自己的浴缸里把古柯膏提炼成纯可卡因。然后他会把这些可卡因卖给那些有途径把毒品走私到美国去的本地毒贩。不过，埃斯科瓦尔并不满足于把自己辛辛苦苦制造出的产品按照哥伦比亚当地的价格出售，很快他就开始寻找加入将哥伦比亚与外面世界联通的销售系统的途径。毕竟，只有把毒品卖到国外才能真正赚到大钱。终于，埃斯科瓦尔打听到麦德林当地有一个走私者叫法维奥·雷斯特雷波（Fabio Restrepo），他是个中等级别的毒贩，每年分几次向迈阿密走私40～60千克可卡因。埃斯科瓦尔按这个数量迅速地算了一笔账：在秘鲁买40～60千克古柯膏的成本是2400～3600美元，将其提炼成可卡因后在美国可以卖到160万～240万美元，几乎是成本的1000倍。再说，美国当地的毒贩在销售毒品时，又会向可卡因里添加各种玉米淀粉等没有价值的物质来增加粉末的重量，降低可卡因的纯度——这样处理后的毒品重量大约能达到原来的三倍，所以最终的收入可能会是成本的将近3000倍。

埃斯科瓦尔迫切地想要找到参与能够最终获得这种暴利的销售系统的途径。他很快就联系到了雷斯特雷波的几个手

下，并开始将自己的毒品卖给他们。那时的埃斯科瓦尔住在一个肮脏、失修的公寓里。他提炼出来的可卡因就放在梳妆
26 台的抽屉里。前来取货的两个人当时并没有对眼前这个身材矮小、温言细语的年轻男子留下什么印象，只是从他这里买走了14千克可卡因。然而，几个月之后，这两个人却惊讶地得知：他们的老板雷斯特雷波被杀了，本来属于他的贩毒团体——当然也包括他们两个在内——都要归新的老大所有，而这个新老大竟然就是他们之前明显低估了的那个小供货商巴勃罗·埃斯科瓦尔。

“埃斯科瓦尔是一个彻头彻尾的罪犯”，奉命捉拿埃斯科瓦尔并摧毁麦德林贩毒集团的搜查团前任领导乌戈·马丁内斯上将说：[21]

> 他非常狡猾，非常聪明，也非常冷血。他不是一个生意人，他只是一个恶棍。

雷斯特雷波被杀一年后，哥伦比亚的安全警察（DAS）找到了埃斯科瓦尔大量走私可卡因的证据并逮捕了他。根据哥伦比亚的法律，埃斯科瓦尔将面临多年监禁的刑罚。然而，从埃斯科瓦尔被逮捕当天拍摄的面部照片上可以看出，这绝不是一个需要为自己的处境感到担忧的人；相反，他脸上带着自信的笑容，仿佛认定了这次逮捕不过是一次历险，甚至只是一场玩笑。毫无疑问，在准确地买通了有管辖权的官员后，埃斯科瓦尔在被捕几周后就被无罪释放了。根据他哥哥——很快也会加入自己弟弟的贩毒集团的罗伯托——的

说法，那两名逮捕埃斯科瓦尔的安全警察探员后来都被他杀死了：

> 埃斯科瓦尔发誓说："我一定要亲手杀了那两个狗娘养的"……我从别人那里听说，巴勃罗把那两个探员带到了一栋房子里，让他们跪在地上，然后开枪朝他们的头部射击……［总之，］报纸上报道说这两个探员被发现时，尸体上都有多处枪伤。[22]

杀害雷斯特雷波和两名探员的事情能够让人对埃斯科瓦尔后
来的标准行动程序有个预先的了解，那就是：以谋杀或暴力
的手段为自己打通参与这个有利可图的违法活动的途径；通
过雇佣杀手来消除竞争对手或阻碍；收买警察、法官和政 27
客，好让他们对自己的违法活动视而不见，甚至为自己保驾
护航；然后重复采取以上措施，以扩大自己的市场和控制
力。

埃斯科瓦尔刚一接管雷斯特雷波的贩毒网络，就立刻着手扩大了贩毒活动的规模。这个曾经在自己的浴缸里 1 千克 1 千克地提纯古柯膏的人，现在升级为用小型飞机每周一次向迈阿密走私 40 ~ 60 千克纯可卡因，每月的利润大约是 800 万美元。这些利润又都被投入制作更多毒品，于是埃斯科瓦尔的生意不断壮大，很快就变成了每周运送两到三次。短短两年内，埃斯科瓦尔就拥有了 15 架用于走私的大型飞机。每架飞机每次可运输 1200 千克可卡因到美国，价值超过 8000 万美元。而供应链另一端的那些吸毒者们也从起初

只是手头宽裕、追求时髦的年轻人扩大到包括内陆城市里的穷人们在内。但是，消费者对于这些白色粉末从安第斯山脉一路来到他们手中的过程背后隐藏的死亡、贿赂与罪恶毫不知情。1977 年，一名来自《新闻周刊》(*Newsweek*)的记者记述了这种新型的南美强力毒品给美国带来的爆炸性影响：

> 在过去几年里，可卡因的流行范围迅速扩大，已经成为无数美国人选择的消遣性药物……科罗拉多州的阿斯彭市（Aspen，Colo.）被缉毒局（DEA）的官员们称为“美国的可卡因首都”。在这里的餐馆中，吸食者可以直接要求坐在“D 类隔间”里，在这样的餐桌上他们是被许可随意吸食毒品的……在洛杉矶和纽约，最时髦的女主人们给客人提供一点可卡因也已经成为一种社交礼仪，就像唐培里侬香槟王和白鲟鱼鱼子酱是晚宴必备品一样。还有些奢华聚会主办者把可卡因和开胃菜一起放在银托盘里，或者就干脆放在桌子上的烟灰缸里，让客人随意取用……有的吸食者还会把吸食可卡因时使用的刀片和小勺用链子穿起来，像护身符一样挂在胸前。在坐落于旧金山的马克思福德珠宝店(Maxferd's)里，人们还可以买到镶有钻石的刀片，售价为 500 美元；还有为客人量身定做的小勺，售价为 5000 美元。去年，这家珠宝店共售出了价值 4 万美元的小勺。另外，这里还出售对应两个鼻孔的双头小勺。马克思福德珠宝店的所有者霍华德·科恩（Howard

> Cohn）表示："我们不得不使用卡尺测量客户鼻孔之间的距离，这其实有点搞笑。"[23]

埃斯科瓦尔获得了大把大把的钞票，可他本人并不吸食可卡因（埃斯科瓦尔很出名的一点就是他从来不吸食可卡因，但是他每天早上开始工作前都要先吸大麻）。很快，埃斯科瓦尔就从一个哥伦比亚地方城市里的偷车贼和勒索犯摇身一变，成为国际可卡因大亨。到 1982 年的时候，32 岁的埃斯科瓦尔已经结婚，还有两个孩子。他的身家超过几十亿美元，还组织创立了麦德林贩毒集团。这个集团是一个可卡因供应商、精炼商和分销商的松散联盟。最令人惊奇的是，他还刚刚被选为麦德林地区的候补国会议员。这样的身份让埃斯科瓦尔不但自动获得了司法豁免权，还拥有了可以往返美国的外交护照。埃斯科瓦尔终于可以第一次合法地前往迈阿密享受自己的豪宅了。他携家眷乘坐自己的里尔喷射机来到美国，不但去了迪士尼乐园，还参观了白宫和联邦调查局博物馆。然而，即便是埃斯科瓦尔在美国度假期间，他的飞机、快艇和遥控潜艇仍在不间断地向北运输毒品，然后将大把大把的美元运回哥伦比亚。因为一捆捆的百元美钞实在多得数不过来，埃斯科瓦尔发现还是直接给钞票称重比较有效率。

事实证明，参加竞选并赢得政治职位对埃斯科瓦尔的事业来说是一个重要的分水岭。埃斯科瓦尔标志性的一系列犯罪手段是真正让他从籍籍无名的小毒贩变身为犯罪精英的关键，然而掌握了这些手段的埃斯科瓦尔拥有一个显而易见的致命缺点：他的职业需要他隐姓埋名，他的生意永远见不得光。可是这样一个人渐渐显露出自己不仅渴望财富和权势，还要拥有声誉和名望的本性。自哥伦比亚被西班牙征服已经过去了 400 年，而这个国家 97% 的财富仍然掌握在只占人口 3% 的精英分子手中。埃斯科瓦尔想要的正是加入这个群体并获得他们的认可。他甚至告诉自己最核心的那些亲信，
29 他最终极的目标是要成为哥伦比亚的总统。不过，参与竞选和当选政府职务无可避免地伴随着暴露埃斯科瓦尔隐秘的庞大犯罪事业的风险。最终，这也成了导致他走向毁灭的祸根。

埃斯科瓦尔的议员职务以及随之享有的外交豁免权和美国旅行签证等好处只持续了不到一年。虽然他花钱收买了许多人去帮他销毁他的犯罪记录以洗白他的过去，但是他这样突然出现在公共视野中，必然会引来公众的审视和铺天盖地的媒体报道。这个 32 岁就成为亿万富翁和哥伦比亚议员的人究竟是何方神圣？他的财富又是什么来路？埃斯科瓦尔对外宣称自己是靠房地产起家的。然而很快就有流言传出，称他的这些说辞无非是一个编造出来的假象。

“埃斯科瓦尔既想要鱼，又想要熊掌，”坐在他朋友的公寓中，乌戈·马丁内斯这样告诉我，“他想要其他罪犯都惧怕他，都不敢有任何侵犯他的行为；同时，他又不希望公众知道他私下里的罪恶营生！他想要伪装成一个‘生意人’蒙混过关。他明明是世上头号罪犯，可是他告诉所有人他的钱是靠房地产赚来的！而且竟然还有许多人相信了他！”[24]

1983年8月，埃斯科瓦尔当选一年后，哥伦比亚的司法部部长罗德里戈·拉腊·博尼利亚（Rodrigo Lara Bonilla）揭露了埃斯科瓦尔根本不是什么房地产大亨，而是一个毒品走私犯的真相。拉腊还补充说，埃斯科瓦尔当选国会议员这件事是对哥伦比亚司法体系的一次嘲弄。几天后，哥伦比亚的《旁观者报》（*El Espectador*）就开始刊登埃斯科瓦尔在1976年因涉嫌走私毒品而被逮捕，以及至今尚未破获的逮捕他的两名安全警察探员被谋杀一事的相关报道。报纸上还刊登了1976年埃斯科瓦尔被逮捕时拍摄的面部照片，照片上的人面带微笑，泰然自若，仿佛是在度假而非被逮捕。

自此，埃斯科瓦尔的政治生涯就像一座计划被拆除的建筑，而且刚刚被撤掉了核心的支撑结构。埃斯科瓦尔所属的 30
自由党的主席很快也宣布取消这位可卡因大亨的党员资格，将他驱逐出党。这之后不久，美国大使馆注销了埃斯科瓦尔的外交签证，他的议员豁免权也被终止，他不得不向议会提出辞职。到1984年1月，巴勃罗·埃斯科瓦尔短暂的政治生涯彻底结束了。他要成为哥伦比亚总统的梦想已然破灭，但是对于那些了解埃斯科瓦尔的人来说，至少有一件事是可以肯定的：他绝对会想尽一切办法报复那些公开羞辱了他的人。

此时埃斯科瓦尔的身份已经人尽皆知，他的政治生涯也已经画上句号，他再也不需要掩饰真实的自己了——他就是一个冷酷无情的罪犯，一个日复一日依靠谋杀、暴力和恐吓来解决问题的人。为了报复那些破坏他政治生涯的人，埃斯科瓦尔很快就下令进行了一系列谋杀，第一个目标就是揭发了他真实身份的司法部部长罗德里戈·拉腊。这种针对哥伦比亚政府的暴力活动持续了很长一段时间。埃斯科瓦尔的最终目标是迫使哥伦比亚撤回与美国签订的引渡条约。不过，这样做就意味着更改哥伦比亚的宪法，也就是让那些在哥伦比亚行使政治权力的精英阶层向埃斯科瓦尔俯首称臣。

爆炸、绑架、暗杀、威胁和收买在当时已经成了一种常态。埃斯科瓦尔向哥伦比亚政府发动了一场毫不留情的战争。1989 年 8 月，贩毒集团里的刺客们暗杀了支持率领先的总统候选人路易斯·加兰，因为后者坚称要保留引渡条约。这一事件发生的三个月后，哥伦比亚航空公司的一架喷气式客机刚从波哥大起飞就发生了爆炸，107 名机上人员全部遇难。这次爆炸针对的目标是塞萨尔·加维里亚·特鲁希略（César Gaviria Trujillo）。他是在加兰遇刺后支持率领先的总统候选人，而且也同样宣布支持引渡。不过加维里亚在最后一刻改变了他的航班计划，并没有登上这架飞机。

埃斯科瓦尔在暗杀司法部部长和加兰，以及炸毁国际航班这一系列事件中扮演的角色让哥伦比亚政府不得不采取行
31 动了。在付出了惨痛的代价后，人们终于认清了一件事：哥伦比亚如果还想维持民主政治，就必须彻底摧毁埃斯科瓦尔和他的贩毒集团。政府和埃斯科瓦尔，必定有一方要败在另一方手下。

就是在这段暴力升级的时期里，乌戈·马丁内斯上校在他位于波哥大的办公室里接到了来自自己上级的电话。他们谈了很长时间，上校在挂断电话之后就已经确信，这通电话不仅会彻底改变他的生活，更有可能改变哥伦比亚的未来。

从波哥大的埃尔多拉多机场飞往麦德林仅需25分钟，然而这两个地方之间的文化差异让人感觉它们仿佛是两个国家。送我去机场的出租车司机提醒我："千万别盯着那里的女人看。"这名出租车司机是一位59岁的已婚男子，已经供自己的三个孩子上完了大学，再过一年就可以退休领养老金了。他告诉我，麦德林的女人是全哥伦比亚最漂亮的。他还说："作为一个哥伦比亚人，我说得绝对没错（*Yo，como Colombiano，puedo asegurartelo*）。"和其他差不多所有哥伦比亚人一样，他也刚刚看过那部关于巴勃罗·埃斯科瓦尔一生的电视剧《恶魔之主》。他还很负责任地告诉我说：

"埃斯科瓦尔在麦德林的'派萨'（*paisas*）［老乡］心中一直很受欢迎，到现在还是如此，但是他做的一切都是算计好的。如果一个穷人问他要一栋房子，那么穷人就会得到一栋房子，不过埃斯科瓦尔会说：'将来有一天也许我会需要你的帮助。'他也会给别人一些钱财，这样那些人就欠他的情。总之一切都是算计好的。本质上，他就是一个土匪（*bandido*）。"

如果你问一个哥伦比亚人他们国家的人有什么普遍的性格特点，他很可能会耸耸肩表示不知道。一个哥伦比亚人对我说，他们没有什么国民性格，他们只有地区性格。比如说，来自波哥大的人被称作"洛罗"（*rolos*），他们被认为是内敛、保守、不易激动，而且也不太友善的人。那些来自南方地区的人则被认为愚笨一些。来自西部的安蒂奥基亚省（Antioquia）的人就被称为"派萨"，他们通常被认为是精 32
明的生意人，渴望成功，而且在政治上趋向自由。麦德林就是这个省的省会。埃斯科瓦尔显然也是一个典型的安蒂奥基亚人，不过是个邪恶堕落的典型。

麦德林这个城市地处一段狭长的山谷之中，两边都是郁郁葱葱的青山。依着山势建有无数的贫民窟，然而从远处看的话（尤其是在夜晚灯都亮起来的时候），这里的景色倒有些像意大利的村庄，灯光闪烁如繁星点点，掩饰了实际上的贫穷破败。我在城市中心博特罗广场（Botero Plaza）附近的一家酒店入住，午后下了一场雨，雨一停我就出去散步了。很多建筑的屋檐上还滴着水。一些人在路边推着木质小货车售卖李子、梨和牛油果。每个小贩身上都带着便携式的扩音器，希望通过叫卖吸引闲逛行人的注意力："李子15比索1千克！牛油果20比索1千克！"嘈杂的声音让我觉得像是置身于一个大型运动场里一样。我穿过了一条宽阔街道中间的隔离带，连这里都有无数小贩蹲在成堆的鞋子、箱包和手表旁边等待顾客光临。他们两边的道路上都是行驶中的机动车，不停排放着尾气。街道上充斥着一种刺鼻的气味，混合了烟气、尿骚味，偶尔还有强烈的大麻的气味。一路上我看到一个穿着蓝色T恤，手臂有残疾的矮个男子；看到一些无家可归，睡在潮湿肮脏的水泥地上，只用几个塑料袋当作床垫的可怜人；还看到在凝滞的交通里，伴随着汽车喇叭的轰鸣声小心翼翼穿行的行人。最后我终于走到了广场上，广场四周围绕着一排巨大的铜质雕塑，不过上面落着斑斑点点的鸽子屎，还有刚刚下雨留下的雨水的痕迹。这些雕塑包括一些肥胖的男人和女人、一匹马、一只狗，还有一个斜卧的裸体雕塑，全都是腰臀丰满的形象。这些雕塑都是由麦德林最广为人知的艺术家费尔南多·博特罗（Fernando Botero）创作的，他现在已经80多岁了。

1989年9月，乌戈·马丁内斯上校来到麦德林，负责领导搜查团的工作。这里到处都是有浓重本地口音的“派萨”，还有“刺客”骑着摩托车混迹在拥挤的街道上，麦德林贩毒集团的核心组织就隐藏在这个有200万人口的城市里。

搜查团到达后没几天，埃斯科瓦尔和他的贩毒集团就展开了残酷的应对措施。他们给每个搜查团队员的性命都标了价，杀死一个警官1000美元，一个副队长2000美元，一个 33
队长5000美元，以此类推。搜查团在来到这里的第一个月里就牺牲了100名队员，伤亡人数之多让波哥大的警察总长都开始考虑要不要解散搜查团，终止整个行动了。马丁内斯摇着头说：“我参加了一个又一个葬礼。那简直和战争没什么两样。”[25]

无论如何，马丁内斯毅然着手进行他们的工作。他和剩下的队员们驻扎在城市北部的一个警察学校里。学校四周很快围起了安全警戒线，没有证件的人一概不得入内。出于安全考虑，马丁内斯通常穿便装，极少离开指挥部。他很清楚当地的大部分警察已经被买通，所以从一开始他就定下了一条明确的规矩：任何来自麦德林或是在麦德林有亲属的警察都不能加入搜查团。他的队员必须是来自哥伦比亚其他地区的，这就是为了防止他们的私人友谊和家庭关系会影响他们对任务的忠诚。毫无疑问，马丁内斯的手下都是哥伦比亚各个警察队伍中百里挑一的精英（crème de la crème），不但训练有素，而且绝对尽忠职守。

很快，马丁内斯就如当时的情报人员熟知的那样，在办公室的一面墙上勾勒出一幅贩毒集团的组织结构图。随着他的手下通过抓捕罪犯、窃听电话、开展监视行动等途径获得更多信息，他也不断丰富这幅草图上的内容。

在总统候选人加兰被暗杀之后，哥伦比亚政府很快就控制了埃斯科瓦尔的那不勒斯庄园农场及其他多处财产。除此之外，哥伦比亚政府还请求美国帮助，高度机密的监听飞机现在也可以在麦德林上空盘旋。这些飞机的任务是记录埃斯科瓦尔无线电通话的内容，并通过三角定位的方式确定他所在的位置。搜查团进驻麦德林一个半月之后，收到了一条关于埃斯科瓦尔即将前往他在哥伦比亚丛林中一处农场的消息，于是马丁内斯和他的队员们发起了第一次突袭行动。当时埃斯科瓦尔的哥哥罗伯托也在那里，他这样回忆道：

> 34 早上六点，巴勃罗给附近的邻居们分发的无线电电话突然响了起来，是住在农场附近的一个人打来的……“［电话里的声音说］离开这里。警察来了，我们已经看见他们的卡车了，还能听到直升机的声音。快跑！”
>
> 仅仅几秒钟之后，我们就听到了［搜查团］的直升机正朝我们飞来……他们一接近就开始从空中射击。我们一边逃，一边尽力开火回击……巴勃罗穿着睡衣跑了出来，甚至连外套和鞋子都没顾得上穿……子弹不停地打到地上和树上，我耳边都是子弹飞过的嗖嗖声……

> 后来我才知道那些该死的蚊子［直升机］杀死了……埃纳奥［他是巴勃罗妻子的兄弟］，他当时正打算逃到河对岸去。巴勃罗亲眼看着埃纳奥中枪……那也是我唯一一次看到巴勃罗流泪。[26]

在麦德林指挥部的马丁内斯从无线电里听到了行动的汇报以及被击毙和被捕的人员名单。他走到办公室的墙壁前，用笔在埃纳奥的照片上画了一道线。埃纳奥不仅是巴勃罗的亲戚，更是他的左膀右臂。他们两个一起开拓贩毒线路，还在1976年的时候一起被捕。现在麦德林贩毒集团已经失去了一个头目，而搜查团的行动才刚刚开始。

巴勃罗·埃斯科瓦尔自然是要反击的，他在全国各地继续进行爆炸和暗杀袭击，有选择性地针对一些法官、警察、检察官和政治家。他认为随着恐怖行动的升级，政府最终一定会屈服。与此同时，在麦德林这个贩毒集团的大本营里，山上的灯火依然闪烁，隐蔽的刺客们也准备好了自己的枪，而马丁内斯上校则每天晚上坐在自己的办公室里，戴着耳机收听被截获的埃斯科瓦尔和手下的对话。当埃斯科瓦尔最终意识到自己的电话都被监听了之后，一天晚上他对着无线电电话阴森森地说道：

> 上校，我会杀了你的。我要把你全家上下三代都杀光，我还要把你祖父母的尸体都挖出来，朝他们开几枪再埋回去。你听到了吗？[27]

35 马丁内斯的策略始终没变过，那就是保持进攻的态势。对于埃斯科瓦尔和他的贩毒集团来说，上校现在成了他们的头号敌人。当务之急就是想办法混进搜查团驻地，在马丁内斯将他们绳之以法之前先杀了他。

一天晚上，上校在照例收听监听飞机录下来的电话时，发现了一些令他不解的东西。有一段电话录音的内容是一个女人在和贩毒集团的一个成员通话，那个成员急迫地向她提出什么要求。

“我就在这里，可是我没找到”，那个女人一直这么回答。

“那就继续找！”那个男人也一直不肯妥协。

上校意识到那个女人的声音听起来很耳熟，她到底是谁？这个男人想要找的又是什么东西？自己之前又是在哪儿听到过这个女人的声音的？

“我找不到”，那个女人一遍又一遍地说着。

最后，上校终于认出了这个声音。

“这个女人负责打扫我的办公室，她打扫的时候我也仍然待在办公室里。”马丁内斯告诉我，这个声音是属于一个负责打扫指挥部的女仆的。而那个贩毒集团成员的要求是让她把自己的照片从上校办公室墙壁上的组织结构图里抽走。

那之后不久，马丁内斯就把这个女仆调走了，她再也不能进入他们的任何一个办公室了。同时搜查团的队员也查出了女仆的住址，并发现贩毒集团以她和她家人的性命威胁她，他们告诉她如果不合作，就要杀了她。

“最后他们还是把她杀了，”马丁内斯说，“她没有完成他们交代的任务。所以在我把她调走后，他们就把她杀了。

她是一个母亲，而他们竟然在她家里开枪杀死了她。”[28]

在揭穿了这名女仆的身份之后，马丁内斯渐渐意识到自己的组织里还有另一名内奸。肯定是有什么人通过什么办法一直在给埃斯科瓦尔送信。作为防范可能存在的内奸的惯用办法，搜查团每一次行动都会同时派出四个行动组，每组前往麦德林不同的方向。只有一个行动组真正带着任务，而另 36
外三个都只是为了分散和混淆贩毒集团成员注意力的。即便如此，埃斯科瓦尔似乎仍然有办法知道警察的动向。比如说，每次马丁内斯的部下得到关于埃斯科瓦尔藏身地点的情报，然后据此对该栋房屋发起突袭的时候，总是会晚到一步，他们发现埃斯科瓦尔往往就是在他们突袭之前才撤离的。马丁内斯意识到，肯定有对方的人潜入了他的组织。但是这个内奸是谁？又是怎么潜入进来的？

在马丁内斯和其他几位搜查团官员工作的这一楼层上，有一个警察学校的学员被安排在这里站岗，除了守卫，有时他也会帮搜查团的官员们擦擦皮鞋。即便是在他的业余时间里，这个学员也经常站在距离官员办公室不远的地方雕刻一些木制品，比如一个警察小人或是直升机模型之类的。

此时的马丁内斯还不知道，这个学员就是被贩毒集团控制的——或许是靠威胁，或许是靠贿赂，又或许是二者皆有。他很可能也遇到了犯罪集团标准的收买手段——“银或铅”。

埃斯科瓦尔曾经说过：“问题不在于一个人是否会接受贿赂，而在于他们想要多少贿赂。”[29]

最近，贩毒集团已经向这个学员下达了谋杀上校的命令，做法是在搜查团官员吃饭时，把毒药放进他们的汤里。

这样不仅上校会死，而且其他一些喝了汤的官员也都会没命。然而，在他们执行这个计划的那天，厨子偏偏没有按照惯例为官员们制作单独的饭菜，而是用了一个比平时大一倍的锅做了汤，不是官员的团员们也可以食用。那个学员偷偷跑到厨房，按照指示把毒药全倒进了汤锅里，然后离开了。吃了有毒食物的人员中有部分人出现了腹泻、腹痛的症状，但大家都以为这是食物变质导致的，没有人怀疑过投毒的可能性。

贩毒集团对此大为恼火，他们决心不能再让任何意外发生。这一次他们命令这个学员趁上校每晚坐在桌前听录音时直接将他杀死。贩毒集团为学员提供了一把手枪和消音器，
37 他也成功地混过了安全检查，将这些东西带进了学校。到了执行计划的当晚，年轻的暗杀者偷偷潜伏在上校的办公室外，透过窗子看到上校带上了耳机，于是就掏出了手枪准备瞄准，却发现消音器没有瞄准装置。

“如果我失败了，他们会杀了我的。”这个学员对自己说。[30]

想到贩毒集团承诺自己的巨额回报，沮丧的学员认为明智的做法是先练习一下如何使用这把手枪，然后第二天晚上再来。可是，第二天上校收到消息说搜查团内部确实有奸细。意识到自己的生命处于危险之中后，上校立即乘飞机返回了波哥大。一周后，调查有了结果，这名学员被逮捕，他对自己的行为供认不讳，并被关进了监狱。犯罪集团的阴谋依然没能得逞。

“你是来这里参加巴勃罗·埃斯科瓦尔之旅的吗？”一个男人凶巴巴地问我。这人大概50岁，穿着蓝色的牛仔裤和白色的T恤衫，手臂上的汗毛很重，头发是黑色的，理着平头，两条眉毛几乎连到一起了。他充满怀疑地看着我，还皱起了眉头。

“是的，我是。”我回答说。

我是在酒店通过电话联系上这个人的。他叫海梅（Jaime），经营了一个叫“巴勃罗·埃斯科瓦尔之旅”的私人旅游项目。我们约在麦德林的玻利瓦尔公园（Parque Bolivar）附近一个咖啡店见面。咖啡店就开在街面上，里面摆着银色的圆桌，服务员们都穿着像护士服一样的白裙子。在这里可以买到热乎乎的油炸圈饼（*buñuelo*），还有百香果（*maracujá*）和番荔枝（*chirimoya*）等热带水果制成的混合饮料。哥伦比亚是世界上生物物种最多样的国家之一，当地的水果种类之丰富让人感到惊讶。

没过多久，我就坐上了这个人的白色小货车。一开上路，他就开始问我各种问题。

“你是记者吗？”他问。

我摇摇头。

“在电视台工作？”

我又摇摇头。

“还好。罗伯托·埃斯科瓦尔可不接受采访。”他说的 38
是巴勃罗的哥哥，他在监狱里待了十年才被放出来。他现在是这个旅游项目中最重要的环节。

“他差不多是个盲人了，你知道吗？”

海梅告诉我说，就在他的弟弟巴勃罗被击毙几周前，还被关在监狱里的罗伯托收到了一个包裹，打开之后才知道是一个管状炸弹。

我问他，是谁给罗伯托送来的包裹?

海梅说："那是卡利贩毒集团（Cali cartel）送给他的'礼物'。"

卡利贩毒集团的名字来源于哥伦比亚可卡因贸易的另一个核心城市，他们与麦德林贩毒集团是竞争关系，显然是想借机除掉埃斯科瓦尔兄弟以及残存的麦德林集团势力，从此彻底消除一个最主要的竞争对手。

"我亲戚——不，我是说我的一个朋友曾经为巴勃罗工作过，"海梅显然是说漏了嘴，他皱起眉，扭头看了看我又继续说道，"我们曾经一起去过那不勒斯庄园。"他一边说一边用左手控制方向盘，同时用另一只手拍拍我的手臂以示强调。哥伦比亚人说话时常常会拍拍对方的手臂，特别是在想要强调某一点的时候。

"罗伯托被释放之后，"海梅接着说道，"我问他愿不愿意参与这个旅游项目。这里还有许多别的旅游项目，你知道吧?"他一边说一边又拍拍我，这次是拍了拍我的前胸。"但是只有我的项目能让你见到罗伯托·埃斯科瓦尔。"

巴勃罗·埃斯科瓦尔和麦德林贩毒集团在1993年年底迎来了终结，地点在是麦德林郊区的一个叫洛斯奥利沃斯（Los Olivos）的高档社区。在进行了长达两年的炸弹袭击和暗杀行动之后，埃斯科瓦尔终于和哥伦比亚政府达成了认罪协议。可以想见，这份协议几乎满足了埃斯科瓦尔提出的所有条件。埃斯科瓦尔答应就一个走私毒品的轻罪认罪，接受一个短暂的刑期，一旦刑满释放后，他之前犯下的所有罪行都要一笔勾销，政府不得再对其进行追究；而作为交换，他将停止他针对这个国家挑起的战争，不再施行炸弹袭击与暗杀行动。令人震惊的是政府还同意埃斯科瓦尔选择自己服刑的地点，连服刑的监狱都是他自己修建的。此外，只有埃斯科瓦尔和他的手下可以在这个监狱里服刑，所有的监狱守卫也都要由他来雇用并为他工作，而哥伦比亚的警察甚至不得进入监狱之外 12 英里的范围。

这个结果让马丁内斯上校感到恶心。那么多部下献出生 39
命却换来这样的结果，无怪乎他会觉得政府背叛了他们的忠诚。

“我们觉得我们已经输掉了这场战争，”马丁内斯说，“在他势力最衰微的时候，他和政府达成了认罪协议。我们能做什么呢？我们的职责就是遵守命令。”

签订了这个协议后，罗伯托·埃斯科瓦尔也来到这个监狱和他的弟弟一起服刑，其他一些麦德林贩毒集团的成员也在这里。同时，搜查团也解散了。埃斯科瓦尔毫无疑问地重新彻底控制了局势：他很快为监狱配备了豪华的水床、高级的立体声音响和电视，还有无线电通信设备；除此之外，他还可以随意接待访客，甚至还能出去观看麦德林的足球比赛。埃斯科瓦尔还照样运营着他在全世界范围里的可卡因生意，他的监狱反而成了一个可以让他不受打扰的合法庇护所。一年之后，颜面尽失、恼羞成怒的政府终于决定将埃斯科瓦尔转移到一座真正的监狱去，可是埃斯科瓦尔又收到了风声，就在他即将被转移之前，他逃到了附近的山里。于是抓捕巴勃罗·埃斯科瓦尔的行动重新开始了。

“他的逃跑让我松了一口气，”马丁内斯告诉我，“我很高兴——他从那里跑出来，我们抓住他的概率反而变大了。”

埃斯科瓦尔越狱不到一周，马丁内斯就收到了要求他迅速重组搜查团的命令。几个星期后，麦德林贩毒集团在马丁内斯的妻子和两个孩子居住的公寓楼前引爆了炸弹。马丁内斯马上飞回波哥大的公寓里收拾行李，并把他的家人隐藏了起来。他就是在这时遇到了前来传达600万美元贿赂口信的前同事。

“我当时就知道埃斯科瓦尔的处境肯定已经很困难了，”马丁内斯告诉我，“他在逃亡，所以他才会提出这个建议。”

考虑到拒绝贿赂可能面临的危险，上校决定把自己的妻子和孩子都转移到麦德林的警察学校里，搜查团的其他成员此时都驻扎在那里。马丁内斯意识到除了那里之外，整个哥伦比亚再没有什么地方是安全的了。从那时起，他两个年幼的孩子都不得不被隔绝在正常的生活之外，只能在家自学。

40 不过，上校的长子，当时23岁的小乌戈·马丁内斯早已经从警察学校毕业，并在波哥大的警察队伍中工作两年了。他想要到麦德林来帮助自己的父亲，所以一直催促他把自己调过来。

“这里太危险了。”马丁内斯严肃地告诉自己的儿子。

“但是我想帮你”，他儿子回答说。小乌戈·马丁内斯最近接受了电子技术方面的培训，并且在他的班级中名列前茅。他的专长是从地面车辆上控制移动无线电定位设备——

这个工作是要在没有警力保护的情况下秘密进行的，通常两人为一组，一人控制无线电定位设备，另一人负责开着不容易引起别人注意的普通小货车四处转，通过校准无线电信号来寻找信号发射源。组建这样的定位搜寻小组的原因很简单：美国的侦察飞机提供的数据不足以确定无线电发射源的确切位置，这样搜查团就无法发动突袭。飞机只能够追踪到信号发射源所在的那片区域而不是一个地点；而接受了最先进的无线电定位技术培训的小乌戈·马丁内斯则向自己的父亲保证，地面搜寻技术可以找到埃斯科瓦尔藏身的确切位置。“让我帮你一起抓住他吧。”儿子迫切地请求着父亲的许可。最终，在几个星期的犹豫不决之后，上校让步了。父亲和儿子开始联手抓捕埃斯科瓦尔。[31]

根据空中监听提供的最新信息，埃斯科瓦尔仍然躲在麦德林。不过他不停地从一个藏身地换到另一个藏身地，因为他知道自己在任何一个地方待久了都有被发现的可能。然而，搜寻罪犯的警察都知道罪犯的家庭成员是最惯常的突破口。比如圣诞节将至，或是罪犯的母亲快要过生日了，那么最有可能抓住逃犯的办法就是派人监视他的家人并监听家人的电话。埃斯科瓦尔虽然是个冷酷无情的杀手，其行为也足以证明他是个反社会者，但同时他也毫不例外地非常关爱他的家人，包括他的妻子和两个孩子——九岁的曼努埃拉（Manuela）和十六岁的胡安·巴勃罗（Juan Pablo）。这三个人现在迫不得已住在麦德林的一栋高层公寓里。埃斯科瓦尔非常担心他们的安全，尤其是他知道卡利贩毒集团正想借 41
此机会杀掉他。1993 年 11 月，也就是他哥哥被炸弹炸伤眼睛的那个月，埃斯科瓦尔终于为他的家人安排好了前往德国的飞机，但是德国政府拒绝他们入境，反而将他们遣送回了哥伦比亚。哥伦比亚警方于是将埃斯科瓦尔的家人安置在波哥大一家属于警察系统的酒店中以保证他们的安全。从某种意义上说，埃斯科瓦尔的家人现在成了哥伦比亚政府的人质，而埃斯科瓦尔对此毫无办法。

就在十年前，埃斯科瓦尔还是拥有外交豁免权的哥伦比亚议员，拥有几百处房产，在全球各地开设银行账户。现在他虽然还是个亿万富翁，但是他不得不藏身于最多只有一两个亲信知道的隐蔽地点，身边也只有一两个保镖跟随。无论是哥伦比亚和美国的警察和缉毒人员，还是卡利贩毒集团雇用的一群刺客，都在寻找他的踪迹。埃斯科瓦尔也很清楚自己使用无线电设备通话超过三分钟就有可能被定位。为此他专门安排了12辆装有有色玻璃窗的出租车待命。当他需要打电话的时候，他就戴上墨镜和假胡子坐在一辆出租车的后座上。出租车混进麦德林的车流在城市中穿行之后，几乎就不可能确定他的信号位置了。罗伯托·埃斯科瓦尔回忆说：

> 巴勃罗打电话……［威胁］别人说如果自己的家人受到伤害，他一定不会善罢甘休。不过除了威胁之外，他什么也做不了……当时，搜查团、［美国］“中央刺钉”行动小组、［美国］三角洲特种部队、哥伦比亚警察……还有卡利［贩毒集团］都快要找到他了。他们已经控制住了他的家人，而且知道巴勃罗为了家人可以做任何事，甚至是付出生命。所以飞机继续在头顶

> 盘旋监听着他的电话，掌握电话监听技术的专家开着车在城市里到处转，士兵们在街上搜查，抓捕行动日夜不停地继续着。[32]

到 1993 年 11 月底，埃斯科瓦尔 44 岁生日前几天，也是他
的家人被禁止进入德国一周之后，盘旋在城市上空的美军飞 42
机监测到埃斯科瓦尔在麦德林某处打的电话，并将其范围缩
小到了洛斯奥利沃斯附近，不过在马丁内斯上校还没来得及
派出他的三支定位小组中的任何一支以前，埃斯科瓦尔就把
电话挂了。

马丁内斯向他的上级汇报了这个情况，将军下令将整片区域包围起来，并展开逐门逐户的搜查。但是上校没有盲目遵从指令，因为他过去已经尝试过这样的方法。上校说："我们这样做过，但埃斯科瓦尔最后总能逃脱。他会再打电话的，到时我们一定能抓住他。"最后将军妥协了，然而马丁内斯心里清楚，如果埃斯科瓦尔没有再打电话，那么他和将军的关系将会非常紧张。与此同时，麦德林贩毒集团安排的炸弹袭击仍在敲打着这个国家的神经，自埃斯科瓦尔越狱以来，到处都充斥着暗杀行动带来的恐慌。必须抓住或击毙埃斯科瓦尔的压力已经达到了一个临界点。人民希望这场战争彻底终结。

马丁内斯很快在洛斯奥利沃斯附近部署了随时待命的机动人员。24 小时过去了，什么事也没有发生。将军反复给上校打电话询问进展，然而并没有任何进展。无线电定位人员坚守在他们的小货车里，随时准备行动，但是又一个 24

小时过去了，依然没有任何情况。埃斯科瓦尔一次电话也没打，上校身上的压力越来越大。

终于，到了12月2日，埃斯科瓦尔生日的第二天，他给住在由波哥大警察保卫的酒店里的家人打了一个电话。上校听到埃斯科瓦尔的妻子在电话里祝他生日快乐。然后埃斯科瓦尔让他16岁的儿子记录一段话，这是他就之前一家德国杂志向他提出的一些问题而想好的回答。用来定位的时间非常紧迫。

在埃斯科瓦尔打这个电话的时候，马丁内斯的儿子小乌戈·马丁内斯正好就在距离无线电发射源最近的定位货车里。他和他的司机马上开始进行定位。小乌戈头上戴着耳机，膝上放着一个1英尺长的灰色金属盒子。盒子靠近他身体的一面上有一个手掌大小的屏幕，此时屏幕上正显示着一条闪烁的绿线，那就是埃斯科瓦尔的无线电信号。

43 在一条不宽的水渠旁边，有一条僻静、高档的街道，沿街有一排两层高的楼房。当小乌戈和他的司机沿着这个街区开到尽头的时候，无线电信号变得越来越大声，屏幕上的绿线也变得越来越清晰。埃斯科瓦尔的电话似乎就是从最边上的一栋楼房里打出来的。虽然两个人的心情越来越激动，但是为保险起见，他们又开着车绕过这个街区，从房子的另一面靠近实验了一下，屏幕上发着绿光的线条显示信号就是从那栋房子里发出的。他们终于确定了埃斯科瓦尔的藏身地。

冒着生命危险进行了长达三年的搜捕工作的马丁内斯上校此时正在搜查团的办公室里，他接到了自己儿子的电话。

“我找到他了，他在一栋房子里。”他的儿子说。

“你确定吗？”上校问，他同时正在监听着埃斯科瓦尔这通还没打完的电话。

“我已经看到他了！”他儿子回答。

小乌戈和他的司机此时已经回到了房子的正面，车开得很慢，然后停在了街道对面。小乌戈朝对面的二楼看去，那里有一个小窗子。透过窗格他看到了一个留着深色大胡子的矮胖男子正在打电话，完全没有注意到下面街道上那辆不起眼的货车和车里兴奋的年轻警官。此时，埃斯科瓦尔身边只有一个绰号叫“柠檬”（Limón）的保镖。

“守住这栋房子，”上校告诉自己的儿子，“你看正门，让司机看后门，如果他要逃跑，直接击毙。”

我问上校在那个时刻他有什么感受，自己的儿子突然被推上了最前线，没人知道房子里到底有多少罪犯，房子外面却只有两名搜查团队员——他自己的儿子和他的司机同伴，而最近的搜查团支援力量也要在十分钟之后才能赶到。

“乌戈的枪法很准，”上校回答，“比我的枪法好得多，他好几次都是近距离作战射击比赛的第一名。”[33]

于是，乌戈守在房子前面，他刚刚就是从这里看到了埃斯科瓦尔的，他的司机则守住了房子的后门。与此同时，乌戈的父亲已经下令让最近的支援力量——一支 12 人的队伍——迅速赶往该区域。上校的命令是抓捕埃斯科瓦尔和其他任何在那栋房子里的人，如果他们做出任何可能危及抓捕 44
人员安全的举动，抓捕人员可以开枪射击，这也是搜查团行动时的标准规定。

增援队伍一赶到现场，就立刻包围了这栋房屋。然后根据事先设定好的信号，两名队员冲破了房屋的前门。

“等等，等等，有情况（*Momento*，*momento. Está pasando algo*）。”[34]这是埃斯科瓦尔在电话里跟他儿子说的最后几个字，然后他就仓促地挂了电话。

这栋楼房二层房间的后窗通向一个铺了瓦片的房顶，这也是唯一可以逃跑的路线。埃斯科瓦尔的保镖“柠檬”先钻了出来，他想要从那里跳到房顶上，同时向下面穿着便衣的警察开枪，警察们从地面开枪还击。“柠檬”很快就被击毙并从房顶上滚落到了地面上的一小片草坪中。随后，埃斯科瓦尔也钻了出来，右手拿着一把9毫米口径的手枪，腰带上还别着另一把。埃斯科瓦尔对搜查团的突然出现显然毫无防备：这位大毒枭当时光着脚，只穿了一件深蓝色的运动衫和一条牛仔裤。此时的他因为缺乏运动及长期的禁闭躲藏而变得非常肥胖，但是他根本没有投降的打算。埃斯科瓦尔开枪射击的同时，三发子弹击中了他：一发打中了他的腿部后侧，另一发打中了后背肩部下方的位置，第三发则从右耳打进并贯穿了整个头颅，然后从左耳飞出。后两发子弹中任何一发都是足以致命的。搜查团赶到现场之后的行动全程只持续了不到十分钟。一名搜查团成员蹲在一动不动的巴勃罗·埃斯科瓦尔旁边检查他是否还有脉搏，然后通过无线电向马丁内斯上校汇报。

“哥伦比亚万岁！”他喊道。

巴勃罗·埃斯科瓦尔这个哥伦比亚头号通缉犯，也是世界上最受关注的罪犯，终于被击毙了。

在距离埃斯科瓦尔被击毙的地方大约 5 英里处有一个圣山公墓（*Cementerio Montesacro*），公墓位于一片绿树覆盖的青山之上，从那里可以俯瞰整个麦德林。巴勃罗·埃斯科瓦尔现在就静静地躺在他的坟墓中。他下葬的那一天，无数民众聚集到此，争先恐后地想看一眼躺在敞开的棺材中的埃斯科瓦尔，甚至想摸一摸他已经毫无生气的尸体。这个人曾经手握远远超过他们任何人所能享有的权利：他可以赋予人财 45
富，可以挑战警察、挑战整个国家，他甚至还能够决定人的生死。埋在埃斯科瓦尔旁边的是他的保镖“柠檬”，这是后者的家人要求的。

如今埃斯科瓦尔既已入土，他对事件的影响力也就随之消失了。他死后几个月内，麦德林贩毒集团就土崩瓦解了，全部 36 名首领不是被击毙就是被监禁。哥伦比亚政府在美国的帮助下，很快又一举消灭了临近的卡利贩毒集团。然而两大贩毒集团消失带来的实际效果并不包括可卡因生产的停止：埃斯科瓦尔死后的一年及后续几年中，可卡因的产量反而更多了，甚至比埃斯科瓦尔鼎盛时期任何一年的产量都多。

人们把安第斯山脉沿线各个共和国的可卡因生产问题戏称为“蟑螂”（*la cucaracha*），就好比你在房间的这个位置杀死了一只蟑螂，又会在另一个位置再发现一只。到目前为止，所有试图彻底消除可卡因生产的努力都没有什么效果。如果地方和/或外国政府试图解决某一个安第斯山脉国家的可卡因生产问题，结果往往是这个国家的生产停止了，但另一个国家又会生产出同等数量的毒品。最终，哥伦比亚的贩毒集团都被消灭了，但可卡因走私的垄断权继续向北转移，墨西哥的贩毒集团迅速占据了新出现的空缺。美国和墨西哥的边境地带很快就变成了一片杀戮之地，因为墨西哥的贩毒集团都在互相争夺那些曾经由哥伦比亚人控制的贩毒路线。2006～2015 年，超过 10 万墨西哥人死于这些毒品战争。美国政府不停地向墨西哥政府施压，要求他们采取更积极的措施以阻断可卡因的走私活动。即便如此，每年还是有大约 150 吨可卡因非法流入美国境内。[35]

我们沿着蜿蜒的山路开车爬上了一座绿树覆盖的小山，向麦德林一个较高档的波夫拉多区（Poblado）开去。海梅又碰了一下我的胳膊，为了强调下面这句话：“我诚实地告诉你，我敢打包票，”他这么说着，反而让我更觉得他的包票不可信，“你不要问罗伯托太多问题。他不喜欢被问问题。”

我们开车经过的这片区域让我想起了我父亲从小居住的
46 好莱坞山：我们头顶有巨大的桉树，道路两边有铁质的大门，门后都是面积不算大的私人地产。此时的天空依然阴云密布，我们经过的石板路上有些地方已经因为受冲蚀而损坏了。后来车子停在一道锁着的大门前。一个满头白发的老人走来慢慢地开了门，他看着我们的车开进大门，脸上没有一点表情。又走了没多远，我们就来到一片低矮的砖房前面。房子只有一层，刷着白漆，屋顶上铺着瓦片。窗子外面都有铁格栅，为的是防止窃贼破窗而入。房子外面还有一个汽车棚，下面停着一辆蓝色的瓦尔特堡牌轿车，正是巴勃罗以前喜欢在麦德林开的那种东德老样式。有一个不太可信的故事是这么讲的：曾经的偷车贼巴勃罗·埃斯科瓦尔是整个麦德林唯一不锁车的人。他只是在车上的手套箱里留一张纸条，上面写着：

> 这辆车是巴勃罗·埃斯科瓦尔的。

从没有人敢偷他的车。

我们面前的建筑就是罗伯托·埃斯科瓦尔的家。他现在已经65岁了（巴勃罗如果在世也已经62岁了），在这座有绿树环绕，还可以俯瞰麦德林的小山上过着平静的生活。海梅告诉我，巴勃罗在转移到他最终被击毙的那个藏身地点之前就是躲在这栋房子里的。

我跟着海梅走进房屋。这里既是一套居所，也像一个祭奠巴勃罗·埃斯科瓦尔的祠堂。参观这栋房屋显然是这个私人旅游项目的序曲，之后才是真正的高潮：和曾经是麦德林贩毒集团会计的罗伯托见面。

墙上挂着很多相框，还有一些泛黄的报纸，报道的内容都是罗伯托年轻时赢得的自行车比赛。另一面墙上则是13张仔细排列的巴勃罗各个年龄段的照片，从他第一次领受圣餐到成为穿着艳黄色西装的哥伦比亚议员。在走廊里有一张小桌子，上面摆着一个3英尺高的黑色圣母雕像（Virgin of Candelaria），她是埃斯科瓦尔家族信奉的圣人。整栋房子整洁得就像一座殡仪馆。

海梅领着我来到一个嵌进墙里的书架前，书架的边缘装饰着角线。他紧紧地盯着我，然后推了一下书架的一边，于是整个书架都移动了，我意识到原来书架就是一扇旋转门， 47

门后面藏着一个小隔间，容得下一到两个人蜷伏在里面。绑架是巴勃罗·埃斯科瓦尔一生中惯用的伎俩，那些人质在被赎回或是撕票之前，也许就被隐藏在这些狭小的空间里。在巴勃罗·埃斯科瓦尔最绝望的时刻，或许他本人也曾躲避在这里面。

我们向外走去，穿过推拉的玻璃门，走到了房子后面一个带顶棚、铺着红色地砖的露台上，从这里能看到外面花园的景致，还能看到山谷对面和远处波夫拉多的众多砖结构摩天大厦。埃斯科瓦尔曾经就在那里的某一座高楼中经营他的毒品贸易，后来那里受到了卡利贩毒集团的汽车炸弹袭击。露台中间摆放着一张木质的绿色长桌，桌上摆放着各种供访客购买的书籍、光盘和照片，这恐怕才是这个私人旅游项目的存在理由（raison d'etre）。

“下午好（Bueñas tardes）”，一个低柔的声音在我背后响起。

我转过头，看到了一位瘦小、光头的老者，戴着一副镜片很厚的眼镜。他的嘴角似乎总是向下耷拉着，像马蹄铁的形状一样。我认出他就是罗伯托·埃斯科瓦尔，曾经的自行车竞赛冠军和贩毒集团会计，还在哥伦比亚的伊塔圭（Itagüí）监狱坐过十年牢。罗伯托的身高也是5英尺6英寸，和巴勃罗一样，同时他还长着和巴勃罗一样的长长的鹰钩鼻。

我们握了手。虽然他镜片后面的右眼有些浑浊，但还是能看出罗伯托的眼睛是灰蓝色的。墙上那些20世纪60年代的照片里有穿着骑行服的罗伯托，和他那时年轻而充满活力的样子相比，我面前的罗伯托已经变成了一个像矮人一样干瘪的老头——面无表情、反应迟缓，仿佛这双眼和这个灵魂已经历尽了世间百味。

“你喜欢华盛顿吗？”我指着屋内墙上那张他在白宫前面的留影问道。

“是的，我很喜欢，那是一座美丽的城市。”罗伯托回答道，他的西班牙语带着很重的“派萨”口音。他还说自己和巴勃罗一起到美国首都去的时候，出于好奇参观了联邦调查局博物馆。他们在博物馆里的一面墙上看到那里张贴着一张巨大的通缉令，上面的照片正是他自己和他弟弟，抓住他们两人的赏金高达1000万美元。这个通缉令让他很紧张，
可是巴勃罗依然冷静，哪怕是在最绝望的处境中，巴勃罗也 48
总能保持冷静。他们走出博物馆之后，巴勃罗试图让他哥哥冷静下来，他观察了一下四周，几分钟之后他对罗伯托说：“看我的。”罗伯托看着自己的弟弟，后者走向一个警察，然后操着带有浓重西班牙口音的英语向对方借火。警察同意了，完全不知道自己是在给世界上最有权势的毒贩点烟。巴勃罗镇静地走回罗伯托和自己的儿子身边，深吸了一口烟，然后吐出来。“看见了吧，”他对他们说，“这里的人根本不认识咱们。”

我和罗伯托聊了一会儿，他似乎很喜欢这个话题，整个人也越来越友善和放松。他时不时从衣服口袋里掏出一个绿色的小瓶，然后仰起头向两只眼睛里各滴三滴药水。虽然炸弹炸坏了他的眼睛，但他的脸很光滑，并没有什么明显可见的伤疤。

“你们当时知道马丁内斯上校和他的搜查团在抓捕你们吗?”我问。

“当然知道，我们有很多的眼线。”他回答说。

“你会不会认为，要是没有组建搜查团，你弟弟就不会死?”

“不。他的死是因为他走入了政界。我当时就不赞成，”他透过眼镜凝视着我，并且解释说他一直反对巴勃罗成为全国性的政治人物，“从那时起，所有人都紧盯着他不放，包括卡利贩毒集团。”

说着他又向眼睛里滴了几滴药水，于是我问起了送到他监狱里的炸弹的事。

罗伯托说当炸弹在他眼前爆炸时，他觉得自己先是看到了天使，然后又看到了上帝。这次爆炸事件拉近了他与上帝的距离，也让他开始相信死后还有另一个世界。

“你想买点纪念品吗?”海梅不耐烦地问，还因为我问了这么多问题而瞪着我。我现在明白了——不是罗伯托不不喜欢被问问题，而是海梅。对他而言这个项目就是生意，他想尽快收钱尽快走人。我四处看了看然后决定买几张照片。

罗伯托在桌子的一端坐了下来，然后拿出一支笔和一个大印泥台。我把照片一一递给他：第一张是巴勃罗穿着一身细条纹西装，举着一支双管猎枪，摆了个 20 世纪 20 ~ 30 年
49 代的美国黑帮老大阿尔·卡彭（Al Capone）一样的造型；第二张是巴勃罗穿着他心中的英雄潘乔·比利亚（Pancho Villa）一样的衣服，头上戴着墨西哥宽边帽，胸前斜挂着子弹带。罗伯托在两张照片上都签了名，还在签名旁边按上

了自己的拇指手印，他以前的公开信也都是这么签署的。然后我又选了一张悬赏 1000 万美元捉拿他们的通缉令的复制品，巴勃罗和罗伯托的头像在最上面，下面是小一些的麦德林其他头目的照片。最后，曾经的贩毒集团会计仔细地把图片都卷起来放进一个硬纸管里，当然这个包装也是要收钱的。我忍不住想，巴勃罗和罗伯托有那么多钱，他们肯定在全世界各个地方都隐藏了钱财或开立了账户。不过如果真的是那样的话，罗伯托为什么要靠接待游客、售卖他弟弟的照片和其他小玩意儿来赚取这区区几美元？那些钱到哪儿去了？

最后，我和他握手告别。罗伯托像哥伦比亚人习惯的那样碰了碰我的胳膊。“和你聊得很开心（*Mucho gusto*）”，罗伯托说，还向我点点头。我走出了大门，向着车道走去。罗伯托·埃斯科瓦尔在我们背后望着我们离去，他看起来就像一个彻底被人遗弃的孤独老人。

那天下午晚些时候，我还去了安蒂奥基亚省博物馆，这是一座位于博特罗广场的艺术博物馆。离开麦德林之前，我想去看两幅博特罗创作的画作。第一幅作品被挂在一个一尘不染、地板干净得泛光的展室里，画作一头还站着一个守卫。这幅画作的名字叫《埃斯科瓦尔之死》（*The Death of Escobar*）。画作的背景色调昏暗，描绘的是阴沉天空下的麦德林，画面正中是站在铺着瓦片的房顶上的埃斯科瓦尔，他上身的衬衫敞开着，下面穿着深色的裤子，赤着脚，右手还紧握着一把手枪，枪口举起对着天。一排排夸张放大的子弹从他的身边飞过，自左向右贯穿整张画布，仿佛是一帧被定格住的镜头；有些子弹已经打穿了他的肚子、脖子和前胸，在他苍白的身躯上留下了一些小小的红色弹孔。埃斯科瓦尔的眼睛是闭着的——虽然还站立着，但其实他已经死了，这就是他被子弹击中的那一瞬间。

在另一个展室里，我找到了第二幅作品，这幅画仿佛是
50 从同一部电影里剪辑出的另一个镜头。埃斯科瓦尔侧躺在同一个铺着瓦片的房顶上，枪还握在手中。从敞开的衬衫里可以看到他的身上满是弹孔。房檐下面的街道上有穿着绿色制服的警察，他抬着头，扬起的帽尖指向倒下的黑帮老大。在他旁边还有一个矮个女子，穿着红色的裙子抬头看天，双手合十，正在祈祷。

我走出博物馆时忍不住回想，埃斯科瓦尔已经去世20多年了，现在只能存在于画家、作家、电影制作人和其他编故事的人的创作里，而他的故事至今仍然在被重塑与改编。从某种意义上说，埃斯科瓦尔就是一位最新版的埃尔多拉多国王，就是那位富有到可以每天往自己身上洒满金粉，然后洗掉，第二天再洒满的黄金之人。正如博特罗的画作中描绘的那位在祈祷的妇女一样，以埃斯科瓦尔为榜样，为他卖命，并且/或者崇拜敬仰他的哥伦比亚人不在少数。这些人就像是在追逐太阳的光芒，他们被埃斯科瓦尔无尽的财富和权势迷惑，被他神话一般白手起家的故事迷惑，被围绕着他的那些传说迷惑。可是在穿过广场时我突然想明白了，哥伦比亚真正的黄金之人，真正像黄金一样永不褪色、永不变质的人，其实是前警察部队上校乌戈·马丁内斯。他现在已经退休，和自己的妻子一起在波哥大过着平静的生活。不幸的

是他的儿子小乌戈·马丁内斯于2003年因车祸去世了。当马丁内斯自己及他家人的性命都面临威胁的时候——毫不夸张地说也是当哥伦比亚这个国家的命运危在旦夕之时——他依然选择拒绝被收买，拒绝被腐化。他的决定不是为了“银”，也不是惧怕“铅”，他的决定是出于对原则的坚持。事实证明，真正的埃尔多拉多国王不是埃斯科瓦尔，而是马丁内斯，只有他配得上被称为哥伦比亚的埃尔多拉多——传说中永不变质、不可思议的国王。

51 第二章 进化论和科隆群岛上的否认（厄瓜多尔）

于是上帝创造了地上各种各类的动物。上帝看这些动物是好的。

接着，上帝说："我们要照着自己的形象，自己的样式造人，让他们管理鱼类、鸟类，和一切牲畜、野兽、爬虫等各种动物。"

于是上帝照自己的形象创造了人。他造了他们，有男，有女。[1]

——《创世纪》：1：25－27[①]

（Genesis 1：25－27）

本书得出的主要结论是人类起源于一些低等的组织形式，这样的说法可能会让很多人觉得非常厌恶，对此我很遗憾，但是毫无疑问的是……人类起源于某种有毛、有尾巴的四足动物，而且这种动物很可能是栖息在树上的。[2]

---

① 涉及《圣经》引文的翻译均参考1997年现代中文译本修订版。——译者注

——查尔斯·达尔文，《人类的由来》，1871 年

（Charles Darwin，*The Descent of Man*，1871）

我为进化的故事而着迷，它才是近代版的创造神话。最先引起我注意的一点是进化论与《创世纪》的内容相互矛盾。事实上，相互矛盾的何止于此，因为按照科学家解释的进化论，人类的出现本质上是一个无目的性、无意识的过程带来的意外结果……那么真的是上 52
帝创造了我们吗？还是我们创造了上帝？[3]

——詹腓力博士（Dr. Phillip Johnson），

《审判达尔文》（*Darwin On Trial*）的作者，

也是“智慧设计运动”的创始人

你能看到什么取决于你看之前想什么。[4]

——尤金·陶曼（Eugene Taurman）

查尔斯·达尔文搞砸了。他焦急地在自己从科隆群岛（Galapágos Islands，又称加拉帕戈斯群岛）上带回来的鸟类标本中寻找着，但是在内心深处他其实很明白，自己在群岛上的工作中有不可原谅的失误。此时是 1837 年，乘坐英国测量船——英国皇家军舰比格尔号（HMS *Beagle*）进行的环球航行是三个月前才结束的。已经 27 岁的达尔文现在居住在伦敦，他进行了长达五年的环球航行之后刚刚回到陆地上开始工作。达尔文认为自己在科隆群岛上找到的是仿声鸟，他亲自从岛上打到了四只鸟，去了内脏，填上棉花，并给每只鸟

贴上标签来说明它是从哪个岛上捕获的。可是现在，伦敦的
鸟类学家在仔细研究了这几只鸟的标本之后，断定它们分别
属于三个不同的种类，而达尔文本来认为它们都是同一个种
类的，他哪里能想到会是这样！至于那些雀鸟标本，更是完
全失败的。达尔文在岛上的时候本以为自己抓到的禽类中一
半以上应该是鹪鹩类、莺类、黑鸟等，甚至有些应该是属于
完全不同的科，更不可能是相同的属，可现在他才知道这些
鸟几乎全都是雀鸟。更糟糕的是他根本没注意标明这些鸟分
别来自哪个岛屿，并且还把某两个岛上的鸟类标本直接混着放
在了一起。动物学会的那位鸟类学家肯定会问他这个让他最担
53 忧的问题：你能说出哪只鸟来自哪个岛屿吗？而紧张的达尔文
知道自己根本无法确定——自己犯了一个多么愚蠢的错误。

之后没多久，达尔文又发现自己还犯了另一个更严重的错误：虽然他很喜欢观察科隆群岛上那些巨型陆龟，甚至还骑过一只，但是当时他的判断是这些陆龟应该原本生活在印度洋岛屿上，是被海盗带来科隆群岛的。可直到最近他才得知自己观察过的那些陆龟都是科隆群岛上独有的！而他根本没有想过要收集哪怕一只成年陆龟样本，更不要说是收集每个岛上的不同样本了！最讽刺的是，达尔文想起来自己不知道吃掉了多少这样的巨型爬行动物——因为它们后来成为船员们很喜欢的一种食物。像每个岛上的仿声鸟都属于不同种类一样，会不会每个岛上也都有不同种类的陆龟？这样的结论本来可能会有重大的科学价值，也可以为他正在研究的一些生物问题提供很大帮助。但是现在怎么后悔都已经晚了。达尔文清楚地知道他不可能重新回到 6000 英里以外的科隆

群岛，重新回到这些鸟类和陆龟们生活的那个隐蔽在太平洋上的火山岛链。（事实上，在他今后60年的生命中，达尔文再也没有离开过英格兰。）

后来达尔文在自己的传记中写道："每个航海者都逃不开的宿命就是每当你发现某个地方有一个特别值得你注意的问题时，也就到了你马上要离开的时候。"[5] 此时的情况让达尔文心烦意乱，他连饭都吃不下了。突然，处在惶恐不安中的他想到了一个也许能拯救他所犯下的一系列错误的办法。比格尔号的船长罗伯特·费茨罗伊（Robert FitzRoy）以及其他一些船员在航行途中也收集了各种动物标本。虽然这些同船人都不是受过专业培训的博物学家，所以谁也不知道他们会不会给自己的标本制作恰当的标签或是有谁会刚好收集了达尔文所需要的鸟类。无论如何，达尔文还是匆匆地发出了许多措辞小心的信件："请问您是否在科隆群岛收集了任何小鸟 54
标本？如果有的话，您是否标记了它们是来自哪个岛屿的？"

门外的马车来来往往，车里坐的都是穿着西装、戴着大礼帽的绅士。达尔文写好信封上的地址，匆匆赶往了邮局。此时的达尔文根本不可能想到进化论整个概念的成功与否也许就要取决于费茨罗伊以及其他一些船员给他的答复了。科隆群岛的每个岛屿上是不是都存在和那些仿声鸟相似但又不同的物种？如果真是这样，那么出现这种情况的原因是什么？或者那些仿声鸟只是一个特例？这个又高又瘦，有栗色头发，胡子刮得很干净，眉毛浓密，额头突出的年轻人一边走一边沉浸在自己的思绪中：这片狭小、不起眼的岛链上似乎生存着无数不同而又相关的物种。为什么科隆群岛上的物种数量远远超过同等面积的内陆地区所拥有的物种数量？造成这种结果的原因是什么？这些岛屿会不会就是解答物种起源这个“谜题中的谜题”的钥匙？新物种是如何产生的？或者简单一些说，仿声鸟、蚯蚓和人类这样毫不相干的生物最初是怎么出现在地球上的？物种是如达尔文此前一直相信的那样由神创造的吗，还是有什么更“自然”的解释？除了依托于超自然的宗教经典，会不会有一个他能看到、摸到、感觉到的根植于这世上的解释？自己收集标本时的不严谨可能导致自己航行中收集的一些重要数据永远失效的想法让达尔文坐立难安，他忐忑地寄出了所有的信件，剩下的就只有等待了。

“我不相信进化论，”坐在我对面的这位华裔美籍老者对我说。我们参加的是一个为期八天的科隆群岛环游项目。我们乘坐的船叫伊甸号（*Eden*），现在是航行的第二天。这位老者是位退休的工程师，也是一位祖父。他的一头短发已经灰白，鼻梁上架着一副有金属细边框的眼镜。他本来是中国台湾的人。很久之前他的祖先遇到了去台湾传教的基督教传教士并从此改信基督教。老者 40 岁的儿子、儿媳和他们的三个孩子——贾森（Jason）、萨拉（Sarah）和山姆（Sam）——与老人一起坐在船舱里的木质长餐桌边。几个孩子都生活在
55 加利福尼亚，他们很有礼貌，都戴着眼镜，都在家里接受教育。他们带着一幅科隆群岛的地图和一本关于科隆群岛上的鸟类的书籍。这个家族的三代人都是坚定的神创论者。

“进化论里面有很多漏洞，”老者用叉子指着我强调说，“就像一块乳酪——瑞士乳酪。”说着他扎起了一块煮烂的

西兰花，三个孩子都被这个笑话逗乐了。12 岁的萨拉戴着牙套，头上戴着一顶翘皮的白色草帽，帽檐向上扬起。她留着黑色的长发，穿着崭新的卡其布短裤和系扣衬衫，其他家人也是和她类似的装扮。

这条船全长 75 英尺，除船员外有十几名乘客，此时我们正在吃午饭，有鱼、米饭、豆子和一些罐头蔬菜。所有食物都是从厄瓜多尔空运过来的，这些群岛就是属于它们以东大约 620 英里以外的厄瓜多尔所有。我们的船现在正停靠在西班牙岛（Española Island）沿岸，它也是组成科隆群岛的 13 个岛屿之一。

"在城外各处堆上 25 个煤堆，把它们想成雄伟的高山，再把空地想象成一望无际的海洋，你就能得出……［科隆群岛］大致的景象。与其说它们是一片群岛，倒不如说是一片不再喷发的死火山，也许这就是整个世界……经历一场巨大的火灾之后的样子。"[6]《白鲸记》（*Moby Dick*）的作者赫尔曼·梅尔维尔（Herman Melville）这样写道。

梅尔维尔在 1841 年第一次来到科隆群岛时还只是一名 22 岁的捕鲸船水手，不过他对岛屿形成原因的判断是正确的。以西班牙岛为例，它就是一座已经被淹没在水中的巨型火山露出水面的山顶部分，水下的主体是从几千英尺以下的地壳上突起来的。这座火山在大约 300 万年前就停止喷发了，它的熔岩都已经冷却，渐渐地，经过千万年的演变，这里开始出现不同种类的生物，它们可能是被海水冲上岸，或被风吹到岛上，又或是被飞过的鸟类和漂流的残骸携带而来。此时正是 5 月，气候温暖，潮水适中，伊甸号在水中轻轻摇摆，我们倒在玻璃杯里的饮料也随之轻微地晃动着。

56 “这本书怎么样?”我发现桌上摆着一本《审判达尔文》，于是就问那位老者。我们之前讨论了分子电路如何让电子芯片的速度越来越快。他认为电子芯片的升级换代太快了，很难预测它们将来能发展到何种程度。“纳米技术是电子科技的未来”，他的儿子说，他们父子俩都是电子工程师。

“对了，芯片是被设计出来的，就像人类是被设计创造出来的一样。”老者这样对我说。

他把书转过来让我看，封面上有一张老年达尔文的大理石雕像的照片。他留着胡子，穿着一件宽大的维多利亚式外套，坐在椅子上。雕塑的面容阴郁，眉头紧锁，图片的位置在这个给他定罪的标题之下，这位因削弱了《圣经》关于神创论的说法而受到审判的生物学家看起来并不情愿参与其中。

“这本书非常棒，”老者说，“它真正解释了世界是如何被这个荒诞的理论愚弄的。”

萨拉和她的两个弟弟听到“荒诞”这个评价时又吃吃地笑了起来。

老者切了一块鱼肉，隔着桌子看着我，问道：

“这本书的作者詹腓力是个律师，也是智慧设计的创始人。你看过他写的书吗?”

我一边继续吃我的豆子一边摇头。

“你相信我们的祖先是动物吗?”

这一家人全停下手上的动作看着我，我举着一勺豆子的手也停在了半空。

鉴于船上除我之外的人大都是来度假的，所以我觉得转移话题才是最好的策略。

“这本书上提到达尔文的雀鸟的故事了吗?”我知道那几个孩子对鸟类尤其感兴趣，于是问了这么个问题。老者皱着眉摇了摇头。

“几百万年前来到这里的一个物种是怎么演化成13个不同种类的雀鸟的?”

“我不信，我跟你说，我不相信进化论。”老者说。

“我们今天早上散步的时候看到雀鸟了，一种棕色的小 57
鸟。”萨拉高兴地说。

“还有蓝色的鲣鸟!”八岁的山姆说，三个孩子听到鲣鸟这个词又都笑了。

今天早上我们确实看到了有蓝色的腿和脚的鲣鸟，它们现在在科隆群岛到处筑巢，甚至就在地面上产卵。这些鲣鸟大约3英尺高，爪子很大，是明艳的蓝色，趾间有蹼，黄色的眼睛很小，是朝前的，位于鸟嘴上方。这样的眼睛位置能够让鲣鸟获得立体的视觉，因此鲣鸟不同于其他鸟类，当它们看着你的时候，你会感觉它好像是直直地瞪着你，看起来有点凶巴巴的，像袖珍版的图书馆管理员。鲣鸟的英文俗称“Booby”来源于西班牙文“*bobo*”，就是“小丑”和“傻瓜”的意思。在布满岩石的岸边摇摇摆摆地走动的鲣鸟看起来更像有一对斗鸡眼的卡通形象，而实际上它们是很凶猛的捕鱼能手。

今天早上在这片似乎被烧焦一般的地表上散步时，我们还能看出岩浆曾经流过这里的痕迹。仿佛热糖浆一样四处流淌的浓稠岩浆渐渐凝结冷却，爆裂的气泡破坏了平滑的表面，在地面上留下了大大小小的坑，有的像拳头那么大，有的则有头颅那么大。虽然我们看到了一些带着短小鸟喙的棕色小雀鸟，但是更让我们印象深刻的是那些在我们头顶翱翔的黑色军舰鸟。它们翅膀的弯折处尖锐骨感，看起来像恐龙时代的翼手龙一样。在更远一些的地方，萨拉指着一群巨型蜥蜴让我们看，这些蜥蜴都是黑色的，大概 3 英尺长，有带刺的肉冠和波纹状的皮肤。大部分蜥蜴都抬着头紧盯着海面。

“看呐!”萨拉大喊着。她的两个弟弟都跑到她身边，手肘和膝盖都露在卡其布休闲服的外面。他们又指又叫地让父母和祖父快点过去看。沿着岸边延伸进半透明蓝色海水中的石块上趴着海蜥蜴，它看起来比我们见过的任何东西都更像是来自远古时期的物种。

在我们来到这里的将近 500 年前的 1535 年，一位西班牙主教托马斯·德·贝兰加（Tomás de Berlanga）从巴拿马
58 扬帆起航，前往南美洲西海岸上刚刚被征服的印加帝国。船上载满了士兵和马匹。然而，船一离开厄瓜多尔的海岸，海上突然就没有风了。接下来整整六天的时间里，主教和船上的士兵们只能任由他们的船只被一股奇特的寒流带着向西漂上了太平洋。[①] 到了第七天，船员们终于看到了陆地——广

① 这个巨大的洋流是世界上规模最大、生物最丰富的上升流之一，后来被命名为洪堡寒流（又称秘鲁寒流），是以发现它的德国科学家和探险家亚历山大·冯·洪堡（Alexander von Humboldt）的名字命名的。

阔的大海中升起的一座岛屿。当时船上的饮水已经不足，贝兰加于是派人上岸寻找泉水或溪流，但结果让他非常失望：

> 岛上一滴水也找不到……［只能］看到海豹、海龟以及巨型的陆龟，那些陆龟大得能够驮动一个人，此外还有很多看起来像毒蛇一样的蜥蜴……［在另外一个岛屿上他们也发现了］许多海豹、海龟、蜥蜴、陆龟［和］各种与在西班牙能见到的类似的鸟类，但是它们笨得不懂得躲人，很多都是徒手就能抓住。[7]

那些“笨”鸟显然就是科隆群岛上的鲣鸟和其他海鸟，出于一些无法说明的原因，它们并不惧怕人类。

这条船只停靠到这个岛屿之后的第一个星期天，贝兰加登上陆地并主持了一场天主教弥撒仪式。尽管贝兰加并没有明确提及，但是主教毫无疑问地认定岛上所有生物，包括那些巨型陆龟都是由上帝创造的，而且是从被创造之日起就以此时的形态存在，在大洪水期间，也都由诺亚按照雌雄一对的方式带到了方舟上，并在洪水退去后又被放归野外。主教当然知道诺亚在大洪水期间已经是 900 岁的高龄了，而他只用了五个月的时间就走遍了整个世界，甚至包括喜马拉雅山
脉最高的山峰。这些陆龟和其他动物在被放生之后又不知怎 59
么地刚好找到了返回这些岛屿上的路，考虑到相传诺亚方舟所在的土耳其的阿勒山（Mount Ararat）距此有大约 7000 英里的距离，这也应该算得上是个小奇迹了吧。反正主教后来给西班牙国王的信是这么写的：

> 在耶稣受难日这一天，我命人带着必要的东西到岛上举行了弥撒仪式，然后我又命令他们两三个人一组四处寻找。上帝保佑他们能在乱石中找到峡谷……找到［大桶］的［泉］水，愿他们抽出泉水之后，还能找到越来越多的水。[8]

主教后来虽然为找到水而松了一口气，但是他无论如何也想不明白为什么在海洋中会发现这么多火山岩，他在信中还写道："好像是上帝曾经某个时候［在这个岛上］下了一场石头雨。"最终贝兰加和他的船员们辗转到达了大陆上的秘鲁，但还是因为缺水而死掉了十四马。

后来主教在向国王查理五世（King Charles V）汇报的信件中描述了这个之前未被发现的群岛以及生活在那里的巨大陆龟，当时他称这些龟为"*galápagos*"，这个词在16世纪的西班牙语中就是"龟"的意思，但是后来这个词被弃用了。① 所以这个岛后来在欧洲人的地图上就显示为了加拉帕戈斯群岛（*Las Islas de los Galápagos*），即"龟之岛"的意思，就是由那些800磅重、6英尺长，能驮动一个成年男子的巨大爬行动物而得名的。

后来到这里考察的欧洲人都认为岛上的这些生物与他们曾在其他地方见到的所有生物都有显著的区别。然而它们的特殊性并没有让早期的士兵或探险家们对这些岛屿产生什么

---

① 现在西班牙语中表示"龟"的单词是"*tortuga*"，佛罗里达群岛（Florida Keys）附近的德赖托图格斯群岛（Dry Tortugas Islands）就是用这个词语命名的。

兴趣。事实上，人们大多倾向于将这些突出海面的火山顶部 60
看成荒凉、缺水的峭壁，这样险峻的地貌也体现在生活于此的动物身上，它们要么是在地上滑动，要么跳跃，要么爬行。如后来赫尔曼·梅尔维尔描述的那样："在这里只能看到爬行动物的踪迹：陆龟、蜥蜴、巨大的蜘蛛、蛇以及自然界里长相最怪异的鬣蜥。这里听不到一点声音……没有嚎叫——唯一能听到的生命之声只有信子的嘶嘶声。"[9]

爬行动物发出的嘶嘶声其实是原始世界的一种通用语，除此之外，人们还能听到海浪击打火山岩时发出的隆隆声，能看到随之而起的巨大水柱和飞溅的带着咸味的水雾。有时火山还会喷发，山口处翻滚出巨大的烟云，滚烫的岩浆一路奔流入海，山腰上的任何动物和植物都会被吞噬。至少对于一部分到访者而言，科隆群岛上长相怪异、体型硕大的陆龟和成群的扭绕在一起的黑鬣蜥似乎把他们带回了大洪水以前的远古时代；而对另一些人来说，这些生物则更像是中世纪欧洲艺术家们描绘的那些在地狱中经受折磨的怪物。

查尔斯·达尔文在他的自传中写道："我刚上学的时候，几乎每一个男孩都有一本《世界奇迹》（*Wonders of the World*）。我经常读这本书，然后还会跟其他男孩争论里面一些结论的真实性……我觉得正是这本书让我产生了最初的探寻遥远国度的愿望，最终，乘比格尔号环游世界实现了我这样的梦想。"[10]

查尔斯·达尔文到达科隆群岛的时间是 1835 年 9 月。事实上，此次航行中经历的冒险已经远远超过他所有的预期了。绕过合恩角（Cape Horn）的时候，他们的船遇到了巨大凶猛的海浪，整个比格尔号被巨浪冲击得向侧面翻倒，差点儿就被彻底毁坏了；后来他又去探访了与外界几乎没有来往的巴塔哥尼亚印第安人（Patagonian Indians），这些人不穿衣服，而是把海豹的油脂涂抹到身上。达尔文在崎岖的安第斯山脉南部穿行，有些地方是靠徒步，有些地方则骑马。他探索了整个巴塔哥尼亚地区，发现了已经灭绝的古代哺乳动物和爬行动物的化石，其中就包括一种已经灭绝的体型有河马那么大的啮齿类动物的化石。他还收集到了无数科学家
61 们此前见都没见过的新奇物种的活体样本。除此之外，容易晕船的达尔文在船上的生活也很艰苦，身高 6 英尺的他在过去的四年中一直蜗居在一个 10 英尺宽、11 英尺长、5 英尺高的小舱房里，只能睡吊床。每当遇到海浪，吊床就会疯狂地晃动。尽管如此，他在整个考察过程中一直尽职尽责地收集着南美洲的植物、动物和矿物标本。现在他们终于要穿越太平洋，踏上回家的旅程了。

达尔文 22 岁离开英格兰之前本以为这次航行只要两年时间。他一点也不像一个能在科学界闯出什么名堂的人，事实上，他几乎是最不可能写出《物种起源》（*On the Origin of Species*）这本历史上最著名的著作的人。这本书提出了一种解释生命如何从最简单的单细胞有机体进化为像猿猴、羚羊和人类这样复杂的生物的理论和机制。达尔文从小就被培养为一名一神论者（Unitarian），这个基督教派系和其他基督教信徒一样相信，上帝用一天创造了天和地，又创造了亚当和夏娃，后来亚当和夏娃被逐出了伊甸园。

尽管被灌输了那样的宗教理念，达尔文十几岁的时候还

是和一群挥霍无度的年轻人混到了一起，把大把的时间花在了打猎玩乐上。他暴怒的父亲曾指责他“除了打猎、养狗、捉老鼠之外什么都不关心，总有一天会让自己和整个家族颜面尽失”。[11]达尔文的父亲和祖父都是医生，所以达尔文在17岁的时候决定追随他家族的传统到医学院就读。然而，没多久他就退学了，因为他很快就发现自己既怕血，又见不得麻醉剂发明之前病人接受外科手术时通常要遭受的痛苦。后来达尔文转到剑桥大学攻读普通学士学位，直到22岁毕业。在最后的毕业考试中，达尔文只有神学得了最高分，而其他科目都是勉强通过的。虽然他从小就喜欢收集甲虫之类的标本，而且对地质学的兴趣也与日俱增，但此时他的人生目标仍然是成为一名牧师，他还认定自己将来会到乡下找个地方，为教区群众解决宗教问题，一辈子过着平静的生活。剑 62
桥大学是神职人员的最佳选择，这里的教授都是各个修会的成员，至少一半的学生都是抱着成为神职人员的目标来这里求学的。

达尔文毕业后没多久，一艘名叫比格尔号的没什么人听说过的船只停靠到了英格兰的普利茅斯（Plymouth），并在那里悄悄地做着驶向南美洲的航行准备。海军部给这艘船只下达的任务是考察南美洲南部复杂海岸线沿线的巴塔哥尼亚地区。比格尔号的船员从五年前就已开始这个充满艰险的任务。此时的船长是26岁的罗伯特·费茨罗伊，他知道以后的航行至少还需要几年的时间，所以他决定寻找一名年轻的“绅士”——既要受过良好的教育能够给自己做个伴儿，又可以作为满足考察需要的博物学家。费茨罗伊已经发现在之前的航行过程中，船上并没有博物学家同行。没人愿意来的原因其实就是：虽然被选中参与考察的博物学家可以免费乘船航行，但是要自己承担膳食费用。

费茨罗伊本来邀请了自己的朋友——31 岁的伦纳德·杰宁斯（Leonard Jenyns）同行。后者既是一位牧师，也是一位业余的博物学家。然而杰宁斯之前已经获得了一个神职工作，在权衡了一下有报酬可领的教区职务和摆在面前的无报酬的多年航行旅程之后，杰宁斯最终还是拒绝了费茨罗伊的邀请。后来，达尔文在剑桥就读时的一个教授得知了这件事并写信告诉了达尔文。当时 22 岁的达尔文怎么也想不到，这封信将彻底改变他的人生轨迹，就像为即将驶来的列车扳动了铁路变道开关一样。

剑桥

1831 年 8 月 24 日

亲爱的达尔文：

……我想我大概很快就能见到你了，因为我知道你一定会非常乐意接受这个职务，你可以前往火地岛
63 (Terra del Fuego) 然后从东印度群岛返回——［剑桥大学的乔治·］皮科克（George Peacock）［教授］向我询问，有没有可推荐的博物学家人选能够陪同受［英国］政府委派的费茨罗伊船长一起去美洲的最南端考察。皮科克教授会阅读这封信并从伦敦转寄给你。我向他说明了你是我认为愿意接受这个职务的人中最理想的人选；我还说虽然你不是一位顶级的博物学家，但是

完全可以胜任收集标本，以及观察和发现博物学角度值得注意的事物的工作。皮科克有权决定这个人选，如果他找不到愿意接受这个工作的人，也许就不安排博物学家同行了——费茨罗伊船长想找的……不是一个简单收集标本的人，更重要的是能作为他航行中的伙伴，所以这个人不一定要是个多出色的博物学家，但必须是一位绅士。具体的待遇和［开销］我都不太清楚，航行的时间是两年。你可以带很多你喜欢的书籍或其他什么……我希望你能马上进城同皮科克详谈……以了解更多具体情况……

J. S. 亨斯洛（J. S. Henslow）［教授］

［又及］考察船（最早）将于［1831 年］9 月 25 日启程，你要抓紧时间。

尽管这个意外的机会让达尔文激动万分，但是他的父亲对此坚决反对。因为老达尔文想让儿子找个有收入的工作，而不是还要由自己来承担儿子出海考察的费用，本来他就一直为达尔文从医学院退学感到失望。不过最终父亲还是妥协了，所以在 1831 年 12 月 27 日这一天，几乎就要成为牧师的年轻的达尔文作为一名博物学家乘船起航了，这次航行不仅改变了他的命运，也会改变人类对于自己在这个自然世界中所处位置的理解。

在达尔文启程之时的 32 年以前，一位年轻的德国科学家亚历山大·冯·洪堡（Alexander von Humboldt）就出发踏上了自己长达五年的科学探索之旅，最终他穿越了整个拉

丁美洲，其间他还发现了亚马孙河与奥里诺科河（Orinoco
64 Rivers）之间的联系。洪堡发现了后来以他名字命名的巨大洋流；爬上了厄瓜多尔的火山，收集了动植物新品种的标本；还探索了亚马孙地区和安第斯山脉地区。他 35 岁的时候返回欧洲，立刻就受到了广泛的赞誉。与达尔文不同，洪堡从小立志探险，他的一生都在为这次远征做准备，他学习过地质学、解剖学、植物学、测量学和天文学，通晓多国语言，还学习了当时最先进的各种科学仪器的使用方法。相较之下，比洪堡启程时的年纪还小八岁的达尔文则只是一个刚刚从神学院毕业的普通学士。虽然他学习过一些地质学，还热衷于收集甲虫，对鸟类标本制作方法也有所了解，不过事实上他顶多算一个业余爱好者。达尔文参与航行的工作内容就是收集所有他遇到的新鲜动植物的样本，记录被考察地区的地质情况，以及陪同船长进餐。否则按照船长当时的职衔，他只能独自一人吃饭。① 原本的计划是等比格尔号航行结束之后，英格兰的专家们会对年轻的博物学家收集到的标本进行研究并由他们来判断这些发现是否重要，就算有什么重要的结论可以由此而得出的话，也是这些科学家才有权依据达尔文收集到的信息来给出结论。所以达尔文的身份就只是收集者，而伦敦的那些专家们才是真正的科学家。

---

① 比格尔号此前的船长普林格尔·斯托克斯（Pringle Stokes）在这艘船第一次驶向南美洲的航行过程中自杀身亡了，之后费茨罗伊船长很快接管了比格尔号。有些人认为斯托克斯的自杀与其在航行中长时间的孤独有关。这也是费茨罗伊船长想要寻找一位“绅士同伴”的原因之一，这样就可以有人帮助他疏解长时间在海上的孤独感。最终普林格尔·斯托克斯被安葬在了火地岛南岸的海滩上，只有一个木质十字架做标记。

在从学校毕业之后的那个夏天，也是在得知比格尔号给予自己机会之前，达尔文阅读了洪堡在 1825 年出版的《1799 ~ 1804 年新大陆亚热带区域旅行记》（*Personal Narrative of Travels to the Equinoctial Regions of America, During the Years 1799 – 1804*）。后来达尔文说这本书对自己的影响极为深远。 65
伟大的德国科学家依据科学方法的新理念对看似复杂混乱的现象进行了推理分析，其过程不但让达尔文有了要出去游历的想法，更如他后来在自传中说到的那样，“激发了他要为伟大的自然科学体系做出自己微薄贡献的热切愿望”。[12]当时达尔文并不知道自己很快就会遇到这样的机会，但是不到六个月之后，新被任命的“博物学家”兼“绅士同伴”就开始为前往洪堡探索过的那片大陆而准备行装了。他绝对不会忘记装进行囊的就包括那本已经翻旧了的洪堡的旅行记。

32 岁的蕾切尔（Rachel）是一名美籍以色列犹太人，她即将迎来自己孩子的出生，然而孩子的父亲是一个已婚的波多黎各天主教徒。“我对上帝有很大的疑问”，蕾切尔对我说。我们刚从圣地亚哥岛（Santiago Island）潜水归来，此时一起坐在伊甸号船尾的甲板上。蕾切尔个子不高，戴眼镜，棕色的头发短而稀疏，有一双蓝色的眼睛。她是一位在迈阿密工作的心理医生，她的波多黎各男友也是一位心理医生，问题在于他不但已婚，而且有三个孩子。

“这么多年来我一直在思考，我觉得自己更像是一个不可知论者，我觉得要去相信是上帝创造了这么多的苦难很难。”蕾切尔说。

当天下午早些时候，我们穿着人造蹼潜入了一个蕴藏着丰富物种的水下世界，包括雀点刺蝶鱼、约翰兰德蝴蝶鱼、蝴蝶鱼、金边刺尾鱼、梭鱼、加拉帕戈斯鲻鱼、灰纹鬃鲷、墨西哥猪头鱼、鹦鲷、大金鲹、石鱼和鹦鹉鱼等。洪堡寒流是世界上蕴含生物最丰富的上升流之一，我们所处的位置正是寒流末端，大量的海水沿着南美洲西海岸向 6000 英里以外的科隆群岛方向流去。我们从船后侧的平台滑入水中，下面有一片青木瓜色、缓慢旋转盘绕的海藻，随着海浪的涌入做着芭蕾舞一样的动作。我们蹬着人造蹼继续游过一片蓝色
66 的洞穴，偶尔会有一束阳光透进水下，照亮游鱼身上的鱼鳞，或者是打到成群的鲻鱼身上反射出闪耀的光芒。我们游过的时候，鱼群会在我们面前分开，像一个自动收起的帷幕，只是每块帷幕上都有好多眼睛。

即便是水下的这些生物似乎也不怎么怕人，我们可以游得很近，几乎近到伸手就可以触碰它们。往往是直到最后一秒，它们才会随意地用尾巴拍拍水从我们的指尖上游走。我们向前往接近火山岩沉积构造的地方游去（圣地亚哥岛其实是由两座火山组成的），一只年幼的海狮在我旁边绕着圈地游来游去，鼻子里还会喷出气泡，气泡形成的曲线就像一个小小的摩天轮。有那么一会儿，海狮甚至游近到距我的面罩不足 1 英尺远的地方，还用它球形的大眼睛盯着我看。大约一个小时后我们回到了船上，胳膊上的鸡皮疙瘩都还没有退下去，身上还有海水往下滴。我们四肢伸展着坐在伊甸号船尾的甲板上把自己晾干。

蕾切尔继续谈起她的宗教话题：“我弟弟哈伊姆

（Haim）是个信徒，我是说真正虔诚的那种信徒。他在以色列的集体农场里生活，有九个孩子。”

蕾切尔是在美国上的医学院，然后在医院里做了一名医生，从心理健康的角度帮助那些有生理疾病的病人。之前她和一位年轻聪慧的犹太男子交往了很多年，他有稳定的收入，她的父母也对他青睐有加，按她的说法就是他浑身上下都透着“稳妥”。他几乎是完美的，可唯一的问题是蕾切尔并不爱他。后来，她在医院里认识了巴勃罗（Pablo），他比她大十几岁，也是一位心理医生，不但聪明，还会跳很棒的萨尔萨舞。他们很快就开始秘密交往了。巴勃罗说他会离婚，说他根本不爱自己的妻子，说他们已经协议分居之类的。五个月后蕾切尔发现自己怀孕了，可是巴勃罗没有要离婚的迹象。现在已经又过了四个月，蕾切尔的家里人都不知道她怀孕的事，连她弟弟和她最亲密的朋友都不知道。假期将至，蕾切尔于是抱着思考人生的想法订了一张环游科隆群岛的船票。此时她穿着黑色的泳衣，坐在一张躺椅上，直截了当地承认自己是一个不可知论者。

“我不明白。我从小说着希伯来语长大，只吃犹太洁 67
食。我是说我们在家里连鱿鱼都不吃，因为犹太人只能吃有鳍有鳞的海鲜。所以龙虾并不包含在内！我们也从来不吃菲力牛排，因为那里面有坐骨神经。你知道什么是坐骨神经吗？”

我摇摇头。

“我知道！我是上了医学院之后才知道的！我们也不吃硬奶酪，只能喝有限的几种葡萄酒。我是说这太疯狂了。这些与上帝有什么关系呢?”

“那么犹太人相信进化论吗?”我问。我此前其实从没想过这个问题，也没想过其他任何宗教信仰是如何看待进化论的。我并不知道神道教教徒（Shintos）怎么看待进化论，我只知道美国有一些非常保守的基督徒并不认同人类是由动物演变而来的说法。事实上，我刚刚还读到，最近进行的一次民意测验结果显示，北美地区只有不足47%的人相信进化现象是真正存在的。对于一些人来说，亚当和夏娃是由伊甸园里的其他一些动物缓慢进化而来的想法让他们极为不安。

“大多数犹太人相信进化论”，蕾切尔斜睨着我点头说。她手里举着一杯冰镇草莓代基里酒，这是伊甸号上的酒吧里的招牌饮品（pièce de résistance)。“怎么说呢，至少是某种意义上的进化。他们相信上帝创造了世界和生命，但同时也创造了发生进化的法则。这也是世界上为什么最终会出现人类。不过也有人不相信进化论。我弟弟哈伊姆就不信，他只相信世界是大约6000年前由上帝创造的，人类也是上帝创造的，我们永远不应该吃鱿鱼，也永远不能在安息日工作。”

几乎就在她说话的同时，一只黑色的军舰鸟落在了船栏上一根像矛枪一样向外伸出的金属桅杆顶端。军舰鸟拍拍翅膀，身上的羽毛泛着光，鸟喙很长，尖部像爪子一样向下勾起。它站在那里左右转头，完全视我们而不见地望向海面。
68 科隆群岛上唯一让人郁闷但是又很有趣的一件事是：在这里你很快就会无奈地发现很多动物都会当你压根不存在。出现这种现象的原因在于：大陆上的动物有一种内在的“猎食者警报”，这对于它们的安全是极为重要的；但是岛上的动物根本没有什么天敌需要躲避，这种内在警报对于它们而言并没有什么必要，所以早就退化消失了。相反，岛上的动物很喜欢观察其他新鲜的生物，对于它们来说那就好像是在观察异性一样。

“那你呢，你相信什么？”我问蕾切尔。

“我曾经有信仰，但是现在不再相信了。我也不再只吃洁食。我觉得现在对自己最恰当的描述就是不可知论者。也许真的有什么神明存在，只是我并不知道那是什么。”蕾切尔回答。

“那么进化论呢？”

蕾切尔看着军舰鸟，而军舰鸟则紧盯着海面上其他的军舰鸟在做什么。

“在医学院学习了那么多生物知识以后，你很难不相信进化现象的存在。不过要问我学习生物之前是否相信，那肯定是否定的，”蕾切尔说着摇了摇头，“当我还是个小女孩的时候，我喜欢所有的经文故事。我也特别喜欢去犹太教堂。可是我现在不去了，可能这也是为什么我现在会处于这样的境地。”

军舰鸟的喉部有一个红色的喉囊，像一个艳丽的气球，雄性军舰鸟会鼓起喉囊吸引雌性军舰鸟。毫无疑问这只雄性军舰鸟已经找到了自己的伴侣，它的伴侣也许即将或已经在鸟巢里产卵。此时正是科隆群岛上的动物大规模繁殖的季节，并不是只有蕾切尔怀孕并即将生育。

“天呐，这可真壮观。”她看着外面的景色说道。

1835年9月17日这一天，26岁的查尔斯·达尔文和30岁的罗伯特·费茨罗伊船长第一次划着小船登上了科隆群岛中的圣克里斯托瓦尔岛（San Cristóbal Island）。那时的达尔文已经对自己的信仰产生了疑问。达尔文从小一直相信对于《创世纪》的字面解释，也就是关于上帝如何创造天地以及生存在世上的动物和植物的故事。但是到了18世纪晚期，一位爱好地质学的苏格兰医生詹姆斯·赫顿（James Hutton）因为对地质学特别着迷，所以开始研究自己看到的各种裸露在外的地质层，无论是乡村路边的、河边的，还是
69 海岸边的。后来他还下到闷热的矿井里进行考察，并画了许多示意图来记录自己观察到的所有景象。赫顿渐渐推导出地球内部应当是熔融的液态，那里的热会形成像熔岩一样的新岩石；地球表面受到风和水的自然侵蚀；侵蚀的结果是在海洋底部堆积出横向的沉积层。赫顿推理认为，这些沉积物最终会变成岩石，在某些情况下还会被重新抬升为高山。最后赫顿建立起了一些基本的假设，并据此提出了一些简单但非常重要的结论：

·现在存在的风力和水力侵蚀作用在过去也是存在的。

·无论多么深邃的峡谷都是依靠缓慢的侵蚀作用渐渐形成的。

·考虑到形成地球如今所表现出来的地质构造所需

要的漫长时间，地球的年龄应当远远超过《圣经》中提到的始于公元前4000年。

赫顿推断地球的年龄不应当是几千年，而是几百万年。而且他的推论并没有到此为止，将地质年代的结论和归纳推理过程适用于地球上的生命时，赫顿在1794年写下了这样的看法：

> 如果一个组织体［也就是一个生命体］不是处于一个最适合它维持生存及繁殖的情况和［环境］条件中，那么我们可以确定地说……这一物种孕育出的那些各不相同的个体中，拥有最不适应外界环境的体质的个体最有可能消亡……而那些最能适应现有条件［也就是环境］的组织体则能够继续生存，并繁衍本种族的后代。[13]

赫顿的理论明确地提出了并不是所有生物形式都能够成功地 70
繁殖，或者就算它们都能繁殖，至少也不是同等数量的繁殖。总有一些生物比其他一些繁殖得更好。那些更能适应环境的动植物就比那些不能适应的动植物繁殖得更好。赫顿的推理中有一个例子，假设一种蜂鸟靠吃一种2英寸深的花朵的花蜜为生，那么它有2英寸长的鸟喙是最理想的，这样可以最方便有效地吃到花蜜。假设有一窝蜂鸟生来就长着不足2英寸长的鸟喙，那么这些鸟在觅食过程中就会遇到更多的困难。赫顿的理论预测，这些鸟喙不够长的个体有可能无法像其他蜂鸟一样成功地繁殖，后代的数量也会相对较少。与此同时，那些“最能适应”的蜂鸟，也就是长着2英寸长鸟喙的蜂鸟则能够繁殖得更好，并留下更多有2英寸长鸟喙的后代。根据赫顿的理论，长着理想的2英寸长鸟喙的蜂鸟就是“被自然选择的”，而那些没有理想的2英寸长鸟喙的蜂鸟则是“被自然拒绝的”——做出决定的是自然，而非上帝。通过这样的方式，蜂鸟“自然地”适应了它们生存的环境，也就是能够吃到2英寸深的花朵中的全部花蜜。

根据赫顿的逻辑，如果出于某些原因，这些蜂鸟到了一个新的区域，而那里的花朵都是3英寸深的，结果会怎样？在这个新的环境中（也就是一个只有更深的花朵的环境），那些生来鸟喙就较长的蜂鸟将会比它们有2英寸长或更短鸟喙的兄弟姐妹们更容易吃到花蜜。赫顿的理论预测，蜂鸟群体中有更长鸟喙的蜂鸟数量将逐渐增多，因为现在更长的鸟喙是“被选择的”，而短一些的则是“被拒绝的”。经过足够长的时间和足够多的世代之后，根据赫顿理论的逻辑预测，最终不可避免地会出现越来越多的有长鸟喙的蜂鸟群体，而短鸟喙的蜂鸟则会逐渐消失——至少在这一新的区域里是这样的。于是奇迹般地，在没有除了自然界中已经存在的因素之外的“神力”的作用下，新的物种就这样自然而然地出现了。

71 然而赫顿仍是一个笃信上帝的人。虽然他已经发现了“自然选择”的原理，他仍然相信是上帝创造了每个物种。赫顿也因此没有允许自己继续深思他所发现的这个能够改变物种形式的机制是否也可以被用来解释物种的起源。因为无法从精神上摆脱已经存续几千年不变的圣经范式，所以赫顿也没能进一步推理出根据他的新理论理应得出的合乎逻辑的结论：自然界固有的力量就可以创造出新的物种——完全不需要什么超自然的干预。

不过赫顿的思想还是略微改变了他对《创世纪》的看法：虽然上帝创造了世上的动物和植物，但上帝可能也允许自己的作品通过“微调”或“改变”以适应周遭的环境——只是这样的能力没有在《圣经》中被提及而已。赫顿由此也可以解释为什么一个物种中能出现不同的变化——就像贵宾犬和大丹犬仍然都是犬一样——但是他想到这里就止步不前了。既然《圣经》中说上帝创造了世上所有的生物，那么自己就不应该对此抱有任何疑虑。毕竟，赫顿主要的兴趣在地质学。他于 1794 年发表了名为《知识原则和推理过程的研究，从感官到科学和哲学》（*An Investigation of the Principles of Knowledge and of the Progress of Reason, from Sense to Science and Philosophy*）的三卷本巨著，总共长达 2138 页。他关于新物种如何产生的发现几乎只算是一种补充想法而被隐藏在了厚厚的书页中，没有引起世人的任何重视。

赫顿的作品出版 41 年后，远在 6000 英里之外的查尔斯·达尔文和罗伯特·费茨罗伊船长终于登上了科隆群岛。达尔文如赫顿一样对地质学抱有极大的热情，也如赫顿一样相信上帝创造了世上所有的动物和植物。然而，在这次到南美洲考察的漫长旅途中，达尔文开始质疑《圣经》对于地球地质历史的书面指导意义。比如，达尔文最近刚刚读到两篇另一位苏格兰地质学家查尔斯·莱尔（Charles Lyell）发表的地质学方面的文章。莱尔追随了赫顿的脚步， 72

并且采用了赫顿关于“过去存在的风力和水力侵蚀作用在现在依然发生作用”的观点，这种观点被称为“均变论”(uniformitarianism)。早先的地质学家们假设上帝在大洪水时期对自己创造的地球又做出了一些最终的改变。上帝使大洪水泛滥到地上的故事后来也发展成一种地质理论，即“灾变论”(catastrophism)。莱尔并不像赫顿那样虔诚，他清楚地认识到均变论将被视为对《创世纪》内容，也是对教会的挑战。1830年他创作完成了很快就将成为经典著作的《地质学原理》(*Principles of Geology*)一书。在该作品出版前夕，莱尔给一个朋友写信说：

> 我相信我的地质学［作品］……会受到欢迎。老［约翰·］弗莱明神父(Reverend John Fleming)对此感到惊恐，而且认定世人不会容忍我的反摩西理论［即质疑《旧约》内容］。这个话题至少在一定时间内肯定是会让神职人员感到抵触和棘手的。[14]

尽管教会后来对于这本书的反应很复杂，但是莱尔的《地质学原理》对达尔文来说无疑是一种启示。他几乎立刻就抛弃了此前他一直持有的大峡谷、山涧和沉积物是大洪水时期由上帝创造出来的观念。随着比格尔号一路考察了一连串不断变化的地形地貌之后，达尔文此时才开始第一次“看清”地质构造，这和他以前所有的认识都是不同的。比如当比格尔号的船员忙着测绘巴塔哥尼亚地区时，达尔文则一下船就去四处观察裸露在外的沉积物中包含的各种奇特的已经绝迹的动物化石。

有一次，达尔文在安第斯山脉海拔 10000 英尺高的地方发现了含有许多贝类化石的岩层。他由此断定这些岩层曾经位于很深的海底，后来由于某种未知的地质力量而被抬升到了现在的高度。经过仔细地观察研究后，达尔文还认识到这样的地质构造根本不可能是在过去 6000 年之内就自然形成的。有了他自己的观察，再加上莱尔理论的影响，达尔文认 73
定地球的历史至少可以追溯到几百万年前，而绝非仅有几千年。达尔文还意识到地球也不是处于静止状态中的，而是在持续不断地变化着的。他忍不住猜想，这些通常是根本性的巨大环境变迁又会给动物和植物带来怎样的影响。

达尔文在巴塔哥尼亚地区的很多探索活动都是和费茨罗伊船长一同进行的。虽然船长也读了莱尔的地质学著作，但他仍然不能像达尔文或莱尔一样看待这个世界。达尔文发现的证明地质作用已经渐进地持续了数百万年的证据在费茨罗伊眼中仍然只是大洪水产生的结果。实际上费茨罗伊后来也写了一本关于这次考察活动的著作。在名为“关于大洪水”的章节中，他甚至使用了与达尔文之后用来支持自己进化论理论同样的证据来论证大洪水的作用。依费茨罗伊看来，这些证据都只是进一步证明了他坚信的《圣经》中关于大洪水的描述：

> 在穿过安第斯的科迪勒拉（Cordillera）［山脉］时，达尔文先生在海拔 6000 ~ 7000 英尺高的地方发现砂岩里有石化树；在海拔 12000 ~ 13000 英尺高的地方发现了贝类化石、石灰岩、砂岩，还有岩石和贝壳的碎

> 屑聚合成的砾岩。上述石化树所在的砂岩上方有一层大约1000英尺厚，由黑色的……熔岩形成的巨大的岩层，再上面又有一层至少包含五种类似的熔岩混合在一起，以及含水的沉积物共同组成的不少于几千英尺厚的混合岩层。这样的水与火的混合作用在我看来就是无可置疑的证据，只有浩大的灾难才能造成这样的结果……这证明了“地下深渊的泉源都裂开，天空所有的水闸也都打开”① 的描述是正确的，可怕的洪水和火山物质就像大雨一般从天而降。[15]

74 南美洲的这片天空成了达尔文和费茨罗伊面临的一个巨大的罗夏墨迹测验（Rorschach test）：费茨罗伊看着这片大陆上弯弯扭扭的地层，认为这是大洪水的古老故事留下的铁证。费茨罗伊回国后写道：“（不单是因为经文的描述），我现在完全相信世上曾经历了一场全球性的大洪水。”[16]与此同时，观察了同样一片地层的达尔文因为受到莱尔的影响，则相信自己能够用逻辑的眼光窥探地球最原始的开端，那是一段他做梦都没有想到会存在的过往。

尽管达尔文对于地球历史的认识模式刚刚经历了巨大的转变，但是直到他登上科隆群岛海岸为止，他对于生物学的观点还依然和其他维多利亚时期的科学家一样。如前面所讲，根据达尔文同时期的生物学家们的观点，上帝创造了地球上的每一个物种，不过某些生物的适应现象似乎确实是在上帝

① 费茨罗伊此处引用的是英王钦定版《圣经》中的《创世纪》7：11。

造物之后才发生的。在《地质学原理》一书中，查尔斯·莱尔提到了“创造的中心”的概念，也就是指上帝在地球上创造每个独立物种的那些地方，而这些物种在那之后又发生了一些小的变化。比如说，上帝认为在澳大利亚应当创造袋鼠，在婆罗洲应当创造红毛猩猩，而在非洲应当创造大猩猩。至于在伊甸园中，上帝则创造了人。事实上，人类就是一个物种可以有丰富“变化”和“多样性”的好例子：在某些地方，生活着黑色皮肤的黑人；在另一些地方，则生活着白人；在其他一些地方，还有具有亚洲特性的亚洲人；又或者是一些与以上人种都不相同的其他原住民人种。不过没有哪个科学家会否认这些不同种族的人都属于“智人”（*Homo sapiens*）这一所有现代人都归属于的物种；也没有人质疑这些不尽相同的人种都起源于同一个“创造的中心”，据推测这个“创造的中心”就是中东地区。当时很多科学家都相信动物和植物有某种“适应”新环境的能力，但是它们绝不可能转变成另一个完全不同的新物种。只有上帝才能创造新物种。①

正因如此，当达尔文登上科隆群岛时，他自然而然地认 75
为岛上生活的动物和植物都是出于某些原因从南美大陆上传

① 当然也有不这么认为的科学家，其中最著名的就是法国生物学家让-巴蒂斯特·拉马克（Jean-Baptiste Lamarck，1744—1829）。在1802年，也就是达尔文出生七年前，拉马克就出版了《关于活体组织的研究》（*Recherches sur l'Organisation des Corps Vivants*）一书，其中提出了物种可以通过获得新特性而转变成新物种的观点。比如说，一只长颈鹿一生中不断伸长它的脖子，那么它的脖子就会变长，这种新的特性也会传给它的后代。不过，拉马克或其他科学家都没能找到证据支持自己的理论。无论如何，拉马克相信物种都是在经历演变的，但他一直没能发现自然选择的原理，那才是最终让达尔文提出进化论的关键点。

过来的，因为上帝就是在那里将它们创造出来的。如果仿声鸟来到了一个岛上，那么它可能为了适应这里的环境而发生一些轻微的变化，但是毫无疑问它还应当与继续存在于大陆上的那个原本的物种属于同一个物种。达尔文此时仍然认定生物物种是不能够发生变异的。①

达尔文那时作为一个神创论者的假设解释了为什么他在科隆群岛上收集鸟类样本的工作中存在众多失误。达尔文并不是鸟类学家或植物学家，更不是分类学者。在没有专家的帮助，也没有专家们在比对不同物种时依据的大型博物馆馆藏可参考的情况下，达尔文根本不可能了解或确认他所看到的究竟是什么。举例来说，很多年后，当他回忆起自己在科隆群岛上收集植物样本的事情时，达尔文有点懊恼地写道："鉴于我对植物学知之甚少，我对于植物样本的收集工作尤其盲目。"[17]他所指的是自己在岛上收集植物样本时，本来打算收集同一种植物的多个标本，这样将来就可以供多个博物馆收藏，这种做法到现在也是惯例。然而达尔文后来才意识到，由于他当时对植物的认识不足，"我很可能是将第二个、第三个物种当作第一个物种的副本收集的"。[18]换句话说，他不是如自己以为的那样收集了同一个物种的三份相同
76 的标本，而是糊里糊涂地收集了三个不同物种的标本，却将它们全部标记为同一种。

---

① 顺便补充一下，此时的达尔文和其他许多博物学家一样，并不知晓赫顿的"自然选择"理论。因为赫顿的地质学著作长达 2138 页，"自然选择"的论述隐于其中，很难被发现。查尔斯·莱尔在自己的《地质学原理》中也没有提及赫顿的理论。

在收集科隆群岛上的小鸟标本时，达尔文也遇到了类似的问题。鉴于他还没去过临近的大陆，也没有博物馆馆藏可参考，而且没有携带任何鸟类学书籍可以指导他分类，他会遇到困难就一点儿也不奇怪了。毕竟，科隆群岛上的很多鸟在这之前并没有被科学地描述过。达尔文想要认清它们的工作也因此成了一个挑战。

与此同时，费茨罗伊船长在航行期间虽然偶尔也会收集一些动物标本，但他的目的主要是把这些标本带回去献给王室，至于确认物种之类的事他并不关心。他只是为上帝创造的这些物种能够如此适应岛上的环境而感到惊奇：

> 那些生活在熔岩覆盖的岛屿上的小鸟长着又短又厚的鸟喙，有点像红腹灰雀的喙。是上帝的无限智慧给予了它们这些令人钦佩的先天条件，每个被创造出来的物种都是适应上帝安排给它们的地方的。[19]

相比之下，达尔文的工作则是要对岛上的鸟类做出一些研究；可能的话，还要每个种类收集一雌一雄两只标本。① 可是到最后，他根本无法对大多数鸟类进行分类或挑选。不过，这些鸟儿根本不怕人的特点还是让他感到非常吃惊。达尔文在1835年9月17日登岛第一天的日记中写道：

① 比格尔号的作用有点像诺亚方舟，不过被带到船上的每个物种的雌雄样本都是做成标本的尸体，而非活物。

> 吃过饭之后，我们一行人登上［圣克里斯托瓦尔岛］去抓陆龟，但是没有抓到……那些鸟我们都没见过，而大龟看起来像乡下人一样笨笨的。三四英尺高的
> 77 小鸟在草丛间一蹦一跳的，也不怎么叫，朝它们扔石头它们也不害怕。金先生用自己的帽子杀死了一只鸟，同时我还用枪托把一只大鹰从树枝上捅了下去。[20]

最终，达尔文从岛上收集了26种鸟，其中13种是雀鸟，但是达尔文只认识其中的6种。其余7种的样貌差异太大，以至于达尔文根本没把它们当作雀鸟，而是把它们标注成了其他3种完全不同的科。此外，因为达尔文认定这些生活在每个岛上的小鸟一定和临近其他小岛上存在的鸟类属于相同的物种，所以就根本没太仔细地给每只鸟标注它们分别来自哪个岛屿。达尔文压根没想过这些岛上可能会存在相似但其实并不相同的鸟类物种。毕竟，上帝为什么要在相邻的岛上创造不同种类的鸟呢？如果一种鸟可以适应这个岛屿的环境，上帝为什么要在另一个岛上创造一个相似的物种？为什么不只创造同一种就好了？所以，达尔文通常只给鸟类标本标注收集的日期，而省略了具体的岛屿，一概写为整体地区的名称，即“科隆群岛”。

费茨罗伊和他的船员们花了五周的时间忙着测绘群岛的地图。在这段时间里，达尔文登上了科隆群岛13个主要岛屿中的4个，总共在陆地上待了19天。他此时还一直坚定地相信是上帝创造了他观察到的每一个物种。从这里离开之前，他在自己的日记中写道：

> 我勤勉尽职地收集了各种动物、植物、昆虫和爬行动物的标本……我很期待经过进一步的比对来确认这些群岛上的生物来自哪些地区或者说“创造的中心”。[21]

换句话说，由于达尔文并没有前往过临近群岛的南美大陆地区，再加上他认定科隆群岛上的野生动植物都是从那里来到岛上的，所以他自然而然地会想要知道这些生物具体来自哪 78
一地区。是中美洲，是大哥伦比亚共和国，还是秘鲁北部，又或者是以上全部地区？上帝最初到底在哪里创造了此时生活在科隆群岛上的这些动物和植物的祖先？不过达尔文也知道自己还要等上一年多的时间，等比格尔号回到英格兰，那些专家们就可以告诉他他发现的这些物种到底是什么，那时他才能为自己的问题找到答案。至于眼下，他唯一希望的就是自己收集的这些标本是有科学价值的。

比格尔号最终重新扬帆返航了。后来达尔文会比任何人都惊讶地发现：他一直没有正确看待和正确标记的关于科隆群岛的一切将最终动摇他的信仰，更重要的是它们也将动摇世界上很多人的信仰。

“地球的深处有很多空隙，被称作‘热点’。”向导何塞（José）告诉我们。何塞 32 岁，就生活在圣克鲁斯岛（Santa Cruz Island）上，那里是科隆群岛中五个可居住的岛屿之一。他是厄瓜多尔人，黑色的长发在脑后扎了个马尾辫，“弥勒佛一样的肚子”把 T 恤的下摆都撑了起来。T 恤正面是一只扎染的蓝色鲣鸟，图案上方还写着“我爱鲣鸟！”何塞是圣克鲁斯岛上土生土长的本地人，此时他正用带着浓重西班牙语口音的英语给我们解释科隆群岛是如何形成的。

“热点就是一个空隙，热岩，或者说——岩浆?”何塞停在这个词上看着我们，不太确定他的英文发音是否准确。我们都点了点头，于是他继续说道：“岩浆会流到空隙里，这样就形成了火山岛岛屿。科隆群岛都是这么形成的。”

所有参加群岛环游项目的游客此时都聚集在明媚的阳光下，包括华裔老者和他的一家、美籍以色列人蕾切尔、几个荷兰人、两个瑞士人、一个矮个的意大利人、三个法语区加拿大人，只有英语是所有人都能听懂的。科隆群岛中各个岛屿的地质年龄从三万年到八九百万年不等。我们现在所处的巴托洛梅岛（Bartolomé Island）就是其中最年轻的岛屿之
79 一。我们一早就爬上了不再喷发的死火山，从这个火山灰烬堆起的锥形体上，我们可以俯瞰整个沙利文湾（Sulivan Bay）。这个岛屿和这个海湾都是以达尔文的朋友、比格尔号考察船上的中尉巴塞洛缪·詹姆斯·沙利文（Bartholomew James Sulivan）的名字命名的。

何塞跟我们说地壳其实是非常薄的，海底的地壳平均也就4英里厚。地球的半径大约是4000英里。假设我们用一个直径10英尺的球体代表地球的话，那么地壳的厚度会比鸡蛋壳还薄。何塞笑眯眯地看着我们，等待大家的回应。我看到萨拉正牵着她祖父的手，两个人都听得很认真。

何塞继续说，地壳下面是软流圈地幔，再下面就是液态的地核外核，像俄罗斯套娃一样被套在外核以内的是超级炽

热的固体铁核，也就是地球的内部核心。何塞说地球是太阳系八个行星中密度最大的一个，也是其中仅有的四个由固体而非气体构成的星球之一。

“140 亿年前，宇宙比一个针头还小，”何塞一边说一边捏紧两根手指比画着针头有多小，“就这么小，然后它突然爆炸了。到 45 亿年前，固体尘埃、气体和其他物质碎片组成了地球。”

何塞说，在地球形成的最初 10 亿年中，它只是一个炽热、无生命的球体，在宇宙空间中围着太阳缓慢地绕行。渐渐地，整个太阳系的温度开始下降，地球表面开始逐渐形成一层地壳，但是这层很薄的地壳依然时常会被内部炽热的岩浆冲破。到 35 亿年前，地球上出现了生命，起初是在水中，然后又过了漫长的 30 亿年，也就是大约 5 亿年之前，陆地上终于也有了生命的存在。

“再之后，我们就出现了”，何塞说着，还夸张地伸出双臂。

“这难道不是一个超级漫长的过程吗？”

何塞之前就告诉我们，他虽然是天主教徒，但是他能够接受从科学角度认识地球的理论。

那时地球是一个只有一层薄薄的地壳的炽热球体，地壳表面大部分地区覆盖着薄薄的一层水。何塞指着环绕在巴托 80
洛梅岛四周无尽的碧蓝海面说，那薄薄的一层水就被称为“海洋”。当时海水在地壳表面流动，而地壳则是在炽热的岩浆上漂移，所以地壳并不是固定的，而是被分割为很多巨大的板块——“是不是有点像磕破的鸡蛋壳？”何塞扬起眉毛问道，直到我们点头应和后才继续往下说。我们走路的时候觉着脚下的地很坚实，但是从地质学的角度来说，我们脚下的这些板块更像是硬黏土。何塞说，最主要的八个板块在更深层的热岩浆的流动作用下在地球表面缓慢地漂移。当两个板块发生撞击的时候，一个板块会插进另一个板块下面，重新进入岩浆中，最终再被熔化。另一个板块在撞击的作用下则会隆起，形成山脉。大约 3000 英里宽的纳斯卡板块（Nazca plate）从科隆群岛西侧一直延伸到南美大陆边缘。大约 2000 万年前，这个板块与南美洲板块发生碰撞，使得南美洲西侧的边缘全部隆起，于是就形成了安第斯山脉，山脉中的一些山峰能达到海拔 20000 英尺。

何塞平举着两只手，指尖相对顶在一起，然后两只手相向运动，一只手插到另一只手下面，而上面的那只手则曲起关节代表安第斯山脉。

“明白了吧（*Capito*）?” 他用意大利语问道。

我们都点点头。

“那安第斯山脉到底有多少岁了?” 蕾切尔问道。她戴着宽边的草帽和椭圆形的大墨镜，宽松柔软的蓝色上衣让别人根本看不出她已经怀孕了。

“2500 万 ~ 3000 万年”，何塞回答说。

“那科隆群岛呢?”

“很年轻，” 何塞环顾了一下我们所在的火山灰烬堆成的锥形体说，“这个巴托洛梅岛只有 25 万年，还相当于一个婴儿。” 他一边说一边比画了一个抱着婴儿摇晃的动作，期待着我们应和他的幽默感。

萨拉和她的两个弟弟都咯咯笑了起来。

何塞蹲下，在深色的火山沙上画了一条线，然后在线下 81
面画了一个指向这条线的箭头。

“这个箭头就是一个热点”，何塞解释说热点就是地幔中的一些空隙，岩浆汇聚到那里然后向上冲击地壳。

“纳斯卡板块向东朝着南美洲运动的时候，它就是从这样一个热点上漂过的，明白吗？”

何塞用手比画了一个“T”的形状，然后水平的那只手继续向一个方向滑动，下面垂直方向的手则保持静止。

“当地壳移动到热点上方的时候，火山就形成了。如果它足够强大，就能冲出海面并喷发。”

华裔老者点点头，认真地看着何塞画的草图。萨拉和她的两个弟弟做出了和祖父相似的姿势，弯着腰，手撑在膝盖上，但是三个人全都皱着眉头。

“这就好像一个消防龙头，朝着地壳向上喷发热量，对吗？”何塞说。

只要火山下面还有热点，它就会一直喷发，何塞继续说道。但是纳斯卡板块的运动把岛屿推移到了没有热点的地方，于是岛屿和它的火山根基就被分离开来，所以它们就不能再喷发，而是变成了死火山。纳斯卡板块继续向着南美洲的方向运动，于是又有新的地壳被拖拽到热点上方，于是就不断有新的火山岛形成。最终，这片岛链就出现了，其中最年轻的还可以喷发的是靠西边的几个岛屿，因为它们还在热点上方，而年代最久远的则是东边的休眠火山岛，它们早就远离了下面的热点。何塞说，科隆群岛中像费尔南迪纳岛

(Fernandina）那样最年轻的岛屿只有几十万年的历史，并且仍然在从海平面下向上升高，而东边年代最久远的那些岛屿则都是 900 万 ~ 1000 万年前形成的。何塞还说整个科隆群岛还在以每年 1.5 英寸的速度向南美洲方向运动，也就是每 100 万年移动大概 24 英里。

何塞的讲解结束后，他转身继续向着火山上前进，我们跟在他后面，小心地探头观察小一些的锥形堆和熔岩洞。这
82 里的地貌就像是一口煮沸的大锅突然被冻住了，本来冒着气泡的表面都凝结成了坑坑洼洼的石头。

在 1825 年，也就是达尔文到达这里十年之前，一位名叫本杰明·莫雷尔（Benjamin Morrell）的美国猎海豹船的船长来到了科隆群岛，他的船于 2 月 14 日停靠在了伊莎贝拉岛（Isabela Island）的海湾。当天凌晨，当大多数船员还在睡觉的时候，邻近的费尔南迪纳岛上突然发出了巨大的爆炸声：这个岛正处于科隆群岛的热点之上，那里的火山已经开始喷发。莫雷尔记录了这一事件：

> 14 日星期一凌晨 2 点钟的时候……黑夜还笼罩在……太平洋上……我们突然听到了仿佛上万个巨雷同时在天空中炸开一样的巨响；几乎就在同时，整个苍穹都被可怕的火光点亮了，哪怕是最镇定的人也会为这样的场面而感到胆战心惊！我马上断定是［费尔南迪纳］岛上……一座沉寂了十年的火山突然喷发出了长久以来积聚的力量……天空中都是火光，还有不可计数的流星从天空坠落；从［费尔南迪纳］火山口喷射出来的火

> 焰……能够达到至少 2000 英尺的高度……
>
> 我们的处境随着时间的推移越来越危险，空气中一丝风都没有，所以根本不能起帆……我们什么也做不了，只能被迫停在那里见证这场烟火奇观。一整天，火势都没有任何减小的趋势，火山口也一直如下雨一般地向外喷发着各种熔融的物质。[22]

后来，莫雷尔的船员查看了温度计并发现在下午 4 点的时候，气温已经达到了 123 华氏度。然后他们又把温度计放入水中，发现水温也从往常的 70 华氏度升高到了 105 华氏度。幸运的是这时终于起风了，莫雷尔和他的船员们升起船帆，驶出了两个岛屿之间的海峡，而费尔南迪纳岛的火山还在他们背后不断喷射，莫雷尔继续写道：

> 我们驶过流动着的岩浆时，我意识到恐怕会有损失 83
> 一些船员的危险，由于温度太高，好几个人甚至都站不起来了……要是这时风停了的话，所有人恐怕都难逃厄运。不过幸好上天仁慈地眷顾了我们——救命的风推着我们驶到了温度适宜的地方……我们于是向……下风向 50 英里之外的［弗雷里安纳岛（Floreana Island）］驶去……并在晚上 11 点的时候行驶到了该岛西北部的港湾中抛锚停船。［费尔南迪纳岛］火山口……就像一个巨大的灯塔，向暗黑的天空中喷射着仇恨的火焰，还发出遥远的雷声一般隆隆的声响。[23]

十年之后，没有见过这样奇观的达尔文来到了这里。比格尔号刚好也驶近了费尔南迪纳岛[①]，并且同样停靠在当初莫雷尔见证火山爆发时停靠的海湾。达尔文在自己的日志中写道：

> 第二天，清风推动着我们在平静的海面上前行，穿过……［伊莎贝拉岛和费尔南迪纳岛］。我们看到费尔南迪纳岛上的火山口还不时会向外喷出小股的蒸汽。［费尔南迪纳岛］……看起来比其他岛屿都地表粗糙、地势险峻；那些熔岩都裸露着，像刚刚被喷涌出来时一样。[24]

达尔文还描述科隆群岛上的“熔岩碎片多孔，像烧红的煤灰；石缝间的矮树没有什么生命迹象。黑色的石头受到太阳光直射，烫得像炉子一样，这里的空气都有一种憋闷、酷热的感觉……这里可以和我们想象中的地狱的样子相提并论”。[25]

84 达尔文显然意识到科隆群岛形成的时间并不长，而且这里这些绝世独立、粗糙陡峭的岩壁应该是海底的岩浆以某种方式形成的。达尔文那时当然还不懂得板块构造理论，不知道什么是“热点”或者岛屿是如何以及为什么形成的。他

---

① 费尔南迪纳岛一直处于科隆群岛的热点之上，最近的一次喷发是在 2009 年 4 月。从达尔文在 1835 年来这里考察至今，费尔南迪纳岛上的火山总共又喷发了 19 次，而这个岛屿和群岛中的其他岛屿自那以后又向南美洲方向移动了大约 22 英尺。

那时还相信是上帝创造了世上所有的物种。

然而，在比格尔号最后 11 个月的航行过程中，当达尔文开始在他狭小晃动的舱房里更仔细地研究他从科隆群岛上收集的鸟类标本时，疑问渐渐在他的脑海中形成。年轻的博物学家在他去过的四个岛屿上都收集了仿声鸟的标本，当时他以为自己收集的是同一个种类的仿声鸟。此时经过仔细观察之后，达尔文却发现这四个标本中有三只鸟各自拥有其他几只鸟都不具有的特征，就好像它们并不属于同一个物种一样。然而它们会是不同的物种吗？由于缺乏这方面的知识，达尔文并不能得出确定的答案。他想也许它们只是不同的类别，可是又忍不住想如果它们真的是不同的物种呢？如果是这样的话，为什么要有三种类似而又不同的仿声鸟生活在相邻的岛屿上并且有相似的习性？上帝为什么要这样创造？

很快，又有其他的疑问来困扰他。当达尔文在科隆群岛上时，当地的英国副总督告诉他，当地人只要看看巨型陆龟身上的龟壳就能轻易判断出这只陆龟具体来自哪个岛屿。当时达尔文对此并没有细想，现在回想起来却百思不得其解。会不会每个岛上的陆龟也都属于不同的物种？如果真是这样的话，自己竟然连一只成年陆龟的样本也没有收集！这无疑立刻让达尔文陷入了深深的忧虑。达尔文收集了四只幼龟，但是没有收集哪怕一只成年陆龟样本。他在一个定期记录自己鸟类观察成果的笔记本上写道：

> 我从［科隆群岛］的四个较大的岛屿上分别收集了［仿声鸟］的标本……其中来自……［圣克里斯托

> 瓦尔岛和伊莎贝拉岛］的样本似乎是同一种鸟，而另外两种则是不同的。每个岛上发现的鸟都是那个岛上特
> 85 有的，但所有鸟的生活习性没有什么区别……［我现在想起来］当地的西班牙人根据陆龟的身体样貌、甲片形状和个头大小就能分辨出它们是来自哪一个岛屿的。我当时认为这些岛屿相距这么近，岛上动物数量也不多，这些生活在岛上的鸟类虽然体型构造略有不同……但是它们生活在同一个区域，我就自然而然地认为它们只是不同的类别……如果有哪怕一丁点儿的证据支持［每个岛上的陆龟可能各自属于不同的物种］的说法，那么就有必要对群岛上的动物学进行非常深入的研究了，因为这样的事实［可能］会打破物种恒定［不变］的理论。[26]

达尔文当时还不能确定，但是他开始产生的怀疑是正确的。他收集的仿声鸟并不只是类别不同，而是属于完全不同的物种。他以为自己收集的雀鸟分属 6 个物种，而实际上是 13 种，即大多数岛屿上都有自己独有的物种。最终，达尔文还会发现科隆群岛上生活的大多数物种在世界上其他地方是找不到的。它们虽然与大陆上的一些物种有相似之处，但实际上还是完全不同的物种。正是这些达尔文在比格尔号上就开始有所怀疑但还不能证实的信息，最终推动他不再相信《圣经》中的创世故事，而是揭开生物学的新世界——物种是由上帝创造且永恒不变的理论很快将被彻底推翻。

“爷爷——看呀！”

萨拉显然已经兴奋得难以自抑了。

“是孤独的乔治！”

萨拉正蹲在一只科隆群岛巨龟旁边，这只龟有 3.5 英尺
长，重达 200 磅——比萨拉重了大概 150 磅。我们现在在圣
克鲁斯岛上，阿约拉港（Puerto Ayora）镇外有一个达尔文
研究站。阿约拉港曾经是海盗们聚集的地点，现在这里有各
种小酒吧、室外餐馆和商店，它们都建在一条饱经风吹日晒
的宽阔大道边。孤独的水手们步履沉重地沿着大道前行，他 86
们的衣服已经褪色，他们戴的帽子在脑后的位置还连着一片
后襟，为的是保护脖子不受热带阳光的暴晒。风平浪静的海
港中常年停靠着各种各样的小船，它们随着波浪轻轻地摇
晃，船下的水面是绿松石一样亮丽的绿色。

孤独的乔治就被安置在研究站后面一大片独立的封闭区域内，但是它依然可以接触到自然的环境。虽然达尔文在返回的航行中就开始担忧也许每个岛上都有独特的陆龟物种而自己并没能收集到样本这件事，但后来的研究证明，这些岛上确实只有一种陆龟，但是分化出了 15 个亚种。生物学家现在断定科隆群岛巨龟的祖先可能是在大约 600 万年前意外地从南美洲大陆漂流到此的。毕竟陆龟是可以漂浮在水中的，而且可以长时间不摄取食物和淡水。这些陆龟和其他一些爬行动物的卵一样被洪堡寒流冲到了岛上。最终有八个岛上都出现了陆龟，它们被海浪送到陆地上，又在这里发现了足够的植物作为食物。突然甩开了天敌的陆龟们在岛上繁衍兴盛起来，最终分化出了 15 个不同的亚种，但其中的 4 种

现在已经灭绝了。1971 年，到群岛北部一个面积很小的平塔岛（Pinta Island）上考察的生物学家在那里发现了最后一只属于黑色南美象龟（*Chelonoidis nigra*）平塔岛亚种的巨龟。他们马上把这只龟带回了我们现在正在参观的这个研究站。因为它是它这个亚种中的最后一只，所以人们给它取了个外号叫“孤独的乔治”。

大概 400 多年前，当西班牙主教贝兰加来到科隆群岛时，岛上还生活着大约 25 万只陆龟。在一些植物相对茂盛的地方，陆龟的分布相当密集，以至于早期来这里探险的人们可以踩着地上的龟通行。当时最大的陆龟有 6 英尺长，重达 800 磅。可是到 1971 年生物学家发现“孤独的乔治”的时候，陆龟的数量已经降到只剩 3000 只左右——这主要是因为几个世纪以来捕鲸船和捕海豹船上的船员们对龟的猎杀。只要把陆龟上下翻转，它们就跑不了了，但是也不会
87 死，可以保存将近一年之久，这对航行中的船员来说是长期提供新鲜肉食的好办法。与此同时，从大陆上引入的生物也对陆龟造成了威胁，比如老鼠会吃掉它们产的卵甚至是幼龟，山羊和其他动物则吃掉了陆龟赖以生存的植物，导致很多陆龟都被饿死了。

查尔斯·达尔文来到科隆群岛的时候，某些岛屿上的陆龟亚种已经处于数量迅速减少的境况。然而这并没能阻止比格尔号的船员们大肆猎捕尽可能多的龟带回船上作为食物储备。

“对于爬行动物这一科来说，这些岛屿就像是天堂一样，”达尔文写道，“龟的数量极其庞大，我们这一只小船

上的船员在很短时间内就抓到了 500 ~ 800 只。”[27]

一个星期之后，达尔文到查尔斯岛（指弗雷里安纳岛）上的厄瓜多尔人聚居区参观的时候，发现陆龟的四种天敌中的三种在那时就都已经出现在岛上了，包括山羊、猪和人类（只有老鼠没有被提及）：

> 这里的房子非常简单，就是搭几根杆子，上面覆上茅草和草叶。［居民们］一部分的……时间花在猎捕树林中大量的野猪和山羊上……最主要的肉食……是陆龟：那时它们的数量还很多，两天打猎的成果就可以满足另外五天的食物。难怪陆龟的数量会显著减少了……聚居区就建在泉水附近……这里以前是［陆龟］最密集的地方。［英国副总督］劳森先生（Mr. Lawson）认为这里的陆龟至少还够人们吃 20 年……劳森先生记得自己曾经见过一只……六个人才能勉强抬起来，两个人都无法翻过去的［陆龟］。这些巨大的陆龟年纪也一定很大了，1830 年的时候人们抓到一只（六个人才能抬回船上的）巨龟，发现龟壳上刻着各种各样的年份，其中一个竟然是 1786 年。当时刻字的人没有把龟抓走一定就是因为两个人抬不动这样一只龟。捕鲸船的船员一般都是两人一组去岛上猎捕［陆龟］的。[28]

然而，英国副总督的预测是错误的：达尔文来到这里仅 15 年之后，黑色南美象龟的弗雷里安纳岛亚种（*Chelonoidis nigra nigra*）就灭绝了。紧随其后的是费尔南迪纳岛、拉维 88

达岛（Rabida）和圣菲群岛（Santa Fe Islands）上的陆龟。大约100年之后的1959年，厄瓜多尔政府宣布将科隆群岛97.5%的岛屿划为国家自然公园（另外2.5%的岛屿上已经有人居住）。到1964年，一个总部设在比利时的国际性非营利组织创立了达尔文研究站，致力于在群岛上进行生物研究以协助厄瓜多尔维护群岛上的自然保护区。然而至此时为止，群岛上的陆龟数量比群岛刚被发现时已经减少了98.8%，总共15个亚种中有4个已经灭绝，还有1个平塔岛亚种只剩最后一只“孤独的乔治”。与此同时，13个最主要的岛屿中，5个岛屿上已经有厄瓜多尔人居住[巴尔特拉岛（Baltra）、弗雷里安纳岛、伊莎贝拉岛、圣克里斯托瓦尔岛和圣克鲁斯岛]。居住在科隆群岛上的人口自1959年的大约2000人稳步上升至今天的25000人以上。

和人类一同来到岛上的还有大批他们携带来的各种各样的入侵动物——山羊、猪、狗、鼠、猫、绵羊、马、驴、牛、家禽、蚂蚁和蟑螂，当然还有各种各样的入侵植物。岛链上本来的植物有大约500种。人类带来的入侵植物则超过700种。这些外来物种大多彻底改变了当地的植物物种，在有些情况下甚至导致一些当地植物物种的灭绝。

由于科隆群岛上生活的那些动物本来并没有什么天敌，所以他们对外来物种也没有任何防备。野猫野狗可以轻易地咬死鸟类，或是破坏鸟类、陆龟和海龟的巢穴及里面的卵。类似的，引入岛上的猪也会破坏陆龟、海龟和鬣蜥的巢穴，还把它们的食物都吃掉了。1959 年，“孤独的乔治”大约 60 岁的时候，它还生活在平塔岛上。那时当地的渔民在岛上放生了一只公山羊和两只母山羊，希望它们能够在岛上繁殖，以后人们就可以猎捕山羊作为肉食。到 14 年之后的 1973 年，国家公园管理局估算岛上最初的 3 只羊已经繁衍成了此时的 30000 只，彻底破坏了当地陆龟的栖息环境。平 89
塔岛上只剩下“孤独的乔治”一只陆龟也就没什么可惊奇的了。

在达尔文研究站里，“孤独的乔治”生活的区域内有石头堆砌的矮墙，有一个水泥池子供它喝水，还有一些灌木和树木是它的食物。

临近的封闭区域内也养了一些来自其他岛屿的其他亚种的陆龟。每个区域之间有连接的走道供游客通行。“孤独的乔治”有长长的脖子，巨大的龟壳上被刻了很多痕迹，与其说是爬行动物，它看起来倒更像是一辆老旧受损的二战坦克。只不过它的行动不是靠履带，而是依靠和象腿一样粗壮、有灰色坚韧皮肤的四肢，以及从龟壳后方伸出的皮肤上布满褶皱的臀部。此时乔治已经有大约 100 岁了，它正四肢着地站立着，脖子伸出大约 1.5 英尺长，瞪着一双深黑色、不太和善但是水汪汪的眼睛看着蹲在它面前的小姑娘。最近 20 年来，研究者们曾尝试鼓励乔治与两只经过基因判断最接近它本身种类的雌性陆龟交配，不过都没有成功。这样看来，如果“孤独的乔治”也死了，那么黑色南美象龟的平塔岛亚种（*Chelonoidis nigra abigdoni*）就要彻底灭绝了。①

1965 年，达尔文研究站启动了一个圈养繁殖各种濒危亚种陆龟的项目，同时还计划清除岛上的入侵物种以还原这里本来的栖息环境。重点清除的对象包括狗、猪、猫和山羊。因为刚孵化出来的大约只有 2 英寸长的小龟对老鼠和其他猎食者完全没有抵御能力，所以研究者认为如果能够对小龟进行 4 ~ 5 年的圈养，直至它们的体重达到 8 ~ 10 磅重的
90 时候再将它们放回本来的栖息地，那么它们存活下来的概率将大大提高。因为那时小龟的龟壳已经变得坚硬，就不那么容易被猎食者猎食了。

这个项目到目前为止取得了巨大的成功。例如，1977 年，西班牙岛上只有 15 只陆龟：其中 3 只为雄性，12 只为雌性。它们都属于黑色南美象龟的西班牙岛亚种（*Chelonoidis nigra hoodensis*），这仅剩的几只幸存者在岛上分布得极为分散以至于根本不能进行交配，灭绝的危险已经迫在眉睫。于是科学家们把这些陆龟都带回了圣克鲁斯岛上的研究站，在接下来的 40 年里，最初的 3 只雄性象龟和 12 只雌性象龟共繁殖了 1200 只小龟。大多数后代都被送回了西班牙岛，现在它们完全可以自然地繁衍后代了。

---

① “孤独的乔治”于 2012 年 6 月 5 日被发现在它的围栏中死亡，死因应该是心脏病。厄瓜多尔总统拉斐尔·科雷亚（Rafael Correa）随即在对全国人民发表的讲话中向去世的陆龟致敬。虽然“孤独的乔治”没有留下任何后代，但是来自圣地亚哥动物园冷冻动物园保存研究所（Frozen Zoo at San Diego Zoo's Institute for Conservation Research）的科学家们在乔治死后不久就在低温冷冻条件下提取了一些乔治的组织样本并加以保存。因此未来某一天，第二只“孤独的乔治”完全有可能被克隆出来。

进一步的研究还表明，科隆群岛上的陆龟其实是群岛上的“基石”物种，是最主要的种子传播者。成年陆龟每天要吃大约 80 磅重的植物，其中大部分会在四处走动的过程中被排泄出去。它们还会吃掉密实的林下灌木，让阳光能够照射到其他更多植物，帮助它们破土发芽。有了这样的认识之后，研究者们于 2010 年在“孤独的乔治”的故乡——平塔岛上放生了 39 只陆龟，目的就是要“重新调整”岛上的植物，让它们恢复到原始的状态。研究者们还启动了山羊灭除计划，他们使用“犹大羊”（即带着无线电项圈的山羊，被放生后会很快加入当地的羊群）来定位羊群的位置。除了犹大羊之外，所有被找到的山羊都被射杀了。几周后，公园管理处的员工回到岛上，会发现犹大羊又加入了另一个羊群，于是新发现的羊群也被清除了。研究者们相信，只有通过“重新调整”计划，才能恢复科隆群岛本来的栖息环境，这样本地的陆龟们才能够重新兴旺起来。

在研究站外，我们还去参观了巨大的水泥围栏中圈养的 8 英寸长陆龟。它们的龟壳都是深色的，泛着光，像铠甲一样，上面标注着黄色或白色的数字，用以记录每只小龟的出生日期以及属于哪个亚种。1835 年比格尔号离开科隆群岛返航时，船上共有 48 只成年陆龟，都被上下翻转，当作食物储存起来。此外船上还有四只幼龟——只有几英 91
寸长——是作为“宠物”被留下来的。达尔文给三只小龟取了名字：“汤姆（Tom）、迪克（Dick）和哈利（Harry）”。至于第四只小龟有没有名字或是叫什么已经没人知道了。达尔文在圣地亚哥岛上抓到汤姆，费茨罗伊船长在西班牙岛上抓到迪克和第四只无名小龟，达尔文的侍从，19岁的西姆斯·科温顿（Syms Covington）在弗雷里安纳岛上抓到哈利。这些小龟在被带上比格尔号返回英格兰的一年航行过程中长了大约2英寸。它们生活在达尔文舱房中的一个盒子里，而它们的那些成年亲属们则一只接一只地被端上了船员的餐桌。

虽然弗雷里安纳岛上的副总督告诉达尔文每个岛屿上的龟都各不相同，一眼就能分辨，但是直到最后一只抓到船上的成年陆龟也被吃掉很久之后，达尔文才想起了这句话。要想研究这几只小龟成年后展现的不同形态至少还要再等几十年。回到英格兰大概三个月之后，达尔文带着它的小访客们前往大英博物馆接受了爬行动物专家的研究。那之后这些小龟们的命运如何就不为人知了。在澳大利亚至今仍流传着这样的说法：达尔文意识到英国的气候不适合陆龟生活，所以将汤姆、迪克和哈利送给了比格尔号上曾经的一个军官约翰·克莱门特·威克姆（John Clements Wickham）。因为威克姆即将移民到阳光明媚的澳大利亚并主动提出把陆龟也带过去。到了下一个世纪，据说汤姆和迪克都在被人工圈养的过程中死掉了，只有哈利一直活着，而且被确认是雌性，所以改名为哈丽雅特（Harriet）。它最终被送到了昆士兰的澳大利亚动物园，动物园的主人是已故的澳大利亚电视明星史蒂夫·欧文（Steve Irwin）。哈丽雅特于2006年在动物园中死亡，自推断的达尔文抓到它的时间之后又活了176年。达尔文在它死亡120年之前就已经去世了，不过他把进化论的理论和他抓到的小龟留给了世人。

1837年1月中旬，达尔文回到英格兰已经三个月了，
他把自己收集的哺乳动物和鸟类标本都交给了动物学会，但
是一想到自己在科隆群岛鸟类标本标注上的失误，他就寝食
难安。他一周之前才刚刚把这些鸟类标本交给大英博物馆的 92
首席鸟类学家约翰·古尔德（John Gould）。古尔德已经研
究了这些标本，并为科隆群岛上鸟类罕见的特征而感到惊
奇。六天之后的1月10日，动物学会举行了例行的双周会
议，会议的话题很快就集中到了年轻的博物学家查尔斯·达
尔文最近带回来的那些罕见物种上。《伦敦先驱晨报》
（*Morning Herald*）的一名记者也出席了这次会议，当时他还
完全不知道自己报道的这件小事在未来会成为一个更加伟大
的发现的注脚：

> 动物学会——在周二晚间举行了例会……会议桌上摆放着许多哺乳动物和鸟类的标本，这还只是作为博物学家乘比格尔号考察的查尔斯·达尔文带回来的标本中的一部分。达尔文是经政府许可自费搭乘比格尔号参与考察活动的，他收集的哺乳动物标本多达80件，鸟类标本达450件，涵盖了150个物种，其中很多都是欧洲收集者们从未见过的……几种哺乳动物经里德先生（Mr. Reid）研究后确认，其中一种为猫属新变种，被称为达温尼亚猫（F. Danvinnia），另外一些则是负鼠。［鸟类学家］古尔德先生介绍了11种达尔文先生从科隆群岛带回来的鸟类标本……都是英国人之前从不知晓的新［物种］。[29]

科隆群岛上的11种鸟类新物种后来被证实都是雀鸟，但无论是古尔德还是其他鸟类专家此前都没有见过这些物种。到1月底，古尔德又确认了达尔文收集的标本中另外2只雀鸟也属于新的物种，所以总共是13个物种。古尔德随后又研究了达尔文收集的仿声鸟。达尔文以为它们是同一个物种中的4个不同类别的仿声鸟，但是他也对此存在疑问。古尔德很快就确认了4只仿声鸟中有3只是完全不同的物种。幸运的是达尔文给这几只仿声鸟标注了收集的岛屿。在古尔德的
93 帮助下，达尔文此时可以按照不同的岛屿环境将这些此前从未被科学地研究过的鸟类进行编目：

> 弗雷里安纳仿声鸟（Orpheus trifasciatus）（弗雷里安纳岛）
>
> 圣克里斯托瓦尔仿声鸟（Orpheus melanotis）（圣克里斯托瓦尔岛）
>
> 科隆仿声鸟（Orpheus parvulus）（伊莎贝拉岛和圣地亚哥岛）

达尔文此时清楚地意识到，他去过的一些岛屿上似乎都有看起来相似却属于不同物种的仿声鸟。这是为什么呢？上帝为什么不在所有岛屿上创造同一种仿声鸟？为什么要创造出三种相似又不同的仿声鸟？

与此同时，鸟类学家古尔德也已经完成了对雀鸟的认定，他要问达尔文的就是：这些与众不同的雀鸟分别来自哪一个岛屿？也正是在达尔文翻遍了自己的笔记也没有找到答

案之后，他才意识到自己犯了一个多么大的错误。如本章开头处提到的，达尔文窘迫地想要纠正自己的错误，于是马上给比格尔号上另外三位也收集了标本的同行人去信，他们分别是费茨罗伊船长、船长的士官和达尔文自己的侍从。等到他们把自己收集的标本都送来后，达尔文焦急地从中寻找并和自己的标本进行比对，尽全力想要确定雀鸟的来源地。然而不幸的是，最终他并没有找到足够的信息，只能凭空猜测。科学家们又花了好几十年的时间才最终确定了每种“达尔文雀”的来源地。虽然达尔文在这个问题上弄得一团乱，但是达尔文依然认定科隆群岛上的雀鸟应当是遵循着和仿声鸟一样的规律：每个岛屿上有自己的独特物种，但是各个岛屿上的物种之间存在相似之处。然而，鉴于没有足够和准确的数据，达尔文在自己的有生之年里都没能证明这一推断。

古尔德对达尔文收集的鸟类标本进行分类的结果成为年 94
轻的博物学家思想上的转折点，并彻底改变了他关于物种可变性的看法。古尔德告诉达尔文：他从科隆群岛上收集的26种陆禽中有25种都是科学界闻所未闻的新物种。最终，人们确认科隆群岛上90%以上的爬行动物、50%的陆禽和45%的高等植物都是地球上其他地方所没有的。虽然存在不同，但它们又与邻近的南美大陆上发现的物种有关联。这样的结果让达尔文感到震惊，后来他写道：

> 我连做梦都想不到，这些相隔不过五六十英里、大多在彼此视线可及范围之内的各个岛屿，这些几乎由同

> 样的岩石组成的岛屿，这些处于同样的气候之中的岛屿，这些海拔几乎等高的岛屿上竟然生活着各不相同的物种……但是我想，我掌握了足够的证据来证明有机体是这样分布的惊人事实。[30]

达尔文在这段话里没有提到的是：实际上——至少在雀鸟的问题上——他本人并没有“掌握了足够的证据”来证明任何事实。他甚至不得不在同船的其他三个人的标本中寻找答案。造成这个窘境的原因在于，在这近五年的航行中，达尔文一直坚信是上帝创造了永恒不变的所有物种。至少在科隆群岛上，这种根深蒂固的想法让他无法发现物种的可变性：一个物种能够在自然力下发生变化，而不是靠上帝之手的帮助。

在被告知岛上存在众多独特物种的四个月之后，加上又吸收了其他一些分类学家提供的更多信息，达尔文买了一个新笔记本，翻开封面，在第一页上端端正正地写下了一个标题：

> 关于物种演变的笔记

95 这次航行中获得的，尤其是来自科隆群岛上的那些证据至此已经让达尔文相信自然一定可以以某种方式创造新物种，没有其他理论可以解释他在科隆群岛及世界上其他地方获得的这些迟来的发现。达尔文现在已经无法再从事实描述的层面相信《圣经》中的大洪水了。他已经认识到物种不是如

《圣经》中暗示的那样永恒不变的。在过去 2000 多年的时间里，西方世界一直相信是上帝创造了动物和植物，且这些物种是永恒不变的。而达尔文则开始怀疑物种其实是起源于另一种完全不同的力量，而且这个过程一定在某种程度上与变化的环境相关。达尔文此时是 27 岁，他打开笔记本，匆匆记下自己关于这个问题的看法。不过，他又用了 22 年的时间，经过了费尽心血的思考、实验和研究才最终以书籍的形式出版了关于“自然选择”这一解释新物种是如何形成的机制的著作。

达尔文一直没能使用他收集的雀鸟来支持自己的理论，但是他已经推论出某一种雀鸟的祖先一定在很久之前就来到了科隆群岛，之后这一物种的成员又渐渐分散到了栖息环境略有不同的各个岛屿上。就像之前描述过的有 2 英寸长鸟喙的蜂鸟在自然选择的机制下无意识地“适应”栖息环境的过程一样，这些雀鸟也经历了自然选择的过程。最终当达尔文来到这里时，不同岛屿的环境已经大大改变了最初时雀鸟的形态，以至于他都没有把那些雀鸟的后代当成雀鸟。很久之后，达尔文还认为这些雀鸟可以作为“达尔文主义进化”结果的经典案例，但是他最终没有足够的数据对此加以佐证。

1859 年出版《论借助自然选择（即在生存斗争中保留优良族）的方法的物种起源》（*On the Origin of Species: Races in the Struggle for Life*，简称《物种起源》）时，达尔文已经 50 岁了，他在书中提到了自己年轻时在科隆群岛上的经历和遇到的那些特别的鸟类：

96 关于栖息在岛上的物种，有一个最让人无法忽视的事实是：它们与岛屿最临近的大陆上生存的物种有亲缘关系，但又不属于同一个物种。在科隆群岛上……陆上和水中存在的一切几乎都带有不容否认的美洲大陆的标记。那里有26种陆栖鸟，其中25种被古尔德先生认定属于不同的种。假定它们都是在这里［被上帝］创造出来的，但大多数鸟类在它们的习性、姿态和叫声上都显示出了与美洲物种的密切亲缘关系……博物学家们到大陆之外几百英里远的这些位于太平洋上的火山岛观察栖息在那里的生物时，会感到自己仿佛就站在美洲大陆上。为什么会这样呢？为什么假定是在科隆群岛上而不是在其他什么地方创造出来的物种会显示出这样明显的与在美洲创造出来的物种的亲缘关系呢？

科隆群岛无论是在生存环境方面、地质性质方面、海拔和气候方面，还是在共同生存的几个动物的纲之间的比例方面，没有一项是与南美洲海岸地区的情况相似的：事实上，岛屿和陆地在这些方面反而具有相当大的区别。如果将科隆群岛和［非洲的］佛得角群岛相比较的话，二者无论是在土壤的火山性质、气候、海拔方面，还是在岛屿面积大小方面，都具有相当程度的相似性；然而，这两个群岛上的生物却是截然不同的！

佛得角群岛上的生物与非洲大陆的生物有关联，就像科隆群岛上的生物与美洲大陆的生物有关联一样。对于这样重要的事实，用［上帝］独立创造的一般观点是解释不通的；相反，根据本书所主张的观点，科隆群

> 岛很可能接受了从美洲大陆来的移居者，它们可能是通过偶然的输送方法来到岛上，也可能是因为岛屿曾经与美洲大陆相连。同理，佛得角群岛也接受了从非洲来的移居者。这样的移居者容易发生变异，但遗传的原理依然暴露了它们最初来自何处。[31]

由于非洲的佛得角群岛和科隆群岛在环境上的相似程度甚至 97
超过了它们与各自临近的大陆相似的程度，所以达尔文提出：为什么上帝不把他为科隆群岛或佛得角群岛创造的物种也放在另一个上面，而是要分别为它们创造完全不同的物种呢？而且，科隆群岛上的物种显然与南美洲大陆上的物种有关系，佛得角群岛上的物种也显然与非洲大陆上的物种相关。所以唯一的解释当然就是：每个群岛上最初的居民就是来自它们临近的陆地上的生物，之后这些最初的栖息者发生了某些“进化”，于是变成了与原物种相关的新物种。

在经过了长达四分之一个多世纪的深思熟虑后，达尔文在《物种起源》的最后一段中写下了他对于自己揭示给世人的这个奇特的、可变的世界的最终看法：

> 凝视着［溪流］交织的河岸，这里生长着各种各样的植物，鸟儿在灌木丛中啼叫，昆虫在半空中飞舞，蚯蚓在潮湿的泥土中爬行，默想一下这些构造精巧的生物形态，它们各不相同，却以最复杂的方式相互依存，而它们都是在我们周围发生作用的［自然］法则产生出来的……因此从自然界的战争里，从饥饿和死亡里，我们

> 能构想出的最值得赞美的目标就是高等动物的产生也同样遵循这样的法则。认为生命及其若干能力最初是由“造物主”吹进少数或一个生物形态中的这种想法很伟大；同样地，认为这个星球是按照引力的既定法则运行，从一个最简单的形态开始，数不尽的美丽而神奇的生命形态经历了而且还在经历着进化的观点也是极其宏大的。[32]

“所以你到底看没看过《审判达尔文》?”老者问我。

那时天色已晚，我们一起坐在伊甸号船尾的甲板上。此
98 时船还停靠在圣克鲁斯岛的阿约拉港。我们是在日落时分乘坐着小型橡皮艇返回伊甸号的。小艇穿行在密密麻麻的来往船只中，每条船上都闪着黄色的灯光，船尾上印着船的名字，这里有来自全世界各个国家的船只。船只间的缝隙中还有水上出租车疾驰而过，它们都是接送船员上岸或登船的。天空的颜色是很深很深的靛蓝色，黄色的灯光加上桅杆和船只的剪影，让人很容易想象当时贝尔格号停在这里的样子：经过了一天辛苦收集标本的工作，查尔斯·达尔文穿着马裤，蜷缩在比格尔号的舱房里，一边打着哈欠，一边审视着自己新抓到的宠物龟，几乎就要关灯睡觉了。

“我读过一部分”，我对他说。

“那你觉得怎么样?”

蕾切尔也拉了把椅子加入我们的谈话，还抬头看了看外面闪烁的灯光。

“这本书是律师写的。律师又不是进化论的专家，”我回答道，“律师也不是寻求真理的人。律师在乎的只是胜

负。他们为了赢会隐匿证据。只要对自己有利，也会选择对证据视而不见。”

“但是这本书很有道理!”老者反对说，“科学是解释不了那些问题的!”

我早就意识到虔诚的信徒分很多种。比如这位老者，还有贝尔格号的费茨罗伊船长，他们相信《圣经》中每一句话的字面解释；也有些信徒则认可虽然进化现象是存在的，但还是上帝创造了一切法则，而进化不过是一种创造他既定的终极产品——人类的复杂方法。《审判达尔文》的作者在书的开头就声称他是一个基督徒及“哲学上的一神论者”，他其实就是后一种信徒。同样，当代的天主教会、大多数犹太教和伊斯兰教神学者也都属于这样的情况。现在有压倒性的证据证明达尔文的进化论是正确的，所以很多宗教都改为只坚持起源问题，坚称无论科学研究能发现什么，终究是上帝创造了宇宙和其中最初的生命。因此上帝的意图是最终“创造”出我们现在所知的这个世界——这个过程里最终会有人类的出现。

1878 年达尔文逝世 4 年前，也是《物种起源》出版 19
年后，一位名叫皮尤兹（Edward Pusey）的英国国教教士做 99
了一次攻击达尔文理论的布道，其内容随后被刊登在伦敦的《卫报》（*Guardian*）上。达尔文的一个朋友给他看了这份报纸。当时的达尔文年事已高，留着白胡子和浓密的眉毛，就是现在被整个世界熟知的那个经典形象。他看过报纸后，用在伦敦城外一个火车站等车的功夫写出了下面这封回信：

［1878 年］11 月 28 日

尊敬的先生：

我刚才草草浏览了一下贵报刊登的皮尤兹博士的布道词……但是我觉得这里的内容完全没有什么价值。鉴于我从来不会回应其他科学家以外的人提出的批判，所以我也不希望［我正写给您的］这封信……被公之于众……如果皮尤兹博士认为我撰写《物种起源》是为了探讨什么神学问题，那他就大错特错了，我一直以为这一点对于任何肯拨冗阅读此书的人来说都是很明显的，正如我已经在绪论中提及的那样。我明确说明了我是如何想到这个问题的……我还想说很多年前当我在为《物种起源》收集证据的时候，我对我心中上帝的信仰与皮尤兹博士一样坚定，至于永生之类不可解的问题，我从来不为此而费神。

［无论如何，］皮尤兹博士苍白无力的攻击根本不能阻碍哪怕一丝一毫人们对进化论的信仰，就如 50 年前神学家们对地质学做出的恶毒攻击一样，亦如很久之前天主教会对伽利略进行的迫害一样。因为公众的眼睛是雪亮的，当公众认可某个问题时，他们总是能聪明地选择追随科学家。虽然在具体方法等问题上还有很多分歧，但是现在生物学家们几乎一致地接受了进化论，比如自然选择发挥了多大的作用，或外部环境如何影响自然选择，以及是否存在某些神秘的内在的趋完善性。

您忠实的查尔斯·达尔文[33]

在他去世后才出版的达尔文自传中，他再清楚不过地分析了 100
自己的宗教信仰问题："对于人类而言，事物的起源也许是一个无解的谜题，至于我个人则满足于做一个不可知论者。"[34]换句话说，达尔文本质上首先是一位科学家，但是他并没有绝对否认上帝存在的可能性。他只是认为也许地球的起源就是一个超出人类智慧可理解范围的问题，起码是超出了他的智慧能力。事实上，这就好比一只蚂蚁或他最喜欢的那些甲虫是永远不可能理解艾萨克·牛顿的微积分的。

"你觉得我们为什么会看起来不一样？"我接着问老者，"我们又为什么都看起来和非洲的黑人不一样？我们难道不应该都长得差不多吗？"

"我们都是亚当和夏娃的后裔。"他回答，还引用了《圣经》，"他从一人造出万族，使他们散居在整个地面上。"

"是的，可是为什么你是亚洲人而我是白种人？黑人又为什么有黑色的皮肤？"

"那你觉得是为什么？"他问。

"因为65000年前人类走出了非洲"，我说。老者开始摇头，可是我继续说道："有的人向北走到了阳光不那么充足的地方，他们需要皮肤生成维生素D，于是皮肤的颜色就渐渐变浅了。另一些留在非洲的人已经有充足的阳光，所以依然还保留了深黑色的皮肤。其他人走到了亚洲，那里的环境也是不同的，所以那里的人也发生了变化。那时的人口数量还很少，人与人之间都很分散，也就没有种族间的通婚，就像科隆群岛中的陆龟一样。我们因为地域的关系也被分开了，就像生活在不同的岛屿上一样。最初的雀鸟花了几百万年的时间才分化出 13 个不同的物种，而人类离开非洲才 65000 年左右，可是你看我们已经发生了多么大的变化！我们出现了不同的种族，就像科隆群岛上的陆龟衍生出的亚种一样。时间足够长的话，那些亚种也会完全演化成独立的物种。”

老者还是一直摇头。

101 “我不相信。”他说，“你完全不承认上帝在这其中发挥了作用。”

“你知道霍比特人的故事吗？”我问，“就是曾经生活在印尼的矮人族？”

老者摇头。

“不到十年前，人们在印尼的某个岛屿上发现了这些身高只有 3 英尺的人类。他们会使用石器工具，大约是在 10000 年前才灭绝的。这就像雀鸟的故事一样，一种人类来到了小岛上，从此与世隔绝，在不同的环境下，渐渐演变成了另一个物种。”

老者看看表站起身，但还是一直摇头。他向我们道了晚安并礼貌地表示和我们一起乘坐游船是一次愉快的体验。

他友善地和我握了手，然后凝视着我说：“我们绝对不是猴子变的。”

“恕我不敢苟同。”

“那么晚安了。”他说着，一边摇头一边慢慢地走远了。

蕾切尔和我还留在甲板上，望着闪烁的灯光发呆。远处是有 200 万年历史的火山形成的圣克鲁斯岛，火山扎根在大概几千英尺深的海底，淹没在到此渐渐散去的洪堡寒流的余韵中。

“你想好回到迈阿密以后要怎么做了吗？”我问。

“我会把孩子养大，”她平静地说道，“我不知道会是男孩还是女孩。不过不管怎样，一切都会好起来的。”

“这是神的意愿？”我问。

她笑着用希伯来语回答：“这是神的意愿（*B'ezrat Hashem*）。”

102 # 第三章 安第斯山脉上的死亡：抓捕光辉道路领导人阿维马埃尔·古斯曼（秘鲁）

他们心中燃烧着对新生活和新秩序的信仰，保持信仰之火不灭的燃料就是认定新的一切建立起来之前，旧的一切必须被彻底铲除。他们对新千年的渴望表现为对一切既有存在的憎恨，甚至包括渴望这个世界就此终结。[1]

——埃里克·霍弗，《狂热分子》

（Eric Hoffer，*The True Believer*）

哲学家只是去解释世界……关键在于改变世界。[2]

——卡尔·马克思，

《关于费尔巴哈的提纲》，1845 年

（Karl Marx，*Theses on Feuerbach*，1845）

革命不是请客吃饭，不是做文章，不是绘画绣花，不能那样雅致，那样从容不迫，文质彬彬，那样温良恭俭让。革命是暴动，是一个阶级推翻一个阶级的暴烈的行动。[3]

——毛泽东

从人们拿起武器推翻旧秩序的那一刻起，反动势力 103
就一直在打压、破坏、消灭我们的斗争……我们现在看清了，而且我们会继续保持清醒，直到推翻腐朽的秘鲁政府。[4]

——光辉道路领导人阿维马埃尔·古斯曼，1988 年

*

1987 年 5 月

公民警卫队（*Guardia Civil*）的一名下士和一名普通队员乘坐公共汽车趁夜穿越安第斯山脉在秘鲁境内的一段，这里是光辉道路（*Sendero Luminoso*）游击队控制的区域。汽车在行进途中突然被前方一些大石头挡住了去路。两个公民警卫都穿着平民的服装，并且携带了伪造的身份证明——在紧急区域内工作的警察通常都会有这手准备。他们俩都明白石头路障意味着什么。车外响起了枪声，还有人大声命令司机打开车门。下士迅速地坐到了一个抱着孩子的妇女身边，并且伸手搂住她的肩膀。“就说你是我妻子”，他低声对妇女说道。另外那个队员则试图藏在车的后排。

戴着黑色滑雪面罩或巴拉克拉法帽（pasamontañas）、手里拿着武器的光辉道路战士（*Senderistas*）上了车，开始借着手电筒的灯光检查证件。他们走到下士旁边看了他的证件，没有发现问题，就转向了下一个人。在搜查快结束的时候，他们发现了藏在车尾一个座位后面的警卫队队员。

“你是不是公民警卫？”一个光辉道路战士问。可是那个队员已经吓得说不出话来，只能点点头，他很快就被押送

下了车。

在寒冷的高原上，一个公民警卫队队员被几个光辉道路战士押着站在车外。车就要开走了，下士身边的车窗还开着。

“下士（*Mi cabo*），”吓坏了的队员突然朝着下士大喊，“我们下车吧（*bajamos*）。”光辉道路战士立刻毫不犹豫地弥补了自己大意犯下的过错。

一天之后，有人发现这两个公民警卫的尸体并排躺在地上。

104 *

我在1986年第一次来到秘鲁首都利马，我乘坐的飞机于午夜时分降落在机场。当时正是光辉道路游击队战争最如火如荼的时候。秘鲁政府刚刚宣布首都实行宵禁（*toque de queda*），时间是从晚上10点持续到第二天早上5点。每到这段时间，城市的街道上都空无一人，只有偶尔驶过的军队巡逻车或突兀的坦克停在某个人行道的拐角。军车里坐的是戴着黑色滑雪面罩，举着M－1式步枪瞄准着街道的士兵。只有持有“安全行为”（*salvo conducto*）通行许可的平民才可以在宵禁时段内出行，否则将立即被逮捕。如果试图逃跑，警察和士兵通常会直接开枪。每天早上，薄雾笼罩着这座阴郁的城市，长长的太平洋海岸线上涌起层层的碎浪，利马的居民们起床后翻开报纸，一定会发现头版头条又是关于某辆载满了参加宴会归来的狂欢者的出租车，难免超过了宵禁的时间又没有通行许可，结果就是所有的车窗都被打碎，里面的乘客都已经身亡。这样的报道通常会附有现场照片，然而我读到的这些新闻里没有一辆车里的乘客真的是游击队队员。

到达利马的那一晚，我乘车从市外的机场穿过环绕着城市的一圈圈棚户区前往利马，街上一个人也没有。我乘坐的小货车上插着一面白色的旗子，代表我们是有安全行为通行许可的。街上亮着黄色的路灯，我们能看到一卡车一卡车的士兵，他们都穿着暗绿色的军装，透过黑色面罩的眼洞紧紧盯着我们。佩戴面罩是为了避免被光辉道路的人认出而遭到报复，然而这样的装扮让他们看起来像是在一座死城里巡逻的龙骑兵的幽灵。

“他们遇到什么都会开火，”坐在我身边的秘鲁中年人摇着头说，“因为他们害怕被袭击。”

他指的是被光辉道路游击队袭击。光辉道路是一个起源 105
于安第斯山脉高海拔地区，并迅速向各个方向蔓延，覆盖了秘鲁大面积山地区域之后，又开始像迅速恶化的癌症一样向低海拔地区渗入的运动。游击队战争从 1980 年开始，最近光辉道路已经包围并渗透进秘鲁的终极目标——生活着三分之一秘鲁人口的首都利马。

我到达的这个时候，秘鲁这个国家和这里的人民正经历着类似《人体入侵者》（*Invasion of the Body Snatchers*）中的场景一般的生活。整个国家就像一个梦游者，不安地想要抵抗不断渗入的游击队运动，然而后者的藤蔓越来越紧地缠绕在这具已经受损的躯体上。他们破坏了高山上的电缆塔，让整个国家大部分地区的电力瘫痪。他们渐渐地把说盖丘亚语（Quechua）的平民全转变成了说盖丘亚语的游击队队员，还把政府的代表们——包括警察、市长和政治家——都“清算”了，而清算的办法就是朝他们头上开一枪。游击队正在慢慢地把构成秘鲁社会结构的一砖一瓦都替换成他们自己的。

随着光辉道路不断得势，秘鲁政府只得召开越来越绝望的会议来商讨应对之策，最终的办法就是把军队派到安第斯山脉地区进行大规模的种族灭绝屠杀。军队使用强制、酷刑和恐惧作为武器，他们无法分辨出说盖丘亚语的农民和说盖丘亚语的游击队员，索性就把整个村庄的人赶尽杀绝。即便如此，“癌细胞”依然在持续扩散，光辉道路的袭击仍在继续，而且无论是在规模还是复杂程度上都有所提升。他们袭击的地区范围也在不断扩展，政府的反游击队策略显然没有起到任何作用。

我在秘鲁的第一年，有很多个晚上整个利马会突然陷入一片黑暗，然后居民们会收到通知说一队游击队队员又炸毁了一个电缆塔。我很快就学会了像其他利马人（Limeños）一样储备足够的蜡烛，遇到断电就依靠烛光工作，过不了几个小时，电力肯定就会恢复。我像在利马生活的 700 万居民
106 一样，遇到军事宵禁就留在房间内。偶尔几次迫不得已错过了宵禁时间，我也会非常小心地一直走在无人街道上的阴影中，直到安全返回家中为止。

在 20 世纪 80 年代的后几年中，几乎没有人知道光辉道路是由什么人组成的或者他们为什么要发动内战。虽然游击

队四处设置爆炸装置，但他们很少公开发表什么声明。他们也不像其他游击队组织一样发布公告（communiqués）。他们就只是一意孤行地采取行动，有选择地消灭那些妨碍了他们的人，除了他们自己，谁也不清楚他们的计划是什么。

有时，鲜红的涂鸦会突然出现在城市和乡村的墙壁上，比如“发动群众战争！”或“秘鲁共产党万岁！”1980年光辉道路发动内战的那一天，利马一些居民早晨起床后竟然发现一些死狗的尸体被吊在路灯灯柱上。没人知道这是要传达什么信息，缠绕在绳子上缓慢转动的死狗似乎并不能预示出未来将会何去何从。

光辉道路最大的秘密之一就是他的创立人——曾经的哲学教授阿维马埃尔·古斯曼（Abimael Guzmán）。他从1979年起就已经消失在人们的视线之中了，但是他一直被怀疑就是秘鲁共产党和他们发动的内战的领导人。古斯曼肤色偏白、个子不高、体格结实，戴着一副黑框眼镜。有人说他藏在秘鲁的偏远地区，有人说他躲在临近的其他国家。不过也有人相信他已经死了。这个运动中的其他成员也和古斯曼一样神秘，人们只知道他们似乎都说印加帝国曾经使用的古老的盖丘亚语，以及他们都来自安第斯山脉地区。

不过根据截获的文件，人们还是逐渐弄清了这个运动奉行的意识形态并不是源于本土的，而是毛泽东主义。一些被俘虏的光辉道路成员在受到酷刑折磨之后承认了他们秉承的是毛泽东主义战略和目标：先占领秘鲁的农村，然后包围并夺取城市。渐渐地，秘鲁的警察和军队都意识到，安第斯山 107
脉中被政府宣布为紧急区域的地方越来越多，在城市里发生的袭击也越来越频繁，这个神秘的秘鲁毛派游击队活动的成员们早已进入了他们战略的第二个阶段，那就是推翻政府和夺取政权。

截至 1989 年，我作为一名作家和人类学者已经在秘鲁工作了三年，我的一个记者朋友告诉了我秘鲁一个不便对外告知的秘密：有 200 多名光辉道路游击队队员被关押在利马的坎托格兰德监狱（Canto Grande prison）中。我的朋友还说，被关押的人员当中有男有女，他们已经破坏了监狱内部各个牢房的门锁，事实上控制了监狱内部的一些区域。我对游击队员越来越好奇，也想知道这个国家的前景如何，我确信只有到监狱里探视一些游击队队员才能获得对这个运动的更多认识。

1989 年 4 月 30 日星期天，我来到了位于首都东北部破败的贫民窟附近的这间最高警戒级别的坎托格兰德监狱，所有访客都站在高墙之外排队等候。

"留神你要去的是哪个牢房"，等待时，队里的一位老者适时地提醒我，说着他还用手比画了一个扭绞戳刺的动作，那是被用刀袭击或抢劫的意思，说完他就走开了。监狱里的杀人犯、强奸犯和盗窃犯都被关在特定的区域内；光辉道路游击队队员则被认定为政治犯，被关在另外两个区域里。

共和国护卫穿着紫色的制服，头上戴着贝雷帽，脚上穿着皮质的丛林靴。他们在我的小臂上按了几个紫色和金色的圆形印戳，还有几个用墨水印上去的数字。我们这些排队的人被一个一个仔细搜查过之后，才终于进入了监狱的高墙，之后又经过了六个检查站才来到了关押犯人的八个牢房区域。每个区域有四层楼，所有区域连在一起围成一个半圆形。牢房有间隙很窄的栅栏和窗子，有些犯人会从栅栏中间伸出手臂，他们其中一些人就属于秘鲁社会中最贫困的群体。

每个牢房区域前站着两名守卫。他们的职责是记录进入牢房探视的人数并确认从牢房里出来的和进去探视的是同一批人。守卫的位置就是国家设立的秩序的最后一道防线。走 108
进牢房之后，掌握控制权的人就变成了囚犯们。

由于囚犯们在很久之前就已经将牢房门锁破坏了，所以他们可以在他们所在的区域里随意走动。狱警几乎从不进入这些区域内部，那里面也有严格的“丛林法则”：自制刀具、武器和毒品都很常见，帮派斗争和暴力导致的死亡事件更是时有发生。

光辉道路的成员是按照性别分别关在两个区域里的。此时此地我已经无法知道进入他们的牢房区域是不是比进入其他普通罪犯的牢房更安全。反正按照当地和国际媒体的说法，这种可能性不大。

美国的一份政治性杂志《民族报》（*The Nation*）称他们是“秘鲁的神秘杀手”。法国的《世界报》（*Le Monde*）称其活动为“这片大陆上最狂热和最神秘的颠覆行动”。《美洲观察》（*America's Watch*）甚至干脆称“光辉道路是整个西半球出现过的最残忍邪恶的游击队组织”。

1986 年 6 月，光辉道路的囚犯在利马的三所不同的监狱中导演了一场同时进行的暴动。他们劫持了一些人质，但基本要求只是改善监狱环境。暴动选择的时机恰巧是一次国际性共产主义者会议的举办期间。秘鲁总统阿兰·加西亚（Alan Garcia）只与在押人员进行了简短的协商，就将问题移交给军方处理了。

之后发生的一切大概算得上是所有监狱冲突解决办法中最残忍的一种。共有超过250名囚犯被杀，其中很多甚至是在投降之后被朝头部近距离开枪射杀的。暴动被镇压之后，少数幸存者被转移到了新建的最高警戒级别的坎托格兰德监狱中，不过他们仍然扬言要为被屠杀的囚犯们报仇：一个囚犯的死，要由十个政府官员来赔。我此时走进的就是这座坎托格兰德监狱。

来探视的人员必须提供确切的被探视人姓名。我询问了一位监狱的托管人并且获得了一名女囚犯的姓名。两个守卫打开了关押女性光辉道路战士的牢房区域大门，我走进去之后，金属大门又在我身后被锁上了。

走进牢房区域后，我发现这里的空间十分巨大，天花板
109 上有混凝土梁架。每根梁架上都贴着红色的标语。一个写着“欢迎来到明亮的坎托格兰德战壕！”另一个写着“秘鲁共产党万岁！”整个房间里还装饰着许多红色的三角旗，每面旗子上都有白色的斧子和镰刀的图案。很多年轻的女子在四处随意活动，她们全部都有黑色的眼睛和头发。

这些女性就是光辉道路招募策略成功的体现：在一个阶级意识突出的社会里，光辉道路为三个最弱势的群体——印第安人、女性和年轻人——提供了一种摆脱地区性也经常是

宿命论式的贫穷的出路，只不过这同时也是一条暴力之路。据估计，秘鲁全国人口为2100万，武装的光辉道路游击队队员有2000~5000名，其中75%的队员年龄在25岁以下，至少25%的队员是女性。

从传统上来说，光辉道路依靠的是秘鲁境内安第斯山脉上贫困的当地农民的支持。这些说盖丘亚语的农民都是印加帝国的后裔。自从西班牙人征服这里之后，这些农民在过去的五个世纪中一直受到剥削，靠在仅有的一点点土地上耕种来勉强维持生计。在安第斯山脉上很多地方，人们的平均寿命只有49岁。大多数安第斯村庄中识字的人只占50%，对于自来水、供电和医疗服务更是闻所未闻。

很多观察者都认同，过去500年中的西方式“进步”只是进一步扩大了贫富之间的差距，而秘鲁南部的安第斯山脉地区更是成为一片第三世界国家包围中的第四世界，无怪乎这里会成为光辉道路运动的诞生地和根据地。

20世纪70年代，光辉道路就是在这样的大环境下产生的。它为那些被忽视、被剥夺了公民权利的穷人阶级提供了一个新的生存之道（即武装斗争）和一种新的远大前景（正统的马克思主义、列宁主义和毛泽东主义）。光辉道路的领导人将秘鲁看作革命之前的中国：一个半封建的殖民地国家，这里的农民长期以来只是在为那些恶名昭彰的非印第安精英群体创造财富。

都市与乡村，或者说“帝国主义”的北部和“受剥削”的落后的南部之间的财富分配越来越向两极化发展，这必将导致不可避免的阶级冲突。光辉道路看到了这个问题，并展 110

开了长达十年的耐心的劝导和说服工作。56 岁的秘鲁哲学教授古斯曼在 1970 年发起了这个运动，运动的宗旨是创立一个强大的共产党，并建立受到农民支持的农村根据地。一旦这些目标得以实现，他们就会依据毛泽东在中国的成功战略将运动推进到第二阶段，即先占领农村，最终包围并夺取城市。

1980 年，古斯曼曾主持了一次光辉道路的委员会议，为了这个特殊的场合，他还将自己的名字改为贡萨洛同志（Comrade Gonzalo，这个名字来源于日耳曼语中的“Gundisalvo”，意思是“斗争的天才”）。在会议上，贡萨洛宣布党已经做好了“推翻城墙，迎接黎明”[5] 的准备。推翻“资本主义”秘鲁的战争就此打响了。

在坎托格兰德监狱内，到处都是混血女子和悬挂的红旗。我站在牢房区域内等候，直到一位年长的女性微笑着朝我走来。这位女士的头发已经斑白，向后梳起在脑后盘了一个发髻。她穿着运动衣和长裙，看上去就像一位邻家祖母，实际上她是秘鲁最伟大的记者之一何塞·玛丽亚·阿格达斯（Jose Maria Arguedas）的遗孀。阿格达斯出生于城市，他的父母是混血（mestizo），但是他从小是由说盖丘亚语的女仆带大的。1969 年时阿格达斯自杀身亡。很多人将他的自杀归因于无法协调安第斯文化和西方文化，这也是一个至今仍然令秘鲁深受其害的问题。他的遗孀西维拉·阿雷东多（Sybila Arredondo）被怀疑是利马郊区游击队的领导之一。

“下午好，”她愉快地向我打招呼，“你想探视谁？”

我告诉她我希望能和党代表谈谈；她点点头，于是我跟着她走出了这个房间。这里关着的都是一些十八九岁或者二十出头的年轻印第安姑娘，她们大多来自安第斯山脉地区，我经过的时候，她们都带着好奇的眼光盯着我瞧，有些还会羞涩地朝我微笑。

房间外面是一个很大的水泥院子，至少有1000平方英尺，周围是高耸的监狱砖墙。光辉道路战士们在院子里十字交叉着悬挂起长长的红色横幅。院子正中有一根姑且作为旗杆的木棍，上面系着一面巨大的有白色斧头和镰刀图案的红 111
色旗帜，它偶尔会随着微风缓缓飘动。

四周的高墙上都写着醒目的标语：

> 发动群众战争，服务世界革命！
> 只有毛泽东主义才能拯救我们！
> 唯一的形式——群众战争！
> 唯一能领导我们的党——共产党！

“你要坐会儿吗？”阿格达斯的遗孀友善地问我。于是我在两个“党代表”旁边的一个水泥矮墩上坐了下来。一个年轻的光辉道路战士很快给我们送来了果汁饮料，阿格达斯的遗孀也礼貌地离开了。

我对这两名妇女说我想问她们一些关于政治理念、军事战略和战术的问题。她们微笑着点点头，但是她们想先听听我对于进入监狱后看到的一切有怎样的看法。我看看周围这些穿戴整齐的妇女们，随处可见的旗帜和标语，仔细打扫得干干净净的院子，再想想其他牢房区域内透过窄窄的栅栏盯着我的普通罪犯的脸，我坦白地告诉她们，我稍微放心了一些。

事实上，看看监狱里的这些妇女，我实在很难把她们和光辉道路的那些举世闻名的行为方式联系起来。在安第斯山脉上，光辉道路的战士们会把那些可能与政府“同一战线”的农民们集中到一起，然后用砍刀或尖刀把他们全杀死。他们最著名的死刑标志就是朝着脑后开枪或是从左到右彻底划开反对者的喉咙。

我看着这两位代表，她们都是二十多岁，有棕色的皮肤和接近杏仁形状的黑色眼睛，她们都耐心地向前倾身细听，脸上也挂着礼貌的微笑。

“为什么是政府官员?”我问，“为什么要杀他们?”

她俩其中一人这样回答：“夺取政权的方式就是摧毁政
112 府的纵向层级制度。我们袭击的就是这个制度结构。”另一个人也向前探身对我说：“看看牛奶的价格已经涨到多高了，官员们的性命毫无价值。”

这两名妇女的回答恰恰体现了光辉道路战争一个最重要的特点——它的意识形态是非常极端的。依据光辉道路的马克思主义-列宁主义-毛泽东主义世界观，人类被严格地划分为农民、无产阶级和资本家。如果一个人被贴上资本家的标签，那么他就是剥削人民的人——在极贫困的安第斯山脉地区，一个人哪怕拥有几头奶牛或是雇用几个帮手就会被认定为资本家——就应当受到无情的讯问和审判，然后被处以死刑。

另一个最常见的光辉道路袭击目标就是安全部队的成

员，比如公民警卫队队员。这些公民警卫通常是年轻的混血男子，他们的工资其实很低，还要养活老婆和孩子。就在不久之前，在安第斯山脉一个叫万卡约（Huancayo）的镇子上，几个姑娘主动跟河边站岗的两个公民警卫热情攀谈。在吸引了他们的全部注意力之后，两个男人从背后突然冲上来，直接朝两个公民警卫脑后近距离地开枪，结束了他们的生命。一个公民警卫倒下前还死死抓住了岸边的一根杆子，而那两个跟他们调情的姑娘——实际上也是光辉道路战士——则飞快地拿走了公民警卫的手枪，然后逃跑了。

“那警察呢？”我问，“为什么要杀警察？”

“我们针对的不是个人，”其中一个女代表回答，“我们针对的是这个机构。我们跟警察个人并没有什么仇恨。”

“他们穿着反动分子的制服，”另一个女代表说，“如果政府下令，他们也会杀了我们。再说，”她又补充道，“我们需要他们的枪支。”

我本来想问更多的问题，可是发现在押的97名女犯人中的大多数人开始在那面巨大的斧头镰刀旗帜前排成两队。每一对“战斗人员”之间隔着一步的距离。

这两名代表表示要先离开一会儿，她们还问我愿不愿意和战士的亲友们一起观看今天的活动。她们说今天是个特殊的日子，一会儿会有讲话和一个四幕剧。活动结束后我还可以再继续问她们更多问题。

在一个年轻的女游击队员的带领下，我走到了一片宽阔 113
的空地上，和其他将近40名探视者一起坐在铺了毯子的地上。他们大多是囚犯的亲友。我们背后是一幅鲜艳的壁画，上面画着马克思、列宁和毛泽东。

活动包括一段演讲，内容是抨击苏联和中国的“修正主义”；接着是一部表演剧，讲述的是一个（由女囚犯扮演的）年轻男子不顾母亲的反对加入了光辉道路运动，后来他受了致命的重伤被送回家，临终前向自己的母亲表达了为党和革命献身的欢喜和欣慰，他的母亲虽然为失去儿子而感到伤心，但是此时已经被说服并支持儿子的决定。

趁着几个光辉道路战士忙着清理道具，其他一些战士也去和亲友相聚的功夫，我和几个站在我旁边的光辉道路女战士攀谈了起来。考虑到她们现在的处境，我们自然而然地谈到了秘鲁的法律问题。当时一个恐怖主义嫌疑人被逮捕后，反恐警察（Dircote）可以在禁止嫌疑人对外通信的情况下将其扣押长达 15 日。我又问她们关于审讯的情况。这几个人中有一个名叫马尔塔（Marta）的矮壮的女战士，她穿着一条浅绿色的裙子和一双粉色的高跟鞋，显然是为参加这个活动特意打扮了一番。马尔塔平静地给我讲述了她被刑讯逼供的过程。

马尔塔说审讯从自己被逮捕的第一天一直持续到第十五天。守卫在她的头上套了一个黑色头套，把她带到一个房间里，让她站在正中间。大概八个反恐警察站在她四周，有男有女，而且他们并没有取下马尔塔的头套和手铐。

“他们跟我说话，问我：‘你不爱你的母亲吗？你背叛了她！你想让她受苦受难吗？’他们知道关于我的一切，比如我母亲患有风湿病之类的。”马尔塔说。

然后他们就开始打她的头部、胸部还有耳朵，特别是有头发遮盖的地方，这样别人就看不到被殴打的痕迹了。马尔塔说那些人不断地用拳头击打她的耳朵，以至于她的耳膜都被打破了。这样的讯问大概会从晚上 7 点一直持续到 10 点。

我们身边另外三个女战士都在点头，说她们也受到了同样的待遇。马尔塔停了一会儿才又接着说下去。

被殴打之后，她被留在房间里，不能去卫生间，也不能 114
摘下头套，也没有人给她食物和水，她就一直站到夜里 2 点
左右，守卫又回来了。

“他们接下来把我的双手背到背后捆起来，然后拉起来吊到天花板上。那样的疼痛很可怕。他们想让我承认我干过某些事情，还要交代战友的名字和地址。他们问我的时候就一直把我那样吊在天花板上。”

这样的酷刑持续了大约一个小时，直到马尔塔再也承受不了为止。有几次在经过这样的折磨以后，警察还会给她的伤处涂抹一些减少瘀血造成的痕迹的药膏。

马尔塔说这一幕每天晚上都会上演，就在利马市中心的某个房间里，也许距离曾经的西班牙宗教裁判所地牢不远，最多不超过 15 个街区。马尔塔说接下来他们试图淹死她。

“我被结结实实地捆在一个凳子上，还戴着眼罩，他们把我的头按进浴缸里。我动不了，他们会把我一直按在水里几分钟后才拉上来，我吐出的全是水。他们问我现在要不要老实交代。”守卫会一直重复这样的酷刑，直到她失去意识。

再之后就是电击。守卫会把电极连接到她身上最敏感脆弱的那些地方——阴道、肛门或者乳房。

“你能做的只有尖叫。”马尔塔一边说一边用有棕色皮肤的手指抚平裙子上的一个褶皱。

在她被关押的15天里，这样的酷刑和讯问每天每夜都在持续。马尔塔说那些反恐警察还强奸过其他被抓住的女嫌疑人，而且不止一次。每个探员会轮流施暴，几乎所有女人刚被逮捕时都会遭到强奸。

我问，这些方法成功了吗？也就是，她们有没有交代任何信息？

“起初是有用的，”马尔塔说，“但是现在光辉道路已经非常强大了。我们不会违反黄金法则，就是‘一个字都不说’。我们大多数人现在都遵循黄金法则。”

115 我站起身，和这些女战士握手，然后看着马尔塔穿着她的绿裙子和高跟鞋，有点笨拙地走开了。后来我得知，她被指控的罪名是杀死了两名警察。

这时时间已经不早了，探视时间也将要结束，于是我离开了女子牢房区域，前往男子牢房。

守卫刚关上男子牢房的大门，一个由六名清瘦的青年光辉道路游击队队员组成的接待小组就迎接了我。他们三人一组分别站在大门两边，脸上都挂着淡淡的微笑。接着他们开始统一地拍起手来，开始是慢慢地，然后越来越快。后来我被告知这是他们的“革命拍手”，用来表达他们很高兴接受访客的探视。所有光辉道路战士们的脸上都挂着羞涩、讨好的笑容，第一眼看去，你会以为他们是世界上最友善的人。

在这里的墙上我也看到了同样的标语：“发动群众战争，服务世界革命！”“贡萨洛主席万岁！”标语都是用血红的大字写的。然后我被领到了院子里，有党代表和我一起就座。他自我介绍说他的名字叫哈维尔（Javier）。哈维尔看起来大概 30 岁，曾经两次被逮捕。他第一次入狱被判处了三年徒刑，就关在利马海岸边的弗朗顿岛监狱（El Frontón）。他是在 1986 年监狱大屠杀发生前不久被释放的，那座监狱随后也被关闭了。哈维尔出生在利马，在利马一所有很强政治性的圣马科斯大学（San Marcos University）学习经济学。

哈维尔说他所知道的一切大多是在大学外面学到的。他说他在学校里学习的只是孤立的科目，而没有把知识放在诸如马克思主义这样的完整背景下思考。哈维尔坚定地相信黑格尔的辩证法及马克思的马克思主义是最本质的真理。被判处在这里服刑 20 年而且不得假释的哈维尔似乎确信光辉道路掌握了正确的理论，也掌握了真理。和光辉道路战士谈话时，我们总是会发现他们都拥有同样不可动摇的信念，一种真正的信徒才拥有的信念。

“人们把我们当成殉道者、狂热分子，不过这并不是真的。”哈维尔开始跟我讲，“其实我们只是对事物有完全理解的人，我们完全理解了自原始时期以来历史发展的整个进 116
程。就如克劳塞维茨说的那样，如果战争是政治的另一种延续方式，那么我们很清楚除了武装斗争，没有其他政治方式能够帮助我们获得政权。”

哈维尔说他们都是政治犯，而不是普通罪犯。他们的斗争只为了结束饥荒、压迫和苦难。恐怖主义是反动分子对他们的称呼，是秘鲁政府强加给他们的标签，而实际上他们都是“秘鲁共产党人民军队的斗士”。

我们的谈话被一群聚集起来的在押人员打断了。他们拿着各种各样的乐器开始演奏，包括吉他、排笛和鼓。哈维尔说每到星期天，光辉道路的囚犯和他们的探视者们都会一起唱歌跳舞。正说着第一首歌曲就开始了，那本来是安第斯山脉地区的一首民歌，但是被重新填了词，现在的歌名叫《毛泽东主义万岁》。

哈维尔继续说了起来：“谁能控制安第斯山脉，谁就能控制秘鲁。”光辉道路已经在秘鲁境内的安第斯山脉全段都建立起了根据地。不仅如此，他们还在继续向沿海和丛林地区扩展。

“反动派不可能在这么大的地域范围内打败我们，相反，他们试图从我们最薄弱的地方下手，也就是我们这些战俘。”

哈维尔提到了巴黎公社、布尔什维克和中国的革命。光辉道路的成员在监狱里每天都会组织学习，哈维尔就是讲课的教师之一。“我们吸取历史规律的经验，”他特别强调说，“历史是有规律的，如果没有规律，历史为什么要存在呢？”

在广场中央，很多人伴随着排笛和恰兰戈（*charangos*，一种安第斯山脉地区的吉他）的音乐跳舞，人们手挽着手排成两条长队。音乐声越来越大，人们的舞步也越来越快，哈维尔指着那些人让我看，所有人都在微笑。

“你在这里看到的就是在安第斯山脉中我们掌权的地方的景象。”他不得不喊得很大声才能让我听清他的话，“我们必须以正确的方式改变这个世界！我们为此不惜献出生命。没有什么是比这更无私的奉献了。”他看着那些跳舞的人们，又转头看向我。他的脸上已经出现了皱纹，而且看起来有些疲惫。“在接下来的两年里，”他接着对我喊道，音 117
乐几乎要压过他的声音，“我们就会解决政权归属的问题！”

广场上都是跳着舞的革命者，我的耳朵里全是空洞尖锐的笛声和鼓声。我从交织的人群中穿过，也像是从安第斯山脉上被光辉道路占领的部分穿过。在牢房区域内，哈维尔停在了一幅面朝入口的大型壁画前。壁画描绘的是一幅启示录般的景象——光辉道路掌握了政权，整个秘鲁陷入了动乱，整个秘鲁都在烈焰中燃烧。

壁画的最前方是三个举着冲锋枪的男人，他们正面向观者冲上一座高山，似乎还在大喊着口号。这三个人代表的就是光辉道路革命的三种最主要的力量，分别是工薪阶层（无产阶级）、农民和小工商业者（小资本家）。在他们身后是无以计数的手持冲锋枪的追随者，观者仿佛可以从画面上感受到他们口中发出的震耳欲聋的呐喊声。旁边像古希腊神话中的独眼怪兽（Goyan Cyclops）一样俯瞰着一切的巨大人物肖像就是光辉道路的创立者和领导人阿维马埃尔·古斯曼。画中的古斯曼留着黑色的卷发，戴着黑色粗框眼镜，穿着棕色的西装。他神情严肃，右手举着一面有白色斧头和镰刀的党旗，左手拿着一本书，上面写着“发动群众战争，服务世界革命！”

哈维尔指着画上的群众身后崛起的三座山让我看，每座山峰上都插着一面共产党的旗帜，代表着光辉道路现在已经到达的革命阶段：建立共产党；发动武装战争；将战争扩大到全国范围。画面的远景和四周则都是熊熊燃烧的火焰。

哈维尔指着怒吼的群众笑着对我说："所有人都参与进来了。"然后他又指着一个愤怒的高举冲锋枪的秘鲁人说："所有人都有武器。"

到了大门口，我停下来和他们握手告别。我们身后的院子里，音乐声依然嘈杂。"毛泽东说全世界实现共产主义需要500～1000年，"哈维尔说，"但是在秘鲁我们用不了这么久。在接下来的两年里，"他又重复了一遍，"我们就会明确政权的归属问题。"

118 *

载满了农民的卡车在高山上的亚那奎卡（Yanaquilca）山口一堆意外出现的石头路障前来了个急刹车，扬起了一片尘土。短短几秒之内，八个带着面罩的光辉道路战士就把卡车包围了。这辆卡车要前往安第斯山脉南部阿普利马克大区（Apurimac）的小城查尔万卡（Chalhuanca）。一个打扮成农民的公民警卫队队员也混在这辆卡车的乘客中。

"你是个公民警卫对不对?"戴着面罩的光辉道路战士把这个公民警卫按在地上质问道。"不是"，这个公民警卫反驳道，还说自己只是个劳动者，家人都在查尔万卡。

光辉道路战士又将信将疑地检查了公民警卫携带的伪造证件，最后似乎接受了他的说法。他们对这些被吓坏的农民简单宣讲了几句，又要求他们给予一些金钱上的"合作"，之后才允许这辆卡车载着乘客离开。

当天晚上，这个公民警卫一到达查尔万卡就直接去向自己的队长汇报情况。后者立即派出了一支行动小组。

第二天早上黎明时分，一个被抓来引路的农民把警察们带到了高山上的一片草场，那里有一间孤零零的土坯房。警察们分成两队包围了房屋，然后大声喊话让里面的光辉道路战士投降。

房屋里一点声音都没有，只有一只公鸡在打鸣报晓。公民警卫于是朝房屋开火了。

警卫们进入房屋之后发现，全部八名光辉道路战士的尸体都东倒西歪地围在餐桌四周，桌上的早餐也打翻了。除这些人之外，还有一名正在炉火上给他们做饭的老妇人也被打死了。

*

光辉道路的创立者阿维马埃尔·古斯曼·雷诺索（Abimael Guzmán Reynoso）出生于1934年。他的父亲是省城里的一个小生意人，已有妻室，而他母亲则是个未婚的女佣。曾经一段时间，古斯曼的母亲就住在阿雷基帕市
（Arequipa）中距离自己情人家不远的地方。这座城市位于 119
秘鲁南部的安第斯山脉之上，是一座华美的殖民城市。这里的教堂和建筑都是用白色的火山浮石建造的。在古斯曼只有几岁的时候，他的母亲决定离开这里，于是把年幼的阿维马埃尔送到自己居住在海岸地区利马的兄弟家抚养。到古斯曼8岁的时候，他的母亲已经彻底抛弃了他，她在写给自己儿子的最后几封信中说：“我的儿子，照顾好你妈妈的孩子，

因为现在只有你能照顾他了。”[6] 换言之，从此刻开始，古斯曼就要靠自己了。这也是他最后一次见到自己的母亲。

所有人都说古斯曼是一个沉静、内向的人。他因为私生子的身份而一直受到别人的非难，不过他仍然是个好学生。被父母遗弃，又没有兄弟姐妹，甚至连朋友都没有的古斯曼选择用阅读来逃避现实。此外，他还很喜欢听收音机或去电影院。与此同时，古斯曼的父亲一直在阿雷基帕市经营着自己的会计业务，而且依然在外面拈花惹草。除了和自己妻子的婚生子女之外，他和不同的女人生下的私生子至少还有十个以上。古斯曼和这个遥远的父亲之间一直保持着联系，他们偶尔会通信。到古斯曼 15 岁的时候，他的书信最终还是被父亲的妻子发现了。不过，这位妻子不但没有毁掉信件，反而邀请自己丈夫的私生子来和他们一起生活，后来她对那些和古斯曼同父异母的其他私生子兄弟姐妹也都发出了这样的邀请。

在阿雷基帕市，古斯曼入读了一所私人学校，为人处事也一直很低调。他喜欢下棋、读书，偶尔踢踢足球，不过总体来说他是个羞涩的人，总是把感受藏在自己心底。每当参加集体活动时，他给人的印象都是巴不得别人忽视他的存在。如他同父异母的姐妹苏珊娜（Susana）后来说的那样：“我见到他的时候，他……［表现得］像是他认为……［他父亲的］家人会对他感到失望或是会把他当作一个恨不得摆脱的麻烦。”[7]

1950 年，古斯曼 16 岁的时候，秘鲁正处于曼努埃尔·奥德里亚将军（General Manual Odría）的独裁统治下。

附近一个学院（*colegio*）的学生指控他们的校长挪用了学校的基金，于是封锁了学校举行抗议。市长随即下令出动坦克 120 进行军事攻击，而学生们则投掷砖块作为回击。学生中一位年轻的共产党员在袭击中受伤，他的同学们把他抬到了阿雷基帕市的中央广场。大批的学生迅速地集中到此并进入教堂，敲响了铜钟。市民们也开始汇集到广场上，有些人攻占了兵营，有些人从教堂二层推下了一架钢琴，砸到了广场上。之后人们又点火将兵营烧成了平地。受够了两年来的独裁统治，抗议者们宣布脱离政府的管辖，并开始选举他们自己的省级议会。至此，最初的校园抗议已经升级成为反对秘鲁政府的暴动。

独裁政府意识到了事态的严重性，马上派出军队包围了城市并向广场进军。当抗议者派出代表团前来谈判时，军队却开火了。接着又发生了更大规模的屠杀，士兵们射杀了大量抗议者并将幸存者关进了监狱。暴动发生时，阿维马埃尔·古斯曼和他的家人就住在几个街区之外。后来他回忆说：

> 当时流了很多血……我看到了人民的战斗精神……人民无可抑制的怒火支持着他们反抗屠杀青年的暴行。我还看到他们是如何与军队战斗的，逼迫军队不得不退回自己的营地。政府不得不从其他地方调集更多兵力来镇压这里的人民。这次事件……深刻地印在了我的脑海里。因为由此……我懂得了只要人民团结起来……无论多么强大的反动派都会感到惧怕。[8]

这次暴动四年后，古斯曼被阿雷基帕市的圣奥古斯丁国立大学（*Universidad Nacional de San Agustín*）录取。这个肤色白皙、有黑色卷发、戴着眼镜的年轻人很快就遇到了自己的初恋——邻居家美丽的女儿，她的父母都是学校的教师。据别人说，古斯曼陷入了情网，而女方也对他报以同样的深情。不过，和古斯曼最喜欢的那些好莱坞电影不同，这两个人的
121 爱情故事并没有迎来一个美好的结局。女方虽然年轻貌美，但是家里没什么钱。古斯曼虽然是一位值得尊敬的中产阶级生意人的儿子，但他毕竟不是婚生的。女方父母担心女儿的追求者将来继承不到一分钱，坚持让女儿把眼光放高些，于是事情发展成了一部秘鲁版的《了不起的盖茨比》。古斯曼最后一次见到他心爱的姑娘是在他一个亲戚的婚礼上。姑娘和她的父母一起出席，虽然他们禁止她见他，但是古斯曼一直在等待时机邀请她跳舞。女方的父亲虽然心里不赞成，但还是看着两人进入了舞池中央。他们一起跳了一会儿舞，然后她靠近古斯曼跟他说了一句什么。根据古斯曼的姐妹苏珊娜说：“我不知道是怎么回事，但是她突然不跳了，曲子才到一半她就停住了舞步，而他则不得不礼貌地离开了……舞会结束后，他回到自己的房间站在一面［全身］穿衣镜前，然后用尽全力把镜子踹了个粉碎。”[9] 自此古斯曼再也没提过那个姑娘的名字。苏珊娜后来写道：

> 这个姑娘……实际上决定了当今秘鲁的历史。在那时……［阿维马埃尔］仍然算半个天主教徒，如果他们结婚了，也许他现在就会成为一个有钱的律师。他真

> 的非常爱她，一定会满足她和他们的孩子所需要的一切。但是失去她之后，他把更多的时间花在了思考他所谓的“生命的不公”上。他对自己失去了兴趣，不再在乎自己的安危或幸福。人们说他在学校里成了左派，但是我相信其实他从童年时期开始就已经是一个左派了。索菲娅（Sofía）是唯一能让他离开那条道路的人，但是她不能或是不愿意那样做。因为如果她真的想要和他在一起的话，她父母的命令根本影响不了他们。人生中的事往往就是这样！[10]

最终将领导游击队战争，并让秘鲁陷入分裂的古斯曼此时只是一个伤心失意的单身汉。于是他把全部的精力都投注到了他所学习的两个专业中：法律和哲学。秘鲁此时仍处于曼努 122
埃尔·奥德里亚将军的统治下。像其他很多学生一样，古斯曼加入了共产党，开始成为一名兼具工人和知识分子双重属性的基层革命者。然而作为一名学习哲学的学生，古斯曼和其他大部分人不一样的地方在于他深入研读了许多马克思、恩格斯和其他德国哲学家撰写的著作。古斯曼在27岁时获得了一个哲学博士学位和一个法学学位。他两个专业的毕业论文题目分别是《论康德的空间理论》（The Bourgeois-Democratic State）和《资产阶级民主国家》（About the Kantian Theory of Space）。后一篇的标题就明确地证实了古斯曼此时已经成了一位坚定的马克思主义者。

“他是这个人才辈出的年代里最优秀的学生之一，”他的导师，同样是阿雷基帕人的哲学教授米格尔·安赫尔·罗德里格斯·里瓦斯（Miguel Ángel Rodríguez Rivas）说，“古斯曼是最高水平的理论家。”[11]

阿维马埃尔·古斯曼 28 岁时接受了到阿亚库乔（Ayacucho）做一名哲学教授的工作。这座小城只有 1.7 万人口，是安第斯山脉上的一个省级首府，该省也是整个秘鲁最贫困的省份之一。当地大学里的学生大多是说盖丘亚语的农民家的孩子，他们的父母就在附近的乡村里种田，但他们辛辛苦苦耕种的土地并不归他们所有。古斯曼是在 1962 年接受这份工作的。那时距离西班牙征服者野蛮占领秘鲁大约已经过了四个世纪，而秘鲁的社会状况还是：全国 0.1% 的人口拥有 60% 的可耕种土地，25% 的人口没有上过小学，只有 30% 的人口进入了中学，还有 30% 的人口是彻底的文盲。全国 25 个大区之一的阿亚库乔大区的情况则要比这个数字更加严峻。古斯曼作为一个小资本主义工商业者的儿子，有机会接受了高等教育，所以当他第一次接触到秘鲁农村的农民时，后者的处境让他深受震撼。后来他写道：

> 现实扩展了我的眼界，也拓宽了我的思维……阿亚库乔的农民们非常贫困……我看到人们像奴隶一样在农
> 123 场里工作，还要自己准备食物。我见到的有些人要走几十公里、自备食物来工作。我看到了农民们的挣扎和他们受到的严重剥削。我能够感受到贫苦的秘鲁农民过去几个世纪以来在社会中奋斗和工作的艰难处境。但是他们并没有湮灭在历史中，相反他们不畏任何困难，充满活力地奋斗至今。他们才是这片大地的基石。在我眼

中，农民就是秘鲁的基石。[12]

古斯曼的学生就是这些农民的儿女，他们也是克服了各种困难才能最终进入大学的。古斯曼很快就开始教授他们希腊语和德国哲学的课程，尤其是他最喜爱的德国哲学家卡尔·马克思的思想。古斯曼毫无疑问是对哲学充满热情的，他的学生们很快发现他对教师的工作也同样充满热情。正如几年前一样，参加哲学讨论再一次让古斯曼从自己封闭的外壳中走了出来。渐渐地，年轻的教授身边聚集起了一批追随者，他们进行的非正式的讨论会常常持续到深夜。古斯曼的很多学生后来都成为农村学校里的教师，他们又把从自己的教授那里学来的东西传授给了小教室中那些穿便鞋、说盖丘亚语的学生们。马克思的哲学就这样渐渐地传到了大学以外，就好像在羊毛上滴一滴颜色，它就会迅速洇开一样，马克思主义就这样传遍了地势崎岖不平的阿亚库乔。

在业余时间里，古斯曼全身心地投入秘鲁共产党的活动，已经逐步晋升到了秘书长的职务。虽然他对哲学教授的工作仍然全心投入，但是他不可避免地面临着马克思主义逻辑的“终极问题”：“哲学家只是去解释世界……关键在于改变世界。”这正是马克思写下的，他在分析了历史和社会之后得出了暴力革命是实现共产主义社会“乌托邦”的必经之路。然而马克思本人一生大部分时间都处于流放中，因此他所进行的革命战争是理论上的，而不是实质性的。直到马克思去世之后，列宁、毛泽东等人才实质性地进行了社会主义革命并获得了成功。

蛰伏在安第斯山脉上海拔 9000 英尺的阿亚库乔的这段
124 时期里，古斯曼渐渐认识到他的使命已经不再仅仅是传授，而是行动——要把让他如此着迷的哲学贯彻到行动中去。对于大多数学者而言，马克思的关于社会形式“必将”从原始社会进化到资本主义社会最终进化到共产主义社会的理论只是一种理论。但对于古斯曼而言，马克思的观点已经成为他脑海中人类发展的“自然法则”。如果一个真正的信徒的定义是“坚定地持有某种信念，对现状不满，对未来心怀崇拜”，那么古斯曼显然就是一个真正的信徒。像马克思一样，古斯曼开始相信一个光辉灿烂、没有国家存在的未来在等着人类去实现，哪怕实现这个目标的过程要依靠枪炮。古斯曼后来宣称：

> 我们要记住……只有修正主义者和机会主义者才是悲观消极的，无产阶级和共产主义者永远是乐观的，因为未来是我们的——历史已经注定，我们要做的就是勇往直前地继续我们的事业。[13]

古斯曼相信，秘鲁的贫穷是具有地方特性的，因为从西班牙征服者来到这里后，资产阶级就占有了一切，并一直剥削着劳苦大众。他认为消除贫困的唯一办法就是推翻资产阶级政权。然而，从教授转变为革命领导人对于古斯曼而言，也是一条精神上的“卢比孔河”——跨过去就没有回头路了，这对于他的人生是有巨大影响的。毕竟他是一位大学教授，是一位守法的工薪阶层，是无产阶级的一员，他完全可以安安稳稳地继续向大批的学生教授他最热爱的马克思主义。也许将来有一天，他的学生中会出现一位革命领导人来把安第斯山脉推进革命的烈焰中。然而事实是从进入 20 世纪 60 年代后的某个时间起，古斯曼渐渐不再把自己看作一位大学教授，而是把自己看作一位未来的革命领导人。他身边也已经有一小拨学生不再是单纯地相信他所教授的主义，更重要的是他们同样坚定地相信古斯曼这个人。古斯曼最终认识到，如果自己真的相信自己所教 125
授的一切，那么唯一合乎逻辑的结论就应当是把他的话——也就是他的信仰——付诸行动。

“知识分子——我怎么看待他们？”古斯曼后来说，显然是为了划清自己和那些只说不做的哲学家的界限，“……他们能做的只有说教。似乎对这些人而言，说说就足够了……［然而］不管你说得多么正确，话语总是很容易被击碎的。”[14]

1965 年，当古斯曼还在阿亚库乔过着平静的生活时，秘鲁爆发了一次起义。两支游击队开始袭击安第斯山脉多个地区的大庄园和警察站。这两支游击队属于一个名为“左派革命运动”（MIR）的组织，这个组织认同切·格瓦拉的理论，相信仅凭一支武装的革命者（*foco*）小队就可以获得当地贫苦农民的支持，从而发动群众战争。然而左派革命运动组织的成员主要都是来自利马的中产阶级家庭中的学生和职业人员，他们既不会说盖丘亚语，也没有在安第斯山脉地区生活的经验。相反，秘鲁的武装军队则接受了美国反暴动专业指导和他们提供的汽油弹，所以很快就消灭了这两支游击队，并杀死了他们的领导人。

两年之后，也就是 1967 年，切·格瓦拉亲自在玻利维亚尝试了他的革命理论，主要依靠一小拨古巴革命者和几个在 1965 年革命失败后幸存下来的秘鲁人。然而同之前以利马为基地的中产阶级游击队一样，切·格瓦拉的队伍也没能成功征召到哪怕一个农民加入他们。切·格瓦拉和他的队伍根本不了解周围的文化环境，也没有花时间或是只花了一点点时间动员当地人民参与武装斗争。结果就是当地人把这些古巴人看作外国人，而且很快就开始向当局通风报信。和对付秘鲁游击队的策略一样，玻利维亚的军队很快就使切·格瓦拉的队伍被当地人民所孤立，然后再将他们一网打尽并消灭了所有的力量。古斯曼这个执着的游击队运动研究者仔细地研究了前述这些起义的结果，后来他轻蔑地称切·格瓦拉无果的努力是“业余游击队”的事业。

切·格瓦拉的失败实际上凸显了古斯曼已经意识到并坚
126 决想要避免的几个错误。显然，革命运动的基础必须是了解当地情况与文化的游击队员。把外来的游击队员硬插进来的做法已经被证明是大错特错的了。动员当地人民参与游击战争也是十分重要的一点——在开第一枪之前就要先抓住农民的“心灵和思想”。古斯曼的结论是：只有在给当地农民做好政治准备之后才能开展武装革命。因此，古斯曼耐心地进行着他让马克思主义理念缓缓传遍整个阿亚库乔地区的努力，他相信总有一天这些努力会结出丰硕的果实。到 1976 年，做了 14 年大学教授的古斯曼已经教出了成千上万的学生。这一年他从学校辞职，开始全心全意地筹划他的革命运动。又过了四年，在1980年发起内战的前夕，在只有一小拨未来的革命家出席的最后一次会议上，古斯曼忠告他们要坚强地面对摆在他们面前的未来：

> 同志们，我们即将迎来巨大的破裂……这个时刻已经到来……我们将成为历史的主人公：我们是负责任的、有组织的、武装起来的……我们将揭开新的黎明……国际无产阶级和全世界人民，所有的劳动者，我们整个国家的国民，我们的党和党委会、基层人员和领导者们：20世纪所有伟大的运动将在历史的这一刻达到巅峰。预言即将实现，未来在我们面前展开……我们盼望的未来需要我们用生命来实现，为了人民，为了无产阶级，为了马克思主义、列宁主义和毛泽东思想。同志们，我们付出多少努力就会实现多少功绩……未来是靠枪炮打出来的！武装革命已经开始了！[15]

不到一个月，在1980年5月17日这一天，也是在古斯曼开始精心培养他的学生们树立战斗思想将近20年之后，阿维马埃尔·古斯曼和他的几百个追随者一起发动了他们的革命斗争。

2011年1月，我在利马的苏尔克（Surco）高档社区内的一家僻静的咖啡店里见到了贝内迪克托·希门尼斯·巴卡（Benedicto Jiménez Baca）。他曾经是反恐警察队伍中的一名 127
中校。直到此时，无论是在秘鲁国内还是国外都很少有人知道阿维马埃尔·古斯曼是怎么被抓住的。而那些以为自己知道的人知道的也未必是实情——因为那之后有太多人站出来说自己为此做出了贡献。常言说得好："功劳千人抢，失败无人争。"就在最近，人们似乎才真正意识到现年 62 岁的贝内迪克托·希门尼斯才是那个通过抓获其领导人而摧毁光辉道路的行动背后的决策者。事实上，贝内迪克托是经过长达三年紧张、高风险、面对面的较量之后才最终抓住了哲学教授出身的革命者古斯曼的。而且这一切全部都是秘密进行的。

贝内迪克托身材高大魁梧，一头卷发已经灰白，但眉毛还是黑的，肤色则是浅咖啡色。咖啡馆里没有一个人认识他。可是他和古斯曼一样改变了当代秘鲁历史的轨迹。事实上，无论是现在的秘鲁还是利马，和 20 世纪 80 年代我来到这里时相比都发生了巨大的变化。围绕在城市外围的贫民窟范围已经缩小，经济也取得了巨大的发展。国际援助组织最近将秘鲁重新分级为人均收入超过 10000 美元的"中等"级别国家。即便是在光辉道路游击战争发源地的阿亚库乔大区，境况也有所改善。这些成就不是因为光辉道路掌权并建立起他们的共产主义乌托邦而实现的，恰恰相反，正是在光辉道路失败之后，经济才稳定了下来，战争带来的巨大财力消耗也停止了。

"在 1990 年的时候，秘鲁的境况举步维艰。"贝内迪克托告诉我。他啜饮着一小杯特浓咖啡，深深地皱起了眉头，他说话的声音洪亮而低沉。"政府采用的反恐警务措施已经沿用了十年，而且完全没有效果。每一年光辉道路都在变得更加强大。”

当48岁的古斯曼发动他的战争时，贝内迪克托还只是个27岁的警察，从警校毕业刚刚四年。不过，要说古斯曼不是什么普通的哲学教授的话，贝内迪克托也不是什么普通的警察。贝内迪克托1953年出生在秘鲁南部的港口城市皮斯科（Pisco），他母亲在二战时期从希腊逃到了这里，他的父亲是一名秘鲁黑人劳动者。贝内迪克托从小生活在贫穷的社区里，他上的是为低收入家庭开办的公立学校，高中毕业 128
后他本来想成为一名工程师，但是因为家里没钱供他上大学，所以他只好报考了警校的警察培训部，因为如果能被录取的话，他不但能接受教育，还能享受免费的食宿。

贝内迪克托1972年进入警校学习，在那里的四年中，他每年都是班上的第一名。毕业时他被一位即将退休的将军招致麾下。又过了一年，将军问贝内迪克托自己有什么可以帮他的，贝内迪克托毫不犹豫地回答说他想要接受游侠指挥官培训（commando ranger training）。年轻警官的回答令将军非常吃惊。这就好比一个刚入职的美国警察要求去参加美国海军海豹突击队的训练一样。不过将军还是满足了贝内迪克托的愿望。一年之后，贝内迪克托完成了指挥官学校的培训。最初有33个学员参加的训练课程，在结束时只有17名学员顺利毕业。贝内迪克托就是秘鲁唯一一名完成了这项严苛训练的警察。

在1978年的时候，贝内迪克托被安排到一个贩毒精英情报小组工作，这个小组是与美国缉毒局合作的。在那几年中，贝内迪克托和他的同事们一起学会了如何耐心地跟踪毒贩，如何发现他们的联络网，然后趁其不备将其一网打尽，从而消灭整个贩毒组织。贝内迪克托永远都不会忘记这些历练。他在工作上的职务也越来越高，成为少校之后，他开始进入反恐理事会工作。不过，贝内迪克托认为当时他们使用的过时的工作方法限制了反恐警察的发展。“反恐理事会的行动是‘被牵着鼻子走的’，而不像在缉毒队中，我们对待毒品走私者从来都是‘先发制人’。”贝内迪克托向我解释道。

到了1990年，被光辉道路的发展壮大，以及秘鲁军队和警察效率低下的工作方法折磨得忍无可忍的贝内迪克托前去拜访了秘鲁警察总长雷耶斯·罗加上将（General Reyes Roca）。贝内迪克托提出如果上将许可，他想建立一支特别小组，针对光辉道路使用他曾经在打击毒品的战争中使用的
129 那些监视技术。他还说只有了解了光辉道路是如何运转以及他们的领导人是如何工作的，他们才有可能打败光辉道路。唯一能够实现这一目标的计划就是开始确认并瓦解他们隐秘的工作网络。贝内迪克托直截了当地告诉上将：要么同意他使用这些先进手段，要么干脆将他调离反恐警察部门。

罗加上将认真地听取了他的意见。他早就认识贝内迪克托而且很喜欢他。在贝内迪克托摆明了利害关系之后，上将点了头。几个月之后的1990年3月4日，贝内迪克托的特别情报小组（GEIN）成立了。与其他秘鲁警察的做法不同，特别情报小组发现光辉道路嫌疑人时并不立即将其逮捕，而是采取跟踪的方式。贝内迪克托和他的探员们会对嫌疑人进行监视，记录他们去见了什么人或是有什么人来见他们，这

样他就开始收集光辉道路联络网的信息。让人诧异的正是，在经过了十年的反游击队战争后，竟然还从来没有人想过要建立这样一个工作体系。

“游击队从来不是孤立地进行活动的，”贝内迪克托对我说，“他们都要接受命令或是发出命令。”光辉道路就是通过隐秘的组织网络来进行活动的，贝内迪克托说这个网络就像一张织在整个秘鲁大地上的蜘蛛网，而他的特别情报小组的任务就是找到网上的线，然后沿着线追踪。但愿这些线最终能将他们带到蜘蛛网的中心——这样他们也许就能最终发现到底是谁在领导光辉道路了。

贝内迪克托的计划并不是在每次突击行动中立即抓捕那些位阶低下的游击队员，因为他们只是属于某个秘密的基层组织，除了严格指定给他们的有限的信息之外什么都不知道。贝内迪克托的计划是要拼凑出光辉道路领导层的组织结构图。一旦他了解了光辉道路是怎样组织以及它的领导人有哪些之后，他就可以开始一点一点地瓦解这个组织，最终彻底击垮它的领导机构。

“没有人真正知道是谁在领导光辉道路，”贝内迪克托告诉我，“没人有一点关于它的领导层或是组织结构的信
息。我们推定古斯曼是领导人，但是他离开人们的视线已经 130
11 年了。与此同时，所有反暴动行动采取的都是‘搜查并摧毁’的策略。他们抓到恐怖主义者之后不能从他们身上得到一点有用的信息，然后就把他们都扔进监狱。秘鲁政府只是在胡乱出击——就像一个不受大脑控制的身体做出的反应一样。”

秘鲁小说家马里奥·巴尔加斯·略萨（Mario Vargas Llosa）在其1984年出版的小说《狂人玛伊塔》（*The Real Life of Alejandro Mayta*）中设想出了在不远的未来，一个与光辉道路类似的革命群体占领了秘鲁境内古老的印加帝国首都库斯科（Cusco）之后的景象，这也是他们攻下利马夺取政权之前的最后一步：

> 浓烟和瘟疫笼罩之下，人们排成长队逃离已经被摧毁的城市。他们都把嘴和鼻子蒙了起来，在破损的路面上步履蹒跚地前行。废墟中还有死尸和重伤者，甚至连老人和小孩儿也被遗弃在这里……高处的那些幸存者、父母、伤员、战士、国际主义者等所有人只需要发挥一丁点的想象力，就能听到［秃鹫］急迫地撕扯、兴奋地啄食、卑鄙地拍打着翅膀的声音，还能闻到可怕的恶臭。[16]

这本小说出版六年之后的1990年，也是贝内迪克托·希门尼斯开始组建他的特别情报小组之时，越来越多的秘鲁人开始相信巴尔加斯·略萨描述的末日景象即将成为现实。袭击事件越来越频繁。光辉道路的暗杀小队在秘鲁首都肆意横行。停电更是司空见惯。安第斯山脉沿途都已沦为战场。秘鲁就像一个正处在惊厥抽搐中的身体。

“相较于其他部门，我们手中几乎没有什么可以用来开展工作的资源”，贝内迪克托对我说。安排给这个小组的只有一间狭小的办公室、一把已经损坏的椅子、一台借用的打字机和一个从天花板上垂下来的灯泡，因为这唯一的照明连开关都没有，所以每天结束工作后，组员们还得把灯泡拧下来才算关了灯。办公室的窗子上也没有玻璃，只钉着一些胶合板，所以房间里根本不进光。贝内迪克托要求配备 20 名探员，但是最终他只得到了 5 名。他们也没有公务用车，没
有电话。起初，所有的监视行动都是靠步行跟踪的。可想而 131
知，这个新部门很快就成了其他警察眼中的笑话，他们还被轻蔑地称作“捉鬼大师”。毕竟，这个新部门只是跟踪游击队员而不进行抓捕。对于其他警察来说，这些“特别探员”每天的工作似乎就是研读光辉道路的文件。他们会在墙上画一些稀奇古怪的图表，还经常连胡子都不刮、蓬头垢面地就来上班。

不管别人怎么想，反正贝内迪克托有他自己的计划，他亲自挑选的这些探员也都是曾经在他手下工作过的，他们绝对听从贝内迪克托的命令。他在这个部门的第一次会议上就告诉所有探员，他们的工具是情报，而不是暴力。他们要学会如何想在光辉道路的前面，因为到目前为止，还一直都是光辉道路想在警察的前面。他们要跟踪光辉道路的特工，研究他们的联络网，然后待他们自己有了充分的准备之后，一举破坏光辉道路的联络网。他们要每周工作七天，而不是像其他警察一样每周工作五天。他们没有任何假期，而且还时常要加班到很晚。贝内迪克托在这个只有一个灯泡，只有一个人能坐椅子而其他人都只好站着的房间里踱着步，然后告诉他的探员：他们的目标就是破解光辉道路的联络网，直到找到他们的领导人为止。

“那时我的四个孩子年纪都还小，”贝内迪克托告诉我，还用手敲了敲咖啡桌作为强调，“我知道如果我失败了，那么我所了解的这个秘鲁就会彻底终结。如果光辉道路取得政权，我就不得不带着我的家人流亡海外。”

贝内迪克托一次又一次地告诉自己的探员们，如果你想爬到山顶，你就要先从迈出第一步开始。情报小组的“第一步”是很小的一步——他们要跟踪一个贝内迪克托两年前收到的线索，当时他没有权利对这个线索展开调查，但是现在可以了。1988 年，一名侦探交给他一封匿名信件。这封信件已经在警察局里传阅了一圈，却没有人认为值得针对此情报做些什么。写这封信的人是一位愤怒的母亲，她是一名退休的学校教师。她在信中写到她很担心自己儿子的前程，他本来是一名优秀的大学生，可是他爱上了一个姑娘，这位母亲认定那个姑娘是光辉道路的成员。无论母亲怎样软
132 硬兼施，她的儿子都不肯跟这个姑娘分手。这位母亲一想到自己的儿子有可能要成为游击队员就心烦意乱，于是她采取了一个极端的手段：安排她和她的儿子离开秘鲁。然而，在这之前，她还想要把这个姑娘的名字透露给警方：她的名字是朱迪丝·迪亚斯·孔特雷拉斯（Judith Díaz Contreras），她住在利马的拉维多利亚区隆内皮萨罗街 400 号。写完这封信之后不久，这位母亲就带着自己的儿子出国了。

秘鲁警察没有跟踪这条线索是因为他们手头有更大的鱼要钓：他们当时正忙着调查（用贝内迪克托的话说是“被动应付”）大量的爆炸案、恐怖袭击和暗杀行动。他们没时间去确认什么人的女朋友是不是光辉道路的成员。他们关注

的是已经发生的袭击，而不是潜在的袭击者。

1990 年 3 月，贝内迪克托的探员们按照匿名信中的地址，找到了这个大学生的前女友朱迪丝，发现她仍然和父母一起住在这里。他们很快监听了这个家庭的电话，还把通话内容都记录了下来。与此同时，只要朱迪丝出门，总会有一个探员装成路人跟踪她。他们会安排轮流值班，每天跟踪她的都是不同的探员。开始的时候，一切似乎都很正常。朱迪丝在利马的国立农业大学（National Agrarian University）工作，是一名行政人员。不过，贝内迪克托的探员们很快就发现了一些奇怪的情况：每次朱迪丝出门之后，她的父亲会固定地接听电话，并记录下她女儿要订购的物品，包括肥皂、清洁剂、牙刷、钉子、螺丝等一些常见的东西，但引起探员们注意的是，他们从没见到朱迪丝拿着这些东西，所以很快他们就开始怀疑订单上这些内容实际上可能是光辉道路的某种暗语。

跟踪朱迪丝并不容易，尤其是当时贝内迪克托的小组连一辆汽车都没有。不过，在他们的监视工作进行了两周之后，贝内迪克托在技术部门的车库里发现了一辆损坏的大众甲壳虫。贝内迪克托问技术部门如果他把车修好了，这车能不能归他用，技术部门同意了。于是贝内迪克托找到一个技师朋友免费帮他把车修好了。特别情报小组至此才算有了他们自己的第一辆车。这之后没过多久，贝内迪克托又四处搜 133
寻到了一台摄像机和两台笨重的便携无线电。跟踪朱迪丝的探员们现在终于可以开始收集嫌疑人的相关影像了。

朱迪丝的行踪很快为他们提供了第二名嫌疑人——一个

也住在附近的年轻姑娘，名叫米丽娅姆（Miriam）。和朱迪丝不同的是，米丽娅姆受过很好的反跟踪训练。她经常会短暂地乘坐拥挤的公共汽车，然后走一两个街区，再折返一段，并突然跳上一辆出租车，消失在利马拥堵不堪的交通里。不过，探员们渐渐地适应了同时跟踪这两名嫌疑人。在有了无线电通信设备、摄像机和汽车之后，他们开始能够互相协调彼此的监视工作了。如果米丽娅姆出门后上了一辆拥挤的公共汽车，肯定会有一个探员跟着她一起上车，而另外两名探员则会呼叫总部，很快贝内迪克托就会开着他们刚刚挽救回来的那辆大众轿车来接他们，然后三人一起开着车尽可能地跟踪这辆公共汽车。

因为贝内迪克托手下就只有这么几名探员，所以他们逐渐开始在跟踪时进行伪装，以免被认出来。他们会不断更换衣服和外套，有时会戴上假胡子，帽子也是时戴时摘，甚至还会变换走路的姿态，都是为了防止被他们的跟踪目标发现。有的探员特别擅长装成捡垃圾的人、扫大街的清洁工或是无家可归的流浪汉——可是夜深之后他们带着一身难以掩盖的臭味回家时，却不能跟他们的妻子透露自己的行动。

到 1990 年 6 月 1 日，也就是在进行了将近三个月的跟踪监视后，贝内迪克托下令抓捕他们已经发现的光辉道路联络网上的人员。

“暴风雨降临”，无线电中传来他低沉的男中音。

贝内迪克托下达了展开抓捕行动的暗语指令。

到当天的行动结束时，总共有 31 名光辉道路嫌疑人被抓，其中还包括西维拉·阿雷东多，她就是我曾经在坎托格

兰德监狱中与其简短交谈过的秘鲁小说家何塞·玛丽亚·阿
格达斯的遗孀。此外，警察还突袭了另一栋位于蒙特瑞科
（Monterrico）郊区富人区的房子，除逮捕了两层楼房中的三 134
名女性嫌疑人之外，情报小组队员还在这里找到了“金
矿”。当时他们在各个房间中搜查。

“头儿，你得马上来一下。”一名探员用无线电通知贝内迪克托。

“发生什么事了？”他问。

“你就快点来吧，我们需要你的帮助！”

贝内迪克托到达后，在那栋房子里的发现大大出乎了他的意料。

“那里就是光辉道路的档案馆，”贝内迪克托喝光了杯中的最后一点咖啡，继续对我说，“有书籍、论文、文件，甚至还有古斯曼的个人藏书。”在二层的一间小卧室中，他们还发现了一张单人床，有厚镜片的眼镜、穿旧的男式靴子，还有一种专治牛皮癣的药——据人们所知，古斯曼就有这种皮肤病。

“那一刻我们就意识到，古斯曼还活着，而且他还在领导光辉道路，”贝内迪克托说，“我们正好发现了他不时会使用的一个‘藏身之地’。”

更重要的是，队员们在这里发现的这些文件让贝内迪克托开始理解光辉道路的基本结构，以及它为什么这么难以被破坏。贝内迪克托和他的探员们开始认真地研究每一份文件，并开始在办公室的墙上梳理出一张组织结构图，一幅关于光辉道路的全景图渐渐浮出了水面。处于组织最高层的是

中央委员会（Comité Central），成员包括古斯曼和其他18位委员。中央委员会下面是直接受它领导的各个机构，包括：政治局和组织部、后勤部、宣传部、法务部，等等。有光辉道路活动的秘鲁的任何大区里都有这些机构的分部，由上至下延伸至最微小隐秘的基层党组织。与此同时，阿维马埃尔·古斯曼不仅是中央委员会主席，也是军事最高领导人和组织委员会主席。组织委员会就是组建秘鲁新民主主义人民共和国（New Democratic and Popular Republic of Peru）的工作网络，这就是光辉道路为他们掌权后的秘鲁选好的新名称。

贝内迪克托意识到光辉道路组织结构最独特也是最英明
135 的一点就是：光辉道路不但像一个隐秘的“影子政府”一样行动，耐心地瓦解秘鲁政府的一砖一瓦，而且它的每一个部门和分部都有自己的“镜像备份”。就是说，如果警察或军队打掉了光辉道路的某一个组织，肯定会有一个一模一样的组织已经开始运转并准备好接替之前组织的工作。这种安排就好像鲨鱼的牙齿一样，外面的一排掉了，马上会有新的一排补上来。光辉道路就创造了这样一个适用于应对游击战争的残酷性和危急性的组织结构。就算光辉道路最前线的士兵倒下了，新的士兵肯定也已经准备好加入战斗。这样的安排也适用于更大规模的光辉道路组织，比如相当于一个排甚至一个团的组织。终于弄清楚了光辉道路的组织结构和成功的运转方式，而这些令贝内迪克托感到惊奇。不过他最终还是发现光辉道路并不是完美的——事实上，他似乎正好发现了这个组织一个最致命的缺陷。

“中央委员会没有任何机构可以取代”，贝内迪克托说道，似乎到现在他还在为这个发现而感到意外。

“我们意识到如果能找到古斯曼和他的委员们，”贝内迪克托告诉我，“我们就可以利用这个天大的失误：他们忘了给自己找替补。”

1992 年 7 月初的一天，在利马的洛斯绍塞斯（Los Sauces）高档社区里，一栋设施齐备的双层别墅的前门打开了，从里面走出一位年轻的建筑师，他留着黑色的山羊胡，手里提着一个公文包，他年轻的妻子——一位容貌美丽、皮肤白皙的芭蕾舞演员出来和丈夫道别，在他离开后就又把门关上了。这位年轻的芭蕾舞者名叫马里察·加里多·莱卡（Maritza Garrido Lecca），今年 27 岁，属于利马的中产阶级上层，她在自家别墅的一层开办了一个芭蕾舞训练班。她的丈夫名叫卡洛斯·因乔斯特吉（Carlos Inchaustegui），今年 32 岁，毕业于利马的里卡多帕尔玛大学（Ricardo Palma University）。这对夫妇已经结婚四年了，两个人谁也没有被逮捕过，也没有任何前科。

年轻的丈夫是步行去上班的，他走过了挨着他家的一家
小便利店，又走过他所在街区的一排排别墅，所有这些别墅 136
都有自带的小花园，四周有围栏，还有锻铁制造的有纹饰的铁门。无论是丈夫还是妻子都不知道自己的家在不久前已经被警方监视起来了。就在一个街区之外的一座类似的别墅的三楼上，贝内迪克托的一组队员一直在监视着这对夫妇的家，因为他们收到一个线索说这两个人都是光辉道路的成员，而且可能与其领导层有接触。

到此时为止，贝内迪克托的情报小组已经扩充到55名探员，所有人的装备也比两年前刚开始时好得多了。他们现在配有移动无线电通信设备和电子监听设备，美国中央情报局也给他们提供过培训和资金支持。继1990年6月他们一网打尽31名光辉道路成员之后，这个团队又不断取得了越来越多的成功。在1990年12月19日，情报小组成功围剿了光辉道路宣传部门的大部分成员。一个月后，他们又突袭了圣博尔哈（San Borja）高档社区里的一栋房子，可惜古斯曼在三天之前刚刚离开了那个藏匿点。

“我们离成功越来越近，”贝内迪克托告诉我，“我们和古斯曼已经近在咫尺，而且他肯定也意识到了。我们还知道了他的工作地点就在利马，而不是安第斯山脉的丛林里。他就在我们的首都。我们都是在这同一个城市里活动的。”

在那次突袭古斯曼藏身地的行动中，他们又发现了一个隐藏的宝藏，许多关于光辉道路的资料都已经被打包放进了纸盒里，很可能是游击队员正准备把这些东西转移到别处，却被突袭打乱了计划。有探员在一个纸箱中发现了一个小塑料包，里面是几盘录像带。贝内迪克托到达之后不久就迅速通过无线电让人送一台摄像机来。摄像机送来后，贝内迪克托放了一盘录像带进去，然后开始从摄像机的小屏幕上观看。屏幕上出现的画面让他彻底震惊了。在长达12年的销声匿迹之后，阿维马埃尔·古斯曼的身影出现在了多个视频片段中，这是古斯曼在光辉道路最高领导层——中央委员会的一次聚会上跳舞的影像。他现在已经56岁了，留着胡子，身材粗壮，戴着厚厚的眼镜，还穿了一件深色的中式长衫。

贝内迪克托盯着屏幕，无言地看着古斯曼将手举过头顶，手 137
臂略弯，而其他委员则微笑着一边看一边拍手。视频里听到的音乐是电影《希腊人佐巴》(*Zorba the Greek*) 中的配乐。

“头儿，你看的是什么?”一个探员问道。

“淫秽视频，纯粹的淫秽视频”，贝内迪克托回答说。

“12 年来没人见过他，”贝内迪克托告诉我，“可是现在我们看见了——他在那里跳舞。突然之间，我们不仅掌握了古斯曼的影像，而且掌握了所有中央委员会成员的影像。他们正在庆祝第三次代表大会的闭幕。”[17]

第二天早上，秘鲁人民一觉醒来就从电视上看到了有史以来第一次播放的光辉道路领导人阿维马埃尔·古斯曼和他的秘鲁手下们正随着希腊音乐跳着一种堂吉诃德式舞步的新闻。然而，这些突袭的成功并没让利马的袭击事件有所减少。1992 年 7 月 16 日，在利马一个高级社区发生的汽车炸弹袭击导致 24 人丧生，200 多人受伤。爆炸还毁坏和影响了 400 多家当地的营业场所。古斯曼正在蓄意增加在首都进行恐怖袭击的次数，因为他确信自己距离成功夺取政权已经不远了。

“不过，古斯曼此时也开始担心了，”贝内迪克托说，“我们也获得了一些成果，还抓住了一些重要的人物。他知道政府成立了专门的队伍，而且已经离他越来越近了。”

在他们的档案被掌握了之后没多久，光辉道路的指挥部就向所有党员发出了警告。党员们被要求提高警惕，采取更加严密的安全措施，还要使用所有若干年来他们发展出的反侦察措施。所有人都要做好自己已经被监视和被跟踪的准备并加以应对。

至贝内迪克托的小组收到关于芭蕾舞演员和她所谓的丈夫的情报之时，情报小组已经在各种地点针对无数嫌疑人展开了监视。他们依然坚持着对某一联络网耐心收集数据，之后再突然一网打尽的工作方法。起初，被安排监视年轻舞者的探员并没有发现什么可疑的情况。他们给夫妻二人分别取
138 了代号，妻子叫罗拉（Lola），丈夫叫罗罗（Lolo）。罗罗每天早上出门上班，下午下班回家。年轻的舞蹈学员定期来到他们的别墅里上罗拉的舞蹈课。这些前来上课的学员们当然也都被监视了，不过并没有什么情况发生。探员们给这对夫妇的别墅也取了个代号叫“城堡”。还有探员扮成清洁工人去别墅门前收垃圾，不过里面也没什么值得怀疑的，就是一对年轻夫妇一般会有的生活垃圾而已。

情报小组总是缺乏人手的，贝内迪克托最终叫停了对“城堡”的监视行动。不过有两名探员按照自己的直觉私下里继续监视并收集垃圾。终于，有一个奇怪的问题引起了他们的注意，那就是香烟。探员们在每天的垃圾里都能发现8～10个烟头，然而根据他们对这对夫妇的观察，他俩任何一个人都不吸烟。探员们后来又发现香烟的牌子只有两种：温斯顿淡香烟和伊夫圣罗兰。他们带着一个预感又翻出了那盘古斯曼随着《希腊人佐巴》的配乐跳舞的视频。在一个片段里，他们果然发现了一张小桌上放着两包香烟。这两个探员仔细辨认了图像之后确定：一包是温斯顿淡香烟，另一包则是伊夫圣罗兰。

两个探员马上把这个情况通知了贝内迪克托，后者连夜

重新安插了一个监视小组。没过多久，罗拉一次出门购物时没有意识到自己被跟踪了，所以随意地把一张揉皱了的纸扔进了下水道。探员随后把手伸进了臭烘烘的下水道口捡回了那张纸，发现那是一张药店的收据。这个探员又更仔细地研究了一番之后发现，上面写的是治疗牛皮癣的药物。这个探员当然知道，多年来受这种皮肤病困扰的正是阿维马埃尔·古斯曼。

接下来的一个星期，光辉道路游击队在 1992 年 9 月 8 日这一天又一次趁夜袭击，切断了利马的供电，整个城市大部分地区陷入了一片黑暗。贝内迪克托的两个探员躲在漆黑的房间中通过望远镜观察着“城堡”里的一举一动。罗拉 139
在别墅一层她的房间里点了一根蜡烛。不一会儿，楼上一个房间里也亮起了一根蜡烛。探员在夜幕中紧盯二楼的窗子，鉴于整个城市都处在黑暗之中，烛光在薄薄的窗帘上投下了一个清晰的剪影。那个探员后来说，那个幽灵一样的剪影是一个魁梧的男人的剪影，还能看出他留着大胡子，正站在蜡烛和窗帘之间。

“我真不敢相信我看到了什么”，[18]一个探员轻声对另一个探员说道。

*

1992 年 9 月 12 日星期六下午晚些时候，20 个特别情报小组的便衣探员在各种伪装下混入了马里察·加里多·莱卡和卡洛斯·因乔斯特吉居住的别墅四周。仅仅几个小时之前，特别情报小组领导贝内迪克托·希门尼斯在无线电通信中下达了开始行动的暗语口令——“暴风雨降临”。从特别情报小组成立至今只有两年半的时间，然而，今天这次行动的目的却与以往都有所不同。除非对证据的分析有误，或是他们又来晚了一步，否则今天很可能就是他们有机会最终抓住光辉道路领导人阿维马埃尔·古斯曼·雷诺索的日子。

“我们当时都很紧张，”贝内迪克托说，当时他是在办公室里通过无线电通信指挥的，“因为我们许多人都相信古斯曼身边总会有一些‘自杀式护卫’，就是一些不惜舍命保护他的光辉道路成员。”

下午5点30分，当夜幕即将降临的时候，探员还没有全部就位，谁都不认识的一对男女突然乘车来到被监视的年轻夫妇的别墅前。他们下了车，敲了门，马里察来开门请他们进入了别墅。探员们此刻都想知道的是：自己的行动暴露了吗？难道有人给这对夫妇送信了？

“先等一下”，贝内迪克托下令道。他的策略一向是不采取破门而入的方式，而是等有人进门或出门的时候见机行
140 动，这样既能轻松地进入别墅，又能起到攻其不备的效果。不过，实行这种策略的前提是有一个探员足够接近别墅，因为抓住时机是最关键的，而且这个人必须能当机立断。

可是，这对年轻夫妇居住在一条相对孤立的住宅区街道上，一个探员想要不被发现地靠近别墅是很难的。于是，两名年轻的探员被安排装扮成约会的情侣，在嫌疑人别墅旁边的前门敞开的小便利店内碰面。

这两个穿着便装的探员是贝塞拉（Becerra）和塞西莉亚（Cecilia）。他们在便利店买了可乐，然后站在一起聊天、拥抱，而其他探员则紧张地听着无线电，等待下一步的进

展。古斯曼还在不在别墅里？如果他在，他身边现在会不会已经围绕着一群狂热的追随者举着枪要誓死保护他？没有人知道答案。

最终，到了晚上 8 点 40 分的时候，嫌疑人别墅的门打开了。来访的客人走了出来，马里察和她的丈夫跟在后面送客。与此同时，贝塞拉和塞西莉亚迅速离开便利店朝别墅方向跑去，并且拔出了手枪。这样的机会一旦错过可能就再也没有了。他们两人的任务就是强行进入别墅，确保其他探员赶到时能够顺利从大门进入。贝塞拉当时 24 岁，塞西莉亚则只有 22 岁。

此时站在别墅门口的四个人就是两个访客、马里察以及她的丈夫。他们在别墅前方距离敞开的房门不远的地方围成一个小圈，完全没有意识到即将来临的危险。当他们正在微笑着相互道别的时候，突然发现一个女人快速朝她们冲来，手里还举着枪朝她们大喊：

“不许动！我们是警察！你们都被捕了！”[19]

四个人当时都呆住了，转头看向这对举着枪冲向他们的男女。他们看起来实在一点儿也不像警察。第一个有所反应的是那个建筑师因乔斯特吉，他扑向贝塞拉，抓住他的手，试图打掉他手中的枪。同时，那个芭蕾舞演员马里察开始用尽全力地大喊起来。因乔斯特吉和贝塞拉还在扭打中，突然一声枪响让嫌疑人们都不敢动了。这一枪是塞西莉亚朝天上
开的。贝塞拉趁此机会挣脱建筑师，冲进了敞着门的别墅， 141
手中的枪也做好了随时开火的准备。塞西莉亚则留在外面盯紧按照她的命令全部趴在地上的嫌疑犯们。

年轻的探员发现自己进入了一个很大的房间，楼梯在右手边。他于是马上朝楼梯跑去，然后三步并作两步地跑上了楼。他接到的命令是守住二楼，因为那里是他们认定阿维马埃尔·古斯曼所在的位置。楼梯刚上了一半，贝塞拉就看到楼上有一个中年妇女透过一扇半开着的胶合板房门匆匆看了他一眼，然后很快地把门关上了。

跑到楼上之后，贝塞拉用肩膀撞开了那扇门，刚好看到那名妇女穿过走廊进入一个房间。贝塞拉追了过去，举着枪，冲进了那个房间。

房间里，一个戴着眼镜，留着大胡子的矮胖男人坐在一张皮椅中，站在他身边的就是贝塞拉刚刚跟踪的妇女，除此之外还有另外两名妇女。所有人都面向着这个突然冲进他们房间的陌生人。一直被贝塞拉用枪指着的矮胖男人从椅子里站了起来，那几名妇女也开始大叫起来。

“该死的，都闭嘴！”贝塞拉喊道，“你们全都被逮捕了！我是警察！”[20]

矮胖男人听到这话呆住了，只有眼睛睁得大大的。

毫无疑问，站在贝塞拉面前的正是光辉道路的领导人阿维马埃尔·古斯曼。

*

从古斯曼被捕时所在的洛斯绍塞斯高档社区乘坐公共汽车到比较中等的乔里约斯区（Chorrillos）大概需要20分钟。乔里约斯是一个比较繁忙的社区，就位于海岸边。1月是利马的夏天，一个阳光明媚的星期天下午，我在临近圣莫妮卡监狱（Penal de Santa Monica）的车站下车。这是一座女

子监狱，曾经的芭蕾舞演员马里察·加里多·莱卡就被关押在这座监狱里。此时距离1992年9月12日她被捕的那个 142
夜晚已经过去了将近20年。她被捕时是27岁，现在已经46岁了。和她一起被关押在这里的有大约40名政治犯，其中还包括古斯曼的妻子埃莱娜·伊帕拉吉雷（Elena Iparraguirre）以及另外两名和古斯曼一起被捕的妇女，她们也都是光辉道路中央委员会的委员。被捕当晚，她们还曾试图在古斯曼身前围成一个保护圈。古斯曼本人则依然被关在位于城市另一边的卡亚俄港口（Callao）的海军监狱里，他被判处了终身监禁并且不得接受任何人的探视。

女子监狱四周有砖砌的围墙、带刺的铁丝网和森严的警卫塔，这一切都和它门前热闹的机动车道以及周末时在这里来来往往的穿着短裤和T恤的行人形成了鲜明的对比。我在附近的超市里买了一大桶洗发液、一大桶护发素、三支牙膏、四块肥皂，还有润肤霜和去污剂，最后还买了一个大蛋糕（*paneton*）。然后我穿过马路来到这个低矮、死气沉沉、有橄榄色外墙的监狱外，和其他来这里探监的人一起排队等候。大多数过路的行人并不知道监狱中关着的是什么人。不过倒是有很多人听说过马里察的故事，知道她就是那位因窝藏光辉道路领导人而被逮捕的芭蕾舞演员。2002年，美国演员约翰·马尔科维奇（John Malkovich）执导了一部影片，名叫《楼上的舞者》（*The Dancer Upstairs*）。这部电影是根据一本1995年出版的同名小说改编的。电影里虚构了一位实际上是游击队领导人的舞者，还有一位一心想抓住游击队领导人的警官，但是最终他爱上了舞者。警官由哈维尔·巴尔登（Javier Bardem）扮演。然而，小说的创作者尼古拉斯·莎士比亚（Nicholas Shakespeare）在创作这部小说时并不知道贝内迪克托·希门尼斯是谁，更不知道古斯曼是如何被捕的。

行动当晚，和贝内迪克托一起在办公室坐镇指挥的还有秘鲁刑侦警察总长凯廷·比达尔·埃雷拉上将（General Ketin Vidal Herrera）和美国中央情报局的一名探员。这名探员因为身材极其高大魁梧，所以被贝内迪克托的探员们昵称为“超人”。“他看上去就像［演员］克里斯托弗·里夫（Christopher Reeve）”，贝内迪克托告诉我。当贝内迪克托的探员们冲进房间发现贝塞拉正用枪指着古斯曼的时候，一名探员马上通过无线电通知他们的领导他们已经抓住了光辉道路的领导“嘟嘟脸”（*el cachetón*），这当然也是为抓捕行动而给古斯曼取的代号。

143 “我们抓到嘟嘟脸了！（*Tenemos el cachetón*！）”[21]当时无线电里传回的声音是这么说的。

贝内迪克托和其他两个人都激动地从椅子上一跃而起，互相击掌庆贺。中央情报局的探员“超人”立刻给美国总统老布什（George H. W. Bush）打了一个简短的电话进行汇报。

“他［布什］是第一个得知这一消息的人，”贝内迪克托告诉我，“他比藤森［秘鲁总统阿尔韦托·藤森（Alberto Fujimori）］，比任何人都先得知了这个消息。”

隐姓埋名地生活了十几年的古斯曼当晚就从他隐藏的别墅里被带回了贝内迪克托的总部，他们对他进行了15天的审讯——这是当时的秘鲁法律规定的上限。贝内迪克托说光辉道路的领导人一直表现得很沉着和放松。贝内迪克托的手下对他很尊敬，称呼他为博士。“我们发现如果我们把他当作教授一样对待，他会表现得更自然，而且也更愿意谈话。”事实上，古斯曼可真是个能说会道的人。贝内迪克托说，虽然光辉道路的领导人并没有交代任何成员的名字或其他可以利用的信息，但是他很愿意探讨政治、意识形态和历史的问题。他在一生中的大部分时间都要躲在房间里读书，与外界仅维持有限的接触，却领导着秘鲁历史上最大规模的游击战争，也难怪这样一个人有很多话要说。

贝内迪克托后来回忆道：

> 你必须很博学才能和他对上话。他可以滔滔不绝地讲一整天，关于西蒙·玻利瓦尔（Simón Bolívar）、关于贝多芬的第九交响曲、关于莫扎特、关于历史和［秘鲁的］武装力量，又或者关于哲学。他就是一部活的百科全书。[22]

有一次，秘鲁内务部长胡安·布里奥内斯·达维拉（Juan Briones Dávila）前来探视这位曾经的学者和如今声名狼藉的革命领导人。

“博士，”部长皱着眉头问古斯曼，“为什么要死这么多人呢？”

“你为什么会觉得惊讶呢？”古斯曼回答说，“在这个国 144
家里，每年因为饥饿死亡的儿童有多少？因为营养不良的有多少？谁才是真正的暗杀者？这些我都已经计算过了，”留着胡子的革命者强调说，“是［秘鲁］政府。”[23]

根据贝内迪克托的说法，部长只是耸耸肩，很快就离开了。（讽刺的是这位部长以及秘鲁当时的总统阿尔韦托·藤森后来也都被关进了监狱，罪名是发动政变和滥用权力。）

最让贝内迪克托感到吃惊的是古斯曼讲述的他前几次几乎就要被抓住的故事。出于健康和后勤保障的原因，自从1980年古斯曼发动了武装战争之后，他就一直居住在利马。但是在贝内迪克托的探员们发现他和他的同志们随着《希腊人佐巴》的配乐跳舞的视频之前，秘鲁没并有多少人真正见过这位革命领导者的影像。古斯曼偶尔需要出门或是到其他临近的城市去的时候，就会穿上一套讲究的三件套西装，坐在带有有色玻璃、设施齐备的轿车后座上，而他的妻子——也是革命领导层的二把手——通常会亲自作为古斯曼的司机。每当这些时候，古斯曼还会携带假的身份证件，上面说他的职业是工程师。

据古斯曼回忆说，20世纪80年代末的某一天，他的妻子开车经过利马市外的道路时不小心陷进了沟里。没过多久，一辆警车停在他们旁边，一个警官从车上下来。他走到古斯曼的车边询问情况，古斯曼的妻子镇定地向他做出了解释，而古斯曼则一直坐在后座上。最终，这个警官帮他们把车从沟里开了出来，然后挥挥手看着秘鲁最首要的两个通缉犯就这么稳稳当当地开车走了。

另一次险情也是发生在他乘车的时候，古斯曼说当时警察让他们靠边停车。因为虽然他和他妻子都准备了假身份证件，却没有准备关于他们驾驶的车辆的法律文件。警察从驾驶员一侧弯腰向里看，透过车窗看到后面坐着的西装笔挺的乘客，估摸了一下情况之后决定索要一点贿赂来作为忽略他们证件不齐的条件。古斯曼的妻子付了钱，警察于是回到了自己的车上，这两位光辉道路的领导人又一次迅速消失在了人们的视野里。

古斯曼被捕两周后，军方将他从贝内迪克托的控制下带 145
走并转移到了利马海岸边的一个叫圣洛伦索（San Lorenzo）的小岛上。虽然秘鲁宪法禁止死刑，但是秘鲁总统阿尔韦托·藤森和他秘密的情报部门负责人弗拉迪米罗·蒙特西诺斯（Vladimiro Montesinos）都想让古斯曼死，而且越快越好。藤森很快签署了一项总统令批准执行死刑，执行枪决的枪手小队都挑选好了，最终的安排也定下来了。他们的计划是将古斯曼的妻子带到他面前，然后询问她是否愿意交代她知道的一切，如果她老实交代就可以被判处终身监禁，否则就要执行枪决。而古斯曼则要先目睹自己的妻子在死亡和背叛中做出选择，然后再被执行枪决。不过，秘鲁的内阁部长会议拒绝批准这份总统令，古斯曼得以保住了性命。他和他的妻子最终都被判处了终身监禁。曾经的芭蕾舞演员马里察·加里多·莱卡和建筑师卡洛斯·因乔斯特吉则分别被判处 25 年和 22 年的有期徒刑。我来到乔里约斯区的监狱探视她的时候，马里察已经服刑 19 年了。

我在监狱二层 B 区的一间水泥探视室内等候，这里有一些水蓝色的桌椅，探视者和犯人可以在这里坐下交谈。B

区关押的大多都是光辉道路的成员，也有一些是普通的罪犯。这个区域内没有警卫巡逻。这里也是由囚犯们掌握着控制权的，但是整体的氛围很宁静，有点像女子社交俱乐部。每个人都很友善，脸上也带着笑容。

马里察来的时候穿着一条裤子和一件格子衬衫，齐肩长的黑发里已经夹杂了一缕银丝。她的眉毛也是深色的，她有绿色的眼睛和明亮的笑容。虽然她已经被关押了近 20 年，但是她还保持着舞者的苗条身材，也依然很漂亮。让她和监狱环境显得格格不入的是她的肤色。这里其他的光辉道路成员都是棕色皮肤，她们的先辈应该是西班牙人和印第安人的混血。马里察则是纯粹的白人，看起来有一些伊比利亚人的感觉。与大多数光辉道路成员不同的还有她其实出身于一个中等阶级上层家庭。

146 “我以前都是回避记者采访的”，她坐在我身旁的椅子上笑着说。我把那些洗漱用品都送给了她，她向我道了谢。马里察的装束干净整洁，她没有化妆，脸上有小小的雀斑或者是因为年龄增长而产生的色斑。“那些记者有各种各样的动机，我被展示在秘鲁的媒体上供人们取笑，他们把我描绘成‘稀有物种’，但是我不是。”马里察一边说一边摇着头。

“你来自中产阶级家庭，你是一个舞蹈演员，你当时和光辉道路的领导人住在同一栋房子里，”我对她说，“所以你真的是与众不同的，不是吗？”她想了想，然后无奈地点了点头。

我问她在她被捕之后都发生了什么。她说她被反恐警察扣押了 15 天。“他们折磨你了吗？”我问。“没有”，她说。

因为她的案件受关注度太高，所以警察们不敢对她怎样。在经过了 15 天的审讯后，她被送到了利马的军事基地。起初，军事法庭判处她终身监禁。法官和检察官当时都戴着头套。后来，恢复了文官统治之后，她的案件被重新审理，她说陪审团认定她的罪名成立，判处有期徒刑 20 年，但是检察官要求增加 5 年，而法官竟然同意了。这次被判刑后，她被转移到了普诺大区（Puno）的一座监狱里，那个地方位于秘鲁南部安第斯山脉上，海拔有 13000 英尺。

“那时很艰苦”，这个从小生活在利马海滨地区的高档社区中的女人说。普诺大区的气候又冷又干燥。她的皮肤干得裂了很多口子。而且她还是被单独关押的，没有书，没有报纸，什么都没有。她记得那时要敲碎冰面取水，洗漱都只能用这样冰冷的水。她在那里关了七年半，也就是从 27 岁到 35 岁。

2001 年，她从另一座监狱被转移到利马，关进了现在
这座乔里约斯区的监狱，这里离她从小生活的地方没有多
远。她的父亲每两周来探望她一次，他已经 84 岁了。马里
察说她最担心的是她的父母会不会在她 2017 年出狱之前去
世。她被捕之后，她的父亲曾经心脏病发作过。如果她按规 147
定的时间出狱，那么她那时也已经 52 岁了。

我问了她的成长经历。她说自己年轻时非常虔诚。她的父母一直都是主业会（Opus Dei）成员，这个社团是天主教的一个神秘分支。主业会成员一般不会公开承认自己的隶属关系。马里察说，正是从小接受的宗教教育让她意识到在自己生活的高档社区之外，还有很多贫穷和受压迫的人。我问

她现在还信教吗，她说已经不信了。

在来这里的前一周，我还去拜访过马里察住在米拉弗洛雷斯区（Miraflores）的高档住宅中的亲戚。那一家人围坐在一张巨大的实木餐桌前，桌子上堆放着各种秘鲁奶酪、新鲜面包、成熟的番石榴、樱桃、葡萄、熏制的鳟鱼、白葡萄酒和波特酒等。以马里察的出身、社会地位和接受的教育，那样的生活方式才是她这类人本该拥有的。

“她是个好奇心强、活泼开朗的小女孩，”这位60多岁的亲戚说，“对她而言，跳舞是最重要的事情。”这位女士还说，马里察16岁的时候就背着行李独自走遍了秘鲁，这在当时的中产阶级上层社会中简直闻所未闻。她21岁的时候离开了家，开始授课，还举办演出会。会上那些表演都是她精心编排的，不过，随着光辉道路运动的升级，他们的消息占满了每天的报纸头条，而马里察的舞蹈表演也越来越充满政治意味。

“比如说，她会编排一些演员像尸体一样躺在地上，”她的亲戚说，“她还在这些演员身上盖上报纸，报纸上都是关于［光辉道路］爆炸袭击和屠杀士兵的报道。她的父母也越来越为她感到担忧。”

“你相信武装革命吗？”我突然问马里察。她睁大了绿色的眼睛看着我，然后说她相信，“如果选择了对的时间和地点的话”。我们在武装革命的话题上打了一会儿太极。毕竟她还在服刑，而且她从来没有承认自己协助或支持过光辉
148 道路或其领导人阿维马埃尔·古斯曼。她的法律立场是她从不知道光辉道路的主席住在她家楼上。而贝内迪克托私下里

告诉我，住在那栋别墅楼上的人要出门必须走楼梯到一层，楼上古斯曼和他的同事居住的房间并没有单独的出口。贝内迪克托说，马里察不但协助窝藏古斯曼，而且还帮助接送光辉道路的高级别成员到古斯曼的藏身地点，这样他们就可以举行会议。贝内迪克托干脆地对我说："她绝对是古斯曼核心集团的成员。"

此时已经到了正午时分，有一位妇女给我们送来了两个塑料盘盛着的食物，盘里堆满了米饭和鸡肉。"如果你的国家正在经历内战，我不相信你能够一直骑在篱笆上观望，"马里察一边用叉子拨弄盘中的米粒，一边平静地对我说，"你不可能说句'我不知道'就完了，你必须要选边站队。"

"你的信念是基于马克思的理论吗？"我问。

马里察说马克思让一切问题都变得清楚明白了。人类的问题始于私有财产。所以私有财产制必须被取消。我告诉她我曾经和一个亚马孙地区的亚米尼华部落（Yaminahua）一起生活了一段时间，他们会攻击甚至杀死其他部落的人，只为夺取他们的财产。在我看来，人类渴求财产的本性是出现在警察军队或资本主义之前的。也许问题并不在于资本主义，而在于人类本身。

她想了一会儿才又转向我说："那样的话我们的麻烦可就大了！"我们都笑了起来。"我们能做什么呢？"她反问道，不过显然不是为了要我回答。

和马里察谈话的过程中，我看得出她心中仍有信念存在，就如切·格瓦拉曾经那样，也如无数宗教群体现在还表现出来的一样：他们都相信人类可以不断完善，可以学会团结协作。而团结又能以某种方式让一个群体支配另一个群体。我告诉她我有一些疑虑，当切·格瓦拉访问苏联的时候，苏联领导层对物质享受显而易见的追求令他感到震惊。苏联的领导人能够享有更多的物质产品，而且他们很快形成了自己的精英阶层。

149 “切·格瓦拉什么时候访问了苏联？”

“20 世纪 60 年代初期。”

“啊，难怪，那时的［苏联］已经变了。”

她问我的观点是什么，我告诉她，至今还没有人研究出如何平等地治理人类社会的方法，自从人们学会农耕以来，任何一个社会最终都表现为由一个精英阶层统治的形式，无论是以前的齐穆人（Chimu）还是印加帝国，无论是美国还是苏联。

“看看斯大林掌权后的苏联变成什么样了”，我说。

“斯大林被大大地歪曲了”，她说。

“但是他杀死了上百万的人民！”

“可是你要看他当时所处的社会环境，”她说，“比如第二次世界大战！”

“但是他和希特勒达成的协议呢？”我说，“那可是在战争开始之前。”

“我觉得人们对他的理解里有很多东西是歪曲的”，她坚定地说。

和马里察谈话给我的感觉是：她有时是个活泼开朗，再正常不过的人；有时则近乎疯狂。当她说到那些她充满激情的话题时，她会用手和胳膊的动作来表示强调，她还有一个露出下排牙齿的习惯，有点像做鬼脸；另外一些时候，她则会露出美好、恬静和放松的笑容。显然，马里察和古斯曼一样相信马克思列宁主义就是万无一失的真理。马克思关于社会演变的理论对她而言就是不可避免的法则。从曾经的主业会天主教徒，到后来的光辉道路革命者，她一直都是一名真正的信徒。我曾经读到过一些古斯曼崇拜斯大林的内容，马里察显然也是如此。古斯曼憎恨“修正主义者”——中国和苏联都毁掉了共产主义，马里察显然也有着同样的看法。像古斯曼一样，马里察相信资本主义和美国是世界上最大的问题。我告诉她俄罗斯现在是资本主义国家了，中国也存在多种性质的经济成分。她说她知道这一点，但这都是修正主义者犯的错。

“你觉得我们为什么会失败？”马里察突然问我。

“因为他们抓到了古斯曼。”

她点点头。

“这就像坐在一辆没有驾驶员的车里”，她平静地说道。 150

我跟她提起在古斯曼被捕之前，光辉道路似乎上升势头正劲，秘鲁的军队好像并不能阻止他们。

但是马里察说这并不是实情。那时他们也遇到了很多挫折。她指的是贝内迪克托的手下发现了游击队的多个藏匿地点并抓捕了很多游击队员。当时的领导层已经面临危机，马里察说正是在那个时候，光辉道路向她提出了一个重要的问题。

“他们敲响了我的家门，说他们需要帮助，”马里察转头看着我说，“于是我想，帮还是不帮？如果他们敲了你的门，”她平静地问我，“你会怎么做？”

我忍不住想到正是这个问题的答案最终给她带来了25年的牢狱之灾。

我们的谈话接近尾声，马里察陪我一起走下楼梯。到了牢房出口处，她还给了我一个拥抱并亲吻了我的脸颊。然后她转身回她的囚室去了，她在那里还要再待六年。我走出牢房区域，右转再右转，我给守卫看了之前他们用墨水写在我手臂上的数字，他们与登记簿上的信息进行核对之后才把我的护照还给我。我走出监狱的金属大门，走上明媚阳光照射之下的瓦伊拉斯大街（Avenida Huaylas）。监狱外面还有排队等候的探视者。我登上了一辆开往米拉弗洛雷斯区的公共汽车。空气很潮湿，街上的行人也很多，有的穿着去海边的衣服，有的穿着短裤，整片地区充满了生气，人们都在享受生活。我从车窗向外望，脑海中浮现出的是秘鲁历史学家内尔松·曼里克（Nelson Manrique）写过的一段话：

> 光辉道路发起的武装暴动是从殖民时代秘鲁建国开始至今已经主宰秘鲁几个世纪的扭曲的社会结构一次最清晰、最冷酷的表达。唯一的解决之道在于进行彻底的结构性变革。光辉道路把实行激进的社会改革这一刻不容缓的必行之事列为他们的首要任务。他们的失败并不意味着造成暴动的根本原因已经被消除。秘鲁危机的起因［也］没有受到根本性的打击。[24]

151 一个星期之前，贝内迪克托对我说：“贫穷、腐败、苦难和饥饿仍然存在，这些问题根本没有得到解决。只要这些问题还存在，恐怖主义就很可能还会出现。”

我又思考了一下秘鲁的现状：虽然贫困人口的比例在过去十年内从 50% 下降到 30%，但是生活在贫困之中的人群依然很庞大。

贝内迪克托说：“唯一缺乏的［引起危机再次爆发的］要素就是意识形态。”但是我想，革命的意识形态就像是打火机里的点火液，除非把它洒在人民失望的怒火上，否则它也只能蒸发得无影无踪。如果社会运转良好，人民丰衣足食，那么不管有没有马克思主义，都根本不会出现革命。

阿维马埃尔·古斯曼在贝内迪克托控制下的最后几天里，一些探员把这位光辉道路的领导人带到一个大房间里。这个房间就像是一个陈列室，探员们把他们在不计其数的突袭行动中收集到的证物都存放在这里。古斯曼静静地跟随着探员们走进房间。他没有戴手铐，只是双手交叠着背在身后，然后他开始在房间里随意浏览。一排排的金属桌面上摆满了成千上万的证物：相片、笔记本、有斧头镰刀的党旗、光辉道路俘虏画的画、描绘光辉道路发动袭击场景的陶瓷浮雕（*retables*）——浮雕上的阿维马埃尔·古斯曼握紧拳头将手臂伸向空中，脸上的表情很严肃，但是样貌比此时年轻得多。此外还有各种纪念光辉道路发展过程中各个里程碑事件的文件，它们记录了一个由几个思想家组成的小组如何发展成为几乎颠覆了秘鲁政府的隐秘的革命网络。总之，贝内迪克托的探员们无意中创造出了一个能够展现阿维马埃尔·古斯曼一生的陈列室，这里展示的是他在他权力最高峰时实现的一切成就。

“我唯一想做的事就是成为一名革命家。”没有一个孩子的古斯曼曾经这样说过。这位光辉道路的创始人和领导人此时正在一排排的展品中间慢慢穿行，他的双手像教授们习惯的那样背在身后，直到有一名探员不得不打断他说：“教授，我们该走了。”[25]

152 向外走的时候，古斯曼将双手插在了衣兜里。他的头垂得很低。一个探员仔细看了看他的脸，才发现光辉道路的领导人已经泪流满面。

从50年前被亲生母亲抛弃的那一刻起，就没有人再见过古斯曼流泪，而此时，他却在为自己失败的革命而无声地哭泣着。这场革命造成超过七万秘鲁人丧生。清楚自己的余生都要在监狱中度过的古斯曼哭着穿过了走廊，他哀悼的不仅是自己破灭的美梦和空想，更是他彻底失去的自己坚信可以实现也是应当实现的光辉灿烂的未来。

第四章　马丘比丘的“发现者” 153
海勒姆·宾厄姆的人生沉浮（秘鲁）

昨天我进行了一次绝妙的飞行。在［法国］高空……如棉絮一般的云朵中飞行是一次美好的经历。我能看到下面延绵不绝的白色云朵组成的海洋。有时阳光会穿透上层的云朵照射下去，让下层云海的上面看起来仿佛安第斯山脉中的那些雪地和山峰一样。我飞行了一个半小时。这是几个月以来我最开心的一次。[1]

——中校海勒姆·宾厄姆

(Lieutenant Colonel Hiram Bingham),

（一战）空军第三指挥中心飞行员兼指挥官，

法国，1919 年

我警告你……你要在天与地之间飞行，如果你飞得太高，太阳会烧化你的羽毛，如果你飞得太低，水汽会让翅膀变得沉重。在天与地正中间飞行……而且不要留恋繁星的美景。[2]

——代达罗斯告诫自己的儿子伊卡洛斯，

奥维德，《变形记》，公元 8 年

(Ovid, *Metamorphoses*, 8 A. D.)

154 “所以你是说，发现了马丘比丘（Machu Picchu）的海勒姆·宾厄姆教授其实是个窃贼?”乔纳（Jonah）不可置信地问道。

“说是走私者更确切”，我说。

“可是‘窃贼’和‘走私者’不是一个意思吗?”

“可能吧。我想说的是他其实并不是人们以为的那种伟大的美国英雄，或者说他是个有缺陷的美国英雄。只不过是碰巧发现了马丘比丘而已。”

“这不就是他被看作英雄的原因吗?”乔纳坚持说。

乔纳今年 25 岁，他显然不认可我所说的，还一直摇着头。宾厄姆是乔纳心中最伟大的英雄之一，我们在印加古道上徒步跋涉时，他还不忘背着一本宾厄姆的著作《印加人的失落城市》(*Lost City of the Incas*)。乔纳在他喜欢的段落下边画上线，然后在吃早饭的帐篷里读给我们听。他的未婚妻萨拉（Sarah）今年也是 25 岁。他们俩都有深色的卷发，都在斯坦福读经济学博士，也许是因为他们未来职业的关系，他们习惯在写“*i*”的时候点点儿，写“*t*”的时候只有横竖两笔交叉而省略了弯勾。每天晚上，他们把自己的靴子整齐地摆在他们所住的黄色帐篷外的雨帘下，把各自的牙刷分别放进蓝色和绿色的塑料盒中。他们对食物也很挑剔，因为他们都是素食者，我们的向导爱德华多（Eduardo）也快被他俩逼疯了。乔纳还有一个习惯，就是随身携带一个小小的黄色 GPS 定位设备，随时随地都要向大家通报我们所在位置的海拔和方向的信息。

除了向导，总共有七个人参加了这次为期四天的远足探险。一个叫亚马孙探险者的公司组织了这个徒步前往马丘比丘的活动，我们在活动前一天才集合，行程的起点在印加城镇奥扬泰坦博（Ollantaytambo）附近，终点是马丘比丘古城遗址。现在是行程的第二天，向导告诉我们，这也是行程中最累的一天，甚至有人说这是“死亡长征”——我们要长途跋涉翻过“瓦米瓦纳斯卡”（*Warmiwañusca*），这个名字在印加人的盖丘亚语中是“死女关”的意思。这个山口的海拔差不多有 14000 英尺。

我们此时都仰躺在一片草地上休息，根据乔纳精准的定位仪，我们正处于海拔 11933 英尺的位置。远处的山峰连绵至远处的地平线，有的山顶上还覆盖着冰雪。至少有一座山峰即萨尔坎泰峰（Salcantay）的海拔是在 20000 英尺以上的。我们一路沿着走来并且仍向远方延伸的就是印加古
道——一条用切割过的石头铺成的窄路，途中还有古老的桥 155
梁，当地的工程技术令人叹为观止，它绝对算得上世界一大奇迹。

不过，事实证明这段经典的 27 英里长的“印加古道”其实只是全长 26000 英里的印加道路网络中微不足道的一小段。印加人建造的道路曾经连通了从哥伦比亚南部到智利中部的整片地区——两地之间的距离将近 3000 英里。之所以现在每年都有将近 7.5 万人来到我们所在的这段印加古道上，是因为这条路的终点在马丘比丘，也就是 1911 年被耶鲁大学的历史学家海勒姆·宾厄姆发现的印加要塞，这里曾经宏伟壮观，但是后来被印加人遗弃。我抬起手看了看腕上的表，距离午饭还有两个小时。

“你知道伊卡洛斯（Icarus）的故事吗?”我问乔纳，我们仰躺在地面上，脸朝着太阳。

“什么?”

“关于伊卡洛斯的希腊神话故事。”

“那个被烧焦的孩子吗?”乔纳的未婚妻问道。

“对。他的父亲给他用蜡做了一对翅膀，并且告诉他不要飞得太靠近太阳。”

“但是他没有听从父亲的话”，乔纳的未婚妻说。

“这个故事就是宾厄姆的写照，”我说，“他太野心勃勃，为达目的不惜以身试法，最终引火烧身，他的整个事业也毁了。”

“宾厄姆就是个混蛋”，爱德华多低声说。他是这个小组之中唯一的秘鲁人，当然是在不把我们那 20 个行李搬运工算在内的前提下，否则秘鲁人和我们的比例就是 3 比 1 了。爱德华多 29 岁，是个很好的向导，英语也说得很棒，此时正和我们一样枕着背包躺在草地上。他还戴着一副面罩型太阳眼镜和一顶紫色的棒球帽，帽子正面用橘色的线绣着“库斯科”（Cusco）这个词。他将一片片古柯叶放进嘴里，贴在左脸颊内侧，这样做可以给自己提振一下精力。

“宾厄姆抢了我们的一切，他把整个国家都抢劫一空”，爱德华多说。

“可书上没提过他偷了任何东西”，乔纳说。

“那书是谁写的?”爱德华多问。

乔纳不说话了。

156 “宾厄姆！那是他自己写的”，爱德华多说。

“他是在挖掘，”乔纳反驳说，手里摆弄着他的 GPS 定位设备，因为紧张而狠狠地用手指戳着上面的按键，“他是个探险家，不是窃贼。”

“假设他偷了那些文物，那么他是怎么偷的呢？”玛格丽特（Margaret）用带着气喘的声音问了个最关键的问题。玛格丽特是英国人，她是和朋友贝丝（Beth）一起来的。两个人都是 60 出头的年纪，个子不高，腰部略显臃肿。她们两人都热衷徒步旅行，而且做过很多练习，不过都是在海平面高度的平坦的康沃尔郡（Cornwall）。她们很快就发现自己攀登 9000 英尺都困难，更别说现在的 14000 英尺了。看她还能说得出话，我也算放心了。贝丝躺在玛格丽特身边，四肢伸展着，好像已经进入了死后的僵直状态，虽然她紧贴在地面上，却让人觉得她似乎随时都可能漂浮起来似的。从我们停下休息开始，她都还没开口说过一个字。

“他为什么要偷走那些东西？”玛格丽特问，“为什么不通过合法的途径？”

“你一定得讲讲了”，乔纳也问我，不过语气略带嘲讽。

我对他们说，要理解这个问题就得回过头去看看 1913 年，海勒姆·宾厄姆还是耶鲁大学的副教授的时候，甚至是比那更早之前的事。宾厄姆的父母都是去夏威夷传教的新教传教士的子女，所以宾厄姆小时候的生活就是围绕着学校、教堂和《圣经》解读。如果做错事会被打手板，平日里也总要穿西装打领带。相较之下，他身边的本地人却都在这个天堂般的岛屿上享受轻松的时光，可以穿着短裤随意地四处闲逛。宾厄姆的家庭生活令人窒息，实际上，他在 12 岁的时候甚至买了一张船票想要离家出走。不过他的父母发现了他的计划，于是很快就把他送到了美国本土的一所预科学校学习。回到马萨诸塞州之后的宾厄姆和富有家庭的孩子们一起上学，但是宾厄姆并没有多少钱，所以他不得不在学校食堂里帮忙来挣点生活费，因此其他的学生当然都是看不起他的。后来他去耶鲁上本科的时候情况也没有什么好转，没有任何一个秘密俱乐部——比如骷髅会（Skull and Bones）之类的——愿意邀请他加入。他一直都是一个局外人，一个贫穷、干瘦、6 英尺 4 英寸高、有一对严肃刻板的传教士父母的来自夏威夷的孩子。他只能远远地观望着别人，永远走不进别人的圈子。

157 “听起来有点像［你们的总统］奥巴马，”玛格丽特说，“他也来自夏威夷对吗？他虽然不穷，但他是黑人，所以我猜他应该也经历过类似的处境吧。”

“宾厄姆和奥巴马还真是同一所高中的，”我说，“那学校就建在宾厄姆的祖父捐赠的土地上。”

“不过这些都不能证明宾厄姆是个窃贼，”乔纳反驳说，“再说，他娶了个富有的妻子。所以你说的这些都讲不通。”

乔纳说对了一部分。宾厄姆确实娶了蒂凡尼家族财富的继承人之一。他和他的妻子共有七个孩子，全部都是儿子。宾厄姆后来获得了哈佛大学拉丁美洲历史博士学位，还成为耶鲁的兼职教授。不过那个时候教授的工资都很低。虽然他的妻子能从自己的家族获得津贴来应付生活开支，但如果宾厄姆想要出去探险，他必须自己筹钱。所以他一直都是向一些富有的朋友和赞助者寻求财力支持的。宾厄姆在 30 出头的时候到南美洲进行了几次探险，之后，在他 35 岁的时候，他碰巧发现了马丘比丘。

“但是偷窃呢？那是从什么时候开始的？”玛格丽特问道。

我接着告诉他们，在发现马丘比丘三年后的一天，宾厄姆坐在自己位于康涅狄格州的家中。这是一栋位于纽黑文市的殖民风格的大房子，也是他妻子的父母为他们买下的。那天他接到了一封来自一个秘鲁“古董商”的书信，所谓“古董商”在那时候就是盗墓者的代名词，不过细想的话至今似乎也还是如此。这个古董商告诉宾厄姆，他手里有超过 300 件印加文物可出售，包括坛子、花瓶、水罐、钻了孔的头骨、骨头等各种各样的东西，其中大部分都是从印加古墓中挖掘出来的。宾厄姆知道未经许可是不能出口这些东西的，但是这个古董商告诉他自己有门路，只要给海关官员一笔贿赂就能神不知鬼不觉地把所有东西运出国。古董商的开价是几十万美元，他想知道宾厄姆会不会对此感兴趣。

“那么他到哪儿去弄这笔钱呢？”玛格丽特问。

“当然是蒂凡尼家族的财产。不过这些文物是买给耶鲁的，也就是要送到耶鲁的博物馆去。古董商问宾厄姆要不要买的就是从古墓中盗挖的印加文物。他知道宾厄姆发现了马 158
丘比丘，所以他以为宾厄姆会很有钱，而且也会对这笔交易感兴趣。”

“那他感兴趣吗？”玛格丽特问。

“他买下了所有的文物，然后非法将它们运到了耶鲁。”

“我跟你们说他就是个混蛋吧”，爱德华多说。

“那就没有人发现吗?”玛格丽特问。

“当时没有。但是过了不到三年，宾厄姆的事业就终结了，彻底完蛋了。他无法再做一名探险家或考古学家了。秘鲁基本上禁止他再进行任何研究。”

“这是他该有的下场。”玛格丽特说，然后转头去看看自己的朋友是不是还活着，她用手里的手杖捅了捅贝丝。

贝丝咕哝了一声，但是没有动。她的手臂伸展着放在身体两侧，手心朝下，好像躺在临终的床上一样。她和玛格丽特都戴着软趴趴的蓝色帽子，帽檐可以折下来，贝丝此时把帽子盖在脸上遮挡阳光。

“好啦，”这时爱德华多说，“我们该继续前进了。”

我们慢吞吞地从地上爬起来，呼吸着已经变得稀薄的氧气，然后继续拖着沉重的步伐沿着小路前进。脚下很多台阶就是从基石上直接凿成台阶形状的。还有的路段则是紧贴着一边的峭壁修的，路的另一边就是悬崖，也没有任何扶手，谁都有失足坠落的危险。

岩石的裂缝中会钻出蕨类植物。细小的溪流从石头旁边流过，湿润的石头上长出的藻类让石头看上去都变成了黑色的。我们已经走得零零散散不成队形，每个人就是一个在安第斯山脊顶端缓慢移动的小黑点，连吸入氧气都变得越来越费力。玛格丽特渐渐落在了后面，而她后面则跟着几乎进入精神紧张状态的贝丝。她们俩都走得很费力，双手各握着一支手杖，好像她们是在爬珠穆朗玛峰一样：迈步，停，迈步，停，迈步，停，迈步，休息一会儿。爱德华多陪着她们走在最后，给她们讲些打气的故事，尽职尽责地不让她们掉队。

宾厄姆的故事一直令我着迷，而且是从我几十年前第一次参观马丘比丘之后就开始了。他是怎么“发现”这个隐 159
藏在山峰之间，有云雾林遮挡，就算从下面的山谷仰望也完全看不到的城市的？他怎么知道要去哪里找？他为什么几乎是被驱逐出了秘鲁，以及他后来又怎么进入了美国参议院？宾厄姆实现了这么多成就——成为耶鲁大学的教授，发现马丘比丘，成为美军中校，当上康涅狄格州州长，还是畅销书作者、美国参议员。那么，最后他是怎么一败涂地的呢？

如乔纳提到的，1900 年，25 岁的宾厄姆娶了蒂凡尼家族财产继承人之一的阿尔弗里达·米切尔（Alfreda Mitchell）。五年后，30 岁的宾厄姆获得了历史学博士学位。又过了三年，宾厄姆第一次听到了一个将彻底改变他人生轨迹的故事。这个转折点出现在 1908 年[①]他 33 岁的时候。当时他到智利参加一个国际科学会议，返回时顺路去了秘鲁的库斯科，那里曾经是印加帝国的首都。正是在库斯科参观印加遗迹的时候，宾厄姆第一次听说了其他探险家已经寻找了至少一个世纪的隐秘的印加首都的故事。宾厄姆得知，在大约 400 年前，西班牙人占领了印加帝国，印加人只得匆忙地抛弃了他们的首都库斯科。这个叛逃的印加君主带领着大批的随行人员沿安第斯山脉的东面向山下走。最后在帝国东部原始森林覆盖着的蛮荒之地安蒂苏尤（Antisuyu）建立起了一个新的首都。印加人把这个首都叫作比尔卡班巴

① 原书为 1909 年，但与前后文矛盾，特此说明。——编者注

(Vilcabamba)。在接下来的40多年里，比尔卡班巴成了印加人为反击欧洲侵略者而发起的激烈的游击战争的指挥总部。最终，西班牙人还是发现了比尔卡班巴，他们抓住了印加的最后一个君主，用链子拴着把他拖回了库斯科，并于1572年在那里砍掉了他的脑袋。这也意味着新大陆上存在的最大的原住民国家由此彻底终结了。

在接下来的几十年，直至几个世纪之中，印加人的抗战首都渐渐被吞没在了繁茂的丛林中，它的具体位置也已经被
160 人们遗忘。可是宾厄姆越研究这个故事，越坚定地认为自己一定能成为重新找到这个地方的那个人。几个月后，在他回到耶鲁继续讲课之后，他把数不尽的时间都花在了翻查历史档案和从西班牙人的手稿中寻找线索上。他下定决心要动用自己的一切资源——他的学识、人脉和内心动力——来实现这个新目标。他坚信自己如果能发现印加人古老的首都比尔卡班巴，就一定能够作为探险家和历史学家被永久地载入史册。

1911年6月，宾厄姆重返库斯科，这一次他还带领了一支同样希望寻找到这个失落的城市的科学家队伍。这支探险队立即骑着骡子向秘鲁的圣谷进发了，很快他们就下到了乌鲁班巴山谷（Urubamba Valley）中，这条山谷最终会通往亚马孙雨林。通过雇用当地向导来帮助他们调查关于历史遗迹的传闻，宾厄姆在1911年7月24日这一天有了重大发现，此时距离他的考察行动实际开始仅仅过了两周。沿着乌鲁班巴河（Urubamba River）有一大片人迹罕至的云雾林，当时一个本地的农民带着宾厄姆爬上了林中一面陡峭的山

坡，由此可以通往两座山峰之间一条被热带植被覆盖的山脊。当他们到达山顶的时候，宾厄姆被眼前的景象惊呆了。这里有一整座被遗弃的印加古城，城里的建筑都是用完美切割的石料搭建的，有些石料足有一辆汽车大小。很多石料之间贴合得极度完美，甚至根本不用再抹石灰勾缝。宾厄姆意识到这些建筑一定就是印加的宫殿和神庙，但是印加人为什么要选择这么偏僻又难以到达的地方作为首都？在这里曾经居住的又是些什么人？虽然宾厄姆此时还没有意识到，但是他刚刚已经实现了一次百年难遇的考古发现：这片遗迹很快就将以马丘比丘的名字为全世界所知。

不过，宾厄姆此时也遇到了一些问题。首先，在这片废墟上已经有三个秘鲁农民家庭居住了，所以宾厄姆并不能真正地称自己“发现”了这个遗址。事实上，这些家庭已经清理出了一大片建筑用来种植谷物了。只有一小部分的遗迹上还有杂草蔓生，还能有一点宾厄姆所期盼的“失落的”城市的样子。其次，宾厄姆是被生活在山下的乌鲁班巴山谷的农民带到这里的，而后者之前就已经来过这里了。再次，161
当宾厄姆用放在三脚架上的巨大的柯达相机在遗迹间拍照的时候，他又发现了另一个潜在的更严重的问题。在某一个印加神庙的墙壁上，有人用木炭写下了：

利萨拉加，1902 年（LIZARRAGA，1902）[3]

难道已经有其他“探险家”发现了这个遗迹，并发表了相关文章？宾厄姆想知道的是他无意中发现的这个古城难道已经为世人所知了吗？

得知写下这个标记的人只是当地一个名叫阿古斯丁·利萨拉加（Agustín Lizarraga）的赶骡人之后，宾厄姆总算松了一口气。这个人已经在附近的山谷谷底生活了30多年，当然也不是会发表任何探险成果的人。利萨拉加是个混血，宾厄姆后来提到他时就用“混种”一词来指代。宾厄姆之所以使用这么一个在有些人看来略带侮辱性的词语来指称利萨拉加，显然就是认为人们对这个贫穷、混血的赶骡人根本不需要给予任何关注。不过，利萨拉加显然觉得这片遗迹是个值得把自己的名字用木炭写在墙上的重要地点，所以在高瘦的北美探险家来到这里九年之前，他就已经这样做了。那时他当然也没带领什么科学家探险队，或者是有什么办法联系媒体来宣告自己的发现——也许他也根本没有这样做的打算。更何况，利萨拉加在1912年宾厄姆首次来到这里之后一年就去世了。

对于第一个问题，即他只是碰巧来到了一个已经被部分清理过的遗迹的问题，他的解决办法是只发表那些在他首次到达时还未被清理的那部分遗迹的照片。最终他发表的都是那些能够体现出他最喜爱的作家拉迪亚德·吉卜林（Rudyard Kipling）创作的诗篇中描绘的浪漫追寻的照片：

有什么被隐藏起来了！去把它们找出来吧！
到群山中去搜寻——
失落的一切就在那绵延的群山背后。
失落的一切等待着你去发现。

去吧！[4]

宾厄姆对于已经有人在遗迹上生活以及有人在神庙墙壁上留 162
下名字和时间这两个问题的解决办法则要迂回得多。起初，他将所有功绩都算在了这个在他自己之前已经把名字留在马丘比丘的人身上——“阿古斯丁·利萨拉加是这个遗迹的发现者”，[5]宾厄姆在自己的探险笔记上这样写道。然而在他随后出版的著作中，宾厄姆可就没有这么大方了。在1922年出版的《印加大地》（*Inca Land*）中，宾厄姆是这样写的：“在遗迹中最宏伟的一栋建筑的外墙上有人粗鲁地用木炭潦草地做了标记，由此我们可以得知1902年一个姓利萨拉加的人曾经来过这里，他是圣米格尔桥下农田的佃户，这是当地最早的相关记录。”[6]在宾厄姆的这个版本中，利萨拉加连全名都没被提及，他成了附近农田的佃户而非所有者，而他留下的标记也是“粗鲁的”。更过分的是，1948年宾厄姆出版最后一本作品《印加人的失落城市》时，书中根本没有提及利萨拉加这个人。相反，他直接在那本书的前言中斩钉截铁地宣称“是我发现了这个城市”。[7]就这样，宾厄姆在几十年间通过“恰到好处”的编辑，“不带一点种族歧视性”地将阿古斯丁·利萨拉加的名字从历史中抹掉了。他一方面尽量淡化当地人已知遗迹存在的客观事实——因为这些最初的发现者不过是一些“混种”；另一方面则极尽所能地夸大他自己的“发现”。

不过，宾厄姆还有一个更根本的问题需要解决。在1911年7月的那一天，当他置身于高出山谷谷底2000英尺的神秘遗迹之中时，这个偏僻的印加古城的意义让他感到困惑不解。它突兀地立于山顶之上，几乎被藤蔓植物和蕨类植物覆盖。表面上它是一个被夹在两座棒状山之间的堡垒，这两座山的名字分别是“马丘比丘（Machu Picchu）和华纳比丘（Huayna Picchu）”，在盖丘亚语中的意思是“老山峰”和“小山峰”。这里和他所要寻找的失落的古城比尔卡班巴的描述似乎并不相符。除此之外，他也从没在他研究的任何西班牙编年史中见到过“马丘比丘”和“华纳比丘”这两个名字。因此，宾厄姆在这里只待了大概五个小时，而且都
163 在忙着拍照片，然后就匆匆返回山下的营地去了。在接下来的一个月里，宾厄姆继续寻找着比尔卡班巴的踪影，并且陆续发现了沿途更多的印加遗迹。不过，他后来发现的这些都不能和马丘比丘的要塞相提并论。有没有可能——仅仅是说可能——马丘比丘就是比尔卡班巴？

回到美国之后，美国国家地理学会（National Geographic Society）很快就批准资助宾厄姆再次前往秘鲁探险。[①] 作为回报，宾厄姆要为国家地理学会的杂志撰写一篇关于他的发现的文章。但是，宾厄姆还不知道这个“失落的城市”到底是什么？是他在寻找的抗战首都比尔卡班巴，还是另一个完全不同的城市？宾厄姆于是又开始重新仔细研读那些西班牙编年史，用他偶然发现的马丘比丘去和各种16世纪时人们对比尔卡班巴的描述相比对。它们是同一个地方吗？宾厄

---

① 宾厄姆在1912年前往秘鲁的探险实际上是国家地理学会资助的第一次科学探险。自那之后，该学会又资助了80000多项探险活动。

姆始终无法确定。最后他意识到只有一个办法能帮他找到答案，那就是重新回到马丘比丘，进一步研究那里的细节。只有通过进一步的探索，他才能彻底解答马丘比丘和抗战首都到底是不是同一个城市的问题，又或者说他发现的遗迹是“失落在那绵延的群山背后”的另一个新秘密。

“印加人崇拜山脉，”爱德华多告诉我们，“他们把山脉称作‘阿普’（*apus*），就是‘神明’或‘山之精灵’的意思。他们崇拜山是因为群山就是众神，对于当地的农民来说至今依然如此。”爱德华多一边踱着步，一边用手中的一根手杖指点着远处给我们看。而他带领的队伍——也就是筋疲力尽的我们——全都四仰八叉地倒在了死女关前。爱德华多把嘴里的古柯叶汁吐到了地上，一只手调整了一下头上的棒球帽，然后继续讲解。他的左侧脸颊处明显鼓出来一块，因为他的嘴里面还含着一团灰绿色的叶子，可卡因生物碱就是从这些叶子里蒸馏提炼出来的。“山脉控制着河流，控制着天气，控制着谷物的收成和牲畜的繁殖。所以人们崇拜山 164
脉，并向山脉敬献贡品。如果年景特别不好，”爱德华多一边说，一边又从一个塑料袋里拿出几片叶子放进了嘴里，“他们甚至还会把自己的孩子送到山顶献给神明。”

玛格丽特举起手，她穿着一件紫色的抓绒卫衣，戴着软塌塌的蓝色帽子。

“但是为什么？为什么一定要是孩子？”

“因为他们是最好的祭品（*El mejor sacrificio*），比美洲驼还重要，比羊驼还珍贵。人们认为这样的祭品最能取悦神明，不是吗?”

爱德华多把装有古柯叶的小袋子装回了夹克的衣兜里，然后又从另一个衣兜里掏出一个小瓶子，打开瓶盖，往地上倒了一滴皮斯科酒（*pisco*）。“敬萨尔坎泰阿普，她的侧面就是马丘比丘”，爱德华多说着朝海拔20574英尺，山顶有白雪覆盖的萨尔坎泰峰的方向点头、倒酒。然后转过身朝着下一个方向倒酒，然后再朝着下一个，再下一个。爱德华多说萨尔坎泰峰是这整片区域内最高也是最有神力的山峰。山上的冰川可以储蓄大量的淡水。1912年宾厄姆将山上的一个冰川命名为格罗夫纳冰川（Grosvenor Gracier），以此致敬国家地理学会的编辑和会长吉尔伯特·格罗夫纳（Gilbert Grosvenor）。不到一年，为了感谢宾厄姆的大礼，格罗夫纳用了一整期《国家地理》杂志（*National Geographic*）来专门报道宾厄姆在马丘比丘的发现。从那以后，没有任何一位探险家或作者享有过如此之多的版面。

“敬韦罗妮卡阿普（Apu Veronica）”，爱德华多最后向着海拔18635英尺的萨尔坎泰峰的姐妹峰方向点头并倒酒。

我们队伍中个别人跟着爱德华多一起致敬，不过大多数还是像已经被献祭了一样躺在地上一动不动，希望能够恢复一点体力。

“这是我们整个旅途中海拔最高的山口了，”爱德华多继续说道，“接近14000英尺了，对不对？但是想象一下，”他指着萨尔坎泰峰的方向说，“印加人曾经爬上海拔22000英尺以上的地方，并在那里的冰雪之中用石头修建神庙。”

165 事实上，我们谁都不能理解，怎么会有人穿着露脚面的便鞋和宽松的长袍就能爬到那么高的地方，更不用说在那里修建点儿什么了。我们这队人大都穿着加了凯夫拉纤维厚底的笨重的登山靴、尼龙裤、涤纶保暖内衣、极化太阳镜，抹着防晒霜和防晒唇膏。我们还装备有指南针和腕表。我们大都带着智能手机——这大概算是有各种不锈钢小工具的瑞士军刀的现代电子版替代物吧。现在我们自己的工具也都是电子化的，包括录音机、相机、音乐播放器和不计其数的可下载的“应用”。可是印加人是怎么爬上这么崎岖不平、空气稀薄的山峰，又是怎么把物资运到这样几乎无法到达的地方，并仅靠一些石头和青铜工具就在这里建造出一座城市的？

“印加人毫无疑问都是美丽景致的爱好者”，宾厄姆在其 1913 年为《国家地理》杂志特别版撰写的第一篇文章中这样写道。这篇文章的题目叫作《秘鲁仙境》（In the Wonderland of Peru）。“印加人的那些最重要的遗迹大多是在山顶、山脊和山肩上，从那里总能看到最美丽的风景。”[8]

“马丘比丘的建筑堪称卓越，尤其令人印象深刻的是人们在没有钢铁工具的情况下竟然能够切割如此巨大的石料，”宾厄姆还写道，“不过这些给来访者留下的印象都比不过四周无法用言语描述的美景和恢宏壮丽的气势带来的震撼。”

我们之中大多数人都会同意宾厄姆的看法，不过说实话，挣扎在稀薄的氧气和难以为继的体力中时，谁还顾得上欣赏美景呢?①

1912 年，宾厄姆发现马丘比丘一年之后，他又带领另一支科学家队伍回到了秘鲁。可是这次他又遇到了新问
166 题。1911 年 8 月，秘鲁政府颁发了总统令，规定所有考古发现的文物都归秘鲁政府所有。因此，没有秘鲁政府代表在场，任何人不得进行考古挖掘作业，更不允许将文物运往国外。非经政府许可非法出口文物的人将以走私罪论处。

不过宾厄姆已经向耶鲁大学承诺要带回大批的秘鲁文物，并已经接受了进行这一活动的资助。因此，他发现自己被置于一个进退两难的境地。既然法律禁止这样的行为，那他要怎么把文物带回国呢?

宾厄姆一到达秘鲁就马上前往首都利马，有美国国务院撑腰，他迫切地想要使秘鲁政府妥协。最后他成功了，秘鲁的新总统同意宾厄姆将他计划挖掘的文物运输回国，但是有两个非常重要的前提：一个是宾厄姆只能把 1912 年 12 月 1 日之前挖掘出的文物带回国，也就是说他现在只有一个月的时间来进行挖掘了；另一个是秘鲁政府有权要求耶鲁把宾厄姆带回去的文物在将来某一时间返还给秘鲁。宾厄姆同意了这两个前提条件并签署了文件。但是回到美国后，他一直小心地隐瞒了第二个条件。因为宾厄姆知道，耶鲁从现在开始

---

① 医学研究表明，人体要适应 10000 英尺左右的海拔变化平均需要 45 天。而我们这个队伍中基本都是些习惯于生活在海平面高度的人，所以我们的感觉就像是做了一整天高强度的有氧运动，而且我们的身体还要同时努力适应海拔的突然升高和氧气的突然减少。

不能实际“拥有”任何他可以带回去的马丘比丘文物，也不能将这些文物列入任何永久性的收藏了。显然，根据这一协议，宾厄姆带回美国的任何文物仍然是归秘鲁政府所有的，它们只是被暂时“出借”给了耶鲁而已。

最终，宾厄姆运回了 136 个木板箱，里面装满了他在 1912 年探险第一阶段中挖掘出的文物。在那段时间里，他的队伍迅速地挖掘了马丘比丘的 107 个古墓，找到了 173 具只剩骨架的遗体，以及他们相关的陪葬品，包括石器工具、陶器和青铜工具等。此外，如前面讲到的，两年之后宾厄姆又购买了 366 件秘鲁文物。这些非法出口的文物都成为耶鲁
暂借藏品的一部分。因为秘鲁政府并不知晓宾厄姆后来购买 167
文物的事，所以对所购文物并无记录，他们可能永远也要不回这些非法藏品了。

1915 年宾厄姆第三次前往秘鲁探险，然而这一次他并没有获得在马丘比丘挖掘的许可。他一到秘鲁，就向政府通报说自己只是要进行“地质考察”而不是考古挖掘。然而，秘鲁官员很快就发现宾厄姆实际上还是在挖掘遗骨和文物，并且已经将挖掘的成果打包装箱。他们立刻扣押了宾厄姆 74 个箱子中的 4 个作为他违反法律的证据。很快，库斯科的当地媒体就报道了这条新闻并都配有类似下面这样直白的标题：

> 非法盗挖马丘比丘
> 耶鲁委员会成员在掠夺我们的财富
> 太阳报（*EL SOL*）的谴责已经完全被证实[9]

宾厄姆现在遇到了真正的麻烦：他的盗挖行为已经被公之于众，所以无论是他自己的还是耶鲁的名声都处在危险中。秘鲁政府还不知道宾厄姆之前就已经走私过秘鲁的文物，也不知道他曾经把印加山顶的一个墓葬中全部的金、银、铜质太阳圣物藏在探险队随行医生的私人行李中偷运回国。如果这些事中任何一件被曝光，再加上他现在新的违法行为，那么他的名声就会被彻底毁掉。此时的宾厄姆被控制在库斯科，既不能继续挖掘也不能离开秘鲁，宾厄姆给一个朋友写信说自己忍受着“巨大的精神抑郁”[10]。可是他现在唯一能做的就只有等待秘鲁官方的决定。

几个星期后，秘鲁的官方在库斯科安排了一场审讯。被要求出庭的有宾厄姆和他的团队，以及对他们提出指控的人员。在仔细检查了宾厄姆一些木板箱中装的东西之后，官员
168 们认定宾厄姆故意实行非法盗挖，已经违反了秘鲁法律。所有物品都要被没收，宾厄姆被下令立即停止一切活动。他灰溜溜地提前终止了自己的这次探险并马上离开库斯科前往利马。当他在那里等待返回美国的轮船时，却发现自己依然无法抵挡新的诱惑：又有一个古董商想向他出售一大批秘鲁文物，这回被盗挖的对象是纳斯卡文化遗址。宾厄姆马上同意了卖家的条件，买下了全部的文物。不过，鉴于宾厄姆此时备受争议，所以古董商建议假借他人之名来运输这批货物，以免引起海关官员的注意，毕竟这样的行为实际上是违法的。

“对我来说这么做似乎很奇怪，”宾厄姆在不久之后的一封信中写道，“为什么要假借一个编造出来的名字，比如

J. P. 西蒙斯之类的来托运这批货物呢？不过我想他们觉得在当时的情况下这样做很有必要吧。问题是，如果收货人是 J. P. 西蒙斯的话，耶鲁怎么收到这批货呢？”[11]

这批盗挖来的纳斯卡文物最终成功地运到了耶鲁。宾厄姆总共花了大约 48 万美元购买了这批古代文物并将它们走私到了耶鲁的皮博迪博物馆（Peabody Museum）。1915 年 8 月 19 日，海勒姆·宾厄姆终于离开了秘鲁，比他原本的计划早了三个月。此时他 40 岁，虽然他当时还没有意识到，但是他四年前才光辉起航的考古和探险事业至此已经彻底终结了。

现在是我们在印加古道上的第三个夜晚，我们所处的位置叫“华宇帕塔马卡拉”（Phuyupatamarca），它在盖丘亚语中的意思是“云端之城”。傍晚早些时候，我们还观赏到了一次壮观的日落，云朵像一块七彩的毯子一样铺展在我们脚下，只有安第斯山脉的一座座山峰能从下面穿破云层露出顶端。不过夜晚的温度迅速下降了很多，我们都穿着外套和保暖内衣，戴着滑雪帽和手套，挤在吃饭的帐篷里等待晚餐的第一道菜——热汤。帐篷之外，用盖丘亚语对话的搬运工、厨师、营地工作人员们也都准备吃饭了。他们的工作是每天把我们的行李、露营工具等装进巨大的防水背包里搬运上山。我们行进时都只带了一些随身的轻便物品，而且还会比 169
他们早出发，可是这些只穿一双橡胶便鞋（*ojotas*），还要负重的搬运工们每天都会追上并超过我们，比我们早几个小时到达扎营地点，然后准备好营地等待我们这些筋疲力尽的外国佬。

按照乔纳的说法，我们正在海拔 11936 英尺的地方吃饭。他一直在读一篇宾厄姆在他最后一次探险归来后为《国家地理》杂志写的文章。乔纳面前点着一盏煤油灯，平稳燃烧的灯油发出嘶嘶的声响，黄色的灯光打在他被太阳晒黑的脸颊上。

“听听这个，这段是关于宾厄姆开始寻找印加古道的内容”，乔纳说。

> 在我前后四次前往秘鲁探险的经历中，最激动的时刻莫过于 1911 年 7 月 24 日来到马丘比丘，第一次看到三窗神庙和首领宫殿。要来到这里必须有印第安向导的带领，我们不仅要穿过茂密的丛林，最终还要攀爬陡峭的绝壁，说我们只能靠指甲抠着石头作为支撑一点儿也不为过。显然当初建造马丘比丘的人肯定不是走这条路前往这座城市的……后来我们发现了一条古代的小路的一部分，小路从城市通往山中，穿过了高耸的马丘比丘山峰正面的悬崖。这条路似乎是向南延伸至山区中的深谷和无法穿越的密林的。到 1915 年我荣幸地穿越了马丘比丘后面那片未经探寻过的地方，重访这片遗迹，并走了这条古道。[12]

营地人员给我们端进来一碗碗热汤，而乔纳还在继续他的话题：“所以说，发现马丘比丘四年之后，宾厄姆开始试图弄清楚印加人是怎么来到马丘比丘的。他们不是像宾厄姆最初所做的那样从谷底爬上来，因为那边没有路。所以宾厄姆开始在山脊上四处寻找印加道路。他就是在这里提到了‘休息谷’（Patallacta）的，那就是我们开始徒步旅行的起点。”

> 在瓦伊拉班巴峡谷（Huayllabamba Valley）中距离 170
> 休息谷不远的地方，我们发现了一条通往山谷之外，朝着马丘比丘方向延伸的印加古道。出于敏锐的预感和强烈的好奇心，1915 年 4 月，哈迪先生（Mr. Hardy）和我带领着一队奥扬泰坦博的印第安行李搬运工开始沿着这条小路探寻它将带我们通往何处。[13]

“所以他和我们一样也雇用了搬运工，”玛格丽特抱着一大碗奶油蘑菇汤问道，而她的朋友贝丝因为太累已经回她们的帐篷睡觉去了。

“他不仅有搬运工，还有骡子”，我补充道。

“所以宾厄姆是第一个走上印加古道的外国人，是他发现了这条路，还描述了路两边的遗迹，”乔纳说，“天啊，要是那时我也跟他在一起该多好！”

第二天下午临近傍晚的时候，我们走下了最后一条山脊线，来到了海拔大约 8000 英尺的太阳门，这就是过去印加人进入马丘比丘时走的正门。门洞是用石头建造的，还有石头台阶可以爬上去，透过矩形的门洞我们可以看到一点要塞内部的景象，虽然这里总是云雾缭绕，但还是可以看到下面山谷和远处山峦的壮观景色。

爱德华多领着乔纳来到大门之前就停住了脚步，用眼罩蒙住乔纳的眼睛之后才继续带他走到门洞正中的一个位置，让他面向下面的要塞站定。然后爱德华多戏剧化地摘掉了他的眼罩，将一座被傍晚阳光雕琢出壮美轮廓的神圣古城突然呈现在乔纳的眼前。

“天呐，”乔纳一边摇头一边说，“难以置信。”

之后爱德华多又为玛格丽特举行了同样的仪式。她穿着牛仔裤和紫色抓绒上衣，戴着蓝色的帽子和眼罩。玛格丽特满怀期待地等着爱德华多摘掉她的眼罩，然后站在那里第一次欣赏城市的美景。过了一会儿，有眼泪划过了玛格丽特的脸颊，之后轮到贝丝的时候，贝丝也哭了。不过我并不知道这两位英国女士究竟是为这铺展在她们眼前的奇迹般的古迹美景所震撼而落泪，还是庆幸自己居然能坚持走到这里才忍不住哭泣的。

171 “天啊，我的天啊。”这是贝丝此时唯一能说出的词语。

进入大门之后，我们开始在遗迹中随意闲逛。每年至少有 100 万人来这里参观，其中大多数人都是乘坐火车到下面的山谷，然后坐汽车来到山上的古城遗迹。走在城中，我忍不住想起将近 100 年之前在这里宿营的宾厄姆，那时的他对自己的未来有很高的期望。海勒姆·宾厄姆最终声称马丘比丘就是失落的印加首都比尔卡班巴，还说这个城市是印加帝国建立的第一个城市。不过最终这两个观点都被证明是错误的。另一位美国探险家吉恩·萨沃伊（Gene Savoy）于 1964 年最终确认比尔卡班巴的实际位置是在 400 多英尺以下的丛林更深处，距离这里大概还有 100 英里远。而且，马丘比丘当然也不是印加帝国的第一座城市，这里实际上是印加历史上最伟大的君王之一——帕查库提（Pachacutec）的一座行宫。他是在 1450 ~ 1470 年占领这一区域之后才开始修建马丘比丘这个城市的，为的是纪念自己征服了这片领地。

印加帝国是一个受神权统治的国家，也就是说他们的君主既是世俗的统治者又是神明，因此也就不难理解为什么马丘比丘中 30% 的建筑都具有某些宗教功能了。此外，从这座要塞可以眺望远处众多神圣的山峰，神圣的乌鲁班巴河几乎就是围绕在山脚下流淌的。这里的一些神庙有特殊的构造，能用照射进来的阳光标记出夏至和冬至的到来；另外一些神庙的窗户上则画着星星运行的轨迹，比如昴星团和南十字星座。因此，印加的建筑总是融合了神圣与世俗的设计——既要满足君主赞颂自己胜利的愿望，又要表达对充满于他们四周的各种神明和精灵们的崇拜。因为印加人相信，不崇敬神，就不会有生命，更不会有帝国。

1915 年宾厄姆仓促离开秘鲁之后的人生像极了希腊神话中的一个悲剧。故事的主人公虽然是一个英勇无畏的英雄，但是由于性格中存在致命的缺陷，最终还是一败涂地。在 1917 年，宾厄姆从马丘比丘返回两年之后，宾厄姆学会了开飞机，并入伍成为一名军人。一战中他在法国的飞行指导学校做了一名指挥官，随后又很快晋升为中校。1922 172
年宾厄姆作为共和党候选人参加竞选并最终当选为康涅狄格州州长。1924 ~ 1933 年，宾厄姆还一直担任参议员。不过，就在 1929 年股票市场崩溃的那一周，宾厄姆这一连串新的成就又一次摔了个粉碎。另一位参议员指控宾厄姆秘密地将一个制造业的院外活动集团成员列入了国会的工作人员范围并向其支付酬劳，这是一种明显的违反议会规定的行为。后来人们还发现，宾厄姆甚至曾经安排这个说客作为一位无伤大雅的“顾问”去参加关税协商会议。尽管宾厄姆否认自己有任何违规行为，但是最终他不得不承认“我为利用这位关税专家的专业技能而选择的方式是有过失的”。参议院也认定宾厄姆有错，并于 1929 年正式谴责其行为“不符合良好的道德和参议员的职业规范”。宾厄姆因此也成为美国 200 多年历史上仅有的被公开谴责的九位参议员之一。

参议员的这次行为很快就被证明是对他职业生涯的致命一击。三年后，宾厄姆竞选连任失败，年仅 57 岁就退出了政坛。18 年前，他也是受困于类似的争议而离开秘鲁的；而此时，再一次的道德判断失误又终结了他的第二个职业生涯。宾厄姆此后再也没有当选过任何政治职务或进行任何探险和挖掘行动。1937 年他的妻子向他提出了离婚，称其“冷漠无情”“颐指气使”，并且长期维持着与一位前国会议员妻子的婚外情。当时宾厄姆 62 岁，离婚后，他很快就和自己的情妇结婚了。

不过，海勒姆·宾厄姆退休之后又写了一本回顾他几十年前发现马丘比丘并在那里进行挖掘的经历的著作。起初，宾厄姆同意与一名年轻的哈佛考古学家及印加问题专家菲利普·安斯沃斯·米恩斯（Philip Ainsworth Means）共同撰写这本书。不过，当米恩斯将最终的成稿交给宾厄姆之后，宾厄姆却拖了好几年不肯出版。最终宾厄姆只保留了米恩斯创作的框架，重写了其中大部分的内容。这本《印加人的要塞马丘比丘》（*Machu Picchu, A Citadel of the Incas*）最终于1938年出版，而宾厄姆既没有在书名页上加入米恩斯的名字，也没有在书中对他有任何提及。宾厄姆在1948年出版了他的最后一本著作《印加人的失落城市》。在这本书中，曾经的探险家和前任参议员如前面说到的那样，把发现马丘比丘的功劳全揽到了自己身上。 173

> 当人们说“哥伦布发现了新大陆”时，人们对“发现”这个词是有着一种确切的理解的，所以我认为，这个理解也完全可以适用在“我发现了马丘比丘”中，这样说是合情合理的。毫无疑问，古代的北欧人或法国渔民在哥伦布穿越大西洋之前很早就到过北美洲。但是哥伦布才是让文明世界了解美洲的存在的人。同理，我“发现”了马丘比丘——在我到达这里并就此做出报道之前，无论是秘鲁的地理、历史学会，还是秘鲁政府对这里都毫不知情。[只有]极少数的印第安人和混种到过那里。[14]

宾厄姆的逻辑本质上是说得通的——他是第一个让全世界知道马丘比丘的存在的人。然而，他也确保了“印第安人”和“混种”不能分享“发现”马丘比丘带来的关注和声望，甚至是某个哈佛的合著者也不行。

海勒姆·宾厄姆在1948年最后又去了一次秘鲁，当时他 73 岁[①]。他此行是为了出席海勒姆·宾厄姆高速公路的落成典礼。这条螺丝锥形状的高速路连通了古城遗址和乌鲁班巴山谷，现在的游客们乘坐的公共汽车走的还是这条路。仍然清瘦但是头发已经斑白的前探险家海勒姆·宾厄姆还见证了纪念他的铜匾的安装仪式，这块铜匾至今还在，上面写的是：

库斯科感谢海勒姆·宾厄姆

——于 1911 年从科学意义上发现马丘比丘的人

1948 年 12 月

如同下令建造马丘比丘的那个印加君主一样，海勒姆·宾厄姆也实现了某种意义上的永垂不朽。当他还是夏威夷岛上的
174 一个小男孩时，他一定想不到将来他会在遥远的秘鲁云雾林中的山峰之间留下自己的印记。

海勒姆·宾厄姆 1956 年去世，享年 81 岁，他被安葬在阿灵顿国家公墓。然而，他获得的大部分马丘比丘文物——无论是通过合法途径还是非法途径——从运回美国后就一直裹着 1911 年、1912 年、1914 年和 1915 年的秘鲁报纸躺在木头箱子中，在耶鲁一放就是 70 年。早在 1918 年，秘鲁驻华盛顿的外交官就向耶鲁提出了依照 1912 年协议返还宾厄姆运回的物品的要求，但耶鲁一直拖延。到 1920 年，秘鲁驻美国的领事又一次提出返还文物的要求，耶鲁最终返还了

① 原为 74 岁，但根据上下文推算应为 73 岁，特此说明。——编者注

47 箱，然而这不过是宾厄姆运回来的几百个箱子中的一小部分，而且耶鲁交出的这些箱子里面存放的大多都是有多个类似样本的文物中的一件。

到 1952 年，后来的阿根廷革命家切·格瓦拉骑摩托车穿越南美洲时来到了马丘比丘，他发现：

> 遗址上干净得连灌木都没有……研究、描述得很到位，所有物品被洗劫一空，全都落入了研究者之手，他们欢天喜地地带着 200 多个箱子回国了，里面装着的都是无价的古代文物……宾厄姆不是罪犯……美国人也没有负罪感……但是我们要如何欣赏或研究我们自己土地上的城市？答案很明显：去北美洲的博物馆。[15]

2008 年，在经过了将近一个世纪的“出借”之后，秘鲁政府将耶鲁大学告上了法庭，要求耶鲁大学归还海勒姆·宾厄姆带走的马丘比丘文物。和耶鲁的官司一直打到了 2010 年，秘鲁不得不使出了要单独起诉耶鲁大学校长理查德·莱文（Richard Levin）的撒手锏，这样的结果意味着美国最知名的高等学府的校长有可能成为国际罪犯并可能面临逮捕。做出这个威胁之后的几星期内，又或者应该说是在拖延了一个
世纪之后，耶鲁同意将 1912～1915 年获得的马丘比丘文物 175
归还给秘鲁，这一争议也终于画上了句号。同时，耶鲁还承诺，到 2011 年 7 月发现马丘比丘百年纪念之前将归还部分物品。到 2012 年，最后一批宾厄姆带走的文物也被低调地还给了秘鲁。

今天，在宾厄姆当年攀爬过的山脚下，建立了一家不大的博物馆，里面收藏着马丘比丘的文物。这里有超过 250 件展品，大多是由过去几十年中在这一地区工作的考古学家们发现的，毕竟在这一区域内仍然零散分布着许多宏伟的印加古迹。虽然宾厄姆挖掘出的超过 5000 批文物（包括 40000 多件单品）最后都被返还给了秘鲁，但是宾厄姆后来走私的印加文物和纳斯卡文物因为没有记录而从未被追索过。就像摆放在伦敦的希腊埃尔金大理石石雕或者是展示在卢浮宫里的被拿破仑抢走的埃及古董一样，宾厄姆走私的那些文物至今仍然被收藏在耶鲁大学的皮博迪博物馆中。

在秘鲁有超过 10 万个考古现场，其中只有 10% 进行了挖掘。因为当人们发现一个新的遗址时，很可能也会发现这里已经被寻宝人和职业盗墓者洗劫一空了。2007 年，美国海关官员向秘鲁政府送还了 412 件走私文物，价值高达几百万美元。这批文物是从一个居住在迈阿密的意大利古董窃贼手中缴获的，包括银质面具、记录秘鲁结绳语的绳索、金质首饰和古老的裹尸布等。这次缴获是两国自 1997 年签订协议，共同防止从秘鲁盗窃前哥伦布时期艺术品的犯罪之后，美国方面缴获数量最大的一次行动。然而在全世界范围内，有组织地掠夺古文物仍然是一个交易额以十亿计的行业。

海勒姆·宾厄姆的遗体还埋在阿灵顿国家公墓，他发现的那些原本埋在马丘比丘的遗骨和陪葬品在往返 8000 英里到北美绕行了一圈之后，终于也回到了自己的故乡。它们现在被安放在库斯科的卡萨孔查博物馆（Casa Concha Museum）里，这里曾经是一座印加人的宫殿，而 50 英里之外云雾缭绕下的它们本来的埋葬地上空，还有秃鹫在那里盘旋。

1943 年，也就是宾厄姆去世大约 13 年之前，智利著名 176
诗人巴勃罗·聂鲁达（Pablo Neruda）来到了马丘比丘。受到这里的灵感启发，后来他创作了一首诗。在其中的一个小节里，聂鲁达概括了很久以前那些来到这个神圣的印加要塞并意外地长眠于此的印第安人的经历，他们大概永远不会想到自己的遗骨有一天会经历这样一场奇异的远游：

像锋利的铁刃终结了我的生命，将我埋葬在这片农田和石头之下，

最后的脚步走向宇宙的虚无……

死亡啊！就像宽阔无垠的大海，你不是一浪接一浪地来

而是仿佛疾驰的夜的清澈，

或是吞噬一切的黑暗。[16]

177 # 第五章　冰冻的处女、火山和印加人（秘鲁）

这些［被带到山顶献给神明的］孩子们是从各地征集而来的，他们要按照一男一女的搭配，穿上最好的衣服……用轿子抬上山。[1]

——胡安·德·贝坦索斯（Juan de Betanzos），1551 年

被当作祭品的女子都是……处女……从来没有走出过玛玛科纳女祭司修道院的围墙。她们［在被献给神明之前］不得有一点点瑕疵，甚至全身上下不能有一颗痣。[2]

人类的本性不允许他们杀死自己的孩子……除非他们真的相信这样做会有所回报，或是真的相信自己的孩子是被送到了什么更美好的地方。[3]

——贝尔纳韦·科沃（Bernabé Cobo），1653 年

*

178 十岁的胡安妮塔紧紧地跟在妈妈身后，此时距离她短暂

人生的终结还有仅仅四年的时间。[①] 母女二人走在库斯科城内的街道上，两边是用完美切割的石料垒砌的墙壁。铺着石板的街道中央有一条水渠，附近神圣的山峰上融化的雪水汇聚在其中流进城里，清澈的溪水冰冷刺骨，不一会儿就会让浸在水中的双手冻得发青。来往的行人们从这对母女身边经过，男士们穿的是便鞋和鲜艳的羊驼毛外套（*unqo*），女士们则和胡安妮塔的妈妈一样穿着同样鲜艳的外套和斗篷。胡安妮塔喜欢一边观察那些来到首都的访客们，一边猜想他们来自什么地方。她妈妈只要看看游客身上服装的颜色和花纹就能判断他们生活在帝国的哪个部分：有从北方新近被征服的地方来的贵族；也有从比南边的的的喀喀湖更远的地方来的人；还有一些则是本地的哈南贵族（*hanan*），胡安妮塔的妈妈就属于这个群体。在右手边前面一些的地方，有两名勇士守卫在一扇梯形的大门之前。门边有光滑的切割石料镶边，大门所在的这面沿街的高墙向着两侧延伸，似乎没有尽头。疆域跨度有 2500 英里的印加帝国此时才新建立不久，库斯科是这个帝国的首都。当胡安妮塔和她妈妈在首都的街道上穿行时，她还不知道自己的身份很快就要从一个“平凡的女孩”（*p'asña*）转变为“人类祭品”（*aclla capacocha*）了。在短短几年之后，胡安妮塔就要被送上海拔 20700 英尺、能够俯瞰宏伟的安第斯山脉的火山，并在那里作为祭品被献给神明。

---

① “胡安妮塔”生活在 15 世纪晚期，关于她的故事是根据历史学、人种志、法医学和考古学证据想象和重建的。

“妈妈，处女院（*acclawasi*）里的那些人是干什么的？”经过梯形大门门口的守卫时胡安妮塔问道。她说的是盖丘亚语，也是印加帝国人们的通用语。

“别说话，快点走，孩子。”胡安妮塔的妈妈低声说道，似乎又加快了些脚步。可是胡安妮塔觉得如果能够进到处女院里一探究竟，自己愿意付出任何代价。那扇紧闭的大门后，女祭司和受她们管理的几百个“被选中的女人”（*aclla*
179 *cuna*）在那个封闭的环境中过着谜一样的生活。未经允许，任何人都不能进入处女院：如果有男人被发现私自进入那里，就会立即被处以死刑。

前面不远处，胡安妮塔看到一群卢卡纳人（*Rucana*）稳稳地抬着一顶轿子，轿子上面有一位印加贵族坐在一个木质矮凳上，他的头顶上撑着一个华丽的顶篷，顶篷的布料上编织着雨林中最鲜艳的鹦鹉羽毛。男人的耳垂因为戴着巨大的金质耳饰而被拉长了，这体现了他的贵族身份，此外他的手臂上也带着金质的护身符。胡安妮塔忍不住盯着一直看，先是看他染色和缝制都精美无比的服装，然后是他的脸。随着队伍的行进，胡安妮塔发现轿子上的男人转头看着她，她觉得自己的脸一定红了，在她垂下目光之前，她看见那个贵族指着她对自己的侍从说了什么。胡安妮塔和她的妈妈加快了脚步，但是她转过头回望的时候看到那个侍从已经向她们跑来。他直接跑过了胡安妮塔，抓住了她妈妈的围巾让她停下。他对她说了些什么，胡安妮塔并没有听懂。她只是看到了自己的母亲低垂着眼光，脸上似乎瞬间失去了血色。她的母亲静静地听着，庄重地点点头，然后扭头看向胡安妮塔。

无论是山中冰冷的空气，还是刚刚下过的雨带来的潮湿，都不如此刻她妈妈眼中的忧郁神情更让胡安妮塔感到一阵刺骨的寒意。只是这一眼，胡安妮塔知道自己和妈妈的人生将永远不能像从前一样了。

*

阿比·弗兰克蒙特（Abby Franquemont）五岁时，她和妹妹及父母在秘鲁染上了严重的肝炎。当时是 1977 年，这个美国家庭来到秘鲁才刚刚四个月。他们住在一个叫钦切罗（Chinchero）的农村小镇里，从那儿到库斯科的距离大约是 25 英里，而且只有一条土路可走。一家人患病后，阿比的父母决定全家搬到印加帝国曾经的首都去，因为那里看病比较方便。问题在于夫妻二人都是研究人类学的自由职业者， 180
一时找不到什么工作，现在他们手里就只剩下约合几美元的秘鲁索尔（*soles*）了。

阿比的父母都是 20 世纪 60 年代成年的人，此时也就二十七八岁。她的妈妈克丽丝（Chris）毕业于拉德克利夫学院（Radcliffe），她的爸爸埃德（Ed）毕业于哈佛大学。后来他们住到了一个农场中的共居团体里，阿比就出生在这个农场上。当农场的老主人去世后，他的继承者不想再提供共居服务了。阿比的父母于是带着阿比搬到了位于新罕布什尔的一小片土地上，这块地是克丽丝从母亲那里继承的。他们原本的打算是在这里建造一座小木屋。阿比的父亲身强力壮，留着大胡子，上大学的时候还练过摔跤。他是个天生的领导者，而且心灵手巧，做事果决，坚信只要肯做，没有什么是不能实现的。

阿比的妈妈克丽丝·弗兰克蒙特 16 岁就上了大学，20 岁的时候以优异成绩毕业。她有一头棕色的头发，苗条又漂亮。她和埃德是在秘鲁海岸上的安孔（Ancón）参加一次考古挖掘时认识的。他们一起滤筛砂石，一起找到遗骨和 2000 多年前的织物碎片，渐渐地也坠入了爱河。阿比的妈妈梦想成为一名专业的人种学者，梦想移居国外去研究不同的文化。她的爸爸则着迷于古老的纺织技术，甚至还开始学习如何织布。几年后，他们结了婚，有了孩子，阿比的父母意识到冬天来临之前这座在新罕布什尔的小木屋不可能修好了。于是他们做出了一个重大的决定：一家人把所有的财物装进行李箱，买了四张往返机票，登上了去秘鲁的飞机。埃德和克丽丝，五岁的阿比和她两岁的妹妹就这样一起来到了库斯科。那时他们手里就只剩下 200 美元了。

一家人很快前往了位于海拔 12400 英尺的草原（*pampa*）上的钦切罗。这个平静的村庄里有刷成白色的土坯房，房顶上都铺着红瓦，村庄附近还有零散分布的印加遗迹。虽然这里距库斯科只有几十英里远，但是因为只能坐牛车前往，所以还是要花三个小时才能到达。围绕在四周的陡
181 峭山坡上种着土豆，还放牧着绵羊和羊驼，钦切罗出名的原因是这里盛产精美的传统纺织物。

“我们来到钦切罗是因为这里活跃着各个年龄的纺织者，”埃德和克丽丝后来写道，“但是我们当时最主要的目标……是探寻钦切罗的妇女们编织出的复杂花纹代表的‘含义’。”[4] 这两个自由职业人类学家希望能够通过研究这些织物并撰写相关的文章来维持生计。

一对外国夫妇带着两个金发碧眼的幼女和奇怪的目的定居于此的消息很快在人群中传开，镇上的委员会还为此举行了会议。经过仔细的讨论之后，委员会批准了这一家人在此居住的请求，并安排他们加入了钦切罗全部13个氏族公社之一的库伯埃鲁（*cuper ayllu*）。埃鲁（*Ayllus*）是古时安第斯山脉地区人们的一种生存策略，人们把大群体分成以家族成员为主的小组。这些由亲缘关系紧密团结起来的小组既是一种劳动力组织形式，又是人们的社会关系网络。在遇到霜冻、干旱、地震或其他灾难时，成员之间就可以互相帮助，尽量减少天灾带来的影响。有时一个埃鲁也会许可与他们没有亲属关系的成员加入。阿比一家加入库伯埃鲁就是这样一个特例。①

来到这里四个月后，阿比和她的爸爸都患上了重病，他们很快就怀疑自己可能得了肝炎。当阿比的妹妹和妈妈也被感染之后，一家人决定坐牛车到库斯科去治病。他们当时住在一个美国考古系学生租住的房子里，因为这个学生去进行实地作业了，所以房子刚好没人住。阿比的父母本来以为他们撰写的一篇文章的稿酬支票此时应该已经寄到了库斯科，可是他们到了那里才发现支票并没有到，而此时他们身上已

① 和很多其他人类组织一样，埃鲁之间也是有竞争性的。因此在钦切罗的这些埃鲁都会给别的埃鲁取一些有贬低性质的代称。镇上最大的三个埃鲁是亚纳科纳（Yanacona）、库伯和阿伊鲁帕克（Ayllupunqu）。别的埃鲁提到亚纳科纳埃鲁时的代称是“黑无赖”（Yana Qhuna）；库伯埃鲁的代称是“穷鬼或孤儿”（Woqcha Cuper）；阿伊鲁帕克埃鲁的代称是“无足轻重的人”（Kullu Papa Suqsuq），字面的意思是说他们种出来的土豆特别小，甚至能整个吞下去。

经只剩一点点零钱了。

182 “我那时已经病得很重了，”阿比回忆说，她现在已经44岁了，住在俄亥俄州，“我还记得当时自己一觉醒来，觉得屋子里很冷，我的爸爸病得很重，我的妈妈和妹妹也开始有了患病的症状。”[5]

到达库斯科几天后，阿比和她的爸爸出门找吃的。他们手里只剩5索尔了，相当于1美元多点儿。

“我们所剩的全部财产就是5索尔了，我记得爸爸不得不决定我们要买些什么，”阿比说，“要么买汤粉，我们可以在轻便电炉上加热；要么就买面包，因为我们只买得起一样。最后爸爸说‘好吧，我想我们还是买汤粉吧，因为我们一家人都病了，汤粉能吃久一点’。”

最后，阿比的爸爸买了汤粉，两个人走回了他们的房间。阿比记得自己看着爸爸把汤粉倒进装满了几乎结冰的冷水的汤锅里，然后把汤锅放在电炉上。几乎就在那一刹那，库斯科停电了。

“停电一直持续了一整天，”阿比说，“我记得自己当时在屋里乱跑，大叫着：‘我饿了！我饿了！为什么还不吃饭!?’我还记得爸爸当时坐在那里双手抱着头说：‘你知道吗，当你独自一人无忧无虑的时候，过一种嬉皮士的生活没什么。可是当你有家人要养活的时候，就完全是另一回事了。’”

阿比说后来她和爸爸出门散步，因为他需要一点时间思考一下接下来该怎么办。他们此时已经真正的身无分文了——连一个秘鲁索尔都不剩了。然后，就在他们穿过马路的时候，阿比看到排水沟边上有个什么揉皱的东西。她走过去捡起来一看，竟然是一张面值 10 索尔的纸币。

“我当时陷入了狂喜，”阿比回想说，“这些钱够我们去市场买吃的了。”

20 世纪 70 年代的库斯科中央市场和它现在的样子并没有多大区别：就是一个巨大的洞穴一样的建筑，里面满是讲盖丘亚语，戴着圆顶帽，穿着长及脚踝的裙子（*polleras*）的妇女。市场里有很多小摊位。卖货的妇女们面前堆着成堆的 183
土豆、大蕉、秋葵（*ocra*）、南瓜、蛋黄果（*lúcuma*）、木瓜、洋葱等各种蔬菜和水果。在另一个出售食品的区域里，妇女们则支起了桌椅板凳和冒着热气的汤锅。

拿着一张 10 索尔的钞票进入市场的阿比和她爸爸当时可以说得上是形容枯槁了，他们的肝炎才刚刚有点好转，但是两个人都瘦了好多。

“我们遇到一位卖食物的女士，”阿比回忆说，“她看了看我们，坚持让我和爸爸坐下来吃饭。她给我们盛了好多吃的，然后又装了一大袋子食物让我们带回家给妈妈和妹妹。而且没要一分钱。秘鲁人民一直就是这样——他们天生就是这么慷慨大方，绝不会对挨饿的人视而不见。所以最后我们用捡到的钱买了药而不是食物。”

弗兰克蒙特一家最终战胜了疾病，重新回到了钦切罗。阿比和她的妹妹开始学习西班牙语，全家人也都开始学习镇上人们日常使用的盖丘亚语。

“我记得我是有意识地在学习西班牙语，”阿比说，“至于盖丘亚语，则完全是因为浸入那样的环境而学会的。”

阿比提到有一天晚上她突然醒来，听到外面田地间有一群刚刚参加聚会归来的男人们正从她家小小的土坯房前经过。他们显然是喝了酒，一边走一边用盖丘亚语大声地交谈着。

“我记得当时自己被他们吵醒了，我也记得自己突然之间意识到他们说的每一句话我都能听懂，”阿比说，“对于孩子来说，语言就是这样慢慢浸入你的大脑的，然后突然之间——砰！你已经学会了。”

在钦切罗，镇上的人每到星期天就会开办大集，现在也还是这样。集市在广场上举行，所谓广场就是一面有不规则
184 四边形壁龛的印加城墙和对面一排土坯房之间的空地。每到集市当天，妇女们会穿着颜色艳丽的手工缝制的上衣（*aymillas*）、合身的短外套（*juyunas*）和长裙，戴着宽边帽子（*monteras*）。她们排成一排在地上铺一块蓝色的塑料布或是毯子，然后把她们打算出售或是以物易物的手工织物堆在上面。镇子上有一座16世纪在古老的印加宫殿上建造起来的教堂，过了教堂有一片沿山而建的梯田。镇子北边是圣谷，再远一些的地方耸立着侵蚀严重、常年积雪的比尔卡班巴山脉。

20世纪70年代末，当弗兰克蒙特一家来到钦切罗时，集市上最主要的交易方式还是以物易物。农民用谷物换土豆，制陶匠用陶瓷品换羊驼毛，草原高地上的牧民用肉干换丛林中的古柯叶，等等。虽然这里与库斯科之间的道路并不通畅，但偶尔也会有游客来到这里的集市上用钞票购买妇女们的纺织品。织工们会用钞票去买那些不容易通过以物易物

得到的商品，比如药品，或是给在当地上学的孩子购买书籍、钢笔和铅笔等。

对于五岁的阿比来说，这些集市就如《爱丽丝梦游仙境》中的场景变为现实一样神奇：有成堆的辛辣草药、果蔬和肉类；有从临近镇子里赶来的穿着他们特有的手工编织服饰的人，这些人一般也都讲西班牙语或盖丘亚语；此外还有随处溜达的绵羊和山羊，以及待出售的活豚鼠；等等。

> 我还小的时候就看过父母在秘鲁拍摄的照片，也听过他们所有的故事，所以我一直迫不及待地想要到那里去，我觉得那里听起来就像一个童话世界。所以当我们真正来到这里的时候，我兴奋得不得了。那里看起来是个很棒的地方，那里的人也特别好……而且我是很有用处的，我没花多长时间就学会了他们的语言，我也有事做，我对我的家人、我的同龄人和我们的群体都是有价值的——我热爱那里。实际上，我并不想回美国。[6]

与此同时，埃德和克丽丝也没有浪费任何时间，他们开始学习当地的纺织技法，蕴含于其中的复杂和美妙让他们深深着迷。来到钦切罗不久之后，埃德就开始向镇上的织工们打听 185
谁愿意教授他纺织。当时的织工全都是妇女，而且她们大多数人觉得埃德的要求很可笑——谁都知道织工们从很小就要开始练习纺织。女孩们（也有不少男孩）通常在 5 ~ 6 岁的时候就要学习如何用羊驼毛或羊毛纺线。到 10 岁就开始学习用简易的背带式织布机纺织窄布条（*hakimas*）。到 14 岁，女孩们就要开始纺织有复杂花纹的腰带（*chumpis*）了。到18岁，也是通常的适婚年龄，年轻的姑娘们就已经完全掌握了纺织大毯子（盖丘亚语中称之为“*llicllas*”或“*q'ipirinas*”[①]）和庞乔斗篷等其他复杂的纺织品了。而现在，这个留着大胡子，已经27岁，最多也就只有一点点纺织基本功的外国人竟然想要学习纺织！当地的妇女们听了都要忍不住笑出声的。

后来一个星期天的早上，埃德在广场上看到一个十几岁的年轻姑娘在售卖纺织品，他停下看了看，结果立刻就被这些织物的优良品质吸引了。坐在旁边的姑娘戴着当地妇女最喜爱的典型的黑、白、红三色相间的宽边帽子。埃德还看到女孩正在熟练地用背带式织布机纺织一小块简单的布料，不过还没有完工。

“我想买你手上的那块布料”，埃德告诉她。女孩抬起头看着他，没有听懂他的意思。

“我可以自己把它织完”，埃德说。

女孩笑了笑，耸耸肩，最后把尚未完工的布料卖给了埃德。她目送着奇怪的外国佬走远，不解地摇摇头。

一个星期之后，埃德回到了集市上。过去一周的前一半时间里，他一直在仔细研究这个还带着各色线轴的半成品，最后他终于弄明白了要如何织完这块布。现在他想要找到那个卖给他这半块布料的女孩，好向她展示一下自己的成果。

---

① “llicllas”或“q'ipirinas”就是一种长方形的布料，可以有很多用途，如毯子、斗篷、披肩，还可以系成布兜作为手提或背负幼儿时的工具等。——译者注

埃德并不知道那个女孩的名字，也没能找到她。所以他四处询问着，向其他妇女们描述女孩的样貌，还给她们看了自己买的那块布料。

“哦，那是尼尔达·卡拉纳帕（Nilda Callañaupa）”，最 186
后终于有一名妇女告诉他，还跟他说了那个女孩住在某条街上的哪栋房子里，房子的大门是什么颜色。

十分钟后，埃德敲响了那扇大门，开门的正是尼尔达。

“我把那半块布织好了，”埃德说，“你愿意再教我更多吗？”

起初，姑娘并不相信这个外国佬织好了她的布。但是她听埃德全都说完之后，最终笑着点头说：“好的，我愿意教你。”

就这样，在1977年一个星期天的早上，远处比尔卡班巴山脉上错落有致的一座座山峰如往常一样在阳光的照射下反射着耀眼的光芒，美洲驼在山坡上随意地游荡，集市上的人们忙着讨价还价，而埃德·弗兰克蒙特和尼尔达·卡拉纳帕则第一次坐在了一起。他们的这次会面不但改变了各自的生活，也将改变秘鲁传统纺织业的未来。

*

胡安妮塔现在14岁，她已经在库斯科的处女院，也就是“被选中的女人”生活的地方生活了四年。她始终记得自己和妈妈经过院外的街道时被帝国官员（*apupanaca*）指定为“被选中的女人”时的情景。那之后没多久，胡安妮塔在父母的陪同下重新来到这条街道，来到那个她曾经想要窥探其中究竟的威严的梯形门道前，有一位年长的女祭司已经等在那里了。胡安妮塔的妈妈停下脚步，忍不住掩面哭泣，她的爸爸——也是一位有着长耳垂，带着金质耳饰的贵族——只是简单地说了一句：他为自己的女儿能为太阳服务而感到骄傲。不过，胡安妮塔还是看出了他脸上的悲伤。她最后深深地看了一眼自己的父母，忍着眼泪，转头跟随侍者走进了院内。胡安妮塔已经被告知，无论是她还是处女院里的其他女孩都不能接见任何访客，所以她知道一旦自己走进
187 这座大门，就有可能永远也见不到她的家人了。那天晚上，和其他新来的女孩一起在一间冰冷的石室里过夜的胡安妮塔，躺在一摞厚厚的羊驼毯子上无声地哭了一夜。

不为外人所知的处女院中的生活其实是非常有规律的。胡安妮塔和其他入院第一年的女孩一样，每天都要早起，一切活动都要听从被称为玛玛科纳（*mamaconas*）的年长的神庙女祭司们的指示。玛玛科纳教导她们如何制作各种汤和炖菜，比如“蒙特帕塔斯卡”（*motepatasca*，一种加了辣椒和香草的玉米汤）和“洛克罗”（*locro*，用鱼肉、土豆、蔬菜和辣椒做的一种炖菜），还要学会怎么烘焙玉米面包（*çancu*）。胡安妮塔和其他女孩一起还要长期学习如何用各种织布机纺织皇家专用布料（*cumpi*）。胡安妮塔从没见过这么精致的布料，它们都是用最好的羊驼毛或是纯粹的小羊驼毛（vicuña）[①] 纺成的线织出来的，专供印加帝国君主和他的家庭成员穿用。这些珍贵的布料也经常被烧掉以祭祀神明或是用来给神圣的金质或银质神像制作服饰。

① 小羊驼是野生的，与羊驼有亲属关系，它们的毛是世界上最好的。

很快，胡安妮塔和其他女孩又开始学习不计其数的宗教仪式，仪式的种类太多了，以至于她有时会觉得晕头转向。她们要学习每个神明的不同特性，以及什么样的献祭最能取悦神。每天早上太阳神醒来的时候，他的第一缕阳光会照射在巨大的金质太阳神神像（*punchao*）上。神像被突出地摆放在太阳神庙中的一个露台之上。在阳光下闪闪发亮的金质偶像瞬间就会让整片区域都沐浴在耀眼的金光之中。

每当此时，胡安妮塔就要和其他“被选中的女人”一起把她们准备好的食物摆到神像面前。她们献上贡品的同时，主持仪式的女祭司们会反复吟诵：“太阳，请享用您的妻子们为您准备的食物吧！”其余的食物是为男祭司和众多的神庙侍从准备的，也有一些是敬献给其他神明的，比如创世之神维拉科查（*Viracocha*）、光明之神伊拉帕（*Illapa*）、大地女神帕恰玛玛（*Pachamama*），或是月亮女神玛玛基利亚（*Mamaquilla*）。

胡安妮塔很快就发现，这里生活的女孩和女祭司总共有
将近200人，其中大多数和她一样，是在十岁左右的时候被 188
选进来的。她们所有人都是印加贵族或被征服的其他部落首领的女儿，或者至少在库斯科的处女院里是这样的情况。她们被选中的原因之一是容貌姣好，之二就是她们的贵族身份。来到这里的女孩们要么会被培养成为女祭司，要么会被赐给印加贵族或英勇的勇士们为妻。胡安妮塔还听说，一小部分新来的女孩会被选入印加君主的后宫，接受太阳神的儿子的宠幸，也许还能为君主生下孩子。这样的说法已经让胡安妮塔惊讶地睁大了眼睛，可是她又听那些年长一些的已经

成为女祭司的女孩悄悄告诉她，还有一小部分新来的女孩可能会被作为祭品献给神明。不过她们也安慰胡安妮塔说，就算真有这样的事发生（她听说只有印加君主才有权做出这样的决定），被选中作为祭品的人将是最幸运的人，因为她们得到的回报是去神的身边生活，和他们一起享受惬意富足的来世。

胡安妮塔第一次听到这件事时，整个人都在发抖。关于她未来的这些可能让她既着迷又害怕。每当她用灵巧的手指把上好的羊驼毛编织成腰带时，她都会满怀热诚地期盼着自己不会成为祭品或进入后宫或成为女祭司，她只希望自己能嫁给一位贵族，因为胡安妮塔知道那是唯一能让她再见到自己家人的办法。她非常非常想念他们。终于有一天早上，已经年满 14 岁的胡安妮塔听说：在盛大的太阳节（*Inti Raymi*）之后，她和其他“被选中的女人”都要被带到君主面前，由君主来决定她们每个人的命运。

*

尼尔达·卡拉纳帕大约四岁的时候，她的妈妈就开始带着她下地干活了。她的家人在钦切罗地区种植了大约 880 种
189 不同品种的土豆，此外还有落葵薯（*ollucu*）和晚香玉酢浆草（*oca*）等其他根块作物。到尼尔达六岁的时候，家里人把放羊的工作交给了她。尼尔达会每天带着羊群走很远的路，灵敏地爬上钦切罗附近陡峭的山坡。从那里看去，整个镇子就铺展在她的脚下，可以看到集市的广场以及旁边用石料和土坯建造的教堂的白色矩形塔楼，这个教堂名叫蒙塞拉特圣母教堂（*Nuestra Señora de Monserrat*），教堂的钟声会定

时传遍整个山坡。尼尔达在山上放羊的时候认识了另一位牧羊女，不过她可不是什么小女孩，而是一位名叫多纳·塞瓦斯蒂安纳（Doña Sebastiana）的老奶奶。这位老奶奶和尼尔达一样每天白天到山上放羊。她穿着典型的当地妇女的长裙，戴着红、白、黑相间的扁平帽子，帽檐向上翻起。当地的妇女们都是这样戴帽子的，这不但能保护她们不受烈日的暴晒，还能体现出她们是来自哪个村子的人。尼尔达以前总是到多纳·塞瓦斯蒂安纳家的土坯房做客。在那里，她会坐在老奶奶身边看她用布满皱纹的手把洛克罗盛到两个碗里，一碗给自己，另一碗当然就是给这位好奇的小访客的。在狭小客厅的一角摆着一架木质的老旧织布机，上面总是挂着还没有完工的织物——有时是披肩（*manta*），有时是背包（*chuspa*）或围巾。老奶奶的作品总是那么精美，连还是个小女孩的尼尔达都为她灵活的手指和精湛的技巧所折服。

“她纺线纺得极好，还特别快，有的时候我连晚上做梦都在纺线”，尼尔达后来写道。她现在已经50岁了，在钦切罗和库斯科之间交替居住。“从那时起我就爱上了手工纺织布料，而且开始盼望向我的先辈们学习。”[7]

尼尔达的妈妈也会纺织，但是她的外祖父是西班牙人，所以她的外祖母只教了她妈妈一些简单的花纹来织一些最普通的织物。如尼尔达回忆的那样：

> 20世纪60年代我在钦切罗长大的那段时期，对于我们村子里的农民来说，传统织物是没有什么价值的。乡下人还会纺线和编织，在库斯科也还有年长的和传统

> 的妇女坚持如此。不过在那些有西班牙血统的家庭里，
> 190 男人们开始穿着现代的裤子去上班，孩子们也穿着现代的衣服去上学，穿其他衣物的人会被别人瞧不起。[8]

400年前，西班牙征服者打败了印加帝国。他们不但占领了这里的土地，还控制了这些讲盖丘亚语的农民。西班牙人像分牲畜一样把农民们分配给自己人，并要求农民们向他们这些新主人“进贡”。直到四个世纪之后的20世纪60年代，秘鲁政府才终于打算以土地改革的方式来纠正因为西班牙人的殖民统治而遗留下来的各种不公。现在西班牙语已经取代盖丘亚语成了这里的主要语言。其他欧洲制度，比如天主教会、货币经济和欧洲的司法体系也都已经深植于此，就像一棵棵紧紧固着在粗壮的本地根茎上的嫁接植物。数不尽的天主教神父前赴后继地来到这里，尽自己最大的努力铲除了本土的宗教，并美其名曰“消除偶像崇拜”。为了达到这个目的，西班牙传教士们砸坏了神像、推倒了神庙，把神圣的墓葬夷为平地，然后在上面建起西班牙风格的建筑。其他一些方面的本土文化渐渐地也都失传了，比如，如何阅读古代的结绳语（*quipu*）这种在秘鲁沿用了几千年的信息存储系统，或者又如何切割、标记和摆放巨大的石块好让它们堆砌起来的建筑甚至都无须再用石灰勾缝，这件事至今还让所有到这里的游客惊叹不已。

直到20世纪70年代，当尼尔达这样的安第斯孩子被强制要求到国家开办的学校里接受教育时，孩子们甚至要非常小心地不能开口讲自己本地的语言，哪怕是在朋友间窃窃私

语的时候都不可以。一旦被发现讲本地语言，他们就会挨老师的棍棒体罚，直到他们改说西班牙语为止。

讲盖丘亚语的秘鲁小说家何塞·马里亚·阿格达斯在1968年获得了印加加西拉索·德·拉维加文学奖（Inca Garcilaso de la Vega literary prize）。这个奖项是以16世纪的 191
原住民编年史作者拉维加的名字命名的。拉维加撰写了第一本从原住民角度记述的西班牙征服活动的历史。在发表获奖感言时，阿格达斯明确地提到，他接受这个奖项不仅仅是代表自己，而且代表自己的民族：

> 我们民族的艺术和智慧被视为退化的、衰弱的，或者“怪异的”和“封闭的”，即便如此，我们的民族依然没有停止成为伟大民族的脚步。在这片土地上，我们的民族曾经实现过伟大的壮举，那些壮举足以让世人将我们视为一个伟大的民族；然而在这同一片土地上，我们的民族后来成为被嘲笑的底层，政治上被统治，经济上被剥削，我们被改造成了一个圈入围栏中的国家（让我们与世隔绝，他们才能易于控制我们），只有那些把我们圈在这里的人才想得起我们，但也只是带着鄙视与好奇远远地旁观罢了。[9]

虽然西班牙人统治了这里几个世纪，但是生活在安第斯山脉地区的原住民家庭成员之间依然在讲盖丘亚语和/或艾马拉语（Aymara）。与此同时，在秘鲁的各个角落，尤其是偏远的高地山区，无数的原住民依然保持着自己的习俗，依然崇拜神圣的山峰和其他神明，依然保留着埃鲁之类的社会结构，甚至依然自己纺线织布。

然而到20世纪60年代末，也就是阿格达斯发表他的演讲的时候，这些习俗还是几乎到了难以继续保留的境地。造价低廉的合成纱线和机器制造的服装不断地渗入安第斯山脉地区。那些不得不去城里寻找工作的村民们尤其迫切地想要摆脱“乡巴佬”的形象，所以都改成了西式打扮而抛弃了他们的传统服装，也抛弃了编织在其中的从祖先那里传下来的丰富主题和象征意义。是坚守自己的传统，还是为了融入新的主流文化而抛弃传统，成了当地越来越多的秘鲁人不得不面对的岔路口。不过小说家阿格达斯指出，无论如何都没有理由认为：

> 192 ［秘鲁的原住民］追寻的道路必须是，或者说只可能是掠夺者和征服者们专横要求的那样：被征服的国家应当放弃自己的灵魂……接受征服者的灵魂，也就是说，必须要被同化。我不是一个被同化了的人，我是一个秘鲁人，一个愉快的恶魔，骄傲地以基督徒的身份也以印第安人的身份，讲西班牙语也讲盖丘亚语……在技术层面，他们［西方世界］会超越我们、压制我们，我们不知道这种局面还会维持多久；但是在文化层面，我们现在就可以要求他们向我们学习，我们有资格要求，而且我们绝不会妥协。[10]

阿格达斯十分清楚古代南美洲海岸地区和印第安山脉地区的

艺术家们曾经创造出了世上一些最精美的纺织品。比如说，秘鲁沿海地区的人们在2000多年前就用织布机织出了每平方英寸600根纱线的织物，当时世界上没有其他任何人能实现同样的工艺，直到19世纪工业革命之后才有欧洲人靠机器达到了这样的工艺水平。秘鲁南部海岸的帕拉卡斯（Paracas）文化中，典型的葬礼仪式包括将去世亲人的遗体用精致的纺织品包裹起来，包裹一个遗体要用300平方码的棉布——要织出这么多布得用掉2英亩土地产出的棉花。

1000多年之后，当第一批西班牙征服者来到秘鲁之后，他们很快就发现印加人能够生产大量的布料，很多都是西班牙人见都没见过的精美布料。这批征服者的领队名叫弗朗西斯科·皮萨罗（Francisco Pizarro）。他的一位年轻的亲戚佩德罗·皮萨罗（Pedro Pizarro）后来写道：

> 我们进入库斯科之后发现城中有很多仓库，里面摆满了各种精致的布料，也有其他一些粗糙点的布料；另一些仓库里存放的是工具、食品或古柯［叶］……这里还有满满地镶着金质和银质小珠子（chaquiras）的斗篷，珠子密得完全看不到下面的纱线，就像最紧实的锁子甲；还有的仓库里储藏的是鞋，鞋底都是用剑麻编织的……［其余部分是用］最好的［羊驼］毛制作的，有各种各样的颜色。[11]

15世纪中期印加帝国崛起时，纺织就是帝国生活中不可或 193
缺的一部分，就像钱币铸造之于罗马人一样。印加人无论男女都会纺织，他们纺织不仅仅是为了解决一家人的穿衣，也是在为印加帝国生产布料，并以这样的劳务来作为一种缴税的方式。印加人纺织的布料大体可以分为三种：第一种是“科希”（*cosi*），密度是大约每平方英寸 120 根纱线，这种布料是用一般的美洲驼驼毛较为粗糙地纺织出来的，通常是用来作毯子的；第二种是“阿瓦斯卡”（*awasqa*），这种布料是用当地的棉花或羊驼毛纺织的，主要是用于制作衣物；第三种是“康皮”（*cumpi*），只有专门养殖的有最好驼毛的羊驼或是小羊驼的绒毛才能用来纺织康皮。印加人会收割棉花或给羊驼剪毛，然后把它们纺成线，织成布。由于他们的辛勤劳动，印加的国库中总是堆满了各种产品和布料。最好的布料都是由一些被称作“康皮管理者”（*cumpikamayuq*）的男性织工织出来的，他们还为贵族纺织最高级别的康皮，只有贵族穿的衣服才能使用这种布料制作。最后一种，也是所有布料中最高级的是每平方英寸超过 600 根纱线，而且几乎只用小羊驼的绒毛纺的线纺织的布料。这些布料就是由和胡安妮塔一样居住在修道院一般的处女院里的那些“被太阳神选中的女人们”织出来的。这些“被选中的女人”从小就在学习如何纺织最精美的布料，她们制作的精美衣物仅供帝国君主和君主的正妻（*coya*）穿着。

被选中的女人们在纺织时，还会在布料中编入金质和银质的小珠子、五颜六色的蜂鸟羽毛或其他珍贵的材质。根据 17 世纪的传教士和编年史作者贝尔纳维·科沃的记录：

> [印加] 君主……穿着衬衣、斗篷……脚上穿着

> ［便鞋］。在这些方面他遵循了普通人的惯例，但是他的衣物是与众不同的，不但用了最好的驼毛纺出的线，也是帝国里制造出来的最上乘的布料，无论颜色还是质量都高级得多。君主的衣物都是由玛玛科纳［年长的“被选中的女人”］专门缝制的，这些用小羊驼的绒毛织出来的布料几乎和丝绸一样精美。君主也有一些简单普通的衣物……另外一些则是颜色艳丽、极尽奢华的。 194
> 有的在布料里编织着细小的羽毛；还有一些则镶满了金饰、祖母绿或其他宝石。这些服饰就是最高档、正式的，与我们的刺绣、金线银线布料及锦缎相当。[12]

然而，在被征服后不过 18 年的时间里，西班牙编年史作者记录的这些和欧洲最好的丝绸一样精致的康皮布料的纺织工艺就成了一种濒临失传的技术。因为这些布料都是专门为贵族阶层制作的，但是贵族阶层本身就在快速地消失。

印加统治者的权势和影响力虽然渐渐地消失了，但是在秘鲁全国各地一些小村庄里，纺织的传统还是保留了下来。几个世纪以来，农民们还是自己织布缝衣，一如印加人出现之前他们所做的一样。直到 20 世纪中期，当机器制造的廉价合成布料出现之后，传统的纺织活动才第一次出现萎缩。随着经济的发展，人们都希望更快地挣到钱，所以秘鲁的织工们也抛弃了耗时费力的古代传统，改为采取能够生产更多成品的方式和方法来制作布料，当然这里面蕴含的艺术价值也就大大地减少了。

钦切罗的这些讲盖丘亚语的人们已经不可避免地被卷入

了全球化和现代化的浪潮，这其中当然也包括年轻的尼尔达·卡拉纳帕。然而尼尔达并没有停止学习如何按照传统的方法纺线织布，在年迈的牧羊女多纳·塞瓦斯蒂安纳的指导下，她用自己的手指重现着成千上万的祖先曾经做过的动作。

做了几年全职的牧羊女之后，八岁的尼尔达开始到国家开办的学校里上学了。学校的教室就是几间长方形的土坯房，里面有木制的桌椅，天花板上吊着一个仅有的灯泡。尼尔达从一开始就证明了自己是个好学生，她一边上学，一边继续独自学习织布。如她后来写道的那样：

195 我的父亲坚持让我好好学习，把课余时间都用在做功课上。我喜欢上学，但同时我也在发展自己对于传统纺织的兴趣爱好。我的父亲出门回来会给我们买其他遥远的村庄里的衣物，每个村子的纺织品都是独一无二的。“这是怎么织出来的？”我会这样问自己。每天晚上，当我父亲以为我在做功课的时候，其实我都是在练习各种从年长的妇女们那里看到的她们使用的技法。我母亲知道我在做什么，可她从来没有给我泼过冷水。［但是］我的父亲会说：“织布是没有什么前途的。”[13]

尼尔达坚持了下来，十几岁的时候她就开始在钦切罗的周日集市上出售自己的纺织品了。“我像个疯子一样痴迷学习各种［传统风格的］纺织技巧，”尼尔达说，“我想的不是这个能挣多少钱，我这么做只是因为我对它们充满了兴趣。”[14]

人们自然会认为钦切罗的那些老一辈的织工们——那些目睹了这项手艺如何渐渐走向衰落甚至消失的人们——会赞同这个年轻姑娘对传统技法的浓厚兴趣。然而事实证明，多纳·塞瓦斯蒂安纳几乎是唯一一个支持她的人。

“你也许认为老奶奶们会说：‘天呐，多好呀，她在学习纺织！’”尼尔达说，“不过事实上，她们告诉我纺织只是个副业，靠这个‘永远挣不到钱’——我顶多能勉强养活自己。她们的表现好像在说一个年轻人把时间都花在学习纺织上真是太傻了，我应该多想想别的事情。”[15]

不过，对于尼尔达来说，纺织早就成了她最热衷的事。她热爱织布带给她的感觉，热爱布料的纹理和质地，热爱这其中的挑战。此时，作为一个十几岁的年轻姑娘，她不但擅长学习，而且还意识到每个星期天在钦切罗举办的集市就是一个天然的实验室，她可以在那里验证自己学来的技巧究竟
能不能吸引游客。尼尔达从不使用合成的纱线，而是用羊驼 196
或绵羊的毛来纺线，然后按照复杂的古老纹饰织布。到了星期天，她就把自己的作品拿到市场上售卖。

那时尼尔达 14 岁，在一个星期天的集市上，她遇到了有着与众不同的要求的埃德·弗兰克蒙特。

“一个星期之后，他敲响了我家的大门，然后对我说：‘看，我织完了你的腰带！’”尼尔达说，“开始我并不相信他，我说：‘不，你不可能织完我的腰带，我不相信你！’我从来没见过会纺织的游客，更何况还是个男人。不过他最终说服了我，并且问我愿不愿意教他织布。我就是这么认识埃德·弗兰克蒙特的。”[16]

*

海螺壳被吹响的声音标志着君主驾临了库斯科人头攒动的广场。广场上已经挤满了穿着艳丽长袍，戴着金镯子和金耳饰的贵族和祭司们。人们穿着凉鞋的脚下踩的是柔软细腻的白色海滩沙。这些沙子是被装在编织得很密实的麻袋里，由美洲驼从海岸地区驮回来，再由人们均匀地洒在整个广场上的。沙子象征的是神圣的山峰和海洋母亲玛玛科查（*Mamacocha*）之间的联系。这里或那里的沙子中偶尔还会散落着来自北部海岸的神圣的粉色海菊蛤，仿佛它们是被海水冲到安第斯山脉上的。同样四处散落的还有金质和银质的美洲驼、羊驼、狐狸等其他动物的小雕塑，它们都是由工匠们在首都郊区附近的内燃熔炉里面烧制出来的。

胡安妮塔和其他与她年纪相仿的“被选中的女人”一起紧张地想要透过拥挤的人群看一眼她们的君主——太阳神之子及无数边远民族和地区的征服者图帕克·印加·尤潘基（*Topa Inca Yupanqui*）[1]。胡安妮塔也朝着临近的通往广场的街道方向尽力张望。广场上站满了人，男人、女人和孩子。胡安妮塔希望能在人群中看到自己的爸爸妈妈或其他家庭成员。在去年的节日庆典上，她就看到了自己的爸爸站在远处
197 并且朝她举起了手。这是胡安妮塔进入处女院后第一次见到自己的亲人，但是她们都被明确下令禁止做出任何表示回应的动作。今天，胡安妮塔知道自己的命运即将由别人来做出决定了。从上一个月圆之夜以后，她和其他的女孩们就在偷

① 其姓名在不同文献中的拼写有所不同，但其实指同一个人。——译者注

偷讨论着自己的未来将何去何从。谁会被选入皇宫？谁会被选为女祭司？谁会嫁给贵族或勇士为妻？而她们每次都忍不住压低声音讨论的莫过于谁将会成为人类祭品。

胡安妮塔踮起脚尖努力在人群中搜寻着，她刚刚看到了站在君主身边的太阳神祭司（*Willaq-Umu*）。太阳节的月份是一年中白昼最短的日子，太阳神走到了他神圣旅途中最遥远的北方，祭司向着天空中闪耀的球体伸出双手，恳请他回到南方来温暖我们的土地，照耀我们的庄稼，好让它们在神的保佑下茁壮生长。

“哦，太阳……［我们的］父啊”，祭司大声喊着，下面的人群都安静了下来，戴着皇家流苏（*llunch tassel*）头饰，穿着华丽的小羊驼绒斗篷的君主也站在他的身边。“［我们的］父啊，是你说要有库斯科！也是依着你的旨意我们才修建了库斯科，才有了这里的宏伟壮丽！请让你的儿子们，”祭司指着君主说，“让印加人成为全人类的征服者和掠夺者。我们崇敬你并向你献上祭品，也请你满足我们的请求。让我们享受繁荣和幸福，让我们永远征服别人而不被征服，因为这就是你创造我们的目的。”[17]

胡安妮塔看着焚香的烟雾袅袅升起，一个祭司领着六头纯白的羊驼穿过广场，朝着最高祭司的方向走去，它们的耳朵上都戴着红色纱线编织的流苏。胡安妮塔还看到了四位曾经的印加君主的木乃伊，经过脱水防腐，再穿上华丽的服饰，被端正地摆放在侍从们抬着的轿子上。他们身边还有仆人举着小掸子，时刻防止有蚊蝇来侵扰曾经的君主们。这些被制作成木乃伊的君主们仿佛是在守护着整片广场，广场四周都是用灰色的巨石建造的宏伟宫殿。

198 “他们要把这些羊驼作为贡品”，胡安妮塔最好的朋友基斯佩（*Quispe*）小声说道。她们两个是同一年进入处女院的。“这之后就要开始决定我们的命运了。”

羊驼们一头接一头地被按倒在地面上由祭司进行献祭，他手里的青铜刀很快就被鲜血染成了红色。胡安妮塔转过头继续在人群中寻找。她仔细地浏览着一张张面孔，就在她快要放弃的时候，终于看到了一个熟悉的身影。他们的目光锁定了彼此，她绝不会看错，那就是她的父亲。

*

1982 年，库斯科和钦切罗之间终于修通了道路，乘坐汽车只需要半个小时就可达到。11 月既是安第斯山脉的春天也是雨季的开始。在汽车沿途经过的农田上，农民们已经开始赶着牛犁地或是用印加的传统工具脚耕机（*chakitaqlla*）在地上挖坑了。11 月也是土豆的播种季节，所以田地上现在正是一片棕褐色的犁沟，里面躺着无数细小的块茎等待着雨水的滋润，以便生根发芽。

坐在我对面座位上的老妇人手里抓着一个编织的袋子，里面装着一些个头不大的紫色土豆。土豆的表面看起来皱巴巴的，几乎和老妇人棕色的布满皱纹的双手一样。我问她这个土豆是什么品种。土豆就是原产于安第斯山脉的，这里有超过 5000 个土豆品种，包括我在内的大多数外国人是很难分辨出这些不同种类的。

“巧纽（*Chuño*），”老妇人笑着说，露出了两颗镶着金牙帽的上牙，“是做汤用的。”

巧纽是一种被放在室外经过白天日晒和夜晚冰冻之后的土豆，这个过程要反复进行到土豆中的水分几乎全部蒸发殆尽为止。这种“冷冻脱水”的处理方法在安第斯山脉地区已经流传了几千年，后来还被传到了国外为更多人所知。经过几个星期这样处理之后的土豆或其他根块类作物就可以储藏长达几十年。老妇人递给我一个直径大约3英寸的巧纽， 199
攥在手里的感觉就像一块儿塑料泡沫一样轻。

半个小时后我来到了钦切罗。这里是一个古老的印加人聚居区，也是高原上的一个临近圣谷的行政区。15世纪末，印加君主图帕克·印加·尤潘基在钦切罗这片地方建造了自己的皇家住所。后来西班牙征服者占领这里的时候，建造精美的皇室建筑群和沿山而建的梯田附近本来居住着两拨农民，分属不同的埃鲁。西班牙人很快在君主图帕克的皇宫上修建起了教堂，然后强迫两个埃鲁的印第安农民合并到一起移居到附近的地方，目的是方便西班牙人对他们进行控制。这两个重新定居于此的群体就渐渐修建了钦切罗这个城镇。

今天是星期天，在强烈的热带阳光的照耀下，钦切罗的集市正是最热闹的时候。男人们穿着黑色的橡胶便鞋，棕色、黑色或灰色的裤子，夹克外套或色彩艳丽的庞乔斗篷。有一些年长的男士头上还会戴着线钩的毛线帽（*chullos*），这种帽子有点像滑雪帽，但是头顶会垂下一条流苏。妇女们的服饰大多还遵循着延续了至少一个世纪的传统，包括长裙、羊驼毛织成的围巾和各种各样的帽子，帽子的样式按照她们所属的不同村庄而各有不同。镇上的街道很狭窄，铺着大鹅卵石。路两边就是成排的土坯房或砖房，墙上都刷了一层石灰。街道上不时还能看到印加建筑的遗迹，不远处的山坡上也有印加时期的梯田，至今还有人在那里进行耕种。

在集市入口处，竖立着一座古老的殖民时期的大门，门两边都有很多妇女聚集在一起。这些妇女留着乌黑的长发，将其编成两条辫子，发梢处用黑纱线拧成的穗子系牢。她们或坐或站，面前摆着膝盖高的大麻袋，里面装的是新鲜的大麦。大麦嫩绿的颜色和她们穿着的橙色、红色或是淡橘色的衣服形成了鲜明的反差。大麦是从旧大陆传入的作物，这种古老的谷物可以用来酿造啤酒，也是喂养新大陆上少有的家养动物之一——安第斯豚鼠（*cuy*）的主要饲料。这些小型啮齿类动物是常见的烤肉材料，制作烤肉时通常是把整只豚鼠
200 用签子串起来，四肢张开，好像是被车轧过一样。古代安第斯人从至少 7000 年前就开始驯养豚鼠了。人们把豚鼠养在家中，它们会在地上搜寻食物碎渣，偶尔发出吱吱的叫声。由于豚鼠繁殖很快，18 ~ 19 世纪实验室里的科学家们都开始用豚鼠来做实验，后来才最终改为使用小白鼠和老鼠。这也是英文中“不愿被当作实验的豚鼠”这个说法的来源。

在钦切罗的市场上，我问一个年轻姑娘怎么前往传统纺织品中心（*Centro de Textiles Tradicionales*，也称纺织合作社）。传统纺织品中心是由尼尔达·卡拉纳帕创建的——就是那个年轻时也在这个集市上出售自己的纺织品的姑娘。我对冰冻的印加处女胡安妮塔的故事很感兴趣。我还听说尼尔达对于胡安妮塔被发现时身上穿的衣物有独到的见解，所以我想要找到她。姑娘给我指出要走的方向，告诉我尼尔达应该正好就在合作社里，然后就继续去织她手上的腰带了。

和钦切罗的其他女孩们不一样，尼尔达不仅上完了小学和中学，她还上完了高中，更让别人不敢想象的是，她随后被库斯科的大学录取并在那里完成了学业。尼尔达是钦切罗的第一个女性大学毕业生。那时，她的老朋友弗兰克蒙特一家已经回到美国去了，不过他们一直都保持着联系。尼尔达大学毕业后，埃德和克丽丝向她提及了一个资助项目，如果她申请通过，就可以去美国教授纺织六个月。毕竟，尼尔达可不仅仅是个大学毕业生，更是一位安第斯传统纺织方面的大师。当时，尼尔达成功地获得了这笔资助，不过她只会说盖丘亚语和西班牙语，而且从来没去过比库斯科更远的地方。

“我那时不会说英语，”尼尔达后来对我说，“一个词都不会说。那也是我第一次坐飞机，第一次到利马，什么都是第一次。”

到了美国，尼尔达发现人们对她的纺织技艺抱有浓厚兴趣，这令尼尔达感到惊讶，也让她更加认识到研究本地纺织
传统的重大价值，而这一传统正在随着老一辈织工一个个离 201
世而面临着消失的危险。

“年轻人都不学织布了，”尼尔达说，“市场上能找到的好织物都是旧的，都是 40 ~ 50 年甚至 60 年前织出来的。”[18]

有了这次美国之行，再加上她对于钦切罗旅游市场的个人理解，尼尔达不禁开始思考：如果她教授更多的钦切罗年轻人用古代方式纺织会怎样？如果他们使用传统的染料、纱线和织布机纺织，能不能像他们的上一代一样纺织出高质量的纺织品并出售？如果他们建立一个合作社，共同分享收入呢？

“建立合作社成了我的梦想，”尼尔达说，“可是除了埃德和克丽丝，不管我和谁探讨这件事，得到的回应都是不可能。［只有］埃德主动提出愿意帮助我。”[19]

我穿过钦切罗的市场，妇女们已经把自己的纺织品都摆了出来，然后耐心地坐在一旁等着客人来讨价还价。游客们漫无目的地闲逛，有的还在讨价还价，有的已经买了带有刺绣图案、原本是专门用来装古柯叶的小布包，还有的买了方形的大披肩，可以用来抵挡安第斯山脉地区夜间刺骨的寒冷。显然，如果没有衣物，人们就根本不可能在安第斯山脉地区生活。而说到保暖，还有什么比毛纤维这种进化了数百万年的产物更好呢？

走过几个街区，来到一条铺着石板路的街道，我在两扇对开的大门旁边的石墙上发现了一块牌子，上面写着：

传统纺织品中心

进入大门，最先看到的是一片带草坪的大院子。院子里大概有上百个人在自由走动，他们都是来自世界各地的织工和纺织爱好者，有的来自玻利维亚，有的来自厄瓜多尔、哥伦比亚、危地马拉、美国、加拿大以及各个欧洲国家。零散分布在人群中的还有来自九个本地村庄的讲盖丘亚语的妇女，她
202 们就是通过合作社销售自己的纺织品的。这些妇女穿着传统的长裙，戴着宽边帽子，不同的村子有不同的颜色和图案。这一周，尼尔达·卡拉纳帕运营的传统纺织品中心正在举行每半年一次的“展览会”（*tinkuy*），这个盖丘亚词语本身是

“遇见”的意思。来自世界各地的参加者都能在这个织工的聚会上遇见精美的纺织品。

院子四周是一排用瓦片铺房顶，外墙刷了淡橘色灰泥的建筑。这些建筑的用途包括办公室、仓库，还有接待来访织工的临时住所等。在门廊下面是合作社的零售部——一间面积很大的矩形商店，里面摆满了各种各样刚刚从织布机上取下来的高质量纺织品。

在商店旁边不远处，我找到了正站在一口冒着热气的大锅前面的尼尔达·卡拉纳帕。她正在向一群外国纺织者演示纯天然的上色技法。尼尔达的个子不高，体格强健，黑色的长发在脑后编成了一个辫子。她今年已经 50 岁了，但是看上去也就 40 岁，一根白头发都没有。从这里可以看到远处高耸的乌鲁班巴山脉上错落有致的山峰，有些山顶还覆盖着皑皑白雪。其中最高的萨尔坎泰峰海拔超过了 20000 英尺。萨尔坎泰的名字来源于盖丘亚语中的“萨尔卡”（*sallqa*）一词，意为“狂野”“未开化”或“蛮荒”。所以，萨尔坎泰峰成为这一地区最神圣的山峰也许并不是那么让人意外的，而且萨尔坎泰峰还是当地的强大阿普的家。

“你一次制作多少染料都可以，”尼尔达用带着西班牙语口音的英语说着，“但是各种原材料的比例要一致。一旦加热完成，染料就可以使用了。”

尼尔达把一捆纺好的白色羊驼毛线放进了一个齐腰深的金属桶中，里面是还冒着泡的黑色液体染料。尼尔达正在向大家讲解的这个染料是用一种菌类制造出来的。大约有 40

个来自世界各地的织工正在聚精会神地聆听她的讲解，并且认真做着笔记或直接用小录音机或手机进行录音录像。尼尔达一边搅动着桶里的染料，一边给她的观众们讲述了她是如何在云雾林中一个偏僻的聚居地发现这个染料的故事。

“那里只有一位老爷爷还记得怎么制作这个，”尼尔达
203 说着，同时用一根长长的木杆搅动染料，“他把我带到林子里，给我看树上长着的一种黑色的菌类。他们也已经有好多年没再用这种菌制作染料了。”

在休息时间，有合作社的妇女开始为大家提供午饭。一个穿着艳丽的红黑相间的钦切罗典型服饰的妇女递给我一盘烤豚鼠肉配巧纽土豆，烹煮过的土豆已经又重新吸入了水分。

“要不要来一杯古柯叶茶（*mate de coca*）？”她问我。

我点点头，于是她又转身去给我取了一杯茶，脸上还挂着大大的微笑。这里的感觉就像是一个大的家庭聚会，穿着鲜艳服装的妇女们像有艳丽羽毛的鸟类一样穿梭在服饰单调的外国游客之间。一对显然也是外国人的游客走过来坐在我旁边还空着的椅子上。她们中一个很苗条，头发已经白了，60 多岁，另一个是金发，有着鲁本斯笔下妇女的丰满线条，40 来岁。她们俩也端着盛有烤豚鼠和土豆的盘子，也都来自美国。她们两人都向我介绍了自己。

“我叫克丽丝”，年老的妇女说，她是母亲。

“我叫阿比”，女儿笑着说。

而她们俩的姓氏自然就是弗兰克蒙特。

在海拔 12400 英尺的地方，我们一起吃着味道鲜美、骨

头细小的烤豚鼠，两位弗兰克蒙特家的人给我讲述了他们离开秘鲁之后的生活。阿比现在生活在俄亥俄州，她有一个儿子，还有自己的纺织工作室；克丽丝现在已经退休，生活在康涅狄格州。[①] 埃德在 2002 年被诊断出患有骨癌，2004 年就去世了，年仅 59 岁。

“我每天都很想念他”，阿比说。

阿比说在埃德生命的最后一年里，他还在努力帮助尼尔达筹集资金来购买合作社现在在库斯科开办的商店的用房。商店的位置就在曾经的印加太阳神庙（Qoricancha）遗址上。那个曾经从一个十几岁的安第斯女孩手中买走一块未完工布料的男人，最终和女孩一起实现了她不让古老的纺织传 204
统消失的梦想。

“他没来得及参加合作社的开幕式，”阿比说，“但是他相信这项事业一定会成功。他要是看到今天这里的发展一定会很欣慰。世间的事就是这么玄妙，”阿比看看四周说，“要是我的父母没有在安孔的一次考古挖掘中相识，我想就不会有今天的这一切。”

我们聊了一会儿关于疾病和失去父亲的话题。我告诉阿比，直到我自己的父亲去世之后，我才真正体会到了人们遇到这样的悲剧时的感受。阿比表示赞同：

① 克丽丝·弗兰克蒙特于 2013 年 11 月 12 日在库斯科的旅馆里自然死亡，她是为参加传统纺织品中心新一期的展览会而来的，她去世时到达秘鲁还不到一天，距离她和尼尔达·卡拉纳帕共同撰写的新书《传统的面孔：安第斯山脉的纺织长老们》（*Faces of Tradition: Weaving Elders of the Andes*）正式出版还有一周。

“起初我也不明白为什么有些人的安慰让我心烦，而其他人的则让我感动，”她说，“后来我意识到，那些真正感动我的都是来自有过相同经历的人的。”

阿比回忆说她的父亲总是容易“膝盖疼”。而且她相信自己也遗传了这个病症。在她年纪尚小还在钦切罗生活的时候，有一天她扭伤了膝盖。她的邻居马上把她送到了当地的巫医（*curandero*）那里，这位巫医是一个名叫洛伦索（Lorenzo）的老汉。

“我的膝盖错位得非常严重，几乎是向前弯折了过去，”阿比说，“洛伦索特别擅长治疗骨头和关节的病症，附近的人有问题时都会来找他。因为他是一名巫医，所以他也先有一套精神范围的形式要走。我被领进屋里，洛伦索含了一大口甘蔗酒，又嚼了一些古柯叶，直到它们变成糊状之后才吐出来敷在我的膝盖上，那里很快就麻木了，因为这些东西实际上就相当于吗啡。这时他才把我的膝盖骨推回了本来的位置。之后没几天我就又可以走路了。我爸爸对此感到非常惊奇，因为他曾因为同样的问题做过手术，之后是休养了好几个星期才能走路的。”

阿比说洛伦索不仅擅长治疗身体上的疾病，还能预知人的未来，帮人们赶走邪恶的幽灵。他做这些靠的都是古柯叶。

我问阿比，洛伦索有没有为她解读过古柯叶？

205 “读过，是在我14岁的时候”，阿比说，她所说的解读就是抓一把古柯叶扔在地上，然后仔细研究叶子的位置。

“我记得特别清楚，最后他说：‘你知道，我要告诉你一些坏消息，你听了也许很难接受，但是你最终一定会没事的。’”

阿比看着他，听不懂他的意思。

“我要告诉你的是，你将来只能有一个孩子，是个儿子。”洛伦索一边说，一边捡起古柯叶放回包里。然后，他深深地看着阿比说：

“但是他会活下去。”

阿比看着我然后笑了。“所以说坏消息是我只会有一个孩子，好消息是他会活着。”

很多年后，阿比带着她十岁的儿子再次来到钦切罗时又遇到了洛伦索。此时的巫医已经上了年纪，背也驼了，但是他立刻就认出了阿比。阿比把自己的儿子介绍给他，他明了一切地点点头。

“你只有这一个儿子对不对？”他问。

阿比点点头。

“但是不用担心，他会活着”，洛伦索又说，这个老人还记得当初的一切。

洛伦索是五六年前去世的，阿比说，他是带着自己预言的天赋走的。

我问阿比知不知道冰冻的处女胡安妮塔的故事，她点点头。

“那你记不记得你在这里生活时，有没有献祭过什么贡品？”

“当然，你要把自己的食物和饮料分享给帕恰玛玛［土地之母］，”她说，“这就是一种理解事物的方式。就像在纪念宗教圣人的节日里去墓地看望自己去世的家庭成员，给他们带吃的并留在那里一样。这里的人们也都会献祭贡品——就像天主教徒点燃蜡烛一样。人们祈求各种各样的事情，都是非常私人的。这里的人有一种意识，要把你拥有的和你周围的环境分享，和与你一起生活的山峰分享。我是说，这里似乎每个人都有自己所属的山峰，而山峰也会‘承认’他们，”阿比说，“当然，我也有我的山峰。”

206 我问她最初是怎么发现这个的。

“嗯，就是会知道，”她说，“就是会知道那就是我的山峰。我的山峰叫作基尔卡（Quilca），就在钦切罗，你朝着老教堂的方向看，后面远处的那座山就是基尔卡。”

阿比解释说，在她还是个生活在秘鲁的小女孩时，有时她会梦到自己被父母抛弃，被迫离开了所有她爱的人。在这些梦里，她会到遥远的基尔卡山另一侧去。她之前从没去过那里，但是她会在那里与自己的父母和朋友重逢。最神奇的是，后来当她终于来到了基尔卡山另一侧的时候，她发现那里竟和她梦中的景象一模一样。当时她跟自己讲盖丘亚语的朋友们讲了这些事。她们立即就理解了这些梦的含义：“这很明显！”她们说，“你属于基尔卡阿普。现在阿普［山神］承认你了。”

阿比吃完了她的烤豚鼠，然后把盘子放在身边。“‘基尔卡阿姨’现在依然会出现在我的梦里”，她确信地说道。

我问阿比在这个小小的安第斯山脉村镇长大，她最深的感受是什么。她想了一会儿才开始回答我的问题：

> 每当我说想家的时候，我思念的就是这个小镇和这
> 里的人。虽然我并不是这里的人，但是我感觉我就来自
> 这里。我在这里度过了塑造人格的重要时期，我和山上
> 其他［放羊的］女孩一起玩儿，我在这里学会了纺织。
> 即便现在，我成了一个居住在俄亥俄州的“美国人”，
> 我仍然忠诚于这个小镇和这里的人。这个地方在很大程
> 度上“承认”了我。我觉得一部分是因为这里的文化
> 就是这样，人们不会按你的外表来对你做出评价——每
> 个人就只是一个人，都有相同的需求。我觉得我可以毫
> 不介意地说，如果不是有钦切罗的人们，如果不是因为
> 他们相信我们是一个需要帮助的年轻家庭，相信我们属
> 于这个群体，我们也是他们的一分子的话，我们根本不
> 可能在这里生存。他们觉得有一种责任要帮助我们融入
> 这里，而我们也对他们抱着同样的责任感。他们和我们
> 分享他们拥有的一切，我不知道还有哪里能像这里一 207
> 样。所以这里就是我最思念的家乡。钦切罗就是我
> 的“家”。

我问阿比，她的父亲是不是也有同样的感受，还是说当时已经是成年人的她的父母会有和她不同的感受。

“我爸爸很擅长学习新的语言，也很会和人打交道。他特别有魅力，跟任何人都能相处融洽，不论他们是干什么的。不过真正痴迷于秘鲁的是我的妈妈。我爸爸总是说他只是搭便车来到这里的，不过后来他也爱上了秘鲁。”

阿比说她父亲是个行动派。出于某些原因，他最后总是

会被推到领导者的位置上。人们总是很依赖他。阿比说来参加他父亲悼念仪式的人多到让她惊讶，还有人说在自己最气馁沮丧的时候，他们会默默地问自己："如果换做埃德，他会怎么做?"

阿比记得最清楚的一个来参加悼念仪式的人是曾经和他们一起居住在共居团体里的"问题少年"。这个人后来加入了商船队，并且一步步晋升为船长。他讲话时对下面的听众说，多少次在海上，当他指挥自己的船队穿行在波涛汹涌的海上时，他会突然停下来问自己："如果是埃德面临同样的问题，他会怎么做?"然后他就会按照自己认为埃德会采取的做法那样做。

"有趣的是，"阿比说，"我爸爸从来没加入过商船队，他对航海一无所知。"

"他是个果决的人，"阿比说，"他从不会浪费时间坐在那里设想一件事会不会成功。我爸爸是那种会背起行李，带着仅剩的几百美元就举家前往秘鲁的人。而且他会说：'我们能行的，一定会有办法的。'而且他也确实做到了。"

"你知道吗，人生中许多事都是相互关联的，这很神奇。看到所有的事渐渐顺理成章地走上正轨，真是太棒了。"

208 阿比看看院子里四处闲逛、随意交谈的人们，这么多背景千差万别的人们聚在一起分享着彼此对于纺织的热爱。

"我的意思是，人这一生，"阿比说，"知道因为自己而给别人带来了改变还不足够吗?"

*

胡安妮塔甚至不敢相信自己看到的一切。她已经站在了库斯科宏伟的广场上，看着一小批“被选中的女人”跪在君主面前，然后太阳神祭司命令她们起身。君主只说了一句“给神庙”，这些“被选中的女人”就立即明白了她们将永远留在那座已经生活了四年的处女院里。祭司又领了另一批女孩过来，整个广场上的人都安静下来。君主再一次抬手示意，因为衣服的布料中编织着细小的蜂鸟羽毛，所以他完美无瑕的长袍在阳光的照耀下会随着他的动作闪烁出微光。

“给贵族”，君主看着在他面前下跪的女孩们说，于是这些女孩成为各个贵族和勇士的妻子的命运就此被决定了。胡安妮塔开始觉得呼吸困难，身上的皮肤都变得冰冷起来。君主已经选出了作为女祭司和贵族妻子的那部分“被选中的女人”，所以剩下的人要么是进入君主的后宫，要么就是成为献给神的祭品。胡安妮塔紧紧地盯着陷在自己脚边的沙子中的一块贝壳，无声地向掌管着她听说过却从没亲眼见过的汪洋大海的女神玛玛科查祈祷。胡安妮塔的朋友基斯佩站在她的身边，穿着焦褐色的编织外衣。胡安妮塔能够感觉到基斯佩的身体在发抖。她想再转过头去找找人群中的父亲。毫无疑问，他就在那里看着这一切，不知道自己的母亲是不是也在广场上？

“他过来了”，基斯佩小声说，她指的是一个似乎知道
哪个女孩属于哪个小组的祭司。胡安妮塔看着祭司伸出手 209
臂，将剩下的“被选中的女人”分成了两组。他指向哪一组，女孩就要去哪一边。基斯佩想要和胡安妮塔贴近一点，可是祭司走来时，还是将她俩分开了。胡安妮塔的朋友不情

愿地走向另一边，直到她们那一组走向君主时，还偷偷扭头怯怯地望了胡安妮塔几眼。胡安妮塔现在能做的就是不让自己看向左侧的人群，那里正是她父亲所在的方向。基斯佩和其他女孩一起跪在了君主和最高祭司的面前，君主看看下面的人群，又扫过面前低垂的头颅，然后又抬头看看天。胡安妮塔偷偷瞥了一眼君主头上只有他才有权佩戴的皇家头饰。头饰边缘是一圈鲜红的羊驼毛纤维做成的流苏，每根穗子上还编着小小的金质饰物，在阳光的照耀下闪闪发光。君主向着跪在他面前的这些“被选中的女人”伸出手臂时，胡安妮塔屏住了呼吸。

“给后宫”，君主说。

胡安妮塔的眼睛睁得大大地盯着基斯佩的脑后。她身边的几个女孩发出了深深地叹息。看着基斯佩一组人离开时，胡安妮塔突然觉得天旋地转、虚弱无力。仅剩的为数不多的这最后一组人也被领到了君主的面前。胡安妮塔和其他人一起像前面几组一样茫然地跪在君主和祭司面前。

“人类祭品”，君主简单地说，他的目光深邃而庄严。

聚集的人群静静地望着这几个注定要去见神明的女孩，在他们的君主和新选定的祭品前没有发出一点声音。给太阳的献祭仪式已经进行完毕，人类祭品也已经被正式选出。自从第一个印加君主为世界驱走黑暗，带来文明之后，这个世界就成了它该成为的样子，并一直延续至今。作为太阳神之子的君主起身上了自己的轿子，坐在轿子中的矮凳（*duho*）上，被轿夫高高抬起返回他的宫殿去了。胡安妮塔和其他女孩一起穿过广场，那里的人群已经恭敬地为这些“被特别选定的祭品”让出了一条道路。胡安妮塔觉得自己的双腿越 210 来越无力，随后就被突如其来的黑暗彻底淹没，失去了所有意识。

*

“以这样的方式织布很美好，”尼尔达·卡拉纳帕说。她此时坐在钦切罗的传统纺织品中心的一间办公室里。这样的中心现在总共有九个，都是由本地的织工群体运营的。

“这不仅仅是为了纺织和赚钱，”她说，“也是为了留在属于我们自己的群体中，是为了复兴各种各样的传统，包括语言。这还是为了重新学习我们的农业和文化中已经遗失了的那些东西。我们做的一切就是为了所有的这些事情。我们做的不是为了让某一个人的荷包变满——我们要做的是让传统丰富起来，让知识丰富起来，让艺术丰富起来。”

1979 年尼尔达 19 岁的时候，埃德和克丽丝帮助钦切罗的居民群体建立起了一个地方博物馆，目的是宣传和促进钦切罗本地的传统文化。四年后，弗兰克蒙特一家还在地球观察（Earthwatch）组织志愿者的帮助下开始对钦切罗地区的植物群落进行了系统的、多学科的研究，并且逐步组建起了一支研究团队，其中包括国际植物学家［来自哈佛大学的民族植物学家蒂莫西·普洛曼（Timothy Plowman）和韦德·戴维斯（Wade Davis）］、考古学家（埃德·弗兰克蒙特和克丽丝·弗兰克蒙特），以及来自钦切罗当地的盖丘亚语使用者。这些研究断断续续地进行了十几年，最终成为该类研究中规模最大的项目。

与此同时，尼尔达已经从库斯科的大学毕业，并开始以带领外国纺织者访问秘鲁为生。与此同时，她也经常会到附近的群体中学习当地的纺织技巧。在某些群体中，她发现纺织传统真的可以说是已经濒临失传了，最多只有一两名老人还知道传统的纺织方式。这让她意识到，一定要想什么办法创立一个组织机构，才能帮助人们保留下这些传统，让它们不至于彻底消失。

211 不过，当时并不是一个很好的时机。1980 年秘鲁爆发了毛派游击队光辉道路和秘鲁政府之间的游击队战争，中南部安第斯山脉地区正是斗争的中心。很多游击队员都是当地讲盖丘亚语的本地人。他们当中至少有一些人是因为相信“英加利”（Inkarri）的安第斯传说，认为自己是在为印加帝国的复兴而战。这个传说是从 1533 年西班牙人处死了印加帝国君主阿塔瓦尔帕（Atahualpa）之后兴起的。据说阿塔瓦尔帕发誓要为自己的死复仇，所以西班牙人将这位印加君主的尸体肢解后埋在了不同的地方，为的就是防止传说变为现实。君主的腿被埋在了属于阿亚库乔地区的安第斯山脉中，他的头被埋在了利马现在的总统府所在地，他的手臂被埋在了库斯科的“眼泪广场”（Waqaypata）。根据传说：有一天，这些被分割的身体部位会重新组合到一起，那时阿塔瓦尔帕就会复活，重新建立印加帝国的统治，重新恢复被西班牙征服终结的侵略时代以前的和谐景象。

“战争非常残酷，”尼尔达说，“所有人都受到了影响。人们失去了亲朋好友。有一些人被光辉道路抓去，被迫加入了他们的战斗，也有一些人被军队俘虏或杀害。所有人都生活在恐惧之中。”

由于不断增加的负面报道，外国人都不敢来秘鲁了，本来涌向库斯科的游客数量锐减。1992 年，秘鲁政府终于抓到了游击队领导者阿维马埃尔·古斯曼，不过至此已经有超过七万人在这场战争中丧命。这之后，秘鲁的经济慢慢开始复苏，游客也重新多了起来。尼尔达实现梦想的时机又重新来临了。

文化生存（Cultural Survival）是一个在英国建立的致力于帮助原住民保卫自己的家园、语言和文化的组织。1995 年，该组织资助了尼尔达主导的旨在保护和复兴钦切罗及库斯科地区使用背带式织布机传统的“钦切罗文化项目”。项目的内容包括由尼尔达进行研究和记录各种濒临失传的纺织技法。当时尼尔达刚刚从美国返回。在这次行 212
程中，她同哈佛大学皮博迪博物馆、多伦多的纺织物博物馆、不列颠海角大学国际研究中心、波士顿美术馆的工作人员一起工作。那时她已经从大学毕业，可以流利地使用英语、西班牙语和盖丘亚语，还是一位纺织大师。此外，她还具备一些在接下来很多年里都会让她受益匪浅的优秀品质：尼尔达是一位天生的领袖和组织者。事实上，阿比·弗兰克蒙特就记得以前尼尔达如何批评她和另外几个八岁女孩的事。阿比说，当时大概十五六岁的尼尔达看到女孩想在钦切罗的市场上出售她们自己纺织的小块儿纺织品。

> 她知道我们想把偷工减料、质量低劣的纺织品卖给别人时，就会平静地问我们“是不是对自己的作品真

心感到满意”之类的问题，然后就走开了；又或者，她会对我们说：“你真的满意？那么这样的东西你打算卖多少钱呢？如果你以这个价格卖出去的话，你挣到的钱都不够买新的原料，你们很快就会经营不下去的！你们觉得这是一个可行的长远计划吗？”然后我们就会看看彼此说：“这可不好！”那时的尼尔达就有一种让人信服的气质。事实上，我们都很钦佩她，想成为她那样的人，想做出她能做的事。我们曾经会说：“我希望我十几岁时能成为像尼尔达一样优秀的女孩。”

很多年后，阿比在加利福尼亚短暂地做了一段时间的软件开发工作，后来才专注地投入了纺织行业。对于尼尔达总是能够适应任何外部环境这件事，阿比也感到非常惊奇。

当我还在硅谷工作时，尼尔达有一次给我打电话说：“到斯坦福校友中心和我一起吃午饭吧。”而我会说：“天呐，我都不知道你来这里了！”而另一些时候，
213 她则会带着我到我们能找到的最偏远的，海拔 15000 英尺之上的小泥屋中和那里的人们一起谈天说地。无论哪个场合，尼尔达都能应付自如。她还善于激发灵感和鼓舞人心。很多时候，你甚至都不会去考虑尼尔达的建议是否可行就已经照着去做了，但是不管怎样最后总会获得成功。

蒂姆·威尔斯（Tim Wells）是一位 62 岁的织工和艺术家。

他第一次见到尼尔达是20世纪90年代末在旧金山的笛洋美术馆（de Young Museum）。当时埃德·弗兰克蒙特在那里的一个安第斯纺织品工作室里授课，尼尔达正好因为其他事情经过附近，于是决定多留几天帮助埃德。蒂姆回忆说：

> 尼尔达连续三天来教授人们安第斯纺织，主要是腰带之类的东西。尼尔达那时已经开始进行保护钦切罗地区纺织技法的项目了。埃德希望她给大家讲讲这个项目，于是在最后一天的课上，埃德简单介绍了一下，可是尼尔达只是感谢了他的提议，却没有接着讲下去。所以那天尼尔达还是把时间都花在了继续教授大家纺织上。她太谦虚了，不愿提及自己的项目，她说她只是来这里帮助人们学习纺织的。[20]

不过威尔斯对这个项目非常感兴趣，于是他向尼尔达做了自我介绍并希望进一步了解这个项目。他越听越想要参与其中并贡献一分力量。不过他还是先联系了两位经验丰富的地区组织工作者朋友了解情况，因为他们刚刚陪同尼尔达一起探访了安第斯山脉上一些边远地区的居民。尼尔达到那里去的目的是与当地人探讨建立纺织合作社并共同进行纺织的想法。威尔斯说，因为不同村庄有不同的历史，当地的居民又分属于不同的埃鲁，所以这其中的复杂关系其实是非常棘手的。

“这两个地区组织工作者曾经在智利和厄瓜多尔工作过，”威尔斯说，“但是他们这次返回之后都对尼尔达佩服得五体投地。他们概括地告诉我，她是他们见过的最有效率的地区组织工作者。”于是威尔斯很快就来到秘鲁，自愿加入了这个项目，至今已经断断续续地坚持了12年。

214 不过，尼尔达的理念是在1996年才真正开花结果的。她最终决定将这个纺织合作社建立在库斯科而不是钦切罗，因为库斯科是大量游客前往马丘比丘时的必经之路。尼尔达在她后来创作的《在秘鲁的高地上纺织》（*Weaving in the Peruvian Highlands*）一书中写道：

> 我曾经到库斯科大区里的其他一些原住民群体里研究他们的纺织品……我意识到在有些地方，纺织品正在发生变化甚至彻底消失，但是这些传统的技法都是应当被保留下来的。我相信把博物馆的位置安排在钦切罗并不能完全发挥出它在这方面可能发挥的作用。所以我想：“为什么不计划一个更大的项目？下一步该做什么？”正是对这些问题的思考让我决定将中心设立在库斯科，这样它就可以代表整个库斯科大区中各个地方的纺织。我们将它定名为“库斯科传统纺织品中心”。[21]

尼尔达设想的中心首要宗旨应当是保护和宣传已经流传了数千年的安第斯纺织传统。同时，她还想帮助各个加入中心的村庄发展经济。如果那些年轻的女孩们可以在自己的村庄和埃鲁里、和自己的亲友们一起通过进行传统纺织而获得足够的收入，她们是不是就不用孤单地移居到利马之类遥远的大城市中去了？

尼尔达先从钦切罗着手实验，她组织了一些妇女，鼓励她们使用手工纺线和天然染料制作传统的高质量的纺织品。当然，她也要向妇女们提供一些足够激发她们工作热情的鼓励措施。这个鼓励措施就是她们能够以与自己耗费的时间和劳动相称的价格来销售这些纺织品。尼尔达在合作社位于库斯科的商店里为她们提供了销售场所。此外为了扩大市场，她还联络了各个博物馆和机构来订购她们的产品。订单渐渐多起来之后，尼尔达又开始拜访其他纺织传统濒临消失的原住民群体，向他们宣传建立他们自己的合作社的理念。

尼尔达告诉我，起初只有个别的村子加入，后来又有几 215
个，到今天总共有九个群体组建了自己的合作社。所有合作社总共雇用了大约800名纺织大师。他们生产出的产品最近已经摆上了当地商店和库斯科的传统纺织品中心商店的柜台，不仅如此，通过中心的网站，这些纺织品还走进了各个博物馆，到达了全世界纺织品收藏者的手中。

对于没有完成公共教育的年轻姑娘（和一些男性织工）来说，想要加入合作社就必须先完成学业。“人们到合作社来不是做‘学徒’的，”蒂姆·威尔斯说，“这句话是尼尔达说的，因为她明白教育能决定人的未来。”[22]

每个合作社可以自行决定成员的收入。收到的现金可以大家分，也可以留作公共事务之用。这也是安第斯地区的古老传统。

参与合作社的群体中有一个叫阿查阿尔塔（Accha Alta）的村子。这个村子所在的位置让威尔斯感到震惊：“他们生活在高出谷底5000英尺的地方，他们种植特殊品种的土豆，也放牧羊驼。那里的气候条件非常严酷——他们喝的水就取自冰山上流下来的地表径流。”在这样一个特殊的群体中，村民们采取一种使用额外经纱的纺织方法创造出了各种各样红色或浅橘色的明暗变化，他们使用的也都是天然染料。“村民们用纺织带来的额外收入建造了一座教室，这样他们就可以学习读写了。”威尔斯说，“由此可以看出在他们心中教育是多么重要。”

尼尔达在中心里推广的另一件事是举办纺织竞赛，参与活动的村子里获胜的织工会获得名次和奖品。尼尔达总是鼓励织工们去追求他们所能实现的最高品质，所以她设立了这些比赛来鼓励人们创造出真正值得收藏的纺织品，创造出如他们的印加祖先曾经创造出来的一样精美的纺织品。

2006年，中心举办了一次不同寻常的竞赛，竞赛的主题直接触及了织工们遥远过往的核心。11年前的1995年，一位来自美国的高海拔考古学者约翰·莱茵哈德（Johan Reinhard）和他的秘鲁同行者，被昵称为“米琪”的米格尔·萨拉特（Miguel“Miki”Zárate）一起爬上了秘鲁南部阿
216 雷基帕以外的安帕托火山（Ampato Volcano）。在海拔20700英尺的地方，他们可以清楚地看到邻近仍在定期喷发的萨班卡亚火山（Sabancaya），以及被冰雪覆盖着的各个安第斯山峰连接而成的长链。莱茵哈德和萨拉特是来山峰上寻找印加祭品的，他们已经发现了两具金质和银制的女性雕像，她们都穿着布料制成的衣物，戴着羽毛编织的头饰。两人是在一个最近崩塌的献祭台残存的部分遗迹上发现这些小雕像的。当他们开始到平台下面的地方搜寻时，莱茵哈德的同伴突然

大声喊道："我看见火山口里好像有什么东西！看起来像一捆［木乃伊］！"后来莱茵哈德是这样记录的：

> 这个［印加］木乃伊就那么躺在冰面上。这太不现实了，所以我们都不敢相信自己的眼睛。在过去15年里我已经考察了几十个安第斯山脉上的山峰，但是从没在山上见过木乃伊，更别说像这样摆在光天化日之下的了。到目前为止，在高山上发现的完好无损的木乃伊只有几具，而且其中只有一具是被考古学家发现的……木乃伊外面包裹的［纹理复杂的］布料有印加纺织品的典型花纹……这只能说明一件事：印加人曾经使用人类祭品进行献祭……米琪用他的冰镐敲碎木乃伊下面冻结的冰层时，我拍摄了很多照片。然后他把木乃伊侧过去想更好地抓住它，可是当他这么做的时候，木乃伊从他手里滚了出去。那一刻，我们都呆住了，连时间都仿佛停止了。一个印加［女孩］的脸就那么出现在了我们面前。[23]

莱茵哈德发现这个女孩已经被彻底冰冻住了，而且她保持这个状态至少500年了。她是在火山顶上被献祭的。这个女孩穿着便鞋，身上的衣物也保存完好，应该就是她在生命最后时刻所穿着的衣物。拥有短暂一生的年轻女孩大概生活在15世纪中期。

莱茵哈德的团队后来给这具冰冻的女尸取名为"胡安妮塔"，作为对发现她的探险团队领队约翰的致敬。女孩真

正的名字当然无人知晓，不过她看起来应该是出自贵族阶层，因为她身上穿的布料是用羊驼毛纺的线精心纺织出来
217 的，这些衣物可能是她自己做的，也可能是别人为她缝制的。据说当时库斯科地区的妇女们都穿着漂亮时髦的裙子。西班牙编年史作者佩德罗·谢萨·德·莱昂就曾经惊讶地发现：

> 库斯科的一些妇女们穿着非常优雅的裙装及从脖子一直到脚踝的长斗篷，斗篷两侧还有洞，可以把手臂伸出来。她们在腰间会系一条很宽很精致的腰带，腰带的作用是扎紧并固定斗篷。在斗篷之外，她们还要再穿一件从肩部一直长到能盖住脚面的更长的斗篷。为了固定斗篷，她们会使用一种一头很宽的金质或银质别针（topu）。妇女们的头上也扎着美丽的发带（uncha）。一身完整的装束还要包括她们脚上穿的便鞋（usutas）。总而言之，库斯科的女士们的服饰是我在整个西印度地区看到的最优雅、最丰富的。[24]

编年史作者的描述也差不多概括了这具在高山上发现的身高4英尺2英寸的年轻印加女孩遗体的穿着。据推测，胡安妮塔是15世纪在库斯科地区出生的。她的头上戴着贵族妇女经常戴的头巾。她身上穿的颜色亮丽的七彩裙（*acsu*），其实就是一块方形的布料，穿过腋下裹住她的身体，用银质的别针分别别在两边的肩膀上。胡安妮塔的腰上还戴着一条有复杂花纹的腰带，肩上披着一件红白条纹的披肩，也用银质

的别针固定着。所有的衣服当然也都是使用天然染料染色、用手工纺线织成的布料缝制的。这具保存完好的印加女孩尸体在1995年被《时代》周刊列为“世界十大发现”。她不仅吸引了媒体的注意，也引起了尼尔达·卡拉纳帕的关注。

“约翰是我的老朋友了，”尼尔达在她的办公室里对我说，还找出了两张许多年前他们两人的合影，“我们曾经一起在旅行社做向导。”安帕托［火山］上发现冰冻少女的新闻传开时，胡安妮塔也成了广为人知的名字。尼尔达联系了 218
约翰。她还记得自己第一次看到胡安妮塔身上衣物的照片时有多惊讶。“那些衣服特别漂亮，质量上乘”，她一边说，一边慢慢摇头。几年之后，尼尔达建立了中心并开始举办年度竞赛之后，约翰给她提了个建议：为什么不看看有没有哪个村子的合作社中的妇女能够复制出胡安妮塔身上的衣服？为什么不让她们研究一下胡安妮塔的衣服，好看看现在的技术是否赶上了她们的祖先？

就这样，“2006～2007年安帕托夫人”纺织竞赛开幕了。任何合作社中的织工都可以参赛。不过，参赛的妇女们最终并没能真的前往阿雷基帕观察陈列在玻璃窗冰冻展柜中的胡安妮塔，而只是仔细研究了胡安妮塔衣服的照片。所有人都是以同样的照片为参考的，织工们开始慢慢解析500年前印加妇女们创造出来的作品——这些纺织品是如此精致，毫无疑问是由和胡安妮塔一样生活在库斯科的处女院中的“被选中的女人”纺织出来的。

“织工们自问：‘这布料是怎么织出来的？’”尼尔达回

想说，“是用［背带式］织布机织的，还是用垂挂式织法［印加帝国灭亡后就消失的一种纺织方法，使用垂挂式织法织出来的布上看不到经编线］织的？”经过仔细地研究之后，妇女们最终认定女孩的衣服就是用和她们使用的一样的背带式织布机织出来的，于是她们就纷纷着手去复制印加妇女们的壮举了。

“你知道吗？当年的获胜者今天也来参加展览会了，”尼尔达告诉我，“她的名字叫奥尔加·瓦曼（Olga Huamán），也是钦切罗本地人。”

我找到奥尔加时，她正在后院的一个大桶旁监督上色，周围围着许多来自她所在的原住民群体的织工。她的头发按照钦切罗典型的样子编成了许多辫子，身上也穿着华丽的服饰。我向她提起安帕托夫人纺织竞赛时她笑得很羞涩。她说
219 自己开始也很担心自己想不出原来的布料是怎么织出来的：光看布料其实是很难看出纺织方法的，更何况她们还只是看了看照片。

我问，复制印加女孩的服装是种什么感觉？

“很荣幸”，她说着又笑了笑，同时继续搅动面前的染料。

因为合作社中的织工们大多是来自位置偏远、规模很小的原住民群体，而且几乎没有出过什么远门，所以中心会出资为他们组织旅游活动，这样他们就可以亲眼去看看数以百万计的游客每年来秘鲁参观的那些文化遗产。1996 年一批织工第一次去参观了马丘比丘堡垒，那里曾经是印加君主帕查库提的皇室住所。奥尔加和其他妇女们穿着她们独特的服

饰，参观了浮云峭壁环绕中的堡垒，一个用由她们的祖先切割、雕刻的成千上万块巨石建造起来的城市。

“你有什么印象？”我问她。

“像做梦一样，”她说，“我觉得自己是在梦中。”

我突然想到，要是奥尔加穿越回500年前，见到在马丘比丘生活的人们，她肯定既能听懂他们语言，也能理解他们复杂的服饰。

“还有自豪，”回想着自己的旅行，她接着说道，“我感到非常自豪。”

*

从库斯科出发后的第七天早上，在安帕托火山海拔16200英尺的山腰处，胡安妮塔突然惊醒了。自从她随着由大队的美洲驼、祭司和侍从们组成的队伍一起离开库斯科一周以来，她都睡得很不踏实。在得知自己被君主选为了“人类祭品”，也就是确定了她即将见到神明的命运四个月之后，祭司让胡安妮塔准备好第二天启程。胡安妮塔一整夜都辗转反侧不能成眠。她最后一次见到自己的朋友基斯佩已 220
经是几个月之前了，后者此时已经嫁给了一位印加贵族[1]，所以就不能再进入处女院了。在库斯科神圣的广场上最后一次看到自己的父亲也是四个月之前的事了，而在那次短暂的眼神交流之前，她已经一年没有见过他了。

启程当天的早上，胡安妮塔与那些和她一起生活在处女

① 前文说基斯佩被选为进入后宫的女孩，与此处矛盾，特此说明。——编者注

院里的“被选中的女人”道别，也向主事女祭司玛玛科纳道别。玛玛科纳双手捧着胡安妮塔低垂致敬的头，在她耳边低声说要坚强，因为她是被选中和被保佑的可以去与神同在的人。胡安妮塔关于接下来一周的记忆很模糊，有时她坐在由卢卡纳部落成员抬着的轿子上，通过贴着峭壁像蛇一样蜿蜒的石头路；有时如果路面不是太陡峭的话，她就跟在队伍的中间步行穿过峡谷，峡谷两边都是顶部有积雪覆盖的山脉；有时他们还会穿过一些小村庄，村民们会向他们的队伍低头鞠躬，甚至会下跪以示敬意。

就在昨天，胡安妮塔终于第一次远远地看到了他们的目的地——一座纯黑色的锥形山峰，山顶被白色的冰雪覆盖。当山峰第一次出现在他们的视线之内时，祭司们和跟在后面驮着各种给养的美洲驼队伍突然全都停了下来，祭司们向着山峰举起双手鞠躬致敬，并告诉胡安妮塔那里是什么地方，那一刻她觉得自己的心跳似乎都停止了。在安帕托火山旁边还有另一座锥形山峰，不过它的顶部不时会向上喷出灰白的烟气，然后渐渐在天空中散开成一个灰色的大罩子。一个祭司告诉胡安妮塔，居住在那座山里的是“萨班卡亚阿普”，就是他在摇晃这一整片区域。即便是此刻，胡安妮塔也能感觉到透过大地传来的突然震颤。

当天晚上，远处的火山闪烁着红光，他们能听见萨班卡亚阿普轰隆隆的咆哮声。愤怒的山神不时从火山口中喷出火焰。因为这巨大的响动和明亮的红光，以及自从见到君主后发生的这一切事情，胡安妮塔根本无法入睡。事实上，她现
221 在也吃不下饭，最多吃一些烤玉米和一点青菜什么的。一个

戴着金质护身符、握着手杖的祭司给了胡安妮塔一个装有古柯叶的小编织包，并指导她如何把叶子放入口中，贴在脸颊内侧。这些叶子能让她的身体麻木，并带走饥饿的感觉。这些叶子还能让她觉得有力气。昨天他们开始沿着安帕托火山侧面向上爬，在灰色的火山灰上留下了一路清晰的脚印。位于半山腰的营地上有几座石头房子，房顶上铺着秘鲁针茅（*ichu*）晒干而成的茅草。侍从们取下了美洲驼背上的行李，并把它们赶进了一个不大的石头畜栏里。

今天早上胡安妮塔又是被惊醒的。石头房子外面，几个祭司已经先行出发，朝着她头上的山顶继续攀登。没过多久胡安妮塔也启程了。在这样连空气都已经变得稀薄的海拔高度上，她可以看清整个萨班卡亚山，火山口还在不停地发出隆隆声并喷出烟气。有些时候，愤怒的神明会让大地都摇晃起来，仿佛是在对他们示威；而另一些时候，飘浮在空中的灰色火山灰会像一层细密的纱一样渐渐沉淀，像胡安妮塔见过的最精致的雪花一样缓缓飘落下来。胡安妮塔努力地攀爬着，已经感到头晕目眩。祭司们跟在她的身后，再后面是侍从和美洲驼。山路很是陡峭，她不得不经常停下来。一个祭司又给了她更多的古柯叶，让她换一些新鲜的含在嘴里。另一个祭司给她喝了一点吉开酒（*chicha*），就是一种用玉米发酵酿造的烈酒。酒的温度很低，胡安妮塔觉得嘴里像被冰冻住了一样，酒精的效果让她觉得整个人轻飘飘的。

渐渐地，他们脚下开始出现积雪。胡安妮塔紧紧地抓着身上的羊驼毛披肩，把自己又裹严了些。长袍下面光裸的腿很冷，几乎冻僵了。她不习惯这样的海拔，也不习惯这样的攀爬，疲累和寒冷的感觉已经让她麻木，她觉得自己已经无法思考了。胡安妮塔能感觉到的只有恐惧和敬畏，同时还有一种混合着绝望和期望的奇特心情。

当天下午晚些时候，他们到达了接近山顶的地方。胡安妮塔觉得呼吸困难，她的嘴唇因为太阳的暴晒和稀薄的空气而干裂。祭司示意胡安妮塔跟着他们走到一座石头搭建的平台上。从那里看去，在她的面前铺陈的是白雪覆盖的一座座
222 山峰，每一座山峰上都住着一位强大的阿普。正是这些神明给他们提供了溪流、河水和灌溉水源，提供了充裕的羊驼和美洲驼，同时还创造了生命本身。胡安妮塔惊讶地看到，在他们下面不远的地方就是愤怒的萨班卡亚，山口仍然不断冒着浓烟，有时甚至可以遮蔽住太阳的光芒。时不时还有石块被喷向空中，胡安妮塔甚至看到了火山口上山神愤怒的火舌。

四个祭司分别向着四个神圣的方向将吉开酒撒到地上，然后他们又向着愤怒的火山鞠躬并敬献了金黄的吉开酒。“萨班卡亚阿普，”最年长的祭司向着萨班卡亚山的方向说，“请仁慈地对待我们。享用我们的献祭吧。”胡安妮塔大睁着眼睛，更用力地抓着身上的披肩，盯着仍然气势汹汹地喷发着的火山，它吐出的浓烟仿佛翻滚盘绕在一起的蛇群一般。

一个祭司把吉开酒倒进了一个金质的小杯子，然后递给了胡安妮塔。

“做好准备吧”，他说。

*

阿雷基帕位于库斯科以南 280 英里的地方，是一个阳光

明媚、繁华美丽的知名城市，周边围绕着山顶上覆盖了积雪的山峰，城中还有分散在各处的明艳的蓝色湖泊和长着一簇簇黄色的秘鲁针茅的高原。阿雷基帕市有时也被称为“白色之城”（*la ciudad blanca*）。至于这个名字的由来，不同的人有不同的说法。要么是因为最先在这里定居的是白皮肤的西班牙人，要么是因为这里殖民时期的建筑都是用一种发白的淡紫色火山石（*sillar*）建造的，这种石料是一种质地松散的火山岩，上面布满了火山气体造成的孔洞。阿雷基帕市中心的街道两旁的建筑都是用这种石料建造的，看起来就像刚被机关枪扫射过或是中了榴弹片一样，仿佛这里刚刚经历了什么激烈的战斗一样。不过，有些洞确实是子弹打出来的。因为阿雷基帕也是一个发生过政变和革命的城市。秘鲁的诺贝尔文学奖获得者马里奥·巴尔加斯·略萨就出生于阿雷基帕，开创了他的文学事业的第一部小说《城市与狗》 223
（*The City of the Dogs*）这部小说揭露的就是秘鲁一座军事学校中的生活，此书一经出版就立刻被秘鲁政府列为禁书。仍被关在监狱里的光辉道路领导人阿维马埃尔·古斯曼·雷诺索也是一个阿雷基帕人（*Arequipeño*）。在他还是一个年轻的法学院学生时，古斯曼经常光顾武器广场（Plaza de Armas）旁边一家面积不大的咖啡店。在光辉道路发起的长达十年的所谓“千年战争”中，游击队从未向阿雷基帕这座城市发起过进攻。很多人说这就是因为阿雷基帕是古斯曼的故乡。

其实大多数阿雷基帕的殖民风格建筑外墙上的裂痕并不是什么人为的战争创伤，而是自然的构造应力造成的结果。阿雷基帕所在的位置自古就是人与自然冲突的核心——一场时而平静，时而沸腾，时而灾难性喷发的真正的“千年战争”。为了应对常见的地震和火山喷发，这里的建筑墙壁都会特别加厚——通常可以达到 3 ~ 7 英尺厚。频发的地震曾经掀翻了城中一座或者两座大教堂的塔楼楼顶，还震倒过桥梁、拱门和柱廊。冰冻的女尸胡安妮塔就是在这附近的一座火山顶上被发现的。

在阿雷基帕的郊区还有另一座宏伟壮丽，海拔也接近 20000 英尺的米斯蒂火山（Misti）。这座锥形火山的轮廓很像日本的富士山，或是 19 世纪的喀拉喀托火山（Krakatoa volcano）剧烈爆发后崩塌之前的样子。这三座火山——米斯蒂火山、富士山和喀拉喀托火山——以及另外 430 座以上的火山组成了环太平洋火山带的一部分，这个火山带绕着太平洋围成了一个直径约 10000 英里的环状火山带。两个巨大的大陆板块穿过太平洋缓缓向东运动而产生的摩擦力最终沿着海洋的边缘形成了一个巨大的火圈——由周期性喷发火焰和浓烟，甚至能将周围的一切化为灰烬的火山组成的一条火山环带。

阿雷基帕的海拔高度是 7600 英尺，它正处于十几座火
224 山连成的火山带中间，而这条火山带既是组成环太平洋火山带的一部分，也是南美洲最主要的四个火山区之一。这四个火山区中，一个位于哥伦比亚海岸沿线，另一个位于秘鲁南部到玻利维亚之间的安第斯山脉上，最后两个延伸向更靠南的地方，进入了智利境内。这些火山区的形成都是源于纳斯卡板块缓慢撞击南美洲板块，结果插入南美洲板块下方，这片俯冲带就形成了沿海岸的秘鲁 - 智利海沟。碰撞角度最陡

峭（大约30度甚至更大角度）的地方，最容易发生地震和形成火山。火山就像是一个巨大的出气口，有助于释放地下深层位置产生的巨大热量。

1600年2月19日就发生了一场这样的火山喷发，地点就在阿雷基帕东南大约43英里的地方。最初喷发三天之后，阿雷基帕的居民们都躲进了大教堂，一边忏悔一边想着也许这就是世界末日。启示录中的大灾难已经来临了，又一次强震袭击了整个城市，新建的大教堂在这些敬神者的头顶轰然倒塌。

这片地区最近一次地震发生在2001年，震级达到了里氏8.1级。大教堂的南部塔楼倒塌，城中其他建筑也受到了破坏。尤其是位于阿雷基帕市中心，四周有火山石围墙的16世纪的圣凯瑟琳修道院（Santa Catalina Convent）损毁最为严重。

“整个修道院被彻底毁了”，我的向导卡门（Carmen）说。她是位年轻的讲盖丘亚语的姑娘。这天下午，我们正在参观的是一座有400年历史的修道院。曾经，那些穿着黑白相间的修女服的修女们就在这里过着幽闭的生活，连窗子上都镶着锻铁制造的像鸟笼一样严密的格栏。现在，这里仍然居住着二十几名修女，她们的余生都要在这个与世隔绝的地方度过。我看到一个拱门上印着一句训诫，那是她们都要遵循的院规：

沉默（SILENCIO）

“整个建筑都坍塌了。”我们沿着一条蔚蓝色的小道前进，路两边是通往修女房间的木门。卡门一边走一边说：“很多人因此而丧生。”

225 卡门说自从1579年修道院建成以来，很多秘鲁家庭会把自己的女儿们送到这里来。修道院是以圣人凯瑟琳（Saint Catherine）的名字命名的，她是14世纪的一位意大利女性，年仅六岁就感受到了耶稣基督赐予的幻象。按照传统，在秘鲁的西班牙人后裔通常会将自己的第二个儿子送去做教士，而第二个女儿则送去做修女。因此，自从修道院成立后，在家中属于特定排行的年轻女孩们在12～14岁的时候通常就会被送到这里，然后终生生活在这个与世隔绝的环境中，虔诚地侍奉上帝。就像被隔绝在处女院中的印加女孩们一样，这些进入修道院的基督徒女孩们也都坚信自己余生的禁欲与虔诚能够最终造福自己的家人和整个社会。就像印加女孩是“嫁给了”太阳一样，她们也都“嫁给了”上帝，虽然她们一只脚还踩在这世上，但另一只脚已经踏入了天堂。

修女们从进入修道院那一刻起，就不能再离开这里了。最新加入的修女们被称为见习修女，她们要被安排在单独的地方，不被许可接触任何家人或朋友。只有三年的见习期满，修女正式宣誓之后，家庭成员才可以前来探望。不过所谓的探望也是在监狱探视一般的条件下进行的：修女的家人进入一个房间，修女则坐在临近的走廊上，他们只能通过一个双层木栏的格窗说话，不能有任何肢体接触。一旦与基督正式“订婚”，修女们就要戴上一个代表着与主的“婚姻”

的戒指。这些修女要被尽可能地隔绝在任何人都会有的诱惑之外，她们的生活遵循严格的规则，受到严密的监视。她们去世后，也必须被安葬在修道院围墙内的墓地里。

在附近的一个庭院里，我看到一位棕色皮肤，戴着宽边帽，穿着长裙的女士，正小心翼翼地走上圆屋顶旁边的台阶，把一块土豆大小的石头放到墙上。一位穿着褐色夹克的银发老者则在下面等着她。这个画面让我想起几千年来，安第斯人一直会把小石头（*apachetas*）放在神圣的地方，献给
大地女神或其他神明。直到今天，安第斯的基督徒们仍然在 226
将各种本地的信仰注入基督信仰，同时也尽职地将基督上帝和那几百个天主教圣人归入他们信仰的众多本地神明中。

从修道院向下走四个街区，过了有两个火山石建造的塔楼的大教堂，再过了武器广场上的双层游廊，穿过圣凯瑟琳大街，就能看到圣玛利亚天主教大学（Catholic University of Santa María）鲜艳的血红色正门和白色壁柱了。在 1995 年 9 月 13 日以前，秘鲁以外几乎没有什么人知道这个地方。然而在那一天，几个男人抬着一个冰柜穿过了学校的大门，来到一间仓促整理出来的房间。冰柜里蜷缩着的就是刚刚在西北方向大约 60 英里以外的安帕托火山山顶发现的冰冻的处女胡安妮塔。邻近的萨班卡亚火山已经断断续续地喷发了一段时间，它喷出的大量火山灰甚至覆盖了旁边同样满是积雪的安帕托火山的山顶。深色的火山灰吸收了更多的阳光，融化了冰雪，突然间，山峰顶端的山脊处出现了部分崩塌，冰块、石块和包裹着冰冻的胡安妮塔尸体的羊驼毛毯卷夹杂在一起滚落了下来。在胡安妮塔周围的冰雪中，还躺着一些小

小的金银雕像、一个羽毛装饰的头饰和一些布料的碎片。

第一次发现这么完好无损的印加祭品让考古学者约翰·莱茵哈德震惊不已，不过他很快就发现自己面对着一个两难的抉择：究竟是应该冒着被盗墓者偷盗一空或是被自然环境因素毁坏的风险，保持遗迹现场原样；还是将木乃伊和其他祭品带下山送到阿雷基帕去，好对它们加以妥善保管？后来他写道：

> 我脑子里走马灯一般出现了各种这个发现可能带来的影响。下一步要怎么做？如果我们把木乃伊留在这里，光照和火山灰可能会对它造成更大的破坏。再说，这个月份随时可能下一场大雪，等山峰被积雪覆盖，我
> 227 们再回来寻找时可能就永远也找不到了。我知道要去申请考古许可可能要花费几周甚至几个月的时间，筹集进行科学探险的资金也要花那么多时间。我们也不可能直接呼叫一台直升机来，因为大多数直升机在我们海拔［16700 英尺］的营地着陆都有困难［，更不用说是山顶了］。[25]

最终，莱茵哈德认定自己没有别的选择了，他必须把木乃伊带下山。不过，要想这么做几乎无异于要完成一项赫拉克勒斯的苦差。莱茵哈德和他的同伴此时站在海拔 20700 英尺的火山顶上，都已经又饿又累，也没有别人能给他们提供帮助。更难的是冰冻的胡安妮塔重量超过 80 磅，而他们脚下要走的还是一段冰雪覆盖、湿滑危险的艰难路段。莱茵哈德

后来回忆说：

> 我根本不能把［裹着木乃伊的］包裹直接从地上扛起来，于是我坐在地上，把带子捆到肩上，然后再让米琪把我拉起来。我几乎都站不直了，更别说在冰雪覆盖的陡坡上行走了……光线渐渐暗了下去，［旁边的萨班卡亚］火山喷出的火山灰形成的云雾呈现出一种格外凶险的景象。背上背着一具尸体这件事更让一切变得超乎现实。我的脑海中浮现出以前的印加人在这同一条路上艰难行进的景象。有那么一瞬间，我似乎被带回了古时候。我甚至有一种诡异的感觉，我觉得自己其实是在营救一个活着的生命。[26]

后来经过鉴定确认，胡安妮塔的死因是遭钝器击中头部而亡，她右眼附近的头骨上有裂缝，显然是被石头锤子或棒子击打产生的。望着眼前喷发的火山，抱着牺牲自己换来山神宁静的想法，胡安妮塔被献祭给了能够平息火山喷发的神明。“根据编年史作者的说法”，莱茵哈德还写道：

> 选择［印加］儿童是因为他们自身纯洁，所以更容易被神明接受，继而能与神同住。被献祭后的儿童成了人们和神明之间的信使或代表，能够在双方之间调停。所以这些被献祭的儿童随后也就被神化了。他们被 228
> 敬献给哪个神明，就是去与哪个神明生活在一起了，于是人们崇拜这个神明的时候，也会崇拜那些被献给他的

> 儿童，而且这样的崇拜是永远的，而不是像大部分普通人一样，[死后] 只能受到有限的几辈人的祭奠。
>
> 对于被选中的儿童的父母而言，这是一种巨大的荣耀，而且据说还有父母会主动将自己的孩子献出来作为祭品。被选中的儿童的父母不能表现出哀伤，因为表现哀伤会被视为不敬神的大罪。当然不是所有父母都看重荣耀胜过自己孩子的性命。因此有时他们并不反对自己的女儿尽早失去童贞，这样至少能让她们不被选中。[27]

第二天，他们下到火山底部好走一些的地方之后，莱茵哈德就把背上的胡安妮塔放到了驴子身上。再往下走到有路的地方之后，他们就把仍然冰冻着的胡安妮塔放在了一辆去往阿雷基帕的公共汽车上的行李存放处。第三天的早上 6 点 45 分，汽车进入了阿雷基帕，莱茵哈德赶快找了个冰柜把胡安妮塔放进去。最终，圣玛利亚天主教大学做好了永久陈列胡安妮塔的准备，并将她放进了一个温度低于 10 华氏度的玻璃展柜中。

我来到圣玛利亚天主教大学时，胡安妮塔已经在这个新的冰冻墓穴里待了 16 年。安第斯圣殿博物馆（*Museo Santuarios Andinos*）拱形的入口通道很有摩尔风格，柱廊上面圆拱的位置有锻铁铸造的格栏。穿过通道是一个光照充足的庭院，院子四周有锈色的围墙、白色的壁柱和红色的天竺葵。我买了一张票，穿过了一扇厚厚的木门，门口的提示牌上写着进入这里就是踏入了 550 年前的世界。木门里面有一排房间，房间里陈列着原本埋葬在各个山顶上的印加祭品，此时这些祭品都被静静地安放在玻璃展示柜中，主要是象征着印加牲畜群的各种金银羊驼小雕塑。这里还展示了一块巨大的长方形纺织品，布料的主体是深紫红色，有黑色的镶边，垂挂的布料整整占满了一面墙，羊驼毛纤维的颜色那么浓艳饱满，仿佛这块布料是昨天才织好的一样。当我走近博 229
物馆最深处的圣殿时，气氛变得越来越沉郁，连灯光也被调暗了。最终，我进入了一个永远只闪烁着微弱暮光的房间。靠墙的地方立着一个齐腰高的展台，展台上放着一个巨大的玻璃柜。由于这里的低温，我能感到皮肤上的鸡皮疙瘩都起来了。

透过结了霜的玻璃，我可以大致看出一个女孩的轮廓，她身上还裹着精心缝制的长袍和披肩，她头上黑色的长发也是仔细梳理过的，编成了许多小辫子，几乎像戈尔贡（Gorgon）的蛇发一样缠绕着。胡安妮塔保持着过去500多年来一直不变的蜷伏的姿势，直到全球变暖和附近火山活动的突然爆发损毁了她的冰雪墓室，她才被展露到光天化日之下。胡安妮塔的脸上有一种遥不可及的神情，她的眼睛微睁着，似乎正在眯着眼窥视永恒的真正面目。

胡安妮塔被发现后不久，马里奥·巴尔加斯·略萨就来参观了她的新墓室，想要仔细研究一下这个突然出现的来自他祖国遥远过去的幽灵。

“她和莎士比亚笔下的朱丽叶年龄相仿”，巴尔加斯·略萨后来写道：

> 都是14岁，而且和她一样，同样有着浪漫而悲伤

> 的历史……我本以为［看到她的］样子会让我作呕。不过现实并不是那样。只有当你真正看到她……她的脸很长，充满异域风情，颧骨很高，眼睛很大，似乎是斜视着你，透露出一种遥远的东方特质。她的嘴微张着，似乎在用她完美的白皙牙齿向这个世界示威，她的上唇微微噘起，表情几乎是迷人的……我被感动了，胡安妮塔的美令我着迷。[28]

1996 年 5 月，博物馆的技术人员将胡安妮塔送上了一架有特制冰冻设备的喷气式飞机。飞机先飞过了米斯蒂火山，然后又飞过了发现胡安妮塔的安帕托火山。山顶上她被发现的地方仍然覆盖着冰雪。随后飞机升上了 30000 英尺的高空，向北朝华盛顿特区飞去。在接下来的一个月里，国家地理学
230 会总部举办了一个特别的展览，在这里胡安妮塔受到了大批参观者的青睐。其中还包括秘鲁总统阿尔韦托·藤森，他当时正好就在美国首都。参观后深受震撼的藤森总统对一小批聚集在一起的高官说：

> 我代表秘鲁人民骄傲地向你们介绍安帕托的公主——胡安妮塔。她的故事是一个流传了 500 年的传说，一个本来也许会被永远埋藏下去却突然被发现并震惊了整个世界的故事。你们所知道的她被发现的故事，是她从安帕托山顶……来到这里、来到今天的故事。我们，以及整个世界能够从她身上了解到的东西是此时无法估量的。我们骄傲地与我们北方的邻居和朋友一起分

享这珍贵的财富——是大自然把她从地面上最高的山峰之一的顶端呈现到我们面前。胡安妮塔的觉醒——以及她跨越时间和空间的旅程——让我们思考这个世界在过去这些世纪中历经的漫长变迁。安帕托的公主当然想不到在不可知的某一天，命运会将她带到未来世界舞台上最显眼的聚光灯下。我们祈祷她带给我们知识，带领我们看清自己的内心、自己的历史和自己的良知。愿胡安妮塔的灵魂获得安息。[29]

*

“醒醒（*Riqch'ariy sonq'ollay*）”，一个声音在胡安妮塔的耳边说。

此时已经是早上了，胡安妮塔睁开眼，看到最年长的祭司就在身边。他深黑的双眸紧盯着自己。起初她也看着祭司，并不明白他是什么意思。

“醒醒”，老祭司又说，还轻轻地摇了摇她。

前一天夜里，胡安妮塔躺在羊驼毛布料搭建的帐篷里，身上盖着羊驼毛织成的毯子终于睡着了。祭司给了醒来的胡安妮塔一小碗蔬菜，胡安妮塔感激地吃了下去，但还是抵挡不住彻骨的寒冷，她的手臂和腿都在发抖。过了一会儿，她 231
踉踉跄跄地来到帐篷外面。

太阳还没有升起来，但是胡安妮塔很快就被祭司们包围了，他们要帮助她攀登最后一小段通往火山顶峰的路程。现在地上已经全是冰，有的地方落了一些灰色的火山灰，胡安妮塔的便鞋在这样的路上一直打滑。空气寒冷而稀薄，她觉得自己已经无法呼吸了。

到达山顶之后，胡安妮塔和祭司们一起等待太阳神因蒂的出现。最终，太阳奇迹般地升起了，耀眼的黄色光芒勾勒出了一个几乎充满了整个天空的漏斗形烟云，这正是由他们下方的萨班卡亚火山不断喷出的灰色烟尘形成的。胡安妮塔可以感觉到有祭司的手在帮自己整理披肩，确认银质的别针别好了位置，还抚平了她身上的七彩裙，理直了她的长发，并用黑色毛线把她的长辫子固定在她的腰带上。由于空气稀薄、睡眠不足和刺骨的寒冷，胡安妮塔整个人都处在恍惚中。她看到一群祭司蹲在她身边把金质和银质的美洲驼和羊驼小雕塑摆好，还给它们裹上小块的纺织布料。

胡安妮塔跟随着一队祭司来到火山顶上的一个小平台。她的脚步有些蹒跚，她身上的七彩裙沐浴在清晨的阳光中。祭司命令胡安妮塔跪在一个小小的石头平台前面，于是胡安妮塔跪下了，顺从地完成祭司的每一个要求。在她面前是两个朝着太阳的方向平伸出双手的祭司，他们站立着将大瓶子里的金黄色吉开酒倒在火山顶上，酒液形成的水柱在阳光的照耀下熠熠生辉。另一名祭司朝着喷发中的阿普伸出双手，祈求他不要吞噬他们的谷物、田地和村镇。

胡安妮塔静静地跪在冰雪中，跪在阿普所在的最高的山顶。

“萨班卡亚阿普，”他听到所有祭司的声音同时响起，“请仁慈地对待我们。享用我们的献祭吧。”

一双有力的手把她的头按了下去。

胡安妮塔等待着，胸膛因为呼吸而不断起伏，祭司们的声音和火山爆发的声响充斥在她的耳朵里。

低着头的胡安妮塔看到了一片刚刚落在自己长袍上的灰 232
色的火山灰，对比之下，淡橘色的艳丽长袍因为阳光而反射出的光芒几乎明亮得刺眼。

祭司祈祷的声音越来越大，一双手从后面牢牢地扶着她，另一双手则将她的头压得更低。

随后，仿佛一声惊雷刺破天际，胡安妮塔失去了所有知觉。

233 # 第六章 康提基号海上探险、白人上帝和的的喀喀湖上的漂浮岛屿（秘鲁和玻利维亚）

我问印第安人，就他们所知，古时的祖先看到的［创世之神］维拉科查是什么样子的。他们告诉我，维拉科查是一个高个男子，穿着长及脚踝的白色衣服，腰上系着腰带，头发很短，而且是像受了削发礼的教士一样在头顶剃光了一块……我又问他的名字……他们说他叫康提基·维拉科查（Contiti［Kon Tiki］Viracocha），是“创世之神”的意思……[1]

——胡安·德·贝坦索斯，

《关于印加人的描述》，1564 年

（Juan de Betanzos，*Narrative of the Incas*，1564）

印加人宣称他们的祖先将白人主神太阳提基（Sun-Tiki）赶出了秘鲁，赶到了太平洋上；而东太平洋岛屿上的原住民们则敬拜太阳之子白人主神提基（Tiki），称其为自己种族的创始人。我已经确信这两个名称指代的是同一个人。太阳提基在秘鲁的生活，还有的的喀喀湖周围那些地方的古老名称，全都出现在了太平洋岛屿

上的原住民中间流传的历史传奇故事中……我的理论已 234
经完整了。我必须马上回到美国把它公之于众。[2]

——托尔·海尔达尔，《康提基号：乘筏船跨越太平洋》①

（Thor Heyerdahl，*Kon-Tiki*：*Across the Pacific by Raft*）

“前几天有人把死公鸡和死狗扔到了我们的铁丝栅栏之内，这事儿你知道吗?”挪威探险家托尔·海尔达尔问我。当时是1987年5月，我们正开着吉普车行驶在秘鲁北部海岸边的一条土路上。莫切（Moche）文明时期建造的已有2000多年历史的土坯金字塔在我们四周若隐若现。海尔达尔此时71岁，稀疏的白发一绺一绺的。他穿着一条蓝色的连衫裤，转头看着我，同时还要控制方向盘，躲避吠叫的狗和突然出现的鸡。

我摇了摇头。

“是巫术”，他说，然后突然转向躲过了一只呲着獠牙追逐我们的狗。这只狗让我想起了这附近不久前刚刚出土的手掌大小，同样带有獠牙的金质人面像，那个墓葬属于一个被称为“西潘王”（the Lord of Sipán）的莫切人国王。起初是盗墓者无意中发现了这个满是金、银、铜质工艺品的墓葬，这里也很快就被称为新大陆上的图特王墓葬（King Tut）。墓葬被发现没几天，警察就来到了这里，不仅朝一个盗墓者开了枪，还没收了所有的金质雕像。不过还是有一些

① 该书有一个著名的中译本名为《孤筏重洋》。——编者注

金质小雕塑后来被走私出秘鲁，并卖出了近百万美元的高价。这些事就发生在我们现在行驶的道路以北仅 30 英里的地方。无怪乎当地人现在都感到非常紧张、不安和气愤。因为他们知道一袋袋的珍贵宝藏就埋在附近某个破败损毁的金字塔下面，至少有一些人是想要分一杯羹的。

车子经过盖着茅草屋顶的土坯房时，一些有深棕色皮肤和黑头发的人穿着橡胶便鞋从房子里走出来看着我们。海尔达尔亲切地向他们挥手致意，但不是所有人都有所回应。

“我们想要在人家的神庙和金字塔里挖掘人家祖先的墓葬，”海尔达尔说，“巫师们可不喜欢我们的这些所作所为。”

235 为了化解巫师的咒语，海尔达尔和我打算到当地的市场上买些辣椒和其他几种神秘的原料，这是按照一个友好的巫师的指导采购的，他说这些东西能帮助我们抵挡邪恶的咒语。海尔达尔把吉普车停在了一个露天市场附近。虽然我比他年轻了 40 多岁，不过海尔达尔还是邀请我和他一起待几天，他知道我在过去的一年里一直作为一名人类学者在秘鲁的亚马孙地区工作。

我们下了吉普车，走进市场，开始在货摊上搜寻。摊位上摆满了一包包的藜麦、辣椒（*ajï*）、阳桃、西番莲（*granadilla*）、蛋黄果（*lúcuma*）和其他产品。

很多年前，我还是个孩子的时候就读过海尔达尔的第一本书《康提基号：乘筏船跨越太平洋》。我记得当时自己对这本书有多着迷。那本书的开头是这么写的：

> 人们时不时会发现自己处在一个怪异的处境里。你明明是一步一步自然而然地走在正确的路上，可是当你置身那样的处境之后你就会无比惊讶地问自己这一切究竟是怎么发生的。比如说，如果你和五个同伴还有一只鹦鹉一起来到海上，那么毫无疑问会有这么一天，你睡了一夜好觉，早晨在海上醒来，比平时略微精力充沛一些，然后你就开始思考。就是在一个这样的早晨，我坐在船上，在一本被露水打湿了的航海日志上写道：
>
> “5月17日，挪威国庆节。海上波涛汹涌。顺风。今天轮到我做厨师了，我在甲板上找到了七条飞鱼，在船舱顶上发现一只乌贼，还在托尔施泰因（Torstein）的睡袋里发现了一条不知道什么品种的鱼。”[3]

那条不知道是什么品种的鱼后来被确认为一种非常罕见的蛇鲭鱼——此前人们还从未见过活体。同样没有为人们所见识过的，至少在近代历史上没有人进行过的，还有这次全程4300英里、驾驶一条用轻质巴尔沙木缠绑起来的印加样式小木筏穿越太平洋的航行壮举。海尔达尔以及此行同伴中的一些人在二战时期都参加过反对纳粹的挪威抵抗运动。现在他们一起驾驶木筏从秘鲁出发，到达法属波利尼西亚（Polynesia）的土阿莫土群岛（Tuamotu Islands）时撞上了
珊瑚礁。海尔达尔给这条木筏取名为康提基号——这是以印 236
加人和古代蒂亚瓦纳科人（Tiahuanaco）崇拜的远古神明的名字命名的。蒂亚瓦纳科人曾经就生活在安第斯山脉上海拔12000英尺处的的的喀喀湖附近。后来，海尔达尔的书卖出

了2000多万册，被翻译成了67种语言。此时已经完全能够在经济上独立的海尔达尔仍在继续研究和挖掘古文化遗址，他的足迹遍及科隆群岛、复活节岛、马尔代夫以及加那利群岛，他的目标是要证明当地的原住民不仅制造出了可以出海的筏船，而且曾经驾驶这样的筏船跨越了海洋。海尔达尔相信筏船让分别存在于秘鲁和波利尼西亚的古代文明之间的接触成为可能，甚至让新大陆和旧大陆之间的接触成为可能。

“你去过埃及吗?”海尔达尔从一个老妇人那儿买辣椒时突然问我。我摇了摇头。

“萨卡拉（Sakkara）的［埃及］金字塔和这附近的金字塔看起来非常相似”，他指的是这片区域里的莫切人的金字塔。由于侵蚀得太厉害，这里的金字塔看起来更像有岩块剥落的山丘。

“你觉得它们之间有关联?”我问。

“是的。”

“但是怎么发生的呢?”

“芦苇筏船，”他说，“像的的喀喀湖上的那些芦苇筏船一样。”

老妇人抓了一把皱巴巴的褐红色辣椒装进小袋子里递给海尔达尔。

“你去过的的喀喀湖了吗?”他问。

我又摇了摇头。

“那里美极了”，他说。

我们重新回到吉普上，发动了车子。

“人们至今还在的的喀喀湖上使用芦苇筏船，就像埃及和古代的美索不达米亚地区的人们曾经使用的一样，”海尔达尔说，“在的的喀喀湖上，还有人生活在芦苇搭建的岛上。他们称之为乌鲁斯岛（Uros Islands）。新大陆和旧大陆之间一定是有过关联的。”

饱经风霜的探险家扭头看着我说。他的脸上布满皱纹，237
但是他蓝色的眼睛清澈明亮，就像阳光下的大海。距离他和他的五个同伴乘着康提基号在太平洋上触礁已经过去40多年的时间了，但海尔达尔对自己的工作依然充满热情。

“如果你还没去过的的喀喀湖，那你一定要去一次，”他说，“当年帮我造了拉二号（*Ra II*）的船匠至今还在湖上生活。我就是乘着那样的筏子从摩洛哥到［加勒比海中的］巴巴多斯的。这两块大陆并不是分割开的——筏船曾经把它们联系在一起。”

接近四分之一个世纪之后，我终于来到了秘鲁的普诺（Puno），这个城市就位于世界上海拔最高的可通航水域的的喀喀湖岸边。虽然我已经不再是20多岁的小伙子了，但我确实采纳了海尔达尔说过的一些建议。和他一起去看了莫切人的金字塔之后，我又去看了埃及的金字塔，然后又走遍了地中海附近的希腊和罗马古迹，考察了散布在印度各地的古代庙宇，探寻了吴哥窟的寺庙，和亚马孙地区一个刚刚与外部世界发生接触的部落生活了一段时间，还去了巴布亚新几内亚境内与世隔绝的地区。如今，在这段从南美洲北部边界前往最南端的巴塔哥尼亚的纵贯南北的旅程中，海尔达尔曾经的问题自然而然地又回响在我的耳边："你去过的的喀喀湖吗？你知道乌鲁斯吗？"

其实遇到海尔达尔之后我就去了的的喀喀湖，但是那次行程很仓促。从那之后，我又得知为海尔达尔设计并建造拉二号筏船的造船匠中至少有一位仍然生活在玻利维亚境内的的的喀喀湖岛屿上。我算了算，海尔达尔的造船匠如今至少80多岁了。既然乌鲁斯岛距离普诺没多远，而我本来也正要向南继续前往玻利维亚，于是我决定去看看乌鲁斯岛，并且尝试寻找一下这位帮海尔达尔造船的人。

普诺位于的的喀喀湖西北角的山脚处。这个城市沿着山势而建，从高处一直铺展到湖边，就好像是从山上倾泻而下的河流一样。湖边有一个水泥码头，旁边停泊着很多小船。普诺大约有10万人口，海拔大约12500英尺。我很快就发
238 现，城市中的任何一条主路不是顺山势而下通往湖边，就是从湖边向上攀爬返回城市。路上来来往往的都是人力三轮脚踏车，车顶还有塑料顶棚为乘客遮挡这里频繁的降雨。三轮车的车把上都有橡胶制作的球形喇叭，这样骑车人在路上就可以按喇叭来开道了。

普诺这个城市颜色单调，风格粗犷。城市主广场四周有披着披肩，戴着圆顶帽的妇女们坐在石头板凳上编织或照看孩子。老年男士们则穿着有磨损和皱痕的西装坐在妇女们旁边，手里拄着拐杖打盹，头向前一点一点的。少数穿着暗绿色制服的警察会在街上巡逻，他们走过的道路两边都是红色砖头搭建的建筑。普诺大部分建筑的房顶四角会有暴露在外

的钢筋，好像昆虫的触角一样向外伸出。这是为了方便以后在房顶上加盖一层而做的准备。最终，当一栋建筑彻底完工之后——在秘鲁的这片地方，房子一般要修四层或五层才叫完工——建筑的拥有者会在整个建筑外部涂上石灰，然后把它刷成蓝色、绿色或其他什么颜色。普诺的很多建筑都是这么一层一层向上“长高”的。

普诺本身在景色方面实在乏善可陈，但是它坐落在世界上景色最优美的湖泊之一的岸边。想象一下有这么一个巨大的游泳池，100 英里长，50 英里宽，超过 1000 英尺深，现在我们把它整个举到空中，停在高出海平面 2 英里的地方。再想象一下四周连绵的群山。湖泊以东是东科迪勒拉山脉（Cordillera Real），其中包括一些海拔超过 20000 英尺的山峰。这些神圣的有冰雪覆盖着山顶的群山之外就是绵延 3000 英里的亚马孙雨林。湖泊以西是西科迪勒拉山脉（Cordillera Occidental），而西边湖岸 150 英里之外、海拔降低 2 英里的地方就是太平洋的海岸。从高空俯瞰，的的喀喀湖就像是一块熠熠生辉的蓝宝石，被镶嵌在一片棕褐色的高原（*altiplano*）上。湖泊的南部属于玻利维亚，北部属于秘鲁。

我在普诺的水泥码头上见到了胡安（Juan），他是一个 36 岁的艾马拉印第安人，就生活在的的喀喀湖上的漂浮岛屿（*Los Uros*）上。托尔·海尔达尔很多年前跟我提到的就 239
是这种岛屿。胡安穿着橡胶便鞋，戴着用鲜艳的羊驼毛线编织的有耳扇的帽子（*chu'ullu* hat）。他用有浓重艾马拉口音的西班牙语对我说，他下午晚些时候出发返回他在漂浮岛屿上的家，并邀请我和他一起去。我告诉他我希望能在岛上住几天的时候，他马上向我保证没有问题，他说他不仅有空余的房间，而且有一家芦苇搭建的旅馆。

“用芦苇？”我问。

“对，对，对。用香蒲草（*totora*）。”

接近傍晚的时候我们乘着一艘安装了埃文鲁德马达的木质小船向着普诺湾的方向驶去。

胡安个子不高，体格壮实，颧骨突出，留着短短的黑发。他就出生在那些漂浮的芦苇岛屿上，和他的父亲、祖父以及所有他知道的祖先一样。他的妻子艾尔莎（Elsa）也出生在乌鲁斯岛上，也和胡安一样从小讲艾马拉语。所谓乌鲁斯岛其实就是把芦苇制作成大概10英尺厚的草甸，然后把它们用木棍固定住。

实际上，这些乌鲁斯岛背后有着非常复杂的历史。虽然考古学家们相信最初的美洲人在15000～22000年前就通过了白令陆桥（Bering Land Bridge），但他们的后代是在大约公元前8000年的时候才来到的的喀喀湖附近的。谁也不确定人们是从什么时候开始在漂浮的岛屿上生活的，考古学家们可以确定的是在公元前2000年的时候，已经有人在的的喀喀湖中的一些天然岛屿上生活了，据推测他们应该是乘坐香蒲草编成的筏子来到岛上的。至于这之后又过了多少时间人们才开始在自制的芦苇岛屿上生活，就无从知晓了。

欧洲人在16世纪才第一次来到的的喀喀湖并记录了这里的情况，他们称这里的人为乌鲁斯人。最早的西班牙编年史作者是以轻蔑的口气描述这些与众不同的岛屿居民的，因为他们不像别人一样在陆地上居有定所。乌鲁斯人生活在漂浮的岛屿上，以鱼和鸭子，甚至是水中的芦苇为食物。一个奥古斯丁修会的修道士安东尼奥·德·拉·卡兰查（Antonio de la Calancha）这样写道：

> 这些乌鲁斯人都是野蛮人……［他们］皮肤很黑、 240
> 很脏、和我们言语不通，对于我们的信仰也毫不理会……这些乌鲁斯印第安人在水上生、水上长，一辈子都漂浮在湖上的芦苇丛里。这种芦苇被称作香蒲草，它们的［芦苇床］很厚……［虽然这片地方很冷］，他们在水上生活时就只用一些［芦苇］席子作衣物和遮盖……他们说的话也是秘鲁人所使用的以喉音为主的语言中最模糊、最简短、最原始的一种……他们的宗教仪式就是敬拜太阳和湖泊；他们尤其钟爱这片湖泊，还向湖中敬献［神圣的］谷物。[4]

40年后，另一位西班牙牧师何塞·德·阿科斯塔（José de Acosta）又写下了更多对这些岛屿居民的嘲讽：

> 他们种了一大片芦苇，不过印第安人管这个叫香蒲草。这种草可真是万金油，人们干什么都离不开它，它可以喂猪、喂马，还可以给人吃；他们用芦苇造房子、造船、生火，有必要的时候芦苇荡还是他们的藏身之地。这些乌鲁斯人野蛮如禽兽，连他们自己都没有把自己视为人类。据说在被问到这个问题的时候，他们回答

> 说自己是乌鲁斯，不是人，好像乌鲁斯只是一种什么动物似的。我们发现了一个村子的乌鲁斯人，［村民们］住在自己的芦苇船上，［这些船］彼此捆绑在一起，然后拴在某个悬崖边上，如果到了他们不得不换一个地方的时候，他们就会把整个［漂浮的］村子移动到别处，所以［如果］你今天还到昨天发现他们的地方去找……［你很可能根本找不到］他们的人或整个村子了。[5]

让西班牙人最气恼的——显然在他们之前也曾经让印加人很郁闷的——莫过于乌鲁斯人的飘忽不定。无论是西班牙人还是印加人，要让国家运转就得向国民征收税费。但是对于按俗话说是“摘个帽子的功夫就消失得无影无踪的一个人甚至一个村子”，谁能收得到他们的税呢？

241 人类学者争论的另一个问题：编年史作者指的乌鲁斯人究竟是说不同语言的另一个民族，还是就是偏爱生活在湖边和水上的艾马拉印第安人。无论如何，就算曾经有过乌鲁斯语这样一种独立的语言，那么它也早已经绝迹了，就如其他许多已经绝迹的南美洲语言一样。现在生活在乌鲁斯岛上的人都讲艾马拉语。在秘鲁、玻利维亚和智利的安第斯山脉地区有200万以上的人口都使用这种语言。艾马拉人创造了伟大的蒂亚瓦纳科文明及同名的蒂亚瓦纳科城。这个著名的古城曾经是蒂亚瓦纳科文明的中心，它的遗址就位于玻利维亚境内的的的喀喀湖南端。

我们的电动马达木船在像天空一样碧蓝清澈的湖面上疾驰而过，普诺城被抛在我们的身后越来越远。的的喀喀湖是南美洲最大的湖泊，湖水的平均温度维持在 50 ~ 70 华氏度。因为湖泊的海拔高以及热带阳光的照射强，这里的蒸发率也很高，因此，湖泊四周的天空中总是有滚滚的积雨云在上升到惊人的高度后又有规律地定时转化为雨水，伴着电闪雷鸣倾泻而下。

离开城市不过 3 英里处的水面上就开始出现大片的低矮芦苇荡，乌鲁斯人就生活在其中，所以行船没过多久我就看到了漂浮的岛屿。最先映入眼帘的是一排绿色的矮芦苇丛，然后是上方探出的一个个芦苇房屋的圆屋顶，它们好像一朵朵破土而出的奇怪的黄色蘑菇一样。我们头顶上有一只身体是白色，头部是黑色的安第斯鸥在这样新鲜、纯净，还有些冰冷的空气中盘旋。胡安调转了船头，我们的小船驶进了芦苇丛之间一条宽阔的蓝色水道。

没有了芦苇的遮挡，漂浮的乌鲁斯岛马上出现在了我们眼前。这里共有 42 个乌鲁斯岛分别漂浮在芦苇水道的两边。岛屿看起来像是洒满了黄色干芦苇的平而浅的陆地，只是这里的“陆地”上铺的不是泥土而是一层层的芦苇，而“陆地”以下 60 英尺则全是湖水。岛上的房子都不大，密密地挤在一起，房顶是圆弧状的。还有一个岛上竖立着一座木质的瞭望塔，几个世纪以前，人们就是靠这样的高塔来观察是否有危险来临的。那些芥末色、圆屋顶的小房子看起来好像是给霍比特人，或者至少是给有非凡的手艺和独特品位的人居住的一样。

“乌鲁斯！”胡安大声说道，一手指着让我看，另一手 242
掌控着小船沿着水道继续前进。水道上还有其他小船来来往往，或者停靠在岛屿的岸边。一个岛上有戴着圆顶礼帽，穿着石灰绿或粉色长裙的妇女们在晾衣服；另一个岛上有几个小孩儿在踢球。有一些岛屿岸边拴着巨大的香蒲草筏船，弯弯的船头还会被制作成美洲狮狮头的样子。这一整片地方看起来好像一个奇异的、神话般的世界，仿佛就是《马可·波罗游记》（*The Travels of Marco Polo*）中场景的现实翻版。

胡安告诉我，他可以毫不夸张地说在乌鲁斯岛上生活全靠香蒲草。它是拟莞属的一个亚种（*Schoenoplectus Californicus*），“Schoenoplectus”是拉丁文，意思是“很多草”。香蒲草的形态是细长的圆柱形，它其实不是草，而是芦苇——一种和埃及的纸莎草有亲属关系的开花植物。香蒲草这个亚种通常只生长在的的喀喀湖岸边的浅水区和秘鲁的北部海岸边。那里的渔民也会把它们捆绑起来做成小筏子，并乘着它去打鱼。令人感到奇怪的是，在距此 2500 英里以外的复活节岛上竟然也生长着香蒲草。

在水下，香蒲草的根错综复杂地缠在一起，大片大片地漂浮着，好像一个巨型的软木塞一样。原住民们应该是在很久很久以前就学会了怎么把这种在浅水区里生长的植物带根割下来，然后用同样是由香蒲草扎成的草绳把它们捆在一起堆成草垛。几个月之后，草垛里的草根相互绞缠在一起，居民们再在草垛上面盖一层和草垛一样厚的鲜香蒲草。比如说带根的草垛是 3 英尺厚，那么就在草垛上盖 3 英尺厚不带根的鲜香蒲草。这层不带根的鲜香蒲草上面还要再铺一层 1 英尺厚的干香蒲草才能作为可以盖房子的地基。人们自制的香蒲草地基就是房子的地板。

所有房子都是一间一间单独的。房子四周的墙壁也是香蒲草编成的草席子，一面墙一块席子。房顶通常是由两块编织得更加密实的大席子做成的，这样才不会漏水。两张席子在房顶最高处被小心地固定在一起，然后下摆向外展开形成圆形的屋檐，像一个香蒲草帐篷一样把四面墙拢在屋檐内。 243
从某种意义上说，一个芦苇房子就像是一条翻过来的小船：房顶相当于船体，四面墙相当于甲板上的舷墙。翻了个的“船体”要扎紧，这是为了防止雨水渗进来淋湿里面的住户。相反，雨水会顺着房顶流向四周，落到芦苇做成的地板上，再顺着芦苇的空隙渗透下去流回湖中，最后重新蒸发，开始一次新的自然循环。的的喀喀湖的雨季出现在安第斯的夏天里，也就是从 12 月一直到次年 3 月。下雨的时候岛上总是很潮湿。所以人们必须不断往岛上铺新的香蒲草。

胡安的船开进了一个芦苇丛上的小湾，他关闭了引擎，让我们的船顺水向前滑动，直到船头轻轻抵住了他家小岛硬硬的香蒲草岸边。他的妻子艾尔莎穿着亮蓝色的长及脚踝的传统裙子和一件胭脂红的毛衣，带着黑色的圆顶礼帽站在那里迎接我们。艾尔莎微笑的时候露出了两颗镶了金边的前牙。胡安的孩子们也在——15 岁的萨拉（Sarah）和 13 岁的莱昂纳多（Leonardo）。莱昂纳多正在岛边玩耍，用一根绳子拖拉着一条 3 英尺长的香蒲草小船。

我登上了他们家的小岛，本以为会像踩在水床上一样一脚陷下去，但实际上并没有。虽然整个岛看起来就像一块柔软的海绵，可是走在岛上像走在一块巨大的干硬棉花糖上一样，每一步仅仅会下陷几英寸而已。胡安家的岛大约有 100

英尺长，50 英尺宽。整个岛出奇地稳固，只有当电动船经过掀起的尾浪涌过来时，小岛才会随之晃动。每当这时，你就会感受到水浪平稳地通过脚下的小岛，带来一波轻微的起伏。整个小岛就像一个巨大的筏船，岛上的房屋就是筏船上的小船舱。岛屿居民的房屋有一种清新、干净的香蒲草气味，住在这样的房屋里就像置身在干草棚或谷仓里一样。

“如果遇到暴风雨怎么办？”我看着天空中一大片逼近的乌云，忍不住问，“暴风雨对岛屿有影响吗？”

胡安说影响肯定是有的，但是岛屿都是用长绳——现在都是尼龙绳，以前则是香蒲草编的草绳——拴在深深扎进湖泥中的桉树枝上，桉树枝都被结实地敲进了浅水区的芦苇床
244 里。每个岛屿至少会用 8 ~ 10 根树枝来进行固定。暴风雨来临时，岛屿被这些系泊工具牵拉着，虽然难免会像个浮标一样在水上晃动，但是至少不会漂走。

胡安还说，岛屿表面上的一层香蒲草会渐渐被水浸泡并腐烂，所以岛上的居民要经常撤换坏掉的香蒲草。他们会游进芦苇丛中，用带着木手柄的金属镰刀割下新鲜的芦苇，然后给岛屿重新铺上新鲜的干草。胡安说几个家庭要建造一个岛需要八个月到一年的时间。依岛屿面积大小不同，一个岛上能居住的家庭数量为 2 ~ 10 个不等。一个人编织一个房间的房顶需要一整个月的时间。三个人一起一天时间可以编完一间屋子的四面墙。到了雨季，人们每过两三个星期就要铺一层新的香蒲草。

“没有香蒲草我们就没法生活”，胡安说着走到小岛的边缘，那里有一大片深绿色的芦苇丛。胡安伸手揪住一支芦

苇，然后开始小心地将它连根拔起。

“香蒲草可以吃，可以铺床，可以造房子、造家具、造船，我们还用它泡茶，也可以用它生火。”他一边说一边剥开了这根 6 英尺长的植物底端白色的根。

一只 1 英尺来高的夜鹭脚步迟疑地朝我们走来，它有一身花灰色的羽毛，但头顶是黑色的。这只夜鹭还未成年，有一双橙色的眼睛和黑色的瞳孔，目光炯炯有神——这是捕食者才有的眼睛。它是胡安一家的宠物之一，名字叫“马丁”（Martin），这来源于它的西班牙语名字“会抓鱼的马丁”（*martin pescadero*）。

“我们在它还很小很小的时候就把它从鸟巢里抓来了，”胡安告诉我，“如果你在幼鸟出生后几天之内就把它从鸟巢里抓走的话，它就会把抓走它的人认定为妈妈，而不再认它的鸟妈妈。”这只离开了父母的夜鹭啄了啄我们面前摞着的一堆新割下来的香蒲草，想要找到点儿吃的。这时，我又惊讶地看到大约 20 英尺之外的地方，有一只猫正朝我们走来。“我们这里没有老鼠”，胡安解释说，因为每个岛上都有猫。当那只猫走得太近了之后，夜鹭突然朝着猫扑过去狠狠地啄它。“马丁可以照顾好自己”，胡安看着被吓跑的猫说道。

胡安递给我一小段香蒲草根。在艾马拉语中，人们管这 245
个根叫“初洛”（*chullo*）。草根呈白色，很干净，看起来像一个巨大的香葱根。我咬了一下，觉得略微有点甜，口感和白芦笋差不多。我突然意识到，香蒲草可以做垫子、盖房子、编绳子、造船和家具，生活在这片香蒲草的迷宫中就好像是生活在木材厂里一样，只不过这里的木材甚至还能吃。

胡安的妻子带我参观了她做饭的地方，这里和一家人居住的地方大约隔了 10 英尺。她说所有的食物都是在这个大约 2 英尺高的小土灶上制作的，土灶不能直接放在芦苇地面上，而是要垫一块大石头。土灶中间有一个 1 英尺宽的火膛可以用来生火，上面有两个洞可以放锅。土灶旁边挂着一口金属锅，毫无疑问也是用香蒲草编的绳子挂起来的。

胡安的妻子是个爱笑的人。她说只要不下雨，她就每天早上 4 点起床。如果下雨，她就继续睡觉。所以大多数时候，艾尔莎都是天不亮就起来在土灶里生火了，她用的燃料也是干香蒲草。她说香蒲草生火很快，可是到了雨季就很难找到干的香蒲草了。

胡安说，在岛上生活其实需要做很多维护工作。他们得不断地修缮和更新房屋和船，甚至是岛屿本身。可我还是忍不住觉得这些岛上的居民不用交房租，不用还房贷，而且用来造房子的原料（香蒲草）也充足得很。如果需要出行，就用香蒲草船作为交通工具，他们脚下就是取之不尽的新鲜饮用水，可以打野鸭和水鸟作食物，还能捞到很多鱼。我曾经就去探访过一个位于秘鲁贫瘠的沙漠边缘的新定居点，那里的人们用自己能找到的一切材料才能勉强建造起可居住的棚屋，然后还要想办法找工作挣钱来购买生活必需的水和食物等。相比之下，乌鲁斯人在岛上过得好多了。他们显然已经很好地掌控了这样的水域环境。

胡安带着我来到我要住的“旅馆”，其实就是岛上一间空闲的房子。他推开香蒲草编的屋门，还打开了屋里的一盏
246 灯。胡安在岛上安装了一种小型太阳能电池板和低瓦数的灯

泡。这些太阳能电池板是胡安以五年期贷款的形式向政府购买的。我的房间里有两张木床，上面铺着床垫和厚厚的毛毯。艾尔莎还在墙上装饰了从陆地上买来的纺织品，一切都整洁而且干净。之后胡安又领我看了一间更小的香蒲草房间并告诉我那是卫生间，他在里面装了闪着白光的洗脸池和马桶。岛上的居民们在附近有一些作为“屋外厕所”之用的小岛屿，居民产生的废物会被那里的香蒲草根作为肥料吸收。

胡安说，客房和浴室里都有电，但是旁边他们自己居住的大一些的房子里并没有，因为电只是为游客准备的。他和他的妻子收取 10 美元一晚的住宿费。“我希望将来能扩大到给 20 个人提供住宿的规模”，胡安说。他经营这个旅馆已经有十年了，除这里之外，他还有三个小“旅馆”正在建设中。

夜深以后，胡安一家都入睡了，但我还在四处闲逛。这些芦苇建造的漂浮岛屿上漆黑一片，悄无声息。几乎没有哪个岛上居民拥有任何形式的照明，所以大多数人到晚上七八点钟就上床睡觉了。这里的空气清冷而凝滞，但是在芦苇荡之外的远处，我能看到普诺市里闪烁的灯光沿着山势铺展开，像一大片发光的珠宝一样映衬出湖水深黑的边缘。抬起头，我还可以看到同样闪耀着密集星光的银河。繁星像镶嵌进夜晚的天空中一样，我甚至可以看出一些星系的形状，像漂浮在远处的一团烟气。我回到香蒲草房间里，爬上床，盖上毯子打算入睡，但是一直冷得睡不着。过了大约一个小时之后，我翻出了我的旧睡袋放到床上，然后钻进去很快就睡着了。

第二天一早，胡安和我乘着小木船去看他前一天撒下的渔网。胡安摇着橹驾着船穿过芦苇荡中的一条水道。黄色翅膀的黑鹂发出沙哑但富有旋律的叫声，麻雀大小的绿色、黑色、黄色和蓝色的多色苇霸鹟不时从香蒲草丛上掠过。水中有很多长长的水生植物，看着有点像瓶刷的样子，在我们船下半透明的水中随着波浪摆荡。

247 穿过芦苇荡之后，我们开始看到水面上漂浮着一些塑料瓶，都是拴在尼龙渔网上的。胡安把半透明的绿色渔网洒在靠近一片香蒲草丛的地方——芦苇床边缘是最容易捞到卡拉驰斯鱼（*carachis*）的地方，这是一种最受偏爱的本地小鱼，虽然刺多，但是味道鲜美。

地球上的海洋中生活着超过 15000 种鱼类，仅亚马孙河谷中就能找到 2000 多种。而这个海拔 12500 英尺的湖泊中却仅有 26 个本地物种。[6] 大约 300 万年前，一种和鳉鱼有亲属关系的小鱼不知怎么地游进了安第斯山脉的河流体系，并一路游进了的的喀喀湖。就像查尔斯·达尔文发现的雀鸟祖先最终在科隆群岛上发展成为 13 个不同的种一样，第一只游到的的喀喀湖的小鱼就是本地全部 26 种鱼类之中 24 个种的祖先，而另外 2 种则是相互有亲缘关系的鲶鱼。

胡安用小石头固定住渔网，从水面上是看不到渔网的位置的。不过就像城市中的人们在开车时认识地标性建筑一样，他仅通过香蒲草丛的轮廓就能熟练地找到自己的渔网撒在了哪里。胡安说，每到赶集的日子，村民们都是夜里 1 点就摸黑收网。在没有灯的情况下，他们就是靠记住芦苇的分布位置和星星月亮的光亮来认路的。

胡安终于停了船，把橹放下，伸手探进水下摸到了渔网的边缘，然后就开始一点一点收网。细细的绿色丝网被渐渐拉上了船底，里面不时会看到银色和黄色相间的卡拉驰斯鱼，它们都是鳃部被缠在了渔网上，但是还在奋力地扑腾。胡安把鱼解下来放进一个陶瓷碗里，鱼都不大，只有四五英寸长。大约半小时之后，胡安总共抓到了 20 来条鱼。我听到附近有黑鹂在鸣叫和争斗的声音，还看到远处也有一些渔民正在独自一把一把地收网。像胡安一样，他们使用的大多也是木船，而不是香蒲草编的船。胡安说，现在只有像他父亲那样年长的乌鲁斯人还用香蒲草船了。他们管那样的小船叫“巴尔萨”（*balsas*）。

“你想不想看湖泊女神玛玛科查?”把最后一点渔网也 248
拉上船之后，胡安突然问我。我点点头。

我们现在驶向了另一条游览路线，这次是穿过一片迷宫一样的天然水道，芦苇荡被这些水道分割成了一块一块的，蜿蜒曲折的水道穿插交错在其中，一直延伸到岸边。途中我们遇到了另一艘小船，船上的男人一直站着摇橹，船头坐着一位妇女，两人之间是一摞齐胸高的刚刚割下来的绿色香蒲草。不同船上的人之间会大声地用艾马拉语交谈，虽然各个乌鲁斯岛上总共住了大约 2000 人，但是似乎所有人都相互熟识。

虽然这里大多数人已经不再使用香蒲草编的小船了，但是他们并没有停止用香蒲草制造大船。1912 年，海勒姆·宾厄姆在发现马丘比丘的印加遗址一年之后曾经来到过的的喀喀湖。他后来写道：

> 很久很久以前，湖上的居民学会了晾干……［香蒲草］，人们把长长的干草紧紧地捆成捆，然后把这些长捆绑在一起，把两头弯起来……就算造出了一条渔船，他们称之为巴尔萨……大型的巴尔萨可以用来穿越湖泊中水深更深、水势更险峻的地方，这样的船能够承载十几个人和他们行李。我有一次就看到一个农夫带着几头牛乘坐一个［香蒲草］芦苇筏子到了湖对岸……一位很善于推理的来自玻利维亚拉巴斯省（La Paz）的作家波尚南斯基先生（Señor Posnansky）就相信人们曾经用巴尔萨运输10吨重的巨石穿过湖泊到蒂亚瓦纳科［古城］去。[7]

“我的祖先曾经就住在芦苇船上，”胡安一边实事求是地对我说，一边继续摇橹沿着水道前进，“印加人来到这片区域时，我的祖先们就划着船躲到了湖上。他们就是从那时起开始在芦苇荡中生活的。”

“看那儿”，胡安扬起下巴指向远处让我看。在一段距离之外，一片不大的岛随着我们的靠近开始显现出来。整个岛好像就是一块超级大的圆形灰色巨石。“那就是佛罗巴（Foroba）。”他一边说一边继续摇橹，让小船平稳地向前滑
249 行。这时一只身体是暗棕色，颈部是白色，头部是锈色的水鸟从我们前面的芦苇荡中游出，像一枚前进的鱼雷一样从湖面上穿过，随后潜入水底不见了踪影。这种水鸟只生活在的

的喀喀湖和附近一些湖泊中，它们的飞行能力在很久之前就已经退化了。

“我的祖父母曾经称佛罗巴为‘恶魔之岛’，”胡安说，“那里有海妖引诱人们自投罗网。过去没人会靠近那里。”

我们的船触到小岛的岸边后，我们就下船登上了干燥的陆地。岛上有隐约可见的灰色大石块，好像野口勇（Noguchi）的雕塑一样。一段长长的木质码头从岛上伸向岸边。在过去的四分之一个世纪里，很可能是全球变暖导致湖面下降了将近 20 英尺，所以码头现在被暴露在半空中，距离湖面已经有 40 英尺。

1978 年，秘鲁政府宣布将的的喀喀湖这一区域内的整片香蒲草湿地划为国家自然保护区。乌鲁斯人对此感到非常失望，他们都不希望国家插手管理这片他们已经利用和照管了几个世纪的自然资源。

“我父亲抗争过”，胡安说。当秘鲁政府执意划定保护区的时候，胡安的父亲和其他一些岛屿居民立即将被派到保护区的守卫赶出了这片地方。所以的的喀喀湖国家自然保护区（*Reserva Nacional del Titicaca*）其实只存在于秘鲁政府绘制的地图中，而非的的喀喀湖上迷宫一般的芦苇荡间。

佛罗巴岛上的一边有两栋政府给保护区的守卫建造的白色建筑，房顶上有 A 字形的波浪状铁皮屋顶。我们来到这里时，两栋建筑都已经被闲置了。本来应该有一个乌鲁斯人守卫在这里，不过现在也不见其踪影。有一栋建筑的门是开着的，里面还有一个已经荒废的博物馆。我们进去之后发现了几张照片，还有几张秘鲁其他一些地方的自然保护区的海报挂在墙上，不过这些图片都已经严重褪色、看不清楚内容了。

胡安和我走到了岛上的最高点。从这里望去，我们可以看到一大片香蒲草芦苇荡的全景，还可以看到远处以黄色和绿色为主的乌鲁斯岛屿和岛上的房子。往西看就是普诺，城市顺着港湾延伸而上，有些房子的铁皮房顶正在阳光的照耀下闪烁着光芒。城市后面是一大片棕色的山坡，像一件展开
250 的斗篷一样。我们身后则是由两块灰色巨石围起来的一小块空地，地上摆着几个陶土罐、两小块织锦和一小堆燃烧留下的灰烬。

“这是献给玛玛科查的祭品”，玛玛科查是海洋和湖泊的女神。胡安说：“陆地上的人们会给大地女神帕恰玛玛献上贡品，而在岛上，我们敬拜的是水之母玛玛科查。”

玛玛科查掌管着海洋和湖泊。胡安告诉我，是玛玛科查决定了水面是风平浪静还是波涛汹涌，也是她决定了鱼类、香蒲草和水禽是多产还是稀缺。

胡安望向湖泊，并给我指出了曾经水平面高度的标记。

“从 1986 年开始，水面高度一直在下降，”他说，“降水越来越少，注入湖泊的水也就越来越少。没有雨，香蒲草就会死掉。”

“我们向玛玛科查祈祷，”他说，“希望她能让香蒲草重新茂盛起来。”

在附近的另一个巨石旁边，有人把手掌大小的石块堆成了几堆。这些石块堆也是一种贡品，被称作“阿帕奇塔”（*apachetas*）。石块堆前面放着烧过的树枝，旁边还挂着一块

破旧的布条。“这是巫师们做的法事”，胡安说。

400 多年前，一个名叫贝尔纳韦·科沃的耶稣会士观察发现：

> ［安第斯的］印第安人［崇拜］太阳、水、土地和其他许多他们认为神圣的东西。他们认为这些被他们所崇拜的东西有神力来创造或维持那些对人类来说不可或缺的东西，这一直都是对他们来说最重要的事情……[8] 这些印第安人使用两个名字来指称他们的神明，一个是“维尔卡”（vilca），另一个是“瓦卡”（guaca［huaca］）。这两个名字都是一样的用法，而且不仅指代神明或偶像本身，也指他们敬神献祭的所有场所。[9]

显然这个由露出水面的巨型岩石形成的佛罗巴岛就是一个仍然在使用中的“瓦卡”，也就是祭祀圣地。岩石、露头岩以
及山峰对于印加人来说都是神圣的地方，对于后来安第斯山 251
脉上的原住民们来说也是如此。讽刺的是，秘鲁政府想要用建一个公园的方法给这片古老的地区强加上自己权威的象征。不过他们的企图基本上被忽略了。当地人继续向玛玛科查或其他什么神明敬献贡品，无视政府及政府的要求，就像五个世纪之前乌鲁斯人曾经无视印加帝国统治者和西班牙征服者一样。

我们摇着船返回胡安的家，自然还是要顺着蜿蜒曲折的水路穿过一片迷宫一样的芦苇荡。芦苇荡中有水禽在嬉戏。胡安指着一窝安第斯黑鸭（*gallina de agua*）让我看，这是

岛屿居民喜欢吃的一种水禽。虽然它们是生活在自然保护区里的，但是岛屿居民们还是会使用散弹枪来打鸭子，这种枪是一个当地人用旧水管作为枪管自制的。岛屿居民把硝石、木炭和硫黄混合在一起，然后用火柴点燃一点作为实验。胡安说，如果这种自制的火药能迅速燃烧，那么就证明它可以用了。

水道上也有一些塑料瓶或其他漂浮的垃圾。胡安说岛上有统一将垃圾送到陆地上的服务。这些乱扔垃圾的人都是本国（秘鲁）的游客。又走了一段之后，我们经过了两个小型的A字形建筑，它们孤零零地建在芦苇荡中，都刷成了明艳的绿色，波浪形的金属房顶上各插着一个十字架。

“这是给圣人们建造的”，胡安说，他自己也是个天主教徒。

我问他是给哪个圣人的。

“圣雅各，”他说，不过似乎不是很确定，“或者是佩德罗?”他自言自语道，最后摇摇头，还是不确定。这里和安第斯山脉其他地区一样，天主教圣人们得排在一长串的神明、女神和精灵后面。

胡安说，有一位教士在这位圣人的纪念日当天会从普诺来到这个小教堂里做弥撒。胡安还说岛上有些人是基督复临派教徒。

“有多少?”

“50个。”

“其余的人都是天主教徒?”

“对”，他一边说，一边继续摇橹。不过乌鲁斯岛上的

天主教徒都是和胡安类似的，他们不去参加弥撒，而是向玛玛科查献祭。他说各个岛上大概总共有八位巫师。每位巫师 252
都以自己的父亲为师，到父亲去世后就子承父业继续履行巫师的职责。这里也有女巫（*brujos*），胡安说。但是女巫会给你带来危害，或者是危及你的岛和财产。

“如果你可以拥有世上的任何东西，你最想要的是什么?”我问胡安。

他想了一会儿，依然摇着船。“一栋小房子（*Una chosita*）”，最后他回答说，他指的是陆地上的房子。胡安和他的妻子都只有小学文化水平。他说希望自己的两个孩子能去上大学。13 岁的莱昂纳多已经立志要成为一名工程师。在陆地上没有文凭可不容易找到工作。现在他的孩子们每天早上要划船 40 分钟到离岸边最近的库伦依镇（Chulluni），然后再从那里搭公共汽车去普诺上学。他们还需要买书、买衣服和其他用品，胡安说自己和妻子希望孩子的未来能有保障。

我意识到这大概也是胡安和艾尔莎经营旅馆的原因。芦苇旅馆就是一张网，不过他们要网的不是鱼而是游客。胡安希望有一天这些收入能够供自己的孩子找到一个好的职业。

“在岛上生活得最满足的是那些从来没有上过学的人”，胡安说，他所谓的上学指的是接受小学（*la primaria*）水平以上的教育。胡安希望他的孩子们将来能在陆地上定居，能够享受陆地上所拥有的一切舒适和便利。

在他们的旅馆事业渐渐走上正轨的同时，胡安的妻子在每个星期天早上还要摇船上岸，再坐一段公共汽车，在 6 点之前赶到阿克拉（Acora）参加每周一次的集市。她在这里售卖鱼干和新鲜的香蒲草或直接通过物物交换来获得一些土豆、小麦、大麦、藜麦和她需要的其他东西。乌鲁斯岛上的人几个世纪以来都是这样用湖上的资源来和陆地上的人们交换的。陆地上的人种田畜牧。他们买香蒲草来吃它的草根，再把剩下的茎叶拿去喂羊、豚鼠、羊驼和牛。

我们的船终于划到了湖面的主水道上，一片开阔的蓝色
253 湖水和远处蓝天上堆积的大片白云突然呈现在了我的眼前。一阵微风拂过，胡安说，岛上的人就像水手一样，都会判断风要从哪里来，他们知道湖上的风如何有规律地变换方向以及何时开始变换。如果一个岛上的居民决定给他们的岛换个地方，他们会等到风和水流的方向都对的时候拉起固定着岛的树枝，然后顺风顺水地漂向新的地点。事实上，胡安也在考虑给自己的岛换个地方。“现在的地方人太多了”，他说，虽然在我看来他的岛已经足够与世隔绝了。

“住在一个岛上的家庭之间没出现过矛盾吗？”

“有时也会闹矛盾的，你听说过判官（*juez*）吗？”胡安一边继续摇橹一边问我。

我摇头。

他把船又往前摇了一段之后，指着一个小岛让我看。岛上有几间房子，还有一个圆锥形屋顶的储物棚，靠着棚子立着一把至少 10 英尺长的伐木锯。

“那就是判官”，胡安说。

如果两个家庭真得吵得不可开交，那么最终的裁判者不是陪审团，而是这把被称作“判官”的长长的伐木锯。岛

上居民用不了多久就可以用它把小岛锯成两半，争议双方就可以从此分道扬镳了。

之后我们又看到了一艘停泊在岛边的巨大的香蒲草双体船。几个乌鲁斯人最近才开始制造这条船，他们打算用它载着游客观湖。大多数游客都是乘坐大型电动马达船来到这里，登上一两个岛屿，买点小纪念品，照几张照片，前后用不了几个小时就又乘船回到普诺去了。有一些人愿意多花一点时间，再乘坐香蒲草大船游览一番。只有少数游客会选择在岛上过夜。正在这时，另一艘可能有30英尺长的大双体船沿着水道开了过来，它也是用舷外马达驱动的。人们用绳子把芦苇紧紧绑在一起形成一个巨大的雪茄形状的浮筒——坚实、光滑、略有弧度，船身是黄色的，因为是使用晾干后的芦苇制作的。胡安摇着橹经过时，大船上的游客们正在对着岛拍照，我们的小船很快就随着大船的尾浪颠簸了起来。

胡安说，岛屿居民对旅游事业的规划是非常小心的。每个进入岛屿区域的游客都要交钱。在某些规定的日期里，游 254
客只能参观固定在水路南侧的岛屿，岛屿居民会出售他们的纪念品——用香蒲草制成的1英尺来长的小船或其他简单的草编纪念品之类。而在另一些日期里，游客则只能参观水路北侧的岛屿。看着一艘满载着游客的游船靠岸，游客们鱼贯而出登上岛屿的时候，我意识到他们才是现在的乌鲁斯人最大的收成。几个世纪以来，岛屿居民靠着湖中的资源生活，凭借着他们关于在水上生活的独有的技能而保持着自己的独立性。而现在，游客成了他们追逐的目标，旅游业带来的收入已经成为岛屿居民最主要的收入来源。

“湖上还有擅长制造香蒲草船的大师吗?”又经过一条船头做成美洲狮狮头样子的大双体船时我问胡安,“有没有能造出好船的老手艺人?”

“在玻利维亚的苏里奎岛(Suriqui Island)上,”胡安说,“苏里奎岛就是因为岛上的造船者而闻名的。”

苏里奎岛在的的喀喀湖上的东南部区域,要去苏里奎岛必然先经过蒂亚瓦纳科古城。古城就在湖泊南面。托尔·海尔达尔相信蒂亚瓦纳科文明曾经遍布安第斯山脉及太平洋沿岸,之后又通过筏船扩散到了海中的各个岛屿上。最终海尔达尔声称,蒂亚瓦纳科人曾经到达过 2500 英里以外的复活节岛。海尔达尔告诉我,在复活节岛上发现的巨大的石刻头像和安第斯山脉上的蒂亚瓦纳科城里发现的石像极为相似。

在去蒂亚瓦纳科古城之前,我先来到了玻利维亚西部的拉巴斯。我一大早就登上了一辆在城中各个酒店停靠的汽车,它从各处接上两人、三人或四人一组的散客然后大家一起前往目的地。毛毛细雨打在黑色的石板路上,远处是海拔 21000 英尺的伊伊马尼山(Mount Illimani),但是此时我们只能看到半山腰以下的黑色部分,而覆盖着白色冰雪的蓝色山顶则被隐藏在了阴沉的灰色乌云中。

1546 年,一小拨西班牙征服者在玻利维亚的高原上由此向北 20 英里的地方建立了一个名为“我们的拉巴斯夫
255 人”(*Nuestra Señora de La Paz*)的聚居点。三天之后,他们发现向南不远有一片巨大的盆地,这里更适合躲避严寒,于

是他们就转移到这里重建了自己的首都。在接下来的四个世纪里，拉巴斯渐渐扩张，沿着这个从地理学的角度说就是一个巨型的侵蚀盆地的边沿不断向上延伸。最终，城市不但占满了整个盆地，甚至爬上了高原的边缘。如今，城市外部的边沿还在迅速向外扩张并继续在高原上蔓延。

老旧的长途汽车吃力地穿行在城市里，然后爬上泛着水光的鹅卵石街道向着湿漉漉的高原前行。大约半小时后，爬坡的路程结束了，我们到达了盆地的边缘，汽车缓缓开过埃尔阿尔托（El Alto）那些四五层楼的砖坯建筑。这个城市里的居民大多是从乡村移居到这里的。90 万居民舒适地生活在拉巴斯气候适宜的侵蚀盆地里，而超过 100 万的居民则只能生活在暴露于高原之上的埃尔阿尔托。这里的海拔有 13615 英尺，是世界上海拔最高的主要城市之一。

埃尔阿尔托同时也是玻利维亚扩张最快的城市之一。事实上，这里的主要街道上几乎所有建筑的一层都被改造成了五金店（*ferreteria*），向着街道敞开的大门里堆满了多到装不下的建筑材料。戴着圆顶礼帽，穿着打褶长裙的玻利维亚妇女们用独轮手推车推着摞得老高的五金件，包括成卷的蓝色、绿色塑料或一捆捆的金属丝。人行道两边堆满了一包压一包的水泥，上面都盖着蓝色的防水布。因为今天下小雨，有些妇女在她们的圆顶礼帽外面套着白色的塑料袋，这个办法是从 19 世纪时的英国铁路工人那里学来的。除了头顶上的帽子，妇女们并没有对身上其他地方采取什么防雨措施。

从拉巴斯再向北 60 英里，就到了蒂亚瓦纳科古城的外围。公元 1 世纪，蒂亚瓦纳科文明就繁荣于这片高原之上，这个古老文明的首都就在蒂亚瓦纳科古城。渐渐地，蒂亚瓦纳科人发展出了复杂的农业，蒂亚瓦纳科文明也开始壮大，无论是在规模、势力还是在能力和复杂性上都有所发展。之后，蒂亚瓦纳科文明进入了一段经典时期，这段时期内帝国的疆界向南曾一度达到过如今的智利北部，向北到秘鲁南
256 部。在帝国最鼎盛时期，蒂亚瓦纳科城的人口达到了 10 万，另有 30 万人生活在城市附近的乡村中。这里是当时世界上最大的城市之一。蒂亚瓦纳科文明繁荣了大约 1000 年之久，直到公元 950 年，创立者们建立起来的曾经强大的帝国突然就消失了，只剩下用土坯和石头建造的金字塔，高耸、神秘的站立雕像和关于一个文明从起源到兴盛、再到衰亡的传说。西班牙编年史作者谢萨·德·莱昂在 16 世纪 50 年代写道：

> 蒂亚瓦纳科……的建筑很有名，［同样有名的还有］那些如常人大小和样子的石头雕像。那些雕像非常精美，似乎都出自伟大的艺术家和大师之手。这里也有巨大的［像］小个的巨人一样的雕像……有的石像已经破损，有的则大得出奇，让人忍不住猜想当时的人是怎么把巨石运到它们现在竖立的地方的。[10]

来到古城遗址的那些才涉足新大陆的西班牙人对于南美洲的历史没有任何了解。他们曾经熟悉印加人，因为他们打败了印加帝国，但是他们并不了解眼前这座古城，不知道是谁建造了它，也不知道它为什么会被遗弃。无论是遗传学还是语

言学的证据都支持这样一个理论：最早在南美大陆上居住的人所使用的语言在欧洲人第一次来到这里时已经发展成了许多种不同的语言（大约 1500 种）。就像第一条从别处游到的的喀喀湖中的鱼一样，南美洲最初居住者的文化和语言也渐渐地演变成了各种令人眼花缭乱的新形式。

根据南美洲的考古记录，最初出现农耕的证据大约产生于 10000 年前。到公元前 3000 年（大约是埃及人开始建造他们最初的金字塔的时候），秘鲁北部沿海地区的人们已经开始建造仪式用的建筑和带阶梯的土坡了。到公元 100 年， 257
莫切人的第一个国家或者说王国出现了（公元 100 ~ 800 年）。莫切王国的社会有着严格的层级划分，当年我和托尔·海尔达尔一起在秘鲁北部海岸边看到的土坯金字塔就是由他们建造的。也是在这同一时期，在安第斯山脉上海拔 2 英里处的的的喀喀湖沿岸的高原上，蒂亚瓦纳科文化开始出现，他们比印加人要早了将近 1000 年。蒂亚瓦纳科人很可能是讲艾马拉语的，他们在的的喀喀湖南岸建起了一座美丽的石头城市，里面有高耸的阶梯金字塔、下沉广场、石头神庙和神秘莫测的巨大石雕人像，人像的双眼似乎正茫然地望向天空。不过，到了公元 950 年，蒂亚瓦纳科文化就那么突然地消失了。

500 年后当印加人开始向南扩张他们的帝国疆域时，此处的艾马拉农民们已经无法说出是谁建造了那些巨大的纪念碑了。西班牙编年史作者佩德罗·谢萨·德·莱昂在 16 世纪 50 年代来到这里时也向当地的居民询问了这些问题：

> [那时]……我问当地人……这些建筑是不是印加帝国时代建造的……他们都觉得这个问题很好笑……不过，他们曾经听自己的祖辈说，所有这些东西都是一夜之间就出现的。他们还说曾经在的的喀喀湖的岛屿上看到过留着络腮胡的[白]人……由此我认为，在印加帝国建立统治之前，这里的王国中……曾有一个[白人]族群……没人知道他们来自哪里，他们建造了这些建筑，后来因为人数不及本地人多，在战争中渐渐消亡了。[11]

另一位西班牙编年史作者贝尔纳韦·科沃在大约100年后也来到了这里，他听说印加帝国君主图帕克·印加·尤潘基（Tupac Inca Yupanqui）曾经在15世纪末期第一次来到这里：

> 他也想通过询问[蒂亚瓦纳科]当地镇上的人来弄清……[古城遗址中的]石料是从哪里运来的，以
258 及这座城市是由谁建造的。印第安人回答，他们都不知道这些问题的答案，而且他们也不知道古城是什么时候建的。[12]

各位编年史作者一点一点从人们越来越消退的记忆碎片和传说故事中收集信息，试图要解读出遗址的根源。比如西班牙编年史作者佩德罗·萨缅托·德·甘博亚（Pedro Sarmiento de Gamboa）就打听到后来有一个印加君主瓦伊纳·卡帕克

/ 巴勃罗 · 埃斯科瓦尔打扮成他心中的英雄——美国黑帮老大阿尔 · 卡彭的样子。/ /

/ 前排从左至右依次为：乌戈·阿吉拉尔少校（Major Hugo Aguilar）、乌戈·马丁内斯上校和他的儿子小乌戈·马丁内斯。照片拍摄于针对巴勃罗·埃斯科瓦尔最后的抓捕行动结束两天后。（Hugo Martínez）/ /

/ 罗伯托·埃斯科瓦尔在麦德林的家中。他身后是一张一面墙大小的那不勒斯庄园入口的照片，照片中的飞机是巴勃罗往美国运送毒品的第一架飞机的模型。/ /

/ 31岁的查尔斯·达尔文。这幅肖像创作于他乘坐英国皇家军舰比格尔号航行返回英国四年后。//

/ 罗伯特 · 费茨罗伊，英国皇家军舰比格尔号船长，他的宗教观念最终导致他与自己曾经雇用的查尔斯 · 达尔文断交。（TPG）/ /

/ “安帕托火山冰冻处女”竞赛获奖者前三名。最右侧是第一名的获得者奥尔加 · 瓦曼。（上图）/ /

/ 尼尔达 · 卡拉纳帕（左）正在秘鲁钦切罗的一次展览会上示范如何用天然染料给羊驼毛染色。（下图）/ /

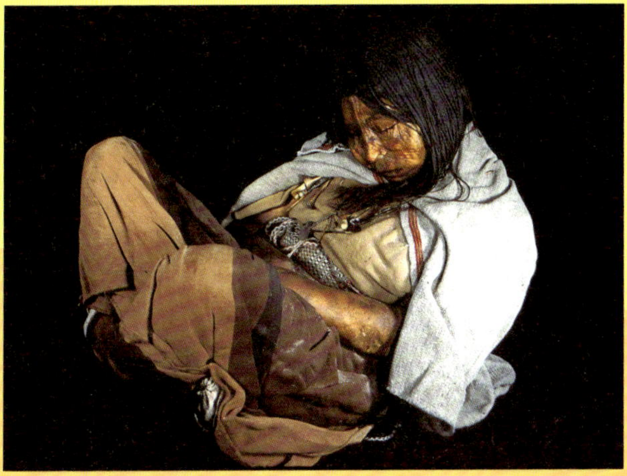

/ 被称作“尤耶亚科少女”（Llullaillco Maiden）的作为祭品的15 岁印加女孩。1999 年被考古学家约翰·莱茵哈德发现，地点是在尤耶亚科火山上。这座火山坐落于智利北部和阿根廷的交界处。女孩的尸体已经被冰冻了五个世纪以上，她在去世前曾经摄入过酒精和古柯叶。（Johan Reinhard）（上图）/ /

/ 约翰·莱茵哈德与安帕托火山上的冰冻处女。（Johan Reinhard）（下图）/ /

/ 重达十吨的巨型石门“太阳门”。该门是用安第斯山脉上的一块巨石凿刻出来的，位于玻利维亚的蒂亚瓦纳科城（蒂瓦纳库，Tiwanaku）。（上图）//

/ 玻利维亚华塔哈塔镇的香蒲草筏船制造大师保利诺·埃斯特万。（下图）//

/ 挪威探险家托尔·海尔达尔于 1988 年在秘鲁的土库美考察有 1000 年历史的金字塔群。/ /

/ 秘鲁普诺附近的的的喀喀湖上漂浮的乌鲁斯岛。/ /

/ 在玻利维亚的拉伊格拉竖立的切 · 格瓦拉半身像。
这位革命家就是在这里被杀害的。//

/ 切 · 格瓦拉的标志性肖像，由阿尔韦托 · 科达（Alberto Korda）拍摄。/ /

/ 当年 19 岁的胡利娅 · 科尔特斯是一名老师，她在切 · 格瓦拉生前最后一天与他见面并交谈过。图片拍摄于她在玻利维亚巴耶格兰德的家中。/ /

/ 1900 年，“野蛮帮”成员在得克萨斯州的沃思堡（Fort Worth）拍摄的合影。坐着的人从左到右依次是：“圣丹斯小子”、“高个儿得州人”和布奇 · 卡西迪。照片拍摄的几个月之后，布奇和圣丹斯将前往巴塔哥尼亚。这五个人在随后的八年中都将在暴力对抗中丧生。//

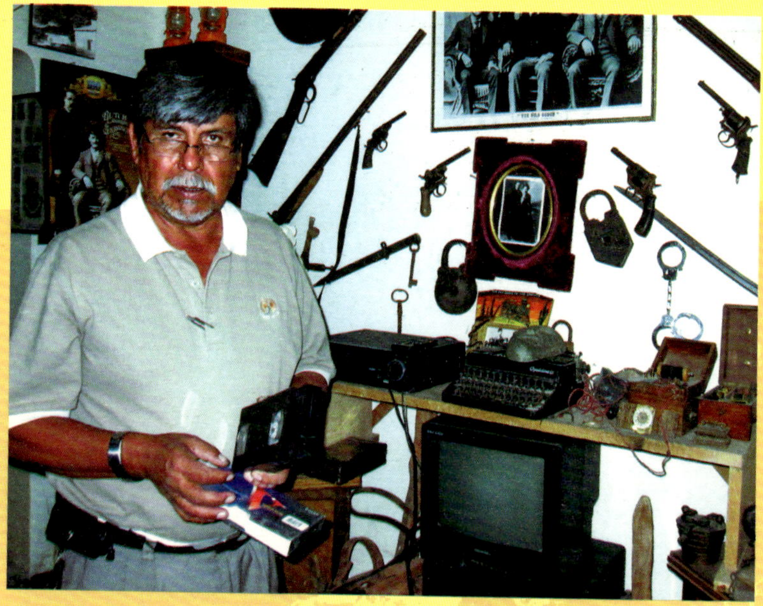

/ 费利克斯·查拉·米兰达法官在其位于玻利维亚图皮萨的家中。//

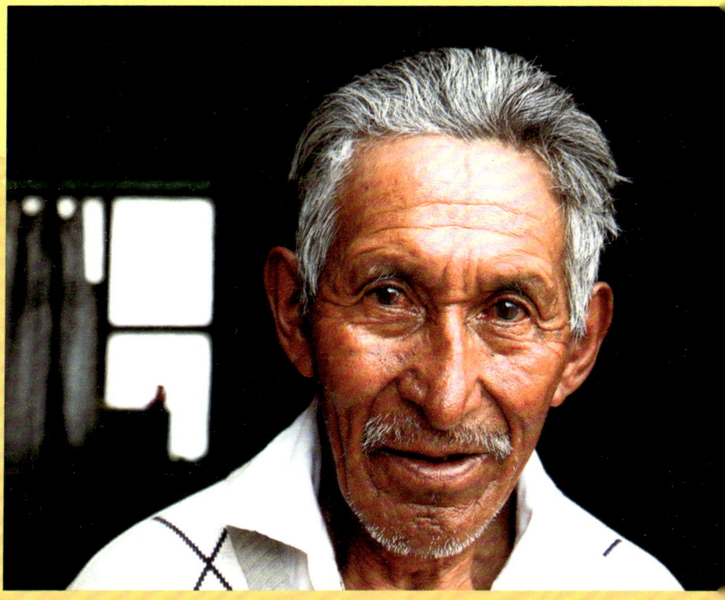

// 当布奇·卡西迪和圣丹斯小子来到玻利维亚的圣维森特时，弗罗伊兰·里索的父亲还是一个生活在这个镇上的小男孩。弗罗伊兰称自己知道布奇·卡西迪和圣丹斯小子的尸体掩埋在何处。//

/ 阿根廷的乌斯怀亚。托马斯 · 布里奇斯在这里的雅马纳人群体中建立了一个圣公会布道点。/ /

/ 英国皇家军舰比格尔号在后来被命名为比格尔海峡的水域上行驶。画面右下方有两艘满载着雅马纳印第安人的独木舟。（Conrad Martens 创作）/ /

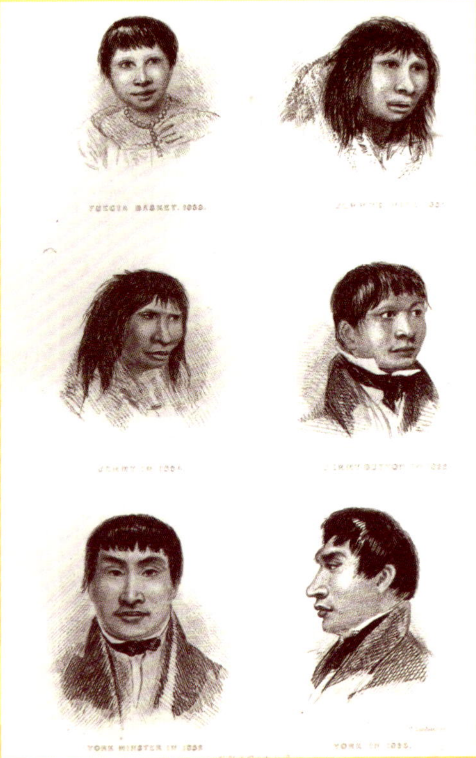

/ 三个巴塔哥尼亚地区原住民的肖像：火地小篮子（上）、小扣子杰米（中）和约克教堂（下）。达尔文首先在英格兰见到了这三个人，然后陪同他们一起返回了巴塔哥尼亚。（Darwin Online）/ /

/ 托马斯·布里奇斯于 1886 年在火地岛上建立了哈伯顿牧场。他的后代至今还在经营这个牧场。/ /

/ 乌奇卡（位于智利的纳瓦里诺岛）的克里斯蒂娜·卡尔德隆。乌奇卡是世界上最靠南的城市，克里斯蒂娜是最后一位会讲雅马纳语的人。/ /

（Huayna Capac）在大约1500年的时候来到过蒂亚瓦纳科。

> ［据说君主］收到消息说［印加帝国北部］省份……有起义发生。他于是加紧返回到蒂亚瓦纳科，准备在这里与基多人（Quitos）和卡雅比人（Cayambis）开战。他颁布命令，规定乌鲁斯人要如何生活，划定哪个部落可以在湖上的哪个区域捕鱼。［然后］他还参观了太阳神庙和［太阳的］岛屿上的提基维拉科查（Ticci Viracocha）的祭坛……并下令要求所有省份都应当派遣士兵来参加他宣告的战争。[13]

当地人所说的“太阳之岛”指的是位于的的喀喀湖几乎正中心位置的一个岛。在这个说法中，印加君主是乘坐当地的香蒲草筏船组成的船队前往太阳之岛的，毫无疑问驾船的都是乌鲁斯印第安人，现在他们已经成了受印加帝国统治的臣民。日理万机的君主在百忙之中还要拨冗前往太阳之岛并不令人感到意外，因为这里被看作他的帝国之内最神圣的地点之一——太阳和星辰就是在这里形成的，它们都是由创世之神［康］提基·维拉科查创造的。根据另一名编年史作者胡安·德·贝坦索斯的记述，世界是以这样的方式被创造出来的：

> 在远古时代……整片大地和秘鲁的各个省份都是漆黑一片的，既没有光，也没有白昼……在这段只有黑夜的时间里，人们说一位神明从秘鲁的湖泊中走出来……他的名

> 字就是康提基·维拉科查（Contiti Viracocha）……从［的的喀喀］湖中走出来之后，他来到了一个离湖不远的
> 259 地方，那里在今天是一个被称作蒂亚瓦纳科的镇子……他们说［后来］他突然造出了太阳和白昼，还命令太阳遵循它现在所遵循的轨迹运动。[14]

关于太阳之岛，另一个编年史作者也有所记录：

> 维拉科查……［后来］命令太阳、月亮和星辰都出现在世上，它们被安排在天上照亮大地，于是一切就成了这个样子……完成创世之后，维拉科查又在那个地方造了一个神圣的偶像雕塑供人敬拜并作为他在此创世的标记。[15]

这个人还写道：

> 在蒂亚瓦纳科［城］里，创世之神［维拉科查］使用黏土创造了这片大地上所有的国家；他画出了每个国家的人穿着的不同服饰，还给每个国家创造了不同的语言，不同的音乐，不同的食物、种子和蔬菜，好让人们依靠这些东西来维持生存。[16]

在创造了人类并赐予他们文明之后，维拉科查就向北前往了库斯科，然后又沿着安第斯山脉一直到了厄瓜多尔的海边。“他一路施展神迹并指导他创造出来的生灵。”[17]最终，维拉

科查在太平洋岸边转过身，以浩瀚的大海为背景，向他自己创造出的人类做了最后一次激动人心的演讲。

> 他告诉世人［将来有一天］会有一些人来到他们面前，称自己是他们的创造者维拉科查，但这些人是不可信的；将来他会派自己真正的信使来保护和教化世人。说完他就带着自己的两个仆人走进了大海，他们在水上走就如在平地上走一样，并不会沉入水中。他们看起来就像水面上的泡沫一样，因此世人从此称他们为维拉科查，就是……海上的泡沫的意思。[18]

根据当时的印加神话，是维拉科查在太阳之岛上创造了太阳 260
和星辰，也是他在附近不远的地方创造了月亮。因此，印加人崇拜这个岛屿的北部，他们认为神迹就是在那里发生的。印加人于是在此修建了一座非常重要的神坛，由此这座神坛也成为朝圣的中心，帝国各地的忏悔者都要来这里朝拜。

不过，西班牙编年史作者不知道的是，在印加人来到这里很久之前，这个岛屿就已经被蒂亚瓦纳科文化视为神圣之地了。蒂亚瓦纳科人也在岛上建造了神坛，这个神坛也同样是他们朝圣的中心。毫无疑问，蒂亚瓦纳科人的神话传说描述了一个与印加人的版本类似的故事：某个神奇、强大的神明在这里出现，也许这里就是整个世界的发源地。

蒂亚瓦纳科消失500年之后，印加军队才最终来到的的喀喀湖岸边。他们不仅已经实际上占据了消失的帝国的疆域，还同样占据了消失的帝国最神圣的岛屿，并把它融合进了印加人自己的神话中。虽然蒂亚瓦纳科文化已经消失，但是太阳之岛对于很多当地居民来说依然是神圣的中心。通过实质上的占领和在象征意义上将这个岛屿融入印加文化的做法，印加人既提升了自己统治的合法性，又强化了他们的神话传说的影响力。

我跟随一小拨游客和我们的向导一起走在蒂亚瓦纳科城的遗迹中，我们登上了大约六层楼高的阿卡帕纳（Akapana）金字塔。游客中有一对日本夫妇，丈夫看起来40岁左右，脖子上挂着一个尼康相机，手里拿着一个小笔记本。每当我们的玻利维亚向导说些什么的时候，他都会飞快地在本子上做记录，而且一直形影不离地跟着向导，生怕错过他的任何一句话。趁向导讲解之后的空闲时间，我问他这样记录是不是有什么特殊的原因。

“我已经去过50多个国家了，”他用支离破碎的西班牙语对我说，“我想要把所有事情串联起来。”

这个日本游客的名字叫宏（Hiroshi，音译），他坚定地相信南美洲和中美洲文化在过去一定是有过交集的。我们的
261 玻利维亚向导也持同样的看法：他向我们保证北美洲、南美洲和中美洲在过去都是有接触的。不列颠哥伦比亚的图腾柱就和蒂亚瓦纳科人留下的巨型石头雕塑非常相似，向导这样说。宏一边在本子上飞快地记着，一边频频点头。我们的向导又接着说，阿兹特克人（Aztecs）和蒂亚瓦纳科人雕刻的石头也很相似，这一定不是什么巧合。我想，这个理论中存在的唯一问题就是阿兹特克人是在蒂亚瓦纳科文明消失500年之后才开始崛起的，就算阿兹特克人真的来到过离家

3000 英里之外的蒂亚瓦纳科城，那么他们看到的也只是一片废墟而已，然后他们还得想办法寻找回家的路。

蒂亚瓦纳科城绝对是一个让人无法忘怀的遗迹，不论是来自任何地方的任何游客都一定会为这里的景象而惊叹。阿卡帕纳金字塔和埃及的阶梯金字塔一样也有七层。如果在 1000 年前，来者想要爬上金字塔，先要穿过一扇石头大门，门两边各有一个蹲伏状的石像，每个石像上挂着一个被砍下的人头。金字塔塔顶有祭司曾经用美洲驼、羊驼甚至人类进行献祭的祭台，从那里可以俯瞰下面整个古城的布局，有围墙围起的院落、隐蔽在地下的神庙、宏大的石门和巨型的站立式雕塑。

整个复杂的建筑群显然是遵循了天文学原理而设计的。比如说，考古学家挖掘出了一个作为祭品被埋葬的人类，他被埋葬的地点所在的区域恰巧就是冬至当天太阳落山时阳光能够穿过神庙门廊照射到的地方。在阿卡帕纳金字塔的一个角落，就是我此时所在位置的正下方，考古学家曾经挖掘出 17 具人类尸骨，都被砍了头，大多数都是二十几岁的年轻男性。蒂亚瓦纳科的陶器碎片上画的图案通常描绘的都是带着美洲狮面具的勇士们砍下各种敌人的头颅，并高举在半空中的景象。勇士的腰带上往往会挂更多人头，而且还要把他们的舌头都割掉。

公元 600 ~ 800 年是蒂亚瓦纳科最辉煌的时期，此时的欧洲陷入了中世纪的黑暗时代，失去了以往的活力，而蒂亚瓦纳科城内建造的几座巨大的、华丽的建筑甚至在几英里外就可以被看到。远处就是安第斯山脉中那些神圣的山峰，而 262

城中的两座金字塔大概也是映照着山峰而建的。城市里各处点缀着石头大门和巨型雕塑，雕刻工艺都极为复杂——像中世纪的彩色玻璃一样描画得细致入微——向观者展现了蒂亚瓦纳科宗教中的故事和象征。

在帝国最繁盛的时期，高原上放牧着大量的美洲驼和羊驼，城市核心区之外的邻近地方也住满了人，到处都是花园，中间被行人如织的街道或人工建造的运河和池塘分隔开来。在某一个时期，蒂亚瓦纳科的工程师们甚至设计出了一套精巧的水流系统，可以让水向上流，汇聚到阿卡帕纳金字塔的顶端，然后突然从金字塔各面倾泻而下。然而水流每次只流下一层就神秘地消失了，然后又会奇迹般地出现在下面一层，这样的设计可能是象征着附近山脉上的瀑布和水循环系统。人们认为，金字塔外曾经覆盖着一层金属板，或者是精美编织的刺绣和染了色的布料，上面还有丰富的象征和寓意图案。

工程师们在围绕着湖边的高原上挖掘水渠，建造升高的苗圃，这样可以比采用以往的方法多种40%的庄稼。与此同时，美洲驼的长队会从安第斯山脉下面的海岸地区运回丰富的海鲜和其他产品；或者是从亚马孙雨林运回大量的古柯叶、豹皮、松香、油脂和制作能致幻的死藤水等植物。

事实上，最近在这里挖掘出的木乃伊的陪葬品中就发现了盛鼻烟用的托盘，那上面曾经装满了磨得细细的致幻植物粉末。这些植物不但能让人精神恍惚，还能让吸入者进入一种三维的精神世界，那效果跟现在的3D巨幕电影效果不相上下。祭司、占星师、工程师、陶艺师、炼金术士、织工、石匠、士兵、农民、修路人和挖水渠的人，还有税务专家全都聚集在这个城市里，他们组成了一个有严格层级划分的国家级社会。当时的世界上只有六个地区里出现了这样的国家级社会（其他五个分别在中美洲、中国北部、美索不达米亚、印度河流域和埃及）。

来蒂亚瓦纳科朝圣毫不意外地让人感觉像是在造访另一 263
个世界。游客可以看到神圣的蓝色的的喀喀湖，湖边坐落着这样一个只存在于传说中的城市，还有朝圣中心太阳之岛像一块宝石般镶嵌在湖泊中央。金色的芦苇船可以将朝圣者们摆渡到神圣的岛屿上，环绕在四周的冰雪覆盖着山顶的山峰则是神明居住的地方。如果再使用致幻药物，那这绝对是一次令人无法忘怀、一生难得一见的离奇经历了。

我们从阿卡帕纳金字塔顶上下来，走到了一个用石头圈出边界的广场上。有一块大石头上凿穿了一个洞，洞的一头窄小，另一头则宽大，形成了一个喇叭一样的扩音设施。我们的向导从石头喇叭的一端对我们说话，声音果然变得低沉而洪亮。

朝圣者们请注意！

我能想象曾经的祭司一定就是这样对着喇叭大喊的。蒂亚瓦纳科人曾经用泥土做成的喇叭吹奏音乐，所以也许他们也曾对着这个石孔“扩音器”吹喇叭。

随后我们又朝一座巨大的石头雕塑走去，高耸的雕塑上没有视觉的眼睛依然茫然地望着远方。石像的身体上刻着各种象征性的符号，右侧脖子的部分有一些被劈砍的痕迹。我们的向导说，西班牙教士们曾经想要把石像的头砍掉，就如他们对被征服的印加帝国大地上其他许多“异教”纪念物所做的那样。不过，这些用坚硬的安山岩雕刻的古代神明的石像抵挡住了教士挥舞的斧头，使得那些无计可施的神职人员们被迫重新想别的办法。后来教士们就在神像的右肩上刻了个基督的十字架图案，用自己的宗教符号强行亵渎本地人的宗教象征。

那些被派遣到秘鲁来的教士们都是抱着根除“虚伪信仰”的目的来到这里的，他们的行动被称为“祛除偶像崇拜”。他们坚定地执行着他们自己的上帝给他们的命令，因为《圣经》里说：“你绝不可侍奉外族的神；你不可敬拜我以外的神。”（《诗篇》81：9）“不可敬拜任何别的神明，因为我——上主绝不容忍跟我对立的神明。”（《出埃及记》34：14）最终的结果就是，教士们把他们能毁掉的本地人
264 的“假偶像”都毁了，还尽全力清除了本地人的宗教信仰。不过，西班牙教士们一直无法根除的是在整个安第斯山脉地区共通的信仰：人们相信是强大的神灵们控制着当地的资源——雨、水、牲畜的多产和田地的富饶，还有闪电、地震、太阳、月亮和星辰的运动；人们还相信这些神灵就深植于这片大地之中。安第斯地区最著名也最受崇拜的祭祀圣地之一——蒂亚瓦纳科就是特意建造在湖边的，湖水映照着蓝天，也象征着海洋。城中人特意建造的金字塔也是用来模拟安第斯山脉中各个神圣的山峰的，是山峰上的冰川融

水注满了下面的河流、湖泊，并为灌溉庄稼提供了水源。这座城市的创建者想要将蒂亚瓦纳科作为一个神圣的中心，旨在确保邻近地区的庄稼茁壮、牲畜多产，这样就保证了生命本身的持续存在。对于蒂亚瓦纳科的后代以及那些现在生活在印加帝国遗迹上的人来说，基督徒信仰的上帝也许很强大，但是他们自己的主管太阳、月亮、闪电、水、星辰、山脉和土地的神明也同样无所不能。所有这些神明——而不是单单某一个——都应当受到敬拜，只有这样，世界才能继续存在下去，只有这样，人们脆弱的生命才能维持并受到保护。

之后我又漫步到了太阳门（Gateway of the Sun）。太阳门是一座巨大的石门，上面雕刻的骷髅头一样的人像被认为是创世之神维拉科查。整座大门有 10 英尺高，13 英尺宽，是用一整块巨型的、坚硬的安山岩凿刻出来的。安山岩是一种火成岩，被认为是两个大陆板块在海底发生撞击时发生强烈摩擦而产生的——就像形成安第斯山脉时发生的那样。这种岩石也是火星地壳的主要成分。所以，制作太阳门的这块岩石起初是在海底形成的，后来在地质作用过程中被抬升到 12500 英尺高的安第斯山脉上，随后蒂亚瓦纳科的石匠将这块巨石凿下，在湖泊对面位于现在的科帕卡瓦纳镇（Copacabana）附近的采石场将其雕琢好之后才运到 90 英里之外的蒂亚瓦纳科城。太阳门的重量超过 10 吨，相当于两头成年大象的重量。最有可能的运输方法是使用巨大 265
的芦苇船从湖上运输，然后再通过拖拽的方法搬运到距离湖边大约6英里的现在它所竖立的这个位置。[①]

我抬头端详维拉科查的脸，那是一幅在石门正面一块光滑的位置雕刻出的浅浮雕。他的脸看起来似乎介于人和美洲狮之间——眼睛的位置是两个空洞的眼窝，鼻子突出，头发像是扭动的蛇。维拉科查的腰带上挂着被砍下的敌人的头颅，四周还有32个其他神明的装饰图围绕着他，布满了整个石门。显然这是一位让人畏惧的神明，就像《旧约》中的上帝一样，维拉科查也要求人们崇拜他并向他敬献贡品。他是一位要被人畏惧和遵从的神明，不过毫无疑问也是受人爱戴的。

两天后的早上，我搭乘一辆汽车来到了的的喀喀湖东南部靠近华塔哈塔镇（Huatajata）的地方，然后在仅有的一条双车道高速公路路边下了车。这条路是沿湖泊东部的岸边而修的，道路两边长着高大的桉树。我现在打算去苏里奎岛寻找给海尔达尔造船的人。我已经查到了他的名字是保利诺·埃斯特万（Paulino Esteban）。他现在至少也该有80岁高龄了。

我乘坐的从拉巴斯来这里的汽车走的是一条本地运行的线路，车上的女乘客大多戴着圆顶礼帽，男乘客则多是在田

---

① 在2002年，来自宾夕法尼亚大学的考古学家亚历克谢·兰琪教授（Dr. Alexei Vranich）带领一支探险队从科帕卡瓦纳附近的古代蒂亚瓦纳科采石场将一块重约9吨的安山岩运到了蒂亚瓦纳科城附近的湖岸边。兰琪教授的队伍采用的运输工具是一艘由玻利维亚造船匠保利诺·埃斯特万（Paulino Esteban）建造的15米长的香蒲草芦苇船。建造这艘船总共使用了大约180万根香蒲草。

里干惯了农活的人，从他们骨节粗大、皮肤粗糙的双手就能看出来。我下了车，看着汽车继续向北开走了，然后穿过公路走向路边一家规模不大的白色的小餐馆，从那里可以俯瞰的的喀喀湖。餐馆前面有一个年轻女孩正在擦拭餐馆年代久远的招牌。我问她有没有去苏里奎岛的船。

“已经开走了”，她说。

“还会有下一班吗？”

“如果还有别的乘客的话。”

“还有别的乘客吗？”

“只有你。”

“今天还会有船吗？” 266

“我不知道。”

此时店里并没有任何客人，餐馆的老板从里面走了出来，手上拿着一条毛巾和一块抹布。他是一个矮小、和善的人，自我介绍说他叫何塞（José）。我问他有没有听说过一个叫保利诺·埃斯特万的造船匠。他立刻兴奋了起来。

“知道！他就住在那边！”他一边说，一边指着公路上我来时的方向。“往那边走十来分钟就到。”何塞告诉我，保利诺在公路边竖了一块牌子，我肯定不会错过的。

于是我开始沿着公路步行，我的右手边是的的喀喀湖，左手边是一些低矮的小山，偶尔还会有几栋房子。走了大概五分钟，我看到一对老夫妇正在田里给他们种植的土豆锄草。老妇人的头发已经花白，穿着暗栗色的传统打褶长裙。他们手里都拿着木质锄头，背弯成弓形，在地里一点一点地锄草。这样的画面让我想起了梵高的《种土豆的农民和农妇》（*Peasant Man and Woman Planting Potatoes*），那幅画描绘的就是荷兰小村庄外，一对类似的夫妇正在播种从新大陆传过去的土豆品种。梵高是在这种不起眼的块茎植物从安第斯传到欧洲将近400年之后创作的那幅画作。土豆最终也成为欧洲一种基本的农作物。

此时天上开始下起了小雨，于是我到一棵高大的桉树下躲雨，但是那对老夫妇并没有停止锄草。雨停之后我又继续前行，那对老夫妇继续在田里弯着腰，慢慢在土里翻动着他们的锄头。

湖面上方的天空中还有乌云在汇聚，但是已经有阳光从它们的缝隙中照出，给云朵镶嵌上金边。湖水此时呈银色，看上去广阔无边。最后我终于走到了一块巨大的白色提示牌前，牌子就竖在公路右边，上边用西班牙语写着：

> **保利诺·埃斯特万**
>
> **造船专家，曾为拉二号（Ra2），底格里斯号（TIGRIS），乌鲁号（URU），玛塔朗吉一号、二号和三号（MATARANGI Ⅰ，Ⅱ，AND Ⅲ EXPEDITIONS）等探险活动造船**

牌子旁边有一条通向湖泊方向的土路。在湖边摆着一艘巨大
267 的香蒲草船，船上蒙着蓝色的防雨塑料布。土路右边有一排平房，也是用香蒲草建的，但是加装了玻璃窗、锡板房顶和木质框架。我沿着小路向码头走去。一位有点小啤酒肚、短头发的中年玻利维亚男子迎了上来。他是保利诺的儿子之

一，名叫波菲里奥（Porfirio），今年 35 岁。波菲里奥说他父亲就在附近的一栋小房子里。几分钟之后，保利诺也走了出来。他个子不高，很瘦，还很帅。他今年 82 岁，头发已经白了，颧骨很突出，他穿着裤子和橡胶便鞋，还有棕色的夹克外套。他握手的时候很轻柔，他的手似乎有轻微的浮肿，指甲很厚，还有弧度，几乎像木船的船头一样。

我告诉保利诺很多年前我是怎么在秘鲁北部海岸的土库美（Túcume）金字塔见到托尔·海尔达尔的。他笑了笑，转身要走，并挥挥手示意我跟上。我们走到了芦苇船前，他掀开了盖在上面的蓝色防水布。这条刚刚才造好的芦苇船造型优美、线条流畅，绑得紧紧的船身有 33 英尺长，船体中央还有一个低矮的香蒲草船舱。这条船看起来完全能够跨越整个海洋。

“这条船要去挪威”，保利诺用一只宽厚的手掌抚摩着芦苇对我说。

海尔达尔的一位亲属定做了这条船，保利诺解释说。这个月晚些时候等船彻底完工了，工人们会把它抬上卡车，沿着安第斯向南运到智利的一个港口，再从那里装船运往目的地。

随后保利诺又带着我走进了一间低矮的建筑，那里是他建立起来的一个小博物馆。主展室中陈列着两条 6 英尺长的和两条迷你版的 3 英尺长的香蒲草芦苇船，每条船上都有微型的桅杆和香蒲草做的船帆。这些船都制作得极其精美，是和室外那些真正的筏船一样精心地制造出来的。保利诺拉开一个桌子下面的抽屉，从里面取出了一个厚厚的，已经磨损的旧活页夹，因为夹了太多页已经鼓了起来，内容都是保利诺和海尔达尔在摩洛哥、埃及、伊拉克和的的喀喀湖的照片。他特别用手指了指一张已经略微褪色的照片，那上面显示的正是他和其他三个来自的的喀喀湖的玻利维亚人一起在摩洛哥打造的拉二号。

波菲里奥走过来说，他最后一次见到海尔达尔是 2000
268 年在特内里费岛（Tenerife Island）。海尔达尔当时在挖掘神秘的石头金字塔，他相信那个金字塔跟埃及有关系。我问保利诺他最开始是怎么认识这个挪威人的。

40 年前，保利诺说，海尔达尔乘船到苏里奎岛上去，保利诺就是在那个岛上出生的，当时也还在那里居住。海尔达尔召集了岛上的造船匠，说要给他们一份工作，唯一的条件就是他只要岛上最好的造船匠。于是他提出一个建议：不如大家来个比赛，造出最好的香蒲草小筏船的船匠会获得雇用，而且他还会带获胜者去非洲，到那里去打造一条更大的筏船，一条海尔达尔打算乘着它跨越海洋的筏船。聆听着他宏伟计划的这些船匠们甚至没有一人见过大海是什么样子的，他们之中大多数人最远只到过的的喀喀湖几英里以外的地方。当时共有 15 个造船匠参加竞争，保利诺说每个人都很想去非洲，不过最后赢得比赛的人是他。

“你叫什么名字？”保利诺说当时海尔达尔问他。

“保利诺·埃斯特万。”

“你最大能造多大的船？”

“五六米长的。”

“你能造一个比那大得多的船吗？一艘 15 米长的船？”

“可以！”保利诺回答说，虽然他其实并没有造过那么大的船。

“托尔很通晓船只，也很聪明，”保利诺说，“他不会带一个不懂如何造出好巴尔萨的人去非洲的。”

海尔达尔说话算话，他带着保利诺和另外三个艾马拉人造船匠从苏里奎岛飞到了摩洛哥。那里已经准备好了大量的纸莎草芦苇，造船匠们开始使用他们制造在的的喀喀湖上航行的小船一样的技巧来建造这艘大船。

保利诺说和他一起造船的另外三人中，一个去世了，另一个也病得不轻。“我，我很健康”，他说着，还用力抓住了我的手臂作为证明。

就这样，1970 年，在摩洛哥萨菲一个古老的腓尼基港口附近的一个庭院花园里，保利诺和他的同胞一起用纸莎草这种和香蒲草很近似的芦苇建造了一条 39 英尺长的芦苇船。 269
十个月之前，海尔达尔曾经试图驾驶一条纸莎草船跨越大西洋，那艘船的名字叫拉一号（Ra Ⅰ），它是由乍得的造船匠制造的。那条船在最终因为暴风雨和构造问题沉没之前已经行驶了 2000 多英里。这一次海尔达尔不想再冒什么风险，于是他召集了一支世界上最好的芦苇船造船匠们组成的队伍来为他造船，碰巧这些造船匠全部来自的的喀喀湖上。

“他们知道怎么造出完美的芦苇船，这是现代社会中的任何工程师、任何建模师、任何考古学者都效仿不了的”，[19]海尔达尔后来这样写道。

1970 年 5 月，拉二号在最终航行了 3270 英里后成功抵达加勒比海上的巴巴多斯岛。不过待拉二号靠岸之时，保利诺早已经回到了自己生活的纵长不过 2 英里的苏里奎岛上。

“我父亲去世早，所以是我祖父教会我如何制造香蒲草船的”，保利诺说。

“他造过大船吗？”我问。

“没造过！他造的船也就是四五米长的，他没造过大的。”

“带帆吗？”

“带，也是香蒲草船帆。”

“那你的孩子们会造大船吗？”

“我儿子会。他还要去挪威教他们怎么造大船。”

“那你呢？你去吗？”

“我？不去！我就留在这儿了！（*Aquí no más*！）”

我们都笑了起来。保利诺说自己有一条腿的膝盖有点问题，所以不愿意坐飞机。他开始草草翻阅相册中的照片，不时倾身细看某张已经褪色的宝丽来快照，相片里的他站在有 3000 多年历史的埃及金字塔前，或是在伊拉克、摩洛哥，以及其他许多国家。

“你去过挪威吗？”我问。

“我了解整个世界——挪威、埃及、以色列、大马士革、丹麦、西班牙、印度。都是去工作的。1992 年我还做了一条芦苇船去塞维利亚参加世博会。去年我还去了丹麦。”

“你最喜欢哪个国家？”

270 “丹麦。”

“那挪威呢？”

“也还行吧”，保利诺说着，仍然翻看着照片。“丹麦很奢华（*Dinamarca es de lujo*），是个非常美好的国家，”他说，“吃得好，人也好，和其他国家不一样。”

“那印度怎么样？”我问，印度是我自己最喜欢的国家之一。

“不好！尾气太多！食物也难吃！”他说。

保利诺的妻子走进来，他用艾马拉语跟妻子说了些什么。没过多久，她送来了一壶古柯叶茶和两个杯子。十年前，保利诺一家从苏里奎岛搬到了华塔哈塔，也就是我们现在所在的地方，为的是能离高速公路近一些。保利诺说现在苏里奎岛上的人已经不再造香蒲草船，而是改造木船了，虽然木材要花钱，但是一艘木船能够用好多年。

老造船匠又拿出了一本有些破旧的海尔达尔的著作《复活节岛的秘密》（*Aku-Aku*），书中记录了挪威探险家在智利海岸 2500 英里以外的复活节岛上进行考古挖掘的经历。

“那地方很美，”保利诺边说边用手抚过书中的一张照片，“我在那里待了六个月。”

保利诺说，1996 年，一个西班牙探险家曾经请他到复活节岛上建造一艘巨大的芦苇筏船。这位探险家名叫基廷·穆尼奥斯（Kitin Muñoz）。他受海尔达尔的启发，打算驾船从复活节岛航行至澳大利亚。最后，保利诺为他造了一艘 40 米长的大船，并取名为玛塔朗吉号（*Mata Rangi*）。这艘船使用的是一种既能在的的喀喀湖上找到，也生长在复活节岛上的湖泊中的香蒲草的亚种。①

“那里的香蒲草不好，”保利诺说，“我们这儿的要好得多。”

可能正是出于这个原因，玛塔朗吉号仅仅航行了 20 天，出海 180 英里之后就沉了。三年之后，保利诺又为穆尼奥斯建造了第二艘船，也就是玛塔朗吉二号（*Mata Rangi Ⅱ*）。船这次是从智利北部港口阿里卡（Arica）出发的，起初是
271 打算驶向亚洲，预计行程 8000 英里左右。然而进入太平洋之后，穆尼奥斯的船就差不多只剩一半了。最终，他勉强支撑到了马克萨斯群岛（Marquesas Islands），他的这次行程也就此终结了。

穆尼奥斯想要从复活节岛驾驶芦苇筏船出海的想法当然来自托尔·海尔达尔。海尔达尔在 1955 年曾经带领一支包含多学科专家的队伍到复活节岛上考察，想要解开那里的巨型石像究竟是由谁建造的这个谜团。那些石像有的超过 33 英尺高，重达 80 吨以上。相较之下，蒂亚瓦纳科城中被命名为贝内特巨石（Bennett Monolith）的最大的石料也只有 24 英尺高，20 多吨重。不过，海尔达尔还是相信古代的南美洲人曾经驾驶筏船发现并定居于这个露出海面部分仅 7 英里宽的偏远岛屿。不过，可不是随便什么南美洲人都能到这里来的。

---

① 虽然托尔·海尔达尔确信香蒲草是被古代的南美洲人带到复活节岛上来的，但是这个岛是直到公元 700 年才开始有人居住的。而考古学家后来发现，香蒲草芦苇在复活节岛上存在的时间可以追溯到 3 万年以前，远早于人类来到这里的时间。

海尔达尔推论，能够到达复活节岛的航海者正是被皮肤苍白、留着胡子的神明维拉科查带到岛上的。根据印加人的传说，维拉科查就是创造人类的神明。海尔达尔相信在创造了蒂亚瓦纳科城的文明并从厄瓜多尔海岸边“消失在水上”之后，维拉科查和他的追随者们乘坐巴尔沙木或香蒲草制作的筏船漂流了3500英里来到复活节岛。海尔达尔认为正是维拉科查为波利尼西亚带去了“文明”。海尔达尔所说的“文明”包括农耕、阶梯金字塔、崇拜太阳神和制造能够到海上航行的筏船。

埃及是最古老文明的发源地，海尔达尔还相信，古代的水手们就是从这里把埃及文明的火种带到了大西洋彼岸的新大陆上。这些水手或他们的后代后来又不知怎么地穿越了南美洲大陆，爬上了安第斯山脉上海拔12500英尺的地方，把埃及的文明传授给了生活在当地高原上的的的喀喀湖周围的人们。于是古代的蒂亚瓦纳科人马上也开始建造和地球另一面的阶梯金字塔以及石头城市类似的建筑物。海尔达尔认为，这些水手的后代外形上会带有白种人的特征，而且肤色 272
较白——随后他们又驾驶筏船穿越了太平洋。维拉科查和这些“白人神明”一起最终走遍了太平洋上有人或无人居住的岛屿，沿途散播了关于石头雕刻、农耕和造船的知识，他们航行的终点是距离的的喀喀湖岸边7000英里以外的新西兰。

所以，海尔达尔认为，维拉科查实际上不是一个神明，而是一支留着胡子的白种人队伍中的领袖。这些白人在哥伦布发现新大陆1000年之前甚至更早之前就通过某种办法来到了玻利维亚。是他们向本地人传授了——而不是本地的艾马拉人自己发明了——如何雕刻石料，如何建造城市和帝国，如何使用最纤细的芦苇造出能够出海的筏船。海尔达尔在他 1971 年出版的著作《拉号筏船探险记》（*The Ra Expeditions*）中解释：

> 巨大的内陆湖泊［的的喀喀湖］上，人们还在制造成百上千条这种样式独特的［芦苇］船……艾马拉和盖丘亚印第安人的父辈和祖辈就这样造船，现在的人们也还在使用一模一样的方法。400 年前西班牙人来到湖上时他们的船就是这个样子的。当时西班牙人还发现了蒂亚瓦纳科城废墟，包括阶梯平台、金字塔和巨石像，而根据当地原始的艾马拉印第安人祖祖辈辈传下来的说法，这些东西最初都不是由他们自己的祖先所建的。他们［艾马拉人］坚信这些壮观的建筑都是维拉科查一族离开之前留下的。维拉科查一族被描述为蓄着络腮胡子的白人，康提基·维拉科查（Con-Ticci-Viracocha）是他们的圣王，也是太阳在人间的代表。起初，维拉科查和他的族人就居住在的的喀喀湖的太阳之岛上。传说就是他们制造了最早的芦苇船。据说这些蓄着络腮胡子的白人驾驶芦苇船组成的小型船队第一次出现在印第安人面前时，印第安人还不懂得崇拜太阳，对建筑和农耕也一无所知。400 年前西班牙人记录下的
> 273 这些传说至今还流传在生活在湖畔的印第安人中间。好多次他们跟我说话时都用维拉科查称呼我，因为这个词

至今依然有“白人”的意思。[20]

尽管有些西班牙编年史作者将印加帝国的口述历史用笔墨记录下来时提到了维拉科查的肤色是“较浅”或“白色”的，不过除此之外的其他信息里都没有人提到维拉科查具有这样的特征。如今的大多数人类学家都相信这个“白人神明”的传说其实是16世纪的西班牙人编出的故事，并在其中加入了他们自己的欧洲文化背景和偏见。虽然安第斯山脉地区很多民族确实多次用维拉科查一词指代西班牙人，但更可能的原因是：那时刚刚征服了辽阔的印加帝国的西班牙人——有枪、有马、有钢铁——在当地人眼里就是一种极为强大又充满异域色彩的存在，就像他们脑中设想的维拉科查和他的族人一样。此外，崇拜太阳、建筑和农耕在秘鲁的历史至少可以追溯到8000年前，远早于蒂亚瓦纳科文化和蓄着胡子的神明的故事出现的时间。不过，据海尔达尔说，保利诺·埃斯特万是最后几个掌握了起源于埃及的古老的造船技艺的人之一，但是他现在只能生活在距离埃及海岸8000英里之外的的的喀喀湖的一个小岛上。

“你相信古代人曾经驾驶筏船从秘鲁出发到达复活节岛吗？”我问保利诺，他还在继续翻看着自己和海尔达尔一起在世界各地的照片。

“相信”，保利诺说，不过我能从他的语气中感觉到一种模棱两可的态度。随后他沉默了一会儿，显然是在思考。

“我热爱海洋，”最后他说，“不过海上没有水喝。你不能喝海水。的的喀喀湖的水则是干净的。”

保利诺还在继续翻看过去的照片，我忍不住想知道为什么一直对于埃及人细致入微的墓葬壁画印象深刻的海尔达尔会忽略这样一个最明显的迹象。有些壁画描绘埃及人的芦苇船时甚至具体到画出每一根绳索和每一根船桨，可是为什么没有一星半点关于海尔达尔坚信的将埃及文明传播到新大陆
274 的蓄着胡子的白人神明的内容？我也看过许多埃及墓葬的壁画——每一幅画上的人物都有着深棕色皮肤或努比亚人（Nubian）的黑色皮肤，眼睛和头发也是黑色的。

认定了自己的“旧大陆至新大陆”理论，海尔达尔凭借他的康提基号探险航行也加入了长期以来人类学者之间各种关于人类文明起源理论的大论战中。

在19世纪后半段和20世纪前40年中，“传播说”（diffusionism）成为占主导地位的人类学思想。这个理论假设在极限形式中大多数人类文明都是来自同一个起源的，后来这个理论也被称为“高度传播说”（hyperdiffusionism），它认为所有人类文明都衍生于同一个唯一的起源——埃及。这种理论的支持者相信通过自然的“传播”——文化实质性地从一个地区传向了另一个地区——基本的发明渐渐传遍整个世界上，早期的欧洲探险家来到新大陆之后只是“再次发现”了这些而已。

海尔达尔1914年出生，本来是一位动物学家。他成长在“传播说”被欧洲广泛接受的时期里。然而到了20世纪50年代末高度传播说开始受到质疑之时，海尔达尔已经驾驶他的康提基号起航了。他的航行是从1947年开始的，所以没有受到这一理论崩溃的影响。这位探险家及业余人类学

者把他的余生都用在了试图证明南美洲文明衍生于埃及文明这个理论上。在 1971 年，也就是在康提基号探险航行近四分之一个世纪之后，海尔达尔在他的著作《拉号筏船探险记》中写道：

> 孤立主义者和传播说支持者究竟谁对谁错？……要相信从摩洛哥到墨西哥［玛雅文明］之间的跨度可以被穿越也许比相信埃及和秘鲁这相隔最远的两端之间有联系容易一些。［所以］我决定打造一艘芦苇船［来证明新大陆与旧大陆之间存在联系的可能性］。[21]

鉴于海尔达尔本质上是一位“高度传播说”的支持者，所以他会认为其他文明随后出现在秘鲁、玻利维亚、墨西哥、 275
中美洲、复活节岛或是夏威夷岛上是完全说得通的，因为它们一定都是通过某种方式与几千年前出现在中东的文化传统有联系的。比如说，在墨西哥南部的雨林里有一个叫作帕伦克（Palenque）的考古现场，那里有许多玛雅时期的金字塔。海尔达尔也来过这个现场，而且毫不意外地认定玛雅人和埃及人之间一定是有过联系的。他后来写道：

> 在［雨］林深处有一个巨大的金字塔。是普通的印第安人建造了这个［金字塔］吗，还是西伯利亚远古的猎人和墨西哥原始森林中的原住民的混合群体之外的什么人建造的呢？[22]

对于海尔达尔来说，这个答案毋庸置疑：墨西哥的玛雅人和阿兹特克人、秘鲁的印加人，还有玻利维亚的蒂亚瓦纳科人所掌握的全部先进文化都来源于同一个根源——埃及。一切就这么简单。

当海尔达尔还在寻找能够支持他理论的证据的时候，传播说本身已经渐渐被美国人类学者的思想所取代，因为他们的思想受进化生物学影响很深，所以又被称为“生态人类学”。根据这一新学派的理论，就像不相近的生物体遇到相近的外部环境后会演化出相近的适应性变化一样（比如北极地区的某些兔子、貂和鼠类全都有雪白色的皮毛），所以在不同地区和时间的人们在遇到相似的外部环境挑战时也会发明出相近的文化上的适应性产物（如服饰、建筑和社会结构等）。

根据这一学派的思想，新大陆的文明也是在长期独立的孕育和发展后产生的，而且是在与旧大陆完全隔离的情况下产生的。如果秘鲁早期的农耕社会与中东地区的人们使用了相似的水利工程，拥有相似的社会结构，同样居住在晒干的土坯建造的房屋中的话，那么这些相似之处产生的原因是他们在面对相似的生存挑战时采取了类似的策略加以应对，而非因为他们之间出现过什么接触。

276 举例来说，的的喀喀湖上的乌鲁斯人根据自己面临的环境，找出的最好的生存之道就是利用湖中丰富的鱼类、水禽和茂密的芦苇来满足生活需要，所以他们制造芦苇船和人工岛屿。而在世界的另一端，生活在非洲乍得湖上的布杜马人（Buduma）面对的是和乌鲁斯人类似的环境，所以也采取了类似的生活方式。同理，生活在炎热、潮湿的环境中的人们——比如中非和亚马孙地区——几乎都不穿什么衣服，这并不意味着这两种相距甚远的文化之间曾经有过什么接触。之所以会出现这种相似性，只是由于他们以相似的方式来应对了相似的环境挑战——在这个例子中，他们选择的方式都是在炎热、潮湿的环境中不穿什么衣服。

虽然海尔达尔一直固执地坚持他所相信的传播说，不过他倒是成功地开创了一个全新的领域：驾驶古老样式的带帆筏船进行实验性航行。海尔达尔同时也是实际使用、亲身体验这些筏船的先驱——这可是一个经常要冒着生命危险的过程。从他第一次驾驶巴尔沙木仿印加样式的康提基号筏船穿越太平洋之后，海尔达尔后来又先后驾驶芦苇筏船拉一号和拉二号穿越或几乎穿越了大西洋。那之后的 1978 年，他又驾驶另一条芦苇筏船底格里斯号（同样是由保利诺·埃斯特万制造）从伊拉克前往巴基斯坦。底格里斯号航行的目的是要证明底格里斯河－幼发拉底河流域文明和印度河流域文明之间也可以通过海路实现联系。根据海尔达尔的观点，海洋不但不是如人们常常假设的那样是文明之间的壁垒，反而可以成为文化之间交流的“高速路”，当然前提是要有可以渡海的筏船以及驾驶它们的相关知识。

海尔达尔首创的探险活动无疑激发了一些人追随效仿的愿望：至今已有无数探险者进行了二十几次的驾驶前哥伦比亚时代风格筏船穿越甚至往返大西洋和太平洋上部分海域的挑战。大约一半的筏船出于各种各样的原因沉没了，另一半则航行得比较顺利。筏船能航行的最远距离大概是 4000 英里。巴尔沙木造的筏船航行最远的一次是 1964 年威廉·威利斯（William Willis）独自一人驾船从秘鲁前往澳大利亚，航行里程达 11000 英里。

这些航行者中有谁证明了新旧大陆之间或是波利尼西亚
277 与南美洲之间确实有过接触吗？答案是否定的。他们的实验最多只能证明凭借当时已有的技术条件，存在出现接触的可能性。至今为止，唯一确切地证明新旧大陆在前哥伦比亚时期就存在联系的证据是公元 1000 年左右挪威人（维京人）在兰塞奥兹牧草地（L'Anse aux Meaows）建立了殖民地，那里被恰如其分地命名为纽芬兰（Newfoundland，字面意思为“新发现的地方”）。

不过，最近的考古学、语言学和遗传学方面的证据似乎都证实了在南美洲的太平洋沿岸地区的波利尼西亚与南美洲之间确实出现过联系，只是这种联系的方向不是按照海尔达尔以为的由大陆前往岛屿。海尔达尔一直不认可传统的观点，该观点认为波利尼西亚岛上的人口是自西向东扩张的，也就是说临近亚洲一侧先开始出现居民，然后他们渐渐向南美洲方向迁移。相反，海尔达尔认为，由于信风通常是自东向西吹过太平洋的，所以波利尼西亚岛上的人根本不可能逆风航行。他在《康提基号：乘筏船跨越太平洋》一书中写道：

> 康提基号航海冒险的成功并不能必然证明我的移民理论是正确的。我们能够证明的是南美洲的巴尔沙木筏船具有之前我们这一时代的科学家并不知晓的航行能

> 力，以及太平洋上的岛屿实际上是位于秘鲁古老筏船的航行可及范围之内的。古时的人们是有能力驾船在汪洋大海上航行相当遥远的距离的。距离并不是海路移民是否可能的决定性因素，风向和洋流是否不分日夜、长年累月地保持同样固定的方向才是。由于地球的自转，该地区的信风和赤道洋流都是向西的，这一事实在人类历史上是从不曾改变过的。[23]

地球的自转方向在人类20万年的历史中可能确实没有改变过，① 但是通常从南美洲吹向太平洋的自东向西的信风则会 278 有规律地改变方向。这种情况在厄尔尼诺现象出现时就会发生。如果太平洋的海水温度升高，信风就会朝反方向吹。厄尔尼诺现象平均每隔三到七年的时间就会出现一次，影响范围覆盖全球，持续时间为九个月到两年不等。因此，海尔达尔关于信风方向从不改变，所以太平洋上不会出现自西向东的移民的理论是错误的。

与其他许多欧洲人一样，海尔达尔似乎还忽视了波利尼西亚人传统的双体有桨独木舟的性能。他只把注意力放在了南美洲人建造的巴尔沙木或香蒲草筏船上。如他在后来的著作《早期人类和海洋》（*Early Man and the Ocean*）中写道的那样：

---

① 事实上，根据美国国家航空航天局（NASA）的说法，在有厄尔尼诺现象出现的年份中，地球的自转速度可能会由于强风而发生极为微小的减慢，由此会导致白昼的长度增加1毫秒（即千分之一秒）。

> 康提基号巴尔沙木筏船撞上土阿莫土群岛迎风面的经历，清楚地证明了此类［筏］船具备更好的安全性，笔者对于驾驶波利尼西亚独木舟出海也有足够的经验……所以在此能够确信地说：无论是在海上遇到风暴还是在近海沿岸遇到危险，他本人都会毫不犹豫地选择乘坐［筏船］。[24]

传统的波利尼西亚双体独木舟就是把两个独木舟平行捆绑在一起形成一个双体船，两个独木船体之间还有一个竖起的小平台。这种船出奇地轻巧、快速、稳定，能够进行长距离的海上航行。事实上，在康提基号起航的近200年以前，著名的探险家、地图制图者和航海家詹姆斯·库克船长（Captain James Cook）就成为最先见识波利尼西亚人大型“海上独木舟”的人。那种船能承载50～100人。库克同时也是最早到达夏威夷，最早到太平洋大部分海域探险并为之测绘地图的人。1777年，库克在汤加岛（Tonga Island）上写道：

> 我已经提到斐济岛距离［汤加］的距离是三天的航程……这是因为这里的人没有其他丈量岛屿之间距离
> 279 的方式，他们就是用驾驶独木舟航行一段距离所需的时间来反映该距离的长短。为了确认……在平常的风速下，这些独木舟在指定时间内可以航行多远，我亲自登上了一条独木舟进行了几次测试。我发现这种船在微风条件下，可以达到迎风7节，即每小时7海里的速度。

> 据此我判断在这片海域中通常的风力条件下，这种独木舟的中等时速能够达到每小时行船七八海里。[25]

库克不但发现波利尼西亚独木舟的船速比他自己的船快（由此推论可得，独木舟的时速是康提基号或其他各种芦苇或香蒲草制作的筏船的两到三倍，因此可以缩短航行的时间），还发现这些独木舟像欧洲的船一样无论顺风逆风都可以航行。所以波利尼西亚人根本不需要等待厄尔尼诺现象来改变风向就可以自西向东驶向南美洲。实际上，他们可以驶向任何他们想要去的方向。

然而，库克观察到的另一件事甚至比波利尼西亚独木舟的船速更令人惊奇。这个观察与波利尼西亚独木舟的驾驶者有关：

> 他们驾船航行时，白天根据太阳判断方向，夜晚则根据星星。就算太阳和星星都被遮住了，他们依然能够根据风从哪里来或是海水如何涌动来做出判断。[26]

换句话说，虽然没有欧洲人的六分仪、指南针及其他导航工具，但是波利尼西亚人仍然能够通过太阳、星辰和其他线索准确地进行长距离的航行。实际上，库克第一次到南太平洋航行时就带了一个他在塔希提岛（Tahiti）上遇见的波利尼西亚航海家。这个航海家的名字叫图帕亚（Tupaia），他仅用几个沙滩上的小贝壳就为库克摆出了半径大约2000英里之内的波利尼西亚群岛各岛的分布图，而且图帕亚给库克标明的这些岛屿中很多都是当时的欧洲人根本不知道其存在的。

280 然而到了1779年，库克在夏威夷岛上去世，他关于波利尼西亚水手们能够使用一种完全不为外人所知的航海系统的发现也几乎被人们遗忘了。在接下来的一个半世纪里，欧洲单体船和他们的传统航海仪器统治了海洋，但是波利尼西亚的传统航海知识也并没有就此消失。就如分散在的的喀喀湖上各处的香蒲草芦苇船制造大师一样，直到20世纪，分散在太平洋上相隔几千英里的各个小岛上都还有掌握了传统的波利尼西亚航海技术的人。在欧洲人来到这里之前，波利尼西亚的航海家是非常受人尊敬的。事实上，他们的专业知识往往被编成易于记忆的歌谣，由一些秘密的同业公会严格保密并代代相传。但是渐渐地，这些工会还是一个一个地消失了。

到了1969年——也就是托尔·海尔达尔打算驾驶拉一号芦苇船穿越大西洋和美国准备第一次登陆月球的时候——有一位名叫迈克·麦科伊（Mike McCoy）的美国和平队的工作人员来到了萨塔瓦尔环礁（Satawal）中一个偏僻的小岛密克罗尼西亚（Micronesian island）。麦科伊很快在这里结交了一个年近40的波利尼西亚人。他的名字叫皮乌斯·皮埃鲁格（Pius“Mau”Piailug），他也被称为“马乌”，是一个历史悠久的密克罗尼西亚航海世家的传人。渐渐地，麦科伊发现自己的新朋友是一位古代风格的航海家，而且是密克罗尼西亚岛上仅存的最后一位尚在人世的传人。简而言之，皮埃鲁格是最后一个掌握了库克船长曾经见识过的已经沿用了大概几千年之久的古代航海知识系统的人。

几年之后在加利福尼亚州圣巴巴拉（Santa Barbara, California），一位名叫本·芬尼（Ben Finney）的中年人类学教授刚刚建造了一艘 40 英尺长的仿波利尼西亚带帆独木舟，他依据的就是古代独木舟的样式。芬尼是一位研究波利尼西亚的专家。迈克·麦科伊最近刚刚联系过他，前者听说了他的研究课题，并向他提及了自己在密克罗尼西亚岛上那位非凡的朋友。1973 年，芬尼创建了波利尼西亚航海协会（Polynesian Voyaging Society）。他把自己的双体船运到了夏
威夷，然后把皮乌斯·皮埃鲁格也请到了这里。两年后，皮 281
埃鲁格、芬尼和一队自愿加入的船员于 1975 年 3 月 8 日这一天驾驶芬尼的双体船起航了。他们给这艘船取名为哈库雷奥号（*Hokule'a*）。

船名“哈库雷奥”在夏威夷语中是“大角星”的意思，它是一颗有重要导航意义的星星。此次航行的目标是在仅凭借皮埃鲁格的古老航海技术的前提下，完成从火奴鲁鲁（Honolulu）至塔希提全程 2700 英里的航行。33 天之后，哈库雷奥号安全抵达塔希提岛的首府帕皮提（Papeet）。岛上几乎一半的居民都聚集到此围观他们古代船只仿制品的到来，同时也是为了迎接皮乌斯·皮埃鲁格这位古老的波利尼西亚航海家的直系传人。至此，人们终于发现了确凿的证据，这些以前不为人知的航海工具和知识体系可以解释人们如何能发现并定居于分散在太平洋上几千英里范围内的各个小岛上这个问题。

考虑到库克船长在这片区域里的丰富经历，说他是第一

个推论出波利尼西亚人最初来自亚洲的人也不会让人觉得有什么意外。如今，更多人类学、语言学、遗传学和考古学方面的证据都趋向于证实——库克一直猜想的，也是海尔达尔穷尽一生来驳斥的——波利尼西亚岛上的居民是自西向东扩张，而非自东向西扩张的观点是正确的。事实上，最近的语言学方面的证据指出波利尼西亚语言的古代起源地是台湾岛。同时，遗传学证据也指出，波利尼西亚人是在大约一万年前离开东南亚到达了巴布亚新几内亚地区，然后又继续向东穿越太平洋的。波利尼西亚探险者们最初于大约公元前1000年的时候在斐济、汤加和萨摩亚群岛（Samoa）上定居；其他一部分人在大约1300年后的公元300年来到了夏威夷群岛；最终在公元700～1200年的时候，一些波利尼西亚水手们来到了距离南美洲大陆海岸2500英里的复活节岛上。随后不久他们就开始建造这里的那些巨石像了——这其实是一种在密克罗尼西亚、美拉尼西亚（Melanesia）以及波利尼西亚群岛部分岛屿上非常普遍的传统。

282 然而，波利尼西亚探险者们仍没有就此终止他们向东前进的脚步。如果不断发现的考古学和语言学证据都是正确的话，波利尼西亚探险者们最终驾驶着他们的带帆双体独木舟到达了今天的南加州、厄瓜多尔、秘鲁海岸和智利中部。比如在南加州圣巴巴拉海峡的沿岸和附近岛屿上发现的丘马什和盖博利诺文化（Chumash and Gabrielino cultures）时期的有沟槽和刺的用贝壳制造的鱼钩，就和波利尼西亚部分岛屿上以及智利海岸发现的那些几乎一模一样。加利福尼亚州发现的那些鱼钩被认为出现于公元900～1500年，这也正好是波利尼西亚人扩张的高峰期。除了波利尼西亚文化，还有南加州的丘马什和盖博利诺文化、智利中部海岸地区的马普切文化（Mapuche culture）中都出现了构造复杂的用木板拼接制造的独木舟。说这样的技术是他们各自独立发展起来的似乎不太可能。

同时，对厄瓜多尔椰子树（*Cocos nucifera*）的 DNA 研究表明，这个种的椰子树本来是生长在菲律宾群岛上的，它只可能是被人带到南美洲来的。任何其他的能让这种植物安全抵达这里的设想——比如一个椰子顺着洋流漂来这里——似乎都非常不合情理。最后，还有南美洲和中美洲都有的甘薯（*Ipomoea batatas*），在美洲各地出现了演变，在公元 700 年之后被带到波利尼西亚并在此广泛种植。波利尼西亚语中甘薯的说法是“库马拉”（*kumara*），这与厄瓜多尔的瓜亚基尔海岸（Guayaquil coast）地区的卡纳里人（Canari）对甘薯的叫法“库马”（*cumar*）很相似。现在的观点是，这些宝贵的块茎植物就是由抵达南美洲的波利尼西亚人在返回南太平洋时放在他们的双体独木舟上带回去的。

所有这些不同学科的证据加在一起强有力地证明了：不是新大陆的筏船，而是波利尼西亚人驾驶的带帆双体独木舟曾经多次地、有规律地、有目的性地穿越了太平洋，为的就是寻找更多的陆地供人们居住和探索。当然，一些南美洲人驾驶芦苇筏船或巴尔沙木筏船到太平洋上航行也是可能的，
但是似乎还没有发现任何遗传学、语言学或考古学方面的证 283
据来证明这种事情曾经真的出现过。

正好让人觉得讽刺的是，托尔·海尔达尔总是批评专业

历史学家和考古学家低估古代人的航海能力，可是当他的康提基号撞上有人居住的太平洋环礁时，他自己也完全没有意识到真正能够穿越太平洋的迁移工具就那么明显地摆在他的眼前，甚至是当这个工具跟他的船打了个照面的时候，也依然没有引起他多少注意。他后来在描述这次航行的著作中回忆道：

> 五点半的时候我们再一次向着礁石航行。我们已经沿着南部这一整片海岸走过一遍，现在已经逐渐接近岛屿最西端的尽头了……我们发现岸上……有一小簇静止不动的黑点。突然间，其中一个黑点慢慢地向着海的方向移动了，其余的则全速向树林边缘移动。那些黑点是人！……现在我们看清了，下水的是一条独木舟，两个人跳进了船舱并开始在环礁内侧划桨。又划了一段之后，他们将船头调向环礁之外。我们看着海浪将他们的独木舟高高托上半空中，然后随着海浪从环礁上的一个通道处顺利地穿了出来，直直向着我们冲来。原来环礁的出口就在那里，这是我们唯一的希望……独木舟上的两个人朝我们招招手，我们也热情地回应了他们，然后他们就加速划走了。他们驾驶的船正是波利尼西亚的有桨独木舟。[27]

为什么人类能够到达和居住在波利尼西亚群岛上？解答这一由来已久的谜题的答案几乎就那么直直地撞到了托尔·海尔达尔的巴尔沙木筏船上，但是时年 33 岁且从小受传播说影响并被自己的欧洲中心论蒙蔽了双眼的探险家，无法意识到眼前的独木舟就是让南太平洋上出现居民的最关键的因素。托尔的名字来源于古老北欧传说中的雷神，托尔·海尔达尔想要寻找的一直都是蓄着络腮胡子、驾驶着筏船的传说中的白人神明存在的证据，所以他从一开始就忽略了这些棕色皮肤、不留胡子、驾驶独木舟的人。白人神明的传说很可能本来就是人们臆造的产物，但是海尔达尔仍然将余生都花在了 284
寻找支持他的传播说信仰的证据上，花在了寻找证明南美洲人通过某种方式与埃及人有过交集的证据上。他到去世时都依然坚信这样的理论。

托尔·海尔达尔于 2002 年 4 月 18 日去世，享年 87 岁。他受到了在奥斯陆大教堂举行国葬的礼遇。后来他被安葬在了自己生活了多年的科拉米切利（Colla Micheri）。从这个位于意大利海边的乡村能够俯瞰曾经有希腊、罗马和腓尼基水手们往来穿越的地中海。与此同时，仿波利尼西亚帆船建造的哈库雷奥号独木舟则依然航行在太平洋上，驾驶它的是波利尼西亚航海家们的后代，他们现在正在忙着向年轻的新一代“导航者”传授古老的波利尼西亚航海技术。

“托尔是个很好的人”，保利诺在与我握手告别时告诉我。我准备回拉巴斯去。确实，我记忆中的海尔达尔也是一位友善的长者，完全没有身为一位全球知名人士的架子。我看到保利诺又去为那艘不久之后要运往挪威的香蒲草芦苇船进行最后的修饰工作了。我向着来时的高速公路方向走回去，手里拿着一艘保利诺的小船模型，我毫不怀疑正是他的祖先制造了那些巨大的芦苇筏船，以用来将巨型石料从的的喀喀湖上运往蒂亚瓦纳科城；我也相信正是这些祖先创造了那里延续近千年的灿烂文明；我还相信，保利诺的祖先完全不需要什么来自外族的帮助，他们自己就有能力和智慧切割、运输和竖立起那些现在还散布在古城内各处的巨型石头建筑。很久以前在安第斯山脉上海拔 2 英里以上的地方出现的文明奇迹根本不需要什么白人大胡子神明或是埃及人来创造。事实上，所有的证据都证明，保利诺的祖先是在很久以前从亚洲经陆路来到这里的，并最终在现在的墨西哥、中美洲、哥伦比亚、秘鲁和玻利维亚创造了一系列伟大的文明。
285 而这些祖先的远亲——波利尼西亚人——则驾驶着他们的双体独木舟偶然登上了南美洲的海岸。站在岸边时，他们一定也曾满心惊奇地观察着这片已经有人居住的海岸线及远处壮观的巨大山脉，然后才在太阳、星辰和洋流的指导下，穿过大海，返回他们祖先的遥远故乡。

第七章　切·格瓦拉的结局（玻利维亚） 286

我们这样的经历是值得冒着生命危险来换取的。［你既然来了］就不要再想着退缩，革命是不等人的。我要给你一个热烈的拥抱，这个拥抱来自一个受到感召的人，也来自一个将要被历史召唤的人……切。[1]

——切·格瓦拉，1959 年从古巴写给一个在阿根廷的朋友的信

我们清楚地知道，一条人命比世界上最富有的人所有的财富加在一起还宝贵千万倍……服务于我们的同胞带来的荣誉感远高于一份优厚的收入；人们的感激之情是永恒的，比一个人能聚积的金银财宝持久得多。[2]

——切·格瓦拉博士，1960 年为古巴的医科学生做的演讲

我来了就没想走，离开的只可能是我的尸体，或者是一边扫射一边穿越边境。[3]

安第斯山脉的生与死

——切·格瓦拉，1966 年 11 月，
在玻利维亚发起游击队行动前夕

287 *

切和其他 16 名游击队员——10 个古巴人，5 个玻利维亚人，1 个秘鲁人——在深黑的夜色中，借着头顶一点银色的月光，正沿着峡谷深处蹒跚前行。随着溪流方向形成的小路两边长满了矮树。月光照得到的地方，游击队员才能看清一小块一小块种着土豆的菜地，否则他们就只能在树影重重、漆黑一片的峡谷中摸索前行。这些游击队员都穿着破旧、脏污的衣服，他们的领导——39 岁的切穿着绿色的裤子和迷彩衬衫，戴着棕色的贝雷帽。他脚上穿的与其说是鞋，倒不如说是把几块布和皮子粗略地绑在脚上，这是他几个月前就已经穿坏的靴子上仅剩的一点材料。3 月发起游击队运动时，他们总共有 55 名队员；七个月之后的现在，则仅剩下了 17 人。其余那些要么是被杀害或被俘虏了，要么是叛逃了。当这队瘦骨嶙峋的游击队员在黑暗中顺着曲折的小岛行进时，他们根本没有意识到自己已经陷入了一个收缩得越来越紧的包围圈，围捕他们的有大约 250 名玻利维亚士兵，他们全部刚刚接受过美国绿色贝雷帽特种部队的培训。

*

胡利娅·科尔特斯（Julia Cortez）坐在她的小客厅里，双手一次次交叉在一起，甚至紧紧握住，她现在心里充满了担忧，认为自己就快要疯了。客厅里有一个睡椅，一个沙发，一把椅子，贴着花朵图案的墙纸，还有一些印花风格的

陶瓷器皿。胡利娅此时 63 岁，穿着一条黑色的长裙和一件刚刚浆洗过的白色衬衫。她的头发整齐地拢在脑后盘成一个发髻。她双眼之间的距离有些宽，整个人的举止落落大方，带着少许的感伤，说话的声音也不大。44 年前，胡利娅·科尔特斯是在切·格瓦拉临死之前最后和他说过话并见到他最后一面的几个人之一。

“我的短期记忆很有问题”，胡利娅说，同时递给我一盘新鲜的桃子和一把锋利的小刀。“我要到苏克雷（Sucre）去做一次核磁共振，好查清楚到底是什么问题。我已经去圣 288
克鲁斯省（Santa Cruz）看过医生了。我的病情太严重了！简直难以想象！我想不起来自己把东西放在哪儿了！我出了门却想不起来自己是要出去干什么的！我这是患上了某种神经系统疾病，”她说着，又交叉起了双手，“而且我的症状还在加重。我母亲是一个月之前去世的，我总是在伤心哭泣，所以病情也越来越恶化了。我亲眼看着我的母亲多年来是怎么忍受病痛折磨的，我真不知道自己将来会变成什么样。”

胡利娅是一名退休的学校教师。她在巴耶格兰德镇（Vallegrande）外面有一小块田地，里面种着桃树和玉米，胡利娅说这些“是为了维持生计”。她教了 31 年的书，现在每月能领取的退休金才合 150 美元多一点。

“对我来说，我的母亲一直既当爹又当妈，因为我的父亲抛弃了我们。我们一家总共有 11 口人，以前非常穷，几乎没有任何财产。即便如此，我的母亲仍然鼓励我去学习。她是个勤劳的人，一直支持我，是我最值得依靠的人。”胡利娅说，有一段时间，家里其他人都劝她去做修女，因为那是一条确定可以养活自己的途径。但是胡利娅坚持要做个老师。“那才是我一心想要做的事。”

胡利娅的第一份工作是在一个叫拉伊格拉（La Higuera）的小村子里教书，村庄的名字是“无花果树”的意思。这里有一小片集中搭建的土坯房，有大约 800 名村民。从这里步行返回她自己家居住的普卡拉村（Pucará）要两个小时。那片地区的道路崎岖不平，远处是层层叠翠的群山，看起来就像日本的木刻版画一样。胡利娅教书的教室也是一间土坯房，房间的地面就是裸露的土地，屋里有几条板凳和一个黑板。来这里学习的有大约 20 个小学生，都是在附近耕地的农民的孩子。当时 19 岁的乡村教师每周在这里教课，只有周末才沿着土路回家一次。胡利娅被分配到这里工作了几个月之后，村民们借给了她一匹马，这才让她回家的路途不再那么辛苦了。

“那时根本没有人锁门，”胡利娅回忆说，“村民都热情好客。任何人来访都会被请进家门，主人有什么吃的也都会摆出来招待。到了周末，如果我不回自己家的话，我们就会
289 用室外的大［土］灶做饭。邻居们都会前来，大家一起分享食物，唱歌跳舞，其乐融融。”

不过，在这其乐融融的表象之下，是随处可见的贫困。圣克鲁斯省的拉伊格拉曾经是且现在也还是玻利维亚最贫穷的地区之一，而玻利维亚也仍然是西半球最贫穷的国家之一。1967 年当胡利娅被分配到这个小村子里教书的时候，这里的新生婴儿死亡率、文盲率和贫穷程度甚至相当于非洲最贫穷的国家。

正是出于这样的一些原因，1967 年，阿根廷革命家切·格瓦拉选择在玻利维亚发起游击队行动，当年正好也是

胡利娅开始教师工作的那一年。切·格瓦拉曾经协助菲德尔·卡斯特罗（Fidel Castro）取得古巴政权，并发展出了一套依靠一支小规模的游击队伍（*foco*）在玻利维亚这样的贫穷国家展开运动，作为点燃革命烈焰的“星星之火”的理论。切的游击队最开始是在拉伊格拉以南60英里的地方开始与玻利维亚军队交火的。他们的目标是煽动反对玻利维亚政府的人民起义，然后再在临近的秘鲁、巴西等国家鼓动类似的社会主义革命，最终让革命的燎原之火也烧向切·格瓦拉的祖国阿根廷。

与胡利娅不同，通常被称呼为“切”的埃内斯托·格瓦拉（Ernesto“Che”Guevara）出身于一个中产阶级家庭。他1928年出生在阿根廷的罗萨里奥（Rosario），是家里五个孩子中的老大。他很有运动天赋，在学校的时候体育很好，但是因为患有慢性哮喘，所以他不得不经常在家养病。每当这时他就会到他父母拥有的藏书量达3000本的藏书室中寻求慰藉，终其一生，切都是一个不知餍足的爱书之人。他最喜欢的书是一本叫作《马丁·菲耶罗》（*Martín Fierro*）的阿根廷史诗。书中讲述了一个被警察追捕的阿根廷牛仔（*gaucho*），因为其卓越的勇气和英雄气概而改变了一名警察对他的看法，从此两人共同在原住民中间生活，想要追求更加美好的人生。

1951年，作为一名23岁的医学系学生，切和自己的一个朋友为了开阔眼界，共同骑摩托车穿越了南美洲。这也是他第一次切身感受了长期困扰着南美洲的贫困问题。

“我去了……拉丁美洲所有的国家”，切后来写道：

290 > 最初我以一个医学系学生的身份游历，后来则是以医生的身份，我开始有机会近距离接触贫困、饥饿、疾病，甚至有过因为物资短缺而无法挽救一个孩子的生命的经历……我开始意识到有一些事情……对我而言，与成为一名著名的研究人员或是做出某些重大医学贡献同样重要的就是要帮助这里的人们。[4]

即便是在切还是个医学系学生的时候，他就已经渐渐地意识到给某些偏远、贫困的小村庄送点药品是不能解决某些延续了几个世纪的基本权益丧失的问题的。对于切来说，做一名医生给赤贫的人们治病，就好比是给坏疽的腿贴创可贴一样毫无用处，病人需要的是截肢，就如最需要被根除的是贫穷一样。到他 25 岁的时候，切已经认定要想改善拉丁美洲数以百万计的人民群众的生活水平，唯一的途径只能是改变这些国家的政治结构。他相信在当时的体制下，拉丁美洲各国政府都是在尽一切努力维护少数特权精英阶级的财富，而置广大的人民于不顾。医药改变不了这些，只有自下而上的革命可以。

25 岁的切格瓦拉在墨西哥结识了当时 26 岁的菲德尔·卡斯特罗。后者是一名自我流放的古巴律师和革命家。事实证明，卡斯特罗就是切一直在寻找的那份催化剂。他们第一次见面的时候，卡斯特罗向切说明了自己打算领导小型游击队组织登陆古巴海岸，推翻古巴独裁统治者富尔亨西奥·巴蒂斯塔（Fulgencio Batista）的计划。卡斯特罗很看好年轻的阿根廷医生，想请他作为随军医生加入他们的革命。

切立刻就同意了。后来他写道：

> 事实上，在我游历了整个拉丁美洲之后……我几乎不需要什么煽动就会义无反顾地加入任何反对独裁者的革命队伍，但是菲德尔确实是一位杰出的人才，令我印象深刻。他面临的是不可能完成的任务，但是他成功了。他一直坚信，只要他出发返回古巴，就一定能顺利 291
> 达到；一旦他顺利到达，他就会开始战斗，而且一定会赢得战斗。我分享了他的乐观主义……［是时候］停止［为社会的不公而］抱怨了，我们要做的是战斗。[5]

1959年，切·格瓦拉和获胜的卡斯特罗一起乘车进入被解放的哈瓦那（Havana），这也是这场旷日持久的游击战争最终的胜利果实。切在战场上证明了自己作为游击队领导的能力，也显示了他在炮火中近乎鲁莽的无畏。他被提升为革命军队指挥官（*comandante*），后来又成为工业部长和国家银行主席。就是在那段游击队战争期间，埃内斯托·格瓦拉得到了“切”这个外号。“切”（Che）这个独特的阿根廷词语其实就是“嘿，朋友”的意思。就是因为切·格瓦拉说话时频繁地对他的古巴同志们使用这个词语，所以那些同志也反过来以此称呼他。

六年后，古巴革命的成果已经得到巩固，但是美国仍然对这个孤立的岛屿国家实行经济封锁。卡斯特罗建议切去点燃一场覆盖整个大陆的革命之火。他建议的战争发起点是玻利维亚，切可以到那里推翻该国的政府。这个政府最初是在美国中央情报局的帮助下取得政权的，不过在随后的选举中也确实胜出了。卡斯特罗说一旦玻利维亚爆发战争，附近的国家也会很快响应。到时古巴就可以突破美国的封锁。此时37岁的格瓦拉立即接受了这个建议，开始为“解放”整个南美洲这个艰巨的任务而进行准备。

切·格瓦拉的母亲一直是自己此时已经成为大名鼎鼎的革命家的儿子最忠实的支持者。在写给母亲的一封信中，切承认自己是一个像小说中的堂吉诃德一样的梦想家：“我又一次感受到了胯下驽骍难得的肋骨，”他说，借用了书中堂吉诃德忠诚的马匹来做比喻，“我手上举着盾牌，重新踏上征途……我相信武装斗争是那些为自己的自由而战的人们能够采取的唯一的解决之道……很多人说我是个冒险家，我确实是；但是我是另一种类型的冒险家——是愿为证明自己的信念而付出生命的冒险家。”[6]

292 切也许把自己看作一个理想主义者，但是古巴革命让他展露出了自己决不妥协的一面。到1959年，在一个资本主义和社会主义泾渭分明的世界里，切成为一位忠诚的马克思列宁主义者，他相信资本主义必将走向灭亡，社会主义和共产主义必将取而代之。他还坚定不移地相信，武装斗争的方式能够加速这一进程的发展。曾经陪同切一起骑摩托车穿越南美洲的另一位年轻的医学系学生阿尔韦托·格拉纳多（Alberto Granado）回忆说，当切通过狙击镜瞄准一个士兵并开枪将其射杀时，他相信自己是在消灭压迫并“让30000个孩子在未来免受饥饿之苦”。[7] 相反，当格拉纳多通过狙击镜瞄准一个士兵时，他只能看到被瞄准的是一个丈夫、一个父亲。格拉纳多说自己和切·格瓦拉的区别就在于后者坚定地相信自己是在开辟一个新的时代。

在切的著作《论游击战》（*Guerrilla Warfare*）中，他概括了他的新计划："安第斯山脉将成为拉丁美洲的马埃斯特腊①（Sierra Maestra，位于古巴）；这片大陆上广阔的土地将成为与帝国主义殊死斗争的背景……这意味着我们要打一场持久战；我们会有很多条战线；在很长的时间内我们会受伤流血甚至付出数不尽的生命……这是我的预测。我们做出预测的前提是坚信历史将最终证明我们是正确的。"[8]

格瓦拉从小接受的是天主教信仰的教育，后来转变为一名无神论者，但不管怎么说，他才是一位真正有信仰的人：他确信马克思关于如何实现社会主义的指示不仅仅是一种理论，而且是事实。

"我没法告诉你们我是从何时起脱离了理性而选择了对［共产主义］的信仰一般的确信，"[9]切在给自己父母的信中写道，"……［然而］我感受到的不仅仅是我一直感受着的一种强大的内心力量，更是……一种宿命一样的使命感，它让我完全感觉不到恐惧。"[10]

"这次有可能就是我的最后一段旅程，"他提醒自己的父母，"我不是说我要送上门去［自寻死路］，但是死亡的可能性更符合逻辑的计算结果。如果一切已经注定，那这封信就是我对你们最后的拥抱。"[11]

① 卡斯特罗曾率领游击队在古巴东南部的马埃斯特腊山区开展游击战。——译者注

293 切给自己的妻子和五个孩子也留了一封信，不过他与他们约定，只有等他确定回不来了之后，他们才能看信：

> 如果有一天你们必须看到这封信，那只能是因为我已经不在人世了。你们对我的记忆也许已经淡了，而我最年幼的孩子们可能根本不会记得我。你们的父亲是一个依着自己的信仰行事，并绝对忠于自己信念的人。我希望你们长大之后能成为优秀的革命者……最重要的是，要永远对世界上任何地方对任何人实施的不公感同身受。这是属于革命者的最美好的品质。无论何时，我年幼的孩子们，我都希望能与你们重逢。以此信亲吻拥抱你们——你们的爸爸。[12]

*

凌晨2点钟的时候，游击队员们停止了行进，准备在溪边一块巨石附近扎营。秘鲁籍游击队员奇诺·昌（Chino Chang）戴着眼镜，在夜色中根本看不清路，所以继续前进就很困难了。切的哮喘药在几个月之前就都用光了，所以此时他也在费力地喘息着，他能感觉到肺部像被钳子紧紧夹住一样。游击队员们手中只剩一个已经损坏了的双向无线电设备，他们只能接受信息而无法发出信息。这一晚也是切·格瓦拉临死前的最后几个晚上之一，他在那条小溪边听着一个玻利维亚新闻广播站播放的一则军队公告（*communiqué*），随后取出了一个自游击战争开始后一直记录日记用的小笔记本，切·格瓦拉在这个笔记本上写下了他的最后一段话：

> ［1967 年］10 月 7 日。我们的游击队行动已经进行了 11 个月①……到［夜晚］12 点 30 分没有出现复杂情况。之前一个放羊的老太太进入了我们扎营的峡谷，我们不得不抓住她。她并没能给我们提供任何关于军队的可靠信息，只是说她什么都不知道……根据她告诉我们的情况，我们现在大概距离拉伊格拉还有 1 里格的距离，距哈圭村（Jaguëy）1 里格，距普卡拉村 2 里格。5 点 30 分，游击队员因蒂（Inti）、阿尼塞托（Aniceto）和巴勃利托（Pablito）去了老太太的家里，她有两个女儿，一个是侏儒，另一个也有残疾。他们给了她 50 比 294
> 索，让她不要对任何人提起我们，但是她很可能不会守信……军队［今晚通过广播］发布了一个不同寻常的报告，说有 250 名［军队］士兵部署在塞拉诺（Serrano）以防止被包围的［游击队员］……突破重围。他们的报道说我们藏在阿赛罗（Acero）到奥罗河（Oro Rivers）之间。这条消息似乎只是一个声东击西的策略。[13]

将笔记本放回随身携带的小皮包里之后，切躺到了战友身边并很快入睡了，完全不知道这条公告并不是什么转移注意力的策略，而是一次实实在在的军事行动。此时，无论游击队员选择向哪个方向前进，都会不可避免地遇到军队，因

① 此处是切·格瓦拉的日记原文，但前文提到他们是于 1967 年 3 月开始游击队运动的，因此应该只有七个月。——编者注

为他们已经不知不觉地陷入了敌人的包围圈。切同样不知道的还有，正是他们选择扎营休息的这片土豆田的主人发现了他们的存在并通知了军队的一队侦察兵。过了没多久，当游击队员还在熟睡时，几百名玻利维亚士兵开始行动了。

*

萨迈帕塔（Samaipata）是一个被丛林覆盖的山坡包围着的颜色艳丽的小镇，这里的土坯房都是粉刷过的，屋顶都铺着瓦片。这一地区上散布着很多印加和瓜拉尼（Guarani）时期的遗迹，印加人是在 15 世纪不断征服更多领地的时期来到这里的。1967 年 7 月 6 日这一天，也就是在他们最后一次交火的三个月之前，切的六名游击队员强征了一辆卡车，冒险开到镇上，迫切地想要找到食物和治哮喘的药物。他们开枪打死了一名士兵，并暂时俘虏了另外十名。随后他们就逃离了小镇，也没能找到他们的领导急需的药物。此时的切只能留在后面等待他们返回。最近他已经病得无法走路，只能骑在一头骡子上前行。

“现在我不得不无限期地忍受哮喘的折磨”,[14]当天晚上切在笔记本上沮丧地写道。游击队员们到现在几乎已经把自己的马都吃了，最近只能渴望地盯着切骑着的那头骡子，不
295 过他不答应。在 8 月 24 日的日记上他又写道：“我们隐蔽了一整天，傍晚的时候特遣队（*macheteros*）回来了，他们设下的捕猎陷阱只抓到了一只秃鹰和一只死猫。我们把这些猎物以及还剩的最后一点食蚁兽的肉全都吃了。现在我们能吃的就只有一点豆子和不管什么能猎捕到的东西了。”[15]

如果说游击队起义的目的在于不断地打击敌人，出其不

意地给对方造成损失，那么切·格瓦拉手下这支筋疲力尽的队伍已经早就放弃了那样的战术。人数不断增长的步兵巡逻队一直在追击他们，而且他们一直无法赢得当地居民的支持，所以大多数时间里，切的队伍只是在不停地躲避敌人。向北撤退的这一路上，他们往往只能在夜间赶路，白天就躲在树林的掩护里。

一个被切的手下短暂俘虏后又释放的玻利维亚士兵汇报说，游击队员们非常肮脏。他们走得很慢，因为要用砍刀一点点砍掉密实的灌木丛来开路。这个士兵还说切“骑着马……走在［队伍的］中间……［而且］其余人把他当神一样服侍，他们给他铺床、给他准备马黛茶（*yerba mate*）。他还举着银质的烟斗抽烟”。[16]另一个曾经的俘虏则汇报说，尽管他因为没有药品医治自己的哮喘而健康状况不佳，但是切“从来没有抱怨过”。

在萨迈帕塔镇外有一条高速公路，我沿着朝公路方向的土路前进，希望能搭上一辆向南前往拉伊格拉的汽车，那里离切被捕的地方不远。一辆军用吉普经过并停了下来。司机示意我上车。他是一位中士，个子不高，体型敦实，皮肤是棕色的，穿着橄榄绿的制服和擦得锃亮的丛林风格黑色战斗靴。中士态度很友好，但是人很严肃。他来自圣克鲁斯省，过去三年里一直被部署在萨迈帕塔附近。他指着附近的山坡说他很喜欢这个地方。车子走了一段之后，我在高速公路上一个孤零零的收费亭边下车了，我告诉他我要重走游击队革命家切·格瓦拉生前的最后一段路。中士扬了扬眉毛转头看着我，在开走前说了一句：“我们把他解决了不是吗？”

296 收费亭外还有一位妇女蹲在路边，穿着长裙，戴着草帽。她挥挥手赶走了篮子上的苍蝇，篮子里面装的是自制的加了奶酪的点心，点心上面蒙着一块布。四周的山坡上覆盖着浓密的丛林植物，蝉鸣声不绝于耳，不时还能听到一些鸟叫。收费亭里的男子看了看我，然后走出他的工作间和我攀谈了起来。他六十来岁，也来自圣克鲁斯省。他告诉我他要在收费亭连续工作20天，然后回圣克鲁斯休息10天，接着再轮换到其他什么地方的另一个偏远的收费亭继续这样。他给我指了指公路对面的一座小房子，透过敞开的房门可以看到里面的上下铺单人床。“那就是我的家”，收费员说。

“我为石油公司工作，我在丛林里的地震线上工作七年了。我曾经看见过一头眼镜熊猎食一条凯门鳄，结果差点在马迪迪河（Madidi River）里淹死。”他花了一个玻利维亚诺（boliviano）从那位妇女那儿买了一块奶酪点心。妇女重新把蒙在点心上的布盖严的时候，收费员嚼着点心走回来继续跟我聊天。“我在查科省（Chaco）也工作过，和瓜拉尼人一起。他们现在也还在使用他们自己的语言，还留着及腰的长发，”他一边说一边还用手比了比，“他们甚至还在用弓箭。那里都是平原。”他又指着我们四周的山坡说：“跟这里完全不一样。”他咽下最后一口点心，掸了掸衬衣上的点心渣，然后很认真地看着我。我能听到远处有汽车开来的声音。声音越来越近，我们俩都扭过头去看着公路。

“你见过秘鲁的纳斯卡线条（Nazca Lines）吗？”

我说见过。

“有外星人在那儿着陆，”他强调说，“那就是一个巨大的太空船降落场。”

有汽车驶近了，然后伴着一片叽叽喳喳的金属摩擦声和波浪一样腾起的尘土停在了我的面前。许多手臂从敞开的车窗中伸出来购买妇女举着的奶酪点心，脏污的玻利维亚纸币和糕点趁着这一点时间匆忙地进行交换。我登上了汽车，收费员和司机攀谈了几句。汽车晃了晃，颠簸着开起来了。我沿着摇摇摆摆的过道走向了最后一排的座位。从后车窗向回望，我看到收费员又重新走进了他的收费亭，卖点心的妇女 297 坐在路边抚平了自己的裙子。汽车经过的地方，留下了一条长长的尘土印迹，好像一条慢慢变长的蛇一样。

*

1967 年 10 月 8 日破晓时分，切和他的游击队员们在峡谷深处的溪边醒来，这个峡谷的名字叫丘罗山沟（Quebrada del Churo）。一个游击队员抬头看到山脊上有人向他们包围而来。切很快意识到玻利维亚军队已经趁夜部署好了位置。游击队员们发现自己已经被困在了这个大约 150 英尺宽、900 英尺长的山涧里。这是一次完美的突然袭击。

到了下午 1 点 10 分，炮火攻击开始了。几百人的玻利维亚军队使用的都是全自动武器和迫击炮。很快就有两名游击队员牺牲了。其他人也都被迫分散开了。切以溪流边的一块大石头为掩护，继续使用他的步枪反击，但是他的步枪随后被子弹击中不能用了，很快另一颗子弹在他的贝雷帽上穿了个洞，还有一颗则击中了他的左小腿。一个外号叫威利（Willy）的玻利维亚游击队员跑过来帮忙，他扶起切沿贴着陡峭的山坡生长的灌木丛前行，试图寻找一条出路。正当两人步履蹒跚地前进时，一个埋伏在这里的突击队员突然从自己的隐藏地点跳出来，用步枪指着两个没有武器的男人，并命令他们站住别动。古巴革命的老战士、前任工业部部长、医生、游击队理论家、本来有可能解放整个南美洲的人——切·格瓦拉慢慢地举起了双手。

“不要开枪！我是切·格瓦拉。我活着比死了对你们更有用。”[17]抓住他的人后来声称切·格瓦拉在被捕时是这样说的。

*

“你要去拉伊格拉吗？”一个年轻的姑娘问我，现在我们正在等车，而这辆车已经比预计时间晚了一个小时了。

“是的，你呢？”

298 “我比你早下车。”

“那是去哪儿？”

“丘罗山沟。”

“最后的突袭地点？”

“对！你也去吗？”

我告诉她我也去，十分钟后车来了，我们一起上了车。姑娘的名字叫露西娅（Lucia），今年 23 岁，是阿根廷人，来自布宜诺斯艾利斯。露西娅很漂亮，留着黑色的长发，穿着蓝色的牛仔短裤、网球鞋和白 T 恤，只随身携带了一个小背包。她梦想来切·格瓦拉战斗过的地方看看已经好几年了。她的工作是产品设计师，有两个星期的假期，于是她问自己：“为什么不呢（*por qué no*）？”和很多阿根廷人一样，露西娅是西班牙和意大利混血。她说她的父母都是左派分子，她从小就经常去古巴。和切一样，露西娅也是出身于中产阶级家庭的白人。

“在阿根廷的年轻人心中，切·格瓦拉是个英雄，”她实事求是地说道，“我们都很钦佩他，也钦佩他为之献身的事业——帮助穷人。”

她想了想之后又补充道：“切的身上散发着一种……力量。”她看着我，深深地吸了一口烟。“而且他还很帅。”

和露西娅持有相同观点的人不在少数。在一张1960年拍摄的照片中，切穿着一件帅气的长外衣，留着时髦的长发和散乱的（游击队员式）络腮胡和髭须，戴着黑色的有一颗星星的贝雷帽，这象征着他在游击队中的指挥官身份。当时他在哈瓦那参加为在一次推定为外国袭击的事件中遇难的古巴人举行的葬礼。一个古巴摄影师拍到了这张照片。照片中的切带着一种坚定的、英雄般的，甚至近乎超脱于尘世的表情。后来照片中的这个形象传遍了整个世界。

“不仅仅是古巴革命，而且是革命这个概念本身现在有了自己的标志，”一名记者在西班牙的《星期天》（*El Dominical*）上发表的文章中这样写道，“那可不是什么一般的标志，而是一个性感、阳刚、高贵、勇于冒险，而且非常重要的是与时代的精神相呼应的标志。”[18]另一个西班牙记者则提出这样的疑问：“假如切·格瓦拉没有这样一张适合拍 299
照的脸，而是长得像——打个比方说——［菲德尔的献身于革命但相貌平平的弟弟］劳尔·卡斯特罗（Raúl Castro）一样，那么他还会拥有他现在所拥有的同样的影响力吗？”[19]

这一点其实很有道理。切不仅掌握了适当的技能，然后在正确的时间出现在了正确的地方，而且他还碰巧长了一张像电影明星一样的脸。

“他是我见过的第一个让我不仅仅要称其为英俊，甚至更想用美丽这个词来形容的男人，”美国记者 I. F. 斯通（I. F. Stone）写道，“他看起来像罗马神话中的法翁和主日学校印发的耶稣基督像的结合体……［而且］他说的话有时听起来虽然像是无尽的天启般的幻象，但是背后隐藏的是绝对的冷静。”[20]

除了他英俊的相貌之外，切还拥有一种让人无法描述的气质（*je ne sais quoi*）——像所有充满人格魅力的领袖一样，这种气质能让他的追随者对他抱有绝对的忠诚。乌拉圭记者胡利娅·孔斯滕拉·德·朱萨尼（Julia Constenla de Giussani）写道：每当切出现的时候，“他会自然而然地散发出无法估量的魅力。如果他走进一个房间，他就会立即成为受人瞩目的中心，房间里的一切人和事都会围着他转……他幸运地拥有一种独特的吸引力”。[21]

我和露西娅聊起切的玻利维亚战略时，汽车穿过了一片亚热带树林，我们偶尔会看到骑着马独行的男子，他们戴着有扁平帽檐的黑色帽子，有一些人背后还挎着步枪，马鞍上挂着套索。我们乘坐的这辆车是一辆已经破旧不堪的黑色丰田卡罗拉。不知为什么，本来在右侧的方向盘被拆下来安装到了左边。所有的仪表显示则仍然留在右边，可怜兮兮地围绕在驾驶盘留下的空洞四周，而且已经没有一个能正常工作了，露出的电线也就那么随便地耷拉着。不过这是司机自己的车，他还把它当宝贝一样，遇到路上有凹沟或水槽时还要小心翼翼地绕行。我们走的那条路很险峻，好几次都是从陡峭的悬崖边开过的。

后来还出现了薄雾，我们经过之处是一片树林，树身上长着石灰绿色的青苔，看起来像皮毛毯子一样。出了树林我们就到达了普卡拉村，这个村子是沿山势而建的，像极了中世纪的意大利村庄。石头或土坯搭建的房屋外边三五成群地 300
站着一些戴着黑帽子的男人，他们一起聚集在街角上，当我们的车经过时，他们会停下手中的事盯着我们看。

切在玻利维亚遇到的诸多失败中，没有什么比无法说服当地人加入游击队这件事更糟糕的了。切很快就发现，这片地区的农民并不把他们这些大多数是浅色皮肤、留着胡子的古巴人看作来解放自己的救星，反而对这些外国人无缘无故地袭击甚至杀死玻利维亚士兵和警察感到不解。

切的《论游击战》手册是在 1960 年古巴革命结束后不久创作完成的。他在书中写道：“需要强调的一点是：游击战是一种大规模战争，是人民的战争。游击队是一个武装起来的原子核，是人民的先遣队。游击队必须从人民群众中汲取巨大的力量。”[22]三年之后，他又把自己的思想归结为一个郑重的警告：“［任何］想要不依靠人民群众的支持而发起游击战战争的尝试都只是灾难的前兆。”[23]然而，切打算对抗的玻利维亚军队恰恰也明白当地人民的重要性。军队中的一部分人员最近刚刚接受了美国绿色贝雷帽特种部队提供的镇压暴动培训。他们显然也研究了切自己写的手册。军队明白，没有人民的支持，切的游击队员都会死，会像缺了水的植物一样死于饥饿和干渴。因此，军队不会允许切的游击队像毛泽东说的那样在人民中间如鱼得水。军队要确保的是游击队不能抓住农村地区农民的“心灵和思想”，而他们自己却能做到这一点，这样游击队就无法获得当地人的支持了。

从 1967 年 4 月起，也就是交火开始后的一个月，军队就开始警告玻利维亚民众：“具有卡斯特罗共产主义倾向的外国人小队已经渗透进了我们的国家，他们唯一的目标就是引发混乱，中止国家的发展，他们会对私人财产进行盗窃、劫掠和破坏……我们的武装部队已经行动了起来，我们肩负着明确而具体的责任，就是要阻止和消灭这些胸怀恶意且充
301 满破坏性的外国入侵者。”[24]作为额外奖励——在一个人均年收入不足 1000 美元的农村地区——玻利维亚总统勒内·巴里恩托斯（René Barrientos）为切·格瓦拉的人头悬赏 4200 美元。

几个月后，切在 1967 年 6 月的一篇日记里承认游击队在与当地居民的接触中遭遇了越来越多的挫折。“无法招募农民加入游击队，”他写道，“……就是一个恶性循环：为了招募到［志愿加入者］，我们必须到人口稠密一些的地方去，但是我们需要［更多的］人手才能去……政府军几乎没有采取任何军事上的行动，但是他们在农民身上做的工作才是让我们不得不更加留心的，无论是以恐惧来压迫还是用花言巧语来哄骗，他们也许会把整片区域的人都转化为给他们通风报信的人。”[25]

然而，切把当地的农民定性为“雇农”其实是对当地情况的错误判断，这个错误最终导致了灾难性的结果。当

切·格瓦拉和菲德尔·卡斯特罗登陆古巴并将马埃斯特腊山作为根据地时，他们在当地遇到的农民才是真正的雇农，也就是说那里的男男女女们都是为地主出卖劳力的，他们本身并不拥有任何土地。卡斯特罗马上向这些人承诺了将来他们会拥有土地，也正是这样的承诺才使很多人加入了革命队伍。玻利维亚的情况则完全相反，在 1952 年，也就是切开始战斗行动的 15 年前，一个改革派组成的政府获得了政权并发起了大规模的土地改革。一夕之间，玻利维亚一大部分农民都成了土地的拥有者。所以和古巴当时的情况不一样的是，切无法以土地来吸引农民，因为他们已经拥有了土地。虽然这里大多数农民对游击队的消极态度让切大为沮丧，但是这些农民做出这样选择的原因却是明智和现实的：他们只不过是太害怕失去自己刚刚得来没有多久的土地。

切和他的游击队一点一点地向着玻利维亚更偏远的地区进发，政府军则继续进行着抓住农民的“心灵和思想”的工作，让游击队越来越被孤立，让他们可藏身的地方越来越少。只有在一个叫作阿尔托塞科（Alto Seco）的村子里，在切召集了满头雾水的村民并给他们进行了一次政治讲话之后，一个年轻人最终举手表示要加入游击队。可是就在他回去收拾行装准备跟随队伍启程的时候，切的一个手下把这个 302
志愿者拉到一旁。“别干傻事了，”这名游击队员说，“我们已经完了。”[26]这样一句话很可能救了这个志愿者的命。

到了 8 月，切的队伍无意中被冲散成两组。政府军很快就将第一组人围剿了，他们的成功正是源于当地一个农民的通风报信。此时游击队已经只剩 17 人，而且每一次交火都还会有新的伤亡。“游击队员们最关键的任务是防止丧命”,[27]切在1960年时这样写道，不过到了1967年年底，他似乎已经无法阻止自己的队伍走向终结了。

切的传记作家乔恩·李·安德森（Jon Lee Anderson）写道：“人们不免会下结论说，［此时］切对自己所处的困境已经变得意外地超然，甚至成了一个饶有兴致地目击自己不可避免的死亡的旁观者。因为他几乎已经打破了每一条游击队战争的金科玉律：在没有任何准确情报的情况下行进在空旷的场地上，没有农民的支持，清楚敌人已经知道自己的靠近。”[28]

如果说切的性格里有什么是不可动摇的，那一定是他的信念和他的固执。切来这里是要证明一小拨训练有素的游击队员就可以发动一场浩大的社会革命，就算改变不了整个世界，也至少可以改变一个国家的政治结构。因此，承认失败是不可能的。切·格瓦拉要么在玻利维亚点燃一场成功的革命，要么，就如他自己所说的那样：“我来了就没想走，离开的只可能是我的尸体。”

从普卡拉开车走了20分钟后我们来到了一条能通往丘罗山沟的小径，那里就是切最后一次战斗的峡谷。我们的司机、露西娅和我在茂盛的植物间徒步行进了半个小时，没有路的时候还要用砍刀砍掉一些灌木丛才能通过。当天天气晴朗、阳光明媚，我们所处的位置大约在海拔6000英尺的地方，脚下的路不时会被农民的玉米田阻断。放眼望去，一条接一条的山脊似乎一直延续到天边。在20世纪60年代，一

个来访的记者曾经将这里描述为：“地狱一般的荒山野岭，303
只有高耸的山峰和幽深的峡谷”，[29]其间零星分布着几个村落。这里对于游击队来说似乎是个完美的根据地。我们的司机说这些林子里有美洲狮，有时它们会猎捕野生山羊为食。

小径两边的一些树木上都缠着槲寄生，可怜的宿主被迫为它们提供着养料。小径之上净是蚂蚁。我们看到一队切叶蚁在地上的蚂蚁洞旁边堆起了一些叶脉清晰的叶子碎片。后来我们又看到一只大个的独角仙甲虫从小径上横穿而过，黑色的闪着光的甲壳好像玻利维亚士兵的战靴一样。再往前一点，一只略小一点的黑甲虫趴在路中间，头向下，腹部向上扬起——这是在警告我们如果打扰到它，它会发起直接的化学攻击。在我看来，我们经过的这片区域里似乎正在进行着一场微缩版的丛林战争。

“是一个农民出卖了游击队”，我们的司机说。此时我们已经到达谷底，然后开始顺着溪边一条长满了植物的小道前进。这条溪流被称作丘罗（Churo）。

“那个农民给军队报了信，所以军队才知道了游击队的位置。”

“人们后来竟然没有排斥那个报信的人吗？”露西娅在满是碎石的路上小心地一边走一边充满怀疑地问道。然后她停下点了根烟，显然为此愤愤不平。

司机耸耸肩。

“那些人是游击队嘛”，他说。

溪边还有一条草木丛生的隧道。我们走了进去，里面到处都画着拳头大小的切的标志性头像，有的画在树桩上，有的画在突出的石头上。这些精心创作的头像都是用喷漆画的，煞白的颜色好像他刚刚从坟墓中复生一般。在切仿佛盯着我们的坚毅目光中，我们走出了隧道。

又走了不远，我们来到一片空地上，这里长着一棵布满木瘤的无花果树，树旁边有一块大石头。有人在石头上潦草地写了一句“祖国或死亡”（*Patria o Muerte*），字迹很大，旁边还画了一颗白色的五角星。切就是在这里被捕的。这片空地现在是安静祥和的，只能听到潺潺的流水声和偶尔飘荡在峡谷中的鸽子叫。我们完全可以想象当初的士兵们是如何利用高度的优势，隐藏在植被茂密的山坡上向游击队员射击
304 的。在那次激烈的交火中，2 名游击队员和 5 名士兵当场身亡，切被俘虏。在随后的几天里，又有 6 名游击队员被打死。当时在峡谷中过夜的所有 17 名游击队员中，仅有 5 名最终得以逃脱——其中 3 人靠夜色掩护，离开玻利维亚进入了智利境内。

从山沟（*quebrada*）下面爬上来的路程比下去时辛苦得多，我们花了一个小时。我不仅热得大汗淋漓，而且向上的陡坡让我觉得呼吸都困难起来。切被捕时犯了哮喘病，受伤的腿又不能吃力，他在两个士兵的搀扶下一瘸一拐地走在我们现在正走着的这条路上。他们后面跟着更多的士兵，还有人抬着那两名古巴游击队员的尸体。走到大路上之后，士兵就把切押送到了 3 英里之外的小村拉伊格拉。到了村子里以后，士兵仍然绑着切的双手，也不找人为他处理腿上的枪伤，而是就那么把他关进了一间教室，和他一起躺在地板上的还有他那两位同志的尸体。这个教室就是当时 19 岁的胡

利娅·科尔特斯教书的地方。那天是星期天，胡利娅就在村里，因为星期一还要给孩子们上课。

“当天晚上，军队举行了庆祝切被捕的活动，”如今63岁的胡利娅回忆说，“军队的人警告我们，切是一个非常残暴的人，残暴而且丑陋。不过当时农村地区有一种传闻说切是有魔法的人——子弹都打不到他，或是不能打穿他的身体。还有人说他是个巫师。所以我很好奇，第二天拂晓的时候，我很想去看看。”

门口守卫的士兵让年轻的教师进去了。胡利娅发现切坐在一个粗糙的木板凳上，那是她的学生上课时的座椅。屋里还点着一根蜡烛，游击队员的双手被用绳子绑在身前，他的后背倚着墙面。切身上很脏，几个月没洗过澡了。一个当天晚些时候来探视他的中央情报局探员概括切的样貌时说，那位游击队领袖看起来“像一坨垃圾”。[30]不过，对于年轻的学校教师而言，切仍然保有一种超凡的魅力。

“我看到他的时候就立刻意识到他和传言中说的一点儿都不一样。这令我很吃惊”，胡利娅说。切问她是什么人。她说她是学校的老师。后来切就一直用“老师”（*la profesora*）来称呼她。

“他很友善、见多识广，也很有文化——而且非常英 305
俊。他称赞我的眼睛和腿很漂亮。我问，像他这样英俊而有文化的人为什么要选择像乞丐一样地四处游走。他回答，这么做是为了实现他的理想。”

聊了一会儿之后，胡利娅就离开了教室。很快又有别的官员走了进去。

他当时的态度是什么样的？我问。

“别人以什么样的态度对他，他就会回以什么样的态度，”胡利娅说，“如果那些人是凶狠的，他就同样冷硬。如果那些人对他表现出尊重，他也会礼貌地对待他们。”

按照胡利娅的回忆，当天上午晚些时候切要求见她。她被告知说切要求见“那位老师”。

“大约 10 点钟的时候我又去了他那里，”胡利娅说，“当时他们把他拖到了［教室的］门口，并在那里照了那张著名的和中情局探员一起的合影。切让我也和他一起照，不过军队的人不允许。那是他生前的最后一张照片。”

“然后我进了教室，我们又聊了一会儿。我问他有没有妻子，他说有。他还说自己的孩子们都在古巴。”

切说他很可能再也见不到他们了。当胡利娅问他为什么的时候，他说刚才进来的三个士兵是来问他有什么临终愿望的。胡利娅说切确实向他们提出了自己的要求。

“他们要对他执行枪决，”她说，“所以他告诉那些人，如果他们不杀他，古巴保证帮助改善这整个地区的道路、健康和教育水平。他向他们保证能提供拖拉机，修公路，以及建造设施完备的学校。那些都是当地人最需要的基本公共服务。”

“那他们是怎么回答的？”

她看着我，哀伤地摇了摇头。

“不行”，她说。

“切问我能不能给他带点吃的来。他想吃点东西，也想让我知道他提出的条件。那样人们就能知道这些事。他说他目睹了这个地方的贫困程度。那么多人营养不良，那么多人牙齿不健康，或患有甲状腺疾病。他说他为这些被人遗忘的群体感到难过。”

胡利娅回到自己居住的屋子，盛了一碗花生汤后马上送 306
了过去。切用被绑着的双手捧着碗把汤喝了。

“他对我表示了感谢，还说如果他能活着回去一定不会忘了我对他的帮助。他又问我能不能帮他看看外面是什么情况，看看他们要怎么处置他。”

胡利娅说她答应了，然后回到了她母亲准备好午饭的屋子。

“我告诉我母亲，切和那些传播的谣言里说的不一样。但是她让我坐下，不让我再与切有什么瓜葛，说那很危险，说这里可能随时爆发枪战。后来在吃午饭的时候我们突然听到了枪声。我们都以为是游击队来攻击我们了。”

*

26岁的费利克斯·罗德里格斯（Felix Rodriguez）走进教室的时候，切·格瓦拉已经站了起来。罗德里格斯是一个中情局探员，是从古巴到美国的流亡者。在过去的四个月里，罗德里格斯一直在和玻利维亚军方一起工作，此时他还穿着一身玻利维亚军方的制服。他刚刚用一个特制的相机拍下了切的两本日记。之前他正在和切谈话的时候，临近他们所在教室旁边的屋子里突然响起了一阵枪声。那个屋子也是一个教室，屋里的士兵对另一名被捕的玻利维亚游击队员进行了枪决，就是那个外号叫“威利”的，在丘罗山沟里帮助了受伤的切的人。“切停止了讲话，”罗德里格斯回忆说，

“他没有说一句关于枪声的话，但是他的脸上显露出哀伤，他缓缓地左右摇了几次头。也许就是那一刻，他意识到了自己同样在劫难逃。”[31]

罗德里格斯告诉切，玻利维亚最高指挥官已经下达了对他执行枪决的命令。切的脸色白了一下，但随后就平静地说：“这样更好……我就不该被活着抓住。”[32]罗德里格斯问切还有没有什么遗言。

307 “告诉菲德尔他很快就会看到美洲胜利的革命，”切说，“告诉我妻子她可以改嫁，我希望她幸福。”[33]

虽然罗德里格斯是一个多年来致力于颠覆古巴革命成果的人，但是切表现出来的视死如归的气节让这位中情局探员很受震撼，他跨前一步，拥抱了他的囚犯。

“那一刻我的情绪非常激动，”罗德里格斯写道，“我从此不再憎恨他了。在大限临近时，他表现得像个真正的男人。他以勇气和优雅来面对自己的死亡。”[34]

罗德里格斯离开了房间。没过多久，一个名叫马里奥·特兰（Mario Terán）的矮个子中士走了进来。他是主动要求来对切执行枪决的，因为他在最近的枪战中失去了三名同事。中士让切坐下，但是切拒绝了。“不，我要站着死”，[35]他这样说道，目光紧紧地盯着自己的行刑人。中士本来喝了点酒壮胆，此时却有点犹豫。据后来的报道说，曾经在哈瓦那签署过无数张死刑执行令，还亲自枪决过一个人的切此时告诉特兰：“冷静下来，然后开枪——你只是要杀死一个人而已。”[36]

士兵扣动了全自动武器的扳机，不过他的准头实在太差。这一串子弹只打中了切的腿和手臂。切倒在了地上，痛苦地扭动，甚至咬住自己的手臂来防止自己叫出声。士兵再次朝切开枪，这一次终于有一颗子弹穿透了他的胸膛，打破了他的心脏。

*

听到枪声后，胡利娅先是等了一会儿，猜想是不是游击队发起了攻击。不过外面再没有任何声音传来。“我等了一会儿，直到再也忍不下去了为止，”她说，“我又紧张又害怕，但是最后我还是决定去看看到底发生了什么。”胡利娅沿着土路跑到了学校。她没有看到任何士兵，行刑的人已经离开了。走进教室后，她发现切已经不像她离开时那样坐在椅子上，而是四肢伸展，仰躺在了地上。绑着他双手的绳子已经被解开了，他的眼睛望着天花板。

“他看起来不像已经死了，”她说，“他的眼睛还睁着，308
好像凝视着什么。我走进他的身边仔细看了看他的眼睛，想确认他还有没有反应。但是他一动不动，没有任何反应了。”

“我不知道要做什么，我不敢离开也不敢留下。我的腿沉重得像绑了两麻袋玉米一样，每边各有一担（*un quintal*）重。我迈不开步，我的腿都不听使唤了。”

没过多久，一架直升机降落在这里，它是来将切的尸体运往巴耶格兰德镇的，军队的指挥部就在那里。士兵们将游击队员的尸体抬到一个担架上，然后用绳子把担架捆到直升机的起落架上。当时还来了一个教士，直升机升空而起，带着游击队领袖飞离时，教士和胡利娅一起为切的灵魂祈祷。

在巴耶格兰德镇的马耳塔街（Malta Street）上有一个马耳塔主教堂（Capilla del Señor de Malta）。教堂的正面是白色的，塔楼是深褐色的。教堂旁边是一家医院，医院的旁边——显然就是当神和人都无力回天之后——有两家殡仪馆。此时是下午接近傍晚的时候，太阳像一个橙子一样挂在天上，我正在寻找切被枪决后的第二天，军方用来安置和展示他尸体的那个洗衣房。我看到一名男子扶着一个老太太登上了教堂的台阶。教堂里面，有一位女士正在随着钢琴的伴奏演唱《圣母颂》，她甜美的声音在街上也能听得到。沿着路一直走，我看到一位上了年纪的妇女站在一个门口，于是便停下向她问路。之后我灵机一动，又追问了一句很多年前当那个打游击的（*el guerrillero*）切·格瓦拉被送到这里时，她会不会碰巧就在这里。她说她在，然后示意我进屋，同时还左右看了看，好像怕有人看到我们一样。

这位女士的名字叫埃娃·巴尔加斯·略萨·德尔·蒙特（Eva Vargas Llosa del Monte）。她已经85岁高龄了，个子很高，身材消瘦，她的丈夫七年前已经去世。她告诉我，切的遗体躺在担架上，就被放在医院后面的一个水泥洗手池上。整个镇子上的人都来观看，排成一队走过有士兵守卫的尸体。

“他们移动遗体的时候就像是在抬一块石头，”她说，“他没有穿鞋，眼睛还睁着，头发有这么长，”她边说边用手比了比肩膀的位置。“他的神情看上去很悲伤。可怜的人

啊，这样的死法太残酷了。我是个很敏感的人，当时就哭 309
了，”她对我说，“之后几天我都睡不好觉，于是我为他祈祷。”

医院后面有一个小山坡，从那里可以俯瞰整个山谷。在一片桉树和松树组成的小树林旁边，我找到了一间粉刷过的土坯房，那里曾经是洗衣房。房顶上的红瓦片已经褪色，还长出了灰色的苔藓，房子正面是敞开式的。洗衣房里面有两个齐腰高的水泥洗手池，这里本来是妇女们一边清洗医院的亚麻布用品一边闲聊的地方。那时切的担架就被放在了这两个池子上面。当天的照片显示，切很瘦，有点像受难的基督，尸体没有穿上衣，头部被垫高了一些，眼睛睁着，空洞地望着前方。许多士兵和官员围在他们意义重大的猎物身后摆姿势照相；已如石膏一样惨白的尸体胸前有一个明显的弹孔。

现在的水泥洗手池有一种冰冷光滑的触感，有来访者在这上面摆了一个装着黄色菊花的花瓶。花朵已经干枯，还有一些毫无生气的花瓣落进了排水口。墙壁上写着或刻着世界各地的人留下的几百句献词，我看到的就有来自丹麦、墨西哥、古巴、阿根廷、德国、法国、巴西和波兰等国家的人们写下的诸如“现在！”（*Presente*）、“切永远活着！”、“你的死没有白费！”之类的话语。

走出洗衣房的时候太阳已经落山，微风轻柔地拂过树枝。远处有林木覆盖的山坡，近处教堂的钟声清晰可闻。至少对于朝圣一般来到这里的那些人们而言，切的故事——他的希望、他的斗争和他的梦想——会永远延续下去。这个曾经毫不起眼的洗衣房被转变成了一个圣坛，在那些来到这里参观的人眼中，这个圣坛因为这位革命英雄或者说圣人而变得荣耀。我还听说这整片区域的人们现在都会向“圣人切”(Santo Che）祈祷：“以圣父、圣子、圣灵——以及切·格瓦拉——之名，请在我需要之时赐予我帮助。”

当天晚上吃过晚饭后我走到了当地争取社会主义运动党(*Movimiento al Socialismo*）的总部。玻利维亚现任总统，52 岁的胡安·埃沃·莫拉莱斯·艾马（Juan Evo Morales Ayma）此时正处于他的第二届任期中。如果他能够任职到执政期满，他将成为玻利维亚历史上第一个完成两届任期的总统。莫拉莱斯出生在安第斯山脉上一个小村庄的土坯房
310 里，后来成了一个种植古柯叶的农民。他是玻利维亚在 1825 年宣布脱离西班牙独立之后的第一位讲艾马拉语的原住民总统。莫拉莱斯批判美国的外交政策，反对跨国公司介入拉丁美洲事务，他同时也是一位社会主义者，是委内瑞拉和古巴社会主义政府的同盟。莫拉莱斯位于拉巴斯的总统办公室内就悬挂了一副用古柯叶拼出的切·格瓦拉的肖像。“格瓦拉为了自己的理想勇往直前，”莫拉莱斯曾经说过，此时他成为当初那个抓捕并处决了阿根廷革命家的国家的总统，“在这么多年之后，他依然激励着我们继续战斗，不仅是为了改变玻利维亚，也是为了改变拉丁美洲和整个世界。”[37]

在争取社会主义运动党的办公室里，我找到了还在加班的 38 岁的瓦尔贝尔托·里瓦斯·布里托（Walberto Rivas Brito），他是莫拉莱斯所属政党在巴耶格兰德地区的主席。这个个子不高、体格强健、笑容随和的男子给我讲了一个非

常不同寻常的故事。

1967 年 10 月，就在距离切被捕地点几英里之外的地方，瓦尔贝尔托的父母居住在一间小小的土坯房里。他的父亲在这里养了一些牛和羊。就在发动最后突袭的前几天，军队抓住了一个切的游击队员，他的外号叫坎巴（Camba），他被暂时带到了瓦尔贝尔托的父母居住的房子里。

“军队的人照了一张坎巴在我父母房子里的照片，”瓦尔贝尔托说，“照片是黑白的，能看出来坎巴是被捆着的，站在他旁边的是加里·普拉多上校（Colonel Gary Prado），他后来成为［玻利维亚的］将军。”

瓦尔贝尔托是在切去世六年后才出生的，他说那时他的父母都非常保守，他们被灌输的理念是游击队员“都是恶魔”。

“生活在那一地区的不识字的农民都相信了，”他说，“所以尽管一贫如洗，但他们都反对革命。”

不过，驻扎在那里的士兵们忽略了赢得瓦尔贝尔托父母的“心灵和思想”这一关键要素。他们把他家的羊宰了吃，却没有提供任何补偿。后来他们跟瓦尔贝尔托的父亲说时候到了自然会赔他钱，可是他们并没有。后来他的父亲到城里去要账，那些人竟然还取笑和羞辱了他。

“我父亲回家之后，”瓦尔贝尔托说，“发誓要让自己的 311
孩子都成为切·格瓦拉那样的革命者。我读的第一本书就是切的《玻利维亚日记》（*Bolivian Diary*）。书是我父亲的。他还有一些别的关于古巴的书籍。我所有的兄弟姐妹也都读过这些书。后来我们都加入了争取社会主义运动党［这个社会主义政党］。”

瓦尔贝尔托的父母共有 14 个孩子。他们每个人都上了大学。“我的父母为此经历了很多艰辛，”瓦尔贝尔托说，“我们一个一个成为医生、律师、商人和会计师。”

瓦尔贝尔托 18 岁的时候获得了一份到古巴的大学里学习的奖学金。他在那个热带岛国上生活了 14 年，先是学习兽医学，后来又学习了电脑技术。

“那里让我很受鼓舞，”谈到他在古巴的生活时他说，“那里有一种真正团结的感觉。古巴的教育体系是一流的。”

瓦尔贝尔托还告诉我，在切被处决三天之后，几个玻利维亚士兵和一名中央情报局探员在夜深人静之时把他的尸体草草掩埋了。切的双手被砍下来用于确认身份，剩下的没有手的遗体就被随便地扔进了巴耶格兰德机场附近空地上一个简单挖出来的坟墓里。[38]直到 30 年之后的 1997 年，一支古巴派遣的法医团队来到巴耶格兰德找到了他的遗骸。切的尸骨才最终被送回古巴。人们为这位革命英雄举行了国葬，他的妻子和孩子都出席了葬礼。

“我从早上 6 点就开始等候，”瓦尔贝尔托回忆说，葬礼举行时他也在古巴，“我排了十个小时的队才看到他的骨灰盒，当时的场面非常令人动容。切终于回家了，回到了对他所做的一切心怀感激的人民中间。我觉得整个古巴岛上的人都来祭奠他了。”在古巴，瓦尔贝尔托还结识了玻利维亚游击队员威利的儿子，就是那个想要帮助切转移到安全的地方，最终在他临近的教室里被枪决的人。威利的儿子也获得了在古巴大学里学习的奖学金，瓦尔贝尔托说他们两人后来成了好朋友。

2004 年，瓦尔贝尔托听说社会主义者埃沃·莫拉莱斯正在竞选总统，于是他就回到了玻利维亚。一年之后莫拉莱斯当选总统，瓦尔贝尔托也参加竞选并被选举为了争取社会主义运动党在巴耶格兰德地区的主席。切去世 40 年之后，一个社会主义的政府终于出现在了玻利维亚——但不是依靠枪炮，而是通过投票箱。 312

“对于像我们这样的革命者来说，”瓦尔贝尔托说，“切［无论如何］是一个值得追随的榜样。他就是他一直想要打造的‘新人类’的典范。那是他的梦想，不是吗？切不是一个只会高谈阔论的人——他以自己的行动为我们做出了榜样。这才是为什么我们如此敬仰他。这也是为什么我们这些支持埃沃·莫拉莱斯的人都受到了切的理想的鼓舞。他影响了我们所有人。”

在巴耶格兰德镇的另一头，胡利娅·科尔特斯坐在自己家的客厅里，交叉着双手。40 年前切被抓到她教书的拉伊格拉的教室这件事对她的影响十分深刻，不过并不是以和影响瓦尔贝尔托一样的方式。

胡利娅说切被处决后没多久，附近地区的人就开始议论纷纷：

“拉伊格拉的那个教师很危险，她是共产主义者。我们不能让她教坏我们的孩子。”

“就因为我给切送了点吃的，”胡利娅说，“就因为我跟他说了几句话。就因为我把他当作人而不是牲畜看待。就因为我尊敬他。”

就在当年，巴耶格兰德镇上的报纸刊登了一篇文章，说有传闻暗示胡利娅在向拉伊格拉的孩子们教授共产主义。这并不是事实，但总有人愿意相信谣言。教育机构领导很快把胡利娅调到了偏远的阿尔托塞科镇，就是那个切的游击队在大约一年前短暂占领过，并给村民做过政治动员的镇子。很快镇子的墙上就出现了红色的标语。“教师是共产主义者”（*La profesora es comunista*），他们这样声称，于是胡利娅又被调往了别处。

“这让我感到很气愤，”胡利娅说，“我已经准备好和任何造谣的人战斗了。在那之前，我只是个胆小怕事的人。”

最终，在切去世六年后，胡利娅获得了许可去拜见华金·森特诺·安纳亚上将（General Joaquín Zenteno Anaya）。后者曾经领导过抓捕格瓦拉的玻利维亚军队第八师。森特诺在切活着的最后时刻也去探视过这位著名的囚犯，不过切拒绝和他对话。在听说了胡利娅遭遇的窘境之后，上将就此公开发表了讲话。

313 “他说不许再有人来找我的麻烦。他本人在切被捕时也在拉伊格拉而且知晓全部实情。他和其他军队人员也在我家吃过饭。他特此为我澄清并要求别人不得再挑衅。从那之后，我的生活才平静了下来。”

又过了三年，森特诺在巴黎作为驻法国大使时遇刺身亡。“这是切的诅咒，”她交叉着双手说，“抓捕切的那些人后来都死得很惨。”

以总统勒内·巴里恩托斯为例，正是他下达了对切执行死刑的命令，两年之后他本人也死于一场神秘的直升机坠毁事故。胡利亚说，那天他乘坐的直升机就像块石头一样从天上掉了下来。协助抓捕了切并将他的手表据为己有的中校安德斯·塞利奇（Lt. Col. Andrés Selich）在1973年被一群玻利维亚独裁者乌戈·班塞尔（Hugo Banzer）手下的暴徒打死了，虽然塞利奇之前还曾经帮助班塞尔夺得政权。

到1981年，当初抓住切的玻利维亚突击队的领导加里·普拉多上校在清理枪支时不慎走火击中了自己。从那之后他就一直瘫痪，只能坐在轮椅上移动。

到目前为止，只有亲自执行了枪决的马里奥·特兰躲过了这个诅咒，不过他也不是完全没受到影响。因为害怕遭到暗杀，多年来他都只能使用假名生活。有人说中情局曾经协助保护他的安全。不过到了2006年，特兰出现在玻利维亚圣克鲁斯省的一个城市中，他在一个叫作“手术奇迹”的免费眼病诊疗所里接受了白内障移除手术。这个机构是由委内瑞拉筹资，古巴提供工作人员而建立的。讽刺的是：几十年前亲手杀死切·格瓦拉的人，最后就是在来自切·格瓦拉帮助建立的社会主义国家的医生手中重见光明的。

“在马里奥·特兰试图摧毁他的梦想和理念40年之后，切又回来赢得了另一次战斗，”古巴的《格拉玛报》（*Granma*）刊登文章称，“现在这位已经上了年纪的老者［特兰］，又能够重新看到天空和森林的颜色，能够看到自己子孙的笑容了。”[39]

胡利娅告诉我，现在在拉伊格拉也建立起了一个免费的古巴健康诊所，致力于救助这一仍然贫穷的地区里迫切需要医疗救助的人们。超过 36 名古巴医生分散在这一区域内工作——他们全部都是志愿者。

在切生前的最后一天，一个参与抓捕他的官兵问他为什么要来玻利维亚战斗，切回答说：

314 “你看不到这里的农民生活在什么样的境况里吗？他们几乎还处于蛮荒之中，贫穷已经让他们的心灵失去了向往，他们做饭和睡觉都在同一间房子里，他们甚至都没有衣服穿，像被抛弃的动物一样……玻利维亚人生活在绝望之中。就好像他从生到死，见不到一点作为人的进步。”[40]

40 多年之后的现在，我忍不住思考，60% 的玻利维亚人仍然生活在贫困中，接近 40% 的人口甚至处于极端贫困，80% 的人口都还没有用上电，50% 的人口还没有用上污水排水系统，86% 的人口还没有用上自来水。虽然政府换了一届又一届，但生活似乎并没有多少改变。

与此同时，在胡利娅的客厅里，她依然是交叉着手，放开了又再握住，她在回想四十几年前的往事以及它们是如何影响了无数人的人生。临走的时候我给了她一点钱作为礼物，她说她对此非常感谢。

“这不是我给的”，我告诉她。

她不解地看着我。

“这是切给的。”

第八章　布奇·卡西迪和圣丹斯小子的最后几天（玻利维亚） 315

无论你怎么改邪归正，一个有过犯罪过往的人余生都不会安稳。这就是他要付出的代价。来自他过去的一些事随时可能重新出现要了他的命。[1]

——马特·沃纳（Matt Warner），

布奇·卡西迪曾经的罪犯朋友

我来南美洲是想安定下来……在美国我只能进监狱、被绞死或是被武装队开枪打死。我本以为我可以过上不一样的生活，但是可能一切都太晚了，我什么也改变不了……我知道最后的结局会是怎样……我猜那是我唯一能有的结局。[2]

——大约1907年时布奇·卡西迪在

玻利维亚对一个朋友说的话

我从没见过一个比你更和善的人，布奇；也没见过比圣丹斯小子出枪更快的人。可是这有什么用呢？你们只是两个微不足道的逃犯。你们完了，明白吗？你们风光的时候已经过去了，你们都会死得很惨，你们唯一能决定的只有你们要死在哪里而已。[3]

——威廉·戈德曼（William Goldman），

《虎豹小霸王》（*Butch Cassidy and the Sundance Kid*）剧本

316 *

星期五下午6点左右，太阳已经西沉，有两个外国佬——而且都是逃犯——沿着山谷边缘一路骑行而来，向着镇子里去了。玻利维亚的圣维森特（San Vicente）是个古老的矿业小镇，这里建着一些低矮的土坯房，房顶上盖着茅草，还有一座唯一的教堂。镇子后面有土坯墙围起来的地方就是公墓，里面竖着一些破旧的木质十字架。附近的山坡上埋藏着丰富的银和锌，所以到处都是矿井，还能看到井口的灰色尾矿。这里的海拔达到了14000英尺，气温已经开始下降，到了夜里更是冰冷刺骨。这两个逃犯已经骑行了一整天，前一天他们也在赶路，前一天的前一天还是赶路，所以他们现在都已经筋疲力尽了。挂在鞍座上的挎包里有一副望远镜、一本英语字典、一张做了各种标记的玻利维亚地图以及成百上千颗子弹。他们的枪套里各自插着一把蓝灰色钢铁制造的柯尔特式左轮手枪，鞍座上也各自绑着一把步枪。另一个挎包里装的是15000玻利维亚诺——约合90000美元。就在三天前，他们才刚刚把这笔钱从一个玻利维亚矿产公司手里“解放”出来，当然是依靠着他们的枪。这两个外国佬之中，一个比较安静，个子很高，接近6英尺，此时是

41 岁，嘴唇上留着深色的小胡子，骑着一头黑色的骡子；另一个此时 42 岁，别人都称呼他为“布奇”，他的个子略矮一点，大约 5 英尺 9 英寸，他有一个宽厚方正的下巴、浅茶色的头发，眼眶很深，眼睛是蓝色的，有人甚至说当他凝视着你的时候，你会感觉身体都被他的目光烧穿一个洞。布奇骑着一头咖啡色的骡子，这也是他们在抢劫时获得的战利品。当两个男人骑着各自的骡子，步履沉重地来到镇子外面时，一些居民好奇地盯着他们瞧起来。此时他们两个还不知道，这里可不是什么能被选择作为避难之所的好地方。对于布奇·卡西迪和圣丹斯小子这两个在整个北美臭名昭著的逃犯来说，他们再也不能活着走出这个多风的玻利维亚小镇了。

*

“图皮萨（Tupiza），图皮萨，图—皮—萨！”司机大喊着 317
报站，与此同时，有气动装置的车门“呼”的一下打开了。

我乘坐的这辆蓝色双层大巴车上已经满是尘土，因为玻利维亚的公路至今还是一段铺沥青、一段露着土的状况，而且露着土路的部分远比铺了沥青的多得多。我发现图皮萨是一个阳光明媚、景色怡人的乡村小城，位于玻利维亚西南部安第斯山脉形成的一片凹地中，海拔大约 7000 英尺。我从大巴车上取下行李，然后招手上了一辆出租车，不一会儿的工夫就被送到了米特鲁酒店（Hotel Mitru）。“米特鲁”（Mitru）这个词在希腊语中是“皇冠”的意思，这个酒店是一位名叫尼古拉斯·米特鲁（Nicolás Mitru）的希腊移民在 20 世纪初创立的。起初米特鲁先生是做矿产生意的，但是不太成功，于是他转为投资旅馆业。那时候图皮萨只有两家旅馆，分别是总站旅馆（Términus）和国际旅馆（the Internacional），它们都位于城中的中心广场旁边。以今天的标准来说，旅馆的规模都不大，里面总是住满了出差的商人、矿井负责人、小贩、劳工，甚至偶尔还有用假名出行的土匪。在1908年11月3日这一天，[①] 布奇·卡西迪也成了这里的客人之一。我来图皮萨就是为了追寻布奇进行最后一次抢劫的过程，以及他和圣丹斯小子生命终结前的最后几天的经历。

骑着骡子进入圣维森特的三天以前，布奇和圣丹斯这两个不法之徒实施了他们的最后一次抢劫。在一片长满了仙人掌、崎岖不平的偏远地区里，他们突袭了两个玻利维亚男人和一个男孩。那三个人总共有三头骡子，其中一头背上驮着阿拉马约和弗兰克矿业公司（Aramayo，Franke & Co.）要支付出去的工资。根据负责运送钱款的卡洛斯·佩罗（Carlos Pero）说，他们沿着满是碎石的山坡上的骡马道向下走，在就快要抵达不深的峡谷底部的时候，两个没有任何坐骑的男人突然挡住了他们前进的路，手里还端着随时准备射击的步枪。佩罗后来在给他的雇主的信中写道：

> 翻过死牛山（Huaca Huañusca）开始下坡的时候，在崎岖不平的山脚处，两个美国佬突袭了我们。他们的脸上蒙着大手帕，手里的步枪已经上了膛，如果我们有一星半点可疑的动作，他们随时可能开枪。这两个人发

① 维基百科上说两人是在11月3日这一天进行抢劫的，那么两人入住总站旅馆的时间应早于11月3日，仅供参考。——译者注

现我在后面牵着骡子走，就非常凶恶地威胁走在我前面的仆人……和我的儿子……从骡子上下去，还让我们马上交出运送的钱款，我告诉他们可以对我们进行搜身，318
拿走任何他们想要的东西，因为我们根本没有反抗的能力。他们其中一个人［很可能是布奇·卡西迪］迅速地搜查了我们的挎包，没找到他想要的，然后又要求我们把行李卸下来，他们明确地说对于我们身上的私人钱财或物件都不感兴趣，他们要的只是我们负责运送的［矿业］公司的钱。

这两个美国佬穿着崭新的暗红色细条纹灯芯绒西服，戴着窄边的软檐帽子，帽檐向下翻，再加上蒙在脸上的大手帕，所以两个人都只有眼睛露在外面而已。其中一个土匪［很可能是布奇］，就是之前走到我的面前跟我说话的那个，比较瘦，中等个头；另一个［很可能就是圣丹斯］则一直和我们保持着一段距离，他比较健壮，个子也更高一些。两个人都举着新型的卡宾枪，似乎是毛瑟样式的，小口径，枪管比较粗……此外土匪们身上还挂着柯尔特式左轮手枪，我确信他们身上还挂着装满子弹的子弹带，而且连那上面都还挂着小型的勃朗宁手枪。

他们知道我会说英语，他们用英语问我是不是携带了80000玻利维亚诺［约合500000美元］，我回答说我们并没有他们以为的那么多钱。随后我看到他们开始翻我们的行李，我知道任何隐瞒都没有意义了，于是我告诉他们我们只有15000玻利维亚诺［约合90000美元］。

> 我的话引发了他们巨大的苦恼，离我们最近的那个土匪也不再说话了。他们一找到装着钱的包裹，负责搜查的那个土匪就把它拿起来递给了自己的同伴，旁边明明还放着一个很类似的包裹，但是他连看都没看，也不再继续翻看其他行李了，这说明他们对哪个是钱袋非常清楚。之后他们又要求我把仆人骑的骡子给他们。那是一头深棕色名叫“阿拉马约”的带着克夫奇斯拉（Quechisla）［镇］标记的骡子，我们在［附近的］图皮萨［城］的马夫们都认得我们自己的骡子……最后，一直举着枪回头盯着我们不许有任何行动的土匪骑着骡子渐渐走远了。
>
> 319 这些土匪显然已经来到图皮萨［城］一段时间了，他们研究了我们公司的习惯，做了充分的准备，才能这样泰然自若、胸有成竹地对我们发动突袭……此外，他们无疑也计划好了逃跑路线，否则他们不会还给我留下两头骡子，甚至也许会为给逃跑争取时间或避免将来被指认而杀了我们灭口。[4]

布奇和圣丹斯抢劫阿拉马约和弗兰克矿业公司员工工资的这次行动是他们延续了将近 20 年且通常以成功告终的抢劫银行和工资的一系列犯罪活动中的最后一次。布奇第一次抢银行是 1889 年在科罗拉多州的特柳赖德（Telluride，Colorado）。当时布奇 23 岁，22 岁的圣丹斯很可能也是那次抢劫中的共犯。那时的圣丹斯已经因为盗窃马匹的罪名坐过 18 个月的牢，后来布奇也因为同样的罪名服刑了同样长的时间，但是他们抢劫银行时一次都没被抓住过。两人总共偷走的赃款多达几十万美元，连悬赏捉拿他们的奖金都被加到了30000美元之多，所以有无数武装队都加入了追捕他们的大军。布奇和圣丹斯都是极好的牛仔，不但能够驯服野马，而且是百发百中的神枪手，在抢银行上更是经验丰富、镇定从容。

所有人都说布奇是个友善、合群的人。一个采访过很多布奇同时代人的传记作者当时写道："他从来不酗酒，对女士彬彬有礼，有钱的时候很大方，对朋友更是绝对忠诚。所有老一辈人……包括抓捕他的警官都说'布奇·卡西迪是我见过的最好的人之一'。"[5] 与他相反，圣丹斯是一个安静、冷淡，甚至被有些人形容为羞怯的人。他们之间的友谊延续了十几年。而且，尽管他们从事的是一种充满暴力且十分危险的行当，但是无论布奇还是圣丹斯都从来没杀过一个人，这一点是直到他们在玻利维亚的最后一刻才被破了例。

*

两个逃犯骑着他们的骡子进入了圣维森特，这个镇子是 320
以早期一个西班牙基督徒殉道者的名字命名的。他们两人都不确定关于自己抢劫的消息是否已经传到这里了。外面的现代世界已经悄然渗入了玻利维亚，这里现在也有了纵横交错的电报线路，这都是拜矿产盈利所赐。不过圣维森特还不在被联通的范围之内。这里的市长官邸就坐落在一条满是尘土的街上，两个逃犯到那里去询问他是否提供住宿服务。市长说他这里不提供，但是在市中心的博尼法西奥·卡萨索拉（Bonifacio Casasola）家也许能找到空余的房间。于是市长领着布奇和圣丹斯朝那里去。虽然表面上表现得很轻松，但无疑这两个人都做好了一有动静就拔枪，并用靴刺猛踢骡子的侧腹狂奔逃跑的准备。卡萨索拉家有几间房和一个院子，院墙是土坯砌成的，整个院子唯一的出口就是墙上那个通往外面街道的大门。布奇和圣丹斯从骡子上下来，牵着他们的坐骑穿过大门走进院子，然后卸下了鞍座。之后他们走进了自己的房间：墙壁是用厚厚的砖坯垒起来的，上面没有窗户，屋里只有一条板凳和一个陶土的大水壶。风尘仆仆的两个人又累又脏，也没有可换洗的衣物。他们给了卡萨索拉一些钱，让他去买点沙丁鱼罐头和啤酒。两人谁也没想到，仅仅三个小时之前已经有一支武装巡逻队到达了这里，队伍成员包括一名队长、两名士兵和一名警察。这个巡逻队也参与了整个地区抓捕这对刚刚抢劫了矿业公司工资的逃犯的行动。市长留下来又问了他们几个问题。你们是从哪里来的？他们回答说是阿根廷边境。你们要到哪里去？他们回答说向南，去阿根廷的圣卡塔利娜镇（Santa Catalina）。不过布奇和圣丹斯还打听了一下向北去乌尤尼（Uyuni）的路，那里是距此处最近的有火车站的镇子。从那里他们就可以登上火车从此消失了。市长给他们讲了路线，又跟他们道了晚安，然后就匆匆跑去通知官兵了。

*

“布奇和圣丹斯本来没打算抢劫矿业公司的工资”，61岁的费利克斯·查拉·米兰达（Felix Charlar Miranda）对我
321 解释道。费利克斯是一位法官，也是一位布奇·卡西迪迷。“他们本来想抢劫广场上的图皮萨银行，可是一个骑兵团来到这里并决定在广场边上的一个旅馆里长期驻扎。所以布奇

和圣丹斯被迫制订新的也是轻率鲁莽的计划，这最终给他们惹来了麻烦。”

我到达图皮萨的当晚就给费利克斯打了电话，打算约他第二天见面，这也是我们的第一次见面。“你住在哪里？”他问我。在我告诉他我住在米特鲁酒店之后，他立刻回答说：“我马上过来，这样我们就不用浪费任何时间了。”费利克斯果然马上就到了，他穿着一条宽松长裤和一件西服外套，头发灰白，留着一撮小胡子，粗眉毛，深色的眼睛目光锐利。费利克斯一辈子都住在图皮萨，曾经拥有一家电视台（第五频道，现在已经不存在了），曾经作过律师，现在是一名法官。在他的办公桌上堆着一大摞离婚申请书和一小摞谋杀案卷宗。费利克斯是本地研究布奇和圣丹斯的专家，甚至把自己家房子的一部分改造成了一个历史博物馆。见面之后不久，他建议我们一起出去走走。

街上的土坯建筑一座挨着一座，正面都用光滑的灰泥粉刷过，但有些地方贴的海报或刷的油漆已经脱落或翘起了。我们沿着只有昏暗路灯作为照明的街道漫步，遇到的每个人好像都认识费利克斯。我们停下来好几次等着法官和路过的行人握手问候。他反复和别人道“晚安”（*Buenas noches*），无论是谁看见他都会停下问“你好吗”（*Como están?*），人们朝他鞠躬，握手然后继续走自己的路。

“所有人都很尊敬我，”费利克斯说，然后转头看着我，扬起一条眉毛说，“除了那些被我关进监狱的人。”后来我知道，费利克斯的父亲曾经是一名狱警，费利克斯在还是小男孩的时候就去过图皮萨的监狱。那时候囚犯们都在囚室外面劳动。费利克斯很快就和一个因犯谋杀罪而在这里服刑的秘鲁囚犯成了朋友，后者还教会了费利克斯下棋。“我父亲会给我讲这些囚犯为什么被关在这里，以及司法体系是怎么运行的，”费利克斯说，“我就是这样开始对法律产生兴趣的。”费利克斯还告诉我，要是布奇和圣丹斯没有被击毙而是被活捉的话，很可能也会被关进他父亲任职的这座监狱。

322 被称作布奇·卡西迪的逃犯本名叫罗伯特·勒罗伊·帕克（Robert Leroy Parker），他的父母是摩门教徒，1856 年从英格兰移民到美国。布奇 1866 年出生在犹他州的比弗（Beaver），是 13 个孩子中的老大。到他十来岁的时候，他父亲决定举家迁往大约 12 英里之外的小乡镇瑟克尔维尔（Circleville）。一家人接管了一栋厚松木板搭建的小木屋，那是在摩门教徒与尤特印第安人的战争（Mormon-Ute Indian War）后被人遗弃的。很快他们就在一片面积 160 英亩、半干旱、土壤贫瘠的灌木丛林里定居了。

那段时间是艰难而困苦的，但布奇就是在这时学会了打猎、骑马、驯服野马以及用绳索套牛。有一头浅茶色头发，友善亲切的布奇年仅 13 岁就在附近的牧场里找到了一份牛仔的工作。此时，布奇的父亲因为一直不能种出足够的粮食养活家人而决定开垦更多的田地，但是后来由于另一个农民提出异议，摩门教的主教不顾他们一家人已经付出的劳动，禁止布奇的父亲继续开垦农田。布奇和他的父亲愤愤不平但也只能接受教会的决定。布奇的妹妹露露（Lulu）后来写道，从那时起，布奇就想尽各种办法逃避去教堂。

布奇十五六岁的时候认识了一位年轻的牧场工人和兼职偷牛贼迈克·卡西迪（Mike Cassidy）。这段交集虽然短暂，但是对布奇的人生产生了决定性的影响。卡西迪很快就和十几岁的少年成了好朋友，还传授他各种技能。其中之一就是如何从牲口所有者手中“占有”他们的牛——实际就是怎么在没有标记的离群家畜上标记自己的标志，然后把它们藏在杳无人烟的峡谷里，最后再作为自己的财产卖给他人。那段时间冬季严寒，草料匮乏，又恰逢羊牛大战的时期。养牛者组成的辛迪加开始排挤小牧场主的生存空间，许多流动牛仔们都很难找到工作糊口。布奇非常敬仰卡西迪，所以当他偶尔也开始做一些非法的行当时，他没有使用自己的本名，而是选择了卡西迪这个姓氏。有一段时间他化名为罗伯特·卡西迪。后来他在怀俄明州做了很短一段时间的屠夫（butcher），所以他给自己选了这样一个后来使用了一辈子的名号——布奇·卡西迪。

早年生活在瑟克尔维尔的那些人们都记得布奇在十几岁 323
的时候就已经是个出了名的神枪手了。有故事说，这个年轻的摩门教徒牛仔每天花好几个小时练习如何拔枪射击远处的扑克牌，每次都能正中靶心。他们还说，其他时候布奇会骑马以最快的速度绕着一棵树干纤细的小树奔驰，无论马跑得多快，他都能准确无误地击中小树。

1889 年 6 月，23 岁的布奇作为牛仔和偶尔的偷牛贼，或者是 1 块钱一天的驯马师在西部游荡够了之后，终于决定迈出将要彻底改变他的未来的关键一步。6 月 24 日星期一正午，布奇和其他三名男子走进了科罗拉多州的特柳赖德的圣米格尔峡谷银行（San Miguel Valley Bank）。他们都穿着马靴、戴着马刺、腿上套着皮套裤、腰上挂着子弹带，左轮手枪已经拔了出来，大声地宣布他们要进行抢劫。布奇的任务是跳到柜台里面，把保险柜里的钱都装走。其余几个人则负责监视所有人不准有任何动作。最终抢到的21000美元赃款被四个人平分了，这样的收入比找到一份稳定的牛仔工作然后连续干五年的收入还要多。不过对于这个新组建的亡命四人组来说，他们的逃跑计划本可以天衣无缝，只可惜运气没有站在他们一边。在他们骑着坐骑狂奔向镇外的时候，没有用任何工具把脸遮起来的几个人被一个路过的熟人认了出来，这个熟人随后把他们的名字都报告给了武装队。

“就是这个小意外改变了我们接下来的一生，”当时和布奇一起逃跑的三个人之一的马特·沃纳（Matt Warner）后来写道，“他们有了线索就可以连续几年、跨越几千英里不停地追捕我们。正是这一点让我们彻底抛弃了过去偶尔为之的行动方式，断了自己的一切后路，不惜任何代价变成了真正的罪犯。接下来的日子里除了抢劫和偷盗，我们再无别的谋生途径。”[6]

布奇和当时22岁的哈里·朗博（Harry Longabough）可能也就是从这次抢劫开始搭上关系的。哈里来自宾夕法尼亚州，从小就是读着关于牛仔和狂野西部的廉价小说长大的。15岁的时候他跟随一支马车队来到西部。哈里是一名优秀的骑手和驯马师，不过年纪轻轻的他已经因为偷马而在怀俄明州的圣丹斯市蹲了两年牢，所以后来得了“圣丹斯小子”这么个绰号。最终，他和布奇将会组建一个松散的犯罪组织

“野蛮帮”（Wild Bunch），专门在西部抢劫火车、银行和矿业公司的工资。布奇这个昔日的摩门牛仔，摇身一变成了风度翩翩的犯罪团伙领袖。

虽然这伙人实施过一系列成功的抢劫，但是在接下来的十年里，“文明世界”渐渐渗透进了西部地区的边界，让他们这些传统的罪犯越来越难以长期逍遥法外。“老西部发生的这些变化让我们很难理解，”马特·沃纳后来写道，“我们一度没有看明白，隐藏在这一切背后的是更多的铁路、货车道路，更多的电报线路，更多的桥梁、农场和城市，越来越多的聚居区阻截了曾经可以逃跑的通路、占据了曾经隐蔽的藏身之地，整个国家里都布满了天罗地网。对于骑着马闯天下的罪犯来说，日子一年比一年艰难。”[7]

到了 1900 年，被布奇的野蛮帮抢劫过太多次的太平洋联合铁路公司长期雇用了一支武装队，这支队伍里集合了西部最好的追踪者和神枪手。铁路公司还为武装队配备了一辆专门的火车来将队员和他们的马匹迅速送往抢劫发生地。他们的任务很明确：找到野蛮帮的下落，尽可能抓捕或杀掉野蛮帮的任何成员。

对于布奇和圣丹斯来说，不祥之兆已经降临。法律的惩罚逼近他们，抓捕他们的悬赏越来越高，武装队随时准备像猎熊一样收紧他们布下的陷阱。现在也许到了他们该重新思考自己选择的行当的时候了。不知怎么两人想到了南方草原上的阿根廷——那个广袤、蛮荒的牛仔天堂也许是个能让他们重新开始的好地方。“在 19 世纪 90 年代，关于阿根廷的大牧场和定居机会的消息在美国的报纸上屡见不鲜，”西部史学家丹·巴克（Dan Buck）告诉我，“也许布奇就是在哪个理发店里读到这类消息的。”[8]

不管是怎么想到的，总之二人做出了决定。1900 年 8 月他们在犹他州的蒂普顿（Tipton）最后一次抢劫了火车之后，布奇、圣丹斯以及圣丹斯的女友埃塞尔·普莱斯（Ethel Place）① 一起登上了一艘从纽约前往布宜诺斯艾利斯
325 的轮船。当时布奇 35 岁，圣丹斯 34 岁，埃塞尔 24 岁。

从 1901 年到 1905 年，布奇和圣丹斯努力地扮演着守法公民的角色。他们在阿根廷南部的丘布特省（Chubut Province）获得了一片“4 平方里格”（约合 12 平方英里或 7500 英亩）的政府土地开办农场。埃塞尔自称是圣丹斯的妻子，他们三个人一起在安第斯山脉的山脚下生活了四年。他们养了牛和马，还与邻居们成了朋友。他们住的地方是一栋木板搭建的小木屋，埃塞尔还在墙上贴了一些从北美的杂志上剪下来的内容作装饰。布奇使用的假名是圣地亚哥·瑞安（Santiago Ryan）。圣丹斯和埃塞尔使用的名字是哈里·普莱斯先生和夫人。一位曾经在他们的房子里借住过一晚的意大利移民后来写道：埃塞尔穿着很得体，喜欢读书看报；瑞安和普莱斯都是“瘦高个，说话言简意赅，有些神经质，目光很锐利……那些熟识他们的人都说他们枪法很准，甚至

① 埃塞尔·普莱斯的真实身份无人知晓。因为当时圣丹斯使用了哈里·普莱斯的假名，所以埃塞尔也使用了同样的姓氏。后来，一个北美记者把她留在某个旅馆登记簿上的名字“埃塞尔”错写为了“埃塔”（Etta）。于是埃塔的名字渐渐开始出现在新闻报道和后来的警察记录中。不过，埃塞尔究竟是不是她的真名我们并不清楚，这很可能也只是她使用的一个假名而已。

能打中扔到半空中的一枚硬币”。[9]

一切似乎都还算顺利，直到 1905 年一则消息让布奇和圣丹斯不得不再次走上了逃亡之路。当时他们的一个熟人给他们报信说平克顿私人侦探所（Pinkerton Detective Agency）已经发现了他们的下落，阿根廷的警方马上就要对他们实施逮捕了。几乎是一夜之间，三个人就抛弃了他们的农场消失在了安第斯山脉中。几个月后，他们在阿根廷北部抢劫了一家银行，这也是他们在南美实施的第一起抢劫。随后他们穿过智利边境，布奇和圣丹斯，这次还加上埃塞尔，再度沦为了抢劫银行的逃犯。

“你永远不会知道被追捕是一种什么样的感觉，”布奇曾经的同伙马特·沃纳说，“你永远睡不踏实，你总得支着一只耳朵睁着一只眼睛留意任何动静。过了一段时间后整个人都会崩溃。因为你睡不好！就算你知道自己是绝对安全的也依然睡不着。任何……［一点声音］听起来都像是治安官组成的武装队来抓你了。”[10]

大概是 1906 年的某个时候，圣丹斯护送埃塞尔回到了 326
美国。也许她厌倦了逃亡的生活，也许她还在为失去自己苦心经营了四年的农场而伤心。与此同时，布奇则去了玻利维亚，很快圣丹斯也来这里和他会合。这两个被美国和阿根廷同时通缉的逃犯决定低调行事，到玻利维亚首都拉巴斯东南的康科迪亚（Concordia）的锡矿上找了份照管骡子的工作。布奇使用的还是假名，一直很善于社交的他很快就和矿上工作的那些同样流落国外的人成了好朋友。据一个当时也在那里工作的美国人珀西·塞博特（Percy Seibert）回忆说：

> 在矿上工作的美国人组成了一个非常紧密的团体，这主要是因为身处于这片荒凉地带的孤独感所致。这个地方海拔很高、空气稀薄，只有一种特殊品种的极度耐劳的骡子能在这么高的地方工作，而且这里全是印第安人。我们这些美国人不得不互相依靠。至于他们以前是罪犯、西部枪手还是军队逃兵已经都不重要了，因为他们是唯一能和你分享关于美国的记忆的人，是唯一能陪你下国际象棋、玩多米诺骨牌或是西洋棋的人，是能陪你喝两杯的人，是能跟你一起庆祝圣诞节、新年和独立日的人。[11]

到 1908 年 11 月，布奇和圣丹斯都已经过了 40 岁，他们在南美洲已经待了七年，几乎花光了所有积蓄，此时他们来到了玻利维亚南部的图皮萨。这个城市和布奇第一次抢银行的犯罪地点科罗拉多州的特柳赖德有很多相似之处。两个城市都位于富裕的矿区中，城市里都有银行，银行里都存放着开采矿石带来的巨额收入。他们到达后不久，布奇和圣丹斯就决定要抢劫位于市中心广场上的图皮萨最主要的银行。这也将是继三年前他们在阿根廷北部抢劫之后的第一笔买卖。如往常一样，他们两个人先是仔细地侦察了作案的目标，计划好了逃跑的路线，为这个对他们而言已经驾轻就熟的行动做
327 好了所有准备。然而，就在他们准备行动的时候，一支军事小分队突然来到镇上驻扎下来，并选择了国际旅馆为他们的总部。对于两名逃犯来说极为不幸的是：国际旅馆就位于银行的正对面。

“布奇和圣丹斯不知道要怎么办才好，”法官费利克斯·查拉解释说，“此时他们身上已经没钱了，又没法去抢银行，等于被困在了这里。他们不可能从骑兵团手下逃脱。那么他们该怎么办呢？”

此时我已经来到了法官的家中，这是一栋两层的连排房屋，大门上有刻了字的金属牌，上面写着“费利克斯·查拉·米兰达：律师（*Abogado*）”。费利克斯已经在这里住了45年。房子有点老，是用刷白的土坯建造的，里面的客厅是水泥地面，墙上已经有了裂纹；屋里摆满了各种老旧物件，看起来就像个古董商店一样。墙上挂着1969年拍摄的电影《虎豹小霸王》的海报，旁边还有各种20世纪初图皮萨牛仔们曾经使用的物件：已经生锈的二手温切斯特连发步枪、左轮手枪、电报盒，带凹痕的靴刺，以及巨大的铁质挂锁，开锁的钥匙就有5英寸长——这种锁就是为了提防那些随时可能来袭的土匪们用的，当然这些人如今已经都不在人世了。

费利克斯在几摞文件中翻找，把眼镜向下滑了一点，以便更清楚地看到纸上的字，最后他抽出一份古老的当地报纸《克罗克》（*Chorolque*），报纸上的时间是1908年11月4日。

“我想让你看看这个”，他说，同时竖起粗壮的食指表示强调。“这个说明了布奇·卡西迪当时就住在广场上的总站旅馆里，”他说，“星期一，就是抢劫发生的前一天晚上。”

越过他的肩膀，我看到那一时代的报纸上通常都会刊登的一种公告：住在镇上的两家旅馆里所有客人的姓名。在11月3日晚上，入住总站旅馆的客人共有12人，其中一人的名字是圣地亚哥·洛（Santiago Lowe）①，这正是布奇·卡
328 西迪在玻利维亚使用的假名之一。这个下面是住在广场对面的国际旅馆的客人姓名列表：“阿尔瓦罗阿兵团（Albaroa Regiment）的团长和军官们”。由于制订好的计划被破坏了，布奇和圣丹斯不得不继续寻找其他目标。他们很快就发现了一个合适的替代者——玻利维亚最富有的人之一费利克斯·阿拉马约（Felix Aramayo）以及他名下的阿拉马约和弗兰克矿业公司。

“布奇关于银行和运输公司的哲学是曾经在西部很常见的一种思想，”早期的布奇传记作者詹姆斯·霍兰（James Horan）写道，“当时的人们普遍认为二者代表的都是那些取消了农场和房屋的抵押赎回权的大商业者，所以是被小牧场主和小农场主憎恨的对象。”[12]

“我没有他们描述的那么坏，”1900年，布奇曾对一个犹他州律师这样说，他联系这个律师是打算咨询一下如果自己承诺不再进行抢劫能否获得赦免，“我一辈子从没杀过人……这是我的信念，而且我也从没抢劫过个人——我只抢银行和铁路公司，他们这些年来一直在压榨人们的钱财。”[13]

在律师告诉他获得特赦的机会很渺茫之后，布奇紧紧地盯着律师说：“你了解法律，我猜你说的一定是对的。但是

① 布奇在美国有时会使用“詹姆斯·洛”（James Lowe）或“吉姆·洛”（Jim Lowe）的假名。在玻利维亚则一直使用“圣地亚哥·洛”。西班牙语中的“圣地亚哥”对应的就是英语中的“詹姆斯”。

我很遗憾我竟找不到一个解决问题的办法。你永远体会不到常年逃亡意味着什么。”[14]

布奇·卡西迪可能是憎恨大企业家的，但是无论在美国还是南美，他和普通人都相处得很好。1906～1908 年断断续续和布奇以及圣丹斯一起在康科迪亚矿井工作的珀西·塞博特说，布奇“在玻利维亚的乡下很受人们喜爱，尤其是印第安人的孩子们。他只要去拉巴斯，都会带回各种糖果分给孩子们。我还记得他沿着小路返回我们住的地方，身后跟着一群又叫又笑的孩子的情景”。[15]

还有一次，在和这两个人成了朋友并得知这两个骡子照管人其实是大名鼎鼎的逃犯之后，塞博特问他们能不能向自己展示一下他们开枪的动作到底有多快。布奇和圣丹斯同意了，然后四处寻找可用的靶子。塞博特后来回忆说：

> 我们走到外面，布奇和小子各拿了两个啤酒瓶。他 329
> 们腰上别了六把枪，布奇点头示意后他们就把酒瓶突然扔向了空中。酒瓶刚开始下落，小子的枪已经握在了手中，然后一个酒瓶就炸裂成了碎片，跟着卡西迪也开枪了。他们重复了几次，没有一枪射失。
>
> 枪响如炮声一样在山谷里回荡，塞博特的妻子都跑了出来。
>
> “我的上帝，你们在干什么？”她问。
>
> 布奇向她道了歉：“对不起，女士，我们只是在给珀西和格拉斯先生表演一点西部射击。”[16]

据塞博特说，到 1908 年，从 13 岁就进入这个行当，此时已经 42 岁的布奇身上开始显露出年龄增长和常年逃亡带来的影响。

> 我……看到了卡西迪身上开始出现的变化。他看起来苍老憔悴，这是多年来承受巨大压力的结果。圣丹斯小子则变得更加孤僻，虽然我们都是老朋友了，但他除了基本的礼貌外几乎从不跟我们讲话。他们作为［矿井雇员］的身份也岌岌可危，因为军队的人突然来到这里视察并暗示矿主不要雇用有经验的银行劫匪。[17]

事实上，平克顿私人侦探所从一年之前就开始给南美洲尽可能多的银行散发传单，建议他们留意布奇・卡西迪和圣丹斯小子这对劫匪。结尾还严正地警告任何想要试图逮捕他们的执法者：

> 任何警官试图逮捕［这两个逃犯中的］任何一人时，请一定带足警力，全副武装，不要抱任何侥幸心理，因为他们被抓捕之前一定会做出殊死反抗，如有必要可以当场击毙。[18]

330 *

市长前来通报这个意外的消息时，两名士兵和一名警察巡逻官正坐在他们位于圣维森特的驻扎点里。市长告诉他们，有两个武器齐备的美国佬刚刚骑行进了镇子，其中一个人骑着阿拉马约矿井营地的骡子，被抢劫的工资本来就是要送到那里的。美国佬们还询问了向北去往铁路起点乌尤尼的路线。他们现在在卡萨索拉家的一个房间里住下了。他们各有一把左轮手枪和一把步枪，还有充足的子弹。警察巡逻官没有耽搁一点时间，立即让两名士兵给步枪上好子弹，跟随他一起前去查看，连市长也在他们后面紧紧地跟着。

此时布奇和圣丹斯正在他们的房间里吃饭。外面已近黄昏，屋里则点起了蜡烛照明。可能是外面有什么噪音或骚乱惊动了他们，布奇站起来并拔出了枪。外面有两个举着步枪的士兵已经走进院子并向着他们房间的门口靠近了。警察巡逻官和市长还站在他们后面一段距离之外的大街上，同时努力想要窥探院子里的情况。布奇一直等到第一个士兵靠得足够近了之后才突然跨出门口，举起手枪瞄准并开了火。

*

去法官家参观之后的第二天，我起了个大早，吃过早饭后就走出酒店，发现一辆丰田陆地巡洋舰已经等在那里了，车顶的行李架上捆绑着一个蓝色的备用燃料桶。米特鲁酒店还经营了一个米特鲁旅行社（Mitru Tours）。我已经预定了这辆丰田车，司机同时也是导游，在接下来的几天里，他将带领我重走布奇和圣丹斯实施抢劫并逃亡圣维森特的轨迹。我听说现在要走这段路只能靠汽车。

我的司机名叫恩里克（Enrique），二十七八岁，出生在圣米格尔（San Miguel）的一个印第安人小村庄里。他问我
能否顺路先把他母亲送到那里。我点点头，于是一位穿着黑 331
色长裙，牙齿掉得就剩几颗但是精神很饱满的妇人上了车。

她一边说着“谢谢你，先生”（*Gracias*，*Señor*），一边和我握了握手。我们很快就出了城，朝着布奇和圣丹斯抢劫矿业公司工资的地方前进，那里被称作死牛山。

在他们最后一次进行抢劫的六个月之前，布奇和圣丹斯去了一趟圣克鲁斯，这个边境小镇位于玻利维亚东南部的丛林附近。在那里探访了一番之后，布奇感觉自己终于找到了一个可以重新开始的地方。有些人相信布奇和圣丹斯在当年年底实施的工资抢劫是他们又一次在为“改邪归正”筹集本钱。这次他们的计划是在玻利维亚的丛林里开个牧场养牛。布奇很快就给他在康科迪亚锡矿上的朋友们写了一封热情洋溢的信件：

> 经过一段美好的旅途之后，我们大约在三个星期前来到了这里，我终于发现了我已经寻找了20年的完美目的地……这个镇子上总共有18000人，其中14000人是妇女，有一些还很年轻。这是唯一适合我这样的老家伙的地方。只要有蓝色的眼睛、被阳光晒红的皮肤，看起来还有能力生出蓝眼睛的儿子的人在这儿就都不算太老……这里的土地很便宜，而且种什么长势都不错……离这儿10里格以外［35英里］处的土地售价是1英亩10美分，那里有一个不错的牧场（Estancias）正在出售；12里格以外［45英里］……还有一个水草丰美、种了一些甘蔗的牧场，售价是5000玻利维亚诺［30000美元左右］，其他一些正在出售的牧场也都是这么便宜的价格，要是我不出什么事，一定会很快回到这里来生

> 活……我们大约一个月之后回到康科迪亚。祝你们各位好运。[19]

我们的车穿过干旱、荒凉的乡村；穿过长着高大的银色仙人掌的林子（*cabello pelado*），仙人掌顶部还长着黄色的短而粗的果实；我们又穿过了破败的土坯房村庄，用泥巴和藤蔓建造的房顶大多已经塌陷。一些类似这样的建筑组成的村庄因为年代久远及偶尔的降雨，已经脆弱得像沙子搭建的城堡一样几乎坍塌成平地了。车子行驶了大约一个小时，我们在圣米格尔一个极小的村庄里停了下来，我的司机就是在这里出生的。大片的玉米田向下一直延伸到萨拉多（Salado）河畔，田地中的玉米都已经抽穗，随着微风轻轻摆动。往其他 332
几个方向看都只能看到远处的高山。恩里克的母亲在这里有几间房子，其中一间稻草和泥砖搭建的房子上还挖了一个窗户，镶了一块已经破损的玻璃。房子附近砌了一个齐胸高的土灶，看起来像一个巨大的蜂房似的。恩里克的母亲会用这个土灶烤面包。

村民们还挖掘了灌溉用的沟渠，清澈的泛着涟漪的水流下面，还有灰色的淡水小螃蟹在碎石中间爬来爬去。恩里克说，把这些螃蟹放进油锅里炸着吃味道很好。他的母亲从屋子里出来，走到附近的田地里，揪住一根长长的玉米秆，然后用镰刀轻巧地砍下，又把杆子里面白色的部分切成小块。她用棕色的粗糙的手指递给我一小块让我嚼一下试试。我照做了，并惊讶地发现玉米秆几乎和甘蔗一样甜。他的母亲又跟我握了握手，朝我笑了笑，露出了没有牙齿的牙床，之后就走到村子后面我们看不到的地方去了。恩里克说，他母亲去取山羊奶酪了，是为了拿到图皮萨的市场上售卖的。这个村子大部分已经处于被遗弃的状态了，上了年纪的村民去世了，他们的后代都离开这里到城市里找工作去了。很多房子的屋顶都塌陷了，剩下的墙壁也会像疲累的大象一样渐渐倒在地上。看起来只有老年人还愿意留在这里，安静平和地生活在太阳炙烤的砖瓦房里。

又走了一段路，我们到了另一个情况类似的村子，这里叫作萨洛村（Salo）。这里的房子也都是茅草搭的屋顶。当初卡洛斯·佩罗、他的儿子和仆人，还有他们的三头骡子在出了图皮萨之后的第一晚就是在这里过夜的。矿业巨头费利克斯·阿拉马约在这里拥有一片庄园。庄园里的土坯房建筑现在都还在，已经被改建成了学校，正面还有一个巨大的拱道。

我们看到远处有一位老先生很慢很慢地走过来，他拄着拐杖，略微有些驼背，穿着一条宽松的灰色裤子、一件磨损严重的夹克外套，戴着一顶破旧的帽子，穿着一双橡胶便鞋。

我们迎上去和他握手，“我好像不认识你们”，他看着我们说。这位老人讲的是盖丘亚语，只会说一点点西班牙语。他是 1930 年出生的，一辈子都在这里生活，然后他又很快地补充了一句说自己将来也要死在这里。老人的皮肤看
333 起来粗糙如皮革一样，有点像乌龟的皮肤。恩里克用盖丘亚语问他有没有听说过两个外国佬在这附近被打死的故事。他皱着眉头说听过，两个土匪被打死了，很久之前在死牛山。

恩里克又问他是从哪儿听说的这些。老人回答是听自己的父母讲的。故事的一部分已经被篡改了。布奇和圣丹斯是在死牛山抢劫工资的，但是他们死在圣维森特。不管怎么说，在他们去世 103 年之后的此时，布奇和圣丹斯的故事至少还能在这位 81 岁高龄的讲盖丘亚语的老农民记忆深处留下一点淡淡的印迹。

在庄园前面有一座不大的土坯房，窗户已经坏了，但门是锁着的。老人说这房子是给教士准备的，教士每年只来一两次。随后老人向我索要一些硬币去买点喝的，我给了他一个面值 5 玻利维亚诺的硬币。他对我表示感谢，还恭敬地鞠了个躬，然后就慢慢地走开了。

萨洛村位于一条土地肥沃的峡谷之中，我们从这里继续前行，穿过各种仙人掌组成的林子，沿着土路向上行驶，然后又转向一条更窄的道路。途中我们先是遇到了一群在仙人掌和灌木丛里闲逛的驴，后来又遇到了一群美洲驼——有白色的、黑色的，还有杂色的。最后，恩里克终于停下车熄了火。“要到抢劫的发生地去我们只能走着了。”他说。

远处天边的云彩几乎低得碰到了山顶，恩里克和我沿着小溪旁边一条隐约的小路向下面不算太深的山沟里走去。溪水清澈，从黑色砂石上缓缓流过，旁边还有美洲驼踩出的脚印。带着一缕缕乳石英成分的巨大灰绿色石块从附近的悬崖上滚落下来之后，孤零零地躺在了溪边。我们还看到了当地生长的一种黄杨树（Queñua tree）。这种树大约 20 英尺高，有干枯的、肉桂色的鳞状树皮和细小的绿色树叶，恩里克说，布奇和圣丹斯可能就曾经把骡子拴在这样的树上。地上还冒出了一种仙人掌（Ulála cacti），每株有一人多高，长着白色的长刺；还有一种圆形的鲜绿色苔藓植物叫紧密小鹰芹（*yareta*），周长大约 1 英尺，长得不高，看起来有点像一簇簇离了水的脑珊瑚。我们行进的过程中能听到的只有溪水潺
334 潺和鸟鸣阵阵，以及我们的脚偶尔踢到碎石时发出的声音。

再往前，我们就离开了溪边，转而沿着从山沟里往上爬的老骡马道走上了死牛山的侧面，小路一直向上延伸，最终到达了一段山脊，我们于是停下了脚步。从山脊上我们可以清楚地看到脚下的骡马道沿着山势还能继续向上再走大概 1 英里多，之后就拐向山的另一边看不见了。回头则可以看到我们身后刚刚来时经过的河床。这里显然就是一个观望点，是布奇和圣丹斯蹲守的绝佳位置，他们可以在这里等待矿业公司的人出现在远方，然后做好突袭的准备。我坐在山脊后面一块突出的岩石上巡视着另一面的小路，那里也就是卡洛斯·佩罗将要出现的地方，第一次感觉到仿佛卡西迪和圣丹斯就在我的身边。毫无疑问，他们当初也是坐在这个位置上等待着。我意识到这片地方从那时到现在根本没发生多少变化。要是布奇和圣丹斯再来到这儿，一定还能认出这里的一切。

*

布奇的子弹打中了第一名士兵的脖子，当时士兵距离布奇也就四步远。士兵在知道自己被击中之前也瞬间进行了回击，然后他手里的步枪就掉在了地上，整个人也倒下了，开始竭力往旁边爬去。第二名士兵开了两枪，发现院子里完全没有可掩护的地方，就又跑回了街上。然后这个士兵和警察

开始连续不断地从大门外向院子里面射击。士兵的毛瑟枪子弹很容易就能打穿土匪们所在房间的土坯墙，同时发出“砰砰”的响声。布奇和圣丹斯从房间门口向外回击时，第一个士兵已经爬出了院子但最后还是死了。这是布奇杀死的第一个人，所以他们身上的罪名已经不再仅仅是抢劫，还增加了谋杀。事实上，随着时间一分一秒地流逝，两名逃犯的处境也越来越艰难。两个人已经都受了伤——布奇的胳膊被打中了，圣丹斯被打中的地方则更多。想要处理伤口当然是不可能的。随着枪战的持续，市长开始召集市民们前来协 335
助。武装巡逻队的队长指挥那些带着枪赶来的市民把整栋建筑包围起来，以防止那两个美国佬土匪在土坯墙上挖洞逃跑。受了伤，被连续不断的射击压制在原地，唯一的出口也被对方占据，还有更多带着武器的市民涌向这条街道，那时的布奇和圣丹斯肯定彼此交换了一个眼神，不用任何言语，他们也知道自己这次在劫难逃。

*

离开布奇和圣丹斯在死牛山的突袭地点，我们继续向西北方向的圣维森特前进。起伏的群山上有蜿蜒的土路，还长满了一簇簇黄色的秘鲁针茅。远处同样有白雪覆盖着山顶的高山，这一整片区域的景色看起来简直和科罗拉多州或怀俄明州的落基山脉脚下一模一样。布奇和圣丹斯在这里一定感觉像回到了家乡似的。这里和家乡唯一的区别在于海拔，高原地区的平均海拔达到了 14000 英尺，已经不适宜牛群生活，倒是时不时有成群的美洲驼出现在我们的视野当中，它们耳朵上缠着红色的穗子，一边抬起头看着我们一边继续慢慢地咀嚼。随后我们又经过了一片砂岩质的小山，它们看起来就像庞大的被晒黑的人类头骨。当巨大的不明飞行物一般的云朵飘过平原和山峰时，还会倾泻下大量蓝灰色的雨水。

从萨洛村到圣维森特的这段道路如果是骑骡子要走一整天，开车则只用几个小时。翻过山顶最高的地方，我们就可以看到像个大碗一样坐落在峡谷深处的矿业城镇圣维森特——这条路也是布奇和圣丹斯的必经之路，然而他们走进了那片洼地之后就再也没有从那里走出来。从高处看，这里就是一副典型的矿业城镇的样子。一排排的房子上都装了波浪纹的锡制屋顶，附近的山上有许多灰色的尾矿，镇子的入口安排了守卫。这里的银矿和锌矿现在都是由泛美银矿公司这家总部位于不列颠哥伦比亚省的加拿大公司经营的。在镇子之外的一个斜坡上，还有一片老旧的、土坯墙围起来的墓地。

336 我们把车停在穿镇而过的小溪旁边，然后下了车，沿着一排矿工居住的房子往前走。这些房子后面都有沿着土路的用墙围起来的街边小露台，里面晾着颜色鲜艳的衣服，还挂着要晒成肉干的小条的美洲驼肉。墙上还用喷漆写着“民族主义革命运动党”（*Movimiento Revolucionario Nacional*）之类的标语，但很多已经褪色。这个政党是20世纪50年代获得政权的，他们上台后不久就进行了玻利维亚自西班牙征服者到来之后的第一次土地分配。那次革命和矿产的国有化之后，玻利维亚国家矿业公司（COMIBOL）拆掉了老圣维森特村的绝大部分地方，为的是要重新修建更加实用的带有锡制屋顶的矿工宿舍区。后来他们又为那些被转移到附近不远处的原本生活在老圣维森特村的村民们重新建造了一个土坯房的村子。我问一个穿着胶皮凉鞋的十几岁男孩，这里还能不能找到了解 100 多年前死在这里的两个土匪（*bandoleros*）的故事的老人。

“去找弗罗伊兰·里索（Froilán Risso），”男孩说，“没有他不知道的事情。”

后来我们打听到弗罗伊兰其实也住在后来新建的村子里，所谓村子就是一片土坯房和几条土路街道。新村子与矿业镇中间隔着两个橄榄球场。当天是星期天，球场上有两场比赛正在进行。矿工们组成了球队，还穿着统一的队服。围在球场四周的大都是妇女和孩子，有的在吃东西，有的在聊天，有的在看比赛。融汇而成的低沉声音回荡在空气中，只有网球鞋或胶皮鞋踢到橄榄球上发出的闷响才会偶尔打破这种氛围。

来到新圣维森特（*San Vicente el Nuevo*）之后，我们敲响了几户人家的木门，但是全都没有人来应门。似乎村里的人不是去看橄榄球比赛就是到图皮萨过周末了。我又敲响了另一户人家的大门，这次终于有一个三十来岁的矿工开了门。他身材很瘦，颧骨突出，穿了一件紧身的白色 T 恤。不过他说他在这里刚住了一年，不认识什么里索先生。最后，我们终于找到了里索先生 30 岁的孙子比森特（Vicente）。或者应该说是他听说我们在找他祖父所以主动找到了我们。比森特留着黑色短发，神情很严肃，右眼下面有时会出现痉挛。他说他的祖父在图皮萨，不过当天晚些时候会回来。我们问他是否知道枪战（*balacera*）是在哪儿发生的。“知道，

我的祖父带我去过”，他说。他神情庄重地看着我们，右眼
337 下面又抽搐了几下。最后他说要给钱才带我们去。我们谈妥了一个数目，然后就跟着他走了。

我们又走回了矿业小镇，穿过了一个横跨在溪流上的小桥，走到一个福音派小教堂旁边，紧挨着教堂的地方有一条土坯隔出来的过道。过道左侧就是教堂，右侧是另一栋新一些的建筑。过道中段左手边的墙壁又高又厚，是用年代久远的土坯砖砌成的，已经干透的砖泥里还能看到一些卵石和稻草。比森特停在那里，用手扶着墙壁。

“布奇·卡西迪和那个圣丹斯就死在这里面”，他强调说，称圣丹斯小子为“那个圣丹斯”。

“在墙的另一面吗？”

“对。在墙那面。他们就在那里自杀了。”

我爬上墙头，向下看了看，墙那边是一间老旧的土坯房的后院。一只鸡在里面走走停停，鸡头转来转去。晾衣绳上挂着洗好的衣服，一只狗小跑了几步然后就趴在了地上，把头垫在前爪上看着我。比森特说这堵墙就是布奇和圣丹斯进行枪战时所在的房间的外墙。那栋房子曾经属于比森特一个叔叔的父亲，他的名字是卡萨索拉。我知道那正是为布奇和圣丹斯提供了房间的人。比森特说几年前，他虔诚的叔叔拆掉了原来的老房子，建造了这座福音派教堂。我又回头看了看院子里面，忍不住想到了布奇和圣丹斯最后的晚餐：啤酒、沙丁鱼和子弹。

*

第二天一早黎明时分，刚刚经过的一夜里已经不再有枪

声传出，武装巡逻队的队长命令房子的主人博尼法西奥·卡萨索拉进去看看那两个土匪是死是活，想方设法逃脱了所有火线交战行动的队长强词夺理地说这样安排是因为卡萨索拉是房子的主人，所以土匪们不会向他射击。当时天还没有大 338
亮，卡萨索拉小心翼翼地走进了自家的院子，显然心里还在质疑队长奇怪的逻辑。最终他走近了土匪所在房间的门口，然后从那里向房中偷瞄。如一位证人后来作证时所说的那样："我们所有人［随后］进入了房间，发现那个矮一点的外国佬［应该是布奇］四肢伸展躺在地上，已经死了，太阳穴和手臂上各有一个弹孔。高个的那个［可能是圣丹斯］则扑倒在房间里一个大个的陶土水壶上，前额上有一个弹孔，也已经死了。"[20]

*

根据一些报告来看，是矮个的土匪朝自己同伴（*compañero*）的前额开了一枪，然后又对准自己的太阳穴扣动了扳机。然而枪战四天之后，图皮萨当地的一家报纸却报道说第二名男子"胸部中弹"并且"身体各处"共有七个弹孔。[21]是圣丹斯死于这些枪伤，然后布奇才自杀的；还是布奇在朝自己太阳穴开枪之前先杀了圣丹斯好让他免受更多痛苦；又或者是——如法官费利克斯·查拉后来向我暗示的那样——警察和士兵们其实是活捉了二人，随后又将他们杀死……并编造了后来的故事？

逃犯自杀的事情在那时并非闻所未闻。比如说在布奇和圣丹斯巅峰时期曾和他们一伙的基德·柯里（Kid Curry）就是在四年前自杀身亡的。当时他被武装队追捕逃进了一片玉米田，他已经受了伤，又被包围了，于是就对着自己的头开了一枪，宁可死也不愿面对被抓住，送进监狱甚至是被绞死的可能。布奇和圣丹斯是不是也做出了同样的选择？

吃过午饭之后我们又向公墓走去。那里的大门是开着的。我们发现公墓里面埋葬死者的方式可谓拥挤而混乱。有带水泥墓碑的墓穴，也有穿插在空隙里的仅用一个简单的木头或金属十字架标记的坟头。有的十字架上绑着手掌大小的铁牌，上面写着在此安葬之人的信息。然而金属牌对于子孙
339 后代来说并不是一个好的选择，即便是一些较新的坟头上挂的金属牌也都已经锈蚀严重，无法辨认上面的字迹了。

在公墓的中央有一个厚土坯建造的拱道，道两边各有一面土坯墙，几乎把整个墓地一分为二。穿过这个拱道，我们来到一个水泥坟墓前，上面明白地写着"布奇·卡西迪之墓"（*Esto fue la tumba de Butch Cassidy*），这个墓碑是泛美银矿公司立在这里的。不过这个碑文的说法并不正确。1994年，比森特的祖父弗罗伊兰就带领 *NOVA* 纪录片摄制组来这里挖掘了布奇的坟墓。[22]弗罗伊兰告诉摄制组，他的父亲在枪战爆发时只有 10 岁，就是他告诉自己那些美国土匪被埋葬在哪里的。问题是，圣维森特的墓地一直是这片地区的公共墓地（*cementerio popular*）；这些年来，人们不断在这里见缝插针地挖坟，甚至是在别人的坟上再挖新坟。到纪录片团队来到这里时，圣维森特公墓里面已经混乱不堪，一个坟叠着一个坟，甚至还有三个坟叠在一起的情况。最后工作人员终于在三层之下挖掘出一个确定是外国人的头盖骨，可是最终他们认定这个头盖骨属于一个倒霉的德国矿工，他是在使

用炸药的过程中发生意外被炸死的。至于布奇和圣丹斯的尸骨则依然毫无踪影。

与此同时，我的向导恩里克给我讲了另一种我之前也从别人那里听说过的理论，就是布奇和圣丹斯其实并没有如所有人以为的那样被埋在公墓里。毕竟当时只有一位证人的证词中提到了埋葬的事情：这位被讯问的证人说在搜查土匪的遗物并找到了还没被动过的矿业公司工资之后，“我们下午把他们埋了”，但是并没有说埋在哪里。

“那时候人们一般不会把自杀的死者埋到公墓里，”恩里克说，“因为所有人都知道自杀者（*suicidios*）是要下地狱的。”至于布奇和圣丹斯，恩里克说，他们显然不仅是自杀的，而且还是土匪，也就是邪恶之人。“镇上的人肯定不希望把土匪埋在自己亲属们安息的公墓里。”恩里克相信那两个逃犯最好的下场顶多就是被扔进镇子外面随便什么地方草草挖掘的浅坟里，用他的原话说是“像垃圾一样”（*Como basura*）被处理掉了。本来公墓里就是坟上加坟混乱不堪的 340
状况，再加上布奇和圣丹斯实际上也许是被埋在了其他什么敷衍了事挖出来的坟墓里，所以人们很有可能再也找不到他们的尸首了。

在公墓中走着的时候，我抬头看了看峡谷一侧的山峰，两个逃犯就是从那里翻过山顶走进镇子的。在经历了 20 年的逃亡生活后，布奇和圣丹斯连续犯下了一系列错误，最终导致他们丧命于此。如果他们是那种残忍无情的罪犯，他们会干脆杀了那三个被抢劫的人，这样就不会有两个美国人（*yanqui*）抢劫的确切描述传出来，或者说不会这么快地传出来。如果他们两人计划得再好一点，他们至少应该抢走运送工资那一队人所有的骡子，这样卡洛斯·佩罗、他的儿子和仆人就不得不靠步行爬出山谷，这同样也能拖延抢劫消息传出来的时间。

同样的，如果布奇和圣丹斯绕过圣维森特，而选择在山上露营，那么他们很可能根本不会被任何人发现。最后，骑着一头有明显标记的抢来的骡子进入圣维森特也是一个巨大的冒险，最终给他们带来了厄运。在电报线已经联通了大部分乡镇的情况下，清楚的提到劫匪是两个全副武装的美国佬的消息已经散布开来，他们还骑着抢来的骡子，又刚好在抢劫发生三天之后出现在临近区域——所有这些失误加在一起的结果就是他们付出了生命的代价。布奇和圣丹斯在距离乌尤尼只剩一天路程的地方抵达了生命的终点。只要能到乌尤尼，他们本可以搭上火车前往智利或向北去到奥鲁罗（Oruro）或拉巴斯，混迹在人群中从此无处可寻。然而最后的结果是他们很可能真的彻底消失在了圣维森特的某个浅坟里，成了两具无人认领也永远无法被找到的无名土匪的尸体。①

341 当晚还早的时候，弗罗伊兰·里索从图皮萨返回了镇上。他此时74岁了，棕色的皮肤上布满皱纹，他穿着宽松的长裤和橡胶便鞋，戴了一顶蓝色的棒球帽。弗罗伊兰邀请

① 另有一种理论说布奇和/或圣丹斯可能在枪战后侥幸逃生并返回了美国，直到年老后才自然死亡。不过布奇和圣丹斯一直都有给在美国的家人和朋友写信的习惯，而从1908年，也就是有两名外国佬毙命的这次枪战发生的这一年起，没人再收到过他们两个人的信件。

我到他家去，并让我坐在一个靠着土坯墙的木板凳上。然后他自己拉过一把椅子坐在了我的对面。他棕色的眼睛直直地看着我。“你想知道什么?”他问，语调平直，只在每个句子的结尾才有一点上扬。之后他又直截了当地问我：“你肯付我多少钱?”我提议 50 玻利维亚诺，他则要价 200，一番协商之后我同意了 200 玻利维亚诺的数目。显然，他和他的孙子都学会了如何靠挖掘布奇和圣丹斯的故事挣钱，就像别人知道如何挖掘一片丰富的金矿矿脉一样。

“枪战发生的时候，我父亲十来岁，”弗罗伊兰说，“他带我去看过枪战发生的地方，给我讲了无数次当时发生的事。”他说他的父亲是在 1957 年或 1958 年去世的，去世时 63 岁。然后他又给我讲了我已经了解的枪战和自杀的故事。

“那之后发生了什么?”我问。

“他们走进去发现了赃款和许多枪，都是先进的型号，还有子弹，我的天，好多的子弹！他们只发现了一半的钱，或者连一半都没有！然后他们把［两具尸体］拖到外面的院子里，检查了他们的遗物，然后把他们埋到了公墓里。”

“公墓里的坟墓是怎么回事——已经进行过挖掘的那个？那里面的不是布奇或圣丹斯，而是个德国矿工。”

“他们不肯付我钱”，他说，指的是纪录片团队。

“所以你告诉他们一个错的坟墓?”

“是的。”

“那你真的知道他们被埋在哪里吗?”

“当然!”

“他们被埋在公墓里面还是外面?”

“里面！不过你得付一大笔钱我才能告诉你位置！”

几天之后，也是我在图皮萨的最后一天晚上，我和法官
342 在一家名字叫“三角叶杨”（Alamo）的餐馆吃晚饭。我给法官讲了弗罗伊兰说他父亲目睹了枪战过程并坚称那两个逃犯都被埋在公墓里的事。

法官倾身向前，越过一盘摆在桌上的秘鲁炒牛肉（*lomo saltado*）对我眨眨眼说：“谁知道弗罗伊兰·里索说的是不是真的呢？”

之后法官坐直身体，喝了一大口凉啤酒，然后挑起一条眉毛。

“毕竟，那都是很久之前发生的事了。”

第九章　达尔文、最后的雅马纳人和天涯海角（智利和阿根廷） 343

可是……要在耶路撒冷、犹太，和撒玛利亚全境，甚至到天涯海角，为我作见证。[1]

——《圣经·使徒行传》1：18（《英王钦定版圣经》）①

（Acts 1：18，King James Version）

看着这些野蛮人时，你不禁要问：他们从哪里来？是受了什么引诱，还是有什么变化的迫使，才能让一个部落的人们离开北部宜人的地区，沿着美洲的屋脊科迪勒拉山系一路南下，发明并建造独木舟……然后来到整个地球上最不适宜生存的地方生活？[2]

——查尔斯·达尔文，《比格尔号航海日记》，1839年

（Charles Darwin，*The Voyage of the Beagle*，1839）

真正野蛮的人是认为除了他自己的品味和偏见之外的一切都野蛮的人。[3]

① 原文标注有误，引文来自《使徒行传》1：8。——译者注

——威廉·黑兹利特，《特征》，1837 年
(William Hazlitt, *Characteristics*, 1837)

344 那位老妇人住在海港城镇外一栋有波浪纹的黄色铁皮房子里。沿着溪流边满是车辙的土路向下走就到了。房子上装了烟囱，烟囱里正向外冒着烟。附近还有一小片房屋，它们的烟囱里也都冒着烟。在智利纳瓦里诺岛的威廉斯港（Puerto Williams on Navarino Island）外面的这一小片铁皮房子就是雅马纳（Yámana）印第安人仅有的最后一个聚居区了。这里是世界上最靠南的城市，也就是所谓的天涯海角、地之极限吧。

比格尔海峡的海水十分冰冷，附近经常有不平静的旋涡和浪涌，偶尔有露脊鲸或座头鲸会露出水面换气。老妇人曾经有一个也说雅马纳语的姐姐，但是她四年前就去世了，所以现在老妇人已经不能再用自己的母语和任何人交谈了。她房子的门口挂着一块牌子，上面写着“*Hai Šapakuta Sean Skáe Sean Haoa Morako*”，意思大概是“欢迎你，朋友”。这个常年暴露在海风中的岛屿上有浓密的山毛榉树林和一些冰雪覆盖的山峰。生活在这里的 83 岁的克里斯蒂娜·卡尔德隆（Cristina Calderón）就是世上最后一位还会讲雅马纳语的印第安人。

我敲了敲门，听到里面传来有人拖着脚步慢慢移动的声音。大概一分钟之后门开了。一位个子不高、身材略胖的老妇人站在门前，她有一双深色的眼睛，齐肩的头发还没有全白。我向她做了自我介绍。

她看着我，停顿了一会儿，然后用西班牙语说：“请进。”

*

1831年夏天，一辆黑色马车在伦敦拥挤的街道上穿行。伦敦是英国的首都，而英国则是一个在全球各个地方都有自己的殖民地的海上帝国。马车里面坐着的四个人可以说是一个最奇特的组合：三个巴塔哥尼亚地区的原住民和一个25岁的英国船长罗伯特·费茨罗伊。大约一年半之前，被派遣到遥远的巴塔哥尼亚海岸地区测绘地图的费茨罗伊抓住了几个当地的原住民并把他们带回了英格兰。其中一个人在刚到达英国不久后就得了天花病死了，剩下的三人都平安活了下来，包括一名25岁左右的男子、一名14岁左右的男孩和一 345
名10岁的女孩。在过去的一年里，他们一直在学习英语、礼仪和园艺。虽然在巴塔哥尼亚地区的原住民习惯于赤身裸体，靠徒步或独木舟出行，但现在这三个人已经适应了19世纪的英国服饰。女孩穿着裙子，男士们穿着双排扣的套装和光亮的皮鞋，还戴着“得体的”英式礼帽。每当被介绍给谁的时候，他们就会大声地说：“嗨，你好！”除了欧洲人听不懂的他们的母语之外，这三个人现在都会说一些最基础的英语。在这个特别的日子里，马车沿着泰晤士河岸边的道路向圣詹姆士宫（St. James's Palace）驶去，车上这些人都是受了英国国王和王后的邀请去喝茶的。

不久之后他们抵达了这座建于16世纪的皇宫，四个人被领着经过了一间间华丽的接待室，每间接待室里都装饰着丝绸、锦缎、稀有的木材和大理石，以及其他能显示世界上最强大的帝国的财富的东西。65岁的国王威廉四世（King William Ⅳ）和38岁的阿德莱德王后（Queen Adelaide）坐在一间国宾接待室里。王后有一双充满同情的大眼睛，讲话时带一点德国口音。国王穿着长袜，没戴假发，露出了一头蓬乱的白发。一行人到达后马上就被侍从引荐给了国王和王后，三个原住民落座之前还都说了一句："你好！"巴塔哥尼亚人通常的食物是烤贻贝、海狮肉，偶尔还有鲸脂，但是现在他们吃的都是英国的松脆煎饼、蛋糕和小三明治。费茨罗伊船长计划于当年年底把这些被自己抓来的人送回巴塔哥尼亚。据他说，国王和王后对于这三位客人及他们生活的那片遥远的陆地表现出了浓厚的兴趣，他后来这样写道：

> 国王陛下询问了很多关于他们个人和他们祖国的事情，请允许我提一句，从来没有人就［火地岛（Tierra del Fuego Island）上的］火地人（Fuegians）及他们的国家向我询问过这么多全面、中肯、有洞察力的问题。
>
> 王后有两个孩子都夭折了，所以她特别关注10岁
> 346 的原住民小女孩，英国水手们给她取了一个昵称叫"火地小篮子"（Fuegia Basket）。这个小姑娘以自己活泼的性格和讨喜的微笑让所有见到她的人都对她偏爱有加。在喝茶的过程中，王后离开了一下，然后拿着一顶她的蕾丝软帽回来，并把它戴在了小女孩的头上。后来王后还把自己的一枚戒指戴在小姑娘的手指上，还给了她很多钱让她在启程回国前添置一些衣物。[4]

接见结束后，四个人向国王和王后道了别。200英里之外，将要载着他们返回巴塔哥尼亚的船只正静静地停靠在普利茅

斯港。这艘船的全名是“英国皇家军舰比格尔号”。船只全长 90 英尺，船上人员中还包括一位长着狮子鼻的 22 岁英国博物学家，他名叫查尔斯·罗伯特·达尔文。那时候他的家乡小城什鲁斯伯里（Shrewsbury）以外的人还都没听说过他的名字。这个刚刚大学毕业的年轻人很快就会和费茨罗伊船长，以及这三名原住民一起前往南美洲最南端的巴塔哥尼亚。

*

罗伯特·费茨罗伊是一位英国贵族将军的儿子，也是查理二世（Charles Ⅱ）非嫡出的曾孙。费茨罗伊从 13 岁起就随船出海了，年仅 23 岁时就首次受雇为船长，不过这次任命其实是一次自杀带来的结果。比格尔号启程前往巴塔哥尼亚曲折的海岸附近测绘地图时，原本的船长是普林格尔·斯托克斯（Captain Pringle Stokes）。四个月前，也是这次航行开始之后的第二个年头，寒冷而险恶的气候加上天生易于抑郁的体质，更不用提这次任务面临的巨大困难，这些因素加在一起，最终导致沮丧的斯托克斯把自己关在舱房里，掏出手枪顶住自己的头，然后扣动了扳机。于是这艘在世界上最危险的海域之中顶着呼啸的寒风勉强航行的比格尔号就这么突然没有了船长。

该事件发生四个月之后，比格尔号成功到达乌拉圭补充 347
了给养，当它再度返回巴塔哥尼亚之时，掌舵指挥的人就换成了费茨罗伊。费茨罗伊长相清秀，有一个鹰钩鼻。他非常虔诚，性格坚韧，不屈不挠，是一名出色的指挥官和制图师。此时他接手进行测绘的这个海岸在过去三个世纪中已经吞噬了成百上千艘船只，而且往往是全体船员都难逃厄运。

随着航海探险时代渐渐向贸易和帝国主义时代转变，英国已经成为世界上最强大的国家。为了确保自己的贸易通道，英国人必须控制整个世界的海上航运路线。这不仅意味着要拥有强大的舰队，还要有精准的海图和地图来指导舰队的航行。因此，费茨罗伊船长的工作和他不幸的前任一样，就是要继续对世界上最复杂、航行风险最大的巴塔哥尼亚海岸附近迷宫一样的岛屿和峡湾进行测绘，这样英国货船才能更加安全地通过这一地区。

不过，看似完全不适宜人类生活的巴塔哥尼亚地区似乎并没有让各种各样的原住民部落望而生畏，这些完全赤身裸体的印第安人不仅在这里繁衍生息，还能建造小独木舟在冰冷的海水里航行。原住民与外界最初的接触是从 16 世纪开始的，到现在，各个部落已经习惯了定期与靠近的船只或登陆的队伍进行接触，以获得欧洲人丰富多样的货物和工具。不过，他们有时靠交易，有时则靠偷窃。这也是为什么在 1831 年 2 月 5 日的凌晨，也就是费茨罗伊船长就任三个月之后，有人重重地敲响了他所在舱房的房门。后来他写道：

> 今天凌晨 3 点的时候……有人来向我汇报说［登陆小队使用的］一条小艇被……原住民……偷走了。小艇的负责人和他的两个手下刚刚乘坐一条制作粗糙的简易独木舟返回了比格尔号。独木舟看起来像个大篮子，上面铺着一些帆布，再用黏土固定住，不但漏水严重，也很难划桨……我马上命人准备好另一艘小船，然后带领着 11 个船员和可以维持两周的补给迅速出发了，

> 打算……找回丢失的小艇。[5]

七天之后，费茨罗伊和他的水手们终于围堵住了几个他们认为参与了盗窃的原住民。水手们借着草丛的掩护悄悄靠近原 348
住民的帐篷并将其包围了起来，然后一哄而上，想要抓住尽可能多的人质。这可不是个简单的任务。“部落里年纪最大的老妇人力气太大了，”费茨罗伊写道，“我们队伍中两个最强壮的船员才勉强将她从河岸边拖出来。”[6]

当儿童们尖叫着逃进森林里时，有两个男人和一个女人想要躲藏在河边，结果被一个费茨罗伊的手下追赶得无路可退了，于是他们开始向这个水手扔石头，想要“把他的脑袋打碎”。[7]

> 看到这个……［水手有］危险，［另一名水手］向一个火地人开了枪，这个火地人摇晃了一下，［水手］……趁机逃脱了；不过他马上稳住了自己，又从河边捡起，或是从身旁的人手中接过石头，双手分别以惊人的力量和准度扔出了石头。第一块石头打碎了挂在船长脖子上的装火药的兽角，他几乎被这巨大的冲力撞翻在地；另外两块石头也准确无误地投向了他身边两个人的头，他们迅速蹲下身体才堪堪躲过。扔石块的人双手齐发，动作快得惊人，所有这一切就发生在瞬息之间，不过这可怜的人毕竟已被子弹击中要害，他又扔出一块石头之后，就倒在岸边一命呜呼了。[8]

虽然最终大部分的原住民都逃脱了，但是一个10岁的小女孩落在了后面。费茨罗伊的水手们给她取了一个昵称叫“火地小篮子”，就是以他们丢失小艇之后建造的像篮子一样的小船命名的。接下来的几天里，费茨罗伊又抓住了另外三名原住民：第一个大约25岁左右的男子被他取名为“约克教堂”（York Minster）；第二个20岁左右的男子被他取名为“船的记忆”（Boat Memory），以此纪念他们丢失的小船，因为费茨罗伊最终也没能将它寻回；第三个14岁左右的男孩被他取名为“小扣子杰米”（Jemmy Button），这个名字的来历是在他们鼓动男孩从坐满了原住民的独木舟上转移到他们的大船上时，有些英国水手朝独木舟上扔了一个闪亮的扣子“作为报酬”。

349 一直找不到丢失的船只的费茨罗伊现在不得不决定如何处理自己的俘虏。渐渐地，一个想法在他的脑海中形成：

> 我意识到我们对于火地岛人的语言一无所知，而原住民对于我们的语言也完全不懂，所以我们永远无法更好地了解他们，或他们领地内部的事情，他们也就没有什么机会获得进步。据我们的估计，他们还生活在很原始的状态。他们使用的词语很短，一个词有很多种意思，发音也还是刺耳的喉音。[9]
>
> 我……［最终］决定要把这些火地人带回……英格兰；相信让他们了解我们的习惯和语言最终将对双方都有利，他们暂时的背井离乡一定是值得的……我开始思考最终他们和他们的同胞可能获得的各种各样的好

> 处，对我们一方也是如此……尽可能地让他们接受教育，然后再把他们送回火地岛。[10]

这四个原住民就这样成为一个即兴社会实验的试验品：将这些赤身裸体，被费茨罗伊和他的水手们认定为“野蛮人”的原住民送到欧洲待一年或更长的时间来接受“教化”，再让他们“带着铁器、工具、衣物和知识回到自己的故乡，在他们的同胞中间传播文明”。[11]换句话说，巴塔哥尼亚地区的原住民能不能在几年的时间里，从以打猎为生和所谓的邪教崇拜的群居生活方式跳跃发展为进行农耕和接受基督信仰？

三年之后，这个实验的前一半内容已经完成了。“船的记忆”到达英国后死于天花，剩下的三个原住民用将近一年的时间学习了英语和“礼仪”，现在他们要再花八个月的时间和费茨罗伊一起乘坐“英国皇家军舰比格尔号”返回巴塔哥尼亚，这也是比格尔号的第二次起航。表面上，这几个原住民已经被彻底改造了，他们现在都习惯了穿衣服、讲简单的英语，“小扣子杰米”更是尤其热衷于穿着打扮，喜欢套装、马甲，还要戴手套。

此时，这三个人在风雨中越过船头眺望着远方，这是三 350
年来他们第一次回到故乡。年轻的达尔文也和他们一起站在船头眺望。28 年后的 1859 年，他将会出版一本让人们对于自己在自然界中位置的认识发生彻底性变革的著作——《物种起源》。不过在此时，他还只是一个经常晕船的没有经验的博物学家，刚刚开启环游世界的漫长旅行，达尔文喜欢观察并将自己的观察结果记录在日记中，对于和他一起乘船的三个巴塔哥尼亚原住民的描述就是其中的内容之一：

> 在比格尔号的上一次航行中……费茨罗伊船长抓住了几个原住民，作为换回丢失的船只的人质……起初他总共抓住了两个成年男子、一个男孩和一个女孩，后来有一个成年男子在英国死于天花……所以现在和我们一起乘船的三个人分别是“约克教堂”“小扣子杰米”（他的名字体现了购买他所花费的金额）和“火地小篮子”。
>
> “小扣子杰米”是所有人的最爱，他是个充满热情的人，从他的表情就能一眼看出他性格随和。他总是很愉悦也很爱笑，对于他人的疾苦充满同情：遇到风浪的时候我总会有点晕船，这时他就会跑来用哀伤的语气对我说：“可怜的人啊！”不过对于从小生活在［独木舟］上的杰米来说，人会晕船这件事让他觉得太荒唐了，所以他会忍不住转过头去偷笑，然后再转回来接着对我说：“可怜的人啊！”除此之外，他还是一个特别有民族自豪感的人，总是赞美他的部落和国家……
>
> 杰米个子不高，还很胖，但是对于自己的外表很在意。他总是戴着手套，他的头发修剪得很整齐，要是他擦得锃亮的皮鞋脏了他就会很难过。他还特别喜欢对着镜子欣赏自己的模样……[12]
>
> “火地小篮子”是个和善、谦虚、内敛的小姑娘……她学东西特别快，尤其是学语言。她被留在里约

> 热内卢和蒙得维的时候，在很短的时间里就学会了一些葡萄牙语和西班牙语，她的英语也学得很好。任何人关 351
> 注她都会让“约克教堂”感到嫉妒，因为显然他已经决心一抵达目的地就要娶她为妻。[13]

最终，在1833年1月，“英国皇家军舰比格尔号”在她上一次到访这里三年之后又一次停靠在了巴塔哥尼亚的海岸附近。费茨罗伊船长很快安排了四只小船沿着比格尔海峡将“约克教堂”“小扣子杰米”和“火地小篮子”送回他们的故土。达尔文也乘船陪同他们前往，后来他写道：

> 这个海峡是费茨罗伊船长上次航行到这里时发现的，它的地形地势是这片地方或者说在任何范围里也算得上是最独特的。也许有人会将他和苏格兰的尼斯湖大峡谷做比较，因为这里也有湖链和峡湾。这个海峡大约有120英里长，各个部分宽度差别不大，平均大约为2英里宽；海峡大部分几乎是笔直的，两边都有连绵的山峦绵延至渐渐看不清的远方……这里就是“小扣子杰米”的部落和家人生活的地方。[14]

起初，费茨罗伊认为这四个原住民都属于同一个部落，但后来他渐渐意识到其实他们属于完全不同的两个民族。对他的俘虏进行了进一步的询问之后，费茨罗伊了解到，在巴塔哥尼亚最南端和火地岛上其实生活着数不清的部落，每个部落都有自己独特的语言和习俗。“约克教堂”和“火地小篮子”讲的是同一种语言，他们都来自阿卡卢夫（Akalufe）部落；而“小扣子杰米”讲的则是另外一种语言，他说自己的部落被称作雅马纳。当时因为天气状况恶劣，无法将“约克教堂”和“火地小篮子”送回他们位于东边更远的岛屿上的家乡去，于是费茨罗伊决定把这三个人都送到“小扣子杰米”所在的地方。“约克教堂”和“火地小篮子”表
352 示他们可以从那里再自己驾驶独木舟回到家乡。当费茨罗伊和达尔文沿着今天属于智利最南端的纳瓦里诺岛航行时，他们很快就发现了海岸边的原住民。达尔文写道：

> ［我们到达的］消息在夜里就传开了，到了早上……一大批［原住民］来到这里，他们都是［雅马纳人］，也就是杰米的部落。有些人因为跑得太快，鼻子都流血了，嘴边还有因为说话太快而产生的白沫。他们赤裸的身体上涂着黑色、白色和红色的颜料，看起来好像正在打仗的魔鬼一样。我们的船（后面跟着12条［原住民的］独木舟，每条独木舟上有四五个人）沿着庞森比海峡（Ponsonby Sound）向下航行至乌莱亚湾［Wulaia Bay］，可怜的杰米以为他能在这里找到他的母亲和亲戚。他刚刚得知自己的父亲已经去世了；不过因为他“已经梦到这个了”，所以这个事实似乎并没有让他感到难以接受，他只是反复地淡定地对自己说——“我也做不了什么”。关于他父亲的死，他了解不到任何细节，因为他的亲戚们都不愿谈论此事。[15]

在从英国返回的航行中，杰米确实提到过有一天他做了个梦，梦到一个访客来通知他他父亲去世了。从那一刻起，杰米就认定自己的父亲已经在自己离开的这段时间里去世了，等他回去时也发现事实确实如此。达尔文没有意识到的是雅马纳人的亲属都不肯谈论逝者是因为这是一个禁忌。不过他们会举行精心筹划的葬礼仪式来表达失去亲人的痛苦和哀伤。达尔文当时既不懂得他们的语言，也不理解他们的文化，所以才会将雅马纳人之间固有的、低调的问候方式视为他们缺乏同情心的证据。他后来还写道：

> 我们到达之后的第二天早上……火地岛人已经开始从各处涌来，杰米的母亲和兄弟也到了……他们的重逢甚至还不如马匹回到草场上的马群之间时的相互问候热
> 烈。他们没有表露出一点亲昵喜悦之情；就只是短短地 353
> 看了彼此一会儿，然后他母亲就又去照管自己的独木舟了。[16]

家人之间缺乏感情的表现让费茨罗伊和达尔文感到震惊，他们都认定这是“野蛮”的表现。但是真正奇怪的其实是，船长似乎从没想过自己把一个还处于青春期的男孩抓到船上带到远离故乡的地方一去就是几年对于这个男孩的家庭会有什么影响——当然他带走他们的孩子时也从没想过要征求这个家庭的许可。不过，达尔文很快就从“约克教堂”那里听说，杰米的“母亲为失去儿子伤心欲绝……她曾经找遍了所有地方，想着自己的儿子在被［英国］船抓走之后也

许又会被丢在［什么地方］”。[17]换句话说，杰米的母亲得知儿子失踪后的反应和任何一个母亲一样痛苦狂乱，只是她没有能力做出任何反抗。

至于“火地小篮子”，就是纯粹作为人质而被抢来的，而且被抓之前，和她在一起的成年人中至少有一名被开枪打死。费茨罗伊和他的船员们一味认定雅马纳人是偷船贼，但是他们并不理解这个部落的人是没有私有概念的，任何东西都是要在部落所有人之间平分的。他们根本想象不出怎么会有人自己囤积财富而让其他同伴忍受贫穷。所以对于雅马纳人而言，在水边发现一条无人照管的装满工具的船只和逮到一条搁浅的鲸鱼没有多大区别。所有物品都会在很短的时间内被分配给所有人。

到达这里之后一周的时间中，费茨罗伊和他的船员们帮助当地人建造了两座“拱顶小屋”，挖了一片菜园，储存了一大批用于出售的欧洲货物，然后就跟那三个原住民告别了。和他们三个一起留下的还有一位名叫理查德·马修斯（Richard Matthews）的圣公会传教士，他是自愿和三个原住民一起来到巴塔哥尼亚地区帮助这里的人“皈依基督”的。虽然达尔文对于把一个年仅21岁的传教士留在那么一片蛮荒的地方感到担忧，但是费茨罗伊坚决要在纳瓦里诺岛建立一个“文明”的据点。他的希望是，在那里会逐渐形成一个新的聚居区，有传教士和三个在一定程度上“被教化了
354 的”原住民，也许“小扣子杰米”的一些家人也会留下，还有种上了萝卜、土豆、洋葱和甜菜的菜园。年轻的传教士就是那里的“基础传道者”（lay catechist），是受圣公会的

派遣前去将新教的种子"播种"到全世界的。在马修斯帮助当地人种植蔬菜的同时，他也下定决心在此种下基督教的种子，甚至希望在这一过程中，将英文推广为这里新的通用语。

又经过了一周的测绘之后，费茨罗伊还是决定临走之前再去新聚居地看一看，因为比格尔号一旦启程就至少要一年之后才能回来了。结果，他震惊地发现自己的计划在这么短的时间里就已经陷入了一片混乱。如达尔文后来写的那样：

> 我们刚一离开，这里就出现了有规律的抢夺行为。各个原住民群体纷至沓来：约克和杰米失去了大部分财物，[传教士]马修斯的财产几乎都被抢光了，除非是埋在地里藏起来的。原住民好像把所有东西都拆开分配了。马修斯说他被迫必须时刻保持警惕这一点让他最不胜其扰：无论白天还是夜晚，他身边都围绕着原住民，他们想要用对着他的头持续不断发出噪音的方法来让他筋疲力尽。有一天马修斯责令一个老人离开自己的拱顶小屋，结果老人马上举着一块大石头回来了；另一天，有一大群带着石头和棍棒的人来到这里，一些年幼的孩子以及杰米的弟弟都被吓哭了。[18]

还有一群原住民某一次明确表示他们要扒光年轻教士的衣服，拔掉他身上所有的毛发。他们提议使用蚌壳做成的镊子来拔毛——好像传教士是某种鸭子或海鸟似的。不过，他们要这样做的原因很有可能是想把马修斯变得和他们一样，让他融入这里。不过马修斯到现在已经受够了。原住民们已经把他的菜园踩坏了，把他的给养都抢走分了。担心自己性命不保并且经历了巨大的文化冲击的马修斯请求费茨罗伊把他
355 带上船。经历了一年多的准备和仅仅七天的劝改工作之后，他作为巴塔哥尼亚地区传教士的生涯就彻底结束了。

同样走到尽头的，或者说至少看起来已经走到了尽头的还有费茨罗伊历时三年的“教化”这片地区的实验。虽然感到失望，但是费茨罗伊仍然希望他“把［杰米、约克教堂和火地小篮子］……带回英国的初衷能够受到原住民的理解和感激”，以及在纳瓦里诺岛的土地上不仅种下了欧洲的蔬菜种子，也打下了“文明”最初的根基。

不过没有参与这项社会实验，因此能够做出更审慎观察的达尔文则写道：

> 把我们的火地人留在他们野蛮的同胞身边让人感到难过……可怜的杰米看起来闷闷不乐，而且他肯定更愿意和我们一起返回英国。我担心他们的英国一行带给他们的任何影响都不可能对他们今后的幸福产生什么积极意义。他们已经无法不意识到外面的文明社会比他们未开化的生活习惯优越多少，然而他们不得不重新回归这种未开化的生活……比起怀疑，更准确地说是我担心他们［前往英国］的经历对他们也许没有任何用处。[19]

大概一年之后，在 1834 年的 3 月 5 日这一天，达尔文的预言获得了验证，这也意味着费茨罗伊的希望彻底覆灭了。当

时这两个人回到乌莱亚湾最后一次寻找他们的三个原住民朋友。费茨罗伊后来写道：

> 我为约克、杰米和火地小篮子在岸上建造的小屋虽然没有损坏，但里面已经空空荡荡的；菜园也被踩坏了，不过还是长出了几个不大不小的萝卜和土豆，都被我们挖出来拿到船上吃了，这至少证明这些蔬菜在这里都是可以生长的。我们在这儿没看到一个人……船停泊后过了一两个小时我们才看到三只独木舟……从现在被 356
> 称作巴顿岛（Button Island）的方向快速朝我们划来。透过望远镜……我看到了一张似曾相识却又叫不出名字的脸孔。“我好像见过这个人”，我说……［然后］他锐利的眼神发现了我，然后突然抬了下手（如水手碰触自己帽子的动作那样），我立刻就知道那个人正是“小扣子杰米”。[20]

费茨罗伊上一次看到杰米还是 13 个月前，那时他穿着裤子、衬衫、皮鞋在自己的菜园里努力耕作。此时船长则震惊地发现，独木舟上满载着赤身裸体的“野蛮人”——头发凌乱，全身涂满海豹油和其他油脂——而其中之一正是他最得意的门徒“小扣子杰米”。费茨罗伊后来写道：

> 他的变化太大了！我甚至控制不住我的感情，而且我绝对不是唯一一个为他污秽的样子感到震惊的人。他和他的同伴们一样没有穿衣服，只在腰部围了一点兽

> 皮；他的头发又长又乱，也和他们一样；他现在瘦得可怜，眼睛也受到了烟熏的影响。我们让他快点上船，马上给他穿上衣服，半个小时之后他就坐在我的舱房里和我共进晚餐了，他还能正确地使用刀叉，各个方面都表现得很得体，好像从来没有离开过我们一样。他的英语也没有退步，让我们更惊讶的是他的同伴、妻子、兄弟和兄弟的妻子们在和他说话时也会混杂一些断断续续的英语单词……我以为他病了，不过令我意外的是他竟然说："我精神饱满，先生，从来没这么好过。"他从来没生过病，一天也没有，而且感到幸福而满足，并不想改变他的生活方式。他说他有"很多水果，很多禽类"，"下雪天［冬天］养了十头骆马"，还有"吃不完的鱼"。[21]

达尔文也注意到，除了看起来"不整洁"的样貌之外，杰米告诉我们：

> 他有"太多的"（即足够的）食物，他不冷，他的
> 357 亲属们都是很好的人，他不想回到英国去……我现在丝毫不再怀疑，如果他从来没有离开过自己的国家，他现在也能够同样，甚至是更加幸福。[22]

杰米很快讲述了究竟发生了什么：前一年的时候，费茨罗伊和达尔文离开后不久的一天夜里，约克偷走了杰米大部分的财物，甚至是他的衣服，然后和火地小篮子偷偷驾驶一条独

木舟返回他们自己的岛屿去了。杰米每天照管着菜园里的蔬菜，盼着他的豌豆、蚕豆和其他蔬菜生根发芽，可是他的同胞们把菜园毁了。至于欧洲人搭建的拱顶小屋则因为房顶太高所以冬天很冷而无法居住。他们最终也离开了那里并重新建造了传统的房子。费茨罗伊看着杰米吃完了自己的晚餐后满足微笑的样子，无疑也开始思考自己在这个实验上花费的巨大精力是否有意义，有可能也想到了“船之记忆”因为天花在英国不幸去世的事情。无疑是抱着挽回些颜面的想法，他写道：

> 我依然抱着希望，那就是杰米、约克和火地小篮子与火地岛上的原住民的交往能够产生一些积极的作用，无论这种作用多么微小。也许今后在这里不幸遇到事故的船员能够被杰米的孩子救起并受到善意的对待；将来他们一定还会听到来自其他地方的人谈及自己的传统；无论记忆如何淡去，他们也一定会记得自己对上帝和同胞的责任。[23]

第二天，比格尔号准备离开这片区域，杰米也要回到岸上了，不过他还不忘给自己的英国朋友们留下一份礼物。当水手们展开船帆起航时，达尔文看到杰米“点燃了一个火堆，让浓烟旋绕着缓缓上升，向按照既定航线缓缓驶向大海的船只做最后一次长久的告别”。[24]

达尔文和费茨罗伊就这样离开了，再也没有回来过。他们都各自走上了命运的新旅程，一个将为人们留下永恒的遗

358 产，而另一个将以悲剧终结自己的人生。费茨罗伊和达尔文都是圣公会教徒，在比格尔号的航行过程中，费茨罗伊变得越来越虔诚。相反，达尔文则因为在行程中观察到的化石记录与《圣经》中讲述的创世故事存在矛盾而开始渐渐质疑《创世纪》，进而开始质疑整部《圣经》。如他后来所写到的那样：

> 我搭乘比格尔号航行时还是个正统的信徒，我记得自己被几个船上的长官（虽然他们本身也都是正统的信徒）取笑，说我在某些问题上引用《圣经》，好像那是什么不可辩驳的证据一样……不过渐渐地我开始……意识到《旧约》中描述的世界的历史明显是错误的……还意识到认为上帝是一个报复心强的暴君的说法并不比印度教的神圣教义或其他未开化之人的宗教更可信多少……
>
> 随着人们愈加深入的思考，想要让任何理智的人相信基督教支持的所谓奇迹无疑都需要最明确的证据来加以支持，可是我们越清楚自然的既定法则，就越会发现奇迹的不可信……我渐渐不再相信基督教义是一种神圣的启示。
>
> 我十分不愿意放弃我的信仰……但是我发现就算我的想象力再怎么无穷无尽，我也越来越难以创造出足以说服我自己的证据。失去信仰的过程在我身上是非常缓慢的，不过最终还是彻底完成了。[25]

另外，达尔文在比格尔号上的就餐同伴费茨罗伊船长则一直都坚定地认为《圣经》不仅仅是一部宗教著作，更是实际发生的历史事实。他还相信那些巴塔哥尼亚人和雅马纳人最初也一定是从中东地区迁移到这里的，因为他们毫无疑问也是亚当和夏娃的子孙。费茨罗伊还推理，他们的肤色比英国人深是因为巴塔哥尼亚人一定和非洲黑人一样是杀了自己的弟弟亚伯的该隐的后代。他们这两个群体的深色皮肤就是他 359
们臭名昭著的祖先因为自己犯下的罪责而被打下了"标记"的结果。由于巴塔哥尼亚人的祖先离开了圣地，所以渐渐地遗忘了他们最初来自哪里，也忘了怎么书写、怎么务农、怎么造币和怎么穿衣服。到费茨罗伊航行到南美洲最南端的这个时候，用费茨罗伊的话说，这些人已经变成了"野蛮人这个词语的终极体现：其退化程度之深使得他们不可能仅凭自己的努力实现任何发展"。[26]

费茨罗伊在1839年发表的《英国皇家军舰比格尔号航海探险记》（*Narrative of the Surveying Voyages of His Majesty's Ships Adventure and Beagle*）中有论述他关于巴塔哥尼亚人起源的理论的章节。相反，达尔文在20年后发表了论述他本人思考结果的《物种起源》。[27]达尔文的书在当时当然是绝对激进的、彻底质疑了《创世纪》的作品：他提出，人不是由上帝按照他自己的样子造出来的，而是从动物演化而来的。费茨罗伊在收到了达尔文寄给他的书之后回信说："我亲爱的老朋友，至少，我本人从作为最古老的猿猴的后代这个想法中找不到一点'高贵'之感。"[28]达尔文的书显然让此时已经退休的船长震惊得无以复加。

*

1860年6月30日，星期天，牛津大学。自然历史博物馆里涌入了近千名听众，包括学生、教授、科学家和记者。表面他们上是在听一篇关于植物性征的论文。不过，真正吸引他们到此的是，主办方承诺随后会举行以查尔斯·达尔文最近出版的进化论及书中内容与《圣经》中一些段落明显相互矛盾的问题为主题的辩论会。人们还清楚地知道，在那些戴着礼帽、打着领结、穿着靴子、衣冠楚楚的维多利亚时期的听众中，坐着牛津的主教大人塞缪尔·威尔伯福斯（Bishop Samuel Wilberforce），他是一位著名的演说家，也是英国上议院议员，随后他将上台发言。威尔伯福斯最近
360 参与了牛津自然历史博物馆建造工程，如他自己所说是为了研究“上帝造物的奇迹”。没人怀疑他会借此机会痛斥达尔文激进的新理论。达尔文已经通知主办方自己身体抱恙不便出席，而他的一些坚定的支持者们则集合前来参加这个活动，其中就包括已经写了好几篇积极评价达尔文著作的文章的著名动物学家托马斯·亨利·赫胥黎（Thomas Henry Huxley），以及达尔文最好的朋友、著名植物学家约瑟夫·道尔顿·胡克（Joseph Dalton Hooker）。同样出席的还有坐在听众席正中央，手中紧握着一本《圣经》的罗伯特·费茨罗伊。现年54岁的前任船长已经公开表示，他此时为自己当初竟然选中了年轻的博物学家陪同他一起乘坐比格尔号航行而感到无比的羞耻，让他加倍受辱的是他的选择无意中启发了达尔文这样亵渎神明的理论。那些了解他的人都知道，这件事无疑会给费茨罗伊带来“最强烈的痛苦”。[29]

在忍受了一个半小时的后来被一个听众描述为“空洞

无物”的植物学讲座之后，人们终于感受到他们期待已久的大戏即将开演了。穿着宽松的主教长袍，脖子上挂着十字架的威尔伯福斯主教走上讲台。他先是缓慢地、戏剧化地深呼吸了一下，仿佛要把生气注入这个巨大、闷热的礼堂。然后，主教便如人们预料到的一样开始斥责达尔文的“疯狂”理论，《牛津学报》（*Oxford Journal*）的记者后来记录说，主教认为：

> （达尔文的理论）不是建立在哲学原理之上的，而是建立在不切实际的想入非非之上的，而且他［威尔伯福斯］否认达尔文先生就他所宣称的一个物种会发展成另一个物种的理论举出了哪怕一个实际发生的事例……［威尔伯福斯］在听众的欢呼声中下结论断定，达尔文的理论是对人类的侮辱、是建立在空想而非事实上的理论。[30]

威尔伯福斯作为主教，其职责本应是作为人与上帝之间的中间人，而他却转向动物学家托马斯·赫胥黎，以一个嘲讽和侮辱的问题来结束他的演讲。《牛津学报》的记者记录道：“主教请问赫胥黎：既然他宣称自己是猴子的后代，那么他是来自他祖父的猴群还是祖母的猴群？”[31]

据说35岁的赫胥黎当时倾身和一个朋友低声说了一句 361
“是上帝把他送到了我的手上”。[32]一头黑发，留着长鬓角，才华横溢，几乎是自学成才的赫胥黎此时站在讲台前。如他后来写的那样：

> 当我站起来开始演讲的时候，我特别强调了我十分认真地聆听了主教大人的演讲，但是没有从中发现一个新事实或新论点——除了最后一个针对我个人提出的偏好什么样的祖先的问题。我自己本来还没有想到过要提出这样一个问题，不过我已经准备好了要就此对尊敬的神父……［威尔伯福斯］做出回应。于是我说，如果问我是想要一个可怜的猿猴做祖父，还是一个天赋非凡又拥有重大的影响力，却把他的能力和影响用到在重大的科学讨论中去嘲弄别人的人做祖父——那么我毫不犹豫地确认我选择前者。[33]

在那个拥挤的礼堂中，一位女士在听到赫胥黎对主教的反驳时受到了惊吓而昏厥，人们不得不把她抬到礼堂外面去。人群中爆发出了阵阵叫喊、笑声和广泛的骚动。在两方支持者的混战中，一位头发灰白、穿着海军少将制服的男子站了起来，把手中的一大本《圣经》高举过头顶，努力想要获得别人的注意。这个人正是罗伯特·费茨罗伊，他现在是伦敦一个气象部门的领导，晚年生活安稳。前任船长大喊着：达尔文的著作令人厌恶，他的理论与《创世纪》矛盾。一个观察者后来写道："最初他是双手举着一本巨大的《圣经》，后来改为只用一手将《圣经》高举过头顶，［他］神情严肃地号召听众们信仰上帝，而不是听从一个凡人的理论。"[34]

不过，在那样吵闹的环境下，没几个人听到前任船长说了什么。沮丧的费茨罗伊没过多久就静静地离开了。五年之后，59 岁的费茨罗伊越来越容易受到抑郁情绪的困扰。一天早上，曾经在大海上航行的船长走进自己的浴室，从左到右彻底地划破了自己的喉咙。就这样，英国皇家军舰比格尔号的第二位船长也自杀身亡了。

* 362

我是4月来到乌斯怀亚（Ushuaia）的，这个月份是巴塔哥尼亚地区的初秋。乌斯怀亚位于比格尔海峡阿根廷境内的一侧，在火地岛的最南端。这里是一个港口城镇，依偎在一片白雪皑皑的山脉脚下一个U形的海湾里。这片山脉是安第斯山脉最南端的部分，尖细的山脊主要是由断裂的灰白花岗岩组成的，不仅参差不齐，还光秃秃的没有植被覆盖，看起来就像鲨鱼口中朝上长出的一排尖牙。

乌斯怀亚在雅马纳语中是“向西缩进的内湾”的意思。这里修建着很多A字形房屋，建筑的屋顶采用了各种材质，有的是铁皮屋顶，有的是镀锌屋顶，有点像滑雪度假村。我沿着镇上最主要的街道圣马丁路（Avenida San Martín）漫步，路两边到处都是正面为玻璃窗的餐馆，橱窗里展示着烤肉架上正烤着的羔羊肉。裹紧了外套的行人们步履匆匆，有的是要到港口去，那里有前往南极洲的船只。我走进一家面包房，进去买了一个加了牛奶冻（*manjar blanco*）的热吉事果（*churro*），然后又走过了比格尔渔业市场（*Pesquera del Beagle*）。市场前面的窗户上画着一个巨大的南方红王蟹——这种蟹能长到5英尺长，可能是地球上看起来最接近外星生物的怪物了，它们通常生活在最深不超过2000英尺的海水中。镇子的后面是一片茂密的山毛榉树林，还有其他一些四季常青的树木沿着山脚分布到山腰。现在已经是秋天，绿叶中也混杂了一些锈色、芥末黄、粉黄色的枯叶。有些树因为抵挡不住常年的北风，已经被吹弯了，所以以前的水手就用这种带弧度的树干做船上的支架。过了树木能生长的林木线之后，是一大片裸露的黑色石块，再往上就是白色的冰雪。因为乌斯怀亚的位置已经非常靠近南极，所以海拔1500 英尺的地方就已经是冰川雪线了。

城市里的街道都是依着从海岸线到山坡的角度倾斜而上的，这里就像巴塔哥尼亚的旧金山。根据随处可见的街角上挂的街名标志牌，这里的街道名称大多是罗伯特费茨罗伊
363 街、卡洛斯达尔文街之类的，甚至还有火地小篮子街。1833 年 1 月中旬，达尔文、费茨罗伊、小扣子杰米、约克教堂和火地小篮子等人曾经乘坐四艘小船组成的一个小船队，经过这个那时还无人居住的海湾前往比格尔海峡另一侧的纳瓦里诺岛。这是将杰米和他的同伴从英国送回家乡的最后一段航行。达尔文写道：

> 我们沿着比格尔海峡航行，这里的景色显示出了一种独特而壮观的特征……［乌斯怀亚湾周围的］山脉大约有 3000 英尺高，形成了锋利、参差不齐的尖锥形山顶。山脚一直延伸至海岸边，大约 1400 英尺或 1500 英尺以下的部分都覆盖着深色的密林。[35]

杰米的部落，也就是雅马纳人，在比格尔海峡两岸都有分布，他们可以驾驶树皮独木舟举家穿越宽广的海峡，在海岸上建造的无数的临时营地里生活。1834 年费茨罗伊和达尔

文最终离开之后，关于那三个曾经去过英国的原住民的消息就几乎没有了。不过在接下来的大约50年里，还是有一些外国水手偶尔发现过杰米或火地小篮子。当看到从某些看似不适宜居住的海岸边划过来的独木舟上赤身裸体，留着蓬乱的长发，全身涂满油脂的“野蛮人”竟然会用英语向他们大声问好时，这些水手无疑会感到非常惊讶。有一位英国水手在1855年前往乌斯怀亚湾时就遇到了小扣子杰米，这已经是费茨罗伊离开20多年以后了。这个水手后来写道：

> 天啊，我太震惊了！这是何等古怪的事情！这让我百思不得其解！一个眼神暗淡、脏兮兮、赤身裸体的野蛮人，竟然能和我们一样用清楚的英语跟船长对话。我要是有半句假话，就让我被绞死。他不像在这么个偏远的国度里生活了一辈子，倒像是从小在会客室里长大一般礼数周全！——天哪，这太奇怪了，这整件事都让人觉得不可思议……很多野蛮人对我们都很礼貌，而且竟然还有一个人能像我们一样讲我们的语言！这太让我震惊了！[36]

又过了14年之后的1869年，伦敦的南美洲传教协会开始在 364
乌斯怀亚湾进行圣公会布道活动，其实就是在几栋本地雅马纳人的小棚屋附近建造了一间20英尺长、10英尺宽的金属材料的房子。两年后，一位年轻的英国传教士托马斯·布里奇斯（Thomas Bridges）来到这里并开始主持这里的传教工作。布里奇斯当时29岁，身高5英尺8英寸，黑色卷发，深色眼睛，额头有些凸出。同他一起来到这里的是与他结婚两年的妻子玛丽（Mary）。后来他们还生了一个儿子卢卡斯（Lucas），他也是第一个在乌斯怀亚湾出生的非原住民。很多年后，卢卡斯描述了他的父母刚刚来到乌斯怀亚时那里的样子：

> 他们是乘坐划桨的小船登上岸边的……她［布里奇斯的妻子玛丽］听到过很多关于乌斯怀亚湾的事，这里让他们感觉新鲜、奇特，甚至是有点恐怖。在［满是鹅卵石的］沙滩之后……是一片延伸至远处陡然耸立而起的山峰的草地，山脚距离岸边总共也就不到四分之一英里的距离。在海岸和山脚之间散布着一些小屋，它们其实就是用树枝搭建的小茅屋，几乎一半埋在地里，屋顶铺着草皮和草叶，空气的味道有点刺鼻……大概是浓烟和腐坏的鲸脂，还有扔在房子后面不远处的垃圾造成的。小屋周围有一些肤色很深的人，有的身上围了一点水獭皮，有的则近乎全裸，他们有的站着，有的蹲着，好奇地观望着接近岸边的小船。
>
> ［岸边］停着一些独木舟……还有一些妇女驾着独木舟正在捕鱼，也有的划到大帆船边上想要用鱼或帽贝换一些小刀或其他什么外国人才有的好吃的，比如饼干或糖果。这些人……都居无定所，他们只是想来看看这些白人要在乌斯怀亚干什么。[37]

托马斯·布里奇斯曾经是个弃婴，被放在一个篮子里扔在了英格兰布里斯托尔（Bristol，England）的一座桥上（所以他的姓氏就是“桥”的意思）。一对传教士夫妇收养了他，后来他的养父母前往福克兰群岛（Falklands）传教，那片岛屿距离阿根廷南部海岸线有大约300英里。到19世纪50年代后期，福克兰群岛上的传教士们开始把少数雅马纳印第安人从巴塔哥尼亚地区接到福克兰群岛中的克佩尔岛（Keppel Island）上，一方面是为了学习他们的语言，另一方面是为 365
了劝说他们皈依基督教。布里奇斯从小就是在这些迁居的雅马纳人和他们的孩子中间长大的，所以他成了第一个能够熟练使用他们语言的非原住民。也是从在克佩尔岛上生活的时期开始，布里奇斯就把雅马纳语言中的单词和语句记录下来，这是他维持了一生的兴趣爱好，最终形成了历史上唯一一本雅马纳语词典。布里奇斯渐渐意识到，此前很多著名的探险家——包括认为矮小、强壮的原住民曾经是食人族的达尔文在内——都完全误解了雅马纳人。如他的儿子卢卡斯后来在自己的经典著作《天涯海角》（*The Uttermost Part of the Earth*）中写道的那样：

> 认为火地人是食人族的想法并不是查尔斯·达尔文对他们唯一的误解。听了他们讲话之后……［达尔文］认为他们总是在重复使用一个词语，因此就下结论说他们的语言里最多也就一百来个词汇。我们这些从小就学说……［雅马纳语］的人都知道，雅马纳语虽然有它的局限性，但是它比英语或西班牙语都更丰富，有更多的表述方式。我父亲的……《字典》（*Dictionary*）……

> 里涵盖了不少于 32000 个［雅马纳语］词语和变形，而在不违背正确语言规律的前提下，实际使用的数量可能会比这个数字多得多。[38]

比如说，雅马纳语中表示“雪”这个意思的词语有 5 个，而英文中则只有 1 个（snow）。英文中表示家庭成员亲属关系的词语大约有 17 个，而雅马纳语中则有 50 个，这样的例子还有很多。

布里奇斯越了解雅马纳人，就越尊敬他们在这样的环境中发展兴旺起来的生存能力。自以为是的欧洲人此前在这里根本无法生存。20 年前曾经有一群圣公会的传教士打算在比格尔海峡中的皮克顿岛（Picton Island）上传教。他们总共有七个人，既不会说当地的语言，也没有任何在巴塔哥尼
366 亚地区打猎或捕鱼的生存经验，所以最后都慢慢饿死了。人们在这个传教队伍中领头神父的尸体旁发现了恐怕是他已神志不清时写的信件的部分碎片，内容是关于另一位成员的死讯的：

> 上帝认为召唤我们另一位成员回家的时候已经到了。我们亲爱的逝去的兄弟是在周二下午离开［搁浅的］小船的，至今没有返回。他无疑是去诚心地服侍救世主去了……好几天没有食物可吃了……天堂。[39]

在其他一些地方，几个世纪以来也都反复上演着类似的戏码——最初是从 1583 年西班牙人试图将这里开拓为他们的

殖民地开始的。那一年，24 艘西班牙舰船从西班牙出发前往巴塔哥尼亚地区。行程中有 8 艘舰船在风暴中沉没，剩下的船只大部分中途就返航了，只有 4 艘船坚持驶入了麦哲伦海峡（Magellan Strait），300 多个西班牙殖民拓荒者下船，从海峡北岸的一个海湾登陆。最终所有人都死于饥饿。于是这片区域也被贴切地命名为“饥荒港”。到托马斯·布里奇斯来到乌斯怀亚湾时，欧洲探险家们已经大致描绘出了巴塔哥尼亚地区的地形图，他们给各个地方都取了名字，从这些名字就能看出他们在这些地方通常会面临的挣扎在生死边缘的困境，比如，“饥荒港”“荒芜岛”“狂怒港”“无用湾”和“悲苦峰”等。

相反，雅马纳人和他们的祖先已经在巴塔哥尼亚地区的岛屿和海峡之间成功地繁衍生息了至少 6000 年。和其他许多原住民部落群体一样，雅马纳人也给这些地方取了名字，但是他们取的名字都是可以反映出该片地区的生态特征的，这也反映出了他们对该片地区的理解。举例来说：“塔诗卡帕兰”（*Tushcapalan*）的意思是“有会飞的大头鸭子的长满海藻的岛屿”；“拉帕-亚沙”（*Lapa-yusha*）的意思是“海螺壳海岸”；“阿拉库沙亚”（*Alacushwaia*）的意思是“有会游泳的大头鸭子的海湾”；“图乌兰碧瓦亚”（*Tuwujlumbiwaia*）的意思是“黑头鹭港湾”；等等。在这片地区里供人们维持生存的食物也是丰富而充足的——海豹、鸬鹚、企鹅、鱼类、（其他）鸟类、蛋类、贻贝和其他贝类——前提是你知道在何时何地去捕捉它们的正确方法。乌莱亚湾是雅马纳人在纳瓦里诺岛上领地的核心区域。达尔文和费茨罗伊当初就是把

367 小扣子杰米送回了这里。这片地区从各个方面来说都是一个在生物上无比神奇的地方。这个避风港湾里的海水较浅，但是包含了数不胜数的生态龛，能为任何掌握了采拾技巧的人提供丰富的食物。如杰米在最后一次见到费茨罗伊时解释的那样，费茨罗伊震惊地听着小扣子说他“精神饱满，先生，从来没这么好过”，而且有“很多水果，很多禽类”，“下雪天［冬天］养了十头骆马［每头骆马大约重 200 磅］”，还有“吃不完的鱼”。

事实上，布里奇斯渐渐意识到雅马纳人不仅了解如何捕鱼，知道怎么用鱼叉捕捉海豹和海狮，会潜水拾贝，还能制作独木舟，造房子，在巴塔哥尼亚神秘莫测的海域里航行，举行重要的仪式，讲述神话传说，婚配，抚育子女，以及享受生活。对于人类学一无所知，而且认定雅马纳人是“野蛮人”的查尔斯·达尔文，至少听出了杰米“不愿意回英国去”的表态。尽管厌恶他蓬乱的头发和满身的油脂，达尔文起码能够理解这个问题最关键的核心：不管是不是“野蛮人”，他在自己自然的环境中是感到满足的。“我现在丝毫不怀疑，”达尔文后来写道，“如果他［杰米］从来没有离开过自己的国家，他现在也能够同样，甚至更加幸福。”[40]

随后的历史证明，雅马纳人的“阿喀琉斯之踵”并不是巴塔哥尼亚地区“不适宜居住”的自然条件，反而是这里“拥有”的两种最丰富的、很快就被外国人垂涎的资源。第一个是不久后将被发现的连通欧洲和亚洲的新航线，雅马纳人正好非常不幸地生活在这条航线的两岸。第二个是这里丰富的海洋生物——企鹅、鲸鱼、海狮以及其他在这片水域中生活着的海洋生物。欧洲人和美洲人都想来这里捕鲸，尤其是抹香鲸，为的是获得鱼油和鲸脂，此外还有海豹的毛皮。实际上，费茨罗伊船长本人在1828~1830年第一次航行至巴塔哥尼亚地区时就曾为这里丰富的野生动物资源感到震惊：

> 在海湾的窄口处，可以看到潮水中存在大量的鱼类；［鸬鹚］和其他海鸟……盘旋在海面之上捕捉小鱼，水里的鱼则游动着躲避它们贪婪的猎食者。一路航 368
> 行中，可以看到成千上万的海豚和海豹在水中嬉戏。附近海域里的鲸鱼数量也多得难以计数，这可能是因为这里的水中有丰富的小红虾［磷虾］，那是鲸鱼最主要的食物。[41]

以费茨罗伊的学识，他当然能理解这其中的生物链条。巴塔哥尼亚南部的海岸附近其实是世界上最富饶的上升流运动区域。海湾附近的整个食物链和生长在这里的茂盛雨林中的食物链一样错综复杂：起点也许是用显微镜才能看到的浮游生物，然后是鱿鱼、鳕鱼、海豹、信天翁、鲸鱼，以及在比格尔海峡地区生活了几千年的挥舞着鱼叉的雅马纳原住民。这里的海水也许算得上低温，甚至是冰冷刺骨的，但是那里面充满了可以捕捉的猎物。

比格尔号最后一次到访这里十年之后的1844年，一位22岁的水手绕过合恩角来到了雅马纳人的领地。这个水手的名字叫赫尔曼·梅尔维尔（Herman Melville），他后来成了一名小说家。梅尔维尔的船其实是属于美国和欧洲抓捕鲸鱼和海豹的船队中的一只。在梅尔维尔最著名的作品《白鲸》（*Moby Dick*）中，主人公伊什梅尔就解释了为什么他要到这个遥远的地方来寻找鲸鱼：

> 来这里的所有动机中最主要的是大鲸鱼本身。那样一个不祥而又神秘的怪物引起了我全部的好奇心……这些，再加上能看到和听到巴塔哥尼亚地区无尽的景色和声响，对我来说都是梦想成真。也许对于其他人来说，这些都算不得什么诱惑，但是对我而言，我一直对遥远的地方有一种魂牵梦萦的向往。我想到遥不可及的海域、陆地和蛮荒的海岸上去……［虽然］要先和当地人搞好关系才行。[42]

梅尔维尔到达这里几年之前，另一只来到这里的美国捕鲸船也打算和“当地人搞好关系”，结果却惊讶地发现一个全身赤露、乘坐树皮独木舟的妇女向他们驶来，还用英语向他们问好。这名妇女显然就是已经从英格兰回到故乡十几年的火
369 地小篮子——巴塔哥尼亚地区唯一会说英语的妇女。据当时的船员说，火地小篮子大声问候他们：“你好。我去过普利茅斯和伦敦！”她还和船长用英语聊天，并在船上“待了几天”。[43]她之后又同样突然地爬上了自己的独木舟，驶向海岸边崎岖不平的海岬，消失不见了。

在乌斯怀亚，我沿着伸向海湾之中形成港湾一侧海岸的

半岛前进。这个常年暴露在风中的半岛上长满了黄色的高杆草，这里还是观看比格尔海峡景色的好地点。远处能隐隐看到纳瓦里诺岛，像是白茫茫的雪山背景上一块绿色的斑点；城市的位置在东边，顺着港湾延伸，布满了整个北岸。我拉好了夹克的拉链以抵挡刺骨的寒风，我正在半岛上寻找最初的圣公会传教地点以及托马斯·布里奇斯的住所。乌斯怀亚现在已经没有圣公会教堂了，只有一个叫作仁慈圣母堂（*Nuestra Señora de La Merced*）的天主教堂。圣公会是1910年彻底离开这里的。我沿着一片集中在一起的老旧海岸建筑前进，这些房子上的白漆已经开始剥落，还有几个巨大的已经生锈的锚被扔在房子前面。之后我又翻过了一段金属篱笆，最后在海岸边的峭壁上发现了一座白色的三角形纪念碑，大约5英尺高，标记出这里就是布里奇斯曾经的住所所在的位置。纪念碑上还钉着各种各样的小块铜匾，其中一块显示为1998年安放的铜匾上写着：

> 以此缅怀100年前去世的圣公会传教士：
>
> 托马斯·布里奇斯，1898年7月15日。
>
> （En Memoria de los misioneros Anglicanos que murieron hace 100 años：
>
> Thomas Bridges，July 15，1898.）

这些小铜匾就是唯一能够显示英国人曾经在乌斯怀亚定居的证据了。毕竟英国人在这里不怎么受欢迎。码头上立着一座比这大得多的纪念碑，上面写着“马尔维纳斯群岛是我们的”（*Las Malvinas son Nuestras*）。那个纪念碑是在福克兰群岛战争（也称马尔维纳斯群岛战争）之后立下的，碑文上使用的也是群岛的西班牙文名称马尔维纳斯（*Las Malvinas*）。

370 布里奇斯在这个半岛上生活了十几年，渐渐地教会了一批人数不断上升的雅马纳人如何像欧洲人一样务农和放牧牛羊。从某种意义上说，他们是要在这片狭长、蛮荒的巴塔哥尼亚海岸上复制欧洲人的生活方式。到1882年布里奇斯来这里十年之后，一位法国医生保罗·伊迪斯（Paul Hyades）前来探望传教士们。这位医生是停靠在附近的奥斯特岛（Hoste Island）的一个法国科学探险队的成员，他对传教士们在这里的生活非常好奇。后来他写道：

> 这些英国人的房屋给我留下的第一印象是让人沮丧的，所有材料都是从欧洲带来的，然后被建造在了这样一个阴沉沉的环境里，好像是流落到了这世界的尽头一样……这种印象一直萦绕在我的脑海中，即便是登上岸，看到当地的居民……穿着衣服，拥有相对舒适的小屋可居住，有些甚至还拥有自己精心打理的菜园之后，这样的印象也依然挥之不去。因为这些人看起来似乎并不比我们刚刚离开的［奥斯特岛］上的火地人快乐多少，那里的人至少可以赤身裸体地划着独木舟，轻松自在地解决每天的生计。[44]

最终，人类学家们发现赤身裸体其实是雅马纳人一种非常有效的生存之计。由于这里常年降雨，加上人们经常穿行于水花和波浪之中，如果穿衣服的话，衣服很容弄湿而且永远干不了。所以雅马纳人不穿衣服而是在身上涂抹海豹油或鲸鱼油作为一种保护，而且他们随时随地都会携带火种。潜入冰冷的海水捡拾贝类的活是妇女们干的，男人们则负责照看火种，制造独木舟，猎捕海豹和其他动物。如果遇到雨或水，雅马纳人会马上找最近的火堆烤干。相反，在巴塔哥尼亚地区不得不穿潮湿衣物的欧洲人则很容易因为患上肺炎或体温过低而丧命。当传教士们坚持让原住民穿上衣服之后，很快就有很多雅马纳人也死了。传教士们同样不明白的事情还有雅马纳人乱蓬蓬的长头发也是大有用处的：当他们潜入冰冷的水中后，长发可以起到一些保温的作用，而传教士却劝说他们把头发都剪短了。让情况更加恶化的是那些和传教士们
接触频繁，开始穿着潮湿衣物，剪短了头发，尝试定居生活 371
的雅马纳人也更容易患上从欧洲传入的疾病。法国医生伊迪斯后来写道：

> 在［乌斯怀亚］……定居了一两年，通过艰苦的工作和良好的表现获得了一间小房子，耕耘了几片田地……然后突然之间毫不犹豫地抛下这一切重新回归原来在独木舟上的生活的［雅马纳人］不止一个。这些野蛮人也意识到了那些在……［乌斯怀亚］定居下来的人很快就会丧失通过传统方式维持生计的能力。他们的儿子不会造独木舟，不会使用鱼叉，也不会猎捕……［海獭］或海豹，他们发现自己不得不开始依赖英国人

> 的恩惠来获得食物。他们逃离［乌斯怀亚］……还因为那里的疾病比别的地方都致命，可能是肺痨，或者是其他什么传入的疾病。[45]

除了渐渐丧失自己的文化和被迫接触传入的疾病之外，还有一个同样严峻的威胁也降临到了人们的头上，那就是当地食物的流失。

“对海豹和海狮栖息地的破坏是雅马纳人走向终结的开始，也是任何其他沿海流浪部落走向终结的开始”，考古学家埃内斯托·皮亚纳（Ernesto Piana）如是说。皮亚纳瘦高个、头发灰白，过去30年中一直在乌斯怀亚地区工作。这位烟不离手的阿根廷人对于巴塔哥尼亚群岛和那片常年暴露在强风中的蛮荒海域极为感兴趣。他为一个名叫南方科学调查中心（*Centro Austral de Investigaciones Científicas*，*CADIC*）的机构工作，作为中心办公场所的几栋建筑外观看起来就好像一条搁浅的黄褐色军舰。中心的地点就在布里奇斯曾经布道的地方以西。

皮亚纳告诉我，雅马纳人的祖先是大约6000年前来到这里的，也就是最后一次冰川消融之后。在那之前，比格尔海峡和麦哲伦海峡都是冰封的；后来地球温度升高，海峡里都蓄满了水，火地岛才变成了一个岛屿。在接下来的6000年里，皮亚纳说，雅马纳人和他们的祖先在这里生活得一直很顺遂，直到第一批欧洲人出现为止。

“欧洲人乘着他们的小船顺流而下，宰杀了群居在这些
372 栖息地里的大部分动物，”皮亚纳说，“雅马纳人从来没做

过这样的事。欧洲人不但杀光了当地的鲸鱼，也杀光了企鹅、海豹和海狮。”

“雅马纳人在这片海岸和岛屿上生活了几千年，”皮亚纳在面前的一个小玻璃烟灰缸里磕了磕烟灰之后接着说道，“沿着岸边有成千上万个贝冢，成千上万呀！”

皮亚纳解释说，贝冢就是常年捡拾和食用贻贝或其他贝类的人们把废弃的贝壳集中扔在一起摞成的贝壳堆。把这些双壳类动物放到火上烤，它们内部的肌肉就会放松，贝壳就会张开，雅马纳人吃掉了里面的贝肉，把剩下的贝壳扔到房子外面的贝壳堆上。雅马纳语中有一个特有的词语“*Ondagumakona*”，它的意思就是“乘着独木舟去捡贝壳，一个一个地捡回来”。

皮亚纳深深地吸了一口烟，深色的眼睛紧紧盯着我。他的祖先是意大利人。“雅马纳人的食物供给崩溃了，”他说，“他们开始出现饥荒，甚至被饿死。到 19 世纪晚期传教士们开始把他们集中起来的时候，他们已经变得衰弱了。紧接着又发生了疫情。”

小扣子杰米就是最早被流行病夺去生命的人之一。1833 年他在英国的时候接种了天花疫苗。后来在 1863 年，一个来访的圣公会传教士团体在乌莱亚湾最后一次看到杰米。他们离开几个月之后，纳瓦里诺岛上就发生了疫情。大批的雅马纳人染病去世，其中就包括此时 50 多岁的杰米。一个此后不久见到了杰米妻子的传教士写道：“她的脸上布满了显而易见的哀伤；她用手指指着天空，她的神情比任何语言都更能让我体会到是什么造成了她的哀伤，以及她有多么伤痛。”[46]杰米的家人按照习俗把他的尸体安放在一个柴堆上火化了。

这个14岁时被外国人从自己的独木舟上掳走，送到英国并觐见了国王和王后的雅马纳人最终还是被外国人的各种疾病之一夺去了生命。这些流行病无疑是由那些来这里抓海狗的船和捕鲸船携带而来的，很快这些疾病在这里也变得常见了。1882年，乌斯怀亚出现了肺结核，几十个原住民因此丧生，因为他们对这些细菌性疾病根本没有抵抗力。两年
373 之后，乌斯怀亚及邻近地区又出现了麻疹疫情，这次疫情的毁灭性更加严重。托马斯·布里奇斯的儿子卢卡斯·布里奇斯回忆说：“原住民死亡的速度太快了，以至于根本来不及挖好足够的坟墓。在一些边远的地区，人们只能把尸体放到屋外或者……抬进或拖进附近的树丛。”[47]疾病随后再一次侵袭了纳瓦里诺岛，那里的原住民搭建的非定居性的小屋里面很快也堆满了尸体。翻看一下雅马纳人的人口普查记录，我们会发现这一地区的雅马纳人口数量变化趋势就是一个倒立的金字塔形：

1833年：3000名雅马纳人

1908年：170名雅马纳人

1947年：43名雅马纳人

2014年：1名雅马纳人

与此同时，乌斯怀亚的非本地人口数量变化则表现出了完全相反的趋势：

1871年：3名英国居民（托马斯·布里奇斯及其妻子和女儿）

1914 年：1558 名居民

1947 年：2182 名居民

2014 年：65000 名居民

布里奇斯一家已经尽了全力想要延缓雅马纳人消失的速度，但是他们控制不了疫情，所以他们能做的也非常有限。不过，布里奇斯开始考虑是否应当把他的家人以及一些雅马纳人转移到更与世隔绝的地方去，好躲开捕海豹船、捕鲸船和阿根廷移民。最终，他选定了一片位于乌斯怀亚以东大约 60 英里的尚未受到破坏的小港湾。后来他把那里命名为哈伯顿（Harberton）。

到哈伯顿的牧场（*estancia*）需要开车两个小时左右。牧场位于火地岛的南部边缘，紧临着资源丰富的比格尔海峡深蓝色的海水。沿着冰雪覆盖的矮山上的土路，穿过桦树和 374
毛榉树（*coigüe trees*）组成的密林，绕过山间的小溪，越过溪上的小木桥，还能看到从加拿大传入此地的河狸在溪水上各处垒起的堤坝。在树木的掩映下，A 字形的房屋时隐时现，整个地方给人一种僻静孤独的感觉。渐渐地，能看到的房屋越来越少，直至彻底消失在我们的视野中。冬天的时候，这条路上全是冰雪，除非你有专门的雪地鞋或开车，否则根本无法在这条道路上通行。

我到达牧场外围时是上午 10 点多钟，沿着比格尔海峡的海湾地区有起伏的群山、齐膝高的草丛和零散的树林，在那之间有一片红顶白墙的建筑。牧场的名字是以玛丽·布里奇斯在英国的家乡小镇哈伯顿命名的。1884 年，乌斯怀亚又爆发了疫情，再加上阿根廷海军正式入驻，将那里划定为阿根廷的一个区县，由此最终占领了该区域。布里奇斯意识到灾难就要降临了。布道总部的英国国旗被换成阿根廷国旗之后，布里奇斯很快向阿根廷政府提出要申请一片土地建立一个牧场养羊。阿根廷政府在过去 50 年中已经成功地清除了草原（*pampas*）上的特维尔切人（Tehuelche）印第安人。他们本来生活在北部广大的草原地区，以猎捕骆马为生。最后，政府终于决定“慷慨”地划拨了 50000 英亩的土地。几年之后，已经 44 岁的神父退出了布道团，带着自己的家人和一大批雅马纳人开启了自己的养羊生涯。

虽然布里奇斯是第一个这么做的人，但是其他定居者很快也开始在面积相当于一个爱尔兰的火地岛上圈地养羊。他们这么做的时候根本没有考虑本来居住在岛上的塞尔克南印第安人［Selknam Indians，也称奥纳人（Ona）］的死活。尽管布里奇斯强调了为原住民创造工作机会的重要性，但其他那些牧场主则只想着如何将原住民赶尽杀绝。这些印第安人本来靠猎捕骆马为生，骆马越来越少之后，一些原住民就只好偷猎牧场里的羊。于是个别定居者甚至开始雇用杀手团到印第安人居住的帐篷里进行大屠杀。

仅有的少数幸存者被强行遣送到麦哲伦海峡中的道森岛
375 （Dawson Island）上。那里有一个慈幼会布道点，本来过着独立而自由的生活的原住民在那里被迫适应定居的生活方式，每天种菜、缝纫、做木工活，还要祈祷。然而，这种人为将人口聚集于一地的安排很快就引来了流行病的入侵。一位来自意大利的法尼亚诺神父（Father Fagnano）见证了原住民人口的逐渐下降，1902 年他最后一次来到道森岛的时候，这里的境况让他忍不住掉泪，他无法不注意到布道团公墓中竖起的十字架的数目已经比仍然在世的人数还多。另一位慈幼会传教士在总结巴塔哥尼亚地区的传教工作时写道："［有时］一个需要［这么多传教士付出］牺牲的行动也不一定就会获得成功。"[48] 在 1889～1898 年共有 1000 个印第安人来到道森岛布道点，而在 1911 年布道点关闭的时候，只有 25 个人还活着，其余的全部去世了。

同时会讲雅马纳语和奥纳语的卢卡斯·布里奇斯后来描述了自己在 19 世纪 90 年代道森布道点工作最活跃的那个时期前去探访的经历：

> 我乘坐的一艘不大的蒸汽船在……道森岛靠岸，据说有 700 个奥纳人被强行送到了这里生活。妇女们被安排在［慈幼会］修女的指导下学习编织毯子、缝制衣服，男人们则到锯木场里学习如何切割木材，大部分成品是要被运到蓬塔阿雷纳斯（Punta Arenas）去的。我走进锯木场，用他们的语言和他们打招呼，他们都围拢了过来。
>
> ……这些印第安工人都"恰当地着装了"，其实他们穿的都是没人要的或是商店里积压很久的旧衣服，而且尺寸也都不合适。看着他们现在的样子，我很难不去想象他们在自己曾经的栖息地里，像从前一样戴着头饰（goöchillh），披着长袍（oil），穿着鹿皮鞋（jamni），身上涂着油彩，背着弓箭的神气模样。

> 他们之中有些人认得我的样子，有些人听说过我的名字。他们停下手里的工作让负责监管的在俗修士不太高兴，所以我只好先离开，不过等到他们下班之后，我终于有机会和海克莱奥（Hektliohlh）聊上几句了，他
> 376 是我们一家以前就认识的老朋友。对于自己在这里受到的对待他似乎没什么要抱怨的，但是这种囚禁一样的定居生活让他感到非常难过。他满怀憧憬地望着远处的群山，那里曾经是他的家乡，然后他说：
>
> “这种渴望的感觉简直让人生不如死。（Shouwe t-maten ya.）”
>
> 这话一点不假，没过多久海克莱奥就去世了。自由对于白人而言也许是宝贵的，而对于这些不愿被约束的荒野中的流浪者来说，自由则是生存的必需品。[49]

卢卡斯的父亲托马斯·布里奇斯在1898年因胃癌去世，享年56岁。他的母亲在哈伯顿继续待了几年，之后返回英国又生活了20多年并在那里去世。这对夫妇有三个儿子，德斯帕德（Despard）、卢卡斯和威尔（Will）后来都在哈伯顿成家并继续经营牧场，牧场的规模也在不断壮大并且越来越兴旺。牧场现在还在，是由托马斯·布里奇斯的曾甥孙托马斯·古多尔（Thomas Goodall）和他出生在美国的妻子纳塔莉（Natalie）经营的。不过牧场已经不再养羊，而是作为旅游景点对外开放：这里现在专门接待来看火地岛上历史最悠久的牧场的游客，并为他们提供餐饮服务。

牧场上最主要的房子其实是100多年前在英国德文郡建

造好，然后拆卸开来运到这里再重新组装的，房子里有一个带大玻璃窗的茶室，游客们在这里可以买到司康饼、咖啡、茶和果酱，还能透过窗子看到外面的海湾。山坡上长着山毛榉，树干上爬满了灰绿色的苔藓。有的树枝上还长出了一种橙色的可食用的菌类，因为当初是查尔斯·达尔文发现了这种菌类，所以它现在被命名为达尔文真菌（*Cyttaria darwinii*）。这里还能看到很多古老的由破碎贝壳堆积起来的贝冢。我在牧场里闲逛时发现了一个位于布里奇斯家庭墓地附近的贝冢，直径大约 6 英尺，高度差不多达到人的膝盖，上面堆积的贝壳都变成了墨水一样的颜色。我捡起几个观察了一下，因为年代久远，贝壳已经变得很软，一碰就碎了。可以想象在很多年前——或许是 100 年前，或者是 1000 年前——一个原住民妇女曾经跳进这片海水，从海底把这些贝壳拾起，然后游回她的独木舟，把这些贝壳放到船上。有些贝冢里也埋葬着原住民的尸骨：有的埋了几个小孩子；有的则埋了一个成年妇女。这些贝冢是现在唯一还可以看到的曾经有原住民在这里生活的证据。

主屋之内，托马斯·古多尔正站在木材搭建的茶室中的 377
柜台后面。他现在已经 70 多岁了，穿着蓝色的工装裤，牙齿很尖，有些发黄。他讲西班牙语时带着一种特别的口音，所有的“r”都按英语的发音方式而不是西班牙语的。他生硬地对我说自己不接受采访。不过他的妻子纳塔莉就和善得多了，后者今年 75 岁，是一位科学家，而且承认自己的丈夫有时会很唐突。

“我 1962 年第一次来到这里旅游时看到的他就是这副样

子”，纳塔莉告诉我。她的家乡在俄亥俄州，她毕业于肯特州立大学（Kent State University），拥有生物学硕士学位，曾经在学校里教书。纳塔莉有一双蓝色的眼睛，卷曲的头发已经灰白，她因为做了膝盖手术所以正在卧床休养，她的卧室里摆满了木制家具、家人和朋友的照片，还有一摞摞她正在看的论文——主要是各种科学报告。

年轻时的纳塔莉生活在陆地包围的地方，她梦想着要逃离美国中西部，到外面的世界去冒险。一次她偶然读到了卢卡斯·布里奇斯描述的火地岛最南端的生活。沉浸在字里行间的时候，她就知道自己无论如何要到乌斯怀亚去，要到布里奇斯家族位于哈伯顿的牧场去。

“那时候根本没有通向这里［哈伯顿］的路，”她说，“没有人想要到这里来。我先是乘坐一架 DC－3 飞机到乌斯怀亚。我一到那儿就通过无线电请求前往哈伯顿。当时经营牧场的就是汤姆（即托马斯），而且他拒绝了。”纳塔莉说到这儿笑了起来：“他不想跟我有任何瓜葛！”不过纳塔莉是一个非常执着的人，最终她还是找到了来牧场的办法，并在这里待了三个星期。“汤姆不是很友好，”她说，“不过他妈妈人很好。”那时是 1962 年 12 月。在随后的三个星期里，汤姆不知怎么地突然开了窍，变得随和了一些。后来他去俄亥俄州探望纳塔莉。一个月之后，他们两人就结婚了。从那以后纳塔莉一直生活在巴塔哥尼亚最南端的火地岛上。

“我最开始是研究这里的植物群，”她说，“但是与此同时，我开始注意到那些被冲到海岸上的骨架和头骨，于是我就开始收集这些材料，比如海豚的头骨、鲸鱼的头骨之类的。”

1973 年，一支来自美国的南极科考队造访了哈伯顿，科学家们的任务就是研究海豚和鲸鱼。“你们想不想看一些 378
头骨？”纳塔莉问，他们点点头。“不过你们肯定会觉得那没什么特别的。”她说，然而 15 分钟后，那些科学家们的激动之情溢于言表，甚至忍不住互相拍打彼此的后背。事实证明，纳塔莉的收藏中有一些极为罕见的黑眶鼠海豚的头骨，这种海豚外表看起来像小型的虎鲸。在当时，全世界只有 8 个标本，而纳塔莉却有 35 个。“如果你们想要更多，我还能找到。”她若无其事地说道，而且她确实找到了。

很快，纳塔莉就收到了美国国家科学基金会（National Science Foundation）和国家地理学会的资助，后者的《国家地理》杂志早在 1971 年就曾刊文介绍过她。纳塔莉现在负责运营建立在哈伯顿的“阿卡图顺世界最南端海鸟和哺乳动物博物馆”（Southernmost Marine Bird and Mammal Museum, Acatushún）。这里既是博物馆也是研究中心，陈列着很多重新拼接起来的黑眶鼠海豚、花斑喙头海豚、剑吻鲸、南方海狗、豹形海豹，以及其他一些在南方海域发现的生物的骨架。到现在，纳塔莉和她的助手们已经收集了大约 300 个黑眶鼠海豚的头骨和超过 2700 幅海洋哺乳动物的骨架。1998 年，肯特州立大学向她授予了荣誉博士学位。

当我准备离开的时候，纳塔莉告诉我，去年大概有 45 只海豹的尸体被冲到岸上，而通常情况下应该只有一两只。“这也许是因为海水升温了，”她说，“是全球气候变暖导致的。”温度升高可能使磷虾灭绝，没有了磷虾，海豹或其他海洋生物都会被饿死。娜塔莉说："生态决定了一切。"

我问她博物馆名字中的"阿卡图顺"（Acatushún）是什么意思。"这是一个雅马纳词语，"她说，"但是我不知道它具体是什么意思。雅马纳人就这样称呼这片海岸。"

"这里还有会讲雅马纳语的原住民吗？"

"只有一个，"她说，"在纳瓦里诺岛的威廉斯港。"

她用手摸了摸腿上的石膏，在床上调整了一个舒服点的位置。

"她的名字叫克里斯蒂娜·卡尔德隆。"

三天之后，我乘坐一种被称作"十二宫"（Zodiac）的小型充气橡皮艇穿越比格尔海峡，从阿根廷的乌斯怀亚港启
379 程前往智利的纳瓦里诺岛。这种充气艇上有一个不太高的塑料顶，用来防止乘客被海浪打湿。那天的天空很灰暗，海水的颜色是板岩的那种蓝灰色，浪也很大。船长站在船后的开阔处，穿着坏天气时需要的全部行头，包括滑雪面具、护目镜和一个棒球帽。"天气状况不好（*Es feo*）。"启程之前他就直白地对我说。我们的小艇随着汹涌的波涛起伏，时而被推上浪尖，时而又沉入浪谷，所以看四周的海鸟也是时隐时现。我们能感受到船身的震动，一个大浪紧接着又将我们托上浪尖，在海浪中间的地方我们看到了鲸鱼的尾鳍。

"座头鲸！"船长大喊道。

回头向比格尔海峡对面望去时，我能看到乌斯怀亚半月形的港湾和安第斯山脉像龙尾一样的最后一段，一串气势宏伟、参差不齐的群山延伸向南，最终渐渐潜入合恩角的海

水。朝北看有两座山顶被白雪覆盖的山峰，此时在云朵的遮挡下看不真切。其中一座被命名为达尔文峰，再往北 200 英里的另一座被命名为费茨罗伊峰，它们都是安第斯山脉上的山峰，它们的名字表达了人们对博物学家和船长的敬意。他们曾经是友好的就餐伴侣，他们到这里的航行最终改变了整个世界。

我们在纳瓦里诺岛上一个很小的港口下了船，这个小小的海湾处仅有一个木质的码头。之后我们坐上了一辆溅满泥污的 SUV，沿着一条穿过树林沿海岸向南延伸的土路继续行进。汽车一路颠簸，车里也很热，远处的蔚蓝大海看起来凉爽而诱人。行驶了大约一个小时之后，我们看到路边有一位妇女在招手示意，于是我们停下让她搭了我们的车。她看起来 60 岁左右，穿着格子花纹的外套，已经在纳瓦里诺岛上生活了 15 年。她饱受风吹日晒的脸上留下的痕迹就像被冰川融水冲刷过的花岗岩上的纹理。连这里的树木也都是歪歪扭扭的，并且全都向南倾斜，因为它们不间断地经受着北风的吹拂。老妇人告诉我，她出来砍了些木柴，准备过几天再回来拿。

“为冬天做准备”，她说。

又行驶了一个小时之后，我们终于到达了威廉斯港。这是一个仅有 2200 人的小镇。住在这里的人都喜欢吹嘘自己住在世界最靠南的城市。如果你认为仅有几千人口的地方也可以被称作“城市”的话，那他们这么说也对，否则就是 380
比格尔海峡对面距此 30 英里的属于阿根廷的有 60000 人口的乌斯怀亚才配得上这个称号。

下午的天气转晴，雨水洗过的空气也格外清新。我沿着大街散布，镇上的家家户户都已经点了灯，有波浪纹的屋顶是用各色的方形或矩形铁皮建造的，有灰绿色、蓝色、黑色或红色的。每栋房子门口或侧面都摞着用小斧子劈好的木柴——都是毛榉树。在威廉斯港，所有的供暖都是靠在金属炉子里烧木柴。每家的屋顶上都会有一个细窄的圆形烟囱，无时无刻不在喷吐着黑色或乳白色的絮状烟云，它们漂浮在整个镇子的上空。

当我找到提供住宿和早餐的渔民的房子时，已经接近傍晚时分了。店主的名字叫内尔松（Nelson）。这位有着深棕色皮肤和深色眼睛的店主把我领到了一间用热水管供暖的房间。屋里只有一扇窗户，而且已经结了霜。内尔松的家乡在智利北部海岸的康塞普西翁（Concepción）。他此时 42 岁，一辈子都以打鱼为生。十年前，他冒险到一个新地方捕捞螃蟹，由于那里的自然条件太险恶，此前从没有渔民敢于到那里去。内尔松很快就找到了金矿，他在那里抓了很多南王蟹，卖了很多钱，多到他可以全款买下他现在拥有的这栋房子。内尔松给自己的新家取名叫帕索麦金利旅馆（Hostal Paso McKinlay），正是以让他发了大财的海峡的名字命名的。

“那些螃蟹有那么大”，他一边说，一边用手指粗壮，满是皱纹的双手比出了 4 英尺长的大小。我问他在海上干了一辈子之后，哪里是他遇到过的最凶险的海域。他想了想，然后说是“马尔维纳斯群岛（即福克兰群岛）”。他一边缓缓地摇着头一边说：“那里是最糟糕的（*Es lo peor*）。”

几天后，我来到了位于威廉斯港西南 60 英里，在纳瓦里诺岛背面的乌莱亚湾。这里依然只能通过乘船的方式抵达，因为岛上几乎没有修建任何公路。1833 年，达尔文和费茨罗伊就是把小扣子杰米、约克教堂和火地小篮子留在了这里。这个港湾三面都是密林覆盖的山坡，山脚一直延伸到 381
水底。港湾中还有很多草木茂盛的小岛，只浅浅露出水面一点，看起来像倒扣的船身。我沿着一条小路往山上走，小路上满是被秋天染上颜色的毛榉树落叶，小路的终点在断崖边，从那里可以眺望整个海湾的壮观景色。因为刚刚下过雨，地面潮湿冰冷，树上也还有雨水滴下来。

乌莱亚湾曾经是雅马纳人领地的核心，这片区域里至今还能发现很多贝冢。178 年前“英国皇家军舰比格尔号”停靠在这里时，几十条独木舟马上载着兴奋的雅马纳人前来围观。其他的独木舟则还停在海湾中，有妇女在捕鱼或潜水，坐在独木舟上的小孩子会哭闹。船上还点着湿黏土围起来的小火堆，有烟雾环绕着缓慢升向空中。而现在，这里则是宁静而诡异的，除了森林中偶尔的鸟叫或树叶被风吹动的声音之外，没有一丝其他生命存在的迹象。杰米和比格尔号的船员曾经开垦菜园的地方现在长满了齐膝高的枯黄野草。远处天空中的云朵不断变换着形状，缓缓地从海面上飘过。向北望去，我还能看到绿色植被覆盖着的巴顿岛，那里曾经是杰米生活的地方，也是他的遗体被火化的地方。至于现在，那里已经一个居民也没有了。

在 1873 年，杰米去世九年后，一条独木舟穿过比格尔海峡，来到了乌斯怀亚。船上坐的是火地小篮子，人们已经有很多年没见过她了。一年前，托马斯·布里奇斯才在乌斯怀亚住了下来，不过他当然早就听说过她。如卢卡斯·布里奇斯描述的那样：

> 这是我父亲第一次见到她。他发现她身体强壮、健康：她身材矮胖，嘴特别大，哪怕是以火地人的标准衡量也很大，嘴里的牙齿都快掉光了。他想要问问她还记得多少过去的事，她记得伦敦和当时专门指导她的詹金斯小姐（Miss Jenkins）。她还记得费茨罗伊船长和他的比格尔号，她还会说“刀”“叉”和“豆子”之类的词语。当我母亲向她介绍自己的两个孩子的时候……她
> 382 显得非常开心，还说了“小男孩，小女孩”。她大概已经忘了其他的东西，包括如何坐在椅子上，因为虽然我父母给她准备了一把，但她还是选择蹲在椅子旁边的地上。[50]

火地小篮子的丈夫约克教堂很多年前被别人杀死了，起因是他先杀死了别人，后来被别人寻仇报复。火地小篮子随后改嫁了别人，此时的她已经年过 50。虽然布里奇斯努力想要让她回忆起自己曾经接受的宗教教育，但是“那一部分内容似乎已经彻底从她的记忆中消失了”。[51]

又过了十来年，也就是达尔文去世两年后的 1883 年，托马斯·布里奇斯最后一次遇到了火地小篮子，她那时出现在了比格尔海峡最北端一个现在被称为库克岛（Cook Island）的岛上。“她大概 62 岁了，”卢卡斯·布里奇斯写道，“她看起来命不久矣。我父亲发现她的身体已经很虚弱

了，而且精神上也处于一种很不幸福的状态，他努力想用自己坚信的那些《圣经》中美好的许诺来使她高兴起来。”[52]他说那也是火地小篮子这位仅剩的曾经去过英国的原住民最后一次被人看到。

去了乌莱亚湾几天之后，我向南沿着去乌奇卡（Ukika）的路走出了威廉斯港。乌奇卡是一个雅马纳人的聚居地。在19世纪早期，还留在这片地区的最后一位圣公会传教士威廉斯牧师（Reverend Williams）向智利政府请求为雅马纳人划定一片地方作为聚居区。政府最后许可将纳瓦里诺岛西北部海岸上一个名叫梅希约内斯（Mejillones）的小港湾安排给他们，这也是雅马纳人唯一一次获得分配给他们的土地。“梅希约内斯”在西班牙语中是“贻贝”意思，很多雅马纳人家庭都生活在沿着梅希约内斯湾建造的有镀锌房顶的木质小房子里，主要以捕鱼、潜水拾贝或者放牧小数量的羊群为生，偶尔也会到附近的农场上打工。到了1958年，智利海军又把剩下的雅马纳人转移到了威廉斯港以东的乌奇卡河流域一个很小的聚居区里。海军为他们在那附近的小片毛榉树林里建造了小木屋，木屋的房顶是带波浪纹的斜坡式金属屋顶。我朝着其中一间黄色的小屋走去，它的房顶上刷着绿色的油漆，但有些地方已经生锈。连着炉子的排烟管道正向外
冒着烟。我敲了敲门，听到里面有人在走动的声音，然后门 383
开了，克里斯蒂娜·卡尔德隆——世上最后一位讲雅马纳语的人就站在我的面前。“请进”，她用西班牙语对我说道。

克里斯蒂娜身高大概5英尺2英寸，齐肩长的头发是中

分的式样，以灰黑色为主，她的眼睛是棕色的，两眼之间的间距略宽，神情十分严肃。她1928年出生在纳瓦里诺岛上一个养羊的牧场中，现在已经83岁了。

“我母亲和兄弟姐妹都讲雅马纳语，我从小就是在那样的家庭里长大的。”她一边对我说，一边把她四岁的侄孙女塔玛拉（Tamara）抱到自己的膝盖上坐稳。

“以前还有更多会说雅马纳语的人，不过他们都去世了。最后一个可以和我讲雅马纳语的人是我的姐姐乌苏拉（Úrsula），她四年前也去世了。”

克里斯蒂娜说，乌苏拉非常喜欢梅希约内斯湾，在她病重的时候，她就一直说自己想要回那里去。

“最后她女儿带她回去了，”克里斯蒂娜说，“就在她即将离开人世之前。”

现在那里一个人也没有了，只有雅马纳人的公墓还在，就在路边的一片草地里。公墓里插着各式的木头十字架，公墓周围有一圈柳条编的篱笆，公墓后面是一些树木，从那里还可以俯瞰整个比格尔海峡。

克里斯蒂娜说，自己的父亲在自己出生后不久就失踪了，自己的母亲也在自己五岁的时候去世了。她和另外六个兄弟姐妹都是由他们的姨妈和叔叔抚养长大的。她从来没上过学，因为他们生活的地方根本没有学校。

克里斯蒂娜16岁的时候在一个养羊的牧场里找到了一份工作，内容是在厨房里帮忙，并且帮助照管牧场主人家的孩子。后来她嫁给了一个讲西班牙语的智利人。20世纪50年代，她和她的丈夫在哈伯顿牧场里为古多尔一家也就是托马斯·布里奇斯的后代工作。“那时托马斯·古多尔还没有结婚”，她说。她在牧场上的一栋小平房里生活了十年，那段时间的生活对她而言是一段美好的记忆。克里斯蒂娜总共生了六个孩子，现在都以打鱼为生，只有一个在游轮上工作。这些孩子全都不会说雅马纳语。

“我没有嫁给雅马纳人，”她告诉我说，“所以我也不能 384
教我的孩子们，他们从小学的都是西班牙语。”

100 年前，智利共有 16 种原住民语言，现在其中的 7 种已经绝迹。从世界范围来说，人们现在使用的总共有大约 7000 种语言，其中一半语言的使用人数不足 3000。语言学家预计在接下来的 50 年内，世界上现存的语言中有 50% ~ 90% 都可能走向消亡。

人类学家韦德·戴维斯（Wade Davis）说：“语言不是只有词汇表和语法规则而已，而是一片人类思维构成的原始森林。”每一种语言都是一种文化的特殊产物，而文化则反映了“不同的存在方式、思维方式和认知方式”。一种语言的终结就是“整个人类想象力范围的一次缩减”。[53]

“既然你现在是唯一一个会说雅马纳语的人了，那接下来雅马纳语将如何发展？有人在学习这种语言吗？”我问克里斯蒂娜。

“我的侄女在学。”克里斯蒂娜告诉我，她的侄女是个老师，嫁给了一个德国人，她和她的丈夫都知道一些雅马纳语词汇。“我的侄女还帮助我写书”，她说。

克里斯蒂娜拿出了一本薄薄的红色封面简装书，让我看上面的雅马纳语标题“*Hai Kur Mamašu Shis*”，意思是“我想给你讲个故事”。这本书里面收录了她和她姐姐乌苏拉小时候听老一辈雅马纳人讲过的神话故事。除了标题以外，书里面的内容都是用西班牙语写的，帮助她把这些口述故事转化为文字的是她的孙女克里斯蒂娜·索拉加（Cristina Zórraga）。

克里斯蒂娜还告诉我，当她还是个小女孩的时候，曾经见识过雅马纳人最后一次举行成人礼，雅马纳人将其叫作“切克萨斯”（*Chexaus*）。她说，为了举行仪式，长者会专门建造一个巨大的椭圆形棚屋。有些长者戴着白色的信天翁羽毛，这象征着海上的泡沫；另外一些则装扮成精灵，比如凶恶的“万夫卡”（*winefkar*）和“叶泰特”（*yetaite*）。人们不停地唱歌跳舞。棚屋里还要点上火，两三个十几岁的青年被领进了棚屋，他们被称作“乌斯瓦拉”（*ushwaala*），他们要进去学习雅马纳人的传说，还有神圣的仪式和歌曲。他们要去学习如何成为一个真正的雅马纳人。“切克萨斯”从某种意义上说就是一个“学校”，克里斯蒂娜说它通常会
385 持续几周，有时甚至是几个月。过去，要是雅马纳人发现一条搁浅的鲸鱼，他们就会聚集在一起举行“切克萨斯”，因为巨大的鲸鱼够他们吃好久，人们有理由享受一个假期。最后一次“切克萨斯”举行的时候，克里斯蒂娜还太小，没有达到参加成人礼的年纪。“那是我们举行的最后一次，”她说，“仪式美极了。”

我买了一本克里斯蒂娜的书，没有细想就说请她给我签个名。克里斯蒂娜小心翼翼地打开书，翻了几页，在写着“以此书献给我的姐姐乌苏拉”的那一页上认认真真地写下

了“克－里－斯－蒂－娜”这个词。每个字母之间都隔得很远，看起来像是用铅笔刀刻上去的一样。

看着她写自己的名字时我才突然想到，讲雅马纳语的克里斯蒂娜一辈子都没学过读写。

两天之后我登上了一艘名为“芦苇号”（*Via Australis*）的游轮，向着乌斯怀亚驶去。当时已经是深夜了，船在比格尔海峡上向着合恩角的方向慢慢滑行。合恩角是南美洲大陆以外最靠南的岛屿，也是雅马纳人曾经居住过的岛屿中最靠南的。现在的合恩角上只有一个由智利政府管理的灯塔，每年轮流会有一个智利家庭到岛上管理灯塔。合恩角的海岸线一直是水手们的梦魇，但这里的岸边同样静静地堆着一些贝冢。对于雅马纳人来说，这片多崎岖峭壁、看起来与世隔绝的边远地区不仅是安第斯山脉终结的地方，也是他们曾经的家。

天刚亮的时候，我在顶层甲板上漫步，看到了一只座头鲸举起了自己黑色的尾鳍，然后潜入水中慢慢向着南极洲之外的冬季觅食区游去了，也许一边游，一边还在对海底的其他鲸鱼唱着歌。

克里斯蒂娜告诉我，她的儿子就在这条船上工作，固定的航线就是沿着乌斯怀亚到合恩角，再到蓬塔阿雷纳斯，再返回乌斯怀亚，其间船会在各个港口停靠。行船途中，我们还正好看到了一块蓝绿色冰川在阳光的照射下炸裂的景象，所有碎片都落入了海中，这样的情形在这里时有发生。

我请乘务员帮我安排一个会面，于是某天晚上，游船厨

房的大门打开了，一个男人从里面走了出来。克里斯蒂娜的儿子身高 5 英尺 3 英寸，穿着黑色的长裤、深色的衬衫，系
386 着白色的围裙。他长着一对黑白混杂的粗眉毛，皮肤是棕色的，脸上带着一副困惑的表情。将近两个世纪之前，“英国皇家军舰比格尔号”就曾经在这片水域中行进，当时的船上有一个雅马纳语名字叫“奥伦德里克”（Orundellico），同时也被其他人称为小扣子杰米的男孩。此时，在将近两个世纪之后的今天，我和最后一个讲雅马纳语的人的儿子在这里聊天。他在船上的工作是为来自世界各地的富有的游客准备食物。他的名字叫大卫（David），今年 55 岁，他告诉我他是个助理厨师。

“我从来没学习过我母亲的语言，”他说，脸上流露出感伤的神情，“因为我父亲只会说西班牙语。”

“而现在，”他在围裙上擦了擦手，接着说道，“恐怕已经来不及了。”

注 释

前 言

1. Thomas Edward Lawrence, *Seven Pillars of Wisdom* (Anchor Books: New York, 1991), 24.

2. Pedro de Cieza de León, *The Travels of Pedro de Cieza de León* (London: Hakluyt Society, 1864), 2.

第一章

1. John Hemming, "*The Search for El Dorado*" (New York: Dutton, 1979), 101.

2. Elizabeth Mora-Mass, "*De Medallo a 'Metrallo'* " (Bogotá: 1986), 16.

3. Mario Puzo and Francis Ford Coppola, in Jenny M. Jones, *The Annotated Godfather: The Complete Screenplay* (New York: Black Dog & Leventhal Publishers, 2009), 26.

4. Roberto Escobar, *The Accountant's Story: Inside the Violent World of the Medellín Cartel* (New York: Grand Central Publishing, 2009), 7.

5. 同上书,7 - 8。

6. 同上书,8。

7. Sture Allén, *Nobel Lectures, Literature 1981 - 1990* (Singapore: World Scientific Publishing Company, 1993), 23.

8. Carmen Millán de Benavides, in J. Michael Francis, *Invading Colombia: Spanish Accounts of the Gonzalo Jiménez de Quesada Expedition of Conquest* (Pennsylvania: Pennsylvania State University Press, 2007), 68.

9. Juan de San Martín and Antonio de Lebrija, in J. Michael Francis, *Invading Colombia*, 59 - 61.

10. John Hemming, *El Dorado*, 50.

11. Anonymous, in J. Michael Francis, *Invading Colombia*, 64 – 65.

12. 同上书, 110。

13. Mark Bowden, *Killing Pablo* (New York: Atlantic Monthly Press, 2001), 30.

14. 2013 年 3 月乌戈・马丁内斯接受作者采访的内容。

15. 同上。

16. 同上。

17. 同上。

18. Pedro Cieza de León, *The Travels of Pedro Cieza de León, AD 1532 – 1550, Contained in the First Part of His Chronicles in Peru* (London: Haklyut Society, 1864), 352 – 353.

19. 匿名作者, *New York Times*, Oct. 27, 1912, 58。

20. 同上。

21. 对乌戈・马丁内斯的采访。

22. Roberto Escobar, *The Accountant's Story*, 38.

23. Richard Steele, "The Cocaine Scene," *Newsweek*, May 30, 1977, 20 – 21.

24. 对乌戈・马丁内斯的采访。

25. 同上。

26. Roberto Escobar, *The Accountant's Story*, 146 – 147.

27. Mark Bowden, *Killing Pablo*, 205.

28. 对乌戈・马丁内斯的采访。

29. 同上。

30. 同上。

31. 同上。

32. Roberto Escobar, *The Accountant's Story*, 245.

33. 对乌戈・马丁内斯的采访。

34. 同上。

35. Claire Schaeffer-Duffy, "Counting Mexico's Drug Victims Is a Murky Business," *National Catholic Reporter*, March 1, 2014.

第二章

1. *The Bible: Authorized King James Version* (London: Oxford University Press, 2008), 2. 备注:很多当代科学家相信《创世纪》的内容其实是在以色列的所罗门王(King Solomon)时期写出来的(约公元前 970 ~ 公元前 931 年)。

2. Charles Darwin, *The Descent of Man* (New York: Penguin, 2004), 676.

3. Phillip Johnson, "How the Evolution Debate Can Be Won," *Revival Times*, 6,

issue 11(London:Kensington Temple London City Church,Nov. 2004),1.

4. 2015 年 4 月与尤金·陶曼的私人对话。

5. Edward J. Larson, *Evolution's Workshop: God and Science on the Galapagos Islands*(New York:Basic Books,2001),75.

6. Herman Melville, *The Encantadas and Other Stories* (Mineola, NY: Dover Publications,2005),21.

7. 出自主教托马斯·德·贝兰加写给女王的信件……描述了从巴拿马到旧港之间的航行经历。In *Colección de Documentos Inéditos relativos al Descubrimiento, Conquista y Organización de las Antiguas Posesiones Españolas de América y Oceania*, tomo XLI, cuaderno Ⅱ (Madrid: Imprenta de Manuel G. Hernandez,1884),540.

8. 同上书,541。

9. Herman Melville, *The Encantadas*,22.

10. Charles Darwin, *The Life and Letters of Charles Darwin* (London: John Murray,1887),33.

11. 同上书,32。

12. 同上书,68。

13. James Hutton, *An Investigation of the Principles of Knowledge and of the Progress of Reason, from Sense to Science and Philosophy*, Vol. 2(Edinburgh:Strahan & Cadell,1794),500.

14. Terry Mortenson, *The Great Turning Point: The Church's Catastrophic Mistake on Geology* (Green Forest, AZ: Master Books,2004),225 – 226.

15. Robert FitzRoy, *Narrative of the Surveying Voyages of His Majesty's Ships* Adventure *and* Beagle, *Between the Years 1826 and 1836*, Vol. Ⅱ (London: Henry Colburn,1839),667 – 668.

16. 同上书,666。

17. Charles Darwin, *Narrative of the Surveying Voyages of His Majesty's Ships* Adventure *and* Beagle, *Between the Years 1826 and 1836*, Vol. Ⅲ,629.

18. 同上。

19. Robert FitzRoy, *Narrative*, Vol. Ⅱ,503.

20. 同上书,353。

21. Charles Darwin, *Charles Darwin's* Beagle *Diary* (New York: Cambridge University Press,1988),356.

22. Benjamin Morrell, *A Narrative of Four Voyages to the South Sea* (New York:J & J Harper,1832),192 – 193.

23. 同上书,194 – 195。

24. Charles Darwin, Beagle *Diary*, 405.

25. 同上书,399。

26. Richard Keynes, *Fossils, Finches and Fuegians: Charles Darwin's Adventures and Discoveries on the Beagle* (London: Harper Collins, 2002), 371 - 372.

27. Charles Darwin, Beagle *Diary*, 353.

28. 同上书,356。

29. Edward J. Larson, *Evolution's Workshop: God and Science on the Galápagos Islands* (New York: Basic Books, 2001), 76.

30. Charles Darwin, *The Voyage of the* Beagle (New York: Signet Classic, 1988), 341.

31. Charles Darwin, *On the Origin of Species by Means of Natural Selection, or the Preservation of Favored Races in the Struggle for Life* (London: John Murray, 1902), 357 - 358.

32. 同上书,440 - 441。

33. Charles Darwin, *The Life and Letters of Charles Darwin*, Vol. Ⅱ(New York: D. Appleton and Co, 1898), 411 - 412.

34. Charles Darwin, *Life and Letters*, Vol. Ⅰ, 282.

第三章

1. Eric Hoffer, *The True Believer: Thoughts on the Nature of Mass Movements* (New York: Harper, 2010), 74.

2. Karl Marx, "Theses on Feuerbach," in Karl Marx and Lawrence H. Simon, *Selected Writings* (New York: Hackett, 1994), 101.

3. Mao Tse-tung, quoted in Lee Feignon, *Mao: A Reinterpretation* (Chicago: Ivan R. Dee, 2002), 41.

4. Abimael Guzmán, *Presidente Gonzalo Rompe el Silencio* (Lima: El Diario, July 24, 1988), 26(引文为作者翻译)。

5. Gustavo Gorriti, *The Shining Path: A History of the Millenarian War in Peru* (Chapel Hill: University of North Carolina Press, 1999), 28.

6. Elena Iparraguirre, quoted in Santiago Roncagliolo, *La Cuarta Espada* (Barcelona: Debate, 2007), 243(引文为作者翻译)。

7. Susana Guzmán, *En Mi Noche Sin Fortuna* (Barcelona: Montesinos, 1999), 201(引文为作者翻译)。备注:虽然古斯曼夫人的作品是一本小说,但是秘鲁作家 Santiago Roncagliolo 在其作品 *La Cuarta Espada: La Historia de Abimael Guzmán y Sendero Luminoso* (Barcelona: Debate, 2007)中使用了来自古斯曼夫人

的一封信件，后者承认自己作品中的一个角色曼努埃尔（Manuel）并不是虚构的人物，而是基于自己同父异母的兄弟阿维马埃尔创作的。（Santiago Roncagliolo, *La Cuarta Espada*, 28.）

8. Abimael Guzmán, *Presidente Gonzalo Rompe el Silencio*, 46（引文为作者翻译）。

9. Santiago Roncagliolo, *La Cuarta Espada*, 39（引文为作者翻译）。

10. Susana Guzmán, *En Mi Noche Sin Fortuna*, 151 – 152（引文为作者翻译）。

11. Miguel Ángel Rodrígez Rivas, quoted in Abimael Guzmán, *De Puno y Letra* (Lima: Manoalzada, 2009), 23（引文为作者翻译）。

12. Abimael Guzmán, quoted in "Exclusive Comments by Abimael Guzmán," *World Affairs* (Summer 1993), 156, issue 1, Heldref Publications, p. 54. 备注：这些内容出自一盘"独家报道"的录像内容的"转录节选"，录像的内容是光辉道路领导人阿维马埃尔·古斯曼 1993 年 9 月在反恐理事会位于利马的牢房里的情况。

13. Abimael Guzmán, *Presidente Gonzalo Rompe el Silencio*, 40（引文为作者翻译）。

14. Abimael Guzmán, quoted in "*Exclusive Comments by Abimael Guzmán*," p. 53.

15. Abimael Guzmán, quoted in "We Are the Initiators," in Orin Starn, et al., *The Peru Reader: History, Culture, Politics* (Durham, NC: Duke University Press, 1995), 314.

16. Mario Vargas Llosa, *The Real Life of Alejandro Mayta* (New York: Farrar, Straus and Giroux, 1986), 200 – 201.

17. Víctor Tipe Sánchez, *El Olor de la Retama: La Historia Escondida Sobre la Captura de Abimael Guzmán* (Lima: Grupo Siete, 2007), 133 – 134（引文为作者翻译）。

18. 同上书，289（引文为作者翻译）。

19. 同上书，308（引文为作者翻译）。

20. 同上书，309（引文为作者翻译）。

21. 同上书，310（引文为作者翻译）。

22. Francesca Ralea, *Así Cayó Abimael Guzmán* (Buenos Aires: *Página 12*, June 24, 2001), 23.

23. 2011 年 1 月贝内迪克托·希门尼斯·巴卡接受作者的采访。

24. Nelson Manrique, "Notas Sobre Las Condiciones So-ciales De La Violencia Politica En El Peru," *Revista de Neuro-Psiquiatria*, 56: 235 – 240, 1993; 239.

25. Víctor Tipe Sánchez, *El Olor de la Retama*, 323.

第四章

1. Alfred M. Bingham, *Explorer of Machu Picchu: Portrait of Hiram Bingham* (Greenwich, CT: Triune Books, 2000), 317.

2. Ovid, Mary Innes, translator, *The Metamorphoses of Ovid* (London, Penguin Books, 1955), 96.

3. Alfred M. Bingham, *Explorer*, 13.

4. Rudyard Kipling, "The Explorer," in *Rudyard Kipling's Verse, Inclusive Edition* (Garden City: Doubleday, 1920), 120.

5. Alfred M. Bingham, *Explorer of Machu Picchu*, 19.

6. Hiram Bingham, *Inca Land* (Boston: Houghton Mifflin, 1922), 324.

7. Hiram Bingham, *Lost City of the Incas* (London: Weidenfeld & Nicolson, 2002), 23.

8. Hiram Bingham, "In the Wonderland of Peru," *National Geographic* 24, no. 4 (1913), 473, 477.

9. Alfred M. Bingham, *Explorer*, 307(引文为作者翻译)。

10. Christopher Heaney, *Cradle of Gold: The Story of Hiram Bingham, A Real-life Indiana Jones, and the Search for Machu Picchu* (New York: Palgrave Macmillan, 2010), 237.

11. 同上书,243。

12. Hiram Bingham, *Further Explorations in the Land of the Incas, National Geographic* 29, no. 5 (May 1916), 445.

13. 同上书,446。

14. Alfred M. Bingham, *Explorer*, 26.

15. Christopher Heaney, *Cradle of Gold*, 219.

16. Mark Eisner, *The Essential Neruda: Selected Poems* (San Francisco: City Lights Books, 2004), 71.

第五章

1. Johan Reinhard, *The Ice Maiden: Inca Mummies, Mountain Gods, and Sacred Sites in the Andes* (Washington, DC: National Geo-graphic Society, 2005), 77.

2. Father Bernabé Cobo, *Inca Religion and Customs* (Austin: University of Texas Press, 1990), 112.

3. 同上书,8。

4. Ed and Chris Franquemont, "Learning to Weave in Chinchero," *The Textile Museum Journal* 26 (1988), 55.

5. 2012 年 11 月 27 日阿比·弗兰克蒙特接受作者的采访。

6. 同上。

7. Nilda Callañaupa Alvarez, *Weaving in the Peruvian Highlands* (Cusco: Centro de Textiles Tradicionales del Cusco, 2007), 15.

8. 同上书, 14。

9. Jose Maria Arguedas, *The Fox from Up Above and the Fox from Down Below* (Pittsburgh: University of Pittsburgh Press, 2000), 268.

10. 同上书, 269。

11. Pedro Pizarro, in John Hemming, *The Conquest of the Incas* (New York: Harcourt, Brace, Jovanovich, 1970), 135 - 136.

12. Father Bernabé Cobo, *Inca Religion and Customs*, 244 - 245.

13. Nilda Callañaupa Alvarez, *Weaving in the Peruvian Highlands*, 16.

14. 2010 年 11 月尼尔达·卡拉纳帕·阿尔瓦雷斯接受作者的采访。

15. 同上。

16. 同上。

17. Father Bernabé Cobo, *Inca Religion and Customs*, 120.

18. 2010 年 11 月尼尔达·卡拉纳帕·阿尔瓦雷斯接受作者的采访。

19. 同上。

20. 2010 年 11 月蒂姆·韦尔斯接受作者的采访。

21. Nilda Callañaupa Alvarez, *Weaving in the Peruvian Highlands* (Cusco: Center for Traditional Textiles; 2007), 101.

22. 2010 年 11 月蒂姆·韦尔斯接受作者的采访。

23. Johan Reinhard, *The Ice Maiden*, 24.

24. Cieza de León, *The Travels of Pedro de Cieza de León, A. D. 1532 - 1550* (New York: Haklyut Society, 1964), 146.

25. Johan Reinhard, *The Ice Maiden*, 30.

26. 同上书, 32 - 33。

27. 同上书, 28 - 29。

28. 同上书, 208。

29. 同上书, 152 - 153。

第六章

1. Juan de Betanzos, in Roland Hamilton, *Narrative of the Incas* (Austin: University of Texas, 1996), 10.

2. Thor Heyerdahl, *Kon-Tiki: Across the Pacific by Raft* (New York: Rand McNally, 1967), 25 - 26.

3. 同上书,13。

4. Antonio de Calancha, *Crónica Moralizada de Antonio de la Calancha*, Vol. 1 (Barcelona: Pedro Lacavalleria, 1639), 650.

5. Jose de Acosta, *Natural and Moral History of the Indies* (Durham, NC: Duke University Press, 2002), 83.

6. Ben Orlove, *Lines in the Water: Nature and Culture at Lake Titicaca* (Berkeley: University of California Press, 2002), 118.

7. Hiram Bingham, *Inca Land* (Boston: Houghton Mifflin, 1922), 68.

8. Father Bernabé Cobo, *Inca Religion and Customs* (Austin: University of Texas Press, 1990), 6.

9. 同上书,10。

10. Pedro Cieza de León, in Alan Kolata, *Valley of the Spirits: A Journey into the Lost Realm of the Aymara* (New York: Wiley, 1996), 64.

11. 同上。

12. Father Bernabé Cobo, *Inca Religion and Customs*, 145.

13. Pedro Sarmiento de Gamboa, *Narrative of the Voyages of Pedro Sarmiento de Gamboa* (London: Haklyut Society, 1907), 159.

14. Roland Hamilton, *Narrative of the Incas*, 8.

15. Pedro Sarmiento de Gamboa, *Narrative*, 33.

16. Father Bernabé Cobo, *Inca Religion and Customs*, 13.

17. Pedro Sarmiento de Gamboa, *Narrative*, 36.

18. 同上。

19. Thor Heyerdahl, *The Ra Expeditions* (Garden City, NY: Doubleday, 1971), 297.

20. 同上书,29 – 30。

21. 同上书,31。

22. 同上书,115。

23. Thor Heyerdahl, *Kon-Tiki*, 297.

24. Thor Heyerdahl, *Early Man and the Ocean* (Garden City, NY: Doubleday, 1979), 32.

25. Captain James Cook, *A Voyage to the Pacific Ocean*, Vol. 1 (London: G. Nicol, 1785), 376.

26. 同上。

27. Thor Heyerdahl, *Kon-Tiki*, 167.

第七章

1. Jon Lee Anderson, *Che: A Revolutionary Life* (New York: Grove Press,

1997),424.

2. Che Guevara, *The Motorcycle Diaries* (Melbourne: Centro de Estudios Che Guevara,2003),173.

3. Jon Lee Anderson, *Che*,702.

4. Che Guevara, *The Motorcycle Diaries*,84(图片说明)。

5. Jon Lee Anderson, *Che*,309.

6. Richard L. Harris, *Death of a Revolutionary: Che Guevara's Last Mission* (New York:Norton,1970),49.

7. Jon Lee Anderson, *Che*,571.

8. Che Guevara, *Guerilla Warfare*, Brian Loveman, ed. (Lincoln: University of Nebraska Press,1985),193.

9. 同上书,165－166。

10. 同上书,434。

11. 同上书,633。

12. 同上书,634。

13. Che Guevara, *The Bolivian Diary: Authorized Edition* (New York: Ocean Press,2006),223.

14. Jon Lee Anderson, *Che*,725.

15. Che Guevara, *The Bolivian Diary*,216.

16. Jon Lee Anderson, *Che*,729.

17. 同上书,733。

18. Albert Garrido, "Los Últimos Lugares de Che: Tras la Huella de un Mito," *El Periódico Dominical* (Madrid, June 14－15,2003),55(引文为作者翻译)。

19. Guillermo Cabrera Infante, "Entre el Fracaso y El Error," *El Periódico Dominical* (Madrid, June 14－15,2003),52(引文为作者翻译)。

20. Christopher Hitchens, "Goodbye to All That," *New York Review of Books*, July 17,1997.

21. Jon Lee Anderson, *Che*,516.

22. Che Guevara, *Guerrilla Warfare*,49－50.

23. 同上书,183。

24. Jon Lee Anderson, *Che*,729.

25. Che Guevara, *The Bolivian Diary*,182.

26. Henry Butterfield Ryan, *The Fall of Che Guevara* (New York: Oxford University Press,1997),122.

27. Che Guevara, *Guerrilla Warfare*,55.

28. Jon Lee Anderson, *Che*,730.

29. Henry Butterfield Ryan, *The Fall of Che Guevara*, 128.

30. Jon Lee Anderson, *Che*, 736.

31. Felix Rodriguez, *Shadow Warrior* (New York: Simon and Schuster, 1989), 168.

32. 同上书, 169。

33. 同上。

34. 同上。

35. Henry Butterfield Ryan, *The Fall of Che Guevara*, 154.

36. Jon Lee Anderson, *Che*, 738.

37. "Bolivian Leader Joins in Tribute to Che Guevara," *Seattle Times*, Oct. 8, 2009.

38. 瓦尔贝尔托讲的故事在 Richard Gott 的作品中也得到了证实, Richard Gott's account, "On the Ribs of Rocinante," *London Review of Books* 19, no. 16, Aug. 29, 1997, 5。

39. Rory Carroll, "Cuban Doctors Restore Eyesight of Che's Killer," *Guardian*, Oct. 1, 2007.

40. Jon Lee Anderson, *Che*, 735.

第八章

1. Matt Warner, *Last of the Bandit Riders: Revisited* (Salt Lake City, UT: Big Moon Traders, 2000), 114.

2. James David Horan, *The Authentic Wild West: The Outlaws* (New York: Crown Publishers, 1977), 281 – 282.

3. William Goldman, *Four Screenplays with Essays* (New York: Applause Books, 1995), 68.

4. Anne Meadows, *Digging Up Butch and Sundance* (New York: St. Martin's Press, 1995), 230 – 232.

5. Charles Kelly, Anne Meadows, and Dan Buck, *The Outlaw Trail: A History of Butch Cassidy and His Wild Bunch* (Lincoln: University of Nebraska, 1996), 4.

6. Matt Warner, *Last of the Bandit Riders*, 46.

7. 同上书, 88。

8. 2013 年 12 月作者与丹·巴克的私人交谈。

9. Anne Meadows, *Digging Up Butch and Sundance*, 5.

10. Charles Kelly, Anne Meadows, and Dan Buck, *The Outlaw Trail*, 311.

11. James David Horan, *The Authentic Wild West*, 286.

12. 同上书, 235。

13. Charles Kelly, Anne Meadows, and Dan Buck, *The Outlaw Trail*, 167 - 168.

14. 同上书,169。

15. James David Horan, *The Authentic Wild West*, 281.

16. 同上书,283。

17. 同上书,286。

18. 同上书,273。

19. Anne Meadows, *Digging Up Butch and Sundance*, 98 - 99.

20. 同上书,264 - 265。

21. "El Chorolque" Año Ⅲ, no. 99 (Tupiza, Bolivia, November 11, 1908), page 1, reprinted in Max Reynaga Farfán, *Turismo Adventure* (Tupiza: Tupac Katari Printers, Oct. 2006), 13(引文为作者翻译)。

22. *NOVA*, "Wanted-Butch and Sundance," PBS documentary, Oct. 12, 1993.

第九章

1. *The Bible: Authorized King James Version* (London: Oxford University Press, 2008), 147.

2. Charles Darwin, *Narrative of the Surveying Voyages of His Majesty's Ships* Adventure *and* Beagle, *Between the Years 1826 and 1836*, Vol. Ⅲ (London: Henry Colburn, 1839), 236.

3. William Hazlitt, *Characteristics: In the Manner of Rochefoucault's Maxims* (London: J. Templeman, 1837), 119.

4. Nick Hazelwood, *Savage: The Life and Times of Jemmy Button* (New York: St. Martin's Press, 2001), 94.

5. Captain Robert FitzRoy, *Narrative of the Surveying Voyages*, Vol. Ⅰ, 391 - 392.

6. 同上书,399。

7. 同上书,398。

8. 同上。

9. 同上书,405。

10. 同上书,458 - 549。

11. 同上书,459。

12. Charles Darwin, *The Voyage of the Beagle* (New York: P. F. Collier & Son, 1909), 211 - 212.

13. 同上书,213。

14. 同上书,222。

15. 同上书,226。

16. 同上书,226 – 227。

17. 同上书,227。

18. 同上书,230。

19. 同上书,231。

20. Captain Robert FitzRoy, *Narrative*, Vol. Ⅱ,323 – 324.

21. 同上书,324。

22. Charles Darwin, *Voyage*,234.

23. Captain Robert FitzRoy, *Narrative*, Vol. Ⅱ,327.

24. Charles Darwin, *Voyage*,234.

25. Peter Nicols, *Evolution's Captain: The Dark Fate of the Man Who Sailed Darwin Around the World*(New York:Harper Collins,2003),293 – 294.

26. Captain Robert FitzRoy, *Narrative*, Vol. Ⅱ,649.

27. 费茨罗伊在 1839 年发表的《英国皇家军舰比格尔号航海探险记》中有论述他关于巴塔哥尼亚人起源的理论的章节,同上。

28. Peter Nicols, Evolution's Captain,311.

29. Adrian Desmond, *Darwin: The Life of a Tormented Evolutionist* (New York: Warner Books,1991),495.

30. Edward Caudill, *Darwinian Myths: The Legends and Misuses of a Theory* (Knoxville:University of Tennessee Press,1997),44.

31. Leonard Huxley, *Life and Letters of Thomas Henry Huxley*, Vol. 1 (New York:D. Appleton & Company,1901),197.

32. 同上。

33. Adrian Desmond, *Darwin*,497.

34. 同上书,495。

35. Charles Darwin, *Voyage*,225.

36. Nick Hazelwood, *Savage: The Life and Times of Jemmy Button*,174.

37. Lucas Bridges, *The Uttermost Part of the Earth*(New York:Dover,1988),59.

38. 同上书,34。

39. Charles Dickens, *The Household Register of Current Events, for the Year 1852* (London:Bradbury and Evans,1852),110.

40. Charles Darwin, *Voyage*,234.

41. Captain Robert FitzRoy, *Narrative*, Vol. Ⅰ,139.

42. Herman Melville, *Moby Dick*(Boston:St. Botolph Society,1922),11.

43. Nick Hazelwood, *Savage*,326.

44. Ann Chapman, *European Encounters with the Yamana People of Cape Horn* (New York: Cambridge University Press, 2010), 519.

45. 同上书,522。

46. 同上书,407。

47. 同上书,538。

48. Placard in the Museo Regional Salesiano in Punta Arenas, Chile, April 2011.

49. Lucas Bridges, *The Uttermost Part of the Earth*, 266 - 267.

50. 同上书,83 - 84。

51. 同上书,84。

52. 同上。

53. Wade Davis, *The Wayfinders: Why Ancient Wisdom Matters in the Modern World* (Toronto: House of Anansi Press, 2009), 3.

致　谢

在为此书进行调研和随后进行撰写的那些年里，真的有成百上千的人以他们各自不同的方式帮助过我，在此我想对他们表达我的感激之情。

首先我要感谢西蒙与舒斯特出版公司的编辑鲍勃·本德（Bob Bender）。从我开始有了创作这本书的打算到后来的整个创作过程中，他都一直充满热情。鲍勃是我期待中的完美的编辑，过去是，现在也一直是。同时我还要感谢出色的编辑助理约翰娜·李（Johanna Li）和我的经纪人萨拉·拉欣（Sarah Lazin）。

不少专家和读者占用了自己忙碌生活中的宝贵时间阅读了本书的部分章节，并给我提供了极有见地的反馈。我非常感谢约翰·莱茵哈德博士，丹·巴克（Dan Buck），巴特·刘易斯（Bart Lewis），乔安妮·麦夸里（Joanne MacQuarrie）和亨利·巴特菲尔德·瑞安（Henry Butterfield Ryan）对本书提出的宝贵意见。如果书稿中还存在任何错误，应是我个人的责任。

在我沿安第斯山脉长途旅行的那段时间里，很多人为我提供过联系信息、推荐信、建议以及其他帮助。还有很多人慷慨地接受了我的采访，愿意和我分享他们精彩的故事。在此我要对这些人表示感谢。

关于哥伦比亚的内容，我要感谢：乌戈·马丁内斯·波韦达将军（General Hugo Martínez Poveda），玛利亚·伊涅丝·卡里索萨（Maria Ines Carrizosa），多米尼克·斯特里特菲尔德（Dominic Streatfield），蒂姆·普拉特（Tim Pratt），赫尔曼和玛利亚·范迪彭夫妇，何塞·比森特·阿里斯门迪（Jose Vicente Arizmendi）和罗伯托·埃斯科瓦尔。

关于秘鲁，我要感谢托尔·海尔达尔邀请我参加在土库美进行的莫切遗址挖掘工作，还要感谢阿尔弗雷多·费雷罗斯（Alfredo Ferreyros），斯蒂芬·楚姆施泰格（Stefan Zumsteg），卢斯·玛利亚·洛雷斯·加里多·莱卡（Luz Maria Lores Garrido Lecca），马克思·埃纳德斯（Max Hernández），安德烈·贝尔斯基（Andre Baertschi），何塞·克什兰·范施泰因（José Koechlin von Stein），亚马孙探险者公司的保罗·克里普斯（Paul Cripps，他为我安排了在印加古道的远足活动），尼克·阿什绍夫（Nick Asheshov），埃莱诺·格里菲斯·德·祖尼加（Eleanor Griffis de Zúniga），已去世的恩里克·西勒里·吉布森（Enrique Zileri Gibson），弗朗西斯科·迭斯·坎塞科·塔瓦拉（Francisco Diez Canseco Távara），基夫·博登（Keefe Borden，我和他一起到光辉道路人员所在的坎托格兰德监狱里进行了探视），古斯塔夫·戈里蒂（Gustavo Gorriti），维克托·蒂普·桑切斯（Victor Tipe Sánchez），贝内迪克托·希门尼斯·巴卡，马里察·加里多·莱卡，尼尔达·卡拉纳帕·阿尔瓦雷斯（Nilda Callañaupa Alvarez），蒂姆·韦尔斯，已去世的克丽丝·弗兰克蒙特，阿比·弗兰克蒙特，奥尔加·瓦曼，杰尼韦弗·多尔（Jenevieve Doerr），朱迪丝·克罗斯比（Judith Crosbie），约翰·莱茵哈德，弗朗西斯·帕蒂（François Patthey），传统纺织品中心和沃尔特·布斯塔曼特·卡诺（Walter Bustamante Cano）。

关于玻利维亚，我要感谢乌鲁斯岛的胡安和艾尔莎·卢汉诺夫妇（Juan and Elsa Lujano），费利克斯·查拉·米兰达法官，丹·巴克，法维奥拉·米特鲁（Fabiola Mitru）和图皮萨旅行社（Tupiza Tours），弗罗伊兰·里索，马里奥·西奥盖塔（Mario Giorgetta），瓦尔多·巴拉奥纳·鲁伊斯（Waldo Barahona Ruiz），保利诺和波菲里奥·埃斯特万父子（Paulino and Porfírio Esteban），胡利娅·科尔特斯，瓦尔贝托·里瓦斯·布里托和露西娅·普雷斯塔（Lucía Presta）。

关于智利，我要感谢克里斯蒂娜·卡尔德隆，大卫·卡尔德隆，丹尼斯·切瓦雷（Denis Chevallay），西蒙·加德纳（Simon Gardner），以及纳瓦里诺岛的威廉斯港的马丁古辛德人类学博物馆（the Martin Gusinde Anthropological Museum）的工作人员。

关于阿根廷，我要感谢埃内斯托·路易斯·皮亚纳（Ernesto Luis Piana），纳塔莉·古多尔，蓬塔阿雷纳斯的慈幼会地区博物馆（the Museo Regional Salesiano）和乌斯怀亚的雅马纳世界博物馆（the Museo Mundo Yámana）的工作人员。

最后我想表达我对西娅拉·伯恩（Ciara Byrne）的爱与感激，我到达巴塔哥尼亚地区之后，她也加入了我的旅程，为了让这本书成为现实，她再一次为我提供了比任何人都多的帮助。

索　引

（以下页码为原书页码，即本书的页边码）

Page numbers in *italics* refer to maps.

图书在版编目(CIP)数据

安第斯山脉的生与死：追寻土匪、英雄和革命者的足迹／（美）金·麦夸里（Kim MacQuarrie）著；冯璇译. --北京：社会科学文献出版社，2017.8

书名原文：Life and Death in the Andes：On the Trail of Bandits，Heroes，and Revolutionaries

ISBN 978-7-5201-0364-0

Ⅰ.①安… Ⅱ.①金… ②冯… Ⅲ.①安第斯山-概况 Ⅳ.①K977.3

中国版本图书馆 CIP 数据核字（2017）第 031804 号

安第斯山脉的生与死

——追寻土匪、英雄和革命者的足迹

著　　者／［美］金·麦夸里（Kim MacQuarrie）
译　　者／冯　璇

出 版 人／谢寿光
项目统筹／段其刚　董风云
责任编辑／沈　艺　朱露茜

出　　版／社会科学文献出版社·甲骨文工作室（010）59366551
地址：北京市北三环中路甲 29 号院华龙大厦　邮编：100029
网址：www.ssap.com.cn
发　　行／市场营销中心（010）59367081　59367018
印　　装／三河市东方印刷有限公司

规　　格／开　本：889mm×1194mm　1/32
印　张：18.5　插　页：0.75　字　数：388 千字
版　　次／2017 年 8 月第 1 版　2017 年 8 月第 1 次印刷
书　　号／ISBN 978-7-5201-0364-0
著作权合同登记号／图字 01-2016-6120 号
定　　价／82.00 元